Hermann Lühr

AllerGen

Das Buch:
Im Frühjahr 2024 häufen sich auch in Deutschland schlagartige Blütenabwürfe bei bestimmten Bäumen. Durch die Pollenmassen kommt es zu lebensbedrohlichen allergischen Reaktionen und mehreren Todesfällen.
Holger Grimm vom Umweltministerium und Anja Blass vom Gesundheitsministerium werden mit der Aufklärung dieser rätselhaften, gefährlichen Pollenschauer beauftragt.

Der Autor:
Hermann Lühr, Jahrgang 1953, verheiratet, zwei erwachsene Töchter.
Wohnt in Schöningen, Niedersachsen.
Er schreibt Romane um Rätsel der Vergangenheit oder unerklärliche Geschehnisse.
Buchveröffentlichungen: „Die Kristallpyramide", 2008.
  „Verschollene Welten", 2013.

Beide Bücher sind auch als E-Book erhältlich.

Weitere Informationen auf der Webseite des Autors:
hermannluehr.jimdo.com

Hermann Lühr

AllerGen

Roman

Copyright © 2015 bei Hermann Lühr
Herstellung und Verlag: BoD - Books on Demand, Norderstedt
ISBN 978-3-7347-4580-5

mir irgendwelche Ökotypen und Umweltheinis auftauchen und auf meinem Feld dagegen demonstrieren und meinen Acker verwüsten."

„Das ist nicht zu erwarten", Miller schüttelte beruhigend den Kopf.

In der ersten Reihe meldete sich ein bärtiger Farmer in einem blau-rot karierten Hemd: „Und wenn doch, hab ich das hier." Er lud eine unsichtbare Pumpgun und grinste brutal.

Die Menge johlte, pfiff und applaudierte. Der Grauhaarige setzte sich mit nachdenklicher Miene.

Mittwoch, 4. August 2004
Bei Hutchinson, Kansas, USA.

Die riesigen, lauten Fressmonster, die das Korn gierig abweideten und nur Stoppeln zurückließen, hatten die junge Maus von ihrem heimischen Feld vertrieben. Seit zwei Tagen war sie nun unterwegs, hatte einen morastigen Graben überwunden, lief lange Zeit auf einem staubigen Schotterweg und hatte dann im verdörrten Gras geschlafen. Nach dieser endlosen Steppe überquerte sie eine graue, heiße, versteinerte Fläche und fand drüben auf dem Randstreifen endlich etwas zu fressen: ein kleines Stück Keks, das ein Autofahrer weggeworfen hatte. Nachdem die Maus das harte Gebäck verschlungen hatte, setzte sie ihren Weg etwas gestärkt fort. Sie kam durch eine Einöde mit Geröll, Dornengestrüpp und wenigen gelblichen Grasbüscheln.

Irgendwann nahm sie einen vertrauten Geruch wahr, richtete sich auf und schnupperte in alle Richtungen. Sie folgte der Duftspur und erreichte ein Weizenfeld, wo man nur das Rascheln der prallen Ähren im Wind hörte, aber keinerlei verdächtige Geräusche. Jetzt hatte sie es geschafft. Da warteten köstliche Körner in Hülle und Fülle, hier konnte sie bleiben, immer satt werden und sich geborgen fühlen wie damals im Nest.

Sie kletterte gleich einen Halm empor und zerknabberte die Umhüllungen der Körner, sodass sie nach unten fielen. Die Maus hing an der schwankenden Ähre und balancierte dabei mit dem Schwanz. Als sie fast die Hälfte der Kammern geleert hatte, krabbelte sie kopfüber wieder herunter und begann mit ihrer Mahlzeit.

Plötzlich trat aus der lädierten Ähre etwas wie Staub aus und senkte sich als eine Puderwolke auf die fressende Maus. Die hob den Kopf, warf ihn hin und her, als wollte sie etwas Lästiges abschütteln. Dann taumelte sie etwas, fing sich aber wieder und eilte davon.

Am nächsten Tag verendete die junge Maus in der Nähe des Warnschildes, mit dem auf das Versuchsfeld hingewiesen wurde.

Samstag, 14. Mai 2005
Dortmund, Nordrhein-Westfalen, Deutschland.
Holger Grimm studierte Biologie, war groß und schlank und als engagierter Umweltschützer ein Gegner der Genmanipulation. Wie fast jeden zweiten Samstag stand er hier mit Gleichgesinnten vor ihrem Informationsstand in der Fußgängerzone und sprach Passanten an, denen er ihr Flugblatt anbot und damit versuchte, sie in ein Gespräch zu verwickeln, möglichst zu überzeugen und zum Ausfüllen der Unterschriftenliste zu überreden. Die meisten Leute winkten natürlich ab, mal dankend, mal unwirsch oder verärgert, aber zum größten Teil stumm. Einige nahmen den Zettel, hatten aber keine Zeit zum Reden und warfen ihn dann ungelesen in den nächsten Abfallbehälter. Ganz wenige überflogen den Text, hörten interessiert zu und stellten Fragen. Und fast alle, die zu einem Gespräch bereit waren, trugen sich dann auch in die Liste ein.
„Jede Unterschrift ist wichtig", sagte Holger Grimm zu der jungen Mutter, beugte sich etwas herab und lächelte ihren lockigen Jungen an, der im Buggy saß und ihn mit dunklen Kulleraugen anschaute.
„Aber was ist daran denn so gefährlich?"
„Die gentechnische Manipulation ist absolut nicht kontrollier- und beherrschbar. Die Gene, die bestimmte Schädlinge beseitigen sollen, töten auch harmlose und nützliche Insekten, dadurch wird die Artenvielfalt zerstört und das Ökosystem geschädigt. Außerdem sind die Gen-Pflanzen widerstandsfähig gegen starke Unkrautvernichtungsmittel, die alles andere platt machen."
„Man kann also noch mehr auf die Felder sprühen?", fragte die Frau, die aufmerksam zu ihm hoch blickte.
„Richtig. Aber genauso wenig wie man verhindern kann, dass das veränderte Erbgut auch auf andere Pflanzen übertragen wird und die sich dann zu gefährlichen Abarten entwickeln können, so wenig kann man die Mutation von resistenten Super-Unkräutern und Schädlingen abwenden."
„Aha", die Frau wirkte etwas überfordert, nickte aber zustimmend.
„Gut. Ich unterschreibe. Allein schon für meinen Sohn."
„Ich danke Ihnen." Holger Grimm zeigte mit seinem langen Arm zum Info-Stand. „Kommen Sie, dort liegt die Liste."

Dienstag, 18. Juli 2006
Eisenstadt, Burgenland, Österreich.
Herr Clemens saß wie gelähmt im Krankenhausflur und starrte auf die Zimmertür, hinter der seine Frau jetzt lag, nach Luft rang und hoffentlich erfolgreich behandelt wurde. Seiner Tochter ging es zum Glück schon wieder besser, sie war zwei Etagen höher und hatte trotz ihrer dicken Oberlippe etwas lächeln können, als er sich

von ihr verabschiedet hatte.

Wieder und wieder lief der Film der letzten Stunden in seinem Kopf ab: Wie die kleine Laura weinend ins Vorzelt kam, mit diesen ährenförmig angeordneten, gelblichen Blüten in ihrer roten Faust, die sie sich mit der anderen Hand unentwegt kratzte. Sie stammelte etwas von ‚Blumen gepflückt', aber man konnte sie nicht richtig verstehen, weil ihr gesamter Mund stark geschwollen war, auch unter den geröteten Augen hatte sie richtige Wülste. Seine Frau reagierte zuerst, nahm der Kleinen die unbekannten Röhrenblüten aus der Hand, roch mehrmals daran, besah sie sich kritisch und warf sie nach draußen. Dann tröstete sie das schluchzende Kind und wusch ihm Hände und Gesicht ab, während er das Auto holte.

Auf der Fahrt zum Arzt nach Rust, bekam seine Frau plötzlich keine Luft mehr, ihr Atmen verursachte quälend pfeifende Geräusche. Sie saß hinten, hatte Laura im Arm, die vor sich hin jammerte. Er sah seine leidende Frau im Rückspiegel, sie hatte geweitete Augen vor Angst und Anstrengung. Er rief ihr zu, sie solle das Fenster öffnen. Sie kurbelte es mühselig herunter, hielt ihr Gesicht in den Fahrtwind und japste nach Luft. Sie kamen sofort zum Arzt, er gab beiden eine Spritze, seiner Frau sprühte er mehrfach etwas in den Mund und alamierte den Rettungswagen. Die waren auch schnell da, luden die beiden ein und rasten mit andersartigem Sirenton los. Er fuhr hinterher, hatte seinen Blick auf das Blaulicht fixiert, folgte diesem Blinken durch die fremde Landschaft bis nach Eisenstadt ins Krankenhaus, und dabei sprangen seine Gedanken zwischen Hoffen und Bangen hin und her.

Die Familie Clemens kam aus Stuttgart und stand mit ihrem Wohnwagen seit einer Woche auf dem Campingplatz bei Rust, direkt am Neusiedler See, den sie sich extra wegen seiner geringen Wassertiefe ausgesucht hatten.

Der etwa gleichaltrige Arzt stellte sich vor und setzte sich neben Herrn Clemens auf die weiße Holzbank. Der österreichische Akzent gab seiner Stimme einen angenehmen Klang: „Ihrer Frau geht's schon wieder deutlich besser."

„Hat sie noch Atemnot?"

„Nein. Der Asthmaanfall ist vorbei. Dank der schnellen und richtigen Erstversorgung des ortsansässigen Arztes. Sie schläft jetzt und bekommt Sauerstoff durch die Nase."

„Das kam durch diese Blume, nicht wahr?"

„Hundertprozentig", der Arzt nickte. „Nach Ihrer Beschreibung war's eindeutig Ambrosia, ein sehr aggressiver Allergieauslöser. Die Gefahr einer Reaktion ist 20 mal höher als bei normalen Gräserpollen. Eine Pflanze produziert bis zu einer Milliarde Pollen."

„Ambrosia?", fragte Herr Clemens nachdenklich. „Kommt mir irgendwie bekannt vor."

„Das soll auch die Speise der Götter gewesen sein. Aber das war bestimmt nicht dieses Zeug."
„Wächst das auch in Deutschland?"
„Im Süden schon. Wo kommen's denn her?"
„Aus Stuttgart."
„Dann werden's bald betroffen sein. In Mannheim, Karlsruhe und Ludwigshafen gab's schon Probleme damit. Sogar um Magdeburg ist es schon aufgetaucht."
„Mein Gott!"
„Ambrosia kommt eigentlich aus dem Süden Europas, ist aber jetzt auf dem Vormarsch nach Norden. Wahrscheinlich durch den Klimawandel. Hier nebenan in Ungarn", der Arzt zeigte mit seinem Daumen nach hinten, „ist man schon per Gesetz verpflichtet, das Unkraut von seinem Grundstück zu entfernen."

Sonntag, 2. September 2007
Bei Albany, Georgia, USA.
Erst als der Mond aufgegangen war, kamen die Wildschweine ins Maisfeld. Die Rotte bestand aus zwei Bachen mit insgesamt neun Frischlingen. Das Leittier war erfahren und wusste, wie man an das schmackhafte Futter da oben heran kam: es biss die Stängel durch, die dann umkippten und nach unten gezogen wurden, bis die Maiskolben erreichbar waren. Manche Stiele waren aber zu stark zum Abtrennen und blieben nach dem Reinbeißen stehen. Dann wandte sich das Wildschwein an eine andere Pflanze und biss dort hinein. Für den Nachwuchs rissen die Bachen die Kolben aus den Umhüllungen und überließen sie dann den quiekenden Kleinen.
Nach einiger Zeit hatte das Leittier schon eine erstaunliche Fläche verwüstet: zwischen den angebissenen, aber stehen gebliebenen Stängeln lagen die gefällten mit ihren verstreuten Überresten, überall ragten die spitzen Stümpfe aus dem Boden. Das kleinere Muttertier hatte den jüngsten Wurf um sich geschart, die vier Frischlinge knabberten gierig die Maiskörner ab.
Unbemerkt von den im Mondlicht fressenden Wildschweinen bewegte sich da etwas zwei Meter über ihnen: an den Wipfeln der angebissenen Pflanzen öffneten sich die Rispen fächerartig und zitterten heftig, bis sich Staub aus ihnen löste und nach unten sank. Das Leittier witterte die Substanz als erstes, hob schnaufend den Rüssel empor, schüttelte den mächtigen Kopf und alamierte dann die Rotte durch lautes Grunzen zur Flucht. Die jüngere Bache geriet in Panik, rutschte aus, fiel auf einen ihrer Frischlinge und drückte ihn durch ihr Gewicht in einen speerartigen Maisstumpf. Überall war jetzt das herab schwebende Pulver, die Rispen schüttelten es regelrecht heraus. Das Muttertier rappelte sich wieder

hoch und folgte der Anführerin und ihrer Schar, ihre drei Kleinen rannten ihr instinktiv hinterher. Das aufgespießte Jungtier quiekte schrill vor Schmerzen, scharrte mit allen Läufen über den Boden, aber es kam nicht weg.

Dienstag, 12. Februar 2008
Magdeburg, Sachsen-Anhalt, Deutschland.
Eigentlich verfolgte Anja Blass immer aufmerksam alle Vorlesungen, doch heute dachte sie ständig an Frank, der nicht neben ihr, sondern einige Meter weiter rechts und drei Reihen tiefer saß. Es war mal wieder aus und vorbei. Er hatte am Wochenende Schluss gemacht, mit den üblichen fadenscheinigen Begründungen. Sie hatte einfach kein Glück mit ihren Beziehungen.
Der Dozent räusperte sich und fuhr fort: „Nach Angaben der Weltgesundheitsorganisation WHO hat sich die Zahl der unter Asthma-Symptomen leidenden Kinder in den 20 Jahren zwischen 1975 und 1995 verdreifacht. In den Ländern der Europäischen Union sind Allergien die am häufigsten vorkommenden chronischen Krankheiten in der Kindheit – in manchen dieser Länder leidet jedes vierte Kind an einer Allergie. Durchschnittlich zeigen zehn Prozent der Kinder Asthma-Symptome, wobei die Rate in Westeuropa bis zu zehn mal höher ist als in osteuropäischen Ländern."
Anja notierte sich ‚Allergien Ost / West' und kreiste es mehrmals ein. Klar, sie war keine Schönheit, das wusste sie selber. Aber sie war auch nicht hässlich oder übermäßig dick und schon gar nicht die Spur von dämlich. Aber wahrscheinlich war genau das ihr Problem: vielleicht war sie einfach zu schlau, zu strebsam und zu selbständig für die meisten Männer. Die wollten zwar auch kein Dummchen am Herd, aber doch lieber ein bieg- und anschmiegsames Kätzchen, als eine gebildete Persönlichkeit, die alles ausdiskutieren wollte. Sie blickte sehnsüchtig in die Richtung von Frank und fragte sich, wo sich denn nur die superklugen Männer versteckten? Dann sah sie wieder nach vorne, taxierte den Redner, aber der war leider viel zu alt für sie. Anja seufzte und hörte zu.
„Ganz entscheidend dabei ist die familiäre Krankheitsgeschichte. Das Risiko eines Säuglings, eine Allergie zu entwickeln, liegt bei 5 – 15 Prozent, wenn kein Familienmitglied allergisch ist; wenn eines der Geschwister darunter leidet, bei 25 – 30 Prozent; wenn ein Elternteil allergisch ist, bei 20 – 40 Prozent; leiden aber beide Elternteile darunter, sind es 40 – 60 Prozent; und sogar 50 – 70 Prozent, wenn sie zusätzlich dieselben Symptome zeigen. Wenn man diese Entwicklung hochrechnet, haben praktisch irgendwann fast alle Menschen eine allergische Erkrankung. Das ist einerseits eine erschreckende Vorstellung, andererseits", der Dozent lächelte und schwenkte seinen Arm im Halbkreis über die vollen Ränge, „sichert es Ihnen später eine langfristige Vollbeschäftigung und ein

gutes Einkommen." Das Auditorium reagierte mit Klopfen, Zustimmungsrufen und Applaus.
Anja Blass studierte Medizin, mit der Fachrichtung ‚Dermatologie und Allergologie'. Sie hatte hervorragende Noten und galt bei ihren Kommilitonen als Streberin. Bei der Grenzöffnung war sie fünfeinhalb Jahre gewesen, sie hatte ihr kindliches Geborgenheitsgefühl auf den untergegangenen Staat übertragen und ihre wenigen eigenen Erinnerungen mit vielen anderen ausgesuchten Informationen angereichert und verklärt. Deshalb fühlte sie sich hundertprozentig als Ostdeutsche und war ein unermüdlicher Fürsprecher der zahlreichen sozialen Errungenschaften der DDR.

Sonntag, 6. Juli 2008
Bei Goya, Corrientes, Argentinien.
Es war herrliches Sommerwetter. Nach dem Gottesdienst hüpfte und ging das Mädchen noch zu dem Wiesenhügel hinter dem riesigen Kornfeld, um für seine Eltern Blumen zu pflücken. Schon von weitem sah man die vielen verschiedenen Farben der Blüten. Als sie dann da im kniehohen Gras stand, atmete es tief ein und war überwältigt von der Fülle der Düfte, drehte sich hin und her. Überall um sie herum summten Bienen und Hummeln und dazwischen flatterten Schmetterlinge.
Das Mädchen liebte diese Wiese voller Leben und kam oft hierher. Es bückte sich und brach die Blumen behutsam ab, dabei wartete es immer, bis die Insekten wieder gestartet waren. Bald hatte es einen schönen, bunten Strauß zusammen, lief den Hügel hinab und machte sich auf den Heimweg.
Es hielt die Blumen fest umschlossen in der rechten Hand, aufrecht und ohne zu wackeln. Trotzdem fielen bald die größten blauen Kelche ab. Das Mädchen dachte, dass die Pflanze wohl schon zu alt gewesen sei. Doch bald folgten auch die ersten roten Blütenblätter. Bei fast jedem Schritt löste sich etwas Buntes und fiel herab. Nach und nach verloren alle Blumen ihre Blüten. Das Mädchen blieb stehen, starrte fassungslos auf die trostlosen Stängel in seiner Faust. Dann stampfte es mit einem Fuß auf, warf das Grünzeug weg und rannte los.

Dienstag, 16. September 2008
Dortmund, Nordrhein-Westfalen, Deutschland.
Der Hörsaal war nicht so überfüllt wie sonst. Holger Grimm saß auch nur hier, um eventuell einige Neuigkeiten über Gen-Mais zu erfahren. Doch das war ein Irrtum gewesen, die Vorlesung hatte ganz andere Schwerpunkte.
„Der Maiswurzelbohrer ist ein typisches Beispiel einer invasiven

Art, also Pflanzen oder Tiere, die erst durch uns Menschen in Gebiete gebracht werden, in denen sie ursprünglich nicht vorkommen. In diesem Fall war die Heimat das mittlere Amerika. Die Verschleppung erfolgt über unsere Transportmittel wie Schiffe, Flugzeuge, Autos, Züge. Das erste Auftreten dieses Käfers in Europa geschah 1992 in der Nähe des Belgrader Flughafens. Zu dieser Zeit wütete der Balkankrieg und dort landeten Flugzeuge mit Hilfslieferungen aus den USA. Der Entomologe ..."
Ein brummendes Vibrieren in seiner Hosentasche schreckte Holger auf. Er holte sein Handy hervor, klappte es auf und las die SMS von Steven, einem Mitstreiter bei seiner Umweltschutzgruppe: ‚Habe Nachrichten aus den USA und Kanada, dass auf genmanipulierten Getreidefeldern vermehrt tote Mäuse und Hamster gefunden wurden.'
„... Ausbreitung des Käfers in Europa kann man nicht mehr aufhalten, nur verzögern. Es ist zu befürchten, dass es auch hier zu ähnlichen Folgen für den Maisanbau kommen wird wie ..."
Holger schrieb zurück: ‚Wurden Kadaver mitgenommen und untersucht?' Sein linker Nachbar warf einen missbilligenden Seitenblick auf ihn, sagte aber nichts.
„... 1998 in Italien, ab 2002 in Österreich und seit dem Sommer 2007 verbreitet er sich auch in Deutschland, und zwar ..."
Steven hatte geantwortet: ‚Mitgenommen ja. Untersuchungsergebnisse dauern aber noch.'
„... Maiswurzelbohrer ist meldepflichtig. Der Schädling gilt in der EU als Quarantäneschadorganismus und ..."
Holger tippte ein: ‚Gut. Bis morgen Abend. Bin im Hörsaal.'
„... genau umgekehrt kam der ebenso gefürchtete Maiszünsler von Europa nach Nordamerika, aber bereits zwischen 1910 und ..."
Von Steven kam nur ein knappes: ‚O K'.
Holger Grimm schickte noch eine SMS an seine neue Freundin Vanessa, dass er sich unheimlich auf das heutige Treffen freue. Dann klappte er das Handy zusammen, schob es in die Jeanstasche und rutschte wieder etwas höher.

Samstag, 20. Juni 2009
Bei Brandon, Manitoba, Kanada.
Don Raily war Schlosser und in der hiesigen Kartonagenfabrik beschäftigt. Doch in seiner Freizeit fühlte er sich eindeutig als Holzfäller, nur in den langen Wintermonaten konnte er das nicht ausleben. Er arbeitete gerne in der freien Natur, am liebsten alleine. Nur so konnte er neben der Tätigkeit richtig tief denken. Nach der stickigen Luft und dem ständigen Maschinenlärm in der Fabrik liebte er die Einsamkeit und vollkommene Ruhe in den Wäldern, die er dann allerdings mit seiner Motorsäge empfindlich störte. Aber daran dachte er absolut nicht.

Dons Aufgabe war es, die gekennzeichneten Bäume zu fällen, ohne großen Schaden anzurichten. Anschließend musste er die Krone und sämtliche Äste sauber abtrennen. Der nackte Stamm wurde irgendwann vom Pferd eines schweigsamen Indianers aus dem Wald zur Sammelstelle gezogen. Den Rest vom Baum konnte er mitnehmen oder liegen lassen. Die dicken Äste schnitt er sich gleich hier ofengerecht zu und lud sie in seinen Pick-up.

Don war mit der Arbeit an einer bestimmt 30 Meter hohen Douglasie fertig und machte eine kleine Pause. Ab und zu hob er die linke Hand und roch den Orangenduft der zerriebenen Nadeln. In weiter Entfernung hörte er das hohle Rattern eines Spechtes. Dann stand er auf, sah zur Uhr, setzte Helm mit Sicht- und Gehörschutz auf, nahm die Säge und seine Sachen und ging zu dem nächsten Baum. Diesmal war es eine noch höhere Fichte. Er schritt um den mächtigen Stamm und suchte sich die beste Fallrichtung aus.

Don Raily warf die Motorsäge an und begann mit dem Keilschnitt an dieser Seite. Die Abgase wurden bald vom frischen Holzgeruch überdeckt. Er selber hörte nur ein an- und abschwellendes Brummen, doch im Wald war das Kreischen kilometerweit zu hören, wie ein lauter, klagender Schrei.

Nach dem ersten Schnitt bis zur Mitte setzte er nun den zweiten an, um dann den Keil herauszulösen. Der Boden war übersät mit hellen Holzspänen. Don bändigte und hatte die Kraft des Motors, die rasende Kette war sein verlängerter Arm und fraß sich gierig in den altehrwürdigen Stamm. Schließlich trafen sich die Schnitte, er zog die Säge heraus und stellte sie im Leerlauf zur Seite. Mit der Axt schlug er den großen Keil aus dem Baum, reckte sich und sah zur hohen Krone empor. Dann nahm er die tuckernde Säge und begann mit dem Schnitt an der gegenüberliegenden Seite. Da er Handschuhe trug, bemerkte er nicht das klebrige Harz an den Griffen.

Er musste jetzt genau schneiden und aufpassen. Er führte die Kette im Halbkreis, die Späne flogen gegen seine Beine. Don hörte es nicht, aber er bemerkte die kleinen Aufschläge auf seinem Helm. Er blickte nach oben, in dem Moment landete ein dicker Tropfen auf dem Sichtschutz zwischen seinen Augen. Er zog die Säge heraus, hielt sie links im Leerlauf und entdeckte auf seinen Handschuhen und auf den karierten Hemdsärmeln überall braungelbe Flecken. Das war Harz. Don schaute hoch und sah, wie es regelrecht von den Ästen tropfte. Wieder wurde sein Visier getroffen. So etwas hatte er ja noch nie erlebt. Solche Mengen von Harz.

Zum ersten Mal verspürte er Unsicherheit im Wald. Don Raily fluchte, nahm die Säge wieder hoch, gab Gas und führte sie in den Schlitz ein. Er sägte weiter, stand da in diesem eng begrenzten

Platzregen mit schweren Tropfen. Er würde es diesem Baum schon zeigen. Der musste weg. Dann knackte es und es gab eine schwache Bewegung oberhalb der Kette. Don zog sie schnell heraus und ging einige Schritte zurück. Die Fichte neigte sich langsam zur anderen Seite, wurde schneller, krachte durch kleinere Bäume und Gestrüpp auf den Boden.
Für einen Augenblick fühlte sich Don als Sieger. Doch dann besah er sich seine Kleidung, die von Harzflecken übersät war. Die Handschuhe und die Klamotten konnte er wegschmeißen. Und den Helm mit Sicht- und Gehörschutz sowie die Motorsäge musste er garantiert stundenlang säubern. Verdammt!

Sonntag, 8. Mai 2011
Magdeburg, Sachsen-Anhalt, Deutschland.
Anja Blass spazierte alleine durch den Stadtpark auf der Elbeinsel. Bei dem schönen Wetter waren viele Leute unterwegs, natürlich meistens zu zweit. Wenn sie die Pärchen – besonders die offensichtlich frisch verliebten – beobachtete, empfand sie ihr Singledasein mal wieder als leer und öde.
Da Anja ihre gesamte Kraft und ihren ganzen Ehrgeiz in ihren Beruf presste und auch nur dort ihre Erfolgserlebnisse fand, waren die freien Wochenenden für sie eigentlich nur langweilig und dienten der Vorbereitung auf die nächste Arbeitswoche. Wenn ihre Kollegen auf den Freitag fieberten, sich auf zwei freie Tage freuten und von ihren geplanten Unternehmungen erzählten, empfand sie Neid und Verdruss und erfand manchmal sogar irgendwelche Aktivitäten. Oft meldete sie sich auch, um bereitwillig Wochenenddienste zu übernehmen, wenn jemand krank war oder tauschen wollte und hatte die Hoffnung, dass diese Hilfsbereitschaft sie beliebter machen würde.
Sie setzte sich auf eine freie Bank und blickte auf das niedrige Wehr in der Alten Elbe, über das unaufhörlich die Wassermassen nach unten strömten und dort Gischt erzeugten. Anja Blass hatte ihr Medizinstudium mit Auszeichnung abgeschlossen und arbeitete seit Anfang des Jahres als Assistenzärztin im Universitätsklinikum Magdeburg. Selbstverständlich wollte sie promovieren. Sie hatte die Planung und Vorbereitung abgeschlossen und gerade die ersten Seiten ihrer Dissertation geschrieben. Sie hatte lange zwischen zwei Themen geschwankt, einmal die unterschiedliche Häufigkeit von Allergien in Ost und West, zum anderen die besorgniserregende Ausbreitung von Ambrosia und die rasante Zunahme von schweren allergischen Reaktionen durch Kontakte mit dieser Pflanze, die man überall bekämpfte, in Süddeutschland brannte man mittlerweile die befallenen Brachflächen einfach ab.
Anja hatte sich aber für ‚Allergien in Ost- und Westdeutschland' entschieden, weil es ihr natürlich ein Bedürfnis war und Vergnügen

bereitete, zu beweisen, dass nicht alles in den neuen Bundesländern schlechter war. In den alten kamen jedenfalls Asthma, Neurodermitis, Heuschnupfen und Lebensmittelallergien viel öfter vor als im Osten. Viele Faktoren des westlichen Lebensstils waren dafür wohl verantwortlich: die Wärmedämmungen und Isolierverglasungen der Wohnungen, die zu einer Zunahme von Schimmelpilzen führten; mehr Hausstaubmilben durch die vielen Teppichböden; trockene Heizungsluft und chemische Ausdünstungen der Einrichtungen; zahlreichere Haustierhaltungen, oft mit verschiedenen Arten; häufigeres Duschen und massive Duftzusätze in Kosmetikartikeln; mehr Reisen, Autoabgase, Lärm, Stress und Medikamente; vielfältigere, geschmacksverstärkte und exotische Lebensmittel; Vereinzelung und Verhätschelung durch geringere Geschwisterzahlen.

Wobei ihr klar war, dass die Erhebung schon 15 Jahre alt war und damals das andere – eventuell gesündere – Leben in der DDR noch viel stärkere Auswirkungen hatte. Die nächste Untersuchung würde sicherlich eine Angleichung der Lebens- und Allergieverhältnisse zeigen.

Anja Blass schaute auf ihre Uhr, erhob sich und ging in Richtung zur Fußgängerbrücke. Sie war zum Kaffee bei ihren Eltern eingeladen. Ihr Vater würde wieder nach ihrer Arbeit und den Fortschritten ihrer Doktorarbeit fragen, ihre Mutter nach etwaigen neuen Bekanntschaften, mit dem Hinweis auf Alter, Heirat, Kind und so.

Sonntag, 26. Juni 2011
Bei Vierzon, Centre, Frankreich.
Es war kurz nach Sonnenaufgang, im Osten verbreitete sich das Orange am grünblauen Himmel, im Westen war er noch richtig dunkel. Die Feuchtigkeit der Nacht löste sich aus dem Boden und den Pflanzen und stieg hoch. Über der nahen Wiese schwebte dieser Morgennebel wie eine dunstige Abdeckung, die alles unwirklich erscheinen ließ.

Acht Rehe waren im blühenden Rapsfeld, hielten untereinander einen Abstand von ungefähr zwei Metern. Man sah sie nur, wenn sie nach dem Abbeißen bestimmter Blätter die Köpfe wieder hoben und beim Kauen nach allen Seiten wachsam Ausschau hielten.

Die unzähligen gelben Blüten bildeten oben eine üppige Traube. Viele der oberen Blüten waren noch geschlossen, aus den geöffneten ragten die Pollenstängel weit hervor. Der Raps hatte eine intensive Ausdünstung nach süßlich fauligem Kohl.

Die Rehe wanderten gemächlich durch das dichte Feld, blieben dabei in gewohnter Distanz zusammen. Wenn sie kauend über die gelbe Fläche spähten, richteten sie ihre Ohren in verschiedene

Richtungen. Sie waren noch vorsichtiger als sonst, weil sie nichts anderes riechen konnten als den schweren Rapsgeruch.

Die Rehe waren sehr wählerisch und rupften nur ausgesuchte Blätter ab. Von ihnen unbemerkt sprangen immer mehr Blüten auf und reckten ihre Staubgefäße heraus. Die Sonne verstärkte ihr warmes Licht und verdrängte den Nachthimmel gen Westen. Beim Absenken bekam ein jüngeres Tier etwas Blütenstaub an die Schnauze, warf den Kopf hin und her und schnaufte heftig. Dadurch brachte es Unruhe in die Gruppe. Die Rehe tänzelten aufgeregt herum, knickten einige Pflanzen mit ihrem Hinterteil um und zertrampelten sie.

Plötzlich löste sich aus jeder einzelnen Blüte die winzige Pollendosis, die aber in ihrer Gesamtheit gelbliche Wolken bildeten, die sich auf die Tiere absenkten. Ihre schwarzen Schnauzen färbten sich gelb, sie schnieften und schüttelten die Köpfe, um den Blütenstaub loszuwerden. Sie drehten sich im Kreis, bekamen schlecht Luft und wurden immer panischer. Der Bock gab das Signal zur Flucht, mit hohen Sätzen sprang er voraus, die Rehe folgten ihm in dichter Reihe.

Die Sonnenstrahlen hatten mittlerweile die Nebelschicht über der Wiese verdampft und brachten nun das Gelb der Rapsblüten zum Leuchten.

Mittwoch, 5. Oktober 2011
Braunschweig, Niedersachsen, Deutschland.

Holger Grimm stand nach Arbeitsschluss noch am offenen Autofenster seines Kollegen, stützte sich dabei auf sein Fahrrad ab und erkundigte sich nach dem neuesten Gerücht. „Und das soll wahr sein?"

„Ja. Ich hab's vom Personalrat."

„Kann ich mir nicht vorstellen."

„Die da oben arbeiten daran."

„Aber so einfach kann man doch eine Bundeseinrichtung nicht privatisieren."

„Man kann", sagte der Kollege. „Es wird nur seine Zeit dauern."

„Das glaub ich nicht."

„Für dich ist es ja noch schlechter, wo du doch gerade erst eine Familie gegründet hast."

„Tja." Holger presste die Lippen zusammen.

„Aber auch bei einer Übernahme können sie uns ja nicht alle gleich rausschmeißen. Aber langfristig wird es dann für uns sicherlich schlechter. Dann ist nichts mehr so sicher wie jetzt."

„Ach, was ist schon sicher?"

„Dass ich jetzt los muss." Der Kollege griente und zeigte auf den Monitor mit der digitalen Uhrzeit. „Also, schönen Feierabend noch."

„Gleichfalls. Tschüss." Holger nahm sein Fahrrad zur Seite und stieg auf. Das Auto fuhr weg. Einen schönen Feierabend hatte er schon lange nicht mehr. Zu Hause wartete nun niemand auf ihn. Obwohl er ja eigentlich eine komplette Familie hatte.
Er stand mit seinem Rad in der Ausfahrt und war unschlüssig. Schließlich nahm er nicht den Heimweg nach links, sondern fuhr den Messeweg rechts runter. In Riddagshausen stellte er sein Fahrrad an einen Pfosten und sicherte es mit der langen Kette. Dann machte er sich auf den Weg um den Kreuzteich.
Holger Grimm hatte sein Studium mit gutem Diplom abgeschlossen und arbeitete nun seit fast zwei Jahren bei der Biologischen Bundesanstalt für Land- und Forstwirtschaft in Braunschweig. In der halbjährigen Probezeit hatte er nur ein möbliertes Zimmer gemietet und war jedes Wochenende zu seiner Vanessa nach Dortmund gefahren. Danach hatte er hier eine schöne Wohnung gesucht, gefunden und renoviert. Im Herbst 2010 schloss Vanessa ihre Ausbildung zur Ergotherapeutin ab, kurz vorher stellte sie ihre Schwangerschaft fest.
Sie hatten dann in Dortmund eine recht große Hochzeit gefeiert und waren anschließend nach Braunschweig gezogen. Statt Flitterwochen hatten sie ihre Wohnung eingerichtet, sein geplantes Arbeitszimmer wurde zum Kinderzimmer. Alles war wunderbar gewesen: ihre Liebe, der anschwellende Bauch, ihr Zusammenleben, seine interessante Arbeit, die gute Bezahlung, die Wohnung mit Gartenanteil.
Am 2. Mai 2011 wurde ihr Sohn Bastian geboren. Natürlich war er bei der Geburt dabei gewesen; sie war das tiefste, bewegendste und beste Ereignis seines Lebens. Bastian war ein Sonntagskind. Aber zumindest seinen Eltern brachte das kein Glück.
Holger beobachtete einen Vater, der mit seinen beiden kleinen Kindern die zahlreichen Enten fütterte. Ob er jemals so etwas machen würde?
Als Vanessa dann mit dem Baby nach Hause kam, war auch noch alles in Ordnung. Er wollte von Anfang an das Kind auch mit versorgen, es wickeln, baden, füttern, anziehen, beruhigen, ausfahren. Er wollte ein aktiver Vater sein. Zuerst verlief es eigentlich ziemlich harmonisch, obwohl sie zunehmend mürrisch wurde und unzufrieden wirkte. Er schob das auf die übliche Hormonsache und die wenigen Kontakte zu anderen. Doch irgendwann fiel ihm auf, dass Vanessa jede seiner Handlungen an Bastian kritisierte, verbesserte oder gleich komplett wiederholte. Als er sie darauf ansprach, explodierte sie sofort und es kam zu ihrem ersten richtig großen Streit, mit zwei Tagen Schweigen anschließend.
In den nächsten Wochen hielt er sich zurück, erledigte immer weniger Arbeiten an dem Kind, weil er verunsichert war und keinen neuen Ärger wollte. Dieses Verhalten war natürlich auch wieder

vollkommen falsch. Vanessa hielt ihm Faulheit und Machogehabe vor, machte ihm bittere Vorwürfe, dass sie ständig mit dem Kleinen alleine sei und auf alles verzichten müsse und beklagte ihr verlorenes Leben als einsames Hausmütterchen; sie habe schließlich alles für ihn geopfert: Eltern, Schwester, Freundinnen, Heimatstadt und Berufsleben.

Holger sah zwei Höckerschwäne in stolzer Pose und geringem Abstand übers Wasser gleiten. Wenigstens die blieben ein Leben lang ein Paar.

Die Tage ohne Zankerei wurden immer seltener, die mit eisigem Schweigen oder gereizter Stimmung immer häufiger. Deshalb hatte er es überhaupt nicht mehr eilig, nach Hause zu kommen, weil dort sowieso nur Ärger auf ihn wartete. Also täuschte er immer öfter Überstunden für ein wichtiges Projekt vor und fuhr mit dem Rad durch die Gegend oder spazierte um die Riddagshausener Teiche und grübelte darüber nach, wie er sein junges Familienleben wieder in den Griff bekommen könnte.

Vor einer Woche rief Vanessa nach Feierabend auf der Arbeit an, doch da war nur noch sein Chef, der von Überstunden nichts wusste. Natürlich gab es dann einen heftigen Streit, bei dem Vanessa richtig hysterisch wurde und ihn anschrie, dass er ja wohl eindeutig ein Verhältnis habe, dass er sie und das Kind schändlich betrüge, dass sie jetzt endlich wisse, was los sei und warum er sich so zum Nachteil verändert habe.

Es half alles nichts, er konnte sie nicht beruhigen und ihr nichts erklären. Sie packte dann am Wochenende ihre und Bastians Sachen zusammen, belud das Auto damit und verließ ihn am Tag der Deutschen Einheit. Das war vorgestern gewesen. Vanessa wohnte wieder bei ihren Eltern in Dortmund und wollte absolut nicht mit ihm sprechen. Er hatte jetzt keine Frau, keinen Sohn und kein Auto mehr, circa 1.000 Euro Bargeld weniger und eine Wohnung mit vielen kahlen Stellen.

Sonntag, 1. Juni 2014
Bei Kaifeng, Henan, China.

Das Wasser reichte ihnen bis zum Schienbein. Barfüßig und gebückt stapften sie die unendlichen Reihen der Reispflanzen ab und passten auf, dass sie nichts Grünes beschädigten. Der Junge und das Mädchen suchten das Wasser nach toten Schnecken, Raupen und Käfern ab, denen das Knabbern am Reis nicht bekommen war. Diese treibenden Tiere, die durch die Wellen ihrer Schritte wieder in Bewegung kamen, sammelten sie auf und warfen sie in ihre großen Körbe. Gelegentlich fanden sie auch kleine Fische und winzige Krebse.

Meistens redeten sie viel, der Junge brachte das Mädchen oft zum Kichern oder klatschte in die Hände und vertrieb so die Reiher.

Manchmal schwiegen sie aber auch lange oder zählten ihre Funde laut vor sich her. Sie wurden von ihren Eltern jeden Sonntag auf verschiedene Abschnitte der gefluteten Reisfelder geschickt. Die aufgesammelten Tierchen waren ein begehrtes, gutes, kostenloses Futter für die zahlreichen Hühner. Auf den riesigen Wasserflächen, mit den bis zu den Bergen reichenden exakt gleichmäßig geordneten Reisbüscheln, sah man überall gebückte Kinder.

Samstag, 26. März 2016
Norderney, Niedersachsen, Deutschland.
Dr. Anja Blass saß in der Sonne auf der Promenade und schaute aufs wasserlose Meer. Es war Ebbe, und genauso fühlte sie sich auch: so leer, so ungeschützt offen, ohne Inhalt, mit den sichtbaren Spuren am Grund, den Rillen und Dellen ihres Lebens.
Am Montag würde sie ihrer Chefin die Kündigung zum 30. 6. überreichen, dann war sie eineinhalb Jahre hier in der Hautklinik gewesen. Das reichte vollkommen. Sie würde nur private Gründe vorgeben: zu weit entfernt von der Heimat, das Inseldasein, erfundener Beziehungsstress und so weiter. Auf keinen Fall würde sie die Wahrheit sagen, dass sie die vielen Hautkranken einfach nicht mehr ertragen konnte. Jede Untersuchung und besonders jegliche Berührung kostete ihr enorme Überwindung. Sie ekelte sich vor dem rohen Fleisch der Patienten mit Neurodermitis oder Schuppenflechte, vor den nässenden Wunden, den entzündeten Pusteln und Pickeln.
Anja hatte eingesehen, dass sie zwar eine hervorragende Medizinerin mit Doktorwürde war, aber eben keine richtige Ärztin, die Kranken helfen und sie heilen konnte. Sie war keine Frau der Praxis, sondern der Theorie. Das musste sie sich eingestehen. Dieses hippokratische Versagen ärgerte sie maßlos und wurde von ihr stumm nach unten gedrückt, zu all der anderen Bitternis. Selbst ihren Eltern offenbarte sie nicht den wirklichen Grund ihres Wechsels, sondern gab an, dass sie auf dieser Insel beruflich nicht vorwärts komme, keine entsprechenden Aufstiegschancen habe und sowieso lieber wieder im Osten leben wolle.
Eine große Möwe flog über sie hinweg und zum Strand hinunter, ihr klagender Schrei passte gut zu Anjas Stimmung.
Obwohl, so verzweifelt war sie nun auch wieder nicht. Sie wusste ganz genau, was sie wollte und nicht wollte. Sie hatte sich auf eine vielversprechende Stelle im Magdeburger Gesundheitsamt beworben und würde dort gleich am 1. Juli anfangen und ihren gesamten Ehrgeiz einbringen. Die Zeit hier war auch nicht verloren – obwohl es Anja gefühlsmäßig so vorkam –, sondern machte sich ausgezeichnet in ihrer beruflichen Biografie, war eine wichtige Sprosse in ihrer Karriereleiter.

Dienstag, 21. Mai 2019
Bei Phuket, Insel Phuket, Thailand.
Die tschechischen Touristen waren noch nie an einem Palmenstrand gewesen. Es waren drei befreundete Paare mit insgesamt fünf Kindern, drei Mädchen und zwei Jungen. Die Eltern rekelten sich auf den Sonnenliegen und fühlten sich herrlich, sie lasen oder dösten, ein Mann schnarchte leicht. Die Kinder waren ungefähr 50 Meter entfernt, für die Lautstärke immer noch viel zu dicht. Sie spielten unter den hohen Kokospalmen, wo unter dem Schopf mit den langen, gefiederten Blättern die grünen Früchte in kleinen Trauben hingen. Die beiden Jungens hatten in jeder Hand einen Stock und trommelten damit auf die Stämme. Die Mädchen rannten hin und her, fingen sich gegenseitig und kreischten dabei.
Gestern hatten sie gemeinsam einen Ausflug zu diesen bekannten Felsenbuchten gemacht, wo einzelne mächtige Gesteinsbrocken wie gigantische Faustkeile aus dem Wasser ragten, als hätte ein Riese sie dort hineingerammt. Sie verjüngten sich nach unten, abgeschliffen durch die Kraft des Meeres. Manche Felsen waren haushoch und mit Bäumen bewachsen.
Die Jungs trommelten ihren wilden Rhythmus auf die Palmenstämme, der aber von den schrillen Stimmen der Mädchen übertönt wurde. Als die erste Kokosnuss herunterfiel, freuten sich die Kinder; die grüne, unten spitz zulaufende Frucht wanderte von einem zum anderen und wurde bestaunt. Die Jungs benutzten sie als Ball, warfen sie sich gegenseitig zu und entfernten sich dabei etwas. Dann landete die zweite Nuss wie eine Kanonenkugel im Sand, dicht daneben die nächste. Das Lachen der Mädchen verstummte. Sie schauten besorgt hoch zu den fast 20 Meter hohen Palmen, die mit ihren langen Blättern friedlich wedelten. Jetzt lösten sich überall die kopfgroßen, circa zwei Kilo schweren Kokosfrüchte. Ein Mädchen wurde an der Schulter getroffen und brüllte auf. Dem jüngsten knallte eine Nuss auf den Kopf, es sackte zusammen, Blut färbte das blonde Haar, versickerte im Sand. Das älteste Mädchen schrie mit geballten Fäusten. Die Jungs standen wie erstarrt, der eine ließ das grüne Wurfding los, als hätte er sich verbrannt.
Die Mütter hörten zuerst die Schreie der Mädchen und liefen sofort los. Eine Frau stieß ihren schlafenden Mann an, sodass er mitsamt der Liege umkippte. Die beiden anderen Männer sprangen auf und folgten ihren Frauen. Der übergewichtige Schnarcher rappelte sich mühsam auf. Vereinzelt fielen noch Kokosnüsse herunter, auf dem Strand lagen über 20 Stück. Und dazwischen die blonde, bewegungslose Kleine. Ein Junge stützte das an der Schulter getroffene, schluchzende Mädchen. Die Mütter rannten und riefen die Namen ihrer Kinder. Der andere Junge beugte sich zu dem

leblosen Mädchen herunter, sah das viele Blut, taumelte einige Schritte weg und übergab sich. Die beiden Männer hatten die Frauen überholt. Einer schrie dem zurückgebliebenen Dicken zu, er solle irgendetwas zum Verbinden mitbringen.

Donnerstag, 14. März 2024
Berlin, Deutschland, EU.
Holger Grimm saß vor seiner Medienwand und verfolgte gespannt den Bericht über den Zwischenfall im Münchner Englischen Garten. Dort war eine Kindergartengruppe in einen massiven Pollenregen einer Erle geraten, dadurch kam es bei mehreren Kindern zu schweren allergischen Reaktionen.
Das großformatige Bild zeigte eine Grünanlage und einen prächtigen Baum mit einer viereckigen Absperrung durch rot-weißes Band, womit die drängelnden Menschenmassen von dieser Stelle ferngehalten wurden. Rechts standen drei Rettungswagen mit Blaulicht. Sanitäter, Ärzte und Polizisten eilten außerhalb dieses Quadrats hin und her. Innerhalb bewegten sich nur vier Feuerwehrleute mit Atemschutzgerät und sammelten die herumliegenden Sachen der Kinder auf: bunte Mützen und Jacken, kleine Rucksäcke mit lachenden Tierköpfen drauf und niedliche Brottäschchen. Die Männer schüttelten den hellen Puderbelag von diesen Gegenständen und packten sie dann in blaue Müllsäcke. Das Bild wurde herangezoomt, und man konnte auf dieser abgesperrten Fläche ganz deutlich eine gelbliche Schicht aus Blütenkätzchen und Pollenstaub erkennen, die bestimmt zwei Zentimeter dick war.
Die Kamera glitt wieder zurück und etwas nach links, wo jetzt der Reporter mit Mikrofon erschien und berichtete: „Nach den Aussagen der begleitenden Erzieherinnen hatten die Kinder unter dieser Erle gespielt und getobt, als plötzlich auf einem Schlag sämtliche Pollen auf die Gruppe herabrieselten und sie bedeckten. Sechs Kinder erlitten schwere allergische Reaktionen, zwei davon sogar einen lebensbedrohlichen anaphylaktischen Schock. Diese Kinder sind schon in der Klinik und werden dort versorgt. Hier in den Rettungswagen", er deutete zu dem Blaulicht, „werden die anderen Kleinen untersucht, beruhigt und dann ihren wartenden – aber glücklichen – Eltern übergeben. Ein vergleichbarer Fall ist zumindest in Deutschland bis jetzt noch nicht bekannt geworden. Damit gebe ich zurück ins Studio." Der Nachrichtensprecher las einige Kurzmeldungen vor, dann kam ein Filmausschnitt von den unüberwindbaren Grenzanlagen an der Straße von Gibraltar, die Afrika abriegeln sollten.
Sehr merkwürdig, dachte Holger Grimm, von solch einem Pollenschauer hatte er auch noch nichts gehört. Die Erle musste

irgendeine unbekannte Krankheit haben.
Er war immer noch groß und schlank, trug aber schon lange eine Brille und hatte mittlerweile richtige Geheimratsecken, die sich wohl in naher Zukunft zu einer Stirnglatze vereinigen würden. Von Braunschweig war er für drei Jahre nach Hannover ins Umweltministerium gegangen und dann Mitte 2019 ins Bundesministerium für Umwelt, Naturschutz und Nuklearsicherheit. Dieses BMU war 1986 gegründet worden, einige Wochen nach der schweren Reaktorkatastrophe von Tschernobyl, der ersten damals.
Unter Junik Adomir, dem jetzigen und ersten türkischstämmigen Bundeskanzler von Deutschland, wurde der Begriff ‚Reaktorsicherheit' in ‚Nuklearsicherheit' umbenannt, weil es deutlich weniger Atomkraftwerke gab, dafür aber mehr Gewicht auf die Endlager gelegt wurde.
Holger arbeitete in der Abteilung N, die für Natur- und Artenschutz, Gentechnik sowie Umweltfragen der Land- und Forstwirtschaft zuständig war. Beruflich war er vollkommen zufrieden und hatte viel mehr erreicht, als er sich während seines Studiums erträumt hatte. Privat war es nicht so gut verlaufen. Seit über 10 Jahren war er nun geschieden, hatte auch nie wieder geheiratet und meistens nur Beziehungen, die einige Monate hielten; die längste hatte von Ostern bis kurz vor Weihnachten gedauert. Seinen Sohn sah er nur alle paar Jahre für wenige Stunden. Das letzte Mal einen Nachmittag lang am Tag nach seinem 10. Geburtstag. Beide hatten nichts miteinander anzufangen gewusst, quälten sich irgendwie durch die Zeit. Bastian war ihm fremd, und er ihm natürlich auch. Sein Sohn hatte einen neuen Vater und eine Schwester, und seine Mutter hatte ihm garantiert jede Menge Instruktionen und Tabuthemen eingetrichtert.
„Fernsehen aus!", sagte Holger Grimm. Das Bild verschwand, und rechts oben an der Medienwand erschienen automatisch die Wechselfotos von Bastian. Darunter kam bei Benutzung das Bildtelefon und dann die Gegensprechanlage.
Er sah die Schnappschüsse der Entwicklung seines Sohnes: kurz nach der Geburt mit zerknautschtem Gesicht, als Säugling mit diesen winzigen Fingerchen, als lachendes Baby mit beschmiertem Mund, beim Baden, im Kinderwagen, beim Krabbeln, die ersten Schritte, auf dem Dreirad, im Kindergarten, bei Geburtstagen, die Einschulung mit Zahnlücken vorne, das erste Fahrrad. Je älter Bastian wurde, desto größer wurde der Abstand zwischen den Aufnahmen.
„Fotos weg! Radio an!", befahl Holger. „Lauter!"

Montag, 25. März 2024
Die beiden Arbeiter zerratterten mit ihren Presslufthämmern die Asphaltschicht, zwei andere schippten das gelöste Material in

einen Container und stützten sich dann wieder auf ihre Schaufeln ab. Es war nur eine kleine, begrenzte Baustelle auf der Straße Unter den Linden, die aber trotzdem den Verkehr erheblich behinderte. Wenn die Männer mal eine kurze Pause machten, sahen sie rechts die genervten Autofahrer und links den parkähnlichen Zwischenstreifen mit den vielen Bäumen an beiden Seiten, die in der Mitte schon teilweise ein grünes Blätterdach bildeten. Die Arbeiter verstanden nicht, dass bei dem herrlichen Wetter keine Leute auf den Bänken saßen. Natürlich hatte ihr knatternder Lärm schon alle vertrieben und hielt andere fern. Sie selber vernahmen durch ihren Gehörschutz ja nur das übliche dumpfe Trommeln.

Die Rentnergruppe aus Celle hatte die Zeit zur freien Verfügung zu einem Bummel entlang der Schaufenster der Friedrichstraße genutzt und sich mal wieder darüber gewundert, wie protzig sich der ehemalige Osten so entwickelt hatte. Die drei Männer regten sich darüber auf, dass dieser Luxus hier von ihren Solidaritätszuschlägen und Steuergeldern bezahlt worden sei und stritten gleich wieder über den richtigen politischen Weg. Die fünf Frauen bestaunten die Auslagen und Preise der Schaufenster. Sie wären auch gerne mal in die Kaufhäuser und Geschäfte gegangen, doch dafür reichte die Zeit nicht mehr. In einer Stunde war Treffen und Busabfahrt am Pariser Platz. Nun bogen sie rechts in die imposante Straße Unter den Linden ein. Die Frauen schlugen vor, doch auf dieser wunderbaren Allee des Mittelstreifens zu gehen. Die Männer hätten lieber das moderne Laufband auf dem breiten Gehsteig benutzt, fügten sich aber der weiblichen Mehrheit. Als sie den Baulärm hörten, lästerten die Männer sofort wieder, dass da ja schon wieder ihr Geld verbraten werde.

Die Arbeiter vibrierten mit ihren Maschinen, in ihrem Blickfeld waren nur ihre Schuhe, der rasende Meißel und die Asphaltstücke. Die Männer gingen zwei Schritte hinter den Frauen und sprachen darüber, warum man denn noch keine leiseren Presslufthämmer erfunden hatte. Als die Frauen auf der Höhe der Baustelle waren, fiel vereinzelt etwas von den vier höheren Bäumen, die hier im Karree standen. Eine Frau fing mit der offenen Hand ein Blütenteil auf, roch daran und meinte, es würde gesund riechen. Dann rieselten immer mehr traubenförmige Blütenkätzchen herab, zusätzlich schwebte weißlicher Pollenstaub herunter.

Die Leute aus Celle wedelten oder wischten es mit den Händen weg und begannen zu husten. Jetzt lösten sich richtige Puderwolken von den Bäumen, bedeckten die Menschen wie mit einer Mehlschicht. Der jüngste der Männer bekam keine Luft, er fingerte an seinen Hosentaschen herum, zog sein Asthmaspray heraus, sein Atem ging schwer und pfeifend, das Spray fiel ihm hin. Zwei Frauen krochen auf allen Vieren aus diesem Bereich, husteten und

japsten nach Luft. Ein Mann rief die Gattin des Asthmakranken, der umgefallen war, bläuliche Lippen hatte und röchelte.
Die an den Presslufthämmern hörten nichts und ratterten weiter. Die gerufene Ehefrau rutschte auf diesem Blütenbelag aus, stürzte aufstäubend der Länge nach hin und regte sich nicht mehr. Eine Frau kreischte, ihr Mann stand vornübergebeugt und Luft schnappend. Die anderen beiden Bauarbeiter ließen ihre Schaufeln fallen und rannten zu der Gruppe. Der eine Mann hatte das Spray gefunden, kniete sich neben den Asthmatiker, der jetzt eine violette Nase und verdrehte Augen hatte, glasiger Schleim lief aus dem Mund, Schweiß rann von seiner bleichen Stirn, das Atmen war nur noch ein brummendes Gurgeln. Der Mann schob ihm das Mundstück zwischen die blauen, leblosen Lippen und drückte, schrie seinen Namen und drückte.

Mittwoch, 27. März 2024

Natürlich hatte Anja Blass Karriere gemacht. Seit vier Jahren arbeitete sie nun im Bundesministerium für Gesundheit. Sie hatte nie geheiratet und war immer noch Single.
Jetzt saß sie im Vorzimmer ihres Chefs Dr. Ohlenberg, der sie schon fast 10 Minuten warten ließ und beobachtete seine aufgedonnerte Sekretärin bei ihren Tätigkeiten. Typisch Männer, dachte Anja, egal in welcher Position, die gingen immer nur nach dem Äußeren.
Ihr Vorgesetzter hatte sie gestern ins Krankenhaus geschickt, um mit den dort untergebrachten Rentnern aus Celle zu reden, die am Montag die Opfer dieser rätselhaften Pollenattacke wurden, bei der sogar ein Mann starb. Zwei Frauen und ein Mann waren nur noch zur Beobachtung dort, sie hatten alles gut überstanden und nur noch gerötete Augen, sie unterhielten sich mit Anja in der Cafeteria. Die Ehefrau des Toten hatte bei ihrem Sturz eine ungefährliche Kopfverletzung erlitten. Sie lag im mittlersten Bett eines Dreierzimmers, zwischen zwei noch viel älteren Frauen, die schon ziemlich dement wirkten und Infusionen bekamen; die eine summte ständig und verzog dabei den zahnlosen Mund, die andere reagierte immer zuerst auf Anjas Fragen mit einem lauten Was? oder Wie?
Die Witwe hatte einen perfekten Kopfverband und beantwortete alles sehr langsam und einsilbig. Bei ihr konnte man nicht abschätzen, ob die geröteten Augen vom Allergen oder vom Weinen kamen. Der Rest der Rentnergruppe, zwei Frauen und ein Mann, lagen auf einer anderen Station und zeigten unterschiedlich starke Symptome der schweren allergischen Reaktion, alle erhielten noch Sauerstoff durch die Nase.
„So, Sie können jetzt hinein", sagte die Sekretärin.
Anja stand auf, warf einen kritischen Blick auf ihre Armbanduhr,

klopfte an die Tür und trat ein. Ihr Chef kam ihr mit ausgestreckter Hand entgegen und begrüßte sie mit einem knappen Kopfnicken: „Guten Morgen, Frau Dr. Blass. Bitte setzen Sie sich doch."
„Guten Morgen, Herr Dr. Ohlenberg." Sie folgte seiner gezeigten Richtung und nahm gleichzeitig mit ihm Platz.
„Entschuldigen Sie die Wartezeit, aber ich hatte noch ein längeres Gespräch mit meinem Kollegen aus dem BMU." Er deutete kurz zu der ausgeschalteten Medienwand, dann stützte er beide Ellenbogen auf den Schreibtisch und verschränkte die Hände wie beim Gebet. „Wir haben uns auf ein schnelles, behördenübergreifendes Vorgehen bei diesen merkwürdigen Vorkommnissen geeinigt."
„Also gibt es noch mehr Fälle von ungewöhnlichen Allergieauslösern?"
„Haben Sie denn nichts von der Sache in München gehört?", fragte Ohlenberg vorwurfsvoll. „Die Kindergartengruppe im Englischen Garten?"
„Nein." Anja befürchtete, rot zu werden. „Wann war das denn?"
„Na, erst vor zwei Wochen. Auch dort ist ein Kind an den Folgen gestorben."
„Schrecklich!" Es rächte sich mal wieder, dass sie sich lieber Soaps als Nachrichtensendungen ansah und im Auto nur Musik hörte. „Da hatte ich abends pausenlos Termine", log sie und hob entschuldigend die Schultern.
„Soso." Er warf ihr einen skeptischen Blick zu. „Auf jeden Fall sind das besorgniserregende Vorfälle, wenn innerhalb von eineinhalb Wochen an weit voneinander entfernten Orten irgendwelche Bäume ihre gesamten Pollen fallen lassen und dadurch mehrere Menschen verletzt und sogar zwei getötet werden. Da müssen wir unbedingt rasch handeln."
„Finde ich auch."
„Wir müssen ja nicht warten, bis uns die Sensationsmedien mal wieder Untätigkeit und Versagen vorwerfen. Deren primitive, Angst verbreitende Schlagzeilen und Sendungen beunruhigen die Bürger schon genug." Ohlenberg legte seine Hände auf den Schreibtisch und drehte an seinem Ehering. „Wie gesagt, deshalb habe ich mit dem Umweltministerium gerade ein gemeinsames Vorgehen verabredet. Sie werden sich heute um 14 Uhr an der Unglücksstelle Unter den Linden mit einem Mitarbeiter des BMU treffen, und zwar", er nahm von rechts einen Zettel, las ihn und überreichte ihn Anja, „mit einem gewissen Herrn Grimm. Er ist groß und schlank und trägt eine blaue Jacke. Anschließend werden Sie nach München fliegen und sich über den dortigen Fall informieren."
„Nur wir beide?"
„Erst einmal ja. Aber Sie bekommen natürlich jegliche Unterstützung sämtlicher Behörden und Einrichtungen."
„Wer von uns beiden ist weisungsbefugt?"

„Keiner. Oder beide gleichberechtigt." Er verzog zynisch den Mund. „Aber inoffiziell sind wir selbstverständlich federführend. Sie werden sich schon nicht die Butter vom Brot nehmen lassen, nicht wahr, Frau Dr. Blass?"
„Nein", sie versuchte zu lächeln und dachte nach. Deshalb hatte der Alte sie also ausgewählt, weil sie als resolut, ehrgeizig und durchsetzungsfähig galt. Eben der richtige Kampfdackel für so einen Einsatz.
„Sie berichten ausschließlich an mich. Und Herr Grimm an seinen Vorgesetzten. Aber ich", er grinste hinterlistig, „will die neuesten Nachrichten natürlich als erster haben."
„Klar."
„So, dann berichten Sie mal von Ihrem gestrigen Krankenhausbesuch."
„Drei Personen werden wahrscheinlich schon heute entlassen, bei drei weiteren werden noch die Folgen der allergischen Reaktion behandelt. Die frische Witwe hat eine mittelschwere Kopfverletzung durch ihren Sturz. Ihr verstorbener Mann litt schon lange an allergischem Asthma. Er hat bei diesem Pollenregen leider sein Aerosol verloren, wurde rasch zyanotisch und starb dort an einem akuten Asthmaanfall."
„Wenn er ein paar Hübe genommen hätte, hätte er die Sache überlebt?"
„Bestimmt. Laut der Ehefrau war er allergisch auf Haselnuss, Weide und Birke. Was waren das denn für Bäume?"
„Das weiß ich doch nicht!", entgegnete Ohlenberg unwirsch.
„Nun, normalerweise tritt die Belastung nur durch den windbewegten Pollenflug auf, nicht durch solch eine geballte Ladung. Die wichtigsten Allergieauslöser jetzt im Frühjahr sind Birken-, Weiden-, Erlen- und Hasel-Pollen."
„Das in München war wohl eine Erle."
„Aha", Anja nickte und sagte leicht sarkastisch: „Ich weiß natürlich auch nicht, ob Unter den Linden nur Linden wachsen."
„Genau deshalb sollen sie ja dorthin. Und werden beraten und unterstützt von dem Diplombiologen Grimm."
„Na, dann." Sie dachte an die Märchenbrüder.
Die Stimme der Sekretärin kam aus irgendeinem Lautsprecher: „Herr Özdak-Primmel ist in der Leitung."
„Noch eine Minute." Ihr Chef erhob sich, Anja auch. „Ich muss unser Gespräch jetzt beenden. Aber wir waren ja fertig. Auf Wiedersehen, Frau Dr. Blass. Interessante Neuigkeiten also sofort an mich."
„Jawohl. Auf Wiedersehen."
„Bitte durchschalten!", rief Ohlenberg, stellte ihren Stuhl vor die Medienwand und setzte sich darauf.
Beim Rausgehen blickte Anja zurück und sah auf dem Bildschirm den feisten, schnurrbärtigen Kopf von Özdak-Primmel, einem

hohen Tier beim Bundesministerium für Ernährung, Landwirtschaft und Verbraucherschutz.

Nachdem sie sich auf diesem Alleestreifen begrüßt und vorgestellt hatten, fragte Holger Grimm etwas schelmisch: „Muss ich immer Doktor sagen?" und dachte, dass diese robuste Frau mit den maskulinen Zügen und der strengen Brille wirklich blass war.
„Nein, nein." Anja lächelte zu dem langen Kerl hoch, der wahrscheinlich älter war als er wirkte, denn auf seiner Stirn lichteten sich schon die Haare.
„Dann sind wir also ab sofort ein Zweierteam?"
„Sieht so aus." Der Typ trug jedenfalls keinen Ehering, dafür aber eins von diesen Headsets, die man ständig im Ohr hatte und auf Sprachsteuerung reagierten; das Gerät war nur so groß wie ein altmodisches Hörgerät, zur Wange hin ragte ein dünner Bügel mit einem winzigen Mikrofon.
„Das ganze Blütenzeug hat die Straßenreinigung ja schon entfernt." Holger ging in die Hocke und suchte den Boden ab. Er fand drei vollständige Blütenkätzchen, ließ sie in einen verschließbaren Klarsichtbeutel fallen und richtete sich wieder auf. „Eine Probe haben wir schon mal."
„Von welchen Bäumen rieselten die Pollen denn herab?"
„Von diesen vier Pappeln hier."
„Ich dachte immer, Pappeln sind lang und schmal", sagte Anja und dachte: so wie der hier, der garantiert ein Wessi war.
„Was Sie meinen, sind Pyramidenpappeln. Das hier sind Schwarzpappeln."
„Aha. Gibt es hier keine Birken, Weiden oder …"
„Die Pappeln gehören doch zur Familie der Weidengewächse."
„Ach, ja." Anja bekam heiße Ohren und verfluchte ihre Dummheit. Natürlich hatte sie das mal gewusst. „Auf Weide war der tote Asthmatiker jedenfalls allergisch."
„Schon länger?"
„Ja. Er nahm auch täglich Medikamente ein und hatte immer sein Spray dabei. Nur hat er es beim Anfall während dieses massiven Pollenfalls verloren."
„Haben Sie schon einmal von so einem schlagartigen Blütenschauer gehört?", fragte Holger.
„Nein, noch nie. Bei starken Windböen kann es mal zu verstärktem Pollenflug kommen. Aber so etwas wie hier? Nein."
„Und in München. Da war's eine Erle."
„Das ist wirklich neu und beängstigend."
„Eigentlich dachte ich, hier würden nur Linden stehen. Ist aber nicht so." Ihre Aussprache hatte er jetzt einwandfrei als ostdeutsch identifiziert.

„Denkt wohl jeder." Sie warf ihm einen abschätzenden Blick zu und dachte daran, dass man auch nach fast 35 Jahren Wiedervereinigung sofort das Anderssein, das Trennende spürte.
„An!", sagte Holger laut. „Ja, hier Grimm." Er deutete mit dem Zeigefinger auf sein Ohr. „Ja, genau der." Er machte ihr Zeichen und entfernte sich, setzte sich auf eine Bank und vermittelte von weitem den Eindruck, dass er angeregte Selbstgespräche führen würde.
Anja ging die paar Schritte zu der Baustelle, die heute keinen Lärm verursachte, weil die längliche Grube fertig ausgehoben war. In einer Tiefe von ungefähr eineinhalb Metern arbeiteten dort zwei Männer an verschiedenen Rohranschlüssen. Sie hatte den Unglücksbericht aufmerksam gelesen: zwei Bauarbeiter hatten durch ihre Ohrenschützer und Presslufthämmer anfangs nichts mitgekriegt, zwei andere waren der befallenen Rentnergruppe zu Hilfe gekommen und hatten auch die Rettungszentrale über Handy alamiert.
Jemand tippte ihr auf die Schulter. Anja fuhr herum und blickte auf den Hals von diesem Biologen, der etwas höher auch noch dämlich grinste. „Mann! Müssen Sie einen so erschrecken?"
„Entschuldigung! Ich soll Ihnen von Ihrem über meinem Vorgesetzten etwas ausrichten."
„So? Was denn?", fragte sie genervt.
„Dass wir beide am Freitagmorgen um 6.30 Uhr die Maschine nach München nehmen sollen. Der Rückflug ist am gleichen Tag um 19 Uhr."
„Bloß keine Hotelübernachtung, wie?" Anja ärgerte sich sofort über ihre Bemerkung, denn womöglich bildete sich dieser lange Kerl noch ein, sie wolle etwas von ihm.
„Der Staat muss sparen."
„Natürlich."
„Ist das diese Baustelle?"
„Ja."
Er beugte sich weit vor wie eine Giraffe und sagte: „Wahrscheinlich Fernwärme."
„Kann sein."
„Ich muss noch Proben von den vier Schwarzpappeln nehmen." Holger ging zu dem ersten Baumstamm, sie trottete hinter ihm her. Er holte ein pistolenähnliches Ding aus seiner Jackentasche, setzte den Lauf aufs Holz, drückte den Abzug und ein Drehgeräusch ertönte. „Das ist ein handlicher Akku-Kernbohrer."
„Aha."
Er schaltete am Griff etwas um, es jaulte schwach, dann nahm er das Gerät vom Baum, dort war jetzt ein Loch, er klopfte den Lauf auf seiner Handfläche aus und etwas wie ein sehr schmaler Korken fiel heraus. „Das ist Nummer eins." Er ließ das Holzstück in einen Klarsichtbeutel fallen.

Holger schnitt auch aus den anderen Pappeln Proben heraus. Anja begleitete ihn aber nicht dabei, sondern wartete auf einer Bank auf ihn. Er überredete sie noch zu einem Kaffee in einem nahen Lokal, dort klärten sie dann ihre Ost/West-Herkunft und ihren Familienstand und verabredeten sich zum Schluss für morgen um 9 Uhr in ihrem Büro.

Donnerstag, 28. März 2024
„Bei dem Asthmatiker hier war es ja so", Holger rückte seine Brille zurecht, das Headset hatte er nicht angelegt, „aber müssen nicht alle, die jetzt bei diesen beiden Fällen starke Reaktionen zeigten, nicht sowieso schon allergisch auf diese Pollen gewesen sein?"
„Das tote Kind in München bestimmt. Doch bei den Dreien, die noch im Krankenhaus liegen, war nur der Mann auf Nüsse und Äpfel allergisch, die Frauen hatten bis dahin nichts." Anja saß ihm gegenüber an ihrem Schreibtisch. „Aber bei solchen Extremkontakten reagiert natürlich fast jeder mit Atemnot oder zumindest mit Heuschnupfen-Symptomen."
„Wie funktioniert das eigentlich bei einer klassischen Allergie?"
„Unser Abwehrsystem hat unter anderem Antikörper, die jeden Fremdkörper erkennen, diesen an sich binden und so für den Körper ungefährlich machen. Genau dasselbe geschieht übrigens auch bei einer Impfung, wo uns die neuen Antikörper vor einer bestimmten Erkrankung schützen. Primitiv ausgedrückt ist eine Allergie nur ein Irrtum einer übereifrigen Körperabwehr."
„Diese Antikörper werden also beim ersten Kontakt mit diesen Fremdstoffen gebildet?"
„Richtig. In bestimmtem Gewebe sind bei uns Mastzellen angesiedelt."
„Hört sich ekelig an", Holger verzog das Gesicht.
„Im Innern dieser Zellen befindet sich unter anderem das hochaktive Histamin. Auf den Oberflächen der Mastzellen sitzen die Antikörper gegen gewisse Reizstoffe, wie zum Beispiel gegen Birkenpollen. Das ist der Grundstein – die sogenannte Sensibilisierung – für eine spätere Reaktion. Erst beim erneuten Kontakt mit Birkenstaub kommt es zu einer Wirkung durch diese eindringenden Pollen – die man auch Antigene nennt – und dieser Antikörper auf den Mastzellen. Das ist dann eine Antigen-Antikörper-Reaktion. Dadurch wird das Histamin aus den Zellen freigesetzt und führt zu den sichtbaren allergischen Symptomen, vom Juckreiz über tränende Augen bis zum anaphylaktischen Schock."
„Nehmen diese Allergien eigentlich immer noch zu?", fragte er.
„In den letzten fünf Jahren gab es endlich eine Stagnation."
„Das hört man gern."

„Die entscheidende Frage ist doch", Anja verschränkte beide Hände hinter dem Kopf und reckte sich, dabei spannte sich die Bluse über ihrem Busen, „warum fielen plötzlich sämtliche Pollen von diesen Bäumen?" Als sie seinen Blick auf ihre Brust bemerkte, nahm sie die Arme wieder runter.
„Keine Ahnung. Sie müssen eine Krankheit haben."
„Gibt es denn so eine?"
„Nur mit dem Pollenabwurf nicht. Aber wenn Bäume im Wurzelbereich stark verletzt oder durch Pilzbefall oder Umweltgifte geschädigt werden, lassen sie manchmal alle Blätter auf einmal fallen, um Nährstoffe zu sparen und als Ganzes zu überleben."
„Also ein vorzeitiger Herbst?"
„Genau", Holger nickte. „Vielleicht trifft das ja auf diese Bäume zu. Wir werden die Proben nachher zur Analyse bringen."
„Womöglich traten bei der Baustelle große Mengen von heißem Wasser oder Dampf aus. Deshalb musste das hier repariert werden. Und das haben die Wurzeln nicht vertragen."
„Gute Idee."
„Da werde ich bei den Stadtwerken nachfragen."
„Vielleicht ist es ein unbekanntes Virus, das die Bäume verändert hat." Holger sah nachdenklich vor sich hin. „Oder ob die Leute etwas extrem Ungewöhnliches gemacht haben?"
„Sollen die Rentner etwa die Stämme geschüttelt haben, bis alle Blüten abfielen?"
„Nein, nein." Er kam sich blöd vor, äußerte aber trotzdem auch noch seinen nächsten Einfall: „Ob es wirklich Zufall war, dass sich bei diesem Massenabwurf gerade mehrere Menschen unter den Bäumen befanden?"
„Natürlich. Was denn sonst? Sollen die Bäume extra solange gewartet haben?" Sie sah ihn spöttisch an. „Sollen die das etwa geplant haben?"
„Gezielt planen wie wir können sie sicherlich nicht. Aber ein denkähnliches Verhalten gibt es bei Pflanzen durchaus."
„Also haben Bäume auch einen IQ?", fragte sie belustigt.
„Wenn wir eine Messmethode hätten, könnten wir garantiert gravierende Unterschiede bei den einzelnen Baumarten feststellen, zum Beispiel in der Reaktionszeit auf äußere Einflüsse oder so. Ob man das allerdings als Intelligenzquotienten bezeichnen kann, ist eine andere Sache."
„Ist das Ihr Ernst?" Anja hatte einen skeptischen Gesichtsausdruck.
„Absolut. Pflanzen können doch hören, fühlen, auf unbekannte Weisen auch sehen und schmecken und haben eine Art Gedächtnis. Sie reagieren auf Stimmen und Musik, auf Berührung und Temperaturen; sie wissen, wo die Sonne steht und wo es im Boden Wasser und die besten Nährstoffe gibt. Ein Baum sondert gezielt sein Harz ab, um Wunden zu schließen oder Schädlinge zu

bekämpfen."
„Aber das ist doch kein Denken. Das ist automatische Reaktion, geistloser Instinkt."
„Auch der niedrigste Instinkt ist nie geistlos", entgegnete Holger gereizt.
„Gut, Herr Biologe. Das war wohl der falsche Ausdruck, aber ..."
„Denken ist Erinnerung, Erkennen von Ursache und Wirkung und gezieltes Handeln. Wie bei dem vorhin genannten Beispiel der Entlaubung. Genau dazu sind alle Pflanzen fähig."
„Wenn Sie es sagen", erwiderte sie mit einem schmollenden Unterton.
„Wir wissen schon seit langem, dass unter anderem Walnussbäume bei Stress etwas Ähnliches wie Aspirin produzieren. Sie reagieren sehr sensibel auf Belastungen wie Hitze, Kälte oder Trockenheit. In ihrer Umgebungsluft erhöht sich dann die Konzentration von Methylsalicaten, die in den Bäumen gebildet werden. Diese Stoffe sind eng mit der Acetylsalicylsäure verwandt, die ja bekanntlich aus der Weidenrinde stammt und unter dem Markennamen Aspirin verkauft wird."
„Aha." Anja schaute provokativ auf ihre Armbanduhr und war davon überzeugt, dass dieser Hinweis auf die Weide ein mieser Seitenhieb war.

Als sie auf der Autobahn nach Kleinmachnow rausfuhren, sahen sie einen Teil der Großbaustelle für die Schwebe-Hochbahn. Anja berichtete von ihrem Telefonat mit den Stadtwerken, wo ihr versichert worden sei, dass es dort Unter den Linden keinen Wasser-, Gas- oder Dampfaustritt gegeben habe, es handele sich nur um neue oder auszutauschende Anschlüsse.
Nach einiger Zeit sagte Holger: „Ist das nicht herrlich?" und zeigte nach rechts, wo man zwischen den Bäumen den Wannsee sehen konnte.
„Ja. Man ist leider nur zu wenig draußen in der Natur."
„Ich mache das öfter." Für einen Moment war er versucht, sie mal zu einer kleinen Wanderung einzuladen, doch die würde bestimmt nach zwei Kilometern schlapp machen.
In Kleinmachnow war das Bundesforschungsinstitut für Kulturpflanzen, das dem Bundesministerium für Ernährung, Landwirtschaft und Verbraucherschutz unterstand. Dieses Institut war einmal aus dem Zusammenschluss mehrerer Bundeseinrichtungen entstanden, unter anderem auch der Biologischen Bundesanstalt für Land- und Forstwirtschaft, bei der Holger Grimm vor über 10 Jahren in Braunschweig gearbeitet hatte. Er kam ab und zu hierher, wenn es um Bodenanalysen oder Pflanzenuntersuchungen ging. Mit der etwas jüngeren Bristin Renalde – die das Labor

leitete – duzte er sich, weil sie in seiner Berliner Anfangszeit mal einige schöne Tage und noch tollere Nächte zusammen waren. Kurz darauf hatte Bristin ihren jetzigen Mann kennengelernt und bald geheiratet. Mittlerweile ging ihre Tochter schon in die Ganztags-Kinderstätte.
„Darf ich vorstellen?" Holger deutete mit einem schwachen Nicken von links nach rechts. „Frau Anja Blass vom Bundesgesundheitsministerium. Frau Bristin Renalde, die Laborchefin hier." Die beiden Frauen scannten sich sofort von Kopf bis Fuß ab. Anja hätte fast noch ihren Doktortitel hinzugefügt, verkniff sich das aber.
„Wir benötigen mal wieder Amtshilfe von euch", sagte Holger und sah in Gedanken Bristin, wie sie stöhnend auf ihm ritt.
„Um was geht's denn?"
„Um diesen ungewöhnlichen Pollenvorfall Unter den Linden, bei dem sogar ein Rentner umgekommen ist."
„Das hab ich gelesen. Wirklich merkwürdig."
„Und außerdem gab es in München einen vergleichbaren Fall, bei dem auch ein Kind gestorben ist", sagte Anja. „Da fliegen wir morgen hin, um Baumproben zu nehmen und die Umstände aufzuklären."
„Genau", Holger warf einen mürrischen Seitenblick auf seine neue Kollegin, weil sie sich vorgedrängelt und seinen Text vorgetragen hatte.
„Das muss ja wichtig sein, wenn die da oben gleich zwei so teuere Mitarbeiter mit dem Flieger runterschicken."
„Das ist es auch", bestätigte Anja herablassend.
„Gut. Dann gehen wir besser in mein Büro." Sie folgten Bristin Renalde durch zwei enge Flure in einen sparsam eingerichteten Raum, in dem eigentlich nur die vielen Bücher einen belebten Eindruck vermittelten. Bristin setzte sich hinter ihren Schreibtisch, ihre Besucher davor auf abgenutzte Stühle, die wohl von einer Kantine ausgemustert waren.
Ehe ihm Anja wieder zuvorkommen konnte, legte Holger die Klarsichtbeutel mit den Proben auf den Tisch. „Die Holzstücke stammen von den vier beteiligten Schwarzpappeln. Die Blütenkätzchen ließen sich keinem Baum mehr zuordnen. Die Straßenreinigung war schneller gewesen."
„Und worauf sollen wir die Proben untersuchen?" Bristin besah sich die einzelnen Beutel.
„Auf eine Krankheit, auf Pilzbefall, auf irgendeine Art von Schädigung oder Vergiftung. Ich weiß es auch nicht." Er zuckte mit den Achseln.
Anja beugte sich vor und sagte: „Bei den Stadtwerken habe ich schon recherchiert, dort gab es keinerlei Austritte im Leitungssystem."
„Aha", Bristin machte eine verständnislose Miene.

„Es geschah direkt bei einer Fernwärme-Baustelle", erklärte Holger.
„Ich dachte, das wüssten Sie."
„Nein. Ist mir wohl entgangen", erwiderte Bristin messerscharf.
„Wie geht's eigentlich deiner Tochter?", fragte er, um zu verhindern, dass die Frauen aufeinander losgingen.
„Sehr gut. Der gefällt's wunderbar in der Kinderstätte."
„Diese Ganztagsbetreuung ist ja eigentlich eine Erfindung der DDR."
„Na, wenigstens eine brauchbare", meinte Holger und registrierte amüsiert, wie die Frau Doktor kochte und sich beherrschen musste.
„Ich nehme an, du brauchst die Ergebnisse mal wieder am besten sofort?" Bristins Blick war eine belustigte Gratulation.
„Wir", warf Anja ein.
„Am Montag bringe ich dir die Proben aus München …"
„Wir", korrigierte Anja trotzig.
„Natürlich", Holger nickte hämisch. „Vielleicht kannst du uns dann schon etwas sagen." Das ‚uns' hatte er besonders betont.

Freitag, 29. März 2024
München, Deutschland, EU.
Auf dem Flug hatten sie nur wenig geredet, und absolut kein Wort über ihr Privatleben. Während der Fahrt zum Englischen Garten sprach Holger über sein Headset – das Anja affig und angeberisch fand – mit einem Mitarbeiter vom Städtischen Bauamt, der für die Grünanlagen zuständig war. Der beschrieb ihm den Weg zum Unglücksort und versicherte, spätestens in einer Stunde auch dort zu sein.
Als die beiden dann zu der Stelle kamen, waren sie geschockt. Von der Erle war nur noch ein niedriger Baumstumpf übrig.
„Davon hat der Typ aber nichts gesagt", Holger zeigte ratlos auf die helle Schnittfläche.
„Das ist ja ein unmögliches Verhalten", Anja schüttelte empört den Kopf.
Die Rasenfläche war sorgfältig abgesammelt worden. Sie fanden keinen Zweig, kein Blatt und erst recht keine Blütenpollen von dem Baum. Der kurze, nackte Stumpf war das einzige Überbleibsel von ihm.
„Da fliegen wir extra hierher, und die fällen vorher die Erle und beseitigen sie fast spurlos."
„Das gibt eine ordentliche Beschwerde von höchster Stelle", sagte Anja.
„Davon kriegen wir aber auch keine Pollen." Holger legte seinen Alukoffer ins Gras, öffnete ihn und nahm seinen Akku-Kernbohrer

heraus. „Na, wenigstens vom Holz können wir eine Probe nehmen." Er setzte das Pistolending an, schnitt einen Korken heraus und ließ ihn in einen Klarsichtbeutel fallen.
„Da kommt einer", Anja deutete nach links zum Weg.
„Das wird er sein", Holger schaute zu dem Mann, der schon von weitem mit einem Blatt Papier winkte. Er packte alles wieder in seinen Koffer, verschloss ihn und stellte ihn aufrecht hin.
Anja stemmte die Hände in die Hüften und erwartete in dieser Angriffsposition den Mann vom Bauamt.
„Entschuldigung!", rief der aus einigen Metern Entfernung. Als er vor ihnen stand, japste er nach Luft und sagte: „Es tut mir wirklich leid. Daran habe ich bei unserem Telefonat überhaupt nicht mehr gedacht, dass der Baum gefällt wurde." Der Mann war um die fünfzig, etwas beleibt, hatte graue Haarränder, trug eine Krawatte und machte einen abgehetzten Eindruck.
Sie begrüßten sich und stellten sich gegenseitig vor. Anja wollte gleich eine Breitseite abfeuern, doch Holger fiel ihr ins erste Wort und fragte, ob eventuell noch belaubte Äste von der Erle vorhanden seien?
„Nein. Das ist alles weg. Die erbosten Eltern haben gleich am Samstag nach dem Unglück den Baum gefällt, in tragbare Stücke zersägt, auf Anhänger geladen und abtransportiert." Der Mann besah sich Holgers Headset. „Das war eine große Aktion. Hier waren mehrere Fernsehteams und jede Menge Zuschauer, die beim Umkippen der prächtigen Erle applaudierten. Die Eltern trugen bei dieser Arbeit Mundschutz, Handschuhe, Schutzbrillen und teilweise Gasmasken. Jeder Zweig wurde aufgehoben, jedes Blatt und jede Blüte wurde von Laubsaugern geschluckt."
„Deshalb also keine Spur von Pollen."
„Und dann wurde alles weggefahren und auf dem Grundstück eines befreundeten Landwirts verbrannt. Das war wohl der Patenonkel des gestorbenen Mädchens."
„Ein Scheiterhaufen der Rache", murmelte Holger betroffen.
„Durften die das denn überhaupt?", fragte Anja.
„Natürlich nicht. Der Baum war schließlich Eigentum der Stadt München. Die Polizei war auch hier vor Ort. Wir vom Amt natürlich auch. Aber wollen Sie da einschreiten? Wollen Sie die Eltern verhaften, weil sie ihre Kinder schützen wollen?"
„Das hätte wohl negative Schlagzeilen gegeben, wie?", erwiderte Anja bissig.
„Nicht nur das. Wahrscheinlich hätte es hier Tumulte und Handgreiflichkeiten gegeben."
„Und alles vor laufenden Kameras."
„Also wurde die Erle restlos verbrannt?", Holger schielte erbost zu Anja.
„Ja. Das war morgen vor zwei Wochen. Da ist nichts mehr von übrig."

„Schade. Aber ich konnte immerhin vom Baumstumpf eine Probe nehmen."

„Ich habe hier eine Namensliste mit Adressen und Telefonnummern", der Mann reichte ihm das Blatt Papier, „aller Teilnehmer dieser Kindergartengruppe. Das Kreuz steht bei dem toten Mädchen. Die Kreise bei den Kindern, die in der Klinik waren."

„Danke. Gut, dass sie daran gedacht haben." Holgers Blick blieb an dem Kreuz hängen.

„Die beiden Erzieherinnen stehen auch mit drauf. Ganz unten, nach dem Absatz."

Bei der Familie des gestorbenen Mädchens ging niemand ans Telefon. Alle anderen Eltern – meistens waren nur die Mütter erreichbar – waren mit einem Besuch einverstanden, nachdem sie gehört hatten, dass sie nicht von den Medien, sondern von Bundesministerien kamen. Als erstes waren sie bei dem Jungen, der auch einen anaphylaktischen Schock gehabt, aber gut überstanden hatte. Der blasse Knabe litt an Neurodermitis, war dadurch natürlich asthmaanfällig, außerdem war er auf Milch, Eier, Nüsse und Weizenmehl allergisch. Von seiner besorgten Mutter erfuhren sie auch, dass die Familie des toten Kindes für einige Wochen zu Verwandten in die Schweiz gezogen sei. Das Mädchen habe eine Allergie auf viele Gräser und alle im Frühling blühenden Bäume gehabt. Von den vier anderen Kindern, die nach dem Pollenvorfall ins Krankenhaus gekommen waren, hatte nur eins Heuschnupfen gehabt, die restlichen drei hatten vorher noch nie auf irgendetwas allergisch reagiert.
Anja Blass hatte übrigens erstaunlich feinfühlig mit den Kindern und Eltern gesprochen. Holger war besonders überrascht, wie fürsorglich und behutsam sie mit dem Neurodermitiskranken umging, wie sie zärtlich über seine Arme strich und sich die entzündeten Hautpartien zeigen ließ. Dann erkundigte sie sich bei seiner Mutter nach den Medikamenten und Behandlungsmethoden und gab Ratschläge. Anja fühlte sich nach langer Zeit mal wieder als richtige Hautärztin und war genauso dankbar wie die Mutter. Außerdem merkte sie natürlich, dass ihre sensible Untersuchung und ihr medizinisches Fachwissen mächtig Eindruck auf den langen Biologen machte.
Die verantwortliche Erzieherin hatte ihre Kollegin zur Verstärkung geholt, so wurden sie von beiden gemeinsam empfangen und über das tragische Geschehen informiert. Die Kindergärtnerinnen hatten zwar von der Neurodermitis des Jungen und der Gräser- und Baumallergie des Mädchens gewusst, aber erstens hatten sie die Erle nicht als solche erkannt, und zweitens hatten sie absolut

keine Sekunde daran gedacht, dass dieser herrliche Baum ein Frühjahrsblüher war und ihnen irgendwie gefährlich werden könnte. Die Kinder hätten einfach nach der langen Stubenhockerei die Bewegung an der frischen Luft genossen, ausgelassen und laut kreischend unter dem Baum getobt. Die ersten fallenden Blüten hätten sie auch noch begeistert aufgesammelt. Nach diesem Satz konnten die beiden Frauen vor Weinen und Schluchzen nicht mehr sprechen.

Sie saßen im Flughafen und hatten eine Kleinigkeit gegessen. Jetzt tranken beide Kaffee.
„Der Junge müsste wegen seiner Neurodermitis unbedingt mal für längere Zeit nach Norderney", sagte Anja. „Dass er und das Mädchen einen Schock erlitten haben, ist nicht verwunderlich bei ihren allergischen Krankheitsbildern."
„Das Mädchen starb, weil es unter anderem genau auf diese Erlenpollen so heftig reagierte."
„Richtig. Seltsam ist nur, dass die Hälfte der behandelten Kinder vorher überhaupt keine Symptome zeigten."
Holger beugte sich vor. „Aber Sie sagten doch selber, dass bei solchen Extremkontakten fast jeder Schleimhautreizungen und Atemnot bekommen würde."
„Stimmt auch wieder. Das schüttelt keiner so einfach ab. Eigentlich kann man noch froh sein, dass nur sechs Kinder ernstlich betroffen waren. Das hätte noch schlimmer ausgehen können, weil der kindliche Organismus viel schneller und empfindlicher reagiert."
„Auch hier fielen die Blüten genau zu dem Zeitpunkt, als sich die Gruppe darunter aufhielt. Warum nicht eine Stunde früher oder später?", fragte er nachdenklich.
„Keine Ahnung. Das muss Zufall sein."
„Und wenn nicht?"
„Ach, Herr Grimm, mit dieser geplanten Pollenattacke durch die Bäume habe ich so meine Probleme", sie lächelte und verdrehte die Augen.
„Auf jeden Fall ist es sehr merkwürdig."
„Das stimmt." Anja zeigte auf seinen Teller mit den einsamen Petersilienblättern. „Essen Sie eigentlich immer so wenig?"
„Nein. Aber im Moment reicht´s." Er winkte die Bedienung heran.
„Denken Sie daran, dass wir zwei getrennte Quittungen brauchen."

Montag, 1. April 2024
Berlin, Deutschland, EU.
„Na, schönes Wochenende gehabt?", fragte Ziegler, der Vorgesetzte von Holger Grimm.
„Ach, ja."

„War ja auch das beste Frühlingswetter."
„Stimmt. Am Samstag bin ich Fahrrad gefahren." Nachmittags war er zu Utinka gegangen, wie von ihr bestellt. Sie hatten eine sehr lockere Beziehung und sahen sich meistens nur einmal pro Woche.
„Und wie war's in München? Kommen Sie denn mit Ihrer neuen Kollegin zurecht?"
Holger machte eine leidende Miene und berichtete von Anja und München. Dabei dachte er unentwegt an Utinka, die häufigere Treffen aus Rücksicht auf ihre Tochter ablehnte, weil sie eifersüchtig und teilweise hysterisch auf andere Kontakte ihrer Mutter reagierte. Deshalb durfte er auch nie dort übernachten, sondern musste in der Nacht wieder verschwinden. Zu Holger konnte sie erst recht nicht kommen, weil sie ihre Tochter für mehrere Stunden nicht alleine lassen durfte. Einerseits gefiel ihm diese unverbindliche Liebschaft, sie verbrachten meistens einen schönen Abend und vergnügten sich danach im Bett. Und dann konnte er gehen, ohne Ansprüche, Vorwürfe oder Nachfragen, ohne Alltagsmonotonie oder Verpflichtungen. Andererseits kam er sich manchmal regelrecht benutzt vor, was natürlich albern war. Außerdem hatte er gelegentlich das Gefühl, ihr Verhältnis sei schon so locker, dass es sich langsam auflöste.
„Ich hatte am Freitag ein längeres Gespräch mit Özdak-Primmel, der sich unbedingt an Ihren Nachforschungen beteiligen möchte", sagte Ziegler, der immer noch seinem Heimatort bei Bonn nachtrauerte.
„Wieso denn das?"
„Nun. Erstens ist er chronisch geltungs- und mediensüchtig und wittert bei dieser Angelegenheit eine Profilierungschance, zweitens benutzen wir für die Analysen Ihrer Proben sein Forschungsinstitut und drittens hat uns jetzt sein Landwirtschafts-Ministerium einen weiteren Vorfall mit massivem Pollenabwurf gemeldet."
„So? Wo denn?", fragte Holger.
„In der Nähe von Pasewalk. Gar nicht weit weg von hier."
„Und wann war das?"
Sein Chef nahm eine Notiz von seinem Schreibtisch und antwortete: „Bereits am 9. März."
„Was? Das war ja noch vor der Sache in München."
„Richtig."
„Gab es Verletzte oder gar Tote?"
„Naja", Ziegler grinste und schwenkte unentschlossen den Kopf. „Eigentlich schon."
„Wie?" Holger fand sein Verhalten sehr unpassend.
„Es gab 86 tote Gänse."
„Gänse?", wiederholte er fassungslos. „Und Menschen?"
„Nein." Ziegler war wieder ernst. „Es gab keine menschlichen Opfer."

„Tödliche allergische Reaktionen bei Gänsen?", fragte Holger kopfschüttelnd.

„Ja. Özdak-Primmel hat sein Ministerium nach derartigen Vorfällen durchsuchen lassen. Und da stieß man auf diese Schadensmeldung eines Landwirts aus Krugsdorf."

„Und was waren das für Pollen?"

„Von Haselnusssträuchern." Zieglers Familie wohnte erst seit einem halben Jahr im Berliner Randgebiet, nachdem sein ältester Sohn seine Ausbildung beendet und der jüngste sein Abitur gemacht hatte. Bis dahin hatte er nur eine Wochenendehe geführt, pendelte zwischen Bonn und Berlin, worüber er sich aber niemals beschwerte.

„Sollen wir da auch hin?"

„Auf jeden Fall. Und zwar gleich morgen Früh." Jetzt saß Zieglers Frau alleine in ihrem Haus und kannte keinen Menschen hier. Nur seine Jungs fanden es toll in der Hauptstadt.

„Gut."

„Und Sie kriegen Verstärkung."

„Was?", fauchte Holger zurück.

„Özdak-Primmel schickt einer seiner Leute zur Unterstützung."

„Oder als Aufpasser und Spion?"

„Tja", Ziegler zwinkerte misstrauisch, nahm eine andere Notiz vom Tisch und las vor: „Ein gewisser Keno Backwang trifft Sie morgen um 9 Uhr hier unten an der Ausfahrt." Er überreichte Holger den Zettel. „Ein nagelneues Dienstfahrzeug steht ab sofort für Sie bereit. Das können Sie auch für die gesamte Dauer der Ermittlungen benutzen."

„Prima!"

„Das können Sie anschließend gleich bei der Fahrbereitschaft abholen."

„Gut. – Ist dieser Typ nur für diesen Einsatz wegen der Gänse dabei?"

„Leider nicht. Er wird bei allen Angelegenheiten dabei sein, die irgendwie in die Zuständigkeitsbereiche des Bundesministeriums für Ernährung, Landwirtschaft und Verbraucherschutz fallen. Oder sie auch nur tangieren."

„Also könnte er ständig anwesend sein?"

„Richtig", sein Chef nickte mit bedauernder Mimik. „Alleine schon, um Berührungspunkte und Interessensphären auszuschließen."

„Na, klasse."

Auf der Fahrt nach Kleinmachnow berichtete Holger von dem Gänsetod durch Haselpollen, den sie morgen gemeinsam mit einem Vertreter eines dritten Ministeriums untersuchen sollten. Danach machte er sich einen Spaß daraus, Anja Blass einen Schrecken einzujagen, indem er bei dem supermodernen Dienstwagen den

Autopiloten einschaltete, dann die Arme verschränkte, sich gemütlich zu ihr hindrehte und ihr entsetztes Gesicht und ihren Aufschrei genoss. Anja beschimpfte ihn als Wahnsinnigen, starrte entgeistert auf die Fahrbahn, begann zu kreischen. Holger klemmte seine Hände unter die Achseln und grinste möglichst blöde. Dann griff sie todesmutig ans Lenkrad und bemerkte dessen selbständige Bewegungen. Holger lachte auf, weihte sie ein, zeigte ihr den betreffenden Schalter und erklärte kichernd: „Man muss natürlich vorher die Strecke ins Navi eingeben, damit das Auto weiß, wo es hinfahren soll."

„Spinner! Einen so zu erschrecken!"

„Entschuldigung! Aber ich würde Sie doch nie in Gefahr bringen", sagte er so schmalzig, dass ihm selber übel wurde.

„Unglaublich! Wie ein kleiner Junge!"

„Stimmt. Ich konnte einfach nicht widerstehen. Aber jetzt übernehme ich wieder." Er betätigte den Schalter und umfasste das Lenkrad. „Das ist neueste Technik. Und das bei uns im Staatsdienst."

„Ph!", machte Anja verächtlich; doch unsichtbar für ihn, verzog sich ihr rechter Mundwinkel zu einem winzigen Schmunzeln.

Im Forschungsinstitut marschierten sie zielsicher ins Büro von Bristin Renalde. Bei ihr stand ein brauner Mann mit lackschwarzem Haar, der so um die dreißig war und sich selber als Keno Backwang vorstellte. Holger war zuerst verärgert, dass dieser Schnösel nicht mal bis morgen warten konnte und sich jetzt schon einmischen musste. Doch Keno Backwang hatte viel von der freundlichen Höflichkeit seiner asiatischen Vorfahren geerbt, er nickte und strahlte Holgers knurrige Bemerkungen einfach weg und verwandelte sie in normale Konversation. Die beiden Frauen himmelten den Schönling an, der bei jedem Lächeln seine reklameweißen Zähne blitzen ließ.

„Dann seid ihr also jetzt ein Dreier-Pack", meinte Bristin.

„Sieht so aus." Holger bemühte sich um einen brummigen Tonfall. Er und Anja setzten sich auf die abgewetzten Stühle. Bristin nahm hinter ihrem Schreibtisch Platz, stand sofort wieder auf und sagte: „Ich werde noch einen Stuhl besorgen."

„Nicht nötig, Frau Renalde. Ich setze mich hier auf die Tischkante. Wenn ich darf?"

„Aber natürlich. Bitte." Bristin ließ sich in ihren Sessel fallen.

Keno Backwang saß so locker mit übergeschlagenem Bein auf dem Tisch, als würde es es immer so machen.

„Haben Sie schon Ergebnisse von unseren Proben?", fragte Anja plötzlich und irgendwie störend.

Holger verdrehte genervt die Augen, was von dem Tischsitzer sogleich registriert wurde.

Bristin reizte es einen Moment, das Sticheln mit dieser arroganten

Frau wieder aufzunehmen, die Proben als Holgers zu bezeichnen und sich nur an ihn zu wenden. Doch sie wollte es nicht absichtlich eskalieren lassen und antwortete: „Wir haben nichts Verdächtiges entdeckt. Und bei den externen Einflüssen sind alle Werte im unteren Normbereich: also Sporen, Mikroben, sämtliche Schadstoffe und Pilze. Das einzig Ungewöhnliche waren Bakterienspuren in den Blütenkätzchen. Aber das sind sicher Verunreinigungen durch den Bodenkontakt."
„Auch keine Anzeichen auf irgendwelche Schädlinge?", fragte Holger.
„Nichts."
„Also sind diese Schwarzpappeln gesund?" Anja saß vorbildlich mit geradem Rücken und rausgestreckter Brust.
„Genau."
„Und das auf einer der meistbefahrenen Straßen in Berlins City", warf Keno Backwang ein.
Die beiden Frauen stimmten ihm lächelnd zu.
„Also haben wir rein organisch keinerlei Erklärung für diesen massenhaften Pollenabwurf?" Holger blickte nachdenklich.
„Nein."
„Frau Dr. Blass", Keno beugte sich leicht vor, „sind die Pollen der Schwarzpappeln besonders allergen?"
Der genannte Doktortitel ließ Bristin aufhorchen, sie schaute abwechselnd auf die beiden Personen, die vor ihr saßen. Anja schien durch die korrekte Anrede noch gerader und größer zu werden, schielte kurz zu Holger und antwortete: „Sie gehören ja zu den Weidengewächsen. Und die wichtigsten Allergieauslöser im Frühjahr sind Birken-, Weiden-, Erlen- und Hasel-Pollen."
„Da haben wir ja schon fast alle durch", sagte Keno Backwang, „in München war's eine Erle, hier Pappeln als Weidenart und in Krugsdorf waren es Haselsträucher."
Holger wollte Bristin davon erzählen: „Da gab es ..."
„Ich weiß schon", unterbrach sie ihn und zeigte auf Keno,„er hat mich bereits darüber unterrichtet."
„Das ist ja schön." Holger legte ihr den Klarsichtbeutel mit der Münchner Probe auf den Schreibtisch.
Anja war wieder schneller: „Das ist leider alles, was wir von dort haben. Die Behörden vor Ort haben nichts dagegen unternommen, dass die Erle gefällt und restlos verbrannt wurde."
„Aha", Bristin hielt den Beutel hoch und besah sich den schmalen Holzkorken.
„Müssen Sie sich eigentlich immer vordrängeln, Frau Dr. Blass?", fragte Holger mit drohendem Unterton.
„Muss ich nicht, mach ich aber oft", entgegnete sie keck.
„Eine ehrliche Antwort", Keno Backwang griente.
„Das war eine verständliche Aktion von den Eltern der Kindergartengruppe. Jedenfalls für mich!", betonte Holger. „Damit so

etwas nie wieder geschehen kann, haben sie den Baum gemeinsam gefällt, alles abtransportiert und beim Patenonkel des gestorbenen Mädchens verbrannt. Da war jede Menge Öffentlichkeit und viele Medien anwesend, deshalb haben sich die Ordnungshüter zurückgehalten und auch keine Anzeige erstattet."
„Kann ich vollauf verstehen, dass die Eltern so aktiv reagiert haben." Bristin hatte plötzlich eine Sorgenfalte auf der Stirn. „Ich muss unbedingt nachsehen, ob in unserer Kinderstätte irgendwo ein Baum von diesen gefährlichen Arten steht."
„Bis jetzt haben wir ja nur drei Fälle in ganz Deutschland, Frau Renalde", Keno wollte sie beruhigen.
„Aber ich will sichergehen, dass der vierte Fall nicht bei meiner Tochter passiert."
„Wenn solche Allergieauslöser dort stehen, sollten sie wirklich entfernt werden", stimmte Anja ihr zu.
„Richtig. Sicherheit geht vor", sagte Holger und dachte an seinen Sohn Bastian.
„Es darf sich aber keine Panik ausbreiten", warnte Keno Backwang.
„So, ich glaube, das war's für heute", Holger erhob sich. „Wir sehen uns ja morgen Früh."
„Punkt 9 Uhr an der Ausfahrt Ihres Ministeriums", bestätigte Keno und glitt geschmeidig von der Tischkante.
„Was haben Sie denn da gemacht?", rief Anja entsetzt und zeigte auf Holgers Hinterteil.
„Was?" Er verdrehte den Kopf und den Oberkörper, um dort etwas zu sehen. „Ist die Hose geplatzt?"
„Ach, du Heiliger!"
„Was ist denn da?"
„April, April!", Anja klatschte in die Hände und prustete los.
„Wie bitte?"
„Das war die Revanche für den Schreck auf der Autobahn."
„Soso", Holger schmunzelte. „Nachtragend sind Sie wohl gar nicht, wie?" Einen Aprilscherz hätte er ihr niemals zugetraut.
„Nur wie ein Elefant." Anja grinste über das ganze Gesicht. „Also ewig."
Jetzt lachten alle vier. Holger erzählte die Anekdote mit dem Autopiloten, gestenreich unterbrochen von Anja. Zum Schluss trennten sie sich in bester Stimmung und hätten beinahe die Auswertung der Analyse vergessen.

Dienstag, 2. April 2024
Krugsdorf, Deutschland, EU.
Während der Fahrt hatten sich die drei gut unterhalten. Eine Viertelstunde hatte Holger den Autopiloten eingeschaltet, der Anja

nun keine Angst mehr machte. Ganz im Gegenteil, sie fand es genauso lustig wie die Männer, wenn manche Insassen in den überholenden Autos dämlich glotzten, weil ihr Fahrer beide Hände am Hinterkopf verschränkt hatte und zu schlafen schien.
Der Bauernhof lag am Ortsrand von Krugsdorf, in der Nähe eines Sees, dahinter sah man nur Grünland und Busch- und Baumreihen. Als sie das Grundstück betraten, hörten sie schon Gänsegeschnatter. Der Bauer war so Mitte fünfzig, trug eine blaue Latzhose und hochgekrempelte Hemdsärmel, aus seinen Nasenlöchern ragten richtige Haarbüschel. Er äußerte sein Unverständnis darüber, dass sich erst jetzt jemand hieraus bequemt habe, obwohl der Vorfall ja nun schon fast einen Monat her sei. Während er sprach, beäugte er misstrauisch das Headset von Holger. Dann ging er voraus, um ihnen die Stelle zu zeigen.
Sie hatten Glück, dass es in den letzten Tagen nicht geregnet hatte, sonst wären sie ohne Gummistiefel hier verloren gewesen. Der Bauer führte sie schweigend um eine riesige Scheune – aus der das laute Geschnatter kam – auf eine saftig grüne Wiese, die ringsherum von dichten Büschen begrenzt wurde. Vor der stirnseitigen Reihe blieb er dann stehen und zeigte auf die schuldigen Haselsträucher, die er nicht angerührt hatte, obwohl er es in seiner Wut erst vorgehabt habe.
„Kamen die Gänse vorher auch schon hierher?", fragte Holger. „Jeden Tag?"
„Nein. Das war's erste Mal. Und für viele das letzte."
„Wieviel Gänse waren es insgesamt?", wollte Keno Backwang wissen.
„255 Junggänse. Bei ihrem ersten Freilandauslauf mit frischem Gras. Die war'n mächtig aufgeregt, machten einen ohrenbetäubenden Lärm."
„Und nach welcher Zeit geschah es?", Anja machte eine teilnahmsvolle Miene.
„Nach ungefähr 'ner halben Stunde." Der Bauer hakte beide Daumen hinter die Träger seiner Hose. „Da wurde der Krach noch viel lauter. Da bin ich hin. Dachte, es wär ein Fuchs oder gar ein Wolf zwischen den Gänsen. Da rieselte es förmlich von diesen Sträuchern herab. Und viele Gänse war'n richtig gelb vom Blütenstaub. Bei manchen ging das Geschnatter in so'n fluppendes Geräusch über. Wie bei 'nem Blasebalg. Dann kam so'n schrilles Quieken, sie torkelten und fielen um." Der Mann war sichtlich betroffen.
„Furchtbar!", raunte Anja.
„Und was haben Sie getan?", fragte Keno Backwang.
„Na, ich hab versucht, die Schar von den Büschen wegzutreiben."
„Fielen da immer noch Pollen herunter?" Holger schaute zu einer Gruppe von Haselnussbäumen empor, die bestimmt über drei Meter hoch waren.

„Ja. Aber dann wurd's weniger."
„Und 86 waren schließlich tot?", Keno kratzte sich am Kopf.
„Ja."
„Wurden die von einem Tierarzt untersucht?"
„Nicht alle. Aber 12 Stück."
„Und was hat der als Todesursache angegeben?"
„Zugeschwollene Luftwege. Und bei zweien zusätzlich Herzversagen."
„Wieso denn das?"
„Wegen der Panik unter den Gänsen."
„Können Sie mir dann noch den Namen des Tierarztes und seine Adresse mitteilen?"
„Krieg ich eigentlich keinen Schadensersatz dafür? Von der EU oder so?"
„Da ist nichts zu machen. Es war ja keine Naturkatastrophe."
„Was denn sonst?", entgegnete der Bauer unwirsch. „So, ich muss jetzt auch wieder an die Arbeit."
„Sagen Sie mal", Holger wollte das Thema wechseln, „das ist doch hier ganz in der Nähe der polnischen Grenze, nicht wahr?"
Der Mann in der Latzhose nickte nur störrisch. Keno Backwang ging auf ihn zu, beruhigte ihn wieder, lobte seinen Hof und seine Spezialisierung auf Freilandgeflügel. Als Agrarwissenschaftler kannte er sich ja aus, verwickelte den Bauern in ein Gespräch über die neue Landwirtschaftsreform und entfernte sich zusammen mit ihm.
Holger klappte seinen Alukoffer auf, tütete Blüten und gelbliche Haselpollen ein, schnitt mit seinem Kernbohrer Proben aus zwei Sträuchern und einem Baum. Als er einige Blätter abzupfte, wäre er beinahe in den Entwässerungsgraben gefallen, was Anja wiederum ungemein belustigte.
„Schadenfreude ist doch die beste Freude, wie?"
„Klar."
„Die sind an der Rückseite leicht behaart", Holger befühlte die kleinen Blätter, ließ sie dann in einen Klarsichtbeutel fallen.
„Haben Sie eigentlich schon mal von allergischen Reaktionen bei Tieren gehört?"
„An!", sagte Holger übertrieben laut und verneinte gleichzeitig mit dem Kopf. „Ja, hier Grimm." Er zeigte auf sein Headset. „Wie heißen Sie?" – „Woduzek?" – „Woher haben Sie diese Nummer?" – „Nein, kann ich nicht." – „Kommt gar nicht in Frage." – „Woher wissen Sie das?" – „Was für einen Zusammenhang?" – „Nein", er verdrehte die Augen. – „Da hab ich noch nichts von gehört." – „Auf keinen Fall." – „Nein." – „Ja. Wiederhören. Aus!" Holger pustete erleichtert aus. „Das war so ein Medienhai. Woduzek heißt der. Kennt den jemand?"
Mittlerweile stand Keno Backwang wieder bei ihnen. Anja und er

schüttelten die Köpfe.
„Der weiß sogar von der Sache hier mit den Gänsen. Hat mich gefragt, ob es einen Zusammenhang gibt zwischen den Vorfällen in München, Berlin und in Krugsdorf. Ob die Bäume jetzt verrückt spielen würden. Das könne doch kein Zufall sein. Die Bevölkerung sei stark beunruhigt und habe ein Recht auf Aufklärung. Unter den Linden würden besorgte Bürger schon vorsichtshalber mit Mundschutz herumlaufen. Haben Sie davon etwas gehört?"
„Nein", antwortete Keno.
„Ich auch nicht."
„Der wollte unbedingt weitere Informationen zu allen drei Fällen."
„Auf keinen Fall", Keno presste die Lippen zusammen.
„Hab ich doch gesagt."
„Also haben wir jetzt den ersten Journalisten am Hals."
„Wo der nur meine Nummer her hat?"
„Hat der Bauer Ihnen noch den Tierarzt genannt?", fragte Anja.
„Klar", Keno klopfte auf seine Jackentasche. „Ich hab alles notiert."
Frau Dr. Blass rief bei dem Veterinär an, erklärte ihm den Sachverhalt und fragte nach, ob er kurz Zeit für sie habe. Die Tatsache, dass ihn auf einen Schlag Beamte aus drei Bundesministerien besuchen wollten, förderte natürlich die Bereitschaft des Arztes, sei bei Erscheinen schnell dazwischenzuschieben.
Natürlich war es absolut unnötig, überall zu dritt aufzutreten. Doch jeder einzelne wollte nicht die kleinste Information verpassen und traute den anderen nicht über den Weg. Beziehungsweise wurden sie von ihren Vorgesetzten zu diesem Denken und Handeln genötigt, weil die Ministerien untereinander sehr neidisch und missgünstig waren und nur ihre Behörde ins rechte Rampenlicht schieben wollten.
So drängten sich die drei in das Behandlungszimmer des Tierarztes. Die Männer überließen der Frau den einzigen freien Stuhl und stellten sich an einen kühlen Edelstahltisch, auf dem kurz vorher sicherlich ein Hund oder eine Katze gelegen hatte. Anja übernahm ungefragt die Gesprächsführung, weil sie sich als Medizinerin für diese Kollegenbefragung prädestiniert fühlte. Der nette Tierarzt berichtete von den Untersuchungsmethoden und – ergebnissen bei den 12 toten Gänsen. Es habe sich eindeutig um eine massive allergische Reaktion gehandelt, die zu einer Anschwellung sämtlicher Schleimhäute im Schnabel- und Schlundraum geführt habe. Die Tiere seien qualvoll erstickt. Zusätzlich hätten zwei noch einen tödlichen Herzinfarkt erlitten. Das komme durch den enormen Stress bei einer Panik in einer so großen Schar.
Anjas Frage, ob er solche Reaktionen bei Tieren schon mal erlebt habe, bejahte er und erzählte vom Tod von einmal vier Schafen und ein andermal von zwei Kälbern durch Ambrosia mittels

Schleimhautkontakt, nicht durch den Verzehr. Anja war sogleich in ihrem Element und hielt einen Kurzvortrag über diese gefährliche Pflanze, die ein extrem aggressiver Allergieauslöser sei. Zum Schluss kopierte ihnen der Tierarzt sogar noch seinen Bericht in dreifacher Ausfertigung.

Mittwoch, 3. April 2024
Berlin, Deutschland, EU.
Die drei trafen sich vormittags in Holgers Büro, er empfing sie mit frischem Kaffee und alten Keksen. Selbstverständlich hatten sie vorher ihre jeweiligen Vorgesetzten informiert. Sie besprachen den gestrigen Ortstermin und das weitere Vorgehen. Außerdem tauschten die drei ihre Telefon- und Handynummern sowie E-Mail-Adressen aus und verabredeten, dass Holger grundsätzlich alle Ergebnisse und Papiere entgegennahm, sie kopierte und den beiden anderen unaufgefordert zukommen lassen sollte.
Nach der gemeinsamen Mittagspause fuhren sie erneut nach Kleinmachnow zu Bristin Renalde, die völlig irritiert fragte, warum sie denn schon wieder hier seien, sie habe noch keine neuen Ergebnisse seit vorgestern. Holger strich ihr über die Schulter, besänftigte sie und versicherte, dass sie nur die neuen Hasel-Proben abliefern wollten, ohne irgendwelchen Terminbruch zu machen.

Holger wollte gerade sein Fertiggericht aus der Mikrowelle nehmen, als es klingelte. Er ging zu der Medienwand, rief: „Telefon an!" und setzte sich in den Kamerabereich.
Unter den Wechselfotos von Bastian erschien Anja Blass mit einem Turban um den Kopf und winkte kurz. „Hallo! Entschuldigen Sie den privaten Anruf und meinen Aufzug hier", sie zeigte nach oben. „Aber ich hatte mir gerade die Haare gewaschen, als mein Chef anrief und mir mitteilte, dass es heute Mittag einen neuen Vorfall gegeben hat."
„Wo denn?"
„In Salzgitter. Bei Pflasterarbeiten."
„Gab es Verletzte?"
„Ja. Ein Bauarbeiter bekam einen akuten Asthmaanfall, musste reanimiert werden und liegt jetzt auf der Intensivstation."
„Scheiße!", entfuhr es Holger. „Und was war das für ein Baum?"
„Birken. Wieder dieser massenhafte Pollenabwurf."
„Dann müssen wir wohl morgen Früh gleich dort hinfahren, wie?"
„Seh ich auch so."
„Gut. Ich werde Keno anrufen. – Oder haben Sie das etwa schon getan?"

„Aber Herr Grimm, ich würde Sie doch nicht übergehen!", erwiderte Anja salbungsvoll.
„Na, na. Also, sagen wir morgen um 8 Uhr? Oder lieber um 9?"
„8 Uhr ist okay. Wir fahren ja bestimmt drei Stunden." Mit dem Handtuch um den Kopf wirkte sie richtig locker und sympathisch.
„Gut. Ich kann Sie auch zu Hause abholen."
„Nicht nötig. Treffpunkt wieder bei Ihrem Umweltministerium."
„Dann bis morgen. Tschüss."
„Tschüss", Anja hob die Hand zum Gruß und war kurz darauf verschwunden.
Holger nahm sein Essen aus der Mikrowelle, setzte sich in Richtung zur Medienwand an den Tisch, sagte laut: „Schlagzeilenschau an!" und begann zu essen. Bei diesem Programm wurden wichtige Nachrichten des Tages in wenigen Sätzen vorgelesen und dabei einige kurze Filmausschnitte gezeigt.
Auf dem großen Bildschirm sah man die Arbeitgeberpräsidentin bei ihrer Ansprache vor ihrem Verband. Die sonore Stimme des Sprechers meldete: „Wegen des akuten Arbeitskräftemangels fordert der Arbeitgeberverband eine weitere Erhöhung der Zuwanderungsrate oder eine Heraufsetzung des Renteneintrittsalters auf 70 Jahre." Es gab einen Schwenk durch eine Fabrikhalle, bei der mehrere Maschinen nicht besetzt waren. Dann kam ein Schild vor einer Gaststätte mit der Aufschrift: ‚Geschlossen wegen Personalmangel'.
„Bundeskanzler Junik Adomir", er wurde beim Abschreiten einer Ehrenformation gezeigt, „wurde während seines Afghanistanbesuchs in Kundus von der Bevölkerung begeistert empfangen." Jetzt fuhr der Kanzler in einem Auto mit durchsichtiger Kabine durch eine beidseitige Menschenansammlung. Er winkte den Einheimischen zu, die ihm mit unzähligen Deutschlandfähnchen zujubelten.
„Im Mittelmeer wird über eine besorgniserregende Zunahme der Haipopulation zwischen der Küste Afrikas und den Inseln Malta, Sizilien und Lampedusa berichtet." Man sah das weite Meer mit wenig Wellengang und zahlreiche sich bewegende Haiflossen, die spitzeckig aus dem Wasser ragten. „Sprecher von Hilfsorganisationen führen das auf die Zunahme von gekenterten Bootsflüchtlingen zurück." Beim nächsten Ausschnitt hingen nebeneinander fünf Haie mit dem Kopf nach unten. Sie waren etwas größer als die beiden Fischer, die sie flankierten.
„Angesichts der dramatischen Situation in der Altenpflege verteidigen Experten die geplante radikale Kehrtwende." Es wurde ein Vierbettzimmer gezeigt. Die Alten lagen alle auf der gleichen Seite und rührten sich nicht. „Die Kirchen kritisieren die Reform der Kranken- und Pflegeversicherung und meinen, sie erinnere auf eine erschreckende Weise an Euthanasie."
„Das waren die Schlagzeilen des Tages." Der Bildschirm blieb

schwarz.
Holger rief: „Schlagzeilenschau aus!" Sonst würde die Sendung wieder von vorne beginnen. Er war beruhigt, dass es keine Meldung über die neue Pollenattacke gegeben hatte, und erst recht keine über Mundschutzträger in Berlin. Er nahm die leere Menüschale und den Joghurtbecher vom Frühstück, ging damit raus ins Treppenhaus und warf den Müll in die Wertstoffklappe. Von dort fiel er in eine Presse, wurde automatisch sortiert und landete in diesem Fall im Kunststoffcontainer.
Holger stellte sich anschließend vor die Medienwand, tippte die Nummer von Keno Backwang ins Tastenfeld ein und setzte sich in Positur.

Donnerstag, 4. April 2024
Salzgitter, Deutschland, EU.
Das Unglück hatte sich am Salzgitter-See ereignet. Die angegebene Stelle hatten sie schnell gefunden: bei zwei mächtigen Birken, wo ein Rüttler stand und weiter links drei würfelförmige Palettenladungen voller Verbundsteine. Im See lag eine größere Insel, die über eine Brücke erreichbar war. Der See war nicht so riesig, ein Schild gab als Rundweg 4,8 Kilometer an.
Die drei wurden schon erwartet. Von einer Frau im eleganten Kostüm und einem übergewichtigen Mann mit Weste. Sie stellten sich gegenseitig vor, sprachen kurz über die Autobahnfahrt und über Salzgitter. Die Frau kam vom Gesundheitsamt und gab eine Zusammenfassung der Ereignisse: Die Pflasterarbeiten an den Wegen seien seit letzter Woche im Gange. Der betroffene Bereich sei als erster fertig gewesen und gestern Vormittag abgerüttelt worden. Dabei sei es plötzlich zu diesem massiven Pollenfall gekommen. Der Mann am Rüttler habe das meiste abbekommen, sei umgefallen und habe keine Luft mehr gekriegt. Die zwei anderen hätten sich um ihn gekümmert und sofort über Handy den Rettungsdienst alamiert. Als die gekommen seien, habe er nicht mehr geatmet und sei hier wiederbelebt worden. In der Zwischenzeit sei die Feuerwehr eingetroffen und habe unter Atemschutz die Blüten und Pollen aufgesaugt. Die Kollegen des Verunglückten hätten Glück gehabt, weil sie einige Schritte von den Birken entfernt gewesen seien. Sie hätten nur gehustet und gerötete, tränende Augen gehabt.
„Litt der Reanimierte unter einer Allergie?"
„Das kann ich Ihnen nicht sagen, Frau Dr. Blass." Sie wandte sich an den Dicken neben ihr, der vom Bauamt war. „Wissen Sie etwas darüber?"
Die Frau erinnerte Holger irgendwie an seine Mutter, an die er schon ewig nicht mehr gedacht hatte.

„Natürlich nicht", entgegnete der unfreundlich. „Wie denn auch? Ich kenne doch nicht die Krankengeschichten von beauftragten Bauarbeitern."
„Verstehe", Holger drückte gegen sein Headset. „Würden Sie uns denn die Firma und ihre Adresse nennen?"
„Klar." Er zog aus seiner Westentasche einen Zettel und überreichte ihn Holger. „Hier. Alles weitere müssen Sie dort erfragen."
„Spaziergänger waren zu dem Zeitpunkt aber nicht hier?", fragte Keno.
„Nein", antwortete die Frau. „Es ist ja eine Baustelle und ..."
„Die auch ordnungsgemäß abgesperrt und gesichert ist." Der Dicke zeigte auf das rot-weiße Band.
Die Frau machte eine pikierte Miene und vollendete ihre Rede: „Und da gehen die Leute einen anderen Weg. Zum Glück. Sonst hätte es womöglich noch mehr Geschädigte gegeben."
„Da haben Sie vollkommen Recht", stimmte Anja zu.
„Das Rütteln geschah also gestern zum ersten Mal hier?", fragte Keno.
„Nein." Der vom Bauamt schüttelte voller Verdruss den Kopf. „Nach dem Auskoffern wird Mineralgemisch aufgefüllt und auch mindestens einmal abgerüttelt. Bevor Sand drauf kommt und die Steine gesetzt werden."
„Aha."
„Das ist doch eine ungeheure Erschütterung, nicht wahr?", Anja rückte ihre Brille zurecht.
„Klar. Und laut."
„Vielleicht sind die Pollen ja durch die Erschütterung abgefallen." Eine nicht so strenge Brille wäre für Anjas Aussehen viel vorteilhafter gewesen.
„Kann sein." Holger war froh, dass sie nicht ‚dieses Mal' gesagt hatte und dadurch verraten hätte, dass es schon ähnliche Fälle gab.
Die Frau vom Gesundheitsamt sah auffällig auf ihre Uhr und fragte: „Brauchen Sie uns dann hier noch, Herr Grimm?"
„Nein. Ich glaube nicht. Haben Sie vielen Dank für Ihr Warten und Ihre Unterstützung."
„Ich gebe Ihnen hier meine Karte, falls Sie noch Fragen haben. Wenn Sie eine Erklärung für das Verhalten der Bäume finden, wäre ich für eine kurze Mail dankbar."
„Natürlich."
Die beiden verabschiedeten sich und gingen zurück. Die Frau hatte einen viel schnelleren Schritt drauf als der behäbige Mann, nach kurzer Zeit trottete er einige Meter hinter ihr.
„Netter Zeitgenosse", meinte Keno Backwang.
„Warum nennt man das Ausbaggern oder Rausschaufeln denn Auskoffern?", Anja rümpfte die Nase.

„Keine Ahnung. Ist abgehakt." Holger ging zu den Birken, legte seinen Aktenkoffer ins Gras und öffnete ihn. Mit einem Minilöffel und mehreren Klarsichtbeuteln in den Händen suchte er den Boden ab, fand noch fünf Blütenkätzchen und vier Löffel voll Pollen. Die beiden Birken waren schon sehr alt und ungewöhnlich mächtig: die dicken Äste waren weit ausladend und ragten über den neuen Gehweg hinaus, die Stämme hatten einen Durchmesser von annähernd einem Meter.
„Kann ich auch etwas helfen?", Keno sah einem Entenpaar hinterher, das im Tiefflug zum See flatterte.
„Ja. Einige Blätter abzupfen und dann hier rein", Holger gab ihm einen Beutel. „Aber von verschiedenen Stellen."
„Okay."
„Der Rüttler ist richtig bepudert." Anja hatte mit ihrem Zeigefinger eine Schlangenlinie auf das Abdeckblech gemalt und besah sich jetzt ihre gelbe Fingerspitze. „Das Zeug ist fein wie Mehl und dadurch natürlich lungengängig. Auch ohne Zuschwellung der Atemwege ist die Erstickungsgefahr sehr hoch."
„Also auch für Nicht-Allergiker lebensbedrohlich?" Holger legte die Proben in den Koffer und nahm den Pistolenbohrer heraus.
„Unbedingt."
„Hier", Keno warf den Beutel in den Koffer, „herzförmige Blätter, fein gezackt und irgendwie klebrig." Er bückte sich und wischte seine Hände im Gras ab.
„Die jungen Zweige haben Harzdrüsen", erklärte Holger.
„Was ist denn das für'n Ding?", fragte Keno.
„Ein Akku-Kernbohrer. Für Baumproben."
„Darf ich auch mal?"
„Klar. Ich mach es ein Mal vor." Er drückte den Lauf gegen den Stamm, betätigte Vor- und Rücklauf und hatte dann das korkenförmige Holzstück in der Hand.
„Müsste man das Loch nicht wieder verschließen?", fragte Anja. „Mein Vater verschmiert immer alle Schnittstellen mit Baumbalsam."
„Macht man heute eigentlich nicht mehr, weil sich unter dem Wachs oft Schädlinge einnisten", sagte Holger. „Der Baum hilft sich schon selber."

Während des Mittagessens überlegte Anja, ob sie Holger nicht einfach zu ihrem 40. Geburtstag am Samstag einladen sollte. Sie könnten zusammen nach Magdeburg fahren und sonntags wieder zurück. Übernachten könnte er im Gästezimmer oben. Ihre ganze Familie würde natürlich denken, dass sie jetzt endlich mal einen Freund habe, dass sie nun doch nicht als alte Jungfer ende. Anja graute schon wieder vor den unvermeidlichen Fragen ihrer Mutter und der Verwandtschaft, die hinter freundlichen Mienen und nettem Geplauder lauerten, unvermittelt zustachen und Kopfschmerzen verursachten: Hast du immer noch keinen Freund? Willst du denn nicht auch mal eine Familie haben? Bist du nicht sowieso schon zu alt für Kinder? Willst du ewig alleine bleiben? Woran liegt es denn? Warst du schon mal bei einer Partnervermittlung? Am liebsten würde sie verreisen und diesen Geburtstag ausfallen lassen.

Sie waren gerade mit dem Essen fertig, als Holger laut „An!" sagte und auf sein Headset deutete. „Ja, hier Grimm." – „Sie schon wieder?" – „Woher wissen Sie das?" – „Nein, werde ich nicht." – „Was?", er sah geschockt aus. – „Nein." – „Kann ich ja wohl nicht verhindern." – „Ich beende jetzt das Gespräch. Aus!" Holger lehnte sich betroffen zurück.

„Was ist denn los?", fragte Anja.

„Das war wieder dieser Journalist. Dieser Woduzek. Der wollte unbedingt ein Interview mit mir machen. Das hier von Salzgitter weiß er auch schon."

„Wo kriegt der bloß seine Informationen her?", Keno Backwang strich sich über die Stirn.

„Das frage ich mich allerdings auch", Holger blickte Anja streng an.

„Was soll das denn heißen? Glauben Sie etwa, bei uns ..."

„Immerhin kam die Meldung ja aus Ihrem Ministerium."

„Na und? Die davor von Krugsdorf kam über seins", sie zeigte auf Keno.

Der schüttelte den Kopf und sagte: „Wir sollten uns jetzt nicht gegenseitig verdächtigen oder Vorwürfe machen. Diese Medienleute haben überall ihre Informanten."

„Das Schlimmste kommt ja noch." Holger legte eine bedeutungsvolle Pause ein, ehe er weiter sprach. „Sein Sender bringt morgen Abend einen Bericht über diese Pollenvorfälle. Um 21 Uhr im Freitagsmagazin auf DF 1. Dieser Woduzek meinte, vielleicht sei ich ja nach dem Ansehen mal zu einem Statement bereit."

„Verdammt!", Keno presste die Lippen zusammen. „Jetzt kommt die Sache an die breite Öffentlichkeit."

„Leider." Holger winkte die Bedienung heran.

„Morgen um 21 Uhr auf DF 1, ja?" Anja musste sich das unbedingt merken und anschauen. Um die Zeit war sie ja schon in Magdeburg.

Mit den beiden Bauarbeitern trafen sie sich in einer Kneipe, wo denen das Bier schon wieder schmeckte. Sie hatten noch leicht gerötete Augen und waren bis einschließlich Freitag krankgeschrieben. Sie betonten mehrmals, dass sie nur Glück gehabt hätten, weil sie einige Meter vor der zu rüttelnden Fläche die

nächsten Steine gesetzt hätten. Ihr Kollege am Rüttler habe die volle Ladung abgekriegt, sie hätten ihn nur noch undeutlich gesehen vor lauter Blütenregen. Dann habe er furchtbar geröchelt und sei umgefallen. Der Rüttler sei noch gelaufen, habe auf der Stelle getanzt und Krach gemacht. Per Handy hätten sie Hilfe angefordert. Als die dann angekommen seien, habe er schon nicht mehr geatmet. Nein, von einer Allergie wüssten sie nichts.
Danach fuhren sie ins Krankenhaus. Bei dem mit Schläuchen und Kabeln versehenden Arbeiter saß seine Ehefrau und hielt seine freie Hand. Da auf der Intensivstation immer nur ein Besucher pro Patient anwesend sein durfte, mussten sie draußen auf die Frau warten. Anja sprach in der Zwischenzeit mit der Ärztin und erfuhr, dass der Mann seit der Reanimation im Wachkoma sei und beatmet werden müsse; wann oder ob er wieder zu Bewusstsein komme, könne man nicht vorhersagen.
Die Ehefrau war klein und stämmig und brauchte einige Minuten bis sie verstand, dass sie von drei Bundesministerien kamen und die Angelegenheit untersuchen sollten. Die Frau war wie benommen, wiederholte einige Male, dass ihr Mann doch immer gesund und so stark gewesen sei. Nein, er habe noch niemals auf irgendetwas allergisch reagiert.
Die drei begleiteten sie nach draußen, versuchten, sie zu trösten und ihr Hoffnung zu machen. Doch etwas in ihrem abwesenden, traurigen Blick schien das furchtbare Schicksal ihres Mannes zu ahnen. Sie boten ihr an, sie nach Hause zu fahren, aber die kleine Frau lehnte dankend ab und ging langsam zur Bushaltestelle.
In einem Imbiss aßen sie dann noch eine Kleinigkeit und tranken Kaffee. Anja erzählte, dass viele Wachkomapatienten bis zu ihrem Tod jahrelang in diesem Zustand blieben. Keno fragte, ob er nicht zurück nach Berlin fahren solle, was Holger gerne annahm. Anja schlug vor, doch die ganze Strecke mit dem Autopiloten zurückzulegen, dann könnten sich alle ausruhen. Das löste allgemeine Heiterkeit aus, und der Aufenthalt in Salzgitter endete mit Lachen und Scherzen.

Freitag, 5. April 2024
Berlin, Deutschland, EU.
Dieses Mal hatte Holger sie im Institut in Kleinmachnow angemeldet, damit sie Bristin nicht wieder so überfielen wie am Mittwoch. In ihrem Büro stand jetzt noch ein dritter und etwas neuerer Stuhl vor ihrem Schreibtisch, sodass die drei in einer Front vor ihr saßen.
„Die Feuerwehr in Salzgitter hat noch etwas übrig gelassen."
Holger breitete die verschlossenen Klarsichtbeutel mit Blütenkätzchen, Pollen, Blättern und zwei Holzstücken vor ihr aus.

Bristin betrachtete die Blätter und sagte: „Also diesmal Birke."
„Ja", Holger nickte, „zwei sehr alte, gewaltige Exemplare."
„Gab es Verletzte?"
„Ein Bauarbeiter liegt im Wachkoma", antwortete Anja.
„Schrecklich!", Bristin hatte wieder ihre Sorgenfalte auf der Stirn. „Das ist jetzt schon der vierte Fall. So etwas gab's doch noch nie. Wodurch kommt das bloß?"
„In Salzgitter kam es höchstwahrscheinlich durch die Erschütterungen des Rüttlers", sagte Anja.
„Hier in Berlin wohl auch durch Vibrationen", meinte Keno. „Nur waren es da Presslufthämmer."
„Und in München?", fragte Bristin.
„Vielleicht durch das Getrappel und Gehopse der Kinder", sagte Anja.
„Auf jeden Fall ist es kein zufälliger Abwurf." Holger nahm seine Brille ab und rieb mit zwei Fingern die Nasenwurzel. „Es wird ausgelöst. Und wahrscheinlich durch uns."
„Aber in Krugsdorf waren es nur Gänse", sagte Keno Backwang. „Da war kein Mensch dabei. Und Erschütterungen gab es da auch nicht."
„Stimmt auch wieder", Holger kratzte sich nachdenklich an seiner hohen Stirn.
„Von diesen Hasel-Proben haben Sie ja sicherlich noch keine Ergebnisse?", erkundigte sich Anja vorsichtig.
„Richtig. War ja erst vorgestern."
„Und bei der Münchner Probe? Konntest du im Erlenholz etwas feststellen?"
„Hatte das Holzstück Bodenkontakt?"
„Nein. Es kam direkt vom Bohrer in die Tüte."
„Hätte ja sein können, dass es hingefallen ist."
„Weshalb fragen Sie, Frau Renalde?", wollte Keno wissen.
„Weil da auch geringe Bakterienspuren nachgewiesen wurden. Wie bei den Blütenkätzchen von Unter den Linden. Nur weniger."
„Waren die auch da im Holz der Schwarzpappeln?"
„Wir haben nichts gefunden."
„Wurde eigentlich auch die DNA der Proben untersucht?", fragte Anja.
„Was?", Holger sah sie erstaunt und gleichzeitig besorgt an.
„Nein", antwortete Bristin. „Das gehört nicht zum Umfang einer normalen Analyse, weil es erheblich aufwändiger und dadurch auch kostspieliger ist. – Was soll damit auch schon sein?"
„Keine Ahnung. Aber es wäre doch wichtig in diesen ungewöhnlichen Fällen", meinte Anja.
„Würde ich auch sagen", stimmte Holger zu. „Immerhin sind dabei zwei Menschen umgekommen und einer liegt im Koma."
„Genau", Anja nickte selbstbewusst, „da dürfen wir doch nicht knauserig sein. Meinen Sie das nicht auch, Herr Backwang? Sie

vertreten doch das Ministerium, zu dem dieses Institut gehört. Müssten bei den Proben nicht auch DNA-Analysen vorgenommen werden?"
„Ja. Das finde ich auch."
„Also bestimmen wir bei allen Proben zusätzlich die DNA, ja? Ist das ein klarer Auftrag von Ihnen?"
„Das ist es, Frau Renalde. Hundertprozentig."
„In Ordnung. Das dauert dann aber etwas länger", sagte sie.

Holger hatte die Aufnahme der Sendung programmiert. Der Bericht kam als dritter Beitrag in diesem Freitagsmagazin. Zuerst war dieser Woduzek – ein Typ mit Stoppelschnitt und Schnurrbart – mit Mikrofon im Bild und sagte: „Rätselhafte Vorgänge geschehen seit vier Wochen in Deutschland. Bis jetzt völlig ungefährliche Bäume werden plötzlich zu lebensbedrohlichen und sogar tödlichen Pflanzen, indem sie ihre gesamten Pollenmassen auf Menschen und Tiere abfallen lassen." Jetzt wurden Ausschnitte aus der Originalübertragung über den Vorfall im Münchner Englischen Garten gezeigt, die Holger am Unglückstag schon gesehen hatte. Danach erschien wieder Woduzek: „Sechs Kinder erlitten schwere allergische Reaktionen. Ein Mädchen starb an einem anaphylaktischen Schock. Die Eltern wollten wir in ihrer Trauer nicht belästigen."
So ein Heuchler, dachte Holger, wenn die Eltern nicht in die Schweiz geflüchtet wären, hätte er sie schon zu einer Stellungnahme gedrängt.
„Aber mit den beiden Erzieherinnen der Kindergartengruppe haben wir gesprochen." Die Frauen wurden gezeigt, sagten nur einen Satz vom ersten Ausflug in diesem Jahr und begannen zu weinen. Kein Wort davon, dass der Junge und das Mädchen bekannte Allergiker waren. Es wurde ausgeblendet und Woduzek sprach wieder ins Mikrofon: „Die Eltern der Kinder haben in einer Gemeinschaftsaktion den Todesbaum gefällt und auf einem Privatgrundstück verbrannt. Diese Pollenattacke geschah am 14. März. Aber es war nicht die erste. Die ereignete sich am 9. März in Krugsdorf bei Pasewalk, wo 86 Gänse einen qualvollen Erstickungstod erlitten, ausgelöst durch einen massiven Pollenregen von Haselnussbäumen. Nur durch die Umsicht des Landwirts kam kein Mensch zu Schaden."
„Soso", murmelte Holger, öffnete sich eine Flasche Bier und nahm einen ordentlichen Schluck.
Auf dem Bildschirm sah man eine große Schar Gänse auf dieser saftigen Wiese, dann wurde die Längsreihe voller Haselsträucher herangezoomt. Jetzt erschien der Bauer in seiner blauen Latzhose und forderte erneut eine Entschädigung vom Landwirtschafts-

ministerium oder von der EU.
Woduzek war wieder da: „Der dritte Pollenvorfall geschah am 25. März mitten in Berlin auf der berühmten Straße Unter den Linden." Die Stelle wurde kurz gezeigt. „Hier regneten die Pollen von vier Pappeln auf eine Rentnergruppe aus Celle herab, dabei wurden vier Personen verletzt, ein Mann starb an einem allergischen Asthmaanfall." Seine Ehefrau war zu sehen, noch mit Kopfverband und nicht mehr ganz so wortkarg. Sie meinte, da besuche man gemeinsam die Hauptstadt und müsse nun als Witwe wieder heimfahren.
„Der vierte Fall passierte am 3. April in Salzgitter am dortigen See. Hier kam es bei Pflasterarbeiten zu einem Pollenschauer von zwei alten Birken. Der Mann am Rüttler wurde davon überhäuft und musste an Ort und Stelle wiederbelebt werden." Der Salzgitter-See war zu sehen, dann die beiden Birken, die drei Steinwürfel und ganz dicht der bedrohliche Rüttler.
Holger beugte sich aufmerksam vor. Der Kerl war vor ihnen da gewesen, denn auf dem Abdeckblech war keine Schlangenlinie von Anjas Finger zu sehen.
„Seine beiden Kollegen wurden nur leicht verletzt. Aber er liegt seitdem im Wachkoma." Seine kleine Ehefrau war gefilmt worden, wie sie in sich gekehrt die Intensivstation verließ.
Wieder füllte der schnurrbärtige Woduzek das Bild aus. „Der fünfte Vorfall ereignete sich erst heute Vormittag auf dem Frankfurter Hauptfriedhof."
Holger hätte sich beinahe am Bier verschluckt. Was? Noch ein Fall? Heute? Wieso wusste dieser Reporter mehr als sie?
„Zum Schluss einer Trauerfeier am Grab fielen plötzlich alle Blütenkätzchen von einer großen Hainbuche auf die Trauergäste." Ein frisch hergerichteter Grabhügel mit Kränzen, Blumen und Buketts wurde gezeigt, dahinter stand ein mächtiger Baum. „Vier Personen erlitten allergische Reaktionen und wurden ins Krankenhaus gebracht. Hier die Zeugenaussage des Bestatters." Ein blasser, älterer Mann im schwarzen Anzug erschien im Bild, auf seinen Schultern sah man Spuren von gelbem Staub. Er berichtete von dem schlagartigen Abfallen, dass alle Trauergäste voller Blütenfäden und gelb bepudert gewesen seien, viele gehustet und keine Luft mehr bekommen hätten. Nach dem Krankenabtransport habe die Feuerwehr das ganze Blütenzeug mit Laubsaugern entfernt.
Jetzt tauchte Woduzek wieder auf. „Das war der fünfte und hoffentlich letzte Vorfall dieser ungewöhnlichen Art. Was ist los mit unseren Bäumen? Schlägt die Natur jetzt zurück? Wird es gefährlich für Spaziergänger, wenn sie durch einen Park oder Wald gehen? In Berlin sieht man auf der Straße Unter den Linden schon Passanten mit Mundschutz." Man sah die Prachtstraße mit ihrem Alleestreifen, wo im Menschenstrom insgesamt drei jüngere Leute

eine weiße Abdeckung über Nase und Mund trugen.
Wahrscheinlich hatte der Journalist die drei für ihren Auftritt bezahlt, dachte Holger und fluchte bei der nächsten Aufnahme.
Woduzek stand jetzt vor seinem Ministerium. „Unsere Bäume zeigen ein lebensbedrohendes Verhalten. Aber unser Umweltministerium schweigt dazu. Ich habe mehrmals dort um eine Stellungnahme gebeten, wurde aber abgewiesen. Hat man dort etwas zu verheimlichen? Was ist mit dem Recht der Bürger auf Information? Wir werden jedenfalls dran bleiben an diesem beunruhigenden Fall und für Sie weiter berichten. Ich bin Jan Woduzek und gebe zurück ins Studio."
„Scheiße!", hauchte Holger und sagte dann laut: „Fernsehen aus!" Automatisch kamen wieder die Wechselfotos von Bastian.
Holger leerte die Flasche Bier und dachte nach: Dass sie ein Team aus drei Bundesministerien waren, wusste der Kerl noch nicht, sonst hätte er das gesagt. Das würde ein turbolenter Montag werden, garantiert gab es eine große Krisensitzung. Und am Dienstag mussten sie bestimmt nach Frankfurt. Durch den Bericht waren die Zuschauer jetzt aufgescheucht, Angst würde sich ausbreiten, man erwartete Taten und Hilfe durch die Regierung, kritische Stimmen würden zunehmen. Und das mochte kein Politiker gerne. Jeder Minister würde eine Abwehrwelle durch seine Behörde treiben, von oben nach unten.

Sonntag, 7. April 2024
Holger ging alleine durch den Wald, genoss die Ruhe und die herrliche Luft. Gestern Abend hatte er einen Streit mit Utinka gehabt, weil ihre Tochter mal wieder zu zickig und ihm gegenüber rotzfrech war. Aber an der heiligen Einheit von Mutter und Kind durfte man ja nicht kratzen. Später im Bett konnte er Utinka zumindest zu einer körperlichen Versöhnung verführen, die dann ziemlich intensiv wurde.
Holger sah zu den Baumkronen hoch, wo das Sonnenlicht durch das grüne Blätterdach blinkte. Es war für ihn unvorstellbar, dass von diesen würdigen, friedlichen Bäumen irgendeine Bedrohung ausgehen sollte. Sie sahen Generationen kommen und gehen, Leben wurde zu Geschichte und sie blieben, sie spendeten Schatten und lieferten Sauerstoff über Jahrhunderte, gaben unzähligen Tieren Nahrung und Unterschlupf, sie waren der Kreislauf des Lebens.
Heute Mittag hatte er per Bildtelefon mit seinem Sohn gesprochen und ihn nach seinem Geburtstagswunsch gefragt, weil er am 2. Mai 13 Jahre alt wurde. Bastian fühlte sich unwohl, zappelte mit den Beinen, fummelte mit den Fingern herum, blickte selten direkt in die Kamera, seine Antworten kamen stockend: Nein, einen beson-

deren Wunsch habe er nicht. Er solle ihm am besten Geld überweisen. Ja, sonst sei alles klar. Ja, Schule auch. Nein, er habe keine Probleme. Holger spürte schmerzlich, wie er seinen fremden Sohn durch seine Befragung quälte. Deshalb erlöste er ihn bald und beendete das Gespräch nach sieben Minuten.
In einiger Entfernung ratterte ein Specht seine kurzen Salven gegen hohles Holz. Rechts entdeckte er einen abgestorbenen Baum, an dessem Stamm Zunder wie dicke Muscheln klebte. Holger ging hin, befühlte diesen harten Pilz und dachte dabei an seinen jüngeren Vater, der ihm erzählt hatte, dass Zunderschwamm in früheren Zeiten zum Feuermachen benutzt worden sei. Deshalb hieß es auch ‚anzünden' oder ‚brennt wie Zunder', und Zündhölzer hätten auch ihren Namen daher. Das war in den glücklichen Kindheitstagen gewesen, als seine Eltern noch in normaler Lautstärke miteinander redeten.
Sein Vater hatte ihm damals viel vom Wald und der Natur beigebracht. Leider konnte er seinem Sohn nichts zeigen, erklären und weitergeben.

Montag, 8. April 2024
Um viertel nach 8 rief Holger beim Frankfurter Hauptfriedhof an und wollte einen Verantwortlichen sprechen. Die Frau am Telefon wirkte etwas überfordert am Montagmorgen, er hätte sie dabei gerne gesehen. Nach einigen Takten Warteschleifenmusik meldete sich eine dynamische Männerstimme: „Ja? Hier Auenbach, Friedhofsleitung."
„Guten Morgen. Mein Name ist Grimm."
„Morgen."
„Ich bin Mitarbeiter des Bundesumweltministeriums und untersuche ähnliche Vorfälle, wie er sich am Freitagvormittag bei Ihnen ereignet hat."
„Ach, so etwas passierte schon öfter?"
„Ja." Zumindest hatte er den Fernsehbericht nicht gesehen. „Aber erst seit den letzten vier Wochen."
„Das ist ja furchtbar. Verhalten sich verschiedene Baumarten so? Oder sind es immer Hainbuchen?"
„Nein, es waren bis jetzt immer andere Arten." Ziegler kam ins Büro, hob die Hand zum Gruß und legte einen Zettel vor ihm hin.
„Das ist ja lebensgefährlich. Deshalb habe ich am Freitagnachmittag die Hainbuche entfernen lassen."
„Schade eigentlich." Ziegler ging wieder. Auf dem Zettel stand: ‚Um 10 Uhr Konferenz im kleinen Besprechungszimmer.'
„Wie bitte?", fragte Auenbach verständnislos.
„Ich wäre gerne vorbeigekommen und hätte Proben genommen."
„Ach, so. Nein, der Baum musste sofort weg. Damit so etwas auf keinen Fall noch einmal geschehen kann. Tat mir ja leid, weil es so

ein prächtiger Baum war. Aber Sicherheit geht nun mal vor."
„Ist nicht noch etwas davon da? Blätter, Zweige oder Blütenkätzchen?"
„Nein", Auenbach räusperte sich, „das wurde anschließend gleich alles zum Kompostierungswerk gebracht. Nur der Baumstumpf ist noch da."
„Aha." Dann mussten sie ja wohl nicht nach Frankfurt fahren. „Ich hätte da eine Bitte. Könnten Sie vielleicht ein Stück Holz von außen aus dem Stumpf herausschneiden und mir zuschicken? Braucht nicht größer sein als ein Korken. Ginge das?"
Es gab eine kurze Pause, dann antwortete der Friedhofsleiter: „Wird erledigt. Werde ich nachher gleich veranlassen. Dann geht das heute noch zur Post."
„Prima!"
„Na, man wird ja nicht jeden Tag von einem Bundesministerium um eine Gefälligkeit gebeten."
„Eine Frage hätte ich da noch. Wer wurde nach dem Zwischenfall alles informiert?"
„Nun, zuerst die Notrufzentrale. Die haben dann die Feuerwehr verständigt. Ich habe die Sache so um die Mittagszeit an unser Gesundheitsamt gemeldet. An wen die das noch weitergegeben haben, weiß ich natürlich nicht."
„Aber die Medien wurden nicht unterrichtet?"
„Um Gotteswillen!", erwiderte Auenbach. „Kein Wort zu diesen Aasgeiern."
„Darum möchte ich Sie auch unbedingt bitten." Entweder gab es bei den Gesundheitsämtern undichte Stellen oder Unglücksinformanten hörten den Sprechfunk ab, folgten den Notrufeinsätzen und verkauften die Meldungen an die Sender oder an Nachrichtenagenturen, wenn es für die sensationell genug war.
„Da können Sie sich ganz auf uns verlassen."
„Könnten Sie mir noch Name und Anschrift der Hinterbliebenen nennen, damit ich mich bei denen nach den vier Pollenopfern erkundigen kann, die ins Krankenhaus gebracht wurden?"
Wieder entstand eine Pause. „Also, wissen Sie, Herr Grimm. Ohne deren Einverständnis kann ich Ihnen die Daten nicht herausgeben."
„Schade. Würden Sie mir denn das Bestattungsinstitut verraten?"
„Ich mache Ihnen einen anderen Vorschlag. Wenn die Angehörigen des Beerdigten zustimmen, schreibe ich Ihnen die Adresse samt Telefonnummer auf einen Zettel und lege ihn zu Ihrer Holzprobe. Andernfalls die des Bestatters."
„Das ist eine gute Idee, Herr Auenbach."
Bevor Holger sich dann verabschiedete, gab er seine Dienstanschrift an und bedankte sich vielmals im voraus.

Zuerst sahen sie sich gemeinsam den Fernsehbericht an, den Holger auf Speicherkarte aufgenommen hatte. Die meisten der Teilnehmer hatten ihn allerdings schon live gesehen. Anschließend erzählte Holger von seinem Gespräch mit dem Friedhofsleiter. Sie saßen an einem großen ovalen Tisch, alle hatten Papier, Schreibzeug und ihr handliches Netbook vor sich, manche zusätzlich noch Unterlagen. Da war Ziegler quasi als Hausherr mit seinem Holger Grimm, es folgte Dr. Ohlenberg mit seiner Untergebenen Dr. Anja Blass, dann kam Frau Dr. Eisach, die in der Hierarchie gleich hinter Özdak-Primmel kam, ihr unterstanden Bristin Renalde und Keno Backwang, die sie brav flankierten.

„Es ist ein Skandal, dass die Medien mal wieder mehr wissen als wir", Ohlenbergs Blick kreiste durch die Runde.

„Gegen Sensationshändler können wir nichts unternehmen", erwiderte Ziegler. „Die bieten ihre Meldungen doch allen Sendern an."

„Ich gehe selbstverständlich davon aus", sagte Frau Dr. Eisach, „das aus unseren drei Ministerien nichts heraussickert."

„Das tun wir alle", Ziegler nickte zustimmend.

„Auf jeden Fall müssen wir reagieren", sagte Ohlenberg, „etwas unternehmen. Und uns der Öffentlichkeit stellen."

Ziegler runzelte die Stirn und verzog etwas den Mund. „Um das alles zu beratschlagen, abzusprechen und zu verabreden, sitzen wir hier. Aber ich schlage vor, unsere Mitarbeiter informieren zuerst die Runde, dann machen wir eine Bestandsaufnahme und erstellen eine Maßnahmenliste, und dann können wir einen Termin für eine Pressekonferenz abklären."

„Die auch eine gemeinsame Veranstaltung sein sollte", warf Ohlenberg ein.

„Natürlich", antwortete Ziegler gedehnt.

„Einverstanden", Frau Dr. Eisach lächelte ironisch. Sie war schlank und sehr gepflegt. Obwohl sie bei weitem nicht so aussah, hatte sie die 60 schon überschritten.

Ziegler drehte den Kopf zu seinem Mitarbeiter. „Herr Grimm, beginnen Sie doch als erster. Erklären Sie uns Ihre Einschätzung und Vermutung dieses Phänomens."

Frau Dr. Eisach hob ihren Zeigefinger, der lackierte Nagel hatte die gleiche Farbe wie ihr Lippenstift. „Eins noch vorweg, Herr Grimm. Von einer Hainbuche habe ich noch nie gehört."

„Die Hain- oder Weißbuche gehört zu den Birkengewächsen. Die Blütenkätzchen bilden sich von April bis Mai. Sie wird auch gerne als Hecke benutzt."

„Danke!"

„Normalerweise geschieht der Blüten- und Pollenfall über einen Zeitraum von einer bis zwei Wochen", sagte Holger. „Immer nach und nach. Meistens durch die Windbewegungen. Ein Großteil der Pollen wird durch Insekten abtransportiert. Dass ein Baum schlag-

artig alle Blätter oder Blüten abwirft, ist absolut untypisch. Das geschieht eigentlich nur, wenn Wurzelbereiche abgetrennt werden oder die Bäume durch Umweltgifte oder massiven Schädlings- oder Pilzbefall geschädigt werden. In solchen Fällen lassen die ..."
Anja Blass hatte zugehört, aber irgendwie entfernte sich die Stimme, und ihre Gedanken glitten weg. Ihr ging es nicht gut. Sie war zwar erst drei Tage 40 Jahre, fühlte sich aber deutlich älter als vorige Woche. Ihre Geburtstagsfeier war so gewesen, wie sie befürchtet hatte. Besonders durch diese vierte Null fühlte sich die gesamte Verwandtschaft noch mehr genötigt, ihre bekannt dämlichen Fragen zu stellen. Sie vermittelten ihr das Gefühl, eine Aussätzige zu sein, eine unbekannte Krankheit zu haben, auf jeden Fall nicht normal zu sein. Am meisten nervte ihre Mutter. Durch sie hatte Anja auch diese Fernsehsendung am Freitagabend verpasst, weil sie nach ihrer Ankunft gleich eingespannt wurde und bei den Vorbereitungen helfen musste.
„... bin jedenfalls davon überzeugt, dass es keine zufälligen Abwürfe waren. Sonst hätten die Blüten ja auch eine Stunde vorher oder nachher fallen können und nicht genau dann, wenn gerade jemand darunter stand."
„Sie meinen also allen Ernstes, dass die Bäume ihre Pollen gezielt auf die Menschen abwarfen?", Dr. Ohlenberg sah ihn zweifelnd an.
Holger nickte. „Aber nicht so wie bei einer geplanten Handlung, sondern ausgelöst durch gewisse Reize. In der Natur geschieht immer alles durch Aktion und Reaktion. Durch irgendein Signal ließen die Bäume auf einen Schlag sämtliche Pollen fallen. Und da die vermutlichen Verursacher dieses Impulses noch unter den Bäumen standen, bekamen sie alles ab."
„Und um was handelt es sich bei diesem Auslösungsreiz?", fragte Frau Eisach.
„Ich glaube, es geschieht durch Lärm, durch Lautstärke."
Ohlenbergs Blick war voller Spott. „Können Bäume denn hören, Herr Grimm?"
„Nicht so wie wir. Aber sie reagieren eindeutig auf Krach, auf akustische Signale und auf Musik. Ob sie das als Töne wahrnehmen oder als Schallwellen, ist noch unklar."
„Soso."
Unterstützung kam von Bristin Renalde: „Das stimmt. Ich habe selber eine Studie gelesen, wo man durch Musikberieselung in Gewächshäusern deutlich höhere Erträge bekam als ohne."
„Davon hab ich auch schon gehört", sagte Ziegler.
„Vielleicht wird dieser Pollenabwurf bei soundsoviel Dezibel oder einer bestimmten Frequenz ausgelöst", Holger zog die Schultern hoch. „Auffällig ist doch, dass es bei allen Vorfällen eine gewisse Lautstärke gab: kreischende Gänse, Kinderschrei, Pressluft- hämmer und Rüttler."

„Und auf dem Frankfurter Friedhof?", fragte Keno Backwang.
„Ach, ja", Holger strich sich über seine hohe Stirn, „da wohl nicht."
„Also doch nicht so eindeutig, wie?", Ohlenberg triumphierte.
„Scheinbar nicht. Aber ich bleibe trotzdem bei meiner Theorie mit Lärm als Verursacher."
„Frau Dr. Blass", sagte Ziegler, „wenn ich Sie jetzt bitten darf?"
„Also, bei den Frühjahrsblühern sind Birken-, Weiden-, Erlen- und Hasel-Pollen die stärksten Allergieauslöser." Das hab ich doch schon zigmal gesagt, fiel ihr ein. Ich muss mich jetzt zusammenreißen. Mehr Einsatz zeigen. „Und alle vier Arten waren bei unseren Fällen vertreten."
„Die Weide auch?", fragte Frau Dr. Eisach.
„Die Schwarzpappel gehört zur Familie der Weidengewächse", erklärte Anja und wäre bestimmt rot geworden, wenn Holger sie jetzt fixiert hätte.
„Aha."
„Dass Tiere an allergischen Reaktionen sterben können, wusste ich auch noch nicht. Der Tierarzt bei Krugsdorf meinte aber, dass es bei starken Allergenen gelegentlich vorkomme. Die beiden Kinder, die in München einen anaphylaktischen Schock erlitten hatten, waren bekannte Allergiker. Das tote Mädchen war auf viele Gräser und ausgerechnet auf alle im Frühling blühenden Bäume allergisch, also genau auf diese Erle."
„Wussten die Kindergärtnerinnen das?", fragte Ohlenberg.
„Ja", antwortete Holger. „Aber sie erkannten die Erle nicht. Dachten überhaupt nicht daran."
„Ziemlich leichtsinnig", meinte Bristin.
„Der Junge leidet an Neurodermitis und ist dadurch auch asthmaanfällig." Anja sah wieder die zarten Arme des Jungen vor sich, die sie gerne gestreichelt hatte. Wenn auf Norderney doch alle Hautkranken so gewesen wären. „Außerdem ist er noch auf Milch, Weizenmehl, Nüsse und Eier allergisch. Der tote Rentner bei dem Zwischenfall Unter den Linden litt schon lange an allergischem Asthma, benutzte auch bei Bedarf sein Dosieraerosol, das er bei dem Pollenschauer aber verlor. Er war auf Birke, Haselnuss und Weide allergisch. Also auch genau auf die Schwarzpappeln. Seine Frau verletzte sich dabei durch einen Sturz am Kopf." Anja rückte ihre Brille zurecht. „Der Bauarbeiter in Salzgitter zeigte noch nie allergische Auffälligkeiten. Ob die vier Trauergäste in Frankfurt, die ins Krankenhaus kamen, Allergiker sind, wissen wir noch nicht. Man kann also sagen, dass zumindest die beiden Toten allergisch erheblich vorbelastet waren"
„Also deshalb wohl auch starben?", fragte Frau Dr. Eisach. „Weil sie anfällig waren? Weil sie genau auf diese Stoffe reagierten?"
Anja nickte. „Allerdings muss ich darauf hinweisen, dass auch jeder gesunde Mensch in akute Lebensgefahr geraten würde, wenn er in so einen schlagartigen Pollenabwurf käme."

„Wie der Mann am Rüttler", sagte Keno.
„Der Blütenstaub ist extrem fein und deshalb tief lungengängig. Die Gefahr reicht von Erstickung bis zur Pneumonie." Anja räusperte sich, hatte eine trockene Kehle. „Außerdem schlage ich vor, ein Rundschreiben an alle Gesundheitsämter zu schicken und nachzufragen, ob dort in letzter Zeit ähnliche Vorfälle gemeldet wurden."
„Sehr gute Idee, Frau Dr. Blass", lobte Ohlenberg. „Veranlassen Sie das."
„Vielleicht gab es ja schon viel mehr Pollenattacken, als wir wissen. Und mehr Opfer." Anja zeigte zu dem Servierwagen mit Getränken und abgedeckten Brötchenplatten. „Kann ich mal etwas trinken?"
„Aber natürlich", sagte Ziegler. „Bitte, meine Herrschaften, bedienen Sie sich. Mit dem Essen warten wir aber noch etwas."
Nachdem sich alle etwas zu trinken geholt hatten, die meisten Kaffee, wandte sich Ziegler an Keno Backwang: „Wenn Sie nun fortfahren würden."
„Ich kann ja jetzt wohl nicht mehr viel Neues zu dem Thema sagen", bedauerte er mit entsprechender Miene und einem Reklamelächeln für Zahnpasta, was auch bei Fr. Eisach Wirkung zeigte. „Ich persönlich würde eher die Erschütterungen als Auslöser vermuten. Leider gab es die richtig ausgeprägten nur in zwei Fällen: den Presslufthämmern und dem Rüttler."
„Och, eine tobende Kinderschar kann auch Wände und Decken zum Wackeln bringen", meinte Bristin, und zustimmendes Schmunzeln verbreitete sich in der Runde.
Mit seiner freundlichen, angedeuteten Verneigung erinnerte Keno an seine asiatischen Ahnen. „Vielleicht sollten wir die risikoreichen Pollenschleudern aus sensiblen Bereichen vorsorglich entfernen, wie zum Beispiel Kindergärten, Schulen, Spielplätzen, Kinderstätten."
„Da wär ich auch für", sagte Bristin Renalde. „Zum Glück gibt's bei meiner Tochter keine gefährlichen Bäume. Habe ich extra kontrolliert."
„Herr Backwang, Sie meinen, wir sollten diese Bäume einfach fällen und vernichten?", fragte Dr. Ohlenberg. „In all diesen Gemeinschaftseinrichtungen?"
„Ja. Zur Sicherheit. Als Prävention."
„Aber würde das nicht eine Massenhysterie auslösen?", gab Frau Dr. Eisach zu bedenken. „Dann würden übervorsichtige Eltern ihre Kinder gar nicht mehr aus dem Haus lassen."
„Das denke ich auch", Ohlenberg nickte mehrmals. „Panikmache können wir auf keinen Fall gebrauchen."
„Also abwarten, bis wieder etwas Schlimmes passiert?" Keno hatte jetzt einen lauernden Blick.

„Müssen wir ja wohl", bestätigte Ohlenberg.
Ziegler stellte seine Tasse geräuschvoll ab. „Ich glaube auch, dass wir unmöglich im ganzen Land diese Bäume vorsichtshalber entfernen können. Allein schon aus Gründen des Umwelt- und Naturschutzes."
„Und wer schützt unsere Kinder?", konterte Bristin.
Frau Eisach beugte sich etwas vor. „Ich meine auch, dass solche aufwändigen Vorsorgemaßnahmen noch nicht nötig sind. Wollen wir hoffen, dass sie auch niemals notwendig werden." Sie drehte an ihrem Ehering. „Herr Backwang, waren Sie soweit fertig?"
„Ich möchte nur noch vorschlagen, dem Krugsdorfer Landwirt eine Entschädigung für seine 86 Gänse zu bezahlen. Dann würde er bei seinem nächsten Fernsehinterview – da folgen bestimmt noch welche – schon berichten, dass unser Landwirtschaftsministerium schnell geholfen hat. Und schon hätten wir in dem Fall ein positives Image."
„Ein guter Vorschlag", sagte seine Vorgesetzte. „Erledigen Sie das dann gleich und unbürokratisch. Zahlen Sie die Entschädigungspauschale wie bei der letzten Vogelgrippe. Das kann ja nicht so teuer werden."
„Aber ob da nicht die Angehörigen der menschlichen Opfer auch bald Schadensersatz fordern?", Ohlenberg kippte den Kopf abwägend hin und her.
„Das ist juristisch ein ganz anderes Feld", erwiderte Frau Eisach. „Landwirtschaftliche Tiere gelten allgemein als Sachgüter."
„Gut. Dann sind Sie jetzt dran, Frau Renalde", sagte Ziegler.
„Nun, wir haben ja jetzt bei den Proben auch die DNA bestimmt ..."
„Wirklich?", wurde sie von ihrer Chefin unterbrochen. „Ist das nicht sehr teuer?"
„Denke ich auch", Dr. Ohlenberg nickte zustimmend.
Bristin sah zu Keno. Der beugte sich vor und sagte: „Das habe ich veranlasst. Auf einen Vorschlag von Frau Dr. Blass hin."
Alle Augenpaare schwenkten kurz auf Anja, die keinerlei Regung zeigte, aber innerlich jubelte und Keno dankbar war.
„Ich bin der Meinung, dass wir bei solch einer dramatischen Entwicklung mit Todesfällen nicht knauserig sein dürfen. Wenn es zur Aufklärung und Vermeidung weiterer Opfer dienen kann, müssen wir die DNA mit einbeziehen. Da dürfen wir nicht aufs Geld schauen."
„Da haben Sie vollkommen recht, Herr Backwang. Aber beim nächsten Mal möchte ich sofort informiert werden." Frau Dr. Eisach gab mit einer Handbewegung das Wort wieder an Bristin Renalde.
„Bei der Untersuchung stellte sich zuerst heraus, dass es sich nicht um Schwarzpappeln, sondern um Hybridpappeln handelt."
„Was?", Holger schnellte vor und sah sie überrascht an.
„Das Erbgut von Hybridpappel und Schwarzpappel ist sehr ähnlich, aber eben nicht identisch."

„Und worin unterscheiden die sich nun voneinander?", fragte Dr. Ohlenberg etwas gelangweilt.

„Die beiden Bäume sind äußerlich nicht eindeutig unterscheidbar. Die Schwarzpappel ist die ursprüngliche Art und typisch für intakte Auenlandschaften. Die Hybridpappel ist eine angepflanzte Form, die hauptsächlich an Alleen und in Ortschaften vorkommt. Durch ihre Einkreuzung wird unsere einheimische Schwarzpappel in ihrer Reinheit bedroht. Irgendwann gibt es nur noch Hybridpappeln."

„Sehr interessant", sagte Dr. Ohlenberg, obwohl seine Miene genau das Gegenteil zeigte. „Aber ist das relevant für unsere Fälle?"

„Ich denke schon", antwortete Bristin. „Durch genetische Introgression können sich Pflanzen in ihren Eigenschaften und ihrem Verhalten verändern."

„Durch was?", fragte Frau Dr. Eisach.

„Genetische Introgression ist die Einkreuzung, also die Aufnahme von Genen einer Art in eine andere. Das passiert in der Natur ständig und überall."

„Aha", ihre Chefin nickte. „Und wenn es gezielt gemacht wird, nennt man es Züchtung?"

„Richtig." Bristin trank einen Schluck Wasser. „Als Hauptentdeckung unserer DNA-Analysen gilt aber der Nachweis von fremder DNA in allen Proben."

„Was?" Holger und Keno reckten sich vor.

„Zwar nur in geringer Menge, aber eindeutig nachweisbar. Alle Proben zeigten Gene eines schwierig auszusprechenden Bodenbakteriums, das dort absolut nichts zu suchen hat."

„Dann haben wir ja endlich eine Spur", sagte Keno erfreut. „Da hat sich die DNA-Untersuchung ja schon rentiert."

Holger Grimm kratzte sich am Kopf und überlegte: Bodenbakterium erinnerte ihn an irgendetwas, da war mal was.

„Also sind alle Bäume dadurch krank?", fragte Anja Blass.

„Eventuell ja. Aber auf jeden Fall verändert."

„Durch diese genetische Einkreuzung?", Dr. Ohlenberg schaute in seine leere Tasse.

„Ja."

„Kann die denn durch andere Pflanzen erfolgt sein?", fragte Frau Eisach.

„Muss ja wohl", antwortete Bristin.

„Aber natürliche Pflanzen verteilen doch keine Gene von Bodenbakterien", sagte Holger. „Und schon gar nicht urplötzlich und fast gleichzeitig in München, Berlin, an der polnischen Grenze, in Salzgitter und Frankfurt."

„Sondern?", Dr. Ohlenberg blickte ihn auffordernd an.

„Meiner Meinung nach kann das nur mittels Kontamination durch die genveränderte Agrarindustrie geschehen sein."

Frau Dr. Eisach reagierte empört: „Jetzt wollen Sie also unserer Landwirtschaft die Schuld geben?"

„Es geht hier nicht um Schuldzuweisungen, sondern um Aufklärung über die Ursachen dieser besorgniserregenden Ereignisse, damit wir möglichst bald weitere oder noch größere Vorfälle vermeiden können." Dass er in seiner Studentenzeit in einer Gruppe gegen Genmanipulation aktiv war, hatte Holger im Ministerium niemals erwähnt. Obwohl der Staatsschutz es bei seiner Sicherheitsüberprüfung garantiert herausbekommen hatte.

„Und durch den modernen Weizen oder Roggen sollen die Gene eines Bodenbakteriums in unseren Bäumen gelandet sein und dort diesen schlagartigen Pollenabwurf ausgelöst haben?", Ohlenberg sah ihn zweifelnd an.

„Transgene Pollen werden durch den Wind überall hingetragen und können andere Pflanzen verändern", erwiderte Holger. „Das war und bleibt ja die große Gefahr des Anbaus von genveränderten Kulturpflanzen."

„Aber die Hybridpappel verändert auch das Erbgut der Schwarzpappel", sagte Keno Backwang. „Auch ohne menschliche Manipulation. Das geschieht in der Natur doch andauernd, nicht wahr, Frau Renalde?"

„Richtig."

„Auf jeden Fall kann ich absolut nicht glauben, dass unsere Landwirtschaft der Verursacher dieser Vorfälle ist. Und ich möchte nicht, dass entsprechende Spekulationen an die Öffentlichkeit gelangen", Frau Eisach sah Holger durchdringend an.

„Haben Sie etwa eine bessere Idee? Einen anderen Vorschlag?"

„Im Moment nicht. Deshalb werde ich trotzdem nicht dem erstbesten Einfall zustimmen, Herr Grimm."

„Aber es geht doch hier wohl um eine ergebnisoffene Untersuchung, Frau Kollegin", schaltete sich Ziegler ein. „Ohne Vorgaben und Tabus. Und ohne Scheuklappen."

„Natürlich. Aber es müssen professionelle, seriöse Ergebnisse sein, die man der Öffentlichkeit entsprechend sensibel mitteilen muss."

„Damit keine Panik entsteht", sagte Ohlenberg. „Und kein großer wirtschaftlicher Schaden."

„Ich schlage vor, wir machen jetzt eine Essenspause. Das dient auch der allgemeinen Beruhigung." Ziegler deutete zu den abgedeckten Brötchenplatten. „Bitte, meine Herrschaften, bedienen Sie sich."

Nach der recht schweigsamen Pause einigten sich die drei Vorgesetzten schnell auf eine gemeinsame Pressekonferenz zum Ende der Woche. Ihre Mitarbeiter sollten wie bisher eng zusammenarbeiten und alles tun, um die Angelegenheit rasch aufzuklären. Dr. Ohlenberg schlug noch vor, sich bei den Nachbarstaaten nach ähnlichen Fällen zu erkundigen, vielleicht auch zentral über Brüssel.

Mittwoch, 10. April 2024
Anja Blass hatte die beiden Männer für 9 Uhr in ihr Büro eingeladen. Nachdem sie Kaffee und Haferplätzchen verteilt hatte, setzte sie sich hinter ihren Schreibtisch und begann: „Am Montagnachmittag habe ich noch diese Anfrage an alle Gesundheitsämter als Rundmail verschickt. Und bis jetzt habe ich unerwarteterweise – eigentlich erschreckenderweise – über 30 Rückmeldungen aus dem gesamten Bundesgebiet erhalten."
„Tatsächlich?", Keno Backwang zog die Augenbrauen hoch.
„Mein Gott!", Holger wirkte sichtlich betroffen. „Was geschieht da? Was kommt da bloß auf uns zu?"
„Alles Fälle von plötzlichem Pollenregen?", fragte Keno. „Gab es auch Tote?"
„Lass sie doch ... Lassen Sie sie doch der Reihe nach erzählen. Ach, verdammt!", Holger machte eine wegwerfende Geste. „Eigentlich können wir uns doch alle duzen, oder?" Obwohl er Anja älter einschätzte, sagte er: „Ich bin bestimmt der Älteste in dieser Runde und biete euch hiermit vorschriftsmäßig das Du an."
„Bist du schon 40?", fragte Anja.
„Nein. Das dauert noch etwas." Dass es leider nur noch sieben Monate waren, verschwieg er.
„Dann bin ich älter. Aber ich übernehme deinen Vorschlag gerne." Holger wollte erst noch eine charmante Lüge anbringen, verkniff es sich aber. Die drei erhoben sich kurz, reichten sich die Hände und nannten dabei ihre Vornamen.
„So, Anja", Keno ließ seine Zähne blinken. „Jetzt kannst du uns berichten."
„Der erste Vorfall ereignete sich bereits am 6. März, die vorerst letzte Meldung gab es am 8. April, also vorgestern."
„Komisch, dass dieser Woduzek anscheinend nichts davon weiß", meinte Holger. „Über 30 zusätzliche Fälle innerhalb eines Monats."
„Es wurde vielleicht nicht so publik gemacht", sagte Keno, „blieb örtlich begrenzt, wurde nicht weiter gemeldet."
„Wahrscheinlich." Ob es doch einen Informanten im Gesundheitsministerium gibt?, dachte Holger.
Anja trank einen Schluck Kaffee und fuhr fort: „Die Fälle sind alle ähnlich. Meistens wurde der Pollenabwurf wohl durch Baulärm in unmittelbarer Nähe ausgelöst, manchmal auch bei lauter Musik. Je nach Anzahl der beteiligten Bäume reichten die Auswirkungen von Erschrecken über Atemnot und sämtlichen allergischen Symptomen bis zu zwei Todesfällen durch einen Asthmaanfall und einem anaphylaktischen Schock. Alle beiden Verstorbenen waren aber allergisch vorbelastet."
„Furchtbar!" Holger starrte vor sich hin. „Das ist etwas ganz

Großes, was uns da bedroht."
„Die Todesfälle waren einmal in Pforzheim durch Erlen und in Worpswede durch Birken."
„Waren ansonsten wieder die üblichen Bäume beteiligt?", fragte Keno.
„Ja." Anja zwang sich, nicht wieder ihren Standardsatz über die Frühjahrsblüher aufzusagen. „Alle Arten von Pappeln, sehr viel Birken, weniger Haselnuss und Hainbuchen, oft Erlen. Ein Mal war es Goldflieder oder Forsythie."
„Das musst du gleich nach oben melden", Holger biss in ein Plätzchen und ignorierte die fallenden Krümel.
„Hab ich doch schon", Anja lächelte wie bei einer guten Note.
„Und? Was meinen die da oben?"
„Die sind alle beunruhigt."
„Das müssen wir auch sein", Holger nickte abwesend. „Wenn sich die Sache in dem Tempo weiter ausbreitet, dann wird's gefährlich."
„Sieht ja so aus, als ob es tatsächlich durch Lärm ausgelöst wird", sagte Keno.
„Ich glaube es jedenfalls", Holger nahm sich noch ein Haferplätzchen. „Übrigens, auf dem Frankfurter Friedhof gab es zwar keinen Krach, aber auch keine Erschütterungen."
„Da hast du recht."

„Natürlich warte ich, Frau Quandt." Holger nahm den Hörer in die linke Hand und hielt mit rechts den Klarsichtbeutel mit dem korkengroßen Holzstück hoch. Im Posteingang lag vorhin der gefütterte Umschlag aus Frankfurt, der die versprochene Probe der Hainbuche und eine Kurzmitteilung von Herrn Auenbach enthielt, mit der Adresse und Telefonnummer der Witwe des Beerdigten. Die hatte er vor einigen Minuten angerufen und als sehr gefasst und gesprächig empfunden.
„So, da bin ich wieder, Herr Grimm. Bitte entschuldigen Sie die Unterbrechung, aber das war der Postbote."
„Kein Problem. Ich bin doch froh, dass Sie sich Zeit für mich nehmen."
„Ach, Zeit habe ich genug", sagte Frau Quandt etwas bedrückt.
„Und dass Sie meine Fragen beantworten wollen."
„Freilich. Man muss die Behörden doch unterstützen."
„Danke. Zuerst möchte ich mich nach den vier Trauergästen erkundigen, die nach dem Unglück ins Krankenhaus mussten."
„Die sind alle schon wieder daheim. Da wurde zum Glück keiner ernsthaft verletzt. Allerdings hatten vorgestern zwei von ihnen noch ein arg angeschwollenes Gesicht und rote Augen."
„Wissen Sie, ob von den vieren vorher schon jemand unter einer Allergie litt?"
„Nur die Martha, meine Schwägerin. Die leidet schon lange unter

Heuschnupfen."

„Aha. Ging das denn schnell mit diesem Pollenabwurf?"

„Ja, freilich. Wahnsinnig schnell. Das Musikstück war im letzten Drittel, da ging das los."

„Was für Musik?", Holger setzte sich aufrecht, nahm den Hörer wieder in die rechte Hand.

„Na, mein Mann war doch über Jahrzehnte im Posaunenchor. Und er wollte unbedingt, dass die bei seiner Beerdigung spielen sollten. Und bei seinem Lieblingslied fiel plötzlich dieser Blütenschauer."

„Als es passierte, spielte gerade ein Posaunenchor? Mit wie viel Leuten?"

„Mit sieben Männern", antwortete Frau Quandt, „und den üblichen Instrumenten."

„Standen die direkt unter dem Baum?"

„Nein. Aber ganz dicht daneben. Wie alle, die nicht unmittelbar am Grab standen."

„Und dann?" Das war für ihn der klare Beweis, dass es durch Lärm ausgelöst wurde: bei allen Fällen war es laut gewesen.

„Dann fielen diese Blüten schlagartig ab. Alle Leute hatten den gelben Staub im Haar und auf der schwarzen Kleidung. Da kam eine richtige Wolke über uns. Und alle gerieten in Panik", ihre Stimme wurde unruhiger.

„Gut, Frau Quandt. Ich glaube, das war's dann schon von meiner Seite."

„Gab es denn schon ähnliche Vorfälle?"

„Ja. Deshalb müssen wir das ja untersuchen."

„Furchtbar! Jetzt spielt die Natur auch schon verrückt."

„Darf ich mich denn nochmals melden, falls ich noch eine Frage habe?"

„Aber freilich, Herr Grimm. Jederzeit. Ich helfe doch gerne."

Holger bedankte und verabschiedete sich. Dann schrieb er eine kurze Notiz für Bristin, die er mit der Baumprobe per Dienstpost nach Kleinmachnow schickte.

Donnerstag, 11. April 2024
Zwischen Lausa und Kaisa, Deutschland, EU.
Um 14 Uhr sollte die Pressekonferenz ihrer drei Vorgesetzten stattfinden.
Um 10.30 Uhr hatte Holger den Anruf von Anja erhalten, dass in ihrem Ministerium eine Meldung des Gesundheitsamtes Torgau eingegangen sei, wonach es in der Dahlener Heide bei Pflasterarbeiten zwischen zwei Dörfern einen neuen Zwischenfall mit einem Toten gegeben habe.
Um 11.15 Uhr hatte er Anja und Keno abgeholt und sich auf die

Autobahn eingefädelt. Während der Fahrt teilte Anja nähere Einzelheiten mit: Es handele sich um eine alte Allee mit Pyramidenpappeln. Auf den fast zwei Kilometern zwischen Lausa und Kaisa werde momentan der Fuß- und Radweg mit Verbundsteinen neu angelegt. Beim Abrütteln der Fläche sei es zum massiven Pollenabwurf gekommen; genau wie in Salzgitter, allerdings diesmal beidseitig und über mehr als 100 Meter. Ein Arbeiter sei an Ort und Stelle erstickt, drei weitere seien ins Krankenhaus gebracht worden.

Holger berichtete noch über die Neuigkeiten von Frau Quandt. Und Keno meinte, dass sich Özdak-Primmel den heutigen Medienauftritt garantiert nicht entgehen lassen würde.

Die Landschaft war weit und etwas wellig, es gab Kartoffel-, Mais- und Rapsfelder, wenige Weiden und einige Heideflächen mit vereinzelten Kieferngruppen. Kurz vor ihrem Ziel kam ihnen ein gelber Übertragungswagen entgegen, der übertrieben groß mit DF 1 beschriftet war.

„Da saß bestimmt dieser Woduzek drin", sagte Holger. „Der Kerl ist uns also wieder mal zuvorgekommen."

Anja blickte auf ihre Armbanduhr. „Aber zur Pressekonferenz wird er bestimmt nicht pünktlich sein."

Um 13 Uhr standen sie schon auf dieser herrlichen Pappelallee zwischen den sichtbaren Dörfern. Der Abschnitt wurde an beiden Seiten von einem Polizeiwagen mit Blaulicht abgesperrt. Sie durften erst zu Fuß passieren, nachdem sie sich ausgewiesen und ihre Sondervollmacht vorgezeigt hatten.

Der Einsatzleiter der Feuerwehr erklärte ihnen den Sachverhalt: Rechts seien die verlegten Steine abgerüttelt worden, 70 Meter weiter links die letzte Schicht des Untergrunds, dazwischen habe man weitere Steine gesetzt. Plötzlich seien hier überall sämtliche Blüten von den Bäumen gefallen und hätten alles bedeckt. Der Mann am Fertigrüttler sei zusammengesackt und unter der Pollenschicht erstickt, drei seiner Kollegen mit allergischen Reaktionen ins Krankenhaus gebracht worden, vier weitere seien mit dem Schrecken davongekommen und auf dem Weg nach Hause.

Im letzten Drittel des Unglücksbereichs waren die Feuerwehrleute mit Atemschutzgeräten dabei, die Blütenkätzchen mit Laubsaugern zu entfernen. Dort sah es noch aus, als hätte ein Baumwolllaster seine Ladung verloren. Anja sagte, bei so einer Allee komme natürlich viel mehr Pollenmasse zusammen, das sei sehr gefährlich. Man dürfe sich gar nicht vorstellen, was passiert wäre, wenn es hier eine lärmende Schulklasse erwischt hätte.

Keno schnitt Holzproben aus mehreren Stämmen, war ganz begeistert von dem Kernbohrer. Holger tütete Blütenkätzchen ein und erklärte, dass die Pyramidenpappel eine Abart der Schwarzpappel sei und seit Napoleon in Mitteleuropa als Alleebaum angepflanzt worden sei.

Torgau, Deutschland, EU.
Nachdem sie in einem afrikanischen Imbiss gegessen hatten, fuhren sie ins Krankenhaus und sprachen kurz mit einem Bauarbeiter, der zugeschwollene Augen und bläulich wulstige Lippen hatte und nach jeder Antwort husten musste. Auf die Frage, ob er auf irgendetwas allergisch sei, verzog er den unförmigen Mund zu einem missglückten Lächeln und meinte: bis heute Morgen nicht.
Seine beiden Kollegen lagen auf der Intensivstation, waren aber außer Lebensgefahr. Im Flur erkundigten sie sich bei deren Angehörigen nach Allergien, nur einer litt unter leichter Schuppenflechte.
Bei der Ehefrau des Verstorbenen riefen sie an, aber die legte gleich wieder auf, hielt sie wohl für Reporter. Beim fünften Versuch ging der Sohn ans Telefon. Als Anja auf ihr Gesundheitsministerium hinwies, willigte er ein und gab mit stockender Stimme Auskunft: er selber leide zwar unter Neurodermitis, sein Vater habe aber noch niemals allergisch reagiert. Anja redete wieder sehr einfühlsam.

Berlin, Deutschland, EU.
Als die Tagesschau anfing, legte Holger sein Brot hin und schaute zur Medienwand. Der erste Beitrag zeigte gleich die Pressekonferenz, wo tatsächlich der massige Özdak-Primmel zwischen Ohlenberg und Ziegler thronte und alles dominierte. Der Nachrichtensprecher meldete, dass drei Bundesministerien gemeinsam um die Aufklärung dieser beängstigenden Vorfälle bemüht seien. Es handele sich möglicherweise um eine Erbkrankheit dieser betroffenen Bäume.
So kann man es auch nennen, dachte Holger, hört sich harmloser an als Genveränderung.
Natürlich wurde Özdak-Primmel gezeigt, wie er teilnahmsvoll versicherte, dass man die Sorgen der Bevölkerung sehr ernst nehme.
Jetzt erschien wieder der Sprecher: „Leider gab es heute Morgen erneut solch einen massiven Pollenabwurf." Man sah eine Luftaufnahme der Pappelallee mit den kleinen Dörfern an beiden Enden. Die Straße war nicht mehr grau, sondern weiß wie nach Schneefall. Überall blinkte das Blaulicht von Polizei-, Feuerwehr- und Rettungswagen. „Bei dem Zwischenfall in der Dahlener Heide wurde ein Arbeiter getötet und drei weitere verletzt." Von oben wirkte die Allee wie eine spalierbildende Doppelreihe von langen Soldaten.
Der Sprecher kam ins Bild und sagte: „In Fulda wurde jetzt im

Rahmen des Solar-Förderprogramms das 500.000ste Dach mit Fotovoltaikmodulen fertiggestellt." In einem Filmausschnitt sah man ein geschmücktes Haus mit einem entsprechenden Transparent. Das Dach wurde herangezoomt und die ineinander schieb- und steckbaren Platten mit Solarzellen gezeigt, die eine einheitliche Größe von 70 x 50 Zentimetern hatten und anstelle der früher üblichen Dachziegeln verwendet wurden.

„Bei Unruhen", neben dem Sprecher erschien ein Foto mit umzäunten Baracken und einer Menschenmenge, „in mehreren Flüchtlingslagern bei Tanger gab es Tote und Verletzte."

Als von dem Treffen zwischen Bundeskanzler Adomir und der Präsidentin der Mittelamerikanischen Union berichtet wurde, wendete sich Holger ab, aß sein Brot, nippte an seinem Tee und dachte an die fremde DNA in den Bäumen: Sie konnte doch nur von der Gen-Landwirtschaft übertragen worden sein. Aber die gab es schon seit 15 Jahren in Deutschland. Warum kam es jetzt auf einmal zu diesen bisher nicht vorgekommenen Reaktionen? Und warum in den Großstädten? Wo doch die veränderten Pflanzen erst in mindestens 20 Kilometer Entfernung angebaut wurden? Konnten die manipulierten Gene durch den Pollenflug so weit verbreitet werden? Und warum löste Lärm diesen Blütenschauer aus? Wie funktionierte das? Gab es überhaupt Kulturpflanzen, die so programmiert waren?

Freitag, 12. April 2024
Vormittags waren die drei bei Bristin in Kleinmachnow. Anja und Keno boten ihr auch das Duzen an. Sie unterrichteten Bristin über alle Neuigkeiten und lästerten über den mediengeilen Özdak-Primmel, der seine Untergebene einfach weggedrängt habe. Bei der Baumprobe aus Frankfurt hatten sie noch nicht mit der Untersuchung begonnen. Holger fragte Bristin über genmanipulierte Pflanzen aus, wollte wissen, ob bestimmte Bereiche der DNA für bestimmte Aufgaben präpariert werden könnten, was sie bejahte. Zum Schluss notierte er sich noch den Namen dieses Bodenbakteriums: Bacillus thuringiensis var. tenebrionis.

Ab 14 Uhr saßen sie wieder am ovalen Tisch im kleinen Besprechungszimmer: Ziegler, Dr. Ohlenberg, zum Glück Frau Dr. Eisach, Anja, Keno und Holger. Ziegler berichtete zuerst von der Pressekonferenz, der wachsenden Dimension des Problems, den vielen unangenehmen Fragen und den wenigen richtigen Antworten. Beschwichtigung und Zeit gewinnen sei die vorher verabredete Parole gewesen; und jeder in der Runde wusste, wer sie ausgegeben hatte. Ziegler erzählte von seinen Telefonaten mit Brüssel und seinen dortigen Erkundigungen, die leider absolut nichts zur Aufklärung beitragen konnten.

Damit gab er das Wort an Ohlenberg, der sich ebenfalls über

erfolglose Anfragen beim EU-Gesundheits-Kommissariat beklagte. Da man ihnen in Brüssel nicht helfen könne oder wolle, habe man gemeinsam entschieden, die Weltgesundheitsorganisation zu kontaktieren. Dort habe man sofort sehr interessiert auf ihr Anliegen reagiert und auch ähnliche Fälle in anderen Ländern eingeräumt. Jedenfalls sei die WHO unverzüglich zur Kooperation bereit und werde einen kompetenten Mitarbeiter für die Teilnahme an den Nachforschungen freistellen und für ihn sämtliche Reisekosten übernehmen. Um das alles zu besprechen und sich gegenseitig auf den aktuellen Wissensstand zu bringen, habe man für die drei für Montagmorgen einen Flug nach Genf gebucht. Dort sollten sie so lange bleiben, wie es nötig sei und auch dorthin fliegen, wo sie Ermittlungen anstellen müssten. Gemeinschaftlich mit dem WHO-Beschäftigten.
„Also ein weiterer Mann?"
„So habe ich es verstanden, Frau Dr. Blass", antwortete Ohlenberg.
„Schade", Anja lächelte, „mit einer Frau hätten wir eine geschlechtliche Parität."
„Die haben Sie doch auch bei drei Männern", erwiderte Frau Eisach verschmitzt.
„Da haben Sie auch wieder recht."
Die Männer protestierten mit Buh-Rufen und gespielter Empörung. Befreiendes Lachen kreiste um den Tisch.
„Also haben wir jetzt einen Freifahrschein für alle nötigen Flüge?"
„Ja, Herr Grimm. Aber dieses Vertrauen werden Sie ja wohl nicht missbrauchen", drohte Dr. Ohlenberg.
„Nie und nimmer", Holger grinste breit.

Sie saßen in der leeren Kantine, tranken den scheußlichen Automatenkaffee und besprachen alles Nötige für Montagmorgen; besonders, wie viel Gepäck man mitnehmen sollte. Die Männer meinten, höchstens für drei Tage, Anja rechnete mit einer Woche, also einigte man sich auf Bekleidung für fünf Tage.
Dann vibrierte Holgers Handy. Er holte es aus der Hosentasche und sagte mit gerunzelter Stirn: „Ich hab hier eine Nachricht von diesem Woduzek. Ich lese vor: ‚Hallo, Herr Grimm. Leider waren Sie als Experte nicht bei der Pressekonferenz. Nach dem neuen Vorfall und mittlerweile insgesamt fünf Toten, vielen Verletzten und einem Komapatienten alleine in Deutschland, möchte ich Sie erneut um ein Gespräch bitten. Ich habe bestimmt auch Informationen, die Sie interessieren. Wir sollten unsere Kräfte im Kampf gegen diese Bedrohung bündeln und uns unbedingt mal unterhalten. Meine Handynummer lautet: soundso. Und verpassen Sie nicht meinen Beitrag heute Abend um 21 Uhr auf DF 1. Mit

bestem Gruß, Woduzek.' Holger verzog den Mund, schob das Handy zusammen und legte es vor sich auf den Tisch.
„Dann hat er es ja doch zur Pressekonferenz geschafft", sagte Anja.
„Das ist ein zäher Hund", Keno drehte nachdenklich seinen Plastikbecher.
„Und er weiß alles", Holger kratzte sich am Kopf.
„Sogar das mit den beiden Toten in Pforzheim und Worpswede", Anja leerte ihren Kaffee.
„Wahrscheinlich wird er da heute Abend auch drüber berichten." Vielleicht liegt ihm die Liste mit den Meldungen der Gesundheitsämter sogar vor, dachte Holger. „Und natürlich über die Sache auf der Pappelallee."
„Das wird die Leute extrem verängstigen", sagte Keno.
„Das ist ja wohl verständlich", entgegnete Anja, „es ist ja auch beängstigend."
„Sicher, sicher."
„Also, heute Abend ans Freitagsmagazin denken." Holger sah zur Uhr und steckte sein Handy weg. „Ich werde es wieder aufnehmen."

Montag, 15. April 2024
Genf, Kanton Genf, Schweiz.
Während des Fluges hatten sie über Woduzeks Bericht gesprochen, der bewusst die Todesfälle emotional ausgeschlachtet hatte. Prompt wurde er damit am Wochenende in vielen Zeitungen zitiert, dabei druckten die bevorzugt das Foto vom neurodermitiskranken Sohn des erstickten Pflasterers ab.
Im Flughafen gingen sie zu einem richtig uniformierten Chauffeur, der mit unbeteiligter Miene ein Schild mit WHO hochhielt. Der brachte sie ins Hotel und anschließend zur Weltgesundheitsorganisation, wo sie von einem großen, stämmigen Mann mit angegrauten Locken empfangen wurden, der sich als Hanno Gülstmann vorstellte und mit schwachem schweizerischen Akzent sprach. Nach dem Hände schütteln und Namen nennen sagte er mit seiner angenehmen Stimme: „Also, ich bin der Hanno. Da ich ja wohl der Älteste bin, schlage ich gleich das Duzen vor. Einverstanden?"
Das waren sie und nannten ihre Vornamen.
„Ich verstärke jetzt euer Team. Aber hoffentlich nicht nur gewichtsmäßig", er klopfte sich auf seinen gewölbten Bauch.
Anja kicherte wie ein Teenager und strahlte ihn an.
„Oh, du musst aber wichtig sein", sagte er zu Holger. „Bist du der Chef?"
„Wieso denn das?"
„Na, deshalb", Hanno zeigte auf das Headset.
„Ach, das ist so ganz praktisch", erwiderte Holger etwas verlegen.

Gülstmann geleitete die drei plaudernd in sein großzügiges Büro, wo in einer Ecke ein eingedeckter Tisch mit vier Stühlen stand. Dort setzten sie sich hin, Hanno nahm die Kanne, schenkte Kaffee ein, wies einladend auf die Platte mit trockenem Kuchen und Keksen und nannte dann einige Einzelheiten zur Person: Er sei hörbar ein Schweizer, 49 Jahre alt, ledig und praktischer Arzt ohne Doktortitel, dabei zwinkerte er Anja zu; seit 16 Jahren sei er bei der WHO, davon die ersten 10 Jahre in den Regionalbüros Kopenhagen, Kairo und Brazzaville; seine Hobbys seien spazieren gehen, lesen, Musik hören und gut essen, was man ja leider nicht übersehen könne.

Zum besseren Kennenlernen bat er die drei auch um eine kurze Vorstellung. Anja kam zum Schluss dran, ließ sich besonders beim beruflichen Werdegang und ihren ähnlichen Freizeitgewohnheiten ausgiebig Zeit und achtete auf ihre Wortwahl. Ihr gefiel dieser sympathische Kollege mit der wohlklingenden Aussprache. Dieser Schweizer war genau 10 Jahre älter als Holger, wirkte aber frischer und hatte mehr Haare auf dem Kopf als die beiden anderen Männer zusammen.

Hanno Gülstmann ließ sich danach von den untersuchten Pollenvorfällen berichten, hörte aufmerksam zu, stellte knappe Fragen und blieb auch bei den 86 toten Gänsen ernst. Anja zählte dann noch die schwerwiegendsten der 30 Meldungen auf, die sie von den Gesundheitsämtern erhalten hatte.

Nach dem delikaten Mittagessen in der Kantine saßen sie wieder an dem Tisch, diesmal mit Gläsern und Erfrischungsgetränken.

„Und hier", Keno Backwang räusperte sich, „wurden also auch derartige Zwischenfälle aus mehreren Ländern registriert?"

„Ganz recht."

„Und wann begann das?", fragte er weiter.

„Im Jahre 2012", antwortete Hanno. „Und zwar in den USA, in kleinen und mittleren Städten der Südstaaten."

„Auch mit Toten?", wollte Anja wissen.

„Da noch nicht. Der erste Todesfall durch eine entsprechende allergische Reaktion wurde uns 2016 aus Wichita gemeldet."

„Wo traten denn die ersten Fälle vorwiegend auf?", fragte Keno.

„Eindeutig in den USA. Mit einer Häufung in Mississippi, Kansas, Alabama, Georgia und Nebraska."

„Das ist ja interessant", Holger beugte sich lauernd vor. „Wo doch in den Staaten zuerst genmanipuliertes Saatgut großflächig eingesetzt wurde."

„Gibt es da einen Zusammenhang?" Hanno goss sich Wasser ein.

„Nach meiner Ansicht eindeutig." Seit seinem Toilettengang fehlte das Headset. „Außerdem wurde bis jetzt in allen Proben fremde

DNA nachgewiesen, die von einem Bodenbakterium stammt."
„So?", er trank einen Schluck. „Das ist ja bemerkenswert. Da habt ihr in Deutschland ja schon eine Spur. Über die Ursache tappen wir hier völlig im Dunkeln."
„Ob das die Ursache ist", sagte Keno, „ist noch keineswegs sicher."
„Ach, du musst wohl gleich wieder deine Bauern beschützen, wie?", entgegnete Holger verärgert.
„Es geht nur um Fakten", konterte Keno, „nicht um Beweise für eigene Feindbilder."
„Was?", fauchte Holger zurück. „Wie bitte?"
„Bis zum jetzigen Zeitpunkt ist absolut nichts erwiesen."
„Erwiesen, erwiesen! Die Strahlungsschäden durch Atomkraftwerke hielt man jahrzehntelang auch nie für erwiesen, obwohl in deren Umkreis überdurchschnittlich viele Kinder an Leukämie erkrankten und die allgemeine Krebsrate erheblich höher lag."
„Das hat aber jetzt nichts mit unserem Fall zu tun", erwiderte Keno eisig. „Wir wollen doch sachlich bleiben und eigene Vorurteile möglichst draußen lassen."
„Mann, du ...!"
„Aber meine Herren", griff Hanno vermittelnd ein, „wir befinden uns hier auf neutralem, friedlichem Boden. Die unterschiedlichen Sichtweisen und Wertigkeiten kommen nun einmal von ihren verschiedenen Fachbereichen. Was für die Landwirtschaft gut ist, ist es nicht unbedingt für die Umwelt und womöglich erst recht nicht für die Gesundheit. Gerade deshalb ist aber die Zusammenarbeit eurer drei Ministerien so wichtig und fruchtbar, um fachübergreifend zu ermitteln und auch konträre Positionen auszuhalten und mit einzubeziehen."
„Genau", Anja himmelte ihn an. „Das finde ich auch."

Am frühen Abend unternahm Hanno mit seinen deutschen Gästen eine kleine Stadtrundfahrt, die folgten seinen Richtungsanweisungen, wendeten die Köpfe hin und her und besahen sich die Sehenswürdigkeiten, wunderten sich über die französischen Namen und die vielen Straßenbahnen. Hanno erzählte, dass Genf 200 internationale Organisationen beherbergen würde und die Stadt der Parks sei, es gebe hier 310 Hektar öffentliche Grünflächen.
„Gab es denn hier schon einmal solch einen Pollenabwurf?", fragte Anja. „Bei den vielen Bäumen."
„Nein. Auch in der gesamten Schweiz ist bisher kein Fall bekannt."
„Bestimmt, weil ihr hier ringsum von Gebirgen geschützt seid", Anja saß auf dem Beifahrersitz und betrachtete sein Profil.
„Vielleicht. Wir sind halt in jeder Beziehung anders, haben stets eine Sonderrolle."

Anja fiel spontan eine zweideutige Gegenfrage ein, verkniff sie sich aber.
Als Hanno Gülstmann sie schließlich vor ihrem Hotel absetzte, teilte er ihnen mit, dass er sie hier morgen um 8 Uhr wieder abholen würde. Pünktlich, wie eine Schweizer Uhr, fügte er noch schmunzelnd hinzu.

Dienstag, 16. April 2024
Sie saßen abermals am Tisch im WHO-Büro, bei Kaffee und Rosinenkuchen, Wasser und Orangensaft. Holger hatte nach den Fällen in den USA gefragt. Hanno berichtete davon, dass nach anfänglicher Offenheit die Zahl der Meldungen von dort rapide zurückgegangen sei, obwohl derartige Pollenschauer eindeutig zugenommen hätten, was man allerdings nur aus Medieninformationen erfahren habe. Man könne es nur so interpretieren, dass die US-Behörden einen Maulkorb verpasst bekommen hätten, dass mal wieder nichts an die Öffentlichkeit sollte, was nicht ins positive Amerikabild passe. Dieses Einigeln, dieses unter dem vaterländischen Deckel verstecken, sei aber weit verbreitet. Einerseits habe es in den letzten Jahrzehnten eine immer besser funktionierende internationale Zusammenarbeit gegeben, auch mit oder gegen Problemstaaten; andererseits gebe es nach wie vor starke egoistische Machenschaften, um das eigene Land im guten Licht erscheinen zu lassen. Weil eben negative Schlagzeilen auch stets nationale Nachteile bringen würden, das reiche von weniger Ansehen, Einflussnahme und Macht bis zu Einbußen der heimischen Wirtschaft oder höheren Zahlungsverpflichtungen. Auf der Liste der Vertuschungsstaaten komme nach den USA gleich Frankreich, China und Russland.
„Also verheimlichen die gewisse ungünstige Vorkommnisse dieser wichtigen Organisation der Vereinten Nationen, der sie selber angehören", sagte Keno.
„Sie lügen also die anderen an", vereinfachte es Holger.
Hanno nickte mehrmals. „Das war und ist leider immer noch so. Und wenn etwas herauskommt, berufen sie sich auf die nationale Sicherheit und die gegenseitige Nichteinmischung. Oder gleich auf ihr Vetorecht."
„Gut, dass es dort wenigstens noch die freien Medien gibt", sagte Anja.
„Genau", Hanno griente sie an, „dadurch hören wir natürlich auch von solchen Vorfällen."
„Die es aber in den USA gab und gibt?", fragte Holger.
„Aber sicher", Hanno lehnte sich zurück. „Das spektakulärste Unglück ereignete sich im Frühjahr 2019 im New Yorker Central Park. Dort starben fünf Leute einer Pensionärsgruppe und zwei da

spielende Mädchen. Die wurden alle regelrecht von den Blüten begraben."

„Was waren das für Bäume?", wollte Keno wissen.

„Das weiß ich nicht. Aber den Presseartikel haben wir in unseren Unterlagen. Da könnte ich nachschauen."

„Wäre gut."

„Aber dieser furchtbare Fall wurde doch wohl der Weltgesundheitsorganisation gemeldet?", fragte Anja.

„Leider nicht", Hanno zuckte mit der Schulter. „Wir haben es nur erfahren, weil gerade einige Kollegen bei der UNO waren. Die haben von den Fernsehberichten erzählt und Zeitungen mitgebracht."

„Unglaublich", Anja schüttelte den Kopf. „Und das geschah schon vor fünf Jahren. Und wir wussten nichts davon."

„Vielleicht wurde es ja in unseren Nachrichten erwähnt oder irgendwo abgedruckt", sagte Keno.

„Das hätte ich mir bestimmt gemerkt", erwiderte Anja, obwohl sie sich ja lieber seichte Unterhaltung ansah und Geschichten über Prominente las.

„War es bei dem Pollenabwurf im Central Park laut?", fragte Holger. „Gab es Baulärm oder Musik?"

„Keine Ahnung", antwortete Hanno ratlos. „Davon ist mir nichts bekannt. Hat Krach etwas damit zu tun?"

„Ja", Holger warf einen Seitenblick auf Keno. „Davon gehen wir mittlerweile aus. Bei den Fällen, die wir in Deutschland untersucht haben, war jedes Mal Lärm der ..."

Keno verbesserte ihn: „Höchst wahrscheinlich."

„Meinetwegen. Da war höchst wahrscheinlich eine gewisse Lautstärke der Auslöser. Zum Beispiel durch Kindergeschrei, Presslufthämmer, Gänsegekreische, Rüttler oder einen Posaunenchor."

„Sehr interessant", Hanno wirkte beeindruckt. „Aber wenn es dabei stets laut war, warum ist die Feststellung dann noch nicht gesichert?"

„Für mich schon."

„Weil es auch durch Erschütterung passieren könnte", sagte Keno.

„Denk an den Friedhof", Holger verzog das Gesicht.

„Und weil wir eben noch nie dabei waren. Wir kamen immer erst an den Schauplatz, wenn alles vorbei war."

„Aber könnte man da nicht einen gezielten Versuch durchführen?", schlug Hanno vor. „Also unter blühenden Bäumen ordentlich Krach machen und registrieren, ob und wann die Pollen fallen. Selbstverständlich nur mit den nötigen Schutzmaßnahmen."

„Prima Idee!", Anja sah ihn begeistert an.

„Genial!", Keno hatte die Unterlippe vorgeschoben und nickte.

„Hanno", Holger beugte sich vor, „das ist wirklich ein toller Vorschlag. Dass ich da nicht selber drauf gekommen bin."

„Wir", korrigierte ihn Anja.

„Natürlich. Sobald wir wieder in Deutschland sind, werden wir diesen Feldversuch durchführen. Denn hier in der Schweiz scheinen die Bäume ja nicht derartig infiziert zu sein. Und", er fixierte seine Teamkollegin und betonte laut, „ich stelle mich als Testperson zur Verfügung."
„Aber das ist doch gefährlich", Anja machte eine besorgte Miene.
„Natürlich nur mit Atemschutzgerät, entsprechender Kleidung und einem Rettungswagen in der Nähe."
„Ich kann da auch mitmachen", meinte Keno.
„Nein, nein", Anja schüttelte den Kopf. „Es reicht, wenn sich einer von uns in Gefahr begibt."
„Außerdem müsst ihr das Experiment doch beobachten und dokumentieren", sagte Holger, „am besten filmen. Und den Dezibelwert ermitteln, ab wann die Pollen fallen."
„Gut. Überredet", Keno zeigte seine weißen Zähne.

Am Nachmittag unternahm Hanno Gülstmann mit den dreien einen Bootsausflug auf dem Genfer See. Es war herrliches Wetter, die Sonne strahlte an einem wolkenlosen Himmel und verstärkte alle Farben. Das Schiff war nur zu einem Drittel besetzt und glitt gemächlich übers Wasser. Am Wochenende seien die Dampfer aber alle überfüllt, versicherte ihnen Hanno und erzählte dann vom Schloss Chateau de Chillon, das mit den Außenwänden direkt am Ostufer des Sees lag und an dem sie ganz dicht vorbeifuhren.
Anschließend schlenderten Anja und Hanno zur Bugseite, setzten sich dort hin und unterhielten sich angeregt. Holger und Keno saßen nebeneinander und schwiegen sich an. Seit ihrer letzten Meinungsverschiedenheit war das Verhältnis zwischen ihnen spürbar gespannt. Keno holte schließlich sein Handy hervor und schrieb diverse Nachrichten. Holger schaute auf die blinkenden Wellen und dachte an den kurzen Anruf von Utinka, den er auf dem Rückweg von der Kantine erhalten hatte. Wegen der Kosten hatte sie ihn gar nicht zu Wort kommen lassen, sondern alles heruntergerattert: Er solle auf keinen Fall vergessen, am Sonntag pünktlich um 15 Uhr zur Geburtstagsfeier der Tochter zu kommen und an das Geschenk denken. Am Samstag könne er aber nicht vorbeikommen, weil sie wegen der vielen Vorbereitungen keine Zeit habe. Utinka hatte ihm Verhaltensregeln und Tabuthemen vorgebetet, hätte ihm fast noch seinen Gratulationstext diktiert.
Holger sah von der Wasserfläche hoch zu den umliegenden Bergen, in weiter Entfernung glänzten schneebedeckte Felsmassive. Er hatte absolut keine Lust, zu der blöden Geburtstagsfeier dieser frechen Göre zu gehen. Eigentlich wollte die überhaupt nicht seine Anwesenheit, sondern nur sein Geschenk. Genau wie sein Sohn. Das war leider so, tat irgendwo ziehend weh, war aber

eben nicht zu beschönigen. In 16 Tagen würde Bastian 13 Jahre alt werden, und sein größter Wunsch war wahrscheinlich, dass sein Vater nicht erscheinen würde.
Wenn sein Geburtstag aufs Wochenende fiele, dann wäre er womöglich nach Dortmund gefahren und hätte ihm einfach mal persönlich gratuliert. In Gedanken hatte er das schon mehrmals durchgespielt. Aber das würde garantiert nur Stress und Streit geben – und ewige Funkstille zwischen Sohn und Vater. Aber war das nicht sowieso schon so? Ach, er würde es wie immer machen: Geld überweisen und drei bis fünf Minuten gegen das Schweigen am anderen Ende der Leitung anreden.

Mittwoch, 17. April 2024
Sie saßen wieder in Hannos Büro, hatten den herausgesuchten Artikel über den Vorfall im Central Park gelesen, in dem aber nichts über die Baumart oder Lärm stand.
„In welchen Ländern gab's denn überhaupt Tote?", fragte Keno.
„Moment", Hanno blätterte in der Mappe, die vor ihm lag und las dann vor: „2016: ein Toter in Wichita, USA. Wie bereits gesagt. Ebenfalls 2016: zwei tote Kinder in Azul, Argentinien. 2017: eine Tote in Londrina, Brasilien. Noch mal 2017: ein an den Folgen gestorbener Mann in Cochrane, Kanada. 2018: drei Tote in Astorga, Spanien. Im gleichen Jahr: zwei tote Kinder in Palmas, Brasilien."
„Furchtbar", Anja sah ihn betroffen an.
„2019: die insgesamt sieben Toten in New York. Ebenfalls 2019: drei Tote in Manila, Philippinen, auch nur bekannt geworden durch unsere dortigen Mitarbeiter. 2020: ein Toter in Pombal, Portugal. 2021: drei Tote in Resistencia, Argentinien. Und ein Toter in Saskatoon, Kanada. 2022: zwei Tote in Washington, D. C., auch nur durch unser dortiges Regionalbüro gemeldet. Im selben Jahr: drei tote Kinder in Beigang auf Taiwan. 2023: zwei Tote in Chrudim, Tschechische Republik. Sowie ein Toter in Tournai, Belgien. 2024:", Hanno hob seinen Blick, „insgesamt fünf Tote in Deutschland."
„Bis jetzt", Holger rückte seine Brille zurecht.
„Na, hoffentlich bleibt es dabei", sagte Anja.
„Diese fünf Fälle wurden euch aber ordnungsgemäß gemeldet?", fragte Keno.
„Jawohl."
„So sind wir Deutschen", bemerkte Holger mit sarkastischem Mundwinkel, „immer korrekt."
„Da sollten sich andere mal ein Beispiel dran nehmen",Anja hob drohend ihren Zeigefinger.
„Aber es gibt eindeutig eine Häufung auf dem amerikanischen Doppelkontinent", sagte Holger.

„Richtig", Hanno nickte.
„Aber nichts in Australien, Afrika und Nordeuropa", Keno trank einen Schluck Wasser. „Und nichts im Orient, in Russland und China."
„Was die letztgenannten auch niemals melden oder zugeben würden", gab Hanno zu bedenken.
„Ach, ja. Stimmt."
„Ich schätze die Dunkelziffer solcher Vorfälle sehr hoch ein. Besonders in den USA, in Russland und China."
„Aber vielleicht sind zum Beispiel asiatische Baumarten nicht so verändert wie unsere." Anja fühlte sich wohl hier zwischen den Männern, so ohne weibliche Konkurrenz, weit weg von Magdeburg und ihrer nervenden Mutter. Besonders das Zusammensein mit diesem netten Schweizer empfand sie als sehr angenehm.
„Das kann schon sein", sagte Holger. „Aber wir wissen ja auch noch nicht, welche Bäume bei uns alle betroffen sind. Bis jetzt waren es ja nur die Frühjahrsblüher. Aber welche Arten wirklich infiziert sind und mit Pollenabwurf reagieren, wissen wir erst im Sommer. Da kann noch allerhand passieren."
„Bloß nicht", Anja nahm ihre Brille ab und rieb sich die Augen.
„Aber die meisten Bäume blühen ja wohl im Frühling, oder?", Keno hob skeptisch eine Augenbraue.
„Es gibt durchaus welche, die erst im Juni oder Juli blühen", entgegnete Holger mit strenger Betonung.
„Aber die Frühjahrsblüher sind allergisch aggressiver", sagte Anja.
„Kann ich diese Liste auch bekommen?", Holger zeigte auf Hannos Mappe.
„Aber sicher. Ich werde sie für jeden von euch kopieren."

Am Nachmittag beugten sie sich über eine ausgebreitete Weltkarte, auf der alle registrierten Pollenattacken mit einem grünen und alle mit Todesfällen mit einem roten Punkt gekennzeichnet waren. Die meisten Markierungen gab es tatsächlich in Nord- und Südamerika. In dem kleinen Deutschland wirkten die fünf roten Punkte wie eine bedrohliche Ansammlung. Wie Blutstropfen, dachte Anja.
Plötzlich wurde die Tür aufgestoßen, eine rothaarige Frau streckte ihren Kopf herein, rief etwas auf französisch und war gleich wieder verschwunden.
„Was war denn das?", Keno stemmte die Hände in die Hüften.
„Es gab einen schweren Vorfall in Paris", Hanno richtete sich auf. „Direkt auf der Champs-Élysées."
„Durch Pollen?", fragte Holger.
„Ja. Es wird eine Liveübertragung im Fernsehen gezeigt. Wir gehen ins Kasino und sehen es uns an, ja?"

Die drei waren sofort einverstanden, folgten Hanno durch mehrere Gänge in ein Treppenhaus und dann ein Stockwerk tiefer in einen großen Raum mit zahlreichen Sitzgruppen, wo viele Leute in einem Halbkreis um die Medienwand standen und gebannt die Fernsehbilder verfolgten.

Hanno Gülstmann dirigierte seine deutsche Gruppe mit um Verständnis bittenden Gesten in die erste Reihe. Auf dem riesigen Bildschirm sah man die Prachtstraße aus einer erhöhten Perspektive: überall befanden sich kreuz und quer Polizei-, Feuerwehr- und Rettungswagen, dazwischen einige Privatfahrzeuge mit offenen Türen; überall blinkte oder kreiste Blaulicht, leuchteten gelbe Warnblinkanlagen; überall rannten Helfer herum, teilweise mit Atemschutzmasken, mit Notarztkoffern oder Tragen; auf dem Asphalt lagen einige abgedeckte Körper, in der Nähe drängte eine Polizeikette die Schaulustigen zurück.

Da Hanno bemerkt hatte, dass die drei den französischen Bericht des Nachrichtensprechers nicht so richtig verstanden, flüsterte er ihnen ab und zu knappe Informationen zu: Bis jetzt 8 Tote und über 40 Verletzte. Hauptsächlich Fußgänger und fast ausschließlich Touristen. Schlagartiger Pollenabwurf der Allee- und der angrenzenden Bäume. Ringsherum Verkehrschaos, weil die Champs-Élysées komplett gesperrt ist.

Man sah die lange Reihe der tonnenförmig beschnittenen Bäume direkt am Fahrbahnrand, den breiten Fußweg und dann weitere, dichtere und größere Bäume. Die Straße mündete ganz hinten in den Arc de Triomphe. Die Bildführung glitt zurück, jetzt erschien ein Platz mit einem Obelisken. Links und rechts standen viele Übertragungswagen und Kamerateams, Reporter mit umklammerten Mikrofonen wurden gefilmt. Dann war die Übertragung zu Ende, nur ein gigantischer Studiosprecher füllte die Medienwand aus.

„Da müssen wir unbedingt hin", sagte Hanno.

„Jetzt gleich?", Anja sah ihn entsetzt an. „Jetzt nach Paris?"

„Mit dem nächst möglichen Flug, würde ich sagen. Was meint ihr?"

Die Männer nickten, Anja wackelte mit dem Kopf.

„Vielleicht kriegen wir heute auch keinen Flieger mehr", Hanno strich ihr besänftigend über die Schulter, was sie sichtlich genoss.

Die Menschenansammlung begann sich aufzulösen, das Stimmengewirr wurde lauter, kleine Gruppen standen diskutierend beisammen.

Donnerstag, 18. April 2024
Paris, Frankreich, EU.
Sie hatten die erste Maschine genommen. Vom Flughafen ließen sie sich gleich zum Gesundheitsministerium fahren. Nach einiger Wartezeit wurden sie dort von irgendeinem Abteilungsleiter empfangen, der absolut nicht verstehen wollte, weshalb sie hier

waren und unbedingt die Unglücksstelle untersuchen wollten. Hanno Gülstmann fuchtelte mit seinem WHO-Ausweis herum und lieferte sich mit ihm ein unerwartet heftiges Gefecht in französischer Sprache. Dadurch fühlte sich der arrogante Typ zu einem Telefonat mit einer höheren Stelle genötigt, bedauerte dann mit gegenteiliger Miene und teilte ihnen mit, dass man ihnen hier nicht helfen könne. Wütend und enttäuscht verließen sie das Ministerium.

Sie nahmen erneut ein Taxi und fuhren zum Innenministerium. Dort standen sie eine Viertelstunde beim Pförtner, bis eine elegante Frau erschien, die mit ausgeprägter Stirnfalte ausgiebig die Dienstausweise der vier und die Sondervollmacht studierte und dabei immer wieder Hannos Redefluss stoppte. Schließlich nahm sie ihr Handy und entfernte sich einige Schritte, stolzierte beim Telefonieren hin und her. Sie standen da wie unerwünschte Vertreter, mussten die schadenfrohen Blicke des Pförtners ertragen. Dann kam die Frau mit ihren klackenden Stöckelschuhen zurück, musterte Anja herablassend von oben bis unten, zog die schmalen Schultern hoch und verkündete mit energischer Stimme, dass es ihr leid tue, aber sie habe strikte Anweisung, keinerlei Passierscheine und erst recht keine Untersuchungsgenehmigungen an ausländische Stellen zu erteilen, weil es sich um eine Angelegenheit der inneren Sicherheit handele.

Der sonst so gemütliche Hanno explodierte auf französisch, Anja zog ihn am Arm zurück, Holger schimpfte auf deutsch, Keno versuchte zu vermitteln. Die Frau gab ihnen unbeeindruckt ihre Papiere zurück, drehte sich wort- und grußlos um und verschwand wie ein Mannequin auf einem Laufsteg.

Zur Beruhigung setzten sie sich bei einem schräg gegenüberliegenden Straßencafé in die Sonne, bestellten Getränke, fluchten und beratschlagten. Dann telefonierte Holger mit Ziegler, Keno mit Frau Dr. Eisach, Hanno mit Genf und Anja mit Dr. Ohlenberg. Alle Vorgesetzten wollten sich bei ihren Vorgesetzten und bei der EU für sie stark machen. Nach der zweiten Runde meldeten sie sich in gewissen Abständen mit schlechten Nachrichten zurück: Man konnte ihnen nirgends weiterhelfen, kein Bundesministerium, nicht in Brüssel und auch nicht von Genf aus. Alle Bemühungen scheiterten an den verschlossenen Panzertüren des französischen Staatsschutzes, Paris hatte sich gegen alle Nachforschungen von außen abgeschottet und stellte sich stur. Also beschlossen die vier, auf eigene Faust und ohne Erlaubnis in dem Fall zu ermitteln.

Sie standen auf dem Place de la Concorde, wo gestern die vielen Medienfahrzeuge geparkt hatten. Auf der Champs-Élysées rasten die Autos wie gewohnt in jeweils fünf Spuren. Nur die Fußwege an

beiden Seiten waren mit gelbem Band abgesperrt. Dort schlenderten einige Polizisten herum, die neugierige Passanten sofort unmissverständlich zum Weggehen aufforderten.
„Da kommen wir nicht durch", sagte Keno.
„Seht mal, wie die Sonnenstrahlen dort funkeln", Anja deutete hoch zur goldenen Spitze des Obelisken.
„Der stammt aus Luxor", erklärte Hanno.
„Und ganz weit da hinten ist der Triumphbogen", Holger zeigte mit ausgestrecktem Arm in die Richtung.
„Wir benehmen uns ja wie Touristen", Anja kicherte.
„Das ist doch unsere Tarnung", Hanno zwinkerte ihr zu.
„Aber eine Baustelle ist nirgendwo zu sehen", sagte Keno. „Wegen des Lärms."
Holger erwartete, dass er noch ‚Erschütterungen' hinzufügen würde.
„Auf der Straße ist jedenfalls nichts", Hanno zuckte mit der Schulter.
„Vielleicht gibt es eine Baustelle auf den Fußwegen", meinte Holger.
„Aber das können wir nicht feststellen, weil alles abgesperrt ist", sagte Anja. „Da kommen wir nicht hin und können es auch nicht einsehen."
„Stimmt", Hanno nickte ihr zu.
„Was sind das überhaupt für Bäume?", fragte Keno.
Holger streckte den Kopf extra etwas vor und antwortete: „Ich glaube, hauptsächlich Platanen. Diese rund beschnittenen direkt am Straßenrand kann ich von hier nicht identifizieren."
„Aber näher kommen wir nicht heran", sagte Anja. „Da werden wir entweder überfahren oder verhaftet."
„Das ist weibliche Logik und Vorsicht", Hanno verneigte sich etwas.
„Da sollten wir auf keinen Fall etwas riskieren", fügte sie hinzu.
„Also Platanen?", Keno sah Holger fragend an.
„Ja. Nehme ich ganz stark an. Die sind sehr unempfindlich gegen Schwefelsäure und Ruß und wurden deshalb die wichtigsten Alleebäume in den Großstädten."
„Aha."
„Na, bei dem Autoverkehr hier müssen die ja auch allerhand schlucken", sagte Hanno.
„Vielleicht könnten wir ja von hinten an die Bäume rankommen", Holger vollführte mit dem Arm einen Halbkreis. „Ich würde zu gerne eine Holzprobe und einige Blätter mitnehmen. Blüten werden wir ja wohl nicht mehr finden."
„Aber ohne mich", widersprach Anja trotzig. „Ich warte so lange hier."
„Wenn die uns erwischen, könnte es diplomatische Konflikte geben", gab Hanno zu bedenken.

„Die gibt's doch jetzt schon", entgegnete Holger. „Die Franzosen wollen alles vertuschen und verweigern sich einer unabhängigen Untersuchung. Und das trotz EU, WHO, UNO und meinetwegen noch Nato."
„Du hast ja recht, aber ...", Anja schaute mädchenhaft in die Männerrunde, „ich trau mich nicht."
„Gut. Akzeptiert", Holger nickte. „Also, wer kommt mit?"
„Ich", antwortete Keno. „Und Hanno bleibt als Beschützer hier bei Anja."
„Das ist eine gute Idee." Sie hätte sich gerne an den stattlichen Mann angelehnt.
„Einverstanden", sagte Hanno. „Aber seid vorsichtig."
Holger und Keno überquerten den Zebrastreifen, gingen nach rechts und bogen dann links in die erste Parallelstraße ein. Auch hier hing von Baum zu Baum das gelbe Absperrband. Polizisten mit Kommunikationsgeräten in den Händen standen in regelmäßigen Abständen und warfen ihnen misstrauische Blicke zu. Zwischen den Bäumen sah man auch patrouillierende Polizisten.
„Da ist kein Durchkommen."
„Nein." Holger schwenkte seinen Alukoffer, in dem der Akku-Kernbohrer lag und nun nicht zum Einsatz kam.
„Und? Sind es Platanen?"
„Die hier ja."
„Gehen wir also wieder zurück?", fragte Keno.
„Ja. Aber besser auf der anderen Straßenseite."

Während des Essens genehmigten sie sich schnell und einstimmig eine Übernachtung in Paris. Wenn man schon mal hier sei, müsse man es auch etwas ausnutzen. Hanno rief in allen Krankenhäusern an, um sich nach den Verletzten zu erkundigen, doch niemand gab ihm Auskunft. Für den restlichen Tag einigten sie sich schließlich auf ein sehr individuelles Programm: Anja und Hanno wollten in den Louvre, Holger auf den Eiffelturm und Keno durch Montmartre bummeln. Abends würden sie als Abschluss an einer Lichterfahrt auf der Seine teilnehmen.
„Das machen wir dann gesamthaft."
„Was?"
„Wie?"
Hanno griente die verwunderten Deutschen an und erklärte: „Das sagt man in der Schweiz in gewissen Gegenden unter sich für ‚gemeinsam'."
Sie johlten, scherzten und bestellten neue Getränke.
„Und wie finden wir ein Hotel?", fragte Anja dann.
„Durch den nächsten Taxifahrer", antwortete Hanno. „Die kennen sich bestens aus. Für jede Preisklasse."

„Aber bitte nicht zu billig", betonte Keno affektiert mit abgespreiztem kleinen Finger und brachte die Runde damit zum Lachen.
„Nein, nein. Gutes Mittelmaß."
„Und morgen Früh fliegen wir wieder zurück?", Anja sah von einem zum anderen.
„Aber wohin?", Keno zog die Augenbrauen hoch.
„Ich schlage vor, wieder nach Berlin", meinte Holger. „Dort suchen wir uns ein paar passende Bäume aus und starten nächste Woche unser Experiment."
„Kommst du dann gleich mit nach Deutschland, Hanno?" Anja beugte sich vor und drückte dabei ihren Busen hoch, was eine magische Anziehungskraft auf die Blicke der Männer ausübte.
„Das geht leider noch nicht, weil am Sonntag der Todestag meines Vaters ist. Da kann ich meine Mutter unmöglich alleine lassen."
Der eine hat Todestag, eine andere Geburtstag, dachte Holger.
„Verstehe. – Schade." Anja machte einen koketten Augenaufschlag. „Ich hätte dir gerne einiges von Berlin gezeigt."
„Hört sich verheißungsvoll an", Hanno schmunzelte. „Vielleicht können wir das ja am nächsten Wochenende nachholen."
„Wieso?", Holger sah sie erstaunt an. „Fährst du nicht nach Hause?"
„Nein. Diesmal nicht." Anja hatte sich bei ihren Eltern für eine Woche abgemeldet, und die wollte sie auch ausnutzen und genießen; egal, ob in Genf, Paris oder Berlin, nur nicht in Magdeburg.
„Und wann kommst du dann, Hanno?", fragte Keno.
„Wahrscheinlich am Dienstag. Das reicht doch, oder?"
„Klar."
„Dann halten wir mal den nächsten Mittwoch als Termin für unseren Feldversuch fest", sagte Holger. „Wir müssen ja auch noch einiges vorbereiten."
„Buchst du dann unsere Flüge für morgen?" Anja umschmeichelte Hanno, im letzten Moment verschluckte sie noch den Zusatz ‚weil du besser französisch kannst'.
„Aber klar. Das mach ich am besten gleich", sagte er und schob sein Handy auseinander.

Samstag, 20. April 2024
Berlin, Deutschland, EU.
Holger spazierte durch den Grunewald und suchte blühende Bäume. Er hatte sich gegen einen Park entschieden, weil das Experiment dort zu viel öffentliches Aufsehen erregen und einen Menschen- und Medienauflauf auslösen würde. Hier könnten höchstens ein paar Wanderer Zeugen werden.
Gestern waren alle drei so gegen 12 Uhr wieder in ihren Ministerien gewesen und hatten ihren Vorgesetzten Bericht erstat-

tet. Ziegler war sofort begeistert von dem geplanten Lautstärke-Test und wollte von der Polizei einen Lautsprecherwagen ausleihen, mit dem man dann die Bäume ordentlich beschallen könne. Holger hatte eigentlich vorgehabt, einen Presslufthammer einzusetzen; aber diese Idee gefiel ihm besser, weil er nicht direkt unter dem Baum stehen musste und außerdem komplizierende Erschütterungen vermieden wurden.

Auf seinem Schreibtisch hatte er die Mitteilung über zwei neue Pollenvorfälle innerhalb dieser Woche gefunden: einmal in Kassel im Park von Schloss Wilhelmshöhe und einmal in Hannover am Maschsee. Es habe aber nur Verletzte mit allergischen Reaktionen gegeben, insgesamt fünf Personen seien ins Krankenhaus gekommen.

Nach der späten Mittagspause hatte er noch mit Bristin telefoniert und ihr von Genf und Hanno erzählt, von Paris, der französischen Verweigerung und dem Versuch am kommenden Mittwoch. Anschließend erkundigte er sich nach dem Ergebnis der Baumprobe vom Frankfurter Friedhof, auch die enthielt DNA von dem bekannten Bodenbakterium.

Holger bog nach rechts auf einen Schotterweg ab, der aber immer noch breit genug für normale Fahrzeuge war. Er ging jetzt in Richtung des noch weit entfernten Wassers und bestaunte eine riesige Kastanie. Zwischen mächtigen Rotbuchen standen zwei noch höhere Stieleichen und nach einer Reihe Holunderbüsche ein Kreis von verblühten Birken. Der bedeckte Himmel wurde immer dunkler, und Holger fiel ein, dass er überhaupt keinen Regenschutz dabei hatte. Hinter dem Gestrüpp am Wegesrand ragte eine gewaltige Schwarzerle empor, an der aber kein einziges Blütenkätzchen mehr hing.

Nach einiger Zeit kam links eine Lichtung, die sich wohl mal aus einem schon lange nicht mehr benutzten Holzsammelplatz entwickelt hatte. Holger schritt durch das frische, stiefelhohe Gras und sah nebeneinander zwei Silberweiden, die bestimmt über 10 Meter hoch waren und blühten. Er ging hin, befühlte die schmalen Blätter, die oben grün, unten silberweiß und flaumig behaart waren. Wie ein Winzer seine Trauben, so hielt er vorsichtig die langen Blütenstränge in den Händen und begutachtete sie. Bei beiden Bäumen war die Blütenentwicklung noch am Anfang und würde am Mittwoch genau richtig sein. Das war der ideale Ort: es war einsam und abgeschieden, das Auto konnte hier abgestellt werden, der Lautsprecherwagen ganz dicht ranfahren, und es gab jede Menge Blüten im passenden Stadium.

Als er gehen wollte, entdeckte er auf der gegenüberliegenden Seite in ungefähr 20 Meter Entfernung noch einen blühenden Baum. Beim Näherkommen identifizierte er ihn als Hainbuche. Holger strich über die gerillten Blätter, wieder hielt er die Blütenrispen behutsam in der hohlen Hand, obwohl sie nicht so zart wie bei den Silberweiden waren. Auch dieser Blütenstand war für den Versuch genau richtig. Also konnten sie hier an einem Standort gleich zwei verschiedene Baumarten testen. Holger war sehr zufrieden, der Himmel kam ihm heller vor, und pfeifend begab er sich auf den Rückweg.

Sonntag, 21. April 2024
Holger nahm sein karges Frühstück zu sich und las dabei seine komprimierte Zeitung auf dem Tablet, im Radio spielte ein Oldi von Tokio Hotel. Es gab einen Artikel, dass die Bevölkerung durch die neuerlichen Pollenattacken sehr verunsichert sei und in einigen Großstädten vermehrt einen Mundschutz benutzen würde; bevorzugt die weißen Kappen, die Nase und Mund abdeckten. Gelegentlich warf Holger einen missmutigen Seitenblick auf das eingepackte Geburtstagsgeschenk, das er heute Nachmittag artig überreichen sollte.

Plötzlich ertönte die Melodie für Eilnachrichten, und eine männliche Stimme sagte: „Wir unterbrechen unser gewohntes Programm, weil wir soeben die Meldung erhalten haben, dass es im süddeutschen Bad Unterfels zu einem schweren Vorfall durch schlagartigen Pollenabwurf gekommen sei. Da es mitten bei einem Kurkonzert passiert sei, habe es viele Tote und Verletzte gegeben. Sobald wir eine Verbindung mit unserem Reporter vor Ort haben, melden wir uns sofort wieder."

Wie hypnotisiert starrte Holger auf seinen Kaffeepott, erst die wieder beginnende Musik erweckte ihn. Er sprang auf, rief: „Radio aus!" und nach drei Schritten „Fernsehen an!" Er setzte sich vor die Medienwand und hatte gleich den richtigen Sender. Es war eine Luftaufnahme: Man sah einen großen Park mit hohen grünen Hecken, eine Bühne und viele Stuhlreihen, aber nirgendwo saßen noch Menschen, überall lagen nur welche herum, hingestreckt wie nach einem Angriff mit Nervengas, Musiker neben ihren Instrumenten, Zuschauer neben ihren Stühlen, und alles bedeckt mit einer weißen Blütenschicht; jüngere Leute halfen älteren auf die Beine und schleppten sie in Sicherheit, dazwischen rannten jetzt Rettungskräfte mit ihren orangenen Jacken, manche hatten einen Koffer und auf ihrem Rücken stand ‚Notarzt'; es wurde nach links geschwenkt, wo sich eine Menschenmenge um eine Brunnenanlage gesammelt hatte, schwarze Polizistenarme fuchtelten herum, Feuerwehrleute mit Atemschutzgeräten trugen schwankende Verletzte auf ihren Tragen.

Dann wurde ausgeblendet, und ein Reporter mit Mikrofon erschien auf dem Bildschirm, er stand vor dem Kurhaus und sagte mit bewegter Stimme: „Wir sind erschüttert über das Ausmaß dieser Katastrophe. Die Einsatzleitung sprach gerade von 14 Todesfällen und ..."

„Was?", Holger schnellte hoch, griff sich fassungslos an die Stirn und nahm mit offenem Mund wieder Platz.

„... über 80 Verletzten, die jetzt auf die umliegenden Krankenhäuser verteilt werden. Es gab wahrscheinlich so viele Opfer, weil es sich hauptsächlich um ältere Kurgäste handelte, die sich hier das Sonntagskonzert anhörten. Da die Intensivstationen hier im Umkreis schon überlastet sind, sollen jetzt verstärkt Hubschrauber eingesetzt werden, um die Verletzten schnell in weiter entfernte Krankenhäuser zu bringen."

Holger stand wieder auf und schrie den Reporter an: „Bloß nicht! Auf keinen Fall Hubschrauber! Dann wird alles noch viel schlimmer!" Ihm wurde bewusst, dass er ein Fernsehbild angebrüllt hatte, fluchte, griff nach dem Telefon, wählte die Auskunft und ließ sich mit der Polizei in Bad Unterfels verbinden.

„Wir schalten jetzt um zu einem Livebild aus unserem Hubschrauber und geben dann zurück ins Studio."

„Hallo?" Holger hörte zuerst nur Rauschen. „Ist da jemand?"

„Ja. Hier ist die Polizeiwache in Bad Unterfels." Der Mann sprach ziemlich langsam. „Worum geht es?"

Auf dem Bildschirm sah man jetzt die gleiche Ansicht wie am Anfang, nur lagen jetzt keine Menschen mehr herum, nur noch Stühle und Musikinstrumente.

„Können Sie mich mit Ihren Kollegen da beim Einsatz im Kurpark verbinden?"

„Das ist nicht möglich."

„Dann müssen Sie die über Funk warnen, dass ..."

„Ich muss erst einmal gar nichts."

Holger rollte wütend mit den Augen. „Hören Sie, es geht um Leben und Tod!"

Jetzt wurden Polizisten gezeigt, die mit den Absperrmaßnahmen begannen und rot-weißes Band zogen. Dann gab es einen Schwenk zu der Menschenmenge an dem Brunnen.

„So? – Und wie und warum?"

„Die dürfen dort keine Hubschrauber landen lassen, weil die Bäume, die ihre Pollen abgeworfen haben, auf Lärm reagieren."

„Aber die Blüten liegen doch schon unten."

„Doch nicht überall, Mann! Wenn die Hubschrauber in einiger Entfernung landen, bringen sie auch dort die Pollen zum Abfallen. Und weitere Menschen würden sterben."

„Sind Sie sicher?", fragte die lahme Polizistenstimme.

„Natürlich! Nun machen Sie schon!"

„Wer sind Sie denn überhaupt?"

„Ich heiße Holger Grimm, arbeite beim Bundesumweltministerium und bin zuständig für derartige Vorfälle. Ich untersuche sie. Ich bin ein Experte aus Berlin."

„So? – Gut, ich werde es über Sprechfunk melden."
„Aber sofort! Und nennen Sie mir noch Ihren Namen!"
„Wie? – Ich bin Wachtmeister Busch. Dieter Busch."
„Danke. Ich verlasse mich auf Sie, Herr Busch. Sonst wird es Konsequenzen für Sie haben."
„Ja, ja. Wiederhören."
Der Polizist hatte das Gespräch beendet. Auf der Medienwand war jetzt das Fernsehstudio zu sehen. Eine blonde Sprecherin zählte die Pollenattacken in Deutschland auf, neben ihr wurde Datum, Ort und Opferzahl eingeblendet und danach aufgelistet.
Da muss ich hin, dachte Holger. Das Telefon hatte er noch in der Hand, er wählte Keno an, erst über Festnetz, dann über Handy, aber der war nicht zu erreichen. Er lief unruhig im Raum hin und her. Plötzlich fiel ihm ein, dass Anja ja in Berlin bleiben wollte. Er rief sie an. Sie war sofort am Apparat und meldete sich etwas verschlafen.
„Hast du schon von dem Unglück in Bad Unterfels gehört?"
„Nein. Was ist denn da passiert?"
„Massenhafter Pollenabwurf während eines Kurkonzerts. Bis jetzt gibt es 14 Tote und über 80 Verletzte. Wohl vorwiegend Alte."
„Echt? Das ist ja schrecklich."
„Wir müssen da hin, Anja."
„Wo ist das denn?"
„In der Nähe von Nürnberg."
„Ist ja recht weit."
„Kommst du mit?" Holger ging ins Schlafzimmer.
„Sicher. Ich muss mich aber noch duschen und anziehen."
„Klar." Er öffnete den Kleiderschrank und wählte mit links ein Hemd aus. „Reicht eine halbe Stunde?"
„Lieber eine dreiviertel."
„Gut. Dann bis gleich."

Bad Unterfels, Deutschland, EU.
Als sie das Auto am Kurpark abstellen wollten, kam sofort eine türkisch aussehende Polizistin herangeeilt, um sie zu vertreiben. Sie hielt sie wohl wegen des Kennzeichens für Medienleute und wollte sie zum großen Parkplatz schicken, den man von hieraus sehen konnte. Dort standen kreuz und quer jede Menge Übertragungswagen, es wirkte wie ein chaotischer Campingplatz für Anhänger des Satellitenfernsehens. Erst nach der Kontrolle ihrer Dienstausweise und der Sondervollmacht durften sie das Fahrzeug dort stehen lassen. Holger bedankte sich bei der hübschen Uniformierten und nahm seinen Alukoffer vom Rücksitz, Anja schleuderte ihr vernichtende Blicke zu. Er wollte sie noch nach dem Polizeirevier und Wachtmeister Busch fragen, da klingelte sein Handy. Er zog es aus der Hosentasche und meldete sich mit

einem hastigen „Ja?"
Die Polizistin nickte lächelnd und ging weiter.
„Wo bleibst du denn?" Es war Utinka.
„Was?"
„Du solltest doch um drei Uhr hier sein."
„Oh!" Holger presste die Lippen zusammen. An diesen blöden Geburtstag hatte er in den letzten Stunden nun wirklich nicht mehr gedacht. „Ich musste dienstlich dringend weg."
„Und wann kommst du dann?", fragte sie genervt.
„Ich bin weit weg und gerade erst angekommen."
„Was soll das heißen?"
„Ich bin hier bei Nürnberg und muss jetzt mit der Arbeit anfangen."
„Also kommst du gar nicht?"
„Das wird heute nichts mehr werden."
„Na, toll!", fauchte sie. „Und wie kriegt Sina jetzt ihr Geschenk?"
„Das bekommt sie dann eben nachträglich."
„Da sieht man mal wieder, wie wichtig wir dir sind."
„Utinka!", mahnte er beschwörend. „Das hier ist dienstlich und sehr wichtig. Und ich wusste das vorher auch nicht. Es tut mir leid."
„Mir auch." Dann drückte sie ihn weg.
„Mist!" Holger schob das Handy in die Tasche zurück.
„Na? Ärger?", fragte Anja mit einem Hauch von Schadenfreude.
„Ach, nur Kinderkram. Wir haben Wichtigeres vor."
„Der Dienst hat immer Vorrang." Eigentlich war sie froh darüber. Sie fürchtete keine Einschränkungen ihres Privatlebens, bekam keinen Beziehungsstress wie der Lange gerade.
„Stimmt. Ich hoffe nur, dass dieser Polizist das mit den Hubschraubern weitergegeben hat."
„Hoffentlich", sagte Anja besorgt.
Sie kamen jetzt zum Vorplatz des Kurhauses, der wie bei einem Massenansturm auf eine Großveranstaltung aussah. Es war voll und ohrenbetäubend laut. Die Menschenmenge drängte gegen die bauchhohen Absperrgitter, die von Polizei und Feuerwehr gehalten und verteidigt wurden. Man sah viele Fernsehteams bei der Arbeit. Über den unzähligen Köpfen schwebte eine Kameradrohne, die von irgendjemanden ferngesteuert wurde. Rechts stand der mächtige, reich verzierte Torbogen zum Kurpark.
Holger winkte einen Polizisten heran und verlangte Eintritt, zeigte Ausweis und Vollmacht. Der rannte damit zu seinem Vorgesetzten, der die beiden misstrauisch musterte und schließlich nickte. Der Beamte kam zurück, überreichte Holger seine Papiere und schob die Absperrung etwas zur Seite, damit sie herein konnten. Die Umstehenden bestaunten sie, als wären sie Prominente oder Geheimagenten. Der Polizist brachte sie zu einem kahlköpfigen Mann mit Headset, er hatte die Krawatte weit gelockert, die weißen Hemdsärmel hochgekrempelt und schien hier das Sagen zu haben.

Der Mann war der Polizeichef von Bad Unterfels und hieß Lennert. Anja und Holger stellten sich und ihren Auftrag vor und berichteten in Kurzform von den letzten Pollenattacken.
„Sie sind also dieser Herr Grimm vom BMU, ja?", fragte Lennert mit einem Rundumblick.
„Ja. Kennen Sie mich?"
„Nein. Aber unser Wachtmeister Busch hat von einem Telefonat mit Ihnen erzählt und uns daraufhin vor dem Landen der Hubschrauber gewarnt."
„Gottseidank!", entfuhr es Holger. „Also konnte noch Schlimmeres vermieden werden."
„Tja", Lennert strich sich über die Glatze. „Sie haben zweifellos vielen Menschen das Leben gerettet. Und hatten auch vollkommen recht mit Ihren Befürchtungen."
„Aber?"
„Wie das so ist bei so einem großen Einsatz, da geht erst einmal alles drunter und drüber, da herrscht Kompetenzwirrwarr, die Untergebenen erwarten zu Recht von ihren Vorgesetzten klare Anweisungen, und die haben wieder Angst vor folgenschweren Entscheidungen."
„Ja?", Holger sah ihn argwöhnisch an. „Was wollen Sie mir denn sagen?"
„Tja. Niemand konnte das Landeverbot für die Hubschrauber durchsetzen. Ich war zu dem Zeitpunkt noch nicht hier."
„Und?", forderte Holger lauernd.
„Die Notärzte wollten die Verantwortung für die Verletzten nicht übernehmen, wenn der Weg zu den Hubschraubern länger dauern würde." Lennert schaute ständig hin und her. „Die wollten keine Befehle von der Polizei entgegennehmen, die Piloten hielten sich wiederum an diese Ärzte, und die Feuerwehr fühlte sich dafür nicht zuständig."
„Und?"
„Sind die Hubschrauber denn nun doch gelandet?", fragte Anja ungeduldig.
„Ja. Leider. Zwei Stück in einigem Abstand. Es ist genau das eingetroffen, was Sie", Lennerts Finger zielte auf Holger, „vorhergesagt hatten. Jetzt fielen zusätzlich noch die Blüten im Landebereich ab und wurden durch die Rotorblätter durch die Luft gewirbelt und noch weiter verteilt."
„Gab es Tote?"
„Ja, Herr Grimm. Es gab dadurch fünf weitere Todesfälle. Vier davon waren Rettungskräfte."
„Verdammt!"
„Ja."
„Diese Toten hätten nicht sein müssen."
„Das ist ja schrecklich!", Anja hielt sich entsetzt die Hand vor den Mund.

„Das ist es", murmelte Lennert. Dann sprach er wieder lauter: „Aber wir sind alle nur Menschen, die auch Fehler machen. Besonders in solchen Extremsituationen. Man kann niemandem die Schuld …"
Holger unterbrach ihn: „Und danach wurden die Flüge umgeleitet?"
„Ja. Auf den städtischen Bauhof."
„Und wer hat das dann veranlasst?"
„Ich, Frau Blass. Das war meine erste Anordnung, als ich hier eintraf und informiert war."
„Verdammt!", Holger biss sich auf die Unterlippe.
„Ja? Einen Moment", Lennert zeigte auf sein Headset und sagte zu den beiden: „Gehen Sie doch schon vor zum Konzertplatz und beginnen mit Ihrer Untersuchung. Durch das Tor und immer geradeaus. Ich stehe Ihnen später jederzeit zur Verfügung."
„Gut", Anja zog den verbitterten Holger mit sich. Als sie auf dem knirschenden Parkweg waren, sagte sie: „Du brauchst dir nun wirklich keine Vorwürfe machen. Ohne dich wären noch viel mehr umgekommen."
„Diese verfluchte Kommandohierarchie! Fünf unnötige Tote! Scheiße!" Mit seinem Hacken trat er gegen den Boden, dass die Steinchen flogen.
„Beruhige dich! Bitte!", Anja klammerte sich beim Gehen fest an Holgers Arm. Nach einigen Minuten sagte sie: „Das ist aber wirklich ungewöhnlich, dass allein durch die beiden Landungen fünf Leute starben."
„Stimmt", er sah sie irritiert an.
„Was waren denn das für Bäume?"
„Keine Ahnung."
„Müssen jedenfalls aggressive Allergieauslöser sein."
Holger war einfach stehen geblieben und starrte entgeistert auf die grünen Hecken, die hier mit einer Höhe von einem Meter begannen und sich innerhalb von vier Stufen dann auf mindestens drei Meter erhoben.
„Was ist denn los?", fragte Anja beunruhigt.
Wie versteinert stand er da mit ausgestrecktem Arm, der auf diese akkurat beschnittenen Hecken zeigte, aus denen überall aufrechte, kastanienähnliche Blüten ragten.
„Was hast du denn?"
„Das ist alles Kirschlorbeer", antwortete er geschockt.
„Na und?"
„Der ist giftig."
„Echt?" Anja wirkte verängstigt. „Aber … Es ist doch nicht gesagt, dass diese Pflanzen auch bei der Konzertbühne und diesem Landeplatz stehen."
Holger erwachte wieder aus seiner Erstarrung. „Es sieht aber ganz danach aus. Der gesamte Kurpark scheint durch diese gewaltigen

Kirschlorbeerhecken gegliedert zu sein, die rahmen alle Wege, Teiche und Plätze ein." Diesmal nahm er ihre Hand und zog sie weiter. „Los, komm. Ich glaube, da vorne ist es schon."
Sie marschierten etwas schneller, fühlten sich wie die einzigen Menschen hier. Dann standen sie am Eingang zum Konzertplatz, der nur so breit wie der Weg war. Ringsum erhob sich die hohe Wand aus Kirschlorbeer, die den ganzen Bereich umschloss.
„Du hattest recht", flüsterte Anja.
„Das ist sehr schön und super gepflegt. Bietet auch Wind- und Schallschutz. Nur heute wurde es zur tödlichen Falle."
Sie gingen langsam in diese grüne Festung, sahen die Publikumsfläche mit den Stühlen, von denen viele noch umgekippt lagen. Hier entdeckten sie wieder Menschen: mehrere Feuerwehrleute räumten ihr Gerät zusammen, zwei junge Sanitäterinnen sammelten Spritzen und andere Notfallutensilien ein. Auf der etwas erhöhten Bühne standen alle Stühle wieder aufgerichtet, Musikinstrumente sah man nicht mehr. Hinter der Bühne verlief auch die mächtige Umfassungshecke.
„Die Blüten wurden wieder alle abgesaugt", Holger zeigte auf den Rasen und dann zu den leeren, aufrecht stehenden Blütenstängeln.
„Verständlich." Anja pustete die Luft aus. „Und das Zeug ist giftig?"
„Ziemlich sogar." Er knipste ein Blatt ab und gab es ihr. „Zerreib es mal und riech daran."
Anja rümpfte die Nase, betrachtete widerwillig das Blatt, das unten hellgrün, oben dunkelgrün und wie gewachst war. „Nee", sie schüttelte sich. „Mach du."
Holger nahm das Blatt, zerrieb es zwischen seinen Handflächen und roch daran. „Es riecht nach Bittermandel. Hier", er hielt ihr das zerkleinerte Blatt hin.
Anja beugte sich vor und schnüffelte in Abwehrhaltung daran. „Finde ich nicht." Sie entfernte sich wieder von seiner Hand. „Der Geruch von Bittermandel weist doch auf Blausäure hin."
„Richtig." Er ließ die grünen Schnipsel fallen. „Kirschlorbeer enthält überall giftige Blausäure, nur nicht im Fruchtfleisch. Das würde den Vögeln auch nicht bekommen, die gerne diese schwarzen Früchte fressen. Die sehen aus wie Oliven."
„Hab ich schon mal gesehen."
„Blausäure ist doch eigentlich Zyankali, oder?", fragte Holger.
„Naja, genau genommen ist Zyankali das stark giftige Kaliumsalz der Blausäure."
„Also fast richtig", meinte er mit einem flüchtigen Grinsen.
„Ich dachte immer, diesen Lorbeer gibt es nur in Sträuchern."
„Aber die können bis zu sechs Meter hoch werden und sich zu richtigen Bäumen entwickeln. Die Pflanze ist immergrün, wächst schnell, ist unempfindlich und sehr schnittverträglich. Wird deshalb auch gerne als Sichtschutz oder Hecke verwendet."

Mit energischen Schritten und seitlich flatternder Krawatte kam Lennert auf sie zu, fragte schon aus einem Meter Abstand: „Haben Sie etwas entdeckt?"
Anja wollte gleich loslegen, besann sich aber und hielt sich zurück.
„Zumindest haben wir eine Erklärung für die vielen Opfer." Holger schwenkte beide Arme nach außen. „Das alles hier ist Kirschlorbeer. Und der enthält giftige Blausäure."
„Was?", Lennert schlug sich gegen die Stirn. „Und das haben die schlauen Notärzte nicht bemerkt?"
„Der ganze Park ist voll davon. Und hier war es besonders schlimm, weil es ein hoch umschlossener Innenhof ist, wo die fallenden Pollen überhaupt nicht weg konnten."
„Erschreckend", Lennert schüttelte den Kopf. „Wie konnte man bloß Unmengen giftiger Pflanzen in einen Kurpark setzen?"
„Sie sollten vielleicht zuerst die Krankenhäuser über die Blausäurevergiftung informieren."
„Exzellenter Vorschlag, Frau Blass. An!", sagte er laut. „Zentrale!" Eindringlich sprechend ging er einige Schritte von ihnen weg.
„Gut, dass du daran gedacht hast", sagte Holger.
„Die müssen das doch wissen."
Nach einigen Minuten stand Lennert wieder bei ihnen. „Vielen Dank, Frau Blass."
„Schon gut", erwiderte sie mit einem Augensenken. „Deshalb gab es dieses Mal auch so viele Tote. Zu den allergischen Reaktionen und Erstickungen kam nun zusätzlich noch die Blausäurevergiftung. Dadurch stirbt man auch an Atemstillstand."
„Alles auf einmal", sagte Holger nachdenklich, „eine geballte, tödliche Ladung."
„Und da das Publikum vorwiegend aus älteren Leuten bestand, die mehr an chronischen Atemwegs- oder Herz-/Kreislauferkrankungen leiden, wären die schon durch ungiftige Pollen mehr gefährdet gewesen. Aber so ..."
„Außerdem konnten sie nicht so schnell fliehen."
„Verstehe." Lennert nickte mehrmals. „Und ausgelöst wurde es durch die Lautstärke der Musik?"
„Davon gehen wir mittlerweile aus", antwortete Holger.
„Unvorstellbar." Lennert strich sich über die Glatze. „Und die Art des Lärms ist zweitrangig?"
„Es kommt wohl auf die Dezibelzahl an."
„Bis jetzt geschah es meistens durch Baumaschinen", Anja schob ihre Brille hoch. „Oder durch laute Musik."
„Ich rate Ihnen dringend, im ganzen Park die noch vorhandenen Blütenkerzen des Kirschlorbeers zu entfernen. Einfach unten abschneiden, in einen Sack packen und dann entsorgen."
„Gut, Herr Grimm. Ich werde nachher noch mit dem Kurdirektor und

dem Landschaftsarchitekten sprechen und es veranlassen. Eigentlich sollte man das ganze Zeug rausreißen. Blausäure können wir hier nicht gebrauchen."
„Ach, es gibt viele giftige Pflanzen", Holger winkte ab.
„Dann sähe es aber ziemlich kahl und traurig hier aus."
„Stimmt, Frau Blass. Und das können wiederum unsere Kurgäste nicht gebrauchen."
„Für dieses Jahr wäre ja dann die Blütengefahr gebannt", sagte Holger. „Über den Winter kann man ja schon einen Teil dieser Hecken fortschaffen. Besonders hier bei dieser hohen Umfriedung."
„Darauf können Sie sich verlassen. Hier kommen mindestens zwei Seiten sofort weg. Vorher gibt es kein Konzert mehr."
„Das ist absolut richtig", stimmte Anja zu.
„So", der Polizeichef stemmte die Hände in die Hüften. „Wenn Sie mich jetzt nicht mehr brauchen, würde ich gerne beim Kurhaus und der Medienmeute wieder nach dem Rechten sehen."
Die beiden waren einverstanden. Lennert bedankte sich vielmals bei ihnen, verabschiedete sich vorsorglich mit festem Händedruck und eilte mit wehender Krawatte davon. Holger schlug Anja vor, sie solle sich doch auf einen Stuhl setzen und hier auf ihn warten, er wolle nur noch mit dem Kernbohrer einige Proben nehmen und Blüten, Pollen und Blätter eintüten.
Anja richtete einen umgekippten Stuhl auf und ließ sich darauf nieder. Sie war müde, hatte Durst und nagenden Hunger. Ihr Magen knurrte schon eine ganze Weile. Plötzlich wurde ihr bewusst, dass sie möglicherweise auf dem Platz eines Todesopfers saß. Sie schnellte hoch und setzte sich in der Reihe auf einen Stuhl, der nicht umgefallen war.

Anja hatte mit leidender Miene zugestimmt, noch vor dem Essen kurz bei der Polizei reinzugehen und sich bei Wachtmeister Busch zu bedanken.
Etwas zögerlich betraten sie die Wache. Der große Raum war voller Menschen, die sich aufgeregt unterhielten oder auf die Polizisten hinter dem Tresen einredeten.
Hier müssten sie noch lange warten, bis sie an der Reihe waren. Deshalb schlenderte Holger in den anschließenden Flur und suchte eine offene Tür.
„Kann ich Ihnen helfen?", sagte plötzlich jemand hinter ihm.
Holger zuckte zusammen und drehte sich um. „Ja. Sicher."
„Eigentlich müssen Sie sich vorne an der Theke melden", der grauhaarige Beamte machte eine Kopfbewegung zu dem Stimmengewirr.
„Aber da ist so eine Riesenschlange, deshalb ..."
„Das ist wegen des tragischen Unglücks in unserem Kurpark. Die

Leute sind stark beunruhigt, wollen sich informieren und absichern."

„Wir untersuchen diesen Vorfall", betonte Anja mit akademischer Arroganz.

„So?"

„Ja. Ich bin Holger Grimm vom Bundesumweltministerium." Er zeigte seinen Dienstausweis und die Sondervollmacht. „Und das ist meine Kollegin vom Bundesgesundheitsministerium, Frau Dr. Blass."

„Ach, Sie sind das." Der Polizist nickte nur Holger zu.

„Kann ich mal den Wachtmeister Busch sprechen?"

„Der ist leider nicht mehr hier. Der hat schon Feierabend."

„Schade." Holger blickte kurz auf seine Uhr. „Es ist ja auch schon später, als ich dachte. Der wird ja nicht von morgens bis abends hier sitzen."

„Kommt auch gelegentlich vor. Aber heute hatte er einen normalen Frühdienst."

„Ich wollte mich bei ihm bedanken, weil er meine telefonische Warnung weitergegeben hat und ..."

„Ich weiß Bescheid. Ich bin sein Vorgesetzter." Er hielt Holger die Hand hin. „Und ich möchte mich ausdrücklich für Bad Unterfels und seinen Gästen bei Ihnen bedanken. Durch Ihr mutiges Vorgehen haben Sie garantiert mehrere Menschenleben gerettet."

„Leider nicht alle möglichen."

„Ich weiß, es ist alles nicht hundertprozentig gelaufen", sagte der Grauhaarige mit einem Seitenblick zu Anja. „Aber das tut es eigentlich nie." Wahrscheinlich hatte er ihre abgefeuerten Blitze gespürt.

„Aber hier hat es fünf Menschen das Leben gekostet", entgegnete sie eisig.

„Das ist mir durchaus bewusst. Aber ich kann es leider nicht rückgängig machen."

Holger befürchtete eine Eskalation. „Gut. Dann wollen wir wieder los. Grüßen Sie bitte den Herrn Busch von mir. Er hat sich vorbildlich verhalten."

„Ich werde es ausrichten, Herr Grimm. Auf Wiedersehen." Mit einem kräftigen Händeschütteln verabschiedete er sich von Holger, bei Anja war es mehr ein flüchtiges Wischen.

Als sie draußen auf der Treppe standen, sagte sie: „Als Führungskraft hätte der lieber das Landeverbot für die Hubschrauber durchdrücken sollen."

„Sei nicht so streng", Holger zog den Mundwinkel hoch und die Augenbrauen runter.

„Ist doch wahr."

„Und wo wollen wir jetzt essen gehen?"

„Bitte gleich im nächsten Restaurant", Anja hielt sich kummervoll den Bauch.

Montag, 22. April 2024
Berlin, Deutschland, EU.
Um 11 Uhr trafen sie sich im kleinen Besprechungszimmer: Keno, Holger und Anja und ihre jeweiligen Vorgesetzten. Ziegler und Dr. Ohlenberg hatten ihren gestrigen Einsatz gelobt. Keno war es unangenehm, dass er nicht zu erreichen gewesen war und meinte, er habe bei seiner Freundin übernachtet und sein Handy sei abgestürzt. Holger und Anja berichteten ausführlich von Bad Unterfels.
„Das ist ja eine völlig neue, noch bedrohlichere Dimension", Frau Dr. Eisach war wieder sehr elegant gekleidet, „wenn jetzt die Pollen auch noch giftig sind."
„19 Tote", Ziegler schwenkte betroffen den Kopf, „und über 80 Verletzte."
„Wir müssen etwas tun", sagte Ohlenberg. „Das wird ja immer gefährlicher."
„Ich hatte ja schon einmal vorgeschlagen, Risikobäume aus öffentlichen Einrichtungen zu entfernen. Das sollten wir jetzt aber zumindest mit diesem toxischen Kirschlorbeer machen."
„Da haben Sie recht, Herr Backwang", stimmte seine Chefin zu. „Und zwar sofort."
„Ich glaube, damit sind wir alle einverstanden", Ohlenbergs Blick wanderte durch die Runde. „Unsere drei Ministerien werden also umgehend entsprechende Anweisungen an die zuständigen Dienststellen der Kommunen erteilen. Das Zeug muss weg."
„Wie lange blüht das denn?", fragte Anja.
„Von April bis Mai", antwortete Holger.
„Da müssen wir sofort handeln", sagte Ziegler.
„Aber es gibt natürlich noch viel mehr giftige Pflanzen."
„Welche denn, Herr Grimm?", Dr. Ohlenberg beugte sich interessiert vor.
„Zum Beispiel Maiglöckchen, Goldregen, Stechpalme, Pfaffenhütchen, Ginster, Fingerhut, Liguster …"
„Mein Gott!", unterbrach Frau Eisach seine Aufzählung. „So viele?"
Holger nickte. „Und noch ein paar."
„Und wie giftig sind die?", fragte Ohlenberg.
Da Anja zum Sprechen ansetzte, gab Holger mit einer Handbewegung und sarkastischem Lächeln die Frage an sie weiter.
„Nun, Maiglöckchen enthalten Convallatoxin, Fingerhut das bekannte Digitalis; beides wird in geringer Konzentration als Herzmittel verwendet. Der Samen vom Goldregen enthält Cytisin, das ganz ähnlich wie Strychnin aufs Nervensystem einwirkt, wo es das Atemzentrum lähmen kann. Bei den anderen Pflanzen bin ich leider überfragt." Anja zog die Augenbrauen hoch und sah Holger hilflos

an, was er genüsslich ignorierte.
Nach einigen Sekunden Schweigen sagte Frau Dr. Eisach: „Wann blühen denn die meisten dieser giftigen Pflanzen, Herr Grimm?"
„Hauptsächlich von Mai bis Juni. Liguster einen Monat später. Goldregen allerdings jetzt schon, so wie Kirschlorbeer."
„Dann muss der auch weg", forderte Keno.
„Oder sind da nur die Samen giftig?", fragte Ziegler.
„Nein", Holger schüttelte den Kopf, „der Strauch ist in allen Teilen giftig. Natürlich enthält der Samen das meiste dieses toxischen Alkaloids." Er bemerkte Anjas Erröten, und sofort tat sie ihm leid.
„Also weg damit", sagte Dr. Ohlenberg. „Kirschlorbeer und Goldregen werden unverzüglich aus allen öffentlichen Anlagen entfernt. Und wenn das erledigt ist, kommt das Zeug dran, was erst ab Mai blüht."
„Außer Maiglöckchen und Ginster kenne ich die nicht", Frau Eisach zog eine Schulter hoch. „Sind die denn weit verbreitet? Diese komische Palme da zum Beispiel?" Sie sah Holger erwartungsvoll an.
„Die Stechpalme haben Sie auch schon gesehen. Die hat so spitze Zacken an den Blättern, die auch immergrün und lederartig sind."
„Die so richtig fies pieken?"
„Genau. Sieht man ziemlich häufig. Liguster ist sehr beliebt als Schnitthecke. Da sind meiner Meinung nach nur die Beeren giftig. Aber bei den Blüten sollte man da auch nichts riskieren."
„Sicher ist sicher", Ziegler nickte zustimmend.
„Pfaffenhütchen sind deutlich seltener und fast gar nicht in Parks vertreten, hauptsächlich an Waldrändern. Fingerhut und Maiglöckchen wachsen eigentlich auch nur im Wald."
„Ist ja etwas beruhigend", sagte Ohlenberg.
„Kann doch aber auch gefährlich werden."
„Natürlich, Frau Dr. Blass", betonte er. „Aber im Wald gehen nicht so viele Leute spazieren wie in Grünanlagen, und meistens bleiben sie auch brav auf den Wegen. Es würde sicherlich nicht so viele Menschen treffen."
Zum Schluss berichtete Holger von den blühenden Silberweiden und der Hainbuche, die er vorgestern im Grunewald entdeckt hatte und die ideal für den Feldversuch am Mittwoch seien.
„Da waren Sie ja das ganze Wochenende dienstlich im Einsatz", sagte Frau Dr. Eisach. „Alle Achtung."
„Sehr vorbildlich", Ohlenberg verzog ironisch den Mund.
Holger war es peinlich. Er suchte Anjas oder Kenos Blick, doch beide sahen nach unten.

Er saß im Auto und hätte eigentlich schon seit zehn Minuten weg sein können. Doch eine Mischung aus Wut und Enttäuschung

lähmte ihn irgendwie. Er starrte auf die Straße und dachte an Utinka, die ihn gerade eiskalt abgeschoben hatte.
„Ach, du bist's", hatte sie gesagt, als er da mit dem Geburtstagsgeschenk vor ihrer Tür stand und blieb auf Abstand. „Ich hab aber gar keine Zeit, weil ich Sina gleich vom Reiten abholen muss."
„Ich wollte nur ..."
„Gut." Utinka nahm ihm das Paket ab. „Ich gebe es ihr nachher."
„Hast du im Fernsehen das von Bad Unterfels gesehen?" Holger stand wie ein Fremder vor ihrer Tür.
„Was?" Sie begutachtete das Geschenkpapier. „Ach, das mit den vielen Toten da im Kurpark?"
„Ja. Da musste ich gestern hin."
„Wirklich furchtbar. Man hat ja schon richtig Angst vor blühenden Bäumen." Utinka sah demonstrativ auf ihre Uhr. „Ich muss jetzt aber wirklich los."
„Klar." Sie war also immer noch stinksauer. „Ich ruf dich dann an."
„Ja, ja", hatte sie flüchtig erwidert. Dann war die Tür zu.

Dienstag, 23. April 2024
Zwei neue Pollenvorfälle waren ihnen heute wieder gemeldet worden: in Schwerin und in Oldenburg, beide durch Birken und Baulärm, keine Toten, nur insgesamt fünf Verletzte.
Holger hing in seinem Sessel und sah fern. Er fühlte sich schlapp und müde. Zum Glück hatte sich Anja sofort begeistert bereit erklärt, Hanno Gülstmann am Nachmittag vom Flughafen abzuholen, ihn nach einer kleinen Stadtrundfahrt zum Hotel zu bringen und mit ihm Essen zu gehen.
Er sah die Fernsehbilder, nahm sie aber nicht wahr. Die Bewegungen verwischten seinen Blick, die Stimmen entfernten sich und wurden dumpfer.
Da war jetzt noch ein anderer Ton. Holger riss die Augen auf und hörte sein Handy klingeln. Er war tatsächlich eingenickt. Er schwang sich hoch, ging benommen zum Esstisch und sah aufs Handydisplay. Es war leider nicht Utinka, nur ein Anruf von unbekannt. Mit einem Seufzer meldete er sich.
„Hallo. Hier ist Jan Woduzek."
„Was wollen Sie denn?", fragte er feindselig.
„Ich versuche immer noch, Sie zu einer konstruktiven Mitarbeit zu überreden."
„Wir arbeiten nicht mit den Medien zusammen. Wir informieren sie nur."
„Aber immer zu spät und nie umfassend."
„Wenn Sie's sagen." Holger ging wieder zum Sessel und setzte sich.
„Wie lange wollen Sie sich denn noch verweigern?"
„Oh, Sie sind immer so melodramatisch, Herr Woduzek."

„Sind 20 Tote bei einem einzigen Vorfall noch nicht genug?"
„20?" Der Kerl wusste wieder mal mehr als sie.
„Ja. Eine 72-Jährige ist heute Morgen an den Folgen gestorben."
„Tut mir leid."
„Gab es diesmal so viele Todesopfer, weil zu den allergischen Reaktionen noch die Blausäurevergiftung durch den Kirschlorbeer kam?"
„Davon gehen wir aus." Der wusste wirklich alles.
„Es muss doch eine Möglichkeit der Gegenwehr geben, um die Bevölkerung zu schützen."
„Wir werden schon entsprechend handeln."
„Aber wann und wo?"
„Das müssen Sie uns schon überlassen." Holger sah zur Medienwand, wo gerade mit Menschen überfüllte Straßen gezeigt wurden, von denen mindestens jeder Vierte einen Mundschutz trug.
„Natürlich, Herr Grimm. Aber ich mache mir ja auch ständig meine Gedanken und informiere mich überall. Dabei kam ich auf die Idee, ob es vielleicht einen direkten Zusammenhang mit genveränderten Pflanzen gibt?"
„Wir untersuchen auch diese Möglichkeit." Der Typ wurde ihm langsam unheimlich.
„Wenn zum Beispiel die manipulierten Gene vom Mais, die für die Schädlingsabwehr präpariert wurden, auf die Bäume übergegangen sind und deren Verhalten verändert haben, könnten sie für diese massiven Pollenabwürfe verantwortlich sein, weil die Pflanze durch irgendeinen Reiz – wie Lärm, Wärme, Geruch, Erschütterung – so reagiert wie bei einem Schädlingsangriff."
„Interessante Theorie." Holger blieb die Luft weg. Wie ein Feuerwerk explodierte bei ihm die Erkenntnis, und in riesigen, blinkenden Leuchtbuchstaben stand da: MAISWURZELBOHRER. Das war es!
„Für mich die wahrscheinlichste. Und gleichzeitig die gefährlichste."
„Warum?" Holger presste die Lippen zusammen und nickte vor sich hin. Deshalb hatte sich bei dem Begriff ‚Bodenbakterium' in seinem Hinterkopf eine dunkle Ahnung geregt.
„Weil genmanipulierte Pflanzen überall auf der Welt verbreitet sind und dort auch überall die Bäume verändert haben können."
„Ach, so." Holger erinnerte sich jetzt ganz deutlich an seine Zeit in der Umweltschutzgruppe und an mehrere Vorlesungen in der Uni: Dem veränderten Mais hatte man irgendwelche Gene eines Bodenbakteriums angezüchtet, die dann ein Gift an die Schädlinge abgeben sollten.
„Gibt es denn weltweit ähnliche Fälle?", fragte Woduzek. „Das in Paris auf der Champs-Élysées ging zwar durch alle Medien, aber Einzelheiten hat man da nicht erfahren."

„Ich darf Ihnen doch keine Auskünfte geben." Das war's! Diese DNA des Bakteriums, die den Maiswurzelbohrer vergiften sollte, die hatte sich selbständig weiter verbreitet und war nun in den Bäumen gelandet. „Eigentlich dürfte ich gar nicht mit Ihnen reden."
„Also keine Zusammenarbeit?"
„Ich darf nicht."
„Schade, Herr Grimm. Ich dachte, Sie hätten nicht diese übliche Beamtenmentalität."
„Habe ich auch nicht. Aber wir haben ganz strenge Dienstanweisungen in den Ministerien. Das wissen Sie doch auch."
„Dann also nicht", sagte Woduzek. „Haben Sie übrigens schon gehört, dass in einigen Großstädten die Atemschutzkappen bereits ausverkauft sind?"
„Nein, wusste ich noch nicht. Aber Sie sind ja anscheinend immer besser informiert als wir."
„So muss es auch sein, wenn man ein engagierter Journalist ist."
„Wenn Sie's sagen." Holger hielt ihn einfach für einen typischen Sensationsreporter, der die Leute mit Schaulust und Schlagzeilen, mit Blut und Tränen versorgte und dadurch leider auch beeinflusste.
„Gut. Dann will ich Sie nicht länger belästigen. Vielleicht treffen wir uns ja mal auf einer Pressekonferenz."
„Wir werden sehen."
„Also, tschüss, Herr Grimm."
„Ja, tschüss." Holger legte das Handy weg und nahm die Tastatur. Er schaltete an der Medienwand das Fernsehbild weg und den mittelgroßen Computermonitor an. Er musste sich sofort über Gen-Mais informieren. Holger lachte kurz auf, weil Woduzek ihm womöglich die Lösung des Rätsels geliefert hatte. Dann tippte er ‚Maiswurzelbohrer' ein. Da war doch auch mal was mit toten Mäusen oder Hamstern in Amerika, dachte er und klickte sich ins Internet hinein.

Mittwoch, 24. April 2024

Auf dieser Lichtung im Grunewald waren bestimmt noch nie so viele Autos und Menschen gewesen: sechs Fahrzeuge mit insgesamt 16 Personen hatten sich hier eingefunden. Der Polizei-Lautsprecherwagen mit zwei Beamten stand bereits genau unter und zwischen den beiden Silberweiden. Die größte Gruppe kam vom Landwirtschaftsministerium mit dem dicken Özdak-Primmel an der Spitze, der seine Leute in seinem protzigen Schlitten mitgebracht hatte: Frau Dr. Eisach, Bristin Renalde und Keno Backwang. Auf dem Schotterweg und schon wieder in rückwärtiger Fahrtrichtung parkte der Rettungswagen mit einem Notarzt und zwei Sanitätern. Dr. Ohlenberg und Ziegler waren in einem Auto gekommen. Holger hatte Anja und Hanno Gülstmann im Wagen gehabt. Dann stand da

noch der Jeep des Revierförsters, der in Begleitung einer ebenfalls grün gekleideten, hübschen Frau erschienen war.
Nachdem sich alle gegenseitig vorgestellt hatten, entwickelte sich ein lautes Stimmengewirr, in dem selbstverständlich Özdak-Primmel das Wort führte, der dem Förster böse Blicke zuwarf, weil der ihm hier kategorisch das Rauchen verboten hatte.
Holger stand im Schutzanzug und mit Atemschutzmaske in der Hand neben Bristin, der er in Kurzform seine neueste Theorie vom Gen-Mais als Verursacher mitteilte; wobei er natürlich verschwieg, dass Woduzek ihn darauf gebracht hatte.
„Können Sie dann mal anfangen mit dem Versuch?", rief Özdak-Primmel herüber, der mit seinem Schnurrbart wie ein Walross aussah.
„Der hat doch ständig gelabert", flüsterte Holger und erwiderte dann laut: „Von mir aus kann's losgehen."
„Gut. Dann starten Sie mal!", kommandierte Özdak-Primmel, dessen wuchtige Erscheinung umringt war von Ohlenberg, Frau Eisach, dem Notarzt und Ziegler.
Anja, Keno und Hanno hatten sich zu Holger und Bristin gestellt. Keno hielt in jeder Hand einen Camcorder. Anja hatte das Kommunikationsgerät, um mit den Polizisten im Bus zu sprechen und von ihnen die jeweiligen Dezibelwerte zu erfahren.
„Sei bloß vorsichtig", sie sah Holger besorgt an, wie er die Atemschutzmaske anlegte. Der nickte zweimal, hörte noch eine schweizerische Mahnung von Hanno, bevor er den Hörschutz aufsetzte. Holger übernahm eine Kamera von Keno und ging dann durch das hohe Gras zum Polizeiwagen, dessen Lautsprechertrichter nach oben gerichtet waren. Er zeigte den Beamten seinen aufgerichteten Daumen, stellte sich unter den blühenden Bäumen in Position und war filmbereit.
Alle anderen Personen waren mindestens 15 Meter von den Silberweiden entfernt. In vorderster Front standen Anja, Hanno und Keno mit dem Camcorder, der das Geschehen aus einiger Entfernung aufnehmen sollte. Der Förster hielt auch schon seinen Fotoapparat vor sich. Ganz hinten in Sicherheit befand sich die Dreiergruppe von Ohlenberg, Frau Eisach und Özdak-Primmel, der unruhig nach einer Zigarette gierte.
„Ton an!", befahl Anja ins Funkgerät.
„Verstanden", kam es zurück.
„Das ist ja richtig spannend", meinte Hanno.
Aus den Lautsprechern kam harte Rockmusik, was die meisten verwunderte.
Holger schaltete die Kamera ein, zoomte die Blätter heran mit ihren silbrigen Unterseiten, dann die langen, zarten Blütensträng, die weißlich-rosa waren.
„Wir sind jetzt bei 80", meldete der Polizist.

„Ab 85 Dezibel muss der Arbeitgeber einen Gehörschutz bereitstellen", sagte Hanno.
„Den hat er ja auf." Keno startete jetzt erst seinen Camcorder.
Holger hatte wieder zurückgezoomt und jetzt die Baumkrone im Display. Er sah alles undeutlich, weil er seine Brille nicht unter der Maske tragen konnte.
„90."
Die Heavy Metal-Musik dröhnte. Ziegler krauste die Stirn, Frau Dr. Eisach rümpfte die Nase.
„Jetzt sind wir bei 100 Dezibel."
Holger fühlte sich wie ein Versuchskaninchen vor einem erwartungsvollen Publikum. Der einengende Druck auf der Haut, nicht hören und richtig sehen zu können, der eingeschränkte Gesichtskreis und nicht genug Luft zu bekommen – das war alles schon ziemlich beunruhigend für ihn.
Die Bässe brummten, das Schlagzeug donnerte. Die ohrenbetäubende Musik schockte bestimmt sämtliche Tiere des Waldes.
„110."
„Das ist die Lautstärke eines Presslufthammers", sagte Hanno.
„Dann muss ja wohl bald mal was passieren." Keno fand es langweilig, diese leblose Szene zu filmen.
„Hat sich noch keine einzige Blüte gelöst?", rief Özdak-Primmel.
Anja und Hanno schüttelten gleichzeitig die Köpfe.
„120 Dezibel."
„Jetzt bräuchten wir aber auch Kopfhörer", Kenos rechter Arm wurde langsam lahm.
„Verdammt laut", sagte Anja.
„Wie bitte?", kam es aus ihrem Gerät.
„Schon gut. Machen Sie noch weiter."
Holger kam sich vor, als wäre er in einer anderen, bis auf ein Summen lautlosen Welt und besah sich mit einem dritten Auge einen üppig blühenden Baum. Manchmal warf er einen Seitenblick zu den anderen, um sich zu vergewissern, dass sie noch da waren und er nicht einsam und verlassen und taub durch einen Wald voller zarter Farben irrte.
„Jetzt haben wir 130 Dezibel."
Hanno räusperte sich. „Ich glaube, soviel Lärm macht ein Jet beim Start."
Holger tippte mit der linken Hand gegen die feinen Blütenstränge. Nichts geschah. Das Summen steigerte sich zu einem dumpfen Dröhnen.
„Wie weit sollen wir denn noch gehen?", fragte der Polizist.
„Ich weiß nicht." Anja wirkte für einen Augenblick hilflos.
„Da müssten jetzt schon Pollen fallen." Keno hatte Holger im Sucher, wie er sich mit der Kamera sonderbar hin und her bewegte, wie bei einem Regentanz in Zeitlupe.
„Also weiter?", meldete sich der Polizist wieder.

Es war ein furchtbarer Krach. Die Bässe ließen den Boden vibrieren, und dieses Schwingen stieg über die Beine bis in den Bauch.
„Schalten Sie bei 140 ab!", ordnete Anja an.
„Richtig", stimmte Keno zu.
„Nicht ein Blütenblatt ist abgefallen", sagte Hanno.
„140 Dezibel. Wir beenden jetzt."
„Einverstanden."
Es wurde schlagartig still. Nichts war mehr zu hören. Nur in den Ohren der Anwesenden rauschte es.
Anja ging zu Holger, der noch nichts bemerkt hatte, nickte den Polizisten zu. Sie tätschelte ihm den Oberarm, er zuckte zusammen und drehte sich erschrocken zu ihr um.
Sie schwenkte die Arme vor ihm. Holger nahm den Gehörschutz ab. Es war leiser als mit diesen Kappen. Dann hörte er ihre Stimme.
„Es ist vorbei."
Er zog die Maske vom Gesicht. „Jetzt schon? Es ist doch noch gar nichts passiert."
„Eben. Und wir waren bis 140 Dezibel."
„Echt?" Er wischte sich über sein feuchtes Gesicht.
„Lauter als ein Presslufthammer oder ein startendes Flugzeug."
„Scheiße!"
„Komm. Trink erst mal was", Anja zog ihn von den Silberweiden fort.
„Geht's dir gut?", fragte Hanno.
„Klar." Holger prustete. „Diese Dinger sind nur gewöhnungsbedürftig." Er hielt Gehör- und Atemschutz hoch.
„Das war ja wohl nichts", konnte Keno sich nicht verkneifen und klappte den Monitor an den Camcorder.
„Einen Versuch haben wir ja noch", Anja schaute ihn strafend an.
„Genau." Holger schmunzelte gequält. „Also abwarten."
„Kurze Pause!", grölte Özdak-Primmel und schwang sich in seine schwarze Limousine, gefolgt von Frau Eisach.
„Gute Idee. Hier", Bristin reichte Holger eine Wasserflasche.
„Schade, dass es nicht geklappt hat", Ziegler klopfte ihm auf die Schulter.
„Vielleicht ist es ja doch ein anderer Auslöser, Herr Grimm", Dr. Ohlenberg hatte einen fast tröstlichen Ton.
„Wir werden sehen." Holger setzte die Flasche an und trank in langen Zügen.
„Na", Hanno wandte sich an den Förster, „so einen Hardrock haben Ihre Waldbewohner garantiert noch nie gehört, wie?"
„Nein. Zumindest nicht in dieser Lautstärke."
„Höchstens ganz leise in den Autos der Liebespärchen", säuselte seine hübsche Begleiterin.

„Oho!", Hanno rollte mit den Augen und lachte.
Anja stand neben ihm, verzog den Mund und warf der jungen Frau verachtende Blicke zu.
Dann wurde geraucht, gegessen und getrunken. Der Innenraum von Özdak-Primmels Auto war schon voller Zigarettenqualm. Ziegler, Ohlenberg, Hanno, Anja und der Notarzt hatten einen Kreis gebildet und unterhielten sich. Holger stand mit Bristin und der grünen Schönheit zusammen, Keno mit einem Sanitäter und dem Förster bei dessen Jeep. Ein Polizist vertrat sich mit dem Butterbrot in der Hand die Beine, der andere rauchte im Bus.
Nach einer Viertelstunde und einigen Glimmstängeln verließen Frau Eisach und Özdak-Primmel das verqualmte Auto und gesellten sich zu der großen Gruppe, um die sich dann nach und nach alle versammelten.
„Bei welchem Baum versuchen wir es nun, Herr Grimm?", Ohlenberg sah ihn gespannt an.
„Bei dem da", Holger zeigte mit dem ausgestreckten Arm nach links.
„Aber wenn der drauf anspricht", sagte Hanno, „hätte der dann nicht bei diesem Krach schon reagieren müssen?"
„Nicht unbedingt. Er ist immerhin 20 Meter von den Silberweiden entfernt."
„Und was ist das für einer?", Özdak-Primmel strich mit zwei Fingern über seinen Schnurrbart.
„Eine Hainbuche."
„Die hatten wir doch schon mal auf dem Frankfurter Friedhof, nicht wahr?", fragte Frau Dr. Eisach.
„Richtig."
„Und da reagierte sie auf Musik", sagte Ziegler.
„Gab es denn schon einmal einen Pollenabwurf bei einer Silberweide?", wollte Hanno wissen.
„Nach unseren Informationen nicht", antwortete Holger.
„Gut. Dann fahren wir unsere Autos jetzt zur anderen Seite", sagte Özdak-Primmel, „und der Lautsprecherwagen kommt unter diesen Baum."
Die Fahrzeuge wurden rangiert. Der Polizeibus zog Spuren durch das frische Gras, stellte sich mittig unter die Hainbuche. Özdak-Primmel blieb noch für eine Zigarettenlänge in seinem Auto.
„Bei dem vielen Qualmen müsste der doch eigentlich dünner sein", sagte Bristin. „Ich dachte immer, rauchen macht schlank."
„Erst im späten Stadium", Hanno grinste gehässig.
„Wahrscheinlich ist der beim Essen und Trinken genauso maßlos", Anja rückte ihre Brille zurecht.
„Bestimmt." Holger ließ die Atemmaske pendeln.
„Sind Sie startklar?", fragte Anja ins Funkgerät.
„Wir können loslegen."
„Also wieder die gleiche Prozedur wie vorhin", sagte Ziegler und

schaute sich um, doch Ohlenberg und Frau Eisach standen schon wieder hinten bei Özdak-Primmel.

„Dann wollen wir mal." Holger legte Atem- und Gehörschutz an und schritt durchs hohe Gras zur Hainbuche. Er tat so, als würde er die Polizisten filmen. Die winkten nur müde ab, fanden wahrscheinlich die ganze Aktion hier ziemlich idiotisch.

„Ton an!", kommandierte Anja.

„Verstanden."

Aus den Lautsprechern kam wieder dasselbe Musikstück.

„Die hätten ja auch einen anderen Titel nehmen können", Keno hob den Camcorder hoch. „So als Abwechslung."

„Hauptsache laut", meinte Bristin.

„80 Dezibel."

Holger war wieder alleine in der lautlosen, luftarmen Welt. Er schaltete die Kamera ein, nahm Blätter und die vollen Blütenrispen auf. Die Blätter waren außen gezackt und von der Mitte her rillig, als hätte man sie in mühseliger Feinarbeit gefaltet.

„Die Musik ist wirklich schrecklich." Anja sah Hanno von der Seite an, hätte ihm jetzt gerne seine Lockenpracht zerwühlt.

„Sag ich doch." Keno musste sich zwingen, die Kamera auf diesen öden Bereich zu halten.

„Das wird nichts", sagte Ziegler zu Hanno.

„Abwarten."

„90", meldete der Polizist.

Die Musik dröhnte. Das hämmernde Schlagzeug jagte die Gitarrentöne durch den Wald, sie klagten und jaulten und sammelten sich irgendwo zu einem Gegenangriff.

Auf einmal schwebte etwas durch Holgers Display. Er kehrte ein Stück zurück. Da war nichts. Gemächlich bewegte er sich mit der Kamera weiter. Da war es wieder. Wie zarte Schneeflocken trieben mehrere Blütenblätter durch die Luft. Wie hingepustet lag feiner Staub auf den Gläsern seiner Schutzmaske. Da geschah etwas! Ein aufregender Schwall ging durch Holger. Er schwenkte den Camcorder nach oben und sah eine Blütenwolke.

Es dauerte einige Minuten, bis Keno bemerkte, dass sich da etwas tat auf seinem Monitor. Holger drehte den Kopf hin und her, wirkte mit der Maske und den Ohrkappen wie ein Alien. Dann sah Keno es auch.

„Was hat er denn?", fragte Bristin.

„Keine Ahnung", murmelte Hanno.

Keno zoomte heran, erkannte jetzt ganz deutlich fliegende Blüten und hauchte: „Es geht los."

„Was?"

„Wirklich?"

„Ich seh gar nichts."

„100 Dezibel."

„Das ist also der kritische Wert", sagte Hanno.
Holger kreiste mit der Kamera. Wenn er nach oben hielt, kam er sich vor wie bei Schneefall. Aber er fühlte sich absolut nicht winterlich, ihm war heiß in seinem Anzug. Es funktionierte! Holger hätte gerne einen Freudenschrei herausgeschmettert, aber er konnte nur kehlige Laute hervorbringen. Die Gläser waren voller Pollen und von innen beschlagen. Um ihn herum fielen überall Blüten herab.
„Tatsächlich", sagte Anja. „Es klappt."
„Wie bitte?", fragte der Polizist.
„Sehen Sie denn nicht diesen Blütenschauer?"
„Doch. Klar. Die ganze Scheibe ist ja schon voll."
„Eben", Anja verdrehte die Augen. „Das war der Sinn dieses Experiments."
„Wie bei einem Schneegestöber", staunte Bristin.
„Sollen wir noch weitermachen?"
„Na klar."
Plötzlich senkte sich eine weiße Masse auf Holger. Er musste die Gläser abwischen. Im Display war nur Schneetreiben. Er spürte seinen Herzschlag. Bloß ruhig atmen! Er stand im Pollennebel, sah eigentlich nur seine eigenen Schweißtropfen vor einem Winterweiß. Die Luft war knapp. Sein Puls pochte in seinen Ohren. War er allein in einem Schneesturm?
„Jetzt sind wir bei 110."
„Fantastisch!", schwärmte Dr. Ohlenberg, den die Neugier nach vorne gelockt hatte.
„Aber gleichzeitig beängstigend", meinte Ziegler.
Der Förster fotografierte unentwegt, seine Begleiterin schaute durchs Fernglas. Özdak-Primmel hatte auch eins, beobachtete damit das Geschehen aus sicherer Entfernung.
Keno filmte konzentriert und fand es spannend. Es sah wirklich so aus, als wäre nur über diesem einzigen Baum der Winter ausgebrochen und hätte seine Schneeluken weit geöffnet. Auf dem Dach des Busses lag bereits eine mindestens 10 Zentimeter hohe Schicht. Holger war weiß bedeckt und stand bis über den Knöcheln in den Blütenflocken. Und ein paar Meter weiter war alles frühlingsgrün.
Anja wandte sich zu Hanno, damit sich der Polizist nicht sofort wieder fragend meldete. „Holger hat tatsächlich recht gehabt. Das hat er schon lange vermutet."
„Unglaublich."
„Kein Wunder, dass die Betroffenen ersticken oder einen allergischen Schock bekommen", sagte sie.
„Gefährlich schön", Ohlenberg starrte begeistert auf die Szene.
Holger konnte eigentlich nichts mehr erkennen, es gab nur fallendes Weiß vor Weiß. Als er einmal nach unten schwenkte, sah er seine Füße nicht mehr. Seine Hände waren mehlig bepudert,

genau wie der Anzug und alles.
„120 Dezibel."
„Wie weit willst du noch gehen?", fragte Hanno. Anja reagierte nur mit einem Schulterzucken.
„Ob es aufhört, wenn der Lärm weg ist?", Bristin strich sich durchs Haar.
„Glaub ich nicht", sagte Keno. „Der Baum wird alles abwerfen."
„Käme auf einen Versuch an", sagte Ohlenberg.
„Soll ich stoppen?", Anja sah ihn auffordernd an.
Ihr Chef und Ziegler wechselten zustimmende Blicke. Ohlenberg drehte sich um und suchte Özdak-Primmel. Der stand immer noch da hinten, hatte Frau Eisach sein Fernglas gegeben und erklärte ihr die Handhabung.
„Ja", Ohlenberg nickte ihr zu.
„Abbrechen!", befahl Anja.
„Verstanden."
„Wie weit waren wir?", fragte sie.
„Bei 127."
Die Musik war weg. Die Blüten regneten weiter herab. Die plötzliche Stille war ungewohnt. Für Holger schien sich nichts verändert zu haben.
„Hat offenbar keine Auswirkung", meinte Ziegler.
„Sieht so aus", sagte Ohlenberg.
„Sollen wir rauskommen?", fragte der Polizist.
„Auf keinen Fall!", entgegnete Anja. „Ohne Atemschutz können Sie da nicht durch. Warten Sie, bis der Blütenschauer ganz vorbei ist."
„Verstanden."
Hanno runzelte die Stirn. „Und wie teilen wir Holger jetzt mit, dass der Versuch beendet ist?"
„Wir können erst hingehen, wenn keine Pollen mehr fallen", antwortete Anja.
„Kann dauern", Ziegler befühlte sein Ohrläppchen, „bis der Baum leer ist."
„Haben wir nur eine Atemschutzmaske?", fragte Bristin.
„Die im Rettungswagen haben noch eine", Keno zoomte etwas heran, weil er für einen Moment dachte, der Blütenabwurf hätte nachgelassen. Doch das Weiß rieselte unvermindert herunter.
„Vielleicht können die Polizisten Holger Zeichen geben", sagte Hanno.
Anja nickte und hob das Funkgerät. „Können Sie unserem Kollegen irgendwie verständlich machen, dass wir abgebrochen haben?"
„Unsere Fenster sind so voller Blütenstaub, wir sehen ihn ja kaum. Die Sirene nutzt ja auch nichts. Aber ich könnte das Blaulicht einschalten. Das müsste er eigentlich bemerken."
„Gute Idee", Anja machte eine anerkennende Miene. „Versuchen Sie's mal."

„Mach ich."
Auf dem Busdach ging das Blaulicht an. Holger reagierte sofort auf den blauen Schein, entdeckte das kreisende Licht, ging die paar Schritte zum Lautsprecherwagen, wischte eine Scheibe frei und sah die Polizisten, die ihre Arme über Kreuz schwenkten und die Köpfe schüttelten. Holger verstand, verneigte sich mit seinem sonderbaren Kopf, machte mit der flachen Hand das Aus-Zeichen und entfernte sich aus dem unverändert heftigen Schneefall, der durch das Signallicht jetzt eine eisige Blautönung hatte, obwohl ihm nach wie vor dampfig war.
„Wenn er weg ist, starten Sie das Auto und fahren aus der Gefahrenzone", kommandierte Anja.
„Verstanden."
Holger kam näher, nahm die Ohrkappen ab.
„Jetzt bist du bald im grünen Bereich", rief Hanno.
„Im wahrsten Sinne des Wortes", Anja streckte ihren Daumen hoch.
„Das war ein sehr wichtiger Schritt", sagte Hanno nachdenklich.
„Und es war deine Idee, mein Lieber", Anja strahlte ihn an und hätte ihm am liebsten ein Küsschen aufgedrückt.
Der Polizeibus rollte gemächlich zum Schotterweg, hinterließ Spuren im Weiß und dann im Grün.
Holger war nur noch wenige Schritte von der Gruppe entfernt. Er schüttelte sich, zog die Maske vom Gesicht, wischte sich den Schweiß ab und setzte seine Brille auf.
Keno klappte den Camcorder zusammen, reichte ihn an Bristin weiter und begann zu klatschen. Nach wenigen Sekunden applaudierten alle Anwesenden, Bravorufe ertönten.
Holger stand jetzt vor ihnen und grinste in die Runde. Anja sprang zu ihm und umarmte ihn, war danach auch weiß bepudert. Bristin machte es ihr nach. Holger hatte immer noch ein erhitztes Gesicht. Er übergab Anja die Kamera und Hanno den Atem- und Gehörschutz.
Als erster gratulierte im Keno und sagte: „Ich muss neidvoll anerkennen, dass du vollkommen recht hattest."
„Danke dir", Holger lächelte und nickte prustend.
Özdak-Primmel hatte sich vorgedrängelt und reichte ihm die Hand.
„Hervorragende Leistung, Herr Grimm." Alle anderen folgten ihm nach.
Zum Schluss hatte Holgers Anzug jede Menge Abdrücke und Berührungsspuren. Er trank ein paar ordentliche Schlucke Wasser und sagte: „So, jetzt muss ich aber noch Baumproben nehmen und Blüten einsammeln."
„Das kann ich doch übernehmen", Keno ließ seine Zähne blitzen.
„Deinen Kernbohrer hab ich doch schon benutzt."
„Gut. Ist alles in meinem Alukoffer." Holger strich sich über die Stirn. „Aber auch Holz- und Blütenproben von den Silberweiden."
„Aber natürlich", betonte Keno und ging zu Holgers Dienstwagen.

Donnerstag, 25. April 2024
Sie saßen in Holgers Büro vor ihren leeren Kaffeepötten. Er hatte ihnen gerade von seiner Gen-Mais-Theorie berichtet und besonders von Keno Widerspruch erwartet. Doch der hatte nur aufmerksam zugehört und keinerlei abfällige Mimik gezeigt.

„Seid ihr also damit einverstanden, wenn ich das so am Montag bei der großen Runde verkünde?" Holger fixierte Anja, nach ihrem Nicken Hanno, nach dessen Zustimmung Keno, der sich Zeit ließ und den Blickkontakt ohne Regung hielt.

„Ja", antwortete er schließlich. „Aber es wird mächtig Ärger geben. Zumindest von meinem Ministerium. Schließlich ist die industrielle Landwirtschaft vom genveränderten Saatgut abhängig."

„Özdak-Primmel wird explodieren und Kette rauchen", Hanno griente.

„Im Besprechungsraum darf nicht geraucht werden", Anja zwinkerte ihm zu.

„Um so besser."

„Unsere gesamte Nahrungsmittelversorgung ist bei einem Gen-Ausstieg gefährdet", sagte Keno. „Und nicht nur unsere, sondern die der ganzen Welt. Außerdem wird bestimmt die Hälfte der großen Agrarbetriebe in Konkurs gehen."

„Es wird ja nur schrittweise funktionieren können", meinte Hanno.

„Aber wir müssen so schnell wie möglich damit anfangen", Holger rückte seine Brille zurecht.

„Wenn wir überhaupt eine Mehrheit dafür bekommen", Hanno wackelte mit dem Kopf. „In Deutschland, in Europa, bei der WHO, der UNO und dann weltweit."

„Hast du denn alle Daten und Informationen für deinen Vortrag zusammen?", fragte Keno. „Der Dicke wird versuchen, dich auseinanderzunehmen."

Holger nickte. „Am Montagmorgen schickt mir Bristin noch die DNA-Ergebnisse der beiden Baumarten."

„Ach, übrigens", Anja beugte sich etwas vor, „habt ihr am Samstag schon was vor? Wir könnten Hanno gemeinsam das Nachtleben von Berlin zeigen."

„Also, ich kann nicht", Keno hob bedauernd eine Schulter.

„Ich auch nicht", sagte Holger. „Ich muss Beziehungsarbeit leisten."

„Hast du immer noch Zoff wegen Sonntag?", fragte Anja.

„Sieht so aus."

„Gut", sie strich Hanno über den Oberarm, „dann werde ich mich alleine um dich kümmern."

„Gerne", er grinste breit, warf ihr verheißungsvolle Blicke zu.

„Heh, heh!", feixte Keno. „Das wir aber keine Klagen hören."

„Hast du eigentlich gar kein Heimweh mehr nach Magdeburg?", fragte Holger.
„Nee", Anja strahlte. „Im Moment nicht."

Freitag, 26. April 2024
„Hallo. Guten Morgen", sagte Holger voller Elan ins Telefon.
„Hallo."
„Kannst du sprechen?"
„Aber nicht lange."
„Ich wollte fragen, ob wir uns am Wochenende sehen können?"
„Tja", Utinka dehnte es zu einem antwortlosen Schweigen.
„Bist du noch sauer?"
„Klar."
„Auch nachdem du erfahren hast, was am Sonntag da in Bad Unterfels geschehen ist?"
Utinka knallte ein „Ja" zurück.
„Es gab viele Tote. Ich muss dieses rätselhafte Naturverhalten aufklären und möglichst beenden. Das ist meine Aufgabe. Diese Sache bedroht uns alle. Auch deine Tochter."
„Ach, jetzt ist sie dir auf einmal wichtig?"
„Sie ist mir immer wichtig", er verdrehte die Augen. „Aber selbstverständlich nicht so wie dir."
„Wie kann man sich denn schützen vor diesen Pollen?"
„Man sollte sich am besten nicht unter blühenden Bäumen aufhalten."
„Und Mundschutz?"
„Wenn man nicht gerade durch einen blühenden Park geht, halte ich es noch für übertrieben."
„An Sinas Schule rennt schon eine komplette Klasse mit Atemkappen herum."
„Wahrscheinlich durch eine etwas zu ängstliche Lehrerin."
„Auf dem Schulhof wurden bereits einige Bäume gefällt und abtransportiert."
„Das ist auch absolut richtig. Risikobäume und giftige Pflanzen sollten unbedingt aus öffentlichen Einrichtungen entfernt werden."
„Wird das überall gemacht?", fragte Utinka.
„Sollte eigentlich."
„Ist ja erschreckend."
„Hat sich Sina denn über das Geburtstagsgeschenk gefreut?"
„Klar. Das hab ich ja auch ausgesucht."
„Aber ich hab's gekauft und bezahlt." Holger pumpte seine Oberlippe auf und ließ dann die Luft grimmig entweichen.
„Ja, ja."
„Was ist denn nun mit diesem Wochenende?"
„Also, heute und morgen kann ich nicht."

„Und Sonntag?" Er spürte, wie Wut in ihm hochkochte und ihm böse Worte auf die Zunge schieben wollte.
„Wir können ja am Nachmittag irgendwo spazieren gehen oder Kaffe trinken."
„Gut."
„Ich muss jetzt auch Schluss machen", sagte Utinka.
„Dann hol ich dich um drei ab, ja?"
„Okay. Tschüss."
„Tschüss. Bis Sonntag." Holger legte das Telefon weg und überflog noch einmal das Blatt mit den Meldungen über fünf neue Pollenvorfälle, die bis auf einen toten Jungen durch Goldregen alle glimpflich ausgegangen waren.
So weit ist es schon gekommen, dachte er, dass man fast froh darüber ist, wenn es nur einen Toten gab.

Holger hatte sich vorgenommen, dieses Freitagsmagazin auf DF 1 nicht zu versäumen. Er wollte wissen, ob Woduzek weiter an dem Thema dran blieb und ob er womöglich etwas über gewanderte Maisgene als Verursacher erzählte.
Als erstes kam ein Beitrag über die immens gestiegenen Baukosten für die Schwebe-Hochbahn, mit Interviews der Pro- und Kontraseiten. Danach ein Bericht von der Übergabe des einmillionsten Solarkochers in der Zentralafrikanischen Republik; die EU verteilte diese Geräte kostenlos, um das dramatische Abholzen durch die Einheimischen zu reduzieren.
Dann erschien der schnurrbärtige Woduzek auf der Medienwand und berichtete zu den Filmausschnitten vom Entfernen des Kirschlorbeers im Kurpark von Bad Unterfels und vieler Bäume und Sträucher in zahlreichen Städten. Anschließend zeigte er die neuesten Modelle von Atemschutzmasken, die es in verschiedenen Farben und mit oder ohne Brille gab und an beiden Seiten der Nasenabdeckung einen Pollenfilter hatten. Sie sahen bei weitem eleganter aus als diese klobige Rüsselmaske, die Holger bei dem Experiment getragen hatte, außerdem waren sie erheblich wirksamer als die üblichen Mundkappen. Es wurden einige Aufnahmen von menschenüberfüllten Großstadtstraßen gezeigt, wo ungefähr ein Drittel der Leute einen Mundschutz angelegt hatte.
Dann kam Woduzek wieder ins Bild und sagte: „Mittlerweile reagieren ja die zuständigen Behörden. Nicht zuletzt auch durch unsere kritische Berichterstattung. Über die Ursachen dieser neuartigen Pflanzenepidemie schweigen sie sich aber weiterhin aus. In den Ministerien ist leider niemand bereit – außerhalb der informationskargen Pressekonferenzen –, Rede und Antwort zu stehen. Offensichtlich tappen sie immer noch im Dunkeln."
„Arschloch", meinte Holger gemächlich.

„Eine tragische Spätfolge dieser scheinbar unerklärlichen Blütenabwürfe wurde uns jetzt aus Salzgitter gemeldet. Dort lag seit dem 3. April ein Steinsetzer im Wachkoma, der beim Abrütteln des Pflasters unter Birkenpollen begraben und dort reanimiert wurde. Gestern Abend hat seine Ehefrau die künstliche Beatmung und alle anderen Geräte abgeschaltet ..."

„Was?", Holger reckte sich vor, starrte mit offenem Mund zur Medienwand.

„... und das alarmierte Pflegepersonal an Rettungsmaßnahmen gehindert, sodass der Mann in ihrem Beisein verstarb. Die Frau wurde anschließend der Polizei übergeben, wo sie die Tat sofort gestand und damit begründete, dass sie ihn endlich erlösen musste. Hier eine kurze Aufnahme von Anfang April, wie die Frau die Intensivstation verließ."

Jetzt sah man den damaligen Filmausschnitt, mit dieser kleinen, stämmigen, in sich gekehrten Frau.

Woduzek erschien wieder. „Eine weitere furchtbare Nachricht erreichte uns aus Ingolstadt, wo ein fünfjähriger Junge durch Goldregenpollen ums Leben kam."

Ein Doppelhaus war zu sehen, aber keine Menschen. Nun wurde ein hoher Strauch herangezoomt, man konnte deutlich die dreiteiligen Blätter und die leeren Blütenruten erkennen.

„Die gelben, giftigen Blüten fielen vom Nachbargrundstück auf den spielenden Jungen."

Holger schüttelte den Kopf. Dieser Kerl war immer bestens informiert.

Jetzt kam Woduzek wieder. „Das war es für heute zu diesen brisanten Vorfällen. Wir bleiben dran. Ich bin ..."

„Fernsehen aus!", sagte Holger laut. Automatisch tauchten die Wechselfotos von Bastian auf.

„Radio an!", befahl er. „Lauter!"

Samstag, 27. April 2024

Holger spazierte durch den Grunewald, war auf dem Weg zu der Versuchslichtung. Er musste ständig an diese kleine Frau aus Salzgitter denken, die ihren Mann von den lebenserhaltenen Apparaten getrennt hatte, weil sie sein stummes Leiden nicht mehr ertragen konnte. Wie stolz sie ihnen damals erzählte, dass ihr Mann immer stark und gesund gewesen sei, und schon gar nicht auf irgendetwas allergisch. Aber danach wurde ihr Blick so abwesend und traurig und schicksalsahnend, als sie nicht bei ihnen mitfahren wollte.

Zwei Elstern verfolgten sich lärmend durch die Baumwipfel.

Holger konnte die Frau verstehen. Sie musste jede Minute am Bett ihres Mannes darüber grübeln, dass er diesen Zustand niemals akzeptiert hätte. Drei lange Wochen bis zur Entscheidung. Dann übernahm sie die Ausführung seines von ihm ausstrahlenden Auftrags, war sein verlängerter Arm, seine Hand. Nach so vielen Ehejahren konnte man gegenseitig Gedanken lesen und war sich einig.

Eigentlich wollte er vormittags bei Anja anrufen und sie über die Tat dieser Frau informieren. Aber er hatte es unterlassen, weil er ihr Wochenende nicht stören wollte. Womöglich hätte er sie in Hannos Armen geweckt. Holger schmunzelte, als er sich ihre Verlegenheit dabei vorstellte. Auf jeden Fall war Anja richtig aufgelebt, seit Hanno da war, wirkte nicht mehr so altjüngferlich. Da entwickelte sich etwas. Und das gönnte er dem späten Mädchen auch, ein bisschen Glück hatte sie sich verdient. Deshalb hatte er ihr und Keno nur eine E-Mail über den Vorfall in Salzgitter gesendet.

Als Holger auf die Lichtung kam, ging er zuerst zu den Silberweiden. Da war tatsächlich nicht eine Blüte abgefallen. Nachdenklich strich er über die Rückseite eines Blattes, die weißlich behaart war. Die Spuren des Lautsprecherwagens konnte man im Gras noch erkennen. Unter der Hainbuche lag immer noch eine Blütenschicht, aber nicht mehr so weiß und schon etwas vom Wind verteilt. Die nackten Stängel sahen aus wie krumme Borsten.

Montag, 29. April 2024

Überraschenderweise nahmen alle drei Bundesminister an der Konferenz teil, deshalb fand sie im großen Besprechungszimmer statt. Sie waren insgesamt 18 Personen am ovalen Tisch: die Staatssekretäre Hicksdorf, Mückler und Frau Dr. Fink-Ukas; Frau Tebler vom Innenministerium; Özdak-Primmel, Ziegler und Dr. Ohlenberg; jeweils ein Vertreter vom THW und vom Katastrophenschutz; der Umwelt- und der Landwirtschaftsminister sowie die Gesundheitsministerin; Frau Dr. Grunzbach vom EU-Ministerium; und natürlich Holger, Anja, Keno, Bristin und Hanno.

Zuerst sahen sie sich die beiden Filme über den Blütenabwurf der Hainbuche an, der starken Eindruck machte. Während der Umweltminister dann als Hausherr etwas zur Einleitung erzählte, dachte Holger an das gestrige Zusammensein mit Utinka, das recht angenehm gewesen war, obwohl er nicht mit in die Wohnung durfte. Sie hatten vernünftig darüber gesprochen, dass Kinder wie Sina es einerseits leicht und andererseits schwer hatten, weil sie als isolierte Einzelkinder überall eine Sonderrolle spielten und von allen verwöhnt und überversorgt wurden; es gab ja praktisch keine Geschwister, keine Cousins und Cousinen mehr, nur noch in sozial schwachen Familien.

„... und deshalb sollten wir Herrn Grimm bei seinem folgenden Vortrag nicht unnötig unterbrechen, sondern erst einmal nur zuhören.

Fragen können dann bei der anschließenden Diskussion gestellt werden. Danke." Der Minister setzte sich wieder hin, dann sagte er: „Bitte, Herr Grimm."
Holger stand auf und ging mit seinen Stichwortblättern und einem flauen Gefühl im Magen zum Rednerpult, hinter dem man sich deutlich besser fühlte als so freistehend. Er räusperte sich und begann: „Zuerst möchte ich Sie darauf hinweisen, dass zum Schluss für jeden von Ihnen eine Dokumentationsmappe bereit liegt, in der wir", er deutete auf Anja und Keno, „alle Vorfälle, Daten, Analysen, Fakten, Untersuchungsergebnisse, Prognosen und Vorschläge zusammengestellt haben."
Durch die Runde ging ein wohlwollendes Nicken.
„Seit letzten Mittwoch haben wir den Beweis dafür, dass unbemerkt veränderte Bäume bei einer gewissen Lautstärke ihre Blüten schlagartig abfallen lassen. Durch diese Pollenschauer sind schon viele Menschen gestorben oder verletzt worden; natürlich besonders, wenn es sich dabei um giftige Pflanzen handelt. Kinder und alte Leute sind verstärkt gefährdet." Holger ließ seinen Blick kreisen, alle Augen waren auf ihn gerichtet. „Seit unserem Experiment wissen wir nun, dass infizierte Bäume ab 95 Dezibel direkter Lärmbeschallung mit diesem Massenabwurf reagieren. Das ist nur so laut wie Schwerlastverkehr oder ein naher Pfiff. Ein Presslufthammer bringt es auf 110 Dezibel. Die waren zum Beispiel die Auslöser hier in Berlin, wenn sie auch weiter von den Bäumen entfernt waren. Hat solch ein Abfallen einmal begonnen, hört es erst mit der letzten Blüte auf. Sie wissen selbstverständlich, dass besonders die feinen Pollen sehr gefährlich sind und zur Erstickung, zum anaphylaktischen Schock, zumindest aber zu allergischen Reaktionen führen."
„Aber wieso ist bei den ersten beiden Bäumen absolut nichts passiert?", fragte Özdak-Primmel und bekam dafür tadelnde Blicke.
„Weil sie gesund sind." Holger hoffte, dass Bristin und Keno sich an die Absprache gehalten und ihren Vorgesetzten noch nicht eingeweiht hatten. „Die Silberweiden sind nicht kontaminiert, und deshalb lässt sie Krach bis 140 Dezibel völlig kalt. Das ist noch lauter als ein startender Jet."
Özdak-Primmel blähte seine Wangen auf, wirkte dadurch noch mehr wie ein Walross, sagte aber keinen Ton.
„Durch die DNA-Analyse meiner Kollegin", Holger zeigte auf Bristin, „wurde hundertprozentig festgestellt, dass die Silberweiden im Gegensatz zur blütenabwerfenden Hainbuche keine DNA eines bestimmten Bodenbakteriums enthalten, die wir für diese Veränderungen verantwortlich machen. Ist das korrekt so?", wandte er sich an Bristin, die nur errötend nickte.
„Dieses Bakterium heißt", Holger las ab, „Bacillus thuringiensis variantia tenebrionis und wurde bei allen Proben nachgewiesen, die wir nach solchen Blütenattacken nehmen konnten. Dieses

Bodenbakterium hat natürlich überhaupt nichts in unseren Bäumen zu suchen, sondern hat sie durch transgenen Pollenflug befallen und sie kontaminiert." Er suchte den Blickkontakt mit Anja, die bestärkend ihre Augen schloss. „Es stammt aus genverändertem Mais, der in Deutschland seit 15 Jahren – anfänglich nur in Freilandversuchen – angebaut wird, in Amerika und anderen Staaten aber schon viel länger. Darum gibt es diese Vorfälle auch ..."
„Was?", unterbrach ihn der Landwirtschaftsminister. „Sie wollen unseren Bauern die Schuld daran geben?"
„Es geht hier nicht um Schuldzuweisungen, sondern um die Ursache dieser uns alle bedrohenden Entwicklung, woher es kommt. Es gibt keinen Zweifel daran, dass sich die manipulierten Gene selbständig weiter verbreitet haben, nun in unseren Bäumen gelandet sind und sie verseucht haben."
„Aber, Herr Grimm", der Landwirtschaftsminister starrte ihn entsetzt an, besann sich aber auf das Zuhörgebot und sagte: „Bitte, fahren Sie fort."
„Zum Ende des 20. Jahrhunderts brachte ein großer US-Konzern genveränderten Mais auf den Markt, der die enormen Verluste der amerikanischen Farmer durch den Maiswurzelbohrer für immer verhindern sollte. Diesem Saatgut wurde genetisches Material des genannten Bodenbakteriums angezüchtet, das die Erbinformation zur Herstellung eines für Insekten giftigen Proteins enthielt. Die angebaute Maispflanze war nun in der Lage, diesen Wirkstoff selbständig in ihren Zellen zu produzieren." Holger hatte einen trockenen Hals und leerte das bereitgestellte Glas Wasser. Wie auf Kommando machten es ihm fast alle nach.
„In den Pflanzen wird die harmlose, ungiftige Vorstufe des Toxins gebildet. Bei den davon fressenden Schädlingen – wie Maiswurzelbohrer und Maiszünsler – wird es im Darm in Gift umgewandelt und zerstört die Funktion des Verdauungstraktes, sodass diese schließlich verhungern. Durch den raschen Erfolg wurde genmanipuliertes Saatgut auch bei anderen Nutzpflanzen eingesetzt und verbreitete sich schnell weltweit; nicht zuletzt auch, weil ihm eine starke Widerstandsfähigkeit gegen Herbizide angezüchtet wurde."
„Entschuldigung", meldete sich der Landwirtschaftsminister erneut, „aber nirgendwo im Agrarbereich wurde die Wirkung durch Lärm ausgelöst."
„Bitte später!", ermahnte ihn der Umweltminister.
„Ja, ja."
„Da haben Sie vollkommen recht", Holger verneigte sich leicht ironisch. „Diese Variante ist erst bei der Auswilderung entstanden. Unsere Bäume könnten auch auf Erschütterungen", er sah kurz zu Keno, „Berührungen, Temperaturen, Feuchtigkeit oder anderes reagieren. Eine bestimmte Lautstärke als Angriffssignal ist eine

ganz spezielle Entwicklung bei den Bäumen und Sträuchern." Er goss sich Wasser ein, und als er trank, bemerkte er die geschlossene Ablehnungsfront der Landwirtschaftsleute.
„Im Laufe der Zeit wurden die genetischen Methoden zur Schädlingsabwehr immer mehr verfeinert und spezialisiert. Zum Beispiel wurde Weizen so verändert, dass er beim Anknabbern durch Nagetiere automatisch einen Mäusekiller-Virus freisetzte. Schließlich konnte man für jeden Pflanzenfeind die selbsttätige Vernichtung im Saatgut gleich mitliefern. Natürlich starben dadurch auch viele nützliche Tiere. Diese programmierte Reaktion wurde aber stets auf der Grundlage des eingeschleusten Erbguts dieses Bodenbakteriums entwickelt." Holger registrierte die skeptischen Mienen bei den meisten Anwesenden.
„Dabei besetzen diese manipulierten Gene auf dem DNA-Strang der Pflanzen den Platz für die Schädlingsabwehr. Wenn sich zum Beispiel ein Borkenkäfer in eine Rinde bohrt, versucht der Baum ganz gezielt, diesen Feind mit seinem Harz zu treffen und damit zu entfernen. Oder Pflanzen sondern bestimmte Stoffe ab, die den Angreifer vernichten oder seine natürlichen Feinde anlocken sollen. Oder Bäume werfen bei langer Trockenheit oder wenn ihre Wurzeln stark angefressen werden alle Blätter ab, um Energie zu sparen und zu überleben. Die Natur ist da sehr intelligent. Das funktioniert seit Millionen Jahren so. Leider haben die Genforscher davon gelernt und durch ihre Eingriffe die Evolution dramatisch beeinflusst."
„Aber Sie ...", Özdak-Primmel verschluckte seinen Einwand.
„Leichtsinnigerweise unbeabsichtigt, weil sie glaubten oder sich einredeten, die veränderten Gene blieben auf die Agrarindustrie beschränkt, würden auf ewig kein Mais- oder Weizenfeld verlassen. Das war ein gefährlicher Irrtum. Denn das programmierte Erbgut landete mit dem Pollenflug oder durch Bestäubungsinsekten auch bei den natürlichen Pflanzen, wilderte also aus. Bis jetzt wissen wir nur von Bäumen und Sträuchern, aber womöglich breitet es sich über die gesamte Vielfalt der Flora aus. Fest steht jedenfalls, dass unsere Bäume – wenn sie genetisch kontaminiert wurden – ab 95 Dezibel ihre Blüten auf einen Schlag abfallen lassen, weil der Lärm ihren Abwehrmechanismus auslöst und ..."
„Die halten uns für Schädlinge?", fragte Frau Dr. Grunzbach schockiert und entschuldigte sich gleich gestenreich für ihre Unterbrechung. Özdak-Primmel schien bald zu platzen.
„Richtig. Aber vielleicht nicht uns, sondern unseren Krach. Obwohl ich durchaus glaube, dass sie erkennen, dass wir die Verursacher sind, dass sie unsere Anwesenheit in ihrem Aktionsradius genau bemerken und uns gezielt treffen wollen."
„Blödsinn!", entfuhr es Özdak-Primmel.
„Sie behaupten ernsthaft, die Bäume wollen uns gezielt töten?", der Landwirtschaftsminister sah ihn entrüstet an.

„Bitte, meine Herren!", kam es träge vom Umweltminister.
„Nicht unbedingt töten, aber zumindest vertreiben. Und auch nicht geplant. Sie reagieren mit dieser Wirkungsvariante nur auf unser Handeln. Es ist die Antwort auf unser Eindringen in ihren Bereich, und Lärm ist der Auslöser. So gesehen, identifizieren sie uns schon als ihre Schädlinge", Holger nickte der Frau vom EU-Ministerium zu und trank einen Schluck Wasser.
„Wie und warum sich die manipulierte Abwehr bei den Bäumen auf eine bestimmte Lautstärke als Startsignal entwickelt hat, wissen wir nicht und werden es wahrscheinlich nie genau erfahren. Warum sie aber mit diesem Blütenschauer angreifen, ist mir völlig klar, denn die Pollen sind ihre wirksamste Waffe – außer dem gezielten Umfallen auf uns", Holger lächelte zaghaft, aber es wurde nur von Anja und Hanno erwidert. „Und da sie nur mit einer geballten Ladung richtig gefährlich werden können, muss es ein massiver Abwurf sein." Er versuchte vergeblich, Zieglers Miene irgendwie zu deuten und schielte auf seine Uhr.
„Um dieses unnatürliche Verhalten unserer Bäume zu bekämpfen und besonders eine weitere Ausbreitung der genetischen Kontamination zu verhindern, sind wir in unserer Arbeitsgruppe zu dem Ergebnis gekommen, dass nur ein rasches Verbot von genverändertem Saatgut zum Erfolg führen kann, flankiert von …"
„Was?", fauchte Özdak-Primmel und sah besonders Keno strafend an.
„Das kann doch nicht Ihr Ernst sein", der Landwirtschaftsminister schüttelte den Kopf.
„Unmöglich. Das geht nicht", stimmte sein Staatssekretär Hicksdorf zu.
Der Umweltminister verdrehte die Augen und streckte sein „Bitte!"
„Nach unserer Meinung gibt es keine andere Möglichkeit, um eine weitere und schließlich komplette Verseuchung zu vermeiden. Wir haben dann schon genug mit den infizierten Pflanzen zu tun. Aber ohne ein Verbot des Gen-Anbaus würden wir diesen Befall nie eindämmen und irgendwann beenden können. Wir brauchen ein baldiges Verbot in Deutschland, in Europa und anschließend weltweit. Denn diesen gefährlichen, besonders Kinder tötenden Pollenabwurf gibt es fast überall auf der Erde. Es ist kein europäisches Problem, sondern kam wie so vieles aus den USA." Holger schaute trotzig in die Runde. „So, das war's wohl erst einmal."
„Wir danken Ihnen für Ihre Ausführungen, Herr Grimm", der Umweltminister erhob sich. „Ich schlage vor, wir machen jetzt eine kleine Pause, damit sich vor der Diskussion die Gemüter etwas beruhigen und der Nikotinpegel wieder aufgefüllt werden kann."
Wie ein schnaubender Bulle stürmte Özdak-Primmel aus dem Raum, gefolgt von Hicksdorf, Frau Dr. Fink-Ukas, dem THW-Mann und Frau Tebler.

Holger stand umringt in seiner Gruppe und fragte Keno: „Habe ich zuviel gesagt? Bin ich zu weit gegangen?"
„Nein, nein. Aber der Dicke wird mich schlachten, weil ich ihm vorher nichts verraten habe."
„Das hast du sehr gut gemacht", Anja klopfte Holger auf die Schulter.
„Auch der Hinweis auf die Kinder als Opfer war genau richtig", sagte Bristin.
„Nur das mit den USA hättest du dir noch verkneifen können", meinte Hanno.
„Warum denn das?", fragte Anja.
„Die hören so etwas gar nicht gerne und schalten dann ganz schnell auf stur. Aber ohne die Staaten können wir weltweit nichts durchsetzen."
„Die haben das doch auch gar nicht gehört", Keno ließ seine Zähne blitzen.
„Die hören alles", Holger rückte seine Brille zurecht.
„Genau", Hanno nickte mit zusammengepressten Lippen.
„Guter Vortrag, Herr Grimm", Ziegler tippte ihn im Vorbeigehen an.
„Wirklich erschreckend", Dr. Ohlenberg eilte mit einer Mappe zur Gesundheitsministerin und ihrem Staatssekretär Mückler.
„Die sollten doch erst zum Schluss verteilt werden", Holger runzelte die Stirn.
„Vielleicht muss die schon vorher weg", sagte Hanno.
„Das fände ich aber enttäuschend", Anja schob ihre Unterlippe vor.
„Eigentlich sind die oberen Gehaltsklassen doch jetzt mal gefordert", meinte Bristin.
„Auf die können wir uns nicht verlassen", sagte Holger. „Die haben viel zuviel zu verlieren und wollen nirgendwo anecken oder bei ihrer Karriere hängen bleiben."
„Was meint ihr", flüsterte Keno, „was die Konzerne und großen Agrarbetriebe bei uns für einen Druck machen."
„Kann ich mir vorstellen", erwiderte Hanno.
„So, meine Damen und Herren", meldete sich der Umweltminister, „wenn alle wieder anwesend sind, können wir ja fortfahren. Leider musste die Gesundheitsministerin uns schon verlassen und zu einem dringenden Termin."
Nach und nach setzten sich alle wieder an den ovalen Tisch, gossen sich Kaffee oder Wasser ein. Als letzte kamen Hicksdorf und Özdak-Primmel.
„Wir wollen jetzt die Angelegenheit besprechen", der Umweltminister sah nach links und rechts, „und uns möglichst auf Lösungsvorschläge und Pläne einigen."
„Wir können unmöglich aus der Gen-Landwirtschaft aussteigen", sagte der Minister, „es würde die gesamte Versorgungslage in Deutschland gefährden. Der Großteil der Bevölkerung ist auf billige Nahrungsmittel angewiesen, wir brauchen die Massenher-

stellung von Brot, Nudeln oder Fleisch. Sonst landet nichts mehr in den Regalen der Discounter und die Leute müssen hungern."

„Na, verhungern muss bei uns sicherlich niemand", warf Frau Dr. Fink-Ukas ein.

„Zumindest gäbe es gravierende Versorgungseinschränkungen bei den meisten Familien", entgegnete der Landwirtschaftsminister, „die sich nicht wie die Besserverdienenden höherwertige Lebensmittel oder Bio-Produkte leisten können. Obwohl die selbstverständlich nicht für alle reichen würden."

„Und woanders", Hicksdorf beugte sich etwas vor, „könnte es durchaus zu verhungernden Menschen kommen. Denken Sie nur an Afrika."

„Dort gibt es sowieso keinen Gen-Anbau", konterte Holger.

„Aber bei uns könnte es durch den Mangel an preiswerten Nahrungsmitteln zu sozialen Unruhen kommen", gab Frau Tebler zu bedenken. „Wenn die Armen vor leeren Regalen stehen, könnten sie sich verbünden und zu teuren Geschäften marschieren und sie plündern. So gesehen, wäre diese Auswirkung eine Gefahr für unsere innere Sicherheit."

„Ganz recht", Özdak-Primmel grinste heimtückisch.

„Außerdem würde man mit unbehandeltem Saatgut nicht mehr Herr über das Unkraut werden", sagte der Landwirtschaftsminister. „Nur weil Gen-Pflanzen so widerstandsfähig gegen starke Herbizide sind, haben wir so gute Erträge."

Frau Dr. Fink-Ukas erwiderte: „Und dadurch auch mittlerweile resistente oder mutierte Superunkräuter, die nur mit immer höheren Dosierungen oder neuen Giften zu beherrschen sind."

„Deshalb können Sie sich ja vorstellen, wie die Felder mit normalem Saatgut aussehen würden."

„Und Schädlingsplagen würden die kümmerlichen Resternten vernichten", sagte Hicksdorf.

Staatssekretär Mückler reckte sich. „Aber die Gesundheit der Bevölkerung muss doch Vorrang vor billigen Lebensmitteln haben."

„Unbedingt", pflichtete Dr. Ohlenberg bei.

„Wollen Sie die Armen wählen lassen zwischen verhungern oder ersticken?", fragte Özdak-Primmel.

„Solche zynischen Äußerungen sind nicht hilfreich", ermahnte ihn der Umweltminister.

„Und inhuman", bemerkte der Mann vom Katastrophenschutz.

Özdak-Primmel schnaufte nur und strich mit zwei Fingern über seinen Schnurrbart.

„Herr Grimm, und das stimmt wirklich, dass Mäuse beim Anfressen von Gen-Getreide sterben?", wollte Frau Dr. Grunzbach wissen.

„Ja. In den USA und Kanada gab es bereits 2008 vermehrt tote Mäuse und Hamster auf Kornfeldern."

„Woher wissen Sie das?", fragte Hicksdorf.

„Waren Sie Umweltaktivist?", Özdak-Primmel beäugte ihn argwöhnisch.
„Nein", log Holger ganz ruhig. „Ich war Biologiestudent, und da sollte man sich schon für Pflanzen und Tiere interessieren."
Mückler räusperte sich. „Die Priorität muss jedenfalls eindeutig bei der Gesundheit unserer Bürger liegen."
„Und bei einer intakten Umwelt", sagte Frau Dr. Fink-Ukas.
„Ach", entgegnete der Landwirtschaftsminister, „und die Ernährung kommt zuletzt, wie?"
„Hauptsache, die Verhungernden sind gesund."
„Herr Özdak-Primmel!", verwarnte ihn der Umweltminister. Ihm folgten mehrere empörte Ausrufe aus der Runde.
„Aber wir können doch unsere Bauern nicht pleite gehen lassen", sagte Hicksdorf, „und unsere Äcker zu ödem Brachland verkommen lassen."
„Woanders nennt man das Biotope", Ziegler schmunzelte hämisch, „oder ökologische Flächenstilllegung."
„Wir verstehen ja vollkommen, dass Ihre Behörde", der Umweltminister wandte sich an seinen Ebenbürtigen vom Landwirtschaftsressort, „die Hauptlast der kommenden unpopulären Maßnahmen aushalten muss und bei Ihrer Klientel in arge Erklärungsnot geraten wird."
„Es wird zu rabiaten Bauernprotesten und Treckerblockaden und Boykotts kommen. Die Hersteller von Gen-Saatgut, die Lebensmittelkonzerne und Discounterketten werden alles zum Gegenangriff mobilisieren und die Entscheidungsträger unter Druck setzen."
„Nicht zu vergessen die Massen der Geringverdiener und Sozialhilfeempfänger, die vor den leeren Einkaufszentren demonstrieren und randalieren werden", meinte Hicksdorf.
„Und alles wird Wählerstimmen kosten", bemerkte der THW-Mann sarkastisch.
„Aber trotzdem haben wir keine andere Wahl", sagte Mückler. „Wenn wir die weitere Aussaat von Gen-Pflanzen nicht beenden, kriegen wir die Sache nie in den Griff."
„Richtig."
„Das stimmt."
„Es gibt keinen anderen Weg."
„Ganz genau."
Die mehrheitliche Zustimmung am Tisch bestürzte die gesamte Landwirtschaftsfraktion, sie sahen sich gegenseitig ratlos an, Özdak-Primmel kochte vor Wut.
„Herr Gülstmann", beendete Frau Dr. Grunzbach das bedrückende Schweigen, „es gibt also überall auf der Welt das gleiche Problem?"
„Ja. Fast überall. Der Schwerpunkt liegt auf dem amerikanischen Doppelkontinent, in Europa und Asien. Aus Afrika gab es keine

einzige Meldung." Der Schweizer ließ seinen Blick kreisen. „Allerdings verschweigen mehrere Staaten derartige Vorfälle, so wie Russland, China oder Frankreich."

„Gab es auch viele Todesfälle?", fragte der Mann vom Katastrophenschutz.

„Ja. Und es trifft wirklich sehr oft Kinder."

„Na, die WHO muss natürlich ihren Einfluss international geltend machen und Resolutionen weltweit durchdrücken", sagte Frau Tebler.

„Im Rahmen unserer Kompetenzen sicherlich. Aber auch bei uns haben die jeweiligen Mitgliedsländer großen Einfluss auf unsere Beschlüsse", Hanno lächelte gequält.

„Wie überall", Frau Dr. Grunzbach rollte mit den Augen. „Das wird bei der EU schon schwierig werden und bei der UNO erst recht."

„Aber anfangen müssen wir hier bei uns", Mückler tippte mit dem Zeigefinger auf den Tisch. „Erst einmal muss Deutschland handeln, dann folgen andere Staaten, die EU und schließlich die Vereinten Nationen."

„Die endgültige Entscheidung trifft selbstverständlich Bundeskanzler Adomir und seine Regierung", sagte der Landwirtschaftsminister.

Kopfnicken und zustimmende Worte verbreiteten sich in der Runde. Dadurch schienen alle Durst bekommen zu haben, denn nacheinander griffen sie zu Tassen oder Gläsern.

„Ob die Natur jetzt zurückschlägt und die Pflanzen uns ausrotten wollen?", Frau Dr. Fink-Ukas hatte einen bangen Gesichtsausdruck.

„Nun übertreiben Sie mal nicht!", wetterte Özdak-Primmel.

„Wir wollen die Sache doch nicht überdramatisieren", meinte Hicksdorf.

Frau Tebler neigte sich etwas vor. „Wäre es sinnvoll oder überhaupt durchsetzbar, wenn wir die Öffentlichkeit vor Lärm unter blühenden Bäumen warnen?"

„Ein guter Vorschlag", lobte der Umweltminister.

„Der auch rasch weitere Opfer verhindern könnte", sagte Dr. Ohlenberg.

„Solch einen Aufruf sollten wir unbedingt empfehlen", Mückler und der Umweltminister tauschten einigende Blicke aus.

„Und welche Maßnahmen wollen Sie noch ergreifen?", fragte der Landwirtschaftsminister. „Außer unsere Bauern zu ruinieren. Wollen Sie in den Städten alle Bäume entfernen?"

„Die giftigen auf jeden Fall", sagte Staatssekretär Mückler.

Der Umweltminister zog die Augenbrauen hoch. „Natürlich können wir nicht alle Bäume fällen und ausroden. Erstens ist die Arbeit nicht zu schaffen, zweitens ist es zu kostspielig ..."

„Ach", unterbrach ihn Özdak-Primmel, „das ist zu teuer. Aber unsere Nahrungsmittel für viele unbezahlbar zu machen, das ist für Sie wohl kein Problem."

Der Minister sprach unbeirrt weiter: „Und drittens dürfen wir es nicht aus Gründen des Umweltschutzes, denn die Bäume sind ja schließlich die größten Kohlenstoffvernichter und gleichzeitig Sauerstoffproduzenten."

„Richtig", stimmte Frau Dr. Fink-Ukas zu. „Unsere Städte würden sonst ersticken."

„Dann muss man eben nur die befallenen Bäume entfernen", forderte Frau Tebler vom Innenministerium.

„Aber dann müsste man ja bei jedem Baum vorher eine DNA-Analyse durchführen", sagte Ziegler. „Das wäre ein ungeheurer Arbeits- und Kostenaufwand."

„Aber wie soll man's sonst machen?", Hanno Gülstmann zog die Schultern hoch.

„In den Risikobereichen der Großstädte kommen wir wohl nicht um solche Gen-Kontrollen herum", sagte Mückler. „Und wenn der Baum infiziert ist, muss er weg."

„Aber nicht auf unsere Kosten", warf Özdak-Primmel ein. „Bis jetzt haben wir nämlich alle Analysen bezahlt."

„Da werden wir schon eine Regelung finden", erwiderte der Umweltminister.

„Muss dann der ganze Stumpf mit den Wurzeln auch raus?", fragte Frau Dr. Grunzbach.

„Aber sicher", antwortete Holger, „das Erbgut ist doch überall. Wenn der Baum neu austreibt und wieder wächst, würde er erneut mit einem Blütenabwurf reagieren. Die Pflanzen sind bis in die letzte Wurzelspitze verseucht, das würde immer wieder kommen. So, als hätten wir eine ansteckende Krankheit im Blut."

„Furchtbar!", Anja schwenkte ihren Kopf.

„Die befallenen Bäume und Wurzeln", fuhr Holger fort, „müssen auch unbedingt verbrannt werden, damit die gefährlichen Gene nicht im Rindenmulch oder Kompost überleben und durch die Ausbringung wieder neue Flächen kontaminiert werden."

„Entsorgung also grundsätzlich in den Müllverbrennungsanlagen, nicht wahr?", der Umweltminister sah nach links und rechts.

„Dann müssen wir ja ganze Straßenzüge und Fußgängerzonen und Plätze aufreißen, um alles zu entfernen", sagte Frau Tebler. „Und danach wieder ordentlich pflastern und herrichten."

Der THW-Mann beugte sich vor. „Es gibt auch Mittel, die wie Säure den Stumpf und das Wurzelholz auflösen."

„Ist das Zeug teuer?", fragte Mückler.

„Nein."

„Giftig fürs Grundwasser?", wollte Ziegler wissen.

„Nein."

„Na, das wäre doch dann schon eine Möglichkeit", der Umweltminister nickte zufrieden und sah auf seine Armbanduhr. „Angesichts unseres heutigen Zeitrahmens würde ich sagen, dass wir diese Beratung nun abschließen. Hat noch jemand Fragen oder ein Schlusswort?", er sah erwartungsvoll in die Runde, ignorierte aber die abweisenden Mienen von der Landwirtschaft. „Wenn das nicht der Fall ist, möchte ich hiermit die Konferenz beenden. Die ich übrigens sehr interessant und konstruktiv empfand. Ich bin sicher, dass wir diese neuen Herausforderungen gemeinsam meistern werden und Kanzler Adomir gut beraten können. Davon unabhängig, möchte ich Ihre Arbeitsgruppe", er wandte sich an Holger, „bitten, die Sache weiter zu erforschen und Lösungsvorschläge zu machen."

Donnerstag, 2. Mai 2024
Hanno Gülstmann war gestern wieder nach Genf abgereist. Vorher hatten sie abgesprochen, dass er zwar seinen Vorgesetzten bei der WHO Bericht erstatten würde, dass es aber viel wirkungsvoller wäre, wenn Holger auch dort den Film zeigen und den gleichen Vortrag mit den Empfehlungen halten würde. Deshalb hatten sie schon den 13. Mai als Besuchstermin vereinbart, was Anja besonders freute.
Heute Vormittag war ein Fax gekommen, dass sich das Bundesministerium für Ernährung, Landwirtschaft und Verbraucherschutz ab sofort nicht mehr an der Arbeitsgruppe beteiligen würde. Das betreffe auch das Bundesforschungsinstitut für Kulturpflanzen in Kleinmachnow, wo bis jetzt alle DNA-Analysen durchgeführt wurden. Die Meldung schlug wie eine Bombe ein und sorgte für große Aufregung und hektische Aktivitäten im Umwelt- und Gesundheitsministerium.
Am Nachmittag hatte Holger zuerst einen kurzen Anruf von Bristin erhalten, dass es ihr sehr leid tue, aber offiziell dürfe sie keinen Kontakt mehr mit ihm oder seiner Behörde haben. Kurz darauf meldete sich Keno und erzählte, dass er einen gewaltigen Anschiss von Özdak-Primmel bekommen habe und seit gestern strafversetzt sei. Das Walross habe ihm äußerst übel genommen, dass er ihn nicht vorher eingeweiht habe und eine Entscheidung mittrage, die seinem Ministerium schade. Auch Keno dürfe dienstlich nicht mehr mit ihm reden, aber privat könne er sich natürlich jederzeit melden.
Jetzt lag Holger auf dem Sofa und hörte laute Musik. Draußen dunkelte die Abenddämmerung alles ein. Er hatte kein Licht an. Bei den Gegenständen im Zimmer hatten sich die Konturen aufgelöst. Er starrte ins Nichts und fühlte sich leer, dachte an das genauso leere Telefongespräch mit seinem Sohn vor einer Stunde. Holger hatte angerufen, um Bastian zu seinem 13. Geburtstag zu gratulieren. Vanessa hatte gleich gesagt, dass ihre Medienwand

kaputt sei und deshalb kein Bild möglich sei. Er glaubte seiner Ex kein Wort. Für ihn war klar, dass Bastian auf ein gegenseitiges Sehen keinen Wert legte. Eigentlich war es kein Gespräch gewesen, sondern ein Abfragen von ihm und einsilbigen Antworten von seinem Sohn. Der einzige Satz war das Bedanken für das überwiesene Geld gewesen.
Holger lag da allein in der Dunkelheit, nur die Musik vermittelte Leben. Er tröstete sich mit der Erinnerung an die Braunschweiger Zeit, an die wenigen glücklichen Monate ihres Familienlebens. Immer wieder tauchte das Bild und das dazugehörige Gefühl auf, wie Bastians winzige Hand sich um seinen Finger schloss und er ihn anstrahlte und vor Wohlergehen gluckste.

Montag, 6. Mai 2024
„Na, schönes Wochenende gehabt?", fragte er Anja.
„Ging so."
„Kannten sie dich denn noch in Magdeburg?"
„Klar." Sie strich nachdenklich über Holgers Schreibtisch. „Aber so richtig wohl fühle ich mich da momentan nicht mehr."
„Und was ist mit deiner ostdeutschen Identität? Mit panierter Jagdwurst statt Jägerschnitzel, dem Sozialstaat DDR, mit Broiler und Bratwurst statt Mettwurst?"
„Eh, du alter Besser-Wessi!" Sofort war sie wieder in Angriffsstellung und ihre Augen blitzten. „Werd bloß nicht komisch!"
„Schon gut", er streckte seine Hände wie Schutzschilde aus. „Wir sind schließlich ein gesamtdeutsches Team."
„Und dazu noch ein geschrumpftes."
„Du hast ja eine neue Brille." Voller Überraschung zeigte er auf sie.
„Wird ja auch Zeit, dass du das bemerkst."
„Die steht dir eindeutig besser als dieses strengklassische Teil vorher."
„Ich weiß!" Anja hüstelte affektiert, und beide lachten.
„Und wie war dein Wochenende?", fragte sie dann.
„Sehr gut." Er hatte mal wieder bei Utinka übernachten dürfen, und in Sachen Sex hatten sie einiges nachgeholt.
„Klingt nach inniger Versöhnung."
„Tja", Holger griente vielsagend.
„Übrigens, der Ohlenberg und der Özdak-Primmel haben sich am Freitag am Telefon ordentlich gefetzt."
„Die war'n doch immer so'n dickes Ei."
„Jetzt nicht mehr."
„Das ist auch unmöglich, dass sich das Landwirtschafts-BM jetzt beleidigt aus der ganzen Angelegenheit zurückzieht. Das Thema ist viel zu wichtig für Eifersüchteleien."
„Da müsste der Kanzler unbedingt ein Machtwort sprechen", sagte

Anja.
„Das die jetzt mauern und die weitere Untersuchung blockieren, wird der Agrarindustrie bestimmt nicht helfen."
„Wo kriegen wir denn jetzt unsere Gen-Analysen her?"
„Nun, die Deutsche Genbank hier gehört ja leider auch zum Landwirtschaftsministerium. Wir haben hier selber kein Labor. Also, entweder richtet man ein neues ein, beauftragt ein privates oder benutzt die der Landesumweltbehörden."
„Zum Beispiel in Magdeburg?", fragte sie lauernd.
„Wenn die das können", Holger verzog skeptisch das Gesicht.
„Doofer Wessi!"
„Na, na", er wehrte lachend ihre fuchtelnden Hände ab.
Später gingen sie gemeinsam die neuen Meldungen über Blütenabwürfe durch. Von Mittwoch bis Sonntag hatte es insgesamt 6 Tote und 28 Verletzte gegeben. Der schwerwiegendste Fall geschah im Leipziger Friedenspark, wo zwei Mädchen und ein Junge durch giftige Stechpalmen starben.

Mittwoch, 8. Mai 2024

Das blaue Fahrzeug vom THW sahen sie schon von weitem, es stand unter dem grünen Blätterdach des Alleestreifens der Straße Unter den Linden. Die beiden Männer in blauen Overalls saßen auf einer Bank, dicht bei der Stelle, wo am 25. März die Pappelblüten auf die Rentnergruppe aus Celle gefallen waren. Beim Näherkommen bemerkten Holger und Anja die roten Spritzbehälter zwischen ihren Beinen. Nachdem sie sich begrüßt und vorgestellt hatten, führte Holger sie zu den vier Baumstümpfen der Hybridpappeln.
„Hier hat es also angefangen", sagte der Ältere von ihnen. Sie trugen blaue Barette mit dem Emblem des THW.
„Zumindest in Berlin", antwortete Anja.
Auf die fragenden Blicke erklärte Holger: „10 Tage vorher gab es schon ein ähnliches Unglück in München." Die toten Gänse in Krugsdorf ließ er einfach weg.
„Wirklich schrecklich. Wir trauen uns schon gar nicht mehr, die Kinder draußen spielen zu lassen." Das üppige Haar des Jüngeren passte gar nicht ins Barett, dadurch schwankte es richtig auf den Locken und Wellen.
„Unter blühenden Bäumen sollten sie sich jetzt grundsätzlich nicht mehr aufhalten", ermahnte Anja.
„Wir werden uns dran halten."
„Was ist das denn nun für ein Zeug?", Holger zeigte auf die roten Behälter mit Schlauch und Spritzpistole.
„Es heißt Ligniopin", sagte der Ältere. „Wir benutzen es, um den Stumpf und den Wurzelbereich zu entfernen, ohne ein Loch bud-

deln zu müssen. Oder wenn wir Baumteile nicht gefahrlos abtrennen können."
„Es zerfrisst das Holz also?"
„Ja. So wie Säure. Nur viel schneller."
„Wie lange dauert es ungefähr?"
„So etwas hier", er tippte mit dem Fuß gegen den Pappelrest, „löst sich in drei Wochen auf."
„Mit einer einmaligen Anwendung?"
„Ja. Ligniopin verteilt sich mit dem Nährstoffkreislauf des Baumes bis in die letzte Wurzelspitze."
„Das ist gut", Holger nickte. „Und es bleibt nichts übrig?"
„Nur eine tote braune Masse. Wie bei vermodertem Holz."
„Ist das hochgiftig?", fragte Anja besorgt.
„Nur für Pflanzen", antwortete der mit den vielen Haaren. „Nicht für Tiere und nicht fürs Grundwasser. Bei direktem Hautkontakt ist es allerdings ätzend."
Holger machte eine einladende Handbewegung. „Na, dann führen Sie uns den Einsatz mal vor, meine Herren."
Die beiden zogen sich lange Gummihandschuhe an. Der Jüngere bückte sich und kontrollierte das Manometer, dabei schaukelte das Barett auf seiner Haarpracht. Dann nahm er die Spritzpistole, zielte auf die Schnittfläche und betätigte den Abzug: mit einem leisen Zischen kam ein orangener Sprühstrahl heraus, der auf Handbreite begrenzt war. Die Flüssigkeit verteilte sich auf dem glatten Holz und zog schnell ein. Sobald die Fläche trocken wirkte, wurde sie erneut besprüht.
„Braucht man dabei keinen Atemschutz?", fragte Holger.
„Bei der Distanz ist es absolut unbedenklich", antwortete der Ältere. „Man sollte es sich nur nicht ins Gesicht sprühen."
„Logisch."
Die Vorgehensweise mit diesem orangenen Mittel wurde mehrfach wiederholt.
„Man beobachtet uns schon", flüsterte Anja.
Die Männer schauten sich um und sahen Gruppen von Passanten, die sie neugierig betrachteten und miteinander tuschelten, einige Leute waren schon auf wenige Meter herangekommen.
„Gaffer gibt es immer und überall." Der Jüngere drehte sich wieder zum Stumpf und führte den Sprühstrahl über die Fläche. „So, das ist die letzte Ladung."
„Behandeln Sie die drei anderen Pappelreste dann auch gleich so?", wollte Holger wissen.
„Aber sicher doch", er ließ sein Barett wieder schaukeln.
„Wenn das funktioniert, müssen alle kranken Bäume in ganz Deutschland so behandelt werden", sagte Holger.
„Kein Problem." Der Ältere blickte kurz zu den Schaulustigen. „Das THW ist überall."

Samstag, 11. Mai 2024
Holger saß schräg im Sessel, auf seinem Schoß lag die Tastatur, er las auf dem großen Computermonitor die Kommentare zur gestrigen Pressekonferenz. Er hatte sie sich gerade im Internet angesehen. Es war ein gemeinsamer Auftritt des Umweltministers und der Gesundheitsministerin gewesen, wo sie davor gewarnt hatte, keinesfalls Lärm in der Nähe von blühenden Bäumen zu verursachen, da man jetzt wisse, dass dadurch dieser gefährliche Blütenabwurf ausgelöst werde. Sein Dienstherr hatte dann erklärt, dass es sich um einen neuen Virus handele, um eine Seuche, die unsere Bäume befallen und dementsprechend verändert habe. Die infizierten Bäume würden aus den Städten entfernt und vernichtet werden. Nachdem sich der Stumpf und die Wurzeln durch ein unbedenkliches Mittel aufgelöst hätten, würde man so schnell wie möglich an derselben Stelle einen gesunden Schössling einpflanzen. Die Wörter ‚Gen' oder ‚Landwirtschaft' wurden nicht genannt.
Das ist ja klar, dachte Holger, die Öffentlichkeit nicht unnötig beunruhigen, keine Panik verbreiten, derweil tobt hinter den Kulissen der Kampf der Ministerien.
Er loggte sich aus und rief: „Computer aus!". Er legte die Tastatur weg, reckte sich gähnend. „Musik an!"
Völlig überraschend hatte ihm Anja gestern mitgeteilt, dass sie nicht am Montag mit ihm, sondern bereits heute nach Genf fliege. Das sagte natürlich alles. Holger hatte noch etwas gelästert und zweideutige Bemerkungen gemacht, die ihr tatsächlich die Wangen leicht röteten.
Sein Handy klingelte, er schwang sich hoch, ging zum kleinen Tisch und meldete sich.
„Hallo. Hier ist Jan Woduzek."
„Was wollen Sie denn noch?" Hoffentlich keine Plagiatsvorwürfe, dachte Holger belustigt.
„Das hätten Sie mir doch bei unserem letzten Gespräch sagen können, dass ich mit meinen Vermutungen gar nicht so falsch lag."
„Wieso denn das?"
„Wir sollten unsere Überlegungen miteinander teilen und gemeinsam dieses Übel bekämpfen."
„So?"
„Ich habe Sie über all meine Gedanken informiert, aber von Ihnen kommt nie etwas."
„Ich darf doch nicht, Herr Woduzek."
„Auch keine kleinen Andeutungen?"
„Nichts."
„Na, immerhin passiert ja mal was, wenn die verseuchten Bäume jetzt entfernt und später ersetzt werden."

„Ich habe Ihnen doch gesagt, dass wir an einer Lösung arbeiten."
„Allerdings werden unsere Städte dann ziemlich trostlos aussehen, mit diesen gerodeten Flächen und den vielen Baumstümpfen an den Straßenrändern."
„Das ist nicht zu vermeiden. Außerdem werden ja nur die befallenen Bäume gefällt."
„Und wie erkennen Sie die?", hakte Woduzek nach.
„Das darf ich nicht sagen."
„Hat es denn etwas mit der Gentechnik zu tun?"
„Keine Aussage."
„Warum ist das Landwirtschaftsministerium jetzt nicht mehr dabei?"
„Kein Kommentar."
„Werden die anderen EU-Staaten dem deutschen Beispiel folgen?"
„Davon gehen wir aus."
„Sind nur Bäume betroffen?"
„Bis jetzt ja."
„Aber es könnten auch andere Pflanzen verseucht werden?", fragte Woduzek.
„An Spekulationen will ich mich nicht beteiligen."
„Also ist von Ihnen auch weiterhin nichts zu erfahren?"
„Ganz recht."
„Schade. Also, tschüss dann, Herr Grimm."
„Ja, tschüss."

Montag, 13. Mai 2024
Genf, Kanton Genf, Schweiz.
Sie saßen in Hanno Gülstmanns Büro, hatten Kaffee getrunken und ihn über alle Neuigkeiten unterrichtet. Durch die großen Panoramascheiben sah man den sonnendurchstrahlten Himmel, wo vereinzelte Wattewolken über das herrliche Blau glitten.
„Wirklich schade, dass Keno nicht mehr dabei ist", Hanno deutete auf den leeren Stuhl.
„Dieses Walross hat ihn einfach abrasiert", sagte Holger. „Wer für die Oberen nicht passend funktioniert, der muss weg."
„Dass dieser Özdak-Primmel mit seiner Dampfwalzentaktik immer so durchkommt", Anja schüttelte den Kopf.
„Der wird wohl von ganz oben gedeckt", meinte Hanno.
„Und am Würgehalsband gehalten wie ein bissiger Kampfhund", sagte Holger, „mal lässt man ihm mehr Leine und dann wieder weniger."
„Sehr treffend", Anja lächelte.
Bei Hanno bemerkte man überhaupt keine Anzeichen dafür, dass die beiden jetzt ein Paar waren. Er verhielt sich wie immer. Nur bei Anja funkelten Gefühle aus ihrem Blick, wenn sie ihn ansah.
„Aber es ist nicht recht, wenn sich euer Landwirtschaftsministerium so querstellt", sagte Hanno. „Das schadet den Bauern doch auch

nur."

„Mal sehen", antwortete Holger, „wie lange die ihre sture Position in dem Machtpoker halten können."

„Entscheiden tut immer noch Bundeskanzler Adomir", sagte Anja, die nun deutlich jünger wirkte.

„Hoffentlich richtig und bald."

„Stimmt. Ihr Deutschen müsst den Anfang machen."

„Wann ist jetzt die Vorführung morgen?", fragte Holger.

„Um 10 Uhr."

„Und wo?"

„Unten im Kasino. Da, wo wir den Fernsehbericht über den Pariser Vorfall sahen."

„Das ist noch nicht mal einen Monat her", sagte sie, „aber mir kommt es viel länger vor."

„Wohnst du auch bei Hanno?"

„Ja", Anjas Augen glänzten. „Er hat eine wunderbare Villa. Von einem Seitenbalkon sieht man sogar ein Stück vom Genfer See."

„Und seine Mutter?"

„Die ist noch verdammt rüstig für ihr Alter. Und kann sehr gut kochen."

„Wie reagiert sie denn auf deine Anwesenheit?"

„Ziemlich reserviert", sie verzog bekümmert das Gesicht. „Aber ich glaube, Mütter sind immer so. Die hat eben Angst, dass ich ihr den Jungen wegnehme oder ihn zumindest negativ beeinflusse."

„War Hanno eigentlich schon mal verheiratet?"

„Nein. Nur kurze Zeit verlobt."

Der alte Drachen hat bestimmt jede Frau aus dem Haus geekelt, dachte er und fragte: „Willst du noch länger hierbleiben?"

„Mal sehen. Wann willst du denn wieder zurück?"

„Wahrscheinlich am Mittwoch."

„Na, mal gucken. Vielleicht nehme ich mir noch drei Tage Urlaub und fliege erst am Sonntag."

„Klar", Holger zuckte mit der Schulter. „Wenn du schon mal hier bist."

„Willst du heute Abend wirklich nicht mit zu diesem Empfang kommen?"

„Auf keinen Fall. Das ist nichts für mich."

„Schade."

Dienstag, 14. Mai 2024

Sie saßen in der Kantine und ließen sich das vorzügliche Mittagessen schmecken. Holger war froh, dass er seinen Vortrag hinter

sich hatte. Es war schon beklemmend gewesen, in dem großen Raum zu all den fremden, erwartungsvollen Gesichtern zu sprechen. Aber es hatte alles hervorragend geklappt. Besonders die Filmvorführung auf dieser riesigen Medienwand beeindruckte die Mitarbeiter der WHO. In der letzten Woche hatten sie die Aufnahmen von Holger und Keno zusammengeschnitten, sodass sich jetzt das hautnahe Geschehen mit der Gesamtansicht der schneidenden Hainbuche ständig abwechselte. Dadurch war der Film nun viel spannender und wirkungsvoller. Außerdem wurde rechts oben immer der jeweilige Dezibelwert angezeigt.
„Also, eure Kantine hier ist absolute Spitzenklasse", Holger kaute genüsslich mit gesenkten Augenlidern.
„Stimmt. Aber dadurch komme ich auch nie von meinem Gewicht runter", der Schweizer beklopfte seine Bauchwölbung.
„Lass mal", Anja zwinkerte ihm zu, „du bist schon genau richtig."
„Solch ein Kompliment kriege ich niemals", Holger machte einen Schmollmund, ehe er ihn wieder füllte. Er hoffte, dass Anja an dem lockigen Junggesellen dran blieb und sich nicht von seiner Mama vergraulen ließ.
„Der Film ist aber jetzt durch die unterschiedlichen Perspektiven erheblich besser geworden", sagte Hanno. „Dieser stetige Wechsel ist wirklich aufregend."
„Finde ich auch."
„Wie ein Thriller", meinte Anja.
„Übrigens, nächste Woche wäre als Termin effektiver gewesen, denn da findet hier die alljährliche Weltgesundheitsversammlung statt. Das ist unser höchstes Entscheidungsorgan. Da hättest du noch mehr Zuschauer und Zuhörer gehabt, noch dazu hochkarätigere."
„Das hat mir so schon gereicht", Holger legte behutsam die verrutschte Käseschicht auf das abgeschnittene Fleischstück. „Noch mehr Publikum hätte ich nicht ertragen."
„Du hast das doch echt klasse gemacht", lobte Anja.
„Ein Tagesordnungspunkt wird da garantiert die Bekämpfung dieser Blütenabwürfe sein."
„Am besten wäre es doch, wenn ich dir die Speicherkarte hierlasse", sagte Holger, „dann kannst du deinen Leuten jederzeit den Film zeigen."
„Das wäre natürlich sehr hilfreich."
„Ich habe den Film ja gespeichert und kann ihn mir gleich auf eine neue Karte überspielen."
„Also diese Soße!", schwärmte Anja. „Einfach köstlich!"

Am Nachmittag saßen sie wieder in Hannos Büro, bei Kaffee und Plätzchen.
„Wann geht deine Maschine morgen?", fragte Anja.

„Um 12.50 Uhr."
„Ich fahre dich zum Flughafen. Ich darf doch dein Auto benutzen?", Anja sah Hanno einschmeichelnd an, der sich dann gönnerhaft verneigte.
„Das wäre natürlich nett", sagte Holger.
„Also, die ersten Reaktionen hier auf den Film und deinen Vortrag sind rundweg positiv. Alle Kollegen lobten eure Arbeit und den deutschen Beitrag zur Lösung dieses globalen Problems. Bis jetzt hat kein einziger Staat so viel zur Aufklärung beigetragen und die Sache so vorangebracht. Deutschland ist also wieder mal führend", Hanno streckte seinen Daumen hoch.
„Und wie geht's jetzt weiter?" Anja hätte fast noch ‚Liebling' drangehängt.
„Die Angelegenheit und eure Vorschläge werden nun in den Abteilungen und entsprechenden Gremien diskutiert. Dann kommen wir zu einem Ergebnis und formulieren Empfehlungen für den Exekutivrat. Die natürlich auch schon nächste Woche bei der Jahresversammlung besprochen werden."
„Habt ihr denn weltweit auch eine Zunahme der Vorfälle registriert?", fragte Holger und nahm sich ein Müsliplätzchen.
„Auf jeden Fall", Hanno nickte. „Es gab in diesem Frühjahr viel mehr Todesopfer überall. Ganz besonders auch durch giftige Pflanzen."
„Deshalb lassen wir bei uns alle giftigen Bäume und Sträucher aus öffentlichen Einrichtungen entfernen", sagte Holger.
„Auch wenn sie nicht befallen sind?"
„Ja. Nach den vielen Toten in Bad Unterfels wurde beschlossen, alle jetzt oder demnächst blühenden Giftpflanzen aus den Grünanlagen zu entfernen. Das dauert natürlich, bis das flächendeckend erledigt ist."
„Und in irgendwelchen Parks werden bestimmt einzelne Bäume übersehen", sagte Anja. „Ich zum Beispiel könnte bis jetzt nur Kirschlorbeer und Goldregen einwandfrei erkennen."
„Klar."
„Wie sind denn die Aussichten, dass die WHO auch einen Verzicht auf genverändertes Saatgut fordert?", fragte Holger.
„Eigentlich ganz gut", antwortete Hanno. „Die Gesundheitsorganisation muss keine Rücksicht auf die Agrarindustrie nehmen. Aber bei den Beschlüssen spielen die nationalen Interessen der Landwirtschaft eine sehr große Rolle. Da haben die Vertreter ganz klare Instruktionen ihrer Regierungen in den Köpfen, und die beeinflussen hinter geschlossenen Türen selbstverständlich unser Abstimmungsverhalten und damit unsere Entscheidungen."

Mittwoch, 15. Mai 2024
Sie saßen auf der Terrasse eines Promenadencafés und nippten sparsam an dem sündhaft teuren Latte macchiato. Im geparkten Auto lag Holgers Reisetasche. Die kräftige Maisonne wärmte sie und ließ sie blinzeln. Die Wasserfläche des Genfer Sees wellte sich wie blaue Seide. Vor 10 Minuten hatte der weiße Ausflugsdampfer abgelegt, mit dem sie auch schon gefahren waren; jetzt sah man nur sein schmales Heck mit der Schweizer Flagge.
„Eine Sonnenbrille wäre nicht schlecht", Anja hielt sich die flache Hand an die Stirn und schaute zum Schiff.
„Herrliches Wetter. Hier kann man's echt aushalten."
„Stimmt. Die Gegend ist sehr schön, aber auch sehr kostspielig."
„Was hast du Ohlenberg denn erzählt, wegen deiner drei Urlaubstage?"
„Nichts Genaues. Nur, dass ich gerne noch drei freie Tage hätte."
„Er weiß also nichts von euch beiden?"
„Nein." Sie drohte ihm mit der Faust. „Und das soll auch so bleiben."
„Richtig. Euer Privatleben geht den nichts an."
„Sehe ich auch so."
„Kann höchstens sein, dass die von der Reisekostenabrechnung stutzig werden und bei ihm nachfragen."
„Pah!", machte Anja mit einer abwinkenden Bewegung.
„Von mir erfährt keiner ein Wort", versicherte Holger.
„Darum möchte ich dich auch bitten. Ich weiß ja gar nicht, wie lange es geht. Und wenn's vorbei ist, möchte ich nicht zur Lachnummer mehrerer Ministerien werden."
„Verstehe." Sie tat ihm plötzlich leid. Er fühlte den Drang, sie in den Arm zu nehmen und zu trösten.
„Und wer über mich ablästert, den mach ich platt", sie schlug mit der Hand auf den Tisch, sodass der blasierte Kellner zu ihnen herüberblickte. Mit diesem Schlag war Anja sofort wieder kämpferisch und selbstbewusst.
Die umliegenden und weiter entfernten Berge waren gewaltig und hoch, sie schienen den See in diese Enge getrieben zu haben. Die Sonne brachte die Schneefelder auf den Felsmassiven zum Leuchten.
„Und du kommst dann also am Sonntag zurück?"
„Ja. Am Montag bin ich wie gewohnt zur Stelle." Anja hob die Tasse zum Mund.
„Na, hoffentlich hast du noch ein paar schöne Tage."

Samstag, 18. Mai 2024
Berlin, Deutschland, EU.
Holger war im Volkspark Hasenheide. Er stand vor dem Stumpf des Baumes, der gestern Nachmittag zwei 12-jährigen Jungs zum Ver-

hängnis wurde, weil die unbedingt testen wollten, ob die Lärm-Warnung der Gesundheitsministerin tatsächlich der Wahrheit entsprach. Einer hatte seine tragbare Musikanlage mitgeschleppt, sie hatten sich einen blühenden Baum gesucht und dann ihre Hits mit voller Lautstärke gehört. Leider landeten sie für ihren blödsinnigen Versuch unter dem hier äußerst selten vorkommenen Pfaffenhütchen, das für den Menschen giftig war.

Die beiden Jungen wurden erst tot aufgefunden, nachdem Spaziergänger wegen der ohrenbetäubenden Musik die Polizei alamiert hatten. Sie und ihre dröhnende Anlage waren von einer dicken, rosaweißen Blütenschicht bedeckt gewesen. Die Feuerwehr hatte dann alles aufgesaugt, den Baum gefällt und die ganze Fuhre zur Müllverbrennungsanlage gebracht.

Diese kleinen Dummköpfe, dachte Holger kopfschüttelnd und stemmte die Fäuste in die Hüften. Pfaffenhütchen hatten ihren Namen von der ungewöhnlichen Form der Früchte, die an die Amtshaube der Geistlichen erinnerte. Die orangefarbenen Samen waren eine Lieblingsspeise der Rotkehlchen, die sie unbeschadet verzehren konnten. Für den Menschen waren sie aber giftig und deshalb offensichtlich auch ihre Pollen.

Holger durchstreifte den Park weiter auf der Suche nach etwaigen weiteren Giftpflanzen. Dabei überlegte er, wie die infizierten Bäume jetzt auf die üblichen Schädlingsangriffe reagieren würden, wo kein Krach im Spiel war. Auch mit massivem Blütenabwurf? Oder war nur noch ein Lärmpegel ab 95 Dezibel maßgebend und sonst nichts? Konnten Maikäfer, Heuschrecken, Borkenkäfer oder Raupen die kranken Bäume nun gefahrlos kahl fressen? Vielleicht sollte man mal ein Experiment mit diesen alten Plagen durchführen. – Aber woher sollte man Heuschrecken- oder Maikäferschwärme bekommen? Und wie könnte man sie gezielt auf einen bestimmten Baum lenken?

Montag, 20. Mai 2024
Sie saßen vor Zieglers Schreibtisch, hatten ihm gerade von Genf berichtet. Hinter ihm hing ein Ölgemälde vom Rhein, seiner alten Heimat.
„Eine Kopie des Films habe ich Herrn Gülstmann überlassen", sagte Holger.
„Gut. Die neue Fassung ist wirklich beeindruckend."
„Und wie geht's jetzt weiter?"
„Deshalb sind Sie ja hier, Frau Blass", Ziegler schmunzelte. „Damit ich Sie über die aktuellen Maßnahmen informieren kann. Dr. Ohlenberg hat diese Woche ja Urlaub."
„Natürlich", Anjas Wangen bekamen einen rötlichen Hauch.
„Ab heute beginnen überall im Lande die DNA-Untersuchungen bei

den Bäumen der Innenstädte. Also erst einmal dort, wo sich viele Menschen aufhalten. Die Proben werden auf die gleiche Art genommen, wie Sie", Ziegler deutete zu Holger, „es bis jetzt durchgeführt haben, mit solchen Akku-Kernbohrern. Ausführende Dienststellen sind die jeweiligen Umweltbehörden vor Ort, unter Führung der Umweltministerien der Bundesländer. Wenn das Holzstück entnommen wurde, wird im unteren Stammbereich eine nummerierte Marke befestigt, damit sie auch beim späteren Stumpf noch vorhanden ist. Mit derselben Nummer wird die Probe beschriftet und der Standort des betreffenden Baumes in einem Plan markiert. So kann man nach der Analyse den Baum jederzeit identifizieren, gegebenenfalls entfernen und alles zuordnen und dokumentieren."
„Sehr gut durchdacht", lobte Holger.
„Danke. Wir haben die ausführenden Behörden angewiesen, jeweils mit den frequentiertesten Straßen und Plätzen zu beginnen."
„Und die giftigen Pflanzen?"
„Frau Blass, da sind die zuständigen Grünflächenämter doch schon längst dabei. Leider wurde dieses Pfaffenhütchen hier in Hasenheide übersehen. Das ist tragisch, aber leider nicht ganz auszuschließen."
„Man kann ja auch nicht ahnen, dass jemand auf so eine blöde Idee kommt."
„Herr Grimm, wir müssen vorsorglich immer mit naiven Handlungen der Bevölkerung rechnen."
Zieglers Ehefrau hatte etwas gegen ihre einsame Langeweile unternommen. Sie ging jetzt ehrenamtlich zweimal wöchentlich in ein Pflegeheim und las den Alten dort etwas vor. Die waren natürlich begeistert, dass sich jemand Zeit für sie nahm und wollten sie stets mit zig Fragen und Wünschen am Weggehen hindern. Frau Ziegler war sehr davon beeindruckt, hatte endlich eine sinnvolle Tätigkeit gefunden und sich jetzt schon vermehrt öffentlich über die Missstände in der Altenpflege geäußert, was wiederum ihrem Mann nicht sehr behagte.
„Und wenn der Baum infiziert ist, kommt er gleich weg?", fragte Holger.
„Ganz recht. Befallene Bäume werden gefällt und in der nächsten Müllverbrennungsanlage entsorgt. Anschließend wird der Stumpf vom THW mit Ligniopin behandelt, nach mindestens zwei Monaten werden die Reste entfernt, ein Loch gegraben und ein neuer Schössling dort eingepflanzt. So läuft jetzt die vereinbarte Prozedur ab."
„Hört sich gut an", sagte Anja.
„Hoffentlich läuft es auch gut und unbürokratisch."
„Und wo werden die DNA-Analysen durchgeführt?", fragte Holger.
„In den entsprechenden Labors der Länder."
„Und wenn wir eine Untersuchung brauchen?"
„Wir müssen nun leider nach Dessau", antwortete Ziegler. „Uns

wurde zugesagt, dass wir die dortige Einrichtung von Sachsen-Anhalt jederzeit und unbeschränkt benutzen können."

„Tja, so sind die in Sachsen-Anhalt", Anja griente.

„Also ist das Landwirtschaftsministerium hart geblieben?", fragte Holger.

„Bis jetzt ja. Die bleiben bei ihrer Verweigerungshaltung. Mal sehen, wie lange sie das durchhalten. Hinter den Kulissen rumort es gewaltig."

„Und wie läuft es mit dem Gen-Verbot?"

„Deshalb rumort es ja", Ziegler zog die Stirn hoch und machte eine vielsagende Miene.

„In den Medien hat man aber noch kein Wort darüber gehört", Holger sah zu dem Bild vom Rhein.

„Und so soll es auch bleiben. Wir brauchen keine Berichte, die unsere Bürger in Panik versetzen, zu Hamsterkäufen und Protesten führen. Von Bauerndemonstrationen, Treckerblockaden und Boykottaufrufen ganz zu schweigen."

„Da haben Sie natürlich recht", sagte Anja.

Donnerstag, 23. Mai 2024
Holger rief: „Schlagzeilenschau an!" und begann zu essen.
Ein Reporter erschien, hinter ihm war ein nur teilweise besetztes Podium, auf der blauen Rückwand prankte ein gigantisches Markstück. „Auf dem Parteitag der DMP wurde die komplette Führungsspitze mit überwältigender Mehrheit wiedergewählt. Durch die Dauerkrise des Euro, die Milliarden-Unterstützungen für die Banken und den nunmehr seit 14 Jahren ununterbrochenen Geldtransfer der finanzstarken EU-Staaten in die bedürftigen hat diese Protestpartei gute Chancen, bei den Wahlen in diesem Jahr ihre Sitze in den Landtagen deutlich zu erhöhen." Es gab einen Schwenk durch die Halle, in der offensichtlich gerade große Pause war. „Die D-Mark-Partei profitiert von dem Unmut vieler Bundesbürger, dass Deutschland nun schon so lange für andere Länder zahlen muss, um eine Währung künstlich am Leben zu erhalten, die eigentlich niemand mehr haben will, die sonst schon vor 14 Jahren gestorben wäre."

Auf der Medienwand sah man nun einen Vollmond. Die Sprecherin sagte: „Die Vorbereitungen für den Beginn des Aufbaus einer Mondstation der USA laufen auf vollen Touren." Jetzt wurde ungeheuer herangezoomt und eine recht ebene Gegend mit wenigen Kratern gezeigt. „An dieser Stelle soll die amerikanische Mondstation in spätestens fünf Jahren ihren Betrieb aufnehmen."

Holger stocherte appetitlos in seinem Fertigmenü und dachte an das leckere Kantinenessen in Genf.

„Seit Montag werden in allen deutschen Innenstädten die Bäume

auf Krankheitsbefall untersucht." Man sah zwei Männer in grünen Overalls, einer schnitt mit einem Kernbohrer in normaler Arbeitshöhe eine Probe aus einem Stamm, der andere kniete auf dem Boden und befestigte da unten eine Marke mit einer fünfstelligen Zahl. „Durch die Nummerierung kann man die verseuchten Bäume wiederfinden, sie werden dann entfernt und später ersetzt."
Jetzt wurden Laufbänder und belebte Fußgängerzonen gezeigt, ungefähr zweidrittel der Passanten trugen Mundkappen oder Atemschutzmasken. „Die Regierung geht davon aus, dass durch die eingeleiteten Maßnahmen weitere Opfer durch Blütenabwürfe verhindert werden." Ein Reporter hielt einer jungen Frau das Mikrofon hin und fragte sie nach ihrer Meinung. Sie zog ihren Mundschutz runter und antwortete: „Hoffentlich ist es bald vorbei. Allerdings fürchte ich mich auch vor baumlosen Städten."
„Auch in Genf war die Baumseuche ein Thema bei der dort jährlich im Mai stattfindenden Weltgesundheitsversammlung." Man sah den Genfer See und das Hauptgebäude der WHO, beides im strahlenden Sonnenschein. „Weitere wichtige Punkte waren die Zunahme der Tuberkulosefälle im Süden der USA, die Masernepidemie um Moskau und die Eindämmung der besorgniserregenden Kubagrippe."
Holger hätte jetzt gerne ein Züricher Käsesteak statt dieser pampigen Nudelmasse.
„Die Familienministerin forderte eine weitere deutliche Aufstockung des Kinder- und Elterngeldes sowie die Ausweitung kostenloser Kinderbetreuungsangebote, um dem unveränderten Nachwuchsmangel in Deutschland entgegenzuwirken." Die Kamera schwenkte durch eine Einrichtung, wo sich jeweils ein Erzieher mit drei Kindern beschäftigte. „Aus dem Gesundheitsministerium war zu hören, dass der Babymangel nicht nur finanzielle und soziale Gründe habe, sondern auch zunehmend durch organische und genetische Degeneration verursacht werde, dass es also vermehrt ungewollte Kinderlosigkeit gebe." Nun wurde ein Klassenraum gezeigt, wo ein Lehrer nur circa 10 Schüler unterrichtete.
„Das waren die Schlagzeilen des Tages." Der große Bildschirm blieb schwarz.
„Schlagzeilenschau aus!", rief Holger. „Musik an!"
Er entleerte die Menüschale im Abfalleimer, nahm sie und den restlichen Verpackungsmüll, ging ins Treppenhaus und warf den Kram in die Wertstoffklappe.

Sonntag, 26. Mai 2024
Noch besser als das Wetter, war das Verhalten von Sina. Sie spazierten durch den Zoo, und sie war völlig verändert, wich nicht von Holgers Seite und lauschte seinen Erklärungen. Utinka ging zwei Schritte hinter ihnen, wunderte sich über ihre Tochter und

amüsierte sich über dieses harmonische Vater/Kind-Bild.
„Wusstest du eigentlich, dass der Berliner Zoo der älteste Tierpark in Deutschland ist?"
„Nee. Natürlich nicht."
„Der wurde schon 1844 gegründet."
„Echt?" Sina rechnete mit Blick nach oben. „Das sind genau 180 Jahre."
„Korrekt." Holger schaute kurz zurück und tauschte ein Lächeln mit Utinka.
„Verdammt lange Zeit."
Sie blieben bei den Giraffen stehen, die majestätisch dahin schritten, wobei ihr langer Hals jeweils nachpendelte.
„Die wirken ganz schön eingebildet", meinte Sina, „nur weil sie so groß sind."
„Sie sind im wahrsten Sinne des Wortes hochnäsig."
„Aber tolle Wimpern haben die", sagte Utinka.
„Und alles ist echt", bemerkte Holger mit einem spöttischen Seitenblick. Dafür wurde er von ihr geschubst und flüchtete, weil sie mit ihrer Handtasche ausholte. Mutter und Tochter rannten lachend hinter ihm her.
Schließlich kamen sie zu den Raubkatzen. Ein geschmeidiger Gepard lief am Zaun entlang, immer hin und her.
Bei der nächsten Anlage fragte Sina: „Das ist aber jetzt ein Leopard, oder?"
„Nein. Ein Jaguar. Die haben zwar eine ähnliche Fellzeichnung, sind aber kräftiger und leben nur in Südamerika."
„Aha. Was du alles so weißt."
„Tja." Holger fühlte sich gut und wirklich wie ein Vater. Er freute sich darüber, endlich einmal die Fragen des Nachwuchses beantworten zu dürfen, auch wenn es nicht sein eigener war.
„Naja, du bist ja auch Biologe. Da muss man das auch wissen."
„Sollte man."
„Vielleicht wäre so'n Bio-Studium auch was für mich?" Sina sah ihn lieb und mädchenhaft und absolut aufrichtig an.
„Klar. Du scheinst dich ja dafür zu interessieren."
„Aber da braucht man doch bestimmt ein Super-Abi für, oder?"
„Zumindest ein gutes."
Nun standen alle drei nebeneinander vor einer großen Schautafel.
„Warum sind denn manche Raubkatzen rot geschrieben?", fragte Utinka.
„Weil die in freier Natur schon ausgestorben sind."
„Also, der Schneeleopard", Sina tippte von einem Tier zum nächsten, „der Insel-Tiger, der Königstiger, der Gepard, der Ozelot und dieser Jaguar."
„Der also auch schon", sagte Holger.
„Das ist ja erschreckend", Utinka schüttelte den Kopf.

„Ja", er nickte verbittert. „Die gibt es alle nur noch in Tierparks."
„Da muss man doch was gegen tun", meinte Sina.

Mittwoch, 29. Mai 2024
„Das ist ziemlich bedrückend", sagte Anja, „diese vielen Baumstümpfe."
„Ja, die mussten 'ne ganze Menge fällen." Holger sah nach oben. „Das wird lange dauern, bis hier wieder so ein schönes Blätterdach entstanden ist."
Die beiden saßen auf der Bank Unter den Linden, an der Stelle ihres allerersten Treffens. Hier standen nur noch wenige Bäume, dazwischen klafften große Leerräume. Dort ragten nur die Stümpfe aus dem Boden, manchmal vier hintereinander; sie wirkten wie hingestellte und ausgerichtete Hackeklötze.
„Daran sieht man aber, wie viele Bäume hier verseucht sind", sagte Anja.
„Ja."
„Dieser Alleestreifen ist nicht mehr das, was er mal war." Sie schob ihre Brille etwas höher.
„So wird es vielen Straßen und Plätzen gehen."
„Willst du von allen vier Pappeln Reste mitnehmen?"
„Nein, nur von einer", antwortete Holger. „Heute sind es genau drei Wochen her, da müsste das Ligniopin ja alles zersetzt haben. Ich nehme nur eine Probe des vermoderten Holzes und bringe sie morgen nach Dessau zur Untersuchung."
„Da komme ich natürlich mit."
„Gerne. Ich will nur vorsichtshalber überprüfen lassen, ob die Holzmasse jetzt wirklich absolut tot ist."
„Sicher ist sicher", meinte Anja. „Oh, mein Handy brummt." Sie holte es aus der Jackentasche und schob es auseinander. „Eine Nachricht von Hanno." Sie las es freudestrahlend. „Er kommt übers Wochenende hierher. Am Freitag um 17.40 landet sein Flieger."

Donnerstag, 30. Mai 2024
Dessau, Deutschland, EU.
„Ich bin aus Magdeburg."
„Schöne Stadt, besonders die ganze Elbpromenade", sagte Domosch, der grauhaarige Laborleiter.
„Ach, ja", etwas Wehmütiges huschte über Anjas Gesicht. „Aber Dessau hat sich auch ganz schön rausgemacht."
Es kam Holger vor, als ob ihre Aussprache plötzlich ähnlich klang wie die ihres Landsmanns aus Sachsen-Anhalt.
„Das hat aber auch lange gedauert."
Jetzt bloß keine ostdeutsche Verbrüderung, dachte Holger und

schob ihm die durchsichtige Plastikdose hin. „Hier, Herr Domosch, das ist die Holzprobe, drei Wochen nach der Anwendung mit Ligniopin."

„Aha", er öffnete den Deckel und besah sich den Inhalt. Sofort verbreitete sich ein modriger Geruch im Zimmer. „Sieht aus wie Torf und müffelt wie feuchter Waldboden." Er verschloss die Dose wieder.

„Riecht irgendwie nach Pilzen", Anja rümpfte die Nase.

„Und worauf soll das jetzt untersucht werden?", fragte Domosch.

„Nicht auf die DNA", antwortete Holger, „die kennen wir ja. Dieser Baum war einer der ersten Blütenabwerfer in Berlin. Ich will nur wissen, ob diese Masse wirklich tot ist."

„Ob also eventuell noch intakte Nester überlebt haben?"

„Genau", Holger nickte. „Da darf absolut keine Versorgung mehr möglich sein, die zu einer Wiederbelebung führen könnte."

„Na, das wäre ja was", meinte Anja.

„Wird rasch erledigt", Domosch schob den Behälter auf die rechte Seite. „Gibt es denn immer noch so viele Opfer?"

„In dieser Woche hatten wir bis heute noch gar keinen Toten", sagte Anja. „Das liegt erstens daran, dass die meisten Bäume Frühjahrsblüher sind und jetzt keine Blüten mehr haben; zweitens, weil alle giftigen Sträucher und Bäume ziemlich vollständig aus öffentlichen Anlagen entfernt wurden; und drittens hat natürlich der Warnaufruf meiner Ministerin Wirkung gezeigt."

„Die Giftpflanzen waren ja besonders für die Todesfälle verantwortlich", Holger strich sich über die Stirn.

„Also ist schon eine deutliche Verbesserung eingetreten, nicht wahr?" Domosch schielte auf seine protzige Armbanduhr.

„Auf jeden Fall", bestätigte Anja freudig. „Wir sind auf dem richtigen Weg."

„Der aber noch lang und schmerzlich wird", prophezeite Holger.

„Aber wenn die meisten Bäume nun mit ihrer Blüte fertig sind, dürfte doch eigentlich gar nicht mehr viel passieren, oder?", fragte Domosch.

„Stimmt", antwortete Holger. „Doch einige Bäume blühen gerade jetzt oder beginnen erst im Sommer."

„Aha."

„Aber das Frühjahr ist eindeutig die gefährlichste Zeit", Anja zog ihre Bluse zurecht. „Im nächsten Jahr sind ja hoffentlich alle verseuchten Bäume aus den Innenstädten verschwunden."

„Das wollen wir hoffen", Domosch legte die Fingerspitzen gegeneinander und hielt die Hände einen Moment so.

„Aber damit ist das Problem langfristig noch nicht gelöst", sagte Holger und bereute es sofort.

„So?", der Laborleiter sah ihn argwöhnisch an.

„Na, wir müssen natürlich in allen Orten überall die infizierten

Bäume aussortieren und ersetzen."
„Ach, so. Natürlich."

Freitag, 31. Mai 2024
Berlin, Deutschland, EU.
Anja ließ sich seufzend auf den Stuhl vor Holgers Schreibtisch nieder. „Guten Morgen."
„Morgen. Ist was passiert?"
„Ja. Wir haben uns zu früh gefreut. Gestern nach Dienstschluss kam noch eine Meldung vom Gesundheitsamt Braunschweig rein. Dort gab es gestern Nachmittag bei der Straßenerneuerung auf der Kastanienallee zwei tote und fünf verletzte Arbeiter."
„Was?", Holger sah sie bestürzt an. „Da ganz in der Nähe hab ich mal gearbeitet." Sofort sah er wieder die Abbiegung vor sich: rechts ging es zu dieser Allee, links nach Riddagshausen. „Waren es auch Kastanien?"
Anja nickte. „Der Name passt genau."
„Na, da standen auch andere Bäume."
„Und warum wurden die nicht getestet?"
„Weil sie nicht zur Innenstadt gehören."
„Mist!", sie zog die Augenbrauen hoch.
„An Kastanien hab ich überhaupt nicht mehr gedacht. Die blühen von Mai bis Juni, kommen in den Städten häufig vor, werden ungeheuer groß und haben haufenweise Blüten."
„Die hatten wir bis jetzt auch noch gar nicht."
„Stimmt." Holger dachte daran, wie er sich damals vorgenommen hatte, mit seinem Kind Kastanien zu sammeln und damit Tiere zu basteln.
Es klingelte dumpf. „Oh, das ist meins." Sie holte ihr Handy aus der Jackentasche und meldete sich: „Ja, bitte?"
Leider war er bei den ersten Schritten seines Sohnes nie dabei gewesen. Wie bei allem nicht.
„Aber sicher." – „Jetzt gleich?" – „Gut, dann bin ich in 'ner Viertelstunde bei Ihnen."
„Probleme?"
„Das war Ohlenberg", Anja steckte das Handy wieder weg.
„Gibt's Ärger?"
„Nein, nein. Der will von mir nur auf den neuesten Stand gebracht werden, wegen der Besprechung am Montag. Sehen wir uns zum Essen in der Kantine?"
„Hier oder bei dir?"
„Was meinst du denn?"
„Hier gibt's gedünsteten Fisch", Holger verzog angewidert das Gesicht. „Also lieber bei dir."
„Gut. Dann bis später."
„Ja." Er sah ihr hinterher und fand, dass sie ganz schön abge-

nommen hatte. Das kam bestimmt durch den ungewohnten Sex. Ein breites Grinsen dehnte seinen Mund, doch als er an Braunschweig dachte, löste es sich sofort wieder auf. Bilder von ihrer Hochzeit, ihrer Wohnung, ihrem Baby und glücklichen Augenblicken kamen ihm in den Sinn und ließen ihn grübeln.
Vanessa musste damals doch auch annehmen, dass er ein Verhältnis hatte. Die konnte sich nicht vorstellen, dass er so dumm war, nach Feierabend lieber ganz allein um die Riddagshausener Teiche zu spazieren oder mit dem Rad durch den Wald zu fahren, als so schnell wie möglich zu seiner jungen Familie zu eilen. Da musste doch eine andere Frau im Spiel sein, wenn er nicht zu Hause und nicht auf der Arbeit war.
Die Spannungen zwischen ihnen waren von selbst gestiegen, so wie Wasser auf der Herdplatte immer heißer wird, überkocht und schließlich nur noch dampft. Sie hatten sich gegenseitig hochgeschaukelt, und er wollte dem Ärger aus dem Wege gehen. Doch das war völlig falsch gewesen. Er hätte sich bemühen und auf sie eingehen müssen, sie mehr unterstützen und mit ihr sprechen müssen, bis alle aufgestaute Wut draußen war. Doch er wich der Konfrontation aus, war geflohen und hatte sich in seinem Schweigen eingekapselt.
Zum Schluss hatte letztlich nur ein Missverständnis geführt, um dessen Aufklärung er sich nicht sonderlich bemühte. Obwohl er während ihrer gemeinsamen Zeit niemals eine andere Frau angerührt hatte. Aber Vanessa musste das natürlich annehmen. Er war schuld an ihrer Trennung. Wenn er vor 13 Jahren nicht so dämlich gewesen wäre, könnten sie heute noch eine Familie sein, und Bastian würde ihn nicht hassen.
„Ach", Holger warf alles mit einer Handbewegung über seine Schulter nach hinten. „Vorbei ist vorbei." Er reckte sich, rief die Auskunft an und ließ sich mit dem Umweltamt in Braunschweig verbinden.

Montag, 3. Juni 2024
Die beiden saßen im kleinen Besprechungszimmer und warteten auf Ziegler und Ohlenberg.
„Schönes Wochenende gehabt?"
„Ja", Anja lächelte zufrieden. „Ich soll dich auch von Hanno grüßen und dir ausrichten, dass er dich am Mittwochvormittag anruft, um einen Termin bei der EU abzusprechen."
„In Brüssel?", fragte Holger erstaunt.
„Ja. Wir sollen da innerhalb der nächsten drei Wochen vorsprechen."
„Dann geht es also jetzt schon eine Stufe höher, obwohl hier noch nicht ein Mal das Wort ‚Gen-Verbot' öffentlich genannt wurde?"

„Die wollen eben auch den Film sehen und deinen tollen Vortrag hören."
„Vor der EU?" Holgers Miene verfinsterte sich. „Das muss ich eigentlich nicht haben."
„Und wie war dein Wochenende so?"
„Auch sehr gut. Wir haben gestern zu dritt eine Dampferfahrt auf dem Wannsee gemacht."
„Hört sich ja nach harmonischem Familienausflug an", Anja schmunzelte ironisch.
„War es auch."
Die Tür ging auf, Ziegler, Ohlenberg und Frau Tebler vom Innenministerium kamen herein, außerdem noch eine große Frau mit grauen Strähnen, die sich als Frau Schwarz vom Kanzleramt vorstellte. Nachdem sie sich begrüßt und gesetzt hatten, sprachen sie über den Vorfall in Braunschweig.
Zum Abschluss sagte Holger: „Kastanien haben momentan ihre Hauptblütezeit. Auf die müssen wir unbedingt achten, weil sie in den Städten sehr verbreitet sind und schon wegen ihrer Größe enorme Blütenmassen abwerfen können."
„Aber da in Braunschweig wurde die Warnung der Gesundheitsministerin eindeutig ignoriert."
„Stimmt, Dr. Ohlenberg", erwiderte Frau Schwarz, „deshalb ist es auch zwingend nötig, in einem ersten Schritt alle Straßenbaufirmen mit einem Rundschreiben erneut darauf hinzuweisen und bei Zuwiderhandlungen mit Sanktionen zu drohen."
„Richtig", stimmte Frau Tebler zu. „Wir können uns nicht darauf verlassen, dass alle Firmeninhaber und Vorarbeiter diesen Warnaufruf gesehen oder darüber gelesen haben."
„Und wer soll diese Rundschreiben versenden?", fragte Ziegler.
„Das veranlassen wir vom Innenministerium über die örtliche Gewerbeaufsicht."
„Gut."
„Und ich dachte, wir wären so langsam über den Berg."
„Sind wir doch auch, Dr. Ohlenberg", sagte Anja. „Die meisten Bäume haben ausgeblüht. Da kommt nicht mehr viel, nicht wahr?"
Sie sah Holger erwartungsvoll an.
„Ein paar schon", entgegnete er ungehalten. Er ärgerte sich immer über Anjas Einschleimen bei ihrem Chef.
„Wenn sich alle Behörden an die Vorgaben halten", sagte Frau Schwarz, „müsste die Situation nun zumindest ungefährlicher werden."
„Und was ist mit dem Gen-Verbot?", fragte Holger. „Ohne einen Stopp werden immer wieder neue Bäume kontaminiert."
„Wir arbeiten daran", erwiderte Frau Schwarz mit einem Augensenken.
„Wer ist ‚wir'?"
„Die Bundesregierung."

„Na, hoffentlich kommen die auch bald zu einem positiven Beschluss. Die Zeit drängt."

„Das werden wir schon, Herr Grimm", Frau Schwarz verzog spöttisch den Mund.

„Beruhigend."

„Warum wurden diese Kastanien eigentlich nicht getestet?", fragte Ohlenberg.

Anja antwortete schnell: „Weil diese Allee nicht zur Innenstadt gehört."

„Genau", knurrte Holger. Dieses Angeben mit fremdem Wissen, dieses Vordrängeln und Anbiedern von ihr, brachte ihn stets in Rage.

„Aber wir können nicht überall das ganze Stadtgebiet untersuchen", sagte Ziegler. „Wir sind ja noch nicht einmal mit den Zentren fertig."

„Richtig", Frau Schwarz nickte wieder mit den Augen. „Wir müssen Prioritäten setzen. Erst die City und von da nach außen."

„Wo kommen überhaupt die Setzlinge her", Holger wandte sich an Ziegler, „die nach dem Zerfall durch Ligniopin eingepflanzt werden?"

„Ich nehme an, von großen Baumschulen aus der näheren Umgebung."

„Sollten die nicht vor dem Einsetzen getestet werden?", Holger sah in die Runde. „Die könnten doch im Freiland schon infiziert worden sein."

„Erschreckende Vorstellung", Frau Tebler krauste ihre Stirn, „dass wir an die gleiche Stelle womöglich ebenso verseuchte Jungpflanzen einsetzen würden."

„Stimmt", Ziegler wirkte etwas überfragt.

„Nicht nur erschreckend", sagte Frau Schwarz, „sondern auch absolut sinnlos. Ganz zu schweigen von der Verschwendung von Geld und Arbeit."

„Und wie könnte man das verhindern?", fragte Dr. Ohlenberg.

„Am sichersten wären abgedeckte Pflanzungen", meinte Holger.

„Bäume in Gewächshäusern?", Frau Schwarz blickte irritiert in die Runde.

„Eher unter Folien", sagte Ziegler. „Das wird in vielen südlichen Ländern schon großflächig praktiziert, hauptsächlich als Mittel gegen die Verdunstung, als Wasser-Recycling."

„Aber könnte man die Baumschulen denn zu solch einer Abdeckung zwingen?", Frau Tebler spielte mit ihrer Kette.

„Gibt's keine staatlichen?", fragte Anja.

„Nicht mehr", antwortete Ziegler. „Die letzten Baumschulen der Bundesländer wurden schon vor vielen Jahren privatisiert."

Holger beobachtete Anja und wettete darauf, dass sie sich jetzt einen Kommentar über die Vorzüge der DDR-Planwirtschaft ver-

kniff, wo alles von oben gelenkt und kontrolliert wurde.
Frau Schwarz reckte sich etwas. „Dann muss die abgedeckte Aufzucht der Schösslinge eben zur Bedingung bei der Ausschreibung gemacht werden. Ganz einfach. Wer den Auftrag haben will, muss unsere Anforderungen erfüllen und nachweisen."
„Gut, aber ...", Ohlenberg wollte etwas einwenden.
Die Frau vom Kanzleramt redete einfach weiter: „Und solange wir keine dieser zertifizierten Jungpflanzen zur Verfügung haben, sollten wir jeden Schössling testen und positiv markieren, bevor er an der alten Stelle eingesetzt wird."
„Einverstanden", sagte Frau Tebler. „So sind wir auf der sicheren Seite. Vielen Dank, Herr Grimm, dass Sie an diese Lücke gedacht haben."
Holger nickte wohlwollend und überlegte, ob die grauen Strähnen von Frau Schwarz echt waren, sie wirkten nämlich zu gleichmäßig platziert.
„Ich hätte auch noch einen Vorschlag."
„Aber bitte, Frau Dr. Blass", Ohlenberg machte eine einladende Geste.
Anja streckte ihren Busen raus und begann: „Bei den neuen Bäumchen sollte man unbedingt darauf achten, dass es sich nicht um die bekannten allergisch aggressiven Frühjahrsblüher handelt. Ganz besonders Birken sollten wir für lange Zeit aus unseren Städten verbannen."
„Sehr gute Idee", lobte Frau Schwarz.
Anja strahlte und genoss die Anerkennung, warf Holger einen angeberischen Seitenblick zu, über den er sich amüsierte.
„Also, Herr Ziegler", sagte Frau Schwarz, „dann haben Sie ja schon ganz klare Vorgaben für die Ausschreibungsunterlagen."
Der nickte nur geistesabwesend, als hätte er vom Rhein geträumt.

Mittwoch, 5. Juni 2024
Holger saß am Computer, besah sich die Auflistung der letzten Vorfälle, als Hanno anrief und nach kurzer Begrüßung fragte: „Hat Anja dir das von Brüssel ausgerichtet?"
„Ja."
„Die wollen dort unbedingt deinen Film sehen."
„Soso", murmelte Holger zerstreut. Alle Meldungen auf dem Bildschirm handelten von Kastanien. Zum Glück gab es nur einen Todesfall in Duisburg, wo eine 80-Jährige beim Abwurf mit ihrem Rollator stürzte und von den Blütenmassen begraben wurde.
„Soll ich später noch mal anrufen?"
„Nein, nein." Die Beseitigung der riesigen Kastanien würde natürlich sehr aufwändig sein.
„Gut." Hanno räusperte sich. „Wann würde es dir denn in der nächsten Woche passen? Hast du wichtige Termine?"

„Moment mal." Er klickte auf seinen Terminkalender. „Nur Montag kann ich nicht."

„Wie wäre es denn mit nächstem Donnerstag? Das ist der 13."

„Einverstanden." Holger klickte zurück auf die Kastanienliste. „Aber wir müssen doch noch Anja fragen."

„Die wird sich schon nach dir richten", erwiderte Hanno merkwürdig abwertend. Dann fügte er in anderem Tonfall hinzu: „Aber ich rufe sie gleich nach unserem Gespräch an und informiere sie."

„Ist auf jeden Fall besser." Anja konnte besonders männliche Fremdbestimmung überhaupt nicht leiden. Oder spielte sie bei dem Schweizer das kleine, hilflose Weibchen, das dem starken Mann alle Entscheidungen überließ? – Schwer vorstellbar.

„Die Filmvorführung mit dem anschließenden Vortrag beginnt um 14 Uhr."

„Muss ich da sprechen?", fragte Holger besorgt.

„Nein, das übernehme ich. Die WHO meint, es sei besser, wenn ein Neutraler die Sache bei der EU vorträgt, damit es nicht wieder nationale Eifersüchteleien gibt und abfällige Äußerungen über die dominanten, besserwisserischen Deutschen. Obwohl ihr ja der einzige Staat auf der Welt seid, der diese Vorkommnisse offen untersucht und aufgeklärt hat und jetzt aktive Gegenmaßnahmen ergreift."

„Ich finde die Überlegung deiner Behörde schon genau richtig", Holger grinste, „und überlasse dir gerne das Rednerpult."

Hanno kicherte kehlig. „Das dachte ich mir schon."

„Müssen wir dann an einem Tag hin- und zurückfliegen?"

„Nein. Ich buche für uns in einem Hotel, das ich gut kenne. Da gibt's ein erstklassiges Frühstücksbüfett."

„Sehr schön. Ich will aber ein Einzelzimmer."

„Spielverderber!" Hanno lachte donnernd wie ein Gewitter in den Schweizer Bergen.

Eine Viertelstunde später rief Domosch aus Dessau an und berichtete, dass sich in der vom Ligniopin zersetzten Probe keinerlei intaktes Material mehr befunden habe, dass das Holz also absolut tot sei.

Samstag, 8. Juni 2024
Astlingen, Deutschland, EU.
Beim späten Frühstück hatte Holger die Meldung von dem Zwischenfall mit sieben Toten auf dem Astlinger Jahrmarkt gehört. Da Anja wieder in Genf war und er nichts Besonderes vor hatte, fuhr er alleine die zwei Stunden Richtung Süden, um sich die Sache vor Ort anzuschauen.

Mit seinem Dienstausweis und der Sondervollmacht wurde er von der Polizei überall durchgelassen, aber auch argwöhnisch beo-

bachtet. Vier Rettungswagen standen mit ihrem Blaulicht an der linken Seite, wo die Zufahrt war. Notärzte, Sanitäter, Feuerwehrleute und Polizisten liefen hin und her. Auf dem Jahrmarkt hörte man keine Musik, alle Fahrgeschäfte standen still. Innerhalb der Absperrung sah man nur Feuerwehrleute mit Atemschutzgeräten und Laubsaugern. Der Platz war von mächtigen Sommerlinden umschlossen, und die hatten ihre hellgelben Blütenmassen in diesen ovalen Innenraum abgeworfen und alles hoch bedeckt: das Kinderkarussell, den Autoskooter, den Boden, die Jaguarbahn und die zahlreichen Buden. Es sah aus wie nach gelbem Schneefall.
Holger ging zu dem Einsatzleiter, der mit seinem Funkgerät direkt am Absperrband stand. Er stellte sich vor und zeigte die Vollmacht, die der hagere Mann missmutig überflog und ihm dann zurückgab.
„Ich befasse mich mit solchen Vorfällen", sagte Holger.
„Dass es uns hier in Astlingen so furchtbar erwischt, hätte keiner gedacht."
„Die Linden wurden garantiert noch nicht getestet, weil sie außerhalb des Ortes sind. Und der Auslöser war die laute Rummelmusik."
Das Funkgerät knackte und eine rauschende Stimme meldete irgendetwas. „In Ordnung. Verstanden", erwiderte der Einsatzleiter.
„Ist es bei sieben Toten geblieben?"
„Bis jetzt, ja. Und davon sind vier Kinder, die in den Karussellautos saßen."
„Schrecklich!", Holger blickte dorthin, eins der kleinen Fahrzeuge war auch ein Feuerwehrwagen mit aufrechter Leiter.
„Aber wir haben hier noch einige Verletzte", er zeigte zu den Rettungswagen, „und in den Krankenhäusern sind schon über 30."
„Seit wann ist denn der Jahrmarkt hier?"
„Seit gestern Abend."
„Und der fängt morgens schon wieder an?"
„Ja. Um 10 Uhr. Das ist hier so Tradition."
„War viel Betrieb?", fragte Holger.
„Natürlich. Hier ist immer viel los. Besonders bei so gutem Wetter."
„Ein sehr schöner Platz. Die Bäume sind schon uralt."
„Ja." Das Funkgerät krächzte wieder. „Ja? – Ist gut. Ich komme rüber." Zu Holger sagte er: „Ich werde gebraucht. Tut mir leid."
„Klar." Er sah diesem drahtigen Mann hinterher und ging dann außen an der Absperrung entlang nach rechts. Die Feuerwehrleute sammelten die prallen Säcke mit den aufgesaugten Blüten neben ihren Löschfahrzeugen. Holger hob ein herzförmiges Lindenblatt auf und dachte an Anjas voreilige Entwarnung. Nur weil es keine Frühjahrsblüher mehr gab, war die Gefahr noch lange nicht vorbei. Er sah hoch zu den gewaltigen Bäumen. Diese Sommerlinden wa-

ren prächtig, alle mindestens 25 Meter hoch und einige hundert Jahre alt. Schlimm, dass sie nach dieser Ewigkeit nun gefällt werden mussten.

Was war während ihres langen Lebens nicht alles geschehen? Amerika wurde entdeckt, unsterbliche Kunstwerke erschaffen und Menschen verbrannt; Maschinen wurden erfunden, Weltkriege geführt und Grenzen hin und her geschoben, man landete auf dem Mond. Und jetzt raste man mit dem Autopiloten über die Straßen und hatte das Wissen der Menschheit in einem Handy immer bei sich, konnte damit weltweit über verschiedene Medien kommunizieren.

Aus Hütten wurden Städte, Generationen kamen und gingen – und diese Linden standen da und folgten nur dem Kreislauf der Jahreszeiten. Man machte aus ihnen Honig und Tee, Liebespaare küssten sich an ihrem Stamm, Tote lagen unter ihnen – und diese Bäume waren Zuschauer über einen Zeitraum von 500 oder 600 Jahren, völlig unbeeindruckt, wuchsen einfach immer nur weiter, warfen ihre Blätter ab und bekamen wieder neue.

Aber jetzt ist alles anders geworden, dachte Holger. Wir haben mit unserer Anmaßung in die Natur eingegriffen und sie verändert, haben dadurch friedliche Bäume in gefährliche verwandelt.

Holger sah weiter hinten die Wohnwagen der Schausteller. Dazwischen standen in kleinen Gruppen die Leute, manche gestikulierten, andere wirkten ratlos. Auf jeden Fall war auf diesem Jahrmarkt kein Geschäft mehr zu machen. Zum Schluss fotografierte er mit seinem Handy mehrmals das Kinderkarussell und dann die anderen Fahrgeschäfte, die alle von einer dicken, hellgelben Blütenschicht bedeckt waren.

Montag, 10. Juni 2024
Berlin, Deutschland, EU.
„So alt werden diese Linden?", fragte Anja.
„Die können 1000 Jahre alt werden."
„Wirklich?"
Holger nickte. „Und 30 Meter hoch wachsen." Als er ihr von den vier toten Kindern im Karussell erzählt hatte, war sie geschockt gewesen und hatte sofort feuchte Augen bekommen. „Unsere Vorfahren pflanzten Sommerlinden in heiligen Hainen oder als Gerichtslinden."
„Und die standen dann für eine Ewigkeit da", sagte sie ernst.
„Es ist traurig, dass diese würdigen Bäume jetzt gefällt werden müssen."
„Ich wäre natürlich mitgekommen, wenn ich hier gewesen wäre."
„Wie war's denn in Genf?"
„Schön", antwortete Anja, obwohl ihr Gesichtsausdruck etwas

anderes signalisierte.
„Und wie läuft's mit Hannos Mutter?"
Sie sah ihn erschrocken an, sprang auf, drehte sich weg, ihre Schultern zuckten.
„Was ist denn los?", Holger erhob sich überrascht.
„Ach!" Anja wurde von einem Weinkrampf geschüttelt. „Es ist ... schrecklich!" Ihr Sprechen wurde vom Schluchzen unterbrochen. „Die Mutter ..."
„Gab's Ärger?" Holger fasste sie an den Oberarmen und drehte sie behutsam zu sich um. Sie war völlig in Tränen aufgelöst, ihr Körper bebte.
„Ich kann ihr ..." Sie schniefte, bekam schlecht Luft. „Ich kann ihr einfach nichts recht machen."
„Also ist es nicht besser geworden?"
„Nein." Ihr Kopf wackelte. „Ich werde einfach nicht warm mit seiner Mutter. Ich kann machen, was ich will, es ist immer falsch."
„Mütter von erwachsenen Söhnen sind glaub ich so."
„Aber ..." Die Tränen liefen ihr über die Wangen. „Aber sie ist so abweisend zu mir. So kalt und ..." Ihr Oberkörper zuckte vom heftigen Schluchzen.
„Ach, Anja." Holger umarmte sie, hielt ihre zitternden Schultern und dachte dabei an Vanessa, die er damals auch oft so gehalten hatte, wenn sie nach einem Streit weinen musste. Später ließ sie diese Berührung nicht mehr zu und zeigte ihm auch keine Tränen mehr. Und immer hatte er Schuld gehabt, er war der Verursacher ihres Kummers gewesen. So wie nun Hannos Mutter bei Anja, die sich durch sein festes Halten jetzt allmählich beruhigte.
Mit einem leisen „Danke" löste sie sich dann aus seinem Griff. Dieser Gefühlsausbruch war ihr sichtlich peinlich. Sie holte ein Taschentuch aus ihrer Handtasche, drehte sich zur Seite und schnäuzte mehrmals. Holger wusste nicht, wie er sich verhalten sollte, also setzte er sich wieder hin.
Anja nahm auch wieder Platz, legte ihre Brille auf den Schreibtisch und rieb sich die Augen. „Entschuldige."
Holger machte eine ratlose Geste. „Hauptsache, ihr beide versteht euch."
„Aber seine Mutter ist ihm sehr wichtig. Vielleicht sogar ..." Sie verstummte, schnäuzte kräftig und wischte die Tränen ab.
„Aber du willst ja nicht mit seiner Mutter zusammen sein", Holger versuchte ein zaghaftes Lächeln.
„Nein." Anja packte das Taschentuch weg, setzte die Brille wieder auf und nahm ihre gewohnt gerade Haltung ein. „Hanno ist aber sehr auf seine Mutter fixiert."
„Das ist auf jeden Fall bei älteren Junggesellen so, die noch bei ihrer Mutter leben."
„Bei Töchtern jedenfalls nicht."
„Kann sein. Aber bei Söhnen ist es manchmal einfach Eifersucht

auf die andere Frau, die sich da an seiner Seite breit macht."
„Eifersucht?", wiederholte Anja ungläubig.
„Naja, sie fürchtet um den Einfluss auf ihren Sohn, sie muss ihn mit dir teilen, er ist nicht mehr ausschließlich für sie da, er entgleitet ihr vielleicht und will mit dir womöglich woanders leben."
„Niemals", sie presste die Lippen zusammen. „Hanno würde seine Mutter nie verlassen."

Mittwoch, 12. Juni 2024
„Wann fliegen Sie morgen früh?", fragte Ziegler.
„Um 6.15 Uhr."
„Und wann findet die Filmvorführung und der Vortrag statt?"
„Um 14 Uhr", antwortete Holger.
„Für die weitere Entwicklung von möglichst globalen Gegenmaßnahmen ist es diplomatisch klug, dass kein Deutscher in Brüssel spricht, sondern ein doppelt Neutraler wie Herr Gülstmann, einmal als Schweizer und einmal als Mitarbeiter der WHO."
„Ich bin jedenfalls froh, dass ich dort keine Rede halten muss."
„Das kann ich verstehen, Herr Grimm."
„Gibt es denn endlich mal Fortschritte beim Gen-Verbot?"
Ziegler zog die Augenbrauen hoch und schaukelte mit dem Kopf.
„Da tut sich was."
„Wirklich?"
„Dieser schreckliche Vorfall in Astlingen mit den vier toten Kindern zeigt natürlich Wirkung."
„Klar." Holger dachte an das Karussell, an das kleine Feuerwehrauto mit der hochgestellten Leiter.
„Eine Entscheidung steht unmittelbar bevor."
„Hoffentlich." Holger verdrängte die Vorstellung von kreischenden Kindern, die in den offenen Wägelchen von den gelben Blütenmassen begraben wurden.
„Und eine ist schon gefallen", Ziegler verzog schadenfroh den Mund und ließ sich Zeit mit der Nachricht. „Özdak-Primmel wurde in den vorzeitigen Ruhestand geschickt."
„Tatsächlich?"
„Ja. Er war die Opfergabe des Landwirtschaftsministeriums, um wieder bei uns am Tisch zu sitzen, um wieder dabei zu sein."
„Das ist gut." Das gönnte Holger diesem Walross. „Vieles wird einfacher sein, wenn dieser Scharfmacher nicht mehr dabei ist."
„Das hoffen wir alle."
„Ab wann werden denn auch die Bäume außerhalb der Innenstädte untersucht?", fragte Holger. „Dann wäre das Unglück in Astlingen wahrscheinlich nicht passiert."
„Wir sind leider noch lange nicht soweit. Wir sind immer noch bei den City-Bereichen. Aber ab sofort werden vor Veranstaltungen

wie Jahrmärkten, Schützenfesten oder Open-Air-Konzerten die Bäume der unmittelbaren Umgebung kontrolliert."
„Auch außerhalb der Ortschaften?"
„Ja." Ziegler räusperte sich. „Wollen Sie denn das Wochenende in Brüssel noch dranhängen?"
„Weiß nicht", Holger sah kurz zu dem Gemälde vom Rhein.
„Natürlich auf Ihre eigenen Kosten", fügte sein Vorgesetzter schmunzelnd hinzu.

Donnerstag, 13. Juni 2024
Brüssel, Belgien, EU.
Hanno hatte die beiden vom Flughafen abgeholt. Bei der Begrüßung wollte Anja ausgiebig knutschen, doch ihm war wohl Holgers Anwesenheit unangenehm. Jedenfalls befreite er sich aus ihrer Umklammerung und nahm ihren Koffer, Anja ergriff seine andere Hand und stellte viele Fragen.
Auf der Fahrt zum Hotel hielt Hanno an einem großen Platz, dessen Häuser alle verschnörkelte Giebel hatten. Er lächelte und spielte den Reiseführer: Das sei der Grand Place, mit seiner geschlossenen barocken Fassadenfront einer der schönsten Plätze Europas. Dann zeigte er zu einem hohen Turm, und Anja strahlte ihn während seiner Erklärung an: Das sei das Rathaus aus dem 15. Jahrhundert. Es habe einen 96 Meter hohen filigranen Turm, auf dessen Spitze stehe die vergoldete Statue des mit dem Drachen kämpfenden Erzengels Michael. Der sei der Patron der Stadt Brüssel. Anja gab ihm einen Schmatzer auf die Wange und strich ihm durch die Locken. Hanno zog seinen Kopf etwas nach links und fuhr weiter.
Im Hotel ging er mit ihr auf ihr gemeinsames Zimmer. In einer dreiviertel Stunde wollten sie sich wieder in der Eingangshalle treffen. Holger checkte ein und fragte nach einer Verlängerung. Er wollte doch noch einen Tag länger bleiben, weil Utinka sowieso erst Sonntagnachmittag für ihn Zeit hatte und er noch nie in Brüssel gewesen war. Es war möglich, er nahm seine Türkarte, suchte sein Zimmer, ließ die Reisetasche fallen und testete das Bett. Er lag da und dachte an Hanno, der jetzt hoffentlich die Zärtlichkeiten von Anja ungestört erwidern würde.
Holger war überpünktlich und erwartete das reife Paar, das ihm dann Hand in Hand entgegenkam, Anja wirkte glücklich. Hanno fuhr mit ihnen zur Rue des Bouchers, dem Bauch von Brüssel, wie er es nannte. In diesem bunten, alten Gassengewirr reihte sich ein Restaurant ans andere. Alle Leute schienen draußen zu sitzen. Zwischen den Tischen und Stühlen blieb nur ein schmaler Gang, durch den sich die Menschenschlange schob. Hanno führte sie zu einem kleinen Lokal, wo sie sich an einen freien Tisch setzten, der direkt neben dem Eingang stand.

„Die sind hier berühmt für ihre Meeresfrüchte", schwärmte Hanno und reichte Holger die Speisekarte, die er rasch an Anja weitergab.
Eine üppige Bedienung nahm dann die französische Bestellung von Hanno entgegen: für ihn ein Baguette mit Scampis, für Holger eins mit Schinken, Anja blieb bei Käse, obwohl Hanno sie zu seiner Wahl überreden wollte. Bei den Getränken waren sie sich allerdings einig: alle wollten Kaffee.
„Ich bleibe auch noch einen Tag länger hier", sagte Holger.
„Schön." Hanno sah zum Essen des Nachbartisches.
„Ätsch!", Anja machte eine lange Nase. „Wir bleiben aber bis Sonntag."
„Das kann ich mir nicht leisten."
Sie lachten und lästerten und beobachteten dann die ununterbrochene Menschenkette, die sich an den Tischen vorbeischlängelte und dabei die Speisen begutachtete.
„Übrigens", Holger beugte sich zu Hanno vor, „den Özdak-Primmel haben sie in Pension geschickt."
„Echt?"
„Das war dieser dicke, vorlaute Typ mit dem Schnauzbart."
„Ja. Ein unsympathischer Zeitgenosse."
„Kann man wohl sagen."
„Ah!", Hanno schnalzte mit der Zunge, als ihre Bestellung gebracht wurde. „Das sieht aber lecker aus!"

Voller Ehrfurcht waren sie Hanno durch das Europaviertel gefolgt, hatten die modernen, teilweise gigantischen Verwaltungspaläste bestaunt. Hier war wirklich das administrative Zentrum der EU.
Holger und Anja saßen jetzt in der ersten Reihe. Hanno war nach seinen Einleitungsworten am Rednerpult stehengeblieben, als der Film startete. Dieser Vortragssaal war allerdings nicht größer als der bei der Weltgesundheitsorganisation in Genf; überraschenderweise gab es weniger Zuschauer als dort, viele Stühle blieben leer.
Holger war es peinlich, sich so auf der Medienwand zu sehen: im Schutzanzug, mit Atemmaske, Gehörschutz und der Kamera vor den Sichtgläsern; und dann bewegte er sich auch noch so merkwürdig hin und her, blickte hoch oder zur Seite. Er kam sich vor wie ein mutiertes Rieseninsekt beim Paarungstanz. Aber zum Glück konnte ihn ja so keiner erkennen.
Das waren die Aufnahmen, die Keno gefilmt hatte. Keno Backwang, der anderer Meinung gewesen war und nicht an den Erfolg dieses Experiments geglaubt hatte, der aber nach dem Blütenfall applaudiert und ihm als erster gratuliert hatte.
Die Mischung von seinen Nahaufnahmen und der Gesamtansicht der Hainbuche war wirklich gut und spannend. Auch der eingeblen-

dete Dezibelwert verstärkte den Eindruck, zeigte jetzt 90 an. Die Rockmusik war natürlich viel leiser als damals im Grunewald.
Nun flogen die ersten Blüten wie Schneeflocken durchs Bild. Holger dachte an das beklemmende Gefühl der Verlassenheit, als er da alleine und ohne Gehör in diesem heftigen Blütenschauer stand.
Anja flüsterte ihm zu: „Ich hatte richtig Angst um dich."
„Ich auch."
Als der Film zu Ende war, blieb es dunkel und Hannos Stimme ertönte. Holger verstand nur so viel, dass er etwas von Astlingen erzählte. Dann wurden die Fotos gezeigt, die er Hanno vorgestern gesendet hatte. Es war unglaublich, dass er sie erst vor fünf Tagen aufgenommen hatte. Bei dem von Blüten überhäuften Kinderkarussell lief ein Raunen durch die Reihen. Die leeren Wägelchen vermittelten eine tragische Symbolik, die niemanden kalt ließ.
„Schrecklich!", hauchte Anja.
„Ja", Holger nickte. In Gedanken sah er wieder die kleinen Kinder, ein lebhafter Junge läutete wie wild die Feuerwehrglocke.
Das Licht ging an, Hanno stand am Rednerpult und begann zu sprechen.
Um die inneren Bilder loszuwerden, zwang sich Holger, an etwas anderes zu denken und blieb dabei an Utinka hängen. Hatten die beiden eigentlich eine Zukunft? Wollte er das überhaupt? Ihr seltenes Zusammensein verlief in letzter Zeit meistens sehr angenehm, sogar wenn Sina dabei war. Aber es waren ja immer nur einige Stunden, in denen sich jeder mit seiner besten Seite präsentierte und alles Negative auf später verschob. Konnte es gut gehen, wenn sie sich täglich sehen oder gar zusammenleben würden? Eine gemeinsame Wohnung mit einem Alltag, in dem sich jeder ein- und auch unterordnen musste? Nein, das würde nie funktionieren. Vielleicht war er auch einfach untauglich für ein Familienleben.
Das melodische Französisch lullte ihn ein. Holger starrte vor sich hin und hatte plötzlich die Vision einer baumlosen Welt, alle Parks und Wälder bestanden nur noch aus trostlosen Stümpfen. Hügel und Berge waren kahl, die unendlichen, öden Stoppelflächen reichten bis zum Horizont. Auf den Feldern wuchsen riesige Unkräuter und verdrängten die ausgesäten Kulturpflanzen, Getreide mit kleinen Ähren und mickrige Rübenblätter verkümmerten zwischen hohen Disteln und Löwenzahn.
Durch eine grummelnde Reaktion der Zuhörer wurde Holger in die Wirklichkeit zurückgeholt, in gedämpfter Lautstärke äußerten viele ihren Unmut oder Widerspruch.
„Was ist denn los?", fragte er Anja leise.
Sie drehte sich zu ihm und flüsterte: „Das war gerade die Stelle, wo ein möglichst weltweites Gen-Verbot gefordert wird."

„Kommt scheinbar nicht so gut an."
„War doch zu erwarten, oder?"
Holger nickte und erinnerte sich an die Warnungen der Typen vom Landwirtschaftsministerium vor Hungersnöten, wenn kein genverändertes und damit herbizidverträgliches Saatgut mehr eingesetzt werde. Hoffentlich blieb seine Vorstellung von wuchernden Unkrautfeldern nur ein Albtraum.

Freitag, 14. Juni 2024

Als Holger zum Frühstück kam, saßen die beiden schon am Tisch, ließen es sich schmecken und begrüßten ihn freundlich. Holger antwortete mit belegter Stimme, registrierte die große Kaffeekanne, sah sich um und ging zum Büfett. Er hatte schlecht geschlafen und eigentlich gar keinen Hunger.
Als er mit seinem spartanischen Teller zurückkam, feixte Hanno: „Ist das etwa alles?"
„Ja." Holger setzte sich, goss sich Kaffee ein und trank das belebende Schwarz.
„Kein Rührei mit Bacon?", Hanno deutete kauend auf seinen vollen Teller.
Holger schüttelte den Kopf. „So etwas mag ich morgens nicht. Aber Kaffee ist wichtig." Er lächelte müde und führte die Tasse wieder zum Mund.
„Ich brauch auch nur ein Brötchen mit Marmelade oder Käse", sagte Anja.
„Ist ja langweilig", Hanno zerschnitt den knusprigen Schinken.
„Wie war denn die allgemeine Reaktion der EU-Leute auf den Film und deinen Vortrag?", fragte Holger. „Die haben dich ja noch ziemlich lange belagert."
„Das kann man wohl sagen." Anja biss in ihr Brötchen und hatte dann rote Marmelade an der Wange.
„Die waren durchweg alle einsichtig und betroffen, besonders von den toten Kindern in Astlingen." Hanno aß sehr schnell und mit sichtlichem Genuss. „Nur für ein generelles Gen-Verbot gab es eine breite Ablehnungsfront."
Durch den warmen Fettgeruch von Hannos Teller verging Holger das Essen. „Diese neuen Opfer haben auch in Deutschland Wirkung gezeigt. Laut Ziegler steht eine Verordnung gegen Gen-Saatgut unmittelbar bevor. Der Rausschmiss von Özdak-Primmel ist das erste deutliche Signal für ein Umdenken im Landwirtschaftsministerium."
„Den wird keiner vermissen", warf Anja ein.
„Es ist auch unbedingt notwendig, dass jetzt bald etwas Konkretes geschieht", sagte Holger. „Blühende Bäume und damit gefährliche Blütenabwürfe werden jetzt immer seltener. Bald haben wir eine

Pause von 6 – 8 Monaten, wo es keine weiteren Fälle geben wird. Und wir kennen das doch zur Genüge: was nicht mehr aktuell in den Medien gebracht wird, ist auch nicht wichtig, existiert praktisch für die Allgemeinheit und erst recht für die Politiker nicht mehr."
„Bis zum nächsten Frühjahr", betonte Anja mit ernster Miene.
„Ich hol mir noch was." Hanno stellte seinen geleerten Teller zur Seite, erhob sich und ging zum Büfett.
Holger spülte sein Butterbrötchen mit Kaffee hinunter und füllte sich erneut seine Tasse. „Der hat ja einen gesegneten Appetit."
„Ja", stöhnte Anja. „Und das schon am frühen Morgen."
Hanno kam mit einem eher bescheiden gefüllten Teller zurück: Lachs, Kochschinken, Forellenfilet, Salami, ein Stück Camenbert und ein Körnerbrötchen.
„Was du schon alles so essen kannst", wunderte sich Anja.
„Du weißt doch: morgens wie ein Kaiser ... und so weiter. Aber Holger isst ja jetzt wie ein Bettler."
„Und du immer wie ein Kaiser", neckte sie ihn.
„Stimmt gar nicht", empörte sich Hanno und rollte eine Scheibe Lachs um seine Gabel.
„Haben denn da auch welche von Vorfällen und Opfern in ihren Ländern berichtet?", fragte Holger.
Der Schweizer nickte kauend. „Aber sehr zurückhaltend und nur unter vier Augen. Ein Belgier und eine rassige Spanierin", er schielte zu Anja, die ihm auch gleich mit der Faust drohte, „erzählten von mehreren Toten durch Blütenattacken unterschiedlicher Bäume."
„Und die Franzosen?"
„Wie gewohnt. Keine Mitteilungen. Nichts."
Holger reckte sich. „Wenn die Bäume in Paris schon verseucht waren, wird es im übrigen Land noch viel schlimmer sein."
„Mit Sicherheit. Aber das wird totgeschwiegen."
Anja stand auf. „Ich hole mir noch Melone und Ananas."
„Bringst du mir ein Glas O-Saft mit?", bat Holger.
„Gerne."
„Mann, lebt ihr gesund", Hanno rollte mit den Augen und biss in seine doppelt belegte Brötchenhälfte.

Hanno unternahm dann mit ihnen eine Stadtrundfahrt durch Brüssel. Als sie vor der nur 60 Zentimeter hohen Bronzestatue des pinkelnden Knaben standen, sagte Anja ganz ernsthaft: „Den hab ich mir aber größer vorgestellt."
„Das tun Frauen immer", entgegnete Holger. Nach einer Sekunde prustete Anja los, und alle drei brachen in schallendes Gelächter aus.
Als sie sich wieder beruhigt hatten, erklärte Hanno, dass

Manneken Pis schon über 400 Jahre alt sei und auch öfter angezogen werde, die vielen Kleider könne man im angrenzenden Museum besichtigen.
Sie sahen die barocke Kathedrale, die gigantische Basilika und staunten über die historischen glasüberdachten Galerien.
Als sie später vor dem Atomium standen, ratterte Hanno ihnen die Informationen runter: „Eine 102 Meter hohe Konstruktion, wurde zur Weltausstellung 1958 errichtet und stellt eine 165-milliardenfache Vergrößerung eines Eisenmoleküls dar."
„Angeber!", Anja gab ihm einen Schubs.
„Das hätte ich auch gewusst", meinte Holger grinsend.
„Männer!", sie verdrehte die Augen und zog Hanno hinter sich her.
Als die beiden so Arm in Arm vor ihm herschlenderten, fand Holger, dass sie ein gutes, glückliches Paar abgaben und hoffte das Beste für sie.
In einem Straßencafé machten sie eine Pause und aßen eine Kleinigkeit, wobei die bei Hanno natürlich größer ausfiel.
„Ich hätte nie gedacht, dass es in Brüssel so viele herrliche restaurierte Gebäude gibt", Anja zeigte auf die gegenüberliegende Häuserfront mit verzierten Giebeln und vielen Figuren.
„Ich auch nicht", stimmte Holger zu.
„Brüssel ist eine sehr schöne Stadt mit einer langen Geschichte", sagte Hanno. „Nicht umsonst ist sie jetzt das Zentrum Europas."
„Wie geht es denn nun hier weiter mit unserem Projekt?", fragte Holger.
„Nun, die Abgeordneten nehmen unsere Informationen mit in ihre jeweiligen Länder und berichten ihren Regierungen." Hanno beäugte wieder die anderen Tische. „Das war ja gestern nur der erste zentrale Schritt. Der Entscheidungsprozess in den einzelnen Staaten wird natürlich seine Zeit brauchen. Intern – siehe Frankreich – wissen die ja, dass das Problem brennt und gelöst werden muss."
„Aber mit einem europaweiten Gen-Verbot sieht's schlecht aus, wie?"
„Ja. Da müsste Deutschland wiederum Vorreiter sein."
Holger nickte. „Wird es ja wohl auch hoffentlich bald."
„Ah, unsere Bestellung kommt!", Hanno strahlte.
„Du hast ja wirklich nur einen bescheidenen Imbiss", stichelte Anja.
Ganz zum Schluss fuhren sie in den Brüsseler Vorort Waterloo und stiegen die vielen Stufen des grünen Grashügels empor. Als sie oben bei der Löwenstatue angekommen waren, musste Hanno erst mal verschnaufen, bevor er wieder ordentlich sprechen konnte:
„Das waren 226 Stufen. Hier fand also die weltberühmte letzte Schlacht von Napoleon Bonaparte statt."
„Das war ja wohl die erste europäische Gemeinschaftsaktion",

sagte Holger.
„Ganz recht." Hanno zwinkerte Anja zu. „Übrigens soll der Löwe aus Waffen gegossen worden sein."
„Das ist genau die richtige Verwendung dafür." Sie nahm seine Hand und blickte ergriffen auf das ehemalige Schlachtfeld.

Samstag, 15. Juni 2024
Als er zum Frühstück kam, saß Anja alleine am Tisch. Bestimmt ist Hanno schon wieder am Büfett, dachte Holger, doch da war er nicht. Beim Näherkommen merkte er, dass etwas nicht stimmte: Anja hatte gerötete Augen, Hannos Gedeck war unberührt.
„Wo ist er denn?"
„Weg. Er bekam mitten in der Nacht einen Anruf." Anja hatte einen leidenden Blick. „Seine Mutter ist die Treppe runtergefallen und schwer verletzt."
„Was?", Holger setzte sich auf seinen Stuhl von gestern.
„Hanno hat die erste Maschine nach Genf genommen."
„Und wer hatte angerufen?"
„Die vom Krankenhaus. Es geht ihr wohl sehr schlecht."
Holger schüttelte den Kopf mit zusammengepressten Lippen. Dann goss er sich Kaffee ein und trank einige Schlucke, aber auch damit konnte er nicht richtig denken.
„Ich hätte Hanno gerne begleitet, aber das wollte er nicht", sie bekam nasse Augen.
„Nun, er muss ja erst mal sehen, wie's ihr geht. Vielleicht muss er auch über eine Operation entscheiden."
„Ich glaube, er macht mir Vorwürfe."
„Wegen seiner Mutter?"
Anja nickte, dadurch löste sich eine Träne und glitt über ihre Wange.
„Aber du kannst doch nichts dafür, wenn die die Treppe runterstürzt."
„Er meint, das könnte von der ganzen Aufregung wegen mir sein. Ihr Herz macht ihr zu schaffen, ihr Blutdruck steigt durch den Ärger, ihr wird schwindelig und dann ..." Sie verstummte mit bedeutungsvoller Miene.
„Hat Hanno das gesagt?"
„Nicht so direkt. Aber ..."
„Nichts aber", unterbrach er sie, „du darfst dich da nicht in etwas reinsteigern. Du hast absolut keine Schuld daran. Es war ein Unfall. Sie ist ein alter Mensch, da passiert so etwas."
„Aber warum durfte ich nicht mit?", Anja sah ihn gequält an.
„Wahrscheinlich befürchtet er, dass dein Krankenbesuch seiner Mutter nicht gut tut, dass sie sich unnötig aufregt. Er weiß doch von eurem gespannten Verhältnis."
„Und er meinte immer, ich müsse mir mehr Mühe geben und auf sie

eingehen. Das habe ich auch gemacht und mir oft auf die Zunge gebissen", vor Verbitterung verengte sich ihr Mund, „aber ich wurde von ihr trotzdem nur kritisiert und schikaniert."
„Dann hätte Hanno aber auch mal zu dir halten müssen."
„Gegen seine Mutter?", Anja verzog zynisch ihr Gesicht. „Niemals."
„Tja", Holger zuckte mit der Schulter und goss sich Kaffee ein. Das Essen war ihm wieder einmal vergangen.
„Ich habe mich wirklich bemüht."
„Willst du dann nicht heute mit mir zurückfliegen?"
„Wie?", fragte sie gedankenverloren.
„Wir könnten heute zusammen fliegen. Oder willst du trotzdem bis morgen hier bleiben? Ganz allein?"
Sie überlegte und zögerte mit der Antwort. „Nein, nein. Ich fliege morgen wie geplant. Das ist doch jetzt alles so gebucht."
„Wie du willst." Holger wollte ihr noch etwas Tröstendes sagen. „Sobald Hanno da in Genf alles geregelt hat und etwas zur Ruhe kommt, wird er dich garantiert anrufen."
„Meinst du?"
„Klar." Er lächelte zaghaft. „Aber Montag musst du wieder pünktlich bei der Arbeit sein."
Seine scherzhafte Bemerkung zeigte keine Wirkung. „Natürlich", erwiderte Anja nur bedrückt.

Berlin, Deutschland, EU.
Holger nahm einen ordentlichen Schluck aus der Bierflasche, legte die Beine hoch und rief: „Schlagzeilenschau an!"
Auf der Medienwand erschien eine lange Reihe von Traktoren mit Plakaten. Der Sprecher sagte: „In mehreren Städten gab es heute Demonstrationen von Landwirten, die mit ihren Fahrzeugen auch kurzzeitig einige Straßen absperrten." Auf einem Transparent stand in dünner Krakelschrift: ‚Ohne Gen geh'n wir kaputt'. „Die Bauern reagierten mit ihren Aktionen auf Meldungen aus dem Bundeslandwirtschaftsministerium, wonach ein allgemeines Anbauverbot von genveränderten Pflanzen geplant sei."
„He!" Holger pfiff durch die Zähne. „Es geht also tatsächlich los", er hob die geballte Faust.
Die gebräunte Präsidentin des Bauernverbandes sprach jetzt ins Mikrofon: „Die industrielle Agrarwirtschaft kann doch nur noch mit Gen-Saatgut arbeiten, weil das unbehandelte absolut keine Überlebenschance gegen mutierte Unkräuter, Schädlinge sowie starke Herbizide und Pestizide hätte."
Holger dachte kurz an seine Vision von wuchernden Unkrautfeldern und an den Ausspruch von Özdak-Primmel, ob man die Armen wählen lassen wolle zwischen ersticken oder verhungern?
Jetzt wurde ein Flugzeug mit langen und extrem breiten Trag-

flächen gezeigt. „Die Lufthansa hat heute ihr 10. Solar-Hybrid-Flugzeug in Dienst gestellt. Das Unternehmen ist sehr zufrieden mit den Flugeigenschaften dieser innovativen Entwicklung und wies besonders auf die sensationell reduzierten Schadstoffe und Treibstoffkosten hin." Die Oberseiten der Tragflächen bestanden nur aus Fotovoltaik-Zellen.
Im Bild erschien nun ein Kasernentor. Unter der flatternden Bundeswehrfahne stand ein Soldat Wache. „Innerhalb der EU gibt es Überlegungen, die nationalen Streitkräfte aufzulösen und durch eine europäische Armee zu ersetzen. Allerdings wurde von der Nato sofort Ablehnung geäußert." Ein deutscher, relativ junger Generalmajor wurde um seine Meinung gefragt und antwortete: „Nach der Abschaffung der Wehrpflicht wäre dieser nächste Schritt nur konsequent, um eine professionelle, internationale Eingreiftruppe zu schaffen. Ich würde eine Euro-Armee ganz klar befürworten."
„Auf einer großen Brachfläche in Bochum kam es durch Ambrosiablüten zu zwei Todesfällen und acht Verletzten durch schwere allergische Reaktionen." Man sah ein leicht welliges Gelände aus zerkleinertem Bauschutt, zwischen anderen Unkräutern dominierten eindeutig die Ambrosiapflanzen mit ihren langen Blütendolden. „Eine Gruppe von Nichtsesshaften und illegalen Einwanderern hielt sich dort auf und wurde in den Morgenstunden durch Wirbelwind von einer richtigen Pollenwolke überhäuft." Die Kamera machte einen Schwenk über ein wüstes Lager aus ramponierten Schlafsäcken, Decken, Müll und aufgerissenen Zeltplanen.
„Das waren die Schlagzeilen des Tages."
„Schlagzeilenschau aus!", rief Holger. Die Wechselfotos von Bastian kamen schon lange nicht mehr.
„Musik an!" Er legte die Hände hinter den Kopf und dachte an Ambrosia mit ihren besonders aggressiven Pollen. Ob die Pflanze auch schon genetisch verändert war?

Montag, 17. Juni 2024

Holger starrte auf seinen Monitor, aber er sah immer noch die nackte Utinka vor sich. Es war schon äußerst ungewöhnlich gewesen, dass er von Sonntag auf Montag bei ihr übernachten durfte; aber dass sie am Morgen nach dem Erwachen gleich wieder Sex hatten, das war wirklich eine Sensation. Erst vor zwei Stunden hatte Utinka sich an ihn geschmiegt, ihn unten in Form gebracht und sich auf ihn gesetzt.
Das war einfach toll gewesen. Holger verzog den Mund und nickte vor sich hin. Dabei sah er erneut auf die Computeruhr und wunderte sich, dass Anja noch nicht aufgekreuzt war. Hoffentlich hatte sie den Besprechungstermin um 11 Uhr nicht vergessen.
Er schüttelte den Kopf, um Utinkas herrliche Brüste aus seinem

inneren Blick zu kriegen. Er musste sich wieder auf seine Arbeit konzentrieren. Holger tippte das Umweltamt in Bochum ein und wartete auf die Verbindung.
Eine pummelige, übertrieben geschminkte Frau erschien auf seinem Bildschirm und begrüßte ihn freundlich.
„Guten Morgen, mein Name ist Holger Grimm. Ich bearbeite beim Bundesumweltministerium die Fälle der Pollenabwürfe bei Bäumen."
„Aha. Eine unheimliche Sache ist das."
„Gestern gab es ja bei Ihnen auch Tote und Verletzte durch Pflanzen."
„Ja. Furchtbar. Das war ein wildes Lager von Obdachlosen und Illegalen." Ihr bemaltes Gesicht zeigte keine Spur von Mitgefühl.
„Können Sie die Ambrosiablüten auch so auf ihre DNA untersuchen, wie wir es in den Städten bei den Bäumen überall machen?"
„Meinen Sie etwa, dieses Zeug ist auch schon verseucht?", fragte sie besorgt. „Hier direkt bei uns?"
„Es kann sein. Auf jeden Fall müssen wir es testen."
„Aber bis jetzt waren es doch immer nur Bäume gewesen."
„Es ist ja nur zur Vorsicht."
„Gut, Herr Grimm, wird erledigt. Soll dann der Bericht direkt an Sie gehen?"
„Ja. Bitte."

Als Holger ins Besprechungszimmer kam, standen noch alle in zwei Gruppen beieinander. Als erste und aufrichtig erfreut begrüßte er Frau Dr. Eisach, mit einem Lächeln flüsterte er ihr zu, dass er sie lange nicht gesehen habe, was sie nur mit einem tiefen Seufzer und einem vielsagenden Gesichtsausdruck erwiderte. Dann gab er den anderen brav die Hand: Frau Tebler vom Innenministerium, die große Frau Schwarz vom Kanzleramt, Dr. Ohlenberg und Ziegler. Anja war immer noch nicht da. Als hätten sie nur auf ihn gewartet, setzten sich alle rasch an den Tisch.
Ohlenberg sah in die Runde, räusperte sich und sagte: „Leider hat sich Frau Dr. Blass heute Morgen krank gemeldet." Er richtete seine Augen auf Holger. „Hat sie sich denn in Brüssel schon nicht wohl gefühlt?"
„Nicht, dass ich wüsste. Allerdings bin ich auch schon einen Tag vor ihr zurückgeflogen."
„Naja, vielleicht hat sie sich den Magen verdorben von dem üppigen Essen dort." Sein kreisender Blick suchte vergebens eine Zustimmung zu seinem süffisanten Grienen.
Dann übernahm Frau Schwarz das Wort, deren graue Strähnen vom letzten Mal vollkommen verschwunden waren. Sie ging kurz auf

den Vorfall in Bochum ein und berichtete davon, dass das Gesetz zum Gen-Verbot noch vor der Sommerpause verabschiedet werde. Anschließend fragte sie Holger über die Reaktionen in Brüssel aus. Bei seinen Antworten dachte er ständig an Anja und Hanno und seine Mutter, bestimmt war sie in Genf und alles war wieder gut.
Als Schlusswort zu diesem Thema sagte Holger dann: „Wenn jetzt Deutschland den ersten Schritt macht und den Einsatz von genmanipuliertem Saatgut verbietet, werden die anderen europäischen Staaten sicherlich folgen. Denn schließlich sterben ja auch dort Menschen durch massive Pollenabwürfe."
Alle Teilnehmer nickten mit ernsten Mienen und schauten ins Leere, einige Sekunden herrschte absolute Stille.
Frau Tebler brach dann das Schweigen und wandte sich an Ziegler: „Ich wollte mich schon lange einmal erkundigen, ob es auch Pollen-Vorfälle bei Obstbäumen gab und sie eigentlich auch verseucht sind?"
„Nach meinen Informationen bis jetzt nicht." Er sah zu Holger, der das mit einem Kopfschütteln bestätigte. „Das kommt natürlich daher, weil wir immer noch bei den öffentlichen Bäumen der Innenstadtbereiche sind und alle Obstbäume in privaten Gärten wahrscheinlich sowieso nie getestet werden können."
Frau Schwarz unterbrach ihn mit erhobenem Zeigefinger: „Irgendwann müssen die schon untersucht werden. Aber bis dahin gilt: nur bei Abwürfen oder Verdachtsmomenten oder vor genehmigungspflichtigen Veranstaltungen." Sie gab das Wort mit einer auffordernden Geste an Ziegler zurück.
„So meinte ich das auch", bemerkte er knurrig. „Vielleicht liegt es auch daran, dass Obstbäume nicht so direkt dem Straßen- und Baulärm ausgesetzt sind und die große Masse der Früchte in Plantagen geerntet wird."
Anja hätte jetzt an die vielen Obstbäume an den Chausseen im Osten erinnert, dachte Holger und hoffte, dass sie jetzt gemeinsam mit Hanno am Krankenbett seiner Mutter saß.
„Das wäre ja noch eine weitere Katastrophe, wenn der Obstanbau durch großflächige Abholzungen verringert würde", sagte Frau Schwarz.
„Zusätzlich zu den Belastungen, die durch den Wegfall von Gen-Saatgut auf uns zukommen", fügte Frau Dr. Eisach hinzu.
Ohlenberg beugte sich etwas vor. „Dann hätten wir wirklich bald gravierende Versorgungsengpässe mit Lebensmitteln, so wie es von einigen schon vorhergesagt wurde." Jeder in der Runde wusste sofort, dass er damit Özdak-Primmel meinte.
„Es gibt dabei noch andere Probleme", meldete sich Ziegler. „Dadurch, dass wir schon tausende von Bäumen aus den Städten entfernt haben, hat sich dort die Luftqualität bereits enorm verschlechtert. Durch den Ausfall der Fotosynthese bei den fehlenden Stadtbäumen wird weniger Sauerstoff produziert und gleichzeitig

weniger Kohlendioxid vernichtet. Das Resultat ist eine drastische Zunahme von CO^2. Das wird noch verschärft durch die Verbrennung der Bäume in den Müllanlagen."

„Sehr bedenklich", meinte Frau Tebler sorgenvoll.

„Und wie können wir die Situation verbessern?", fragte Frau Schwarz. „Ich bitte um Vorschläge!"

„In den Parks größere Büsche einsetzen", sagte Ziegler, „auch auf den Rasenflächen. An Mauern und Zäunen schnellwachsende Pflanzen wie Knöterich."

„Mehr Wasserpflanzen. Bestimmte Algen in fischfreien Becken." Holger bemerkte die skeptischen Reaktionen. „Aber ganz besonders eine CO^2-Reduzierung durch Fahrverbote in den Innenstädten."

„Oje, das gibt Ärger", Ohlenberg wackelte mit dem Kopf.

„Der kommt bei fast jeder Maßnahme", entgegnete Frau Schwarz. „Und was gibt es für Alternativen zur Verbrennung?"

„Auflösung durch Ligniopin", antwortete Ziegler. „Ist allerdings ziemlich kostspielig und aufwändig."

„Und es bleibt 'ne Menge tote Biomasse übrig", ergänzte Holger.

„Könnte man das Holz nicht in der normalen Holzindustrie verwerten?", fragte Frau Eisach. „Das höherwertige besonders für die Möbelherstellung? Denn immerhin sind einige Holzpreise seit Beginn unserer Baumentfernungen um das Doppelte gestiegen, Ausnahme sind nur die Nadelhölzer."

„Stimmt das?", Frau Tebler sah sie erstaunt an.

„Aber sicher."

„Ursachen und deren Wirkungen", betonte Ohlenberg wie bei einem weisen Merksatz.

„Ist ja sehr interessant", sagte Frau Schwarz. „Das befallene Holz kann doch als Möbelstück oder Kiste oder Dachbalken überhaupt nicht mehr schaden – oder, meine Herren?" Sie schaute Holger und seinen Chef erwartungsvoll an.

„Nein", Ziegler reckte sich etwas. „Sobald das Holz gefällt ist, hat es ja keine Versorgung mehr und stirbt ab. Die veränderte DNA ist zwar noch konserviert vorhanden, lebt aber nicht mehr."

Frau Schwarz verzog mürrisch das Gesicht. „Aber warum verbrennen wir dann eigentlich alle Bäume?"

„Weil wir absolut sicher gehen wollten, dass nichts auf andere Pflanzen übertragen wird", antwortete Holger. „Um Ansteckung zu vermeiden, zum Beispiel durch Rindenmulch oder Kompost."

„Gut, gut", Frau Schwarz hob abwehrend beide Hände. „Aber dann können wir ja ab jetzt damit aufhören. Da hätten wir doch auf einen Schlag mehrere Verbesserungen." Für jeden Punkt streckte sie einen Finger aus: „Weniger Kohlendioxid. Weniger Kosten für Transport und Verbrennung. Zusätzliche Einnahmen durch den Verkauf an die Holzwirtschaft. Und eine allgemeine Preisdämpfung

in dieser Branche."
„Genial!", Dr. Ohlenberg verneigte sich voller Anerkennung.
Frau Schwarz ignorierte sein Einschleimen und wandte sich an Frau Tebler: „Also, Auftrag an Sie: Ab sofort wird das verwertbare Holz der gefällten Bäume nicht mehr verbrannt, nur noch das Astwerk und die Blätter." Sie drehte sich zu Ziegler. „Und eine Anweisung an Sie: „Ab sofort werden auf den Rasenflächen der Parks vermehrt Sträucher eingepflanzt und an Begrenzungen dieser Knöterich. Auf großen Teichen sollen Schilfzonen entstehen. In zwei Monaten wollen wir kontrollieren, ob sich die Luft verbessert hat. Wenn nicht, leiten wir Ihr", sie nickte Holger zu, „City-Fahrverbot ein."

Dienstag, 18. Juni 2024
Gestern Abend hatte er mehrmals versucht, Anja auf Festnetz oder Handy zu erreichen. Vergeblich. Schließlich hatte er auf ihren Anrufbeantworter und ihre Mailbox gesprochen, ihr außerdem eine E-Mail und eine SMS geschickt, mit den beiden Fragen: Wo bist Du? Wie geht es Dir?
Holger saß in seinem Büro am Computer und nippte an dem scheußlichen Automatenkaffee. Bis jetzt hatte er noch kein Lebenszeichen von Anja bekommen. So langsam machte er sich Sorgen um sie. Dieses Verhalten passte überhaupt nicht zu ihr.
Das Klingeln seines Handys riss ihn aus seinen Gedanken. Endlich, dachte er und meldete sich hastig.
„Hallo. Hier ist Jan Woduzek."
„Was? – Sie geben wohl auch nie auf, wie?"
„Das gehört zu meinem Job."
„Was wollen Sie?"
„Wie immer: Informationen."
„Damit kann ich nicht dienen."
„Vor über einem Monat hab ich schon vermutet, dass es etwas mit der Gentechnik zu tun hat."
„So?" Das war doch meine Idee, dachte Holger und grinste gehässig. „Schön für Sie."
„Sie hätten mir doch einen kleinen Wink geben können, dass ich damit genau richtig lag."
„Ich kann mich gar nicht mehr daran erinnern, dass Sie das erwähnt hatten." Holger zog fiese Grimassen.
„Aber, Herr Grimm!"
„Ich wiederhole Ihnen gegenüber nur ständig, dass ich Ihnen keinerlei Infos geben kann. Oder etwa nicht?"
„Ja, leider", antwortete Woduzek leidend und fragte dann schnell: „Sind diese Ambrosiapflanzen in Bochum auch genmäßig verseucht?"
„Wissen wir noch nicht."

„Darf ich mich bei Ihnen noch einmal danach erkundigen?"
„Nein."
„Schade."
„Ich möchte auch nicht mehr, dass Sie mich anrufen. Haben wir uns verstanden, Herr Woduzek?"
„Aber sicher. Also, tschüss dann, Herr Grimm."
„Ja, tschüss." Als Holger das Handy weglegen wollte, sah er, dass eine Nachricht eingegangen war. Er öffnete sie und las. „Ich bin in Magdeburg. Mir geht es nicht besonders. Ich melde mich dann bei Dir. Anja."
Das hörte sich ja überhaupt nicht positiv an. Holger wollte sie aber nicht weiter bedrängen, deshalb antwortete er nur kurz: „Danke für Deine Mitteilung. Gute Besserung und alles Gute. Holger."

Er spazierte nach der Arbeit noch durch den Grunewald. Die Luft und ihre Gerüche, das Grün, die Ruhe und Einsamkeit taten ihm immer wieder gut. Hier war die Natur scheinbar noch in Ordnung, hier waren noch keine Bäume wegen veränderter DNA gefällt worden; die einzige Ausnahme war die Hainbuche des Experiments. Woanders sah es schon ziemlich traurig aus: Alleen waren keine Alleen mehr, sondern hatten nur noch trostlose Reihen abrasierter Stümpfe. Die Parkanlagen wirkten ohne große Bäume richtig öde, und es gab keine schattigen Plätzchen mehr.
Holger setzte sich auf eine Bank und hörte dem Vogelgezwitscher zu, das in den Städten auch schon selten geworden war. Er betrachtete die unzähligen Blätter an den Ästen und dachte darüber nach, ob vielleicht nicht der eigentliche Lärm ab 95 Dezibel die Blütenabwürfe auslöste, sondern die bei dieser Lautstärke entstehenden Schwingungen, wie sie zum Beispiel von Maikäfer- oder Heuschreckenschwärmen verursacht würden. Das wäre zumindest eine Erklärung dafür, warum die Bäume auf entsprechenden Krach mit dieser genprogrammierten Schädlingsabwehr reagierten. Womöglich kam es gar nicht auf den lauten Dezibelwert an, sondern nur auf deren Schallwellen, die von den Bäumen als Ausdruck eines massiven Angriffs gedeutet wurden.
Wenn das so wäre, hätte Keno Backwang doch recht gehabt: nicht der Lärm war der Auslöser, sondern die Vibrationen. Allerdings meinte er damit die Erschütterungen auf dem Erdboden und nicht in der Luft.
Holger schob die Unterlippe vor und nickte mehrmals nachdenklich, dann erhob er sich, atmete tief ein und ging zum Parkplatz zurück.
Als er später den Dienstwagen – den er jetzt eigentlich immer nahm – vor seiner Wohnung abstellte und noch einmal in den Rückspiegel schaute, sah er, was ihn schon die ganze Fahrt unbe-

wusst gestört hatte: drei Autos hinter ihm und nur halb eingeparkt mit auswärts eingeschlagenen Rädern, stand da der grüne Geländewagen, den er schon so oft beim Blick zurück registriert hatte. Konnte das zufällig sein? Ob er tatsächlich verfolgt wurde?
Holger starrte erschrocken in den Rückspiegel. In dem jeepartigen Fahrzeug saßen vorne zwei Männer mit dunklen Köpfen. Das war eindeutig dieses auffällige Auto. Das war kein Zufall. Die observierten ihn. Aber wer?
Holger holte tief Luft, öffnete die Tür, stieg aus, schlenderte zu seiner Haustür und betätigte die Fernbedienung. Als die Blinklichter aufleuchteten, drehte er sich abrupt um und ging mit schnellen Schritten zu dem grünen Wagen. Er musste sich das Kennzeichen merken. Er würde die Typen zur Rede stellen. Doch der Geländewagen wurde gestartet und preschte mit quietschenden Reifen los. Die beiden Männer schienen ziemlich bullig zu sein, ihre Gesichter lagen im Schatten ihrer schwarzen Baseballkappen. Aber sie sahen ihn kurz an. Dann waren sie weg. Das Nummernschild war so mit Schlamm beschmiert, dass man nichts erkennen konnte.
„Scheißkerle!", fluchte Holger und roch noch den Gummiabrieb der durchgedrehten Reifen.

Donnerstag, 20. Juni 2024
Magdeburg, Deutschland, EU.
Anja saß an ihrem Lieblingsplatz und schaute auf das niedrige Wehr in der Alten Elbe. Die Gewissheit, dass hier fast alles noch beim Alten war und die Wassermassen von allem unbeeindruckt und dauerhaft dahin strömten, das gab ihr etwas Trost. Auch bei ihren Eltern spürte sie diese sichere Verlässlichkeit. Gerade ihre Mutter, die sonst andauernd mit ihren Partnerfragen nervte, hatte ihren Kummer gleich erkannt und verhielt sich ungewohnt sensibel. Seit langer Zeit fühlte sich Anja wieder wohl und geborgen in Magdeburg.
Hanno hatte sie sehr verletzt. Deshalb hatte sie sich krank schreiben lassen, um sich nicht ständig schluchzend und mit verheulten Augen durch den Arbeitstag zu quälen. Hier konnte sie sich beruhigen und wieder zu sich selbst finden und notfalls die ganze Elbe vollweinen.
So aufgewühlt wie diese Gischt am Wehr hatte sie sich gefühlt, als Hanno sie am Samstagabend im Brüsseler Hotel anrief und ihr knapp mitteilte, dass seine Mutter an den Folgen des Sturzes gestorben sei und er erst einmal allein bleiben wolle. Anja hatte das am Anfang gar nicht richtig verstanden, wollte am nächsten Tag statt nach Berlin gleich nach Genf fliegen, um ihm beizustehen. Aber mit harten Worten und noch härterem Schweigen gegenüber ihren Fragen wehrte er ihre Anteilnahme ab. Dann

begriff sie schmerzhaft, dass er sie nicht dort haben wollte, auch nicht zur Beerdigung und überhaupt nicht mehr – dass es aus war. Das tat sehr weh. So ein Ende hatte Anja nicht erwartet und auch nicht verdient. Natürlich hatte sie keine Teenager-Erwartungen an ihre Beziehung gestellt, von Traumprinz und heißer Liebe, Hochzeit, Kindern und einem lebenslangen Zusammensein. Aber auf eine dauerhafte Partnerschaft hatte sie schon gehofft, auf ein spätes Glück, auch wenn man weit voneinander entfernt wohnte und sich nur an den Wochenenden sah. Es gab viele Paare, besonders beruflich erfolgreiche, die so lebten und alle paar Tage hin- und herflogen.
Am schlimmsten war Hannos eisiges Schweigen gewesen, als sie gefragt hatte, ob sie denn Schuld an ihrem Treppensturz sei?, ob er tatsächlich meine, sie habe den Tod seiner Mutter zu verantworten? Sein Nichtbeantworten war quälender als jeder laute Vorwurf, weil es ganz klar ein stummes Ja bedeutete. Das war wie ein tiefer Stich mit einem Eiszapfen in ihre Brust. Anja liefen Tränen über die Wangen. Sie holte ein Taschentuch hervor und schnäuzte sich kräftig.
Sie hatte plötzlich das Gefühl, ihre letzten 15 Jahre seien einfach gelöscht worden. Sie saß auf dieser Bank und sah den gleichen Wasserstrom, den gleichen Gischtstreifen, nur erheblich jünger, aber auch damals schon allein. Sie überlegte, wann sie eigentlich ihre beste Zeit gehabt hatte? Wenn sie ehrlich war, dann waren die vergangenen fünf Wochen vor dem letzten Samstag die glücklichsten in ihrem Leben gewesen. Anja schüttelte verbittert den Kopf und presste das nasse Taschentuch zusammen.
Irgendwann schaute sie auf ihre Uhr, stand auf, warf einen letzten Blick auf den kleinen ewigen Wasserfall und ging langsam in Richtung der Fußgängerbrücke. Auf dem Weg dorthin sah sie mehrere mächtige Baumstümpfe, bei denen die glatte Schnittfläche schon dunkelbraun angefressen war. Holger hätte natürlich gleich die Namen gewusst, selbst ohne Blätter. Also auch hier im Stadtpark auf ihrer Elbeinsel waren bereits betroffene Bäume entfernt worden.

Freitag, 21. Juni 2024
Bei Zachow, Deutschland, EU.
Zwei Stunden vor Feierabend hatte Holger die Meldung bekommen, dass es auf einem Campingplatz kurz hinter Ketzin zu einem neuen Vorfall gekommen sei. Er informierte Ziegler, und da es nicht weit weg war, fuhr er sofort hin. Unterwegs kontrollierte er immer wieder im Rückspiegel, ob er eventuell wieder verfolgt würde. Aber ihm fiel kein Auto auf.
Der Campingplatz war bei dem kleinen Ort Zachow, er lag direkt

am Trebelsee, durch den die Havel floss. Die vielen Blaulichter zeigten Holger, wo er hin musste. Nach der kritischen Überprüfung seines Dienstausweises und der Sondervollmacht, ließ man ihn durch die Absperrung. Die Unglücksstelle war an drei Seiten von über zwei Meter hohen Hecken umschlossen und erinnerte ihn sofort an das Drama von Bad Unterfels. Nur war es diesmal kein Kirschlorbeer, sondern Liguster, der aber auch giftig war. Innerhalb der grünen Einfassung war eine kleine Bühne mit einer Musikanlage aufgebaut, außerdem mehrere unfertige Stände, viele Biergartentische und -bänke standen in exakten Reihen hintereinander.
Holger hatte den Einsatzleiter der Feuerwehr erspäht, ging zu ihm hin, stellte sich vor und fragte nach Opfern.
„Fünf Verletzte. Sind alle schon im Krankenhaus."
„Keine Toten?"
Der schlecht rasierte Mann beäugte ihn misstrauisch. „Nein. Bis jetzt nicht."
„Es hätte sein können", Holger zeigte zu einer Heckenwand, „weil Liguster giftig ist."
„Wirklich?"
„Ja."
„Naja, meine Leute da vorne haben sowieso Atemschutzgeräte."
„Wie ist es passiert?"
„Da fragen Sie am besten den Platzwart da", der Feuerwehrchef zeigte auf einen korpulenten Mann in einem sehr bunten Hemd, der einige Meter entfernt mit zwei anderen Männern heftig debattierte.
Holger bedankte sich und ging hinüber, während der Einsatzleiter etwas ins Funkgerät fragte. Als Holger sich vorgestellt hatte, verabschiedeten sich die beiden Gesprächspartner des Dicken hastig.
„Da haben wir ja richtig hohen Besuch hier", staunte der Platzwart und betonte: „Vom Bundesumweltministerium."
„Ich bearbeite solche Fälle. Wie ist das passiert?"
„Nun, heute sollte hier alles aufgebaut und vorbereitet werden, weil wir morgen traditionsgemäß den Sommeranfang feiern wollten. Da ist hier immer mächtig was los."
„Soso." Womöglich eine rechte Sonnenwendfeier?, dachte Holger und sah den Mann skeptisch an. Nein, nicht mit diesem Hemd.
„Als der Discjockey", er sprach es falsch aus, „seine Boxen und Geräte aufgestellt hatte, wollten wir einen Test machen wegen der Lautstärke, ob die Hecken wirklich genug abhalten und die äußeren Ruhezonen nicht zu stark beschallt würden."
„Wer ist ‚wir'?"
„Der Vorstand und ich", antwortete der Platzwart. „Nun, der Discjockey drehte die Musik so laut auf, wie es morgen auch sein sollte, und wir gingen durch die Anlage und überprüften die Lärmbelastung. Und dabei muss es dann passiert sein. Wir haben's

erst mitgekriegt, als die Musik schlagartig aus war. Als wir wieder hierher kamen, herrschte große Aufregung. Überall war weißer Blütenstaub, der Discjockey", beim nächsten Mal wollte Holger es ihm richtig vorsagen, „lag auf der Bühne und mehrere Männer bei den Ständen, die sie gerade aufbauten, und alle röchelten. Ich habe dann sofort den Rettungsdienst verständigt, und die gleich die Polizei und Feuerwehr."

„Gut, dass es keine Toten gab."

„Bloß nicht!", erwiderte der Dicke erschrocken.

„Da die Beeren des Ligusters giftig sind, sind es jetzt bestimmt auch die Blüten."

„Giftig?", der Platzwart rümpfte die Nase. „Wir hatten noch nie Ärger damit."

„Normalerweise isst ja auch niemand diese Beeren."

„Kam das auch durch diese komische Baumkrankheit?"

„Sieht ganz danach aus", antwortete Holger.

„Aber bis jetzt waren doch immer nur Bäume betroffen, oder?"

„Nun, ein Ligusterstrauch kann immerhin fünf Meter hoch werden. Da könnte man ihn schon als Baum betrachten."

Der Mann nickte und zeigte dann auf die prallen Säcke, die von den Feuerwehrleuten weggeschleppt wurden. „Unglaublich, was da an Blütenzeug zusammenkommt."

„Ja. Dieses Aufsaugen ist da die beste Methode."

„Brauchen Sie mich noch?"

„Nein. Vielen Dank, erst einmal."

„Gern geschehen", erwiderte der Platzwart, obwohl sein linkischer Blick etwas anderes ausdrückte. Er watschelte in die Menge der Schaulustigen, durch sein buntes Hemd konnte man ihn noch lange erkennen.

Nachdem er sich den Unglücksbereich noch einmal angeschaut und mit dem Handy einige Fotos gemacht hatte, schlenderte Holger zum Auto zurück, um seinen Alukoffer zu holen. An einer entfernteren Hecke knipste er eine vierfache Blütenkrone ab, betrachtete aufmerksam die unscheinbaren weißen Sternchen und nahm sie mit.

Montag, 24. Juni 2024
Berlin, Deutschland, EU.
Ziegler hatte wohl kein erholsames Wochenende gehabt, denn er sah ziemlich erschöpft aus. Holger hatte ihm alles vom Vorfall auf dem Campingplatz berichtet und manchmal das Gefühl gehabt, dass seine Informationen gar nicht im Kopf seines Chefs ankamen.

„Die Untersuchung der Bäume vor einer geplanten privaten Veranstaltung scheint ja noch nicht überall zu funktionieren."

„Scheint so", Ziegler nickte abwesend.

„Ist natürlich auch fast unmöglich, das flächendeckend hinzukriegen."
„Eben." Mit einem plötzlichen Ruck schien sich Ziegler selber aus seinem Dämmerzustand befreit zu haben. Er streckte den Oberkörper und sagte in gewohnter Tonart: „Jetzt muss doch aber wirklich mal Schluss sein mit blühenden Pflanzen, nicht wahr?"
„Mir fällt jetzt spontan keine mehr ein. Aber den Liguster hatte ich auch vollkommen verdrängt, obwohl er ja giftig ist."
„Sie können auch nicht an alles denken, Herr Grimm."
„Haben Sie schon etwas von Anja Blass gehört?"
„Ja. Ohlenberg hat mir vorhin Bescheid gegeben, dass sie sich noch weiter krank gemeldet hat, bis einschließlich Freitag."
„Schade."
„Ist wohl zu einsam so?", Ziegler schaffte nur ein verunglücktes Lächeln.
„Stimmt. Wir arbeiten eben gut zusammen."
„Das hört man gern. – Ist schließlich selten genug."
„Muss ich mit unseren Proben eigentlich immer noch nach Dessau?"
„Nein. Sie können wieder nach Kleinmachnow. Der Boykott ist beendet", er verzog einen Mundwinkel.
„Übrigens habe ich heute den Bericht vom Bochumer Umweltamt bekommen."
Ziegler sah ihn verständnislos an.
„Da hatte ich mich doch vor einer Woche gemeldet und darum gebeten, die DNA dieser Ambrosiablüten zu untersuchen."
„Ach, ja. Und?"
„Die Gene der Pflanzen sind nicht verändert. Aber Ambrosia ist ja auch so schon gefährlich genug."

Dienstag, 25. Juni 2024
Als Holger am Morgen aus der Haustür trat und den Dienstwagen erblickte, war er entsetzt und starrte ihn einige Schrecksekunden entgeistert an. Das ganze Fahrzeug war mit Mist bedeckt und die Scheiben mit Kot beschmiert. Er ging zögernd darauf zu und sah sich hilflos um. Als er nur noch zwei Meter vom Auto entfernt war, roch er den penetranten Gestank. Es handelte sich um Kuhmist, die grünlichen Fladen zwischen dem Stroh ließen keinen Zweifel daran.
„So 'ne Sauerei", murmelte Holger und umrundete mit Sicherheitsabstand den Wagen. Auf dem Dach und der Motorhaube war die stinkende Schicht bestimmt 10 Zentimeter hoch. An der Frontscheibe hatte man mit den Wischern ein zeitungsgroßes Stück Pappe befestigt. Er beugte sich an der Beifahrerseite vor und konnte durch das eklig beschmutzte Glas erkennen, dass die Pappe zur Innenseite hin beschriftet war. Es zu lesen war aber

durch den Dreck unmöglich. Ringsum lag erstaunlich wenig Mist auf Straße und Gehweg.
Das ist eindeutig ein Denkzettel, dachte Holger, und woher der kommt, kann man genau riechen. Er holte sein Handy heraus und wählte Ziegler in seinem Büro an, der sich zum Glück auch gleich meldete.
„Die haben mir Mist und Kuhscheiße aufs Auto gekippt."
„Was? – Wer die?"
„Na, die verdammten Bauern! – Wer denn sonst?"
„Beruhigen Sie sich, Herr Grimm!"
„Beruhigen?", wiederholte er empört. „Die ganzen Scheiben sind mit Kacke beschmiert!"
„Es ist richtiger Stallmist?"
„Natürlich." Holger begann hin und her zu gehen. „Frisch aus dem Kuhstall. So eine Schweinerei!"
„Ist irgendein Zeichen oder eine Nachricht angebracht worden?"
„Ja", antwortete er erstaunt. „An der Frontscheibe hängt 'ne Pappe, die man nur von innen lesen kann. Aber die Scheiben sind ja so ..."
„Rufen Sie die Polizei an und stellen dann Strafanzeige gegen unbekannt."
„Das ist doch ganz klar ein Anschlag, nicht wahr?"
„Ja."
„Diese Mistkerle – im wahrsten Sinne des Wortes – haben letztens durch die Verfolgung meine Adresse rausgekriegt und in der Nacht diese miese Aktion durchgeführt."
„Sieht so aus", sagte Ziegler. „Machen Sie mehrere Fotos mit ihrem Handy."
„Ja. Gut."
„Soll ich rauskommen?"
„Nein, nicht nötig. Das schaff ich schon."
„Gut. Bis später, Herr Grimm."
„Ja. Tschüss."
Holger benachrichtigte die Polizei und fotografierte dann den Wagen von allen Seiten. Die Beamten kamen ziemlich schnell und wirkten amüsiert über den Anblick. Erst als sie Holgers Dienstausweis gesehen hatten, verkniffen sie sich jede Gesichtsregung und wurden förmlich. Auch sie machten einige Fotos vom Auto und nahmen dann im Bus die Anzeige auf. Mittlerweile hatten sich schon Nachbarn und mehrere Schaulustige vor dem stinkenden Fahrzeug versammelt, fast alle grinsten und rümpften die Nasen.
Als die Polizei und die meisten Neugierigen wieder weg waren, überlegte Holger, wie er dieses ekelhafte Zeug entfernen könnte. Eine Nachbarin sprach ihn in diesem ziemlich ratlosen Zustand an: „Brauchen Sie vielleicht Müllsäcke?"
„Au, ja", antwortete Holger dankbar. „Das wäre prima."

„Ich hole welche", sagte die alte Frau aus dem Erdgeschoss. Nach fünf Minuten kam sie mit einer blauen Rolle, Handfeger und Kehrschaufel zurück. Sie überreichte ihm wortlos die Fegesachen, riss einen Sack von der Rolle ab, schlug ihn knallend auf und hielt ihn dann geöffnet vor ihm hin. „Dann mal los, junger Mann", sagte sie mit einer Kopfbewegung zum Wagen hin.
„Das ist sehr nett von Ihnen", endlich fiel ihm ihr Name ein, „Frau Pohl." Mit zurückgestrecktem Kopf und angewiderter Miene schob er den Mist auf die Plastikschaufel und entleerte sie dann in den blauen Sack. „Das werde ich Ihnen natürlich neu kaufen."
„Das kann man wieder abwaschen", erwiderte Frau Pohl.
„Aber dieser Gestank", Holger balancierte die überfüllte Schaufel zur Sacköffnung.
„Den kenn ich. Ich bin auf 'em Bauernhof aufgewachsen. Dachte gar nicht, dass es noch richtigen Kuhmist gibt."
Nach einer dreiviertel Stunde war das Auto von Stroh und Kot befreit. Sie hatten vier Säcke gefüllt.
„Am besten bringen Sie die gleich zur Kompostierungsanlage", sagte Frau Pohl. „Das ist doch wertvoller Dünger."
Holger war gleich einverstanden, weil es natürlich viel umweltbewusster war und sie auch sowieso nicht in die Mülltonnen gepasst hätten. Er bedankte sich noch vielmals bei seiner hilfsbereiten Nachbarin, öffnete die Heckklappe und packte die Säcke hinein. Dann setzte er sich hinters Lenkrad und blickte direkt auf das Pappschild. ‚MIST ZU MIST' stand da in großen, ordentlichen Buchstaben, sonst nichts.
„Tolle Botschaft", meinte Holger, stieg wieder aus, entfernte mit spitzen Fingern die verdreckte Pappe und legte sie auch in den Laderaum. Ein Beweisstück, dachte er, aber es hat wenigstens die Scheibe sauber gehalten.
Als erstes fuhr er in eine Waschanlage und freute sich über die reinigenden Bürsten.

Am Anfang wirkte Bristin Renalde etwas verlegen und wusste nicht so richtig, wie sie sich verhalten sollte.
„Da haben wir uns ja fast zwei Monate nicht gesehen", sagte Holger.
„Ja. Blöde Sache." Sie hatte einen unruhigen Blick. „Tut mir leid, aber jeglicher Kontakt mit euch war mir strikt verboten worden."
„Verstehe."
„Wo ist eigentlich Anja? Ist die nicht mehr dabei?"
„Doch, doch. Sie ist nur krank."
„Ach, so."
„Aber jetzt darf ich ja deine Dienste wieder in Anspruch nehmen, nicht wahr?"
„Natürlich", Bristin nickte eifrig.

Holger öffnete auf dem Schoß seinen Alukoffer und legte nacheinander die Proben auf ihren Schreibtisch: die Blütenkrone und die Beutel mit Blättern, Blüten und Pollen und der Kernbohrung. „Diesmal habe ich Liguster für dich."
„Sind da die Beeren nicht giftig?"
„Richtig. Und wahrscheinlich auch die Blüten."
„Gab es Tote?", fragte sie besorgt.
„Nein. Nur fünf Verletzte."
„Was war der Auslöser?"
„Laute Musik."
„Da hast du ja wirklich in allem Recht gehabt." Bristin hielt mit zwei Fingern die Blütenkrone hoch und drehte sie. „Niedlich."
„So ganz unrecht hatte Keno aber wohl auch nicht, denn es kann durchaus sein, dass die Vibrationen der Schallwellen den Abwurf verursachen und nicht die eigentliche Lautstärke."
„Aha."
„Hast du mal wieder was von Keno gehört?"
„Nein", Bristin legte die Blütenkrone behutsam hin. „Seit damals nicht mehr. Er wurde irgendwohin versetzt."
„Wie geht's denn deiner Tochter so?"
„Sehr gut. Die hat jeden Tag neue Fragen." Sie besah sich kurz den Beutel mit der Holzprobe. „Und was ist mit deinem Sohn? Habt ihr denn regelmäßig Kontakt?"
„Nein. Ich rufe ihn zu seinem Geburtstag und kurz vor Weihnachten an, und das ist schon genug Quälerei für ihn."
„Schade."
„Ich kann's ihm aber nicht verdenken. Er hat seit langem einen neuen Vater, der für ihn da ist. Bastian kennt mich ja überhaupt nicht. Er hat alle Informationen über mich nur von seiner Mutter. Da muss er mich doch für das größte Arschloch aller Zeiten halten und mich verachten."
„Schlimm", Bristin schüttelte den Kopf und nahm sich den Beutel mit den Blättern.
„Tja." Holger ärgerte sich, dass er ihr das über seinen Sohn gesagt hatte.
Später beim Rausgehen erzählte er ihr noch von der Verfolgung und dass diese Typen in der letzten Nacht vier Säcke Kuhstall-Mist auf den Dienstwagen gekippt hätten. Bristin war sehr beunruhigt und wollte alle Einzelheiten wissen.

Donnerstag, 27. Juni 2024
In Berlin fand die größte Bauerndemonstration aller Zeiten statt. Viele Landwirte waren mit ihren Traktoren ein oder zwei Tage unterwegs gewesen und legten nun streckenweise den gesamten Verkehr lahm. Auf der Greifswalder Straße ereignete sich ein töd-

licher Unfall, als ein ungeduldiger Autofahrer die Kolonne überholen wollte und frontal mit einem LKW zusammenstieß. Auf dem Potsdamer Platz ‚verloren' mehrere Bauern die Ladungen ihrer Anhänger, so bedeckte eine stiefelhohe Getreideschicht, viele Strohballen, Heuhaufen und eine stinkende Fuhre Mist die Fahrbahnen; es dauerte über eine Stunde, bis der Platz wieder passierbar war. Auf der Bernauer Straße kam es zu einer Prügelei zwischen Landwirten und wütenden Taxifahrern.
Die Polizei hatte das Brandenburger Tor mit der Straße des 17. Juni und Unter den Linden gesperrt, außerdem wurde das Regierungsviertel mit Gittern und einer unendlichen Kette von Behelmten abgesichert. In Seitenstraßen warteten Wasserwerfer und Verstärkungen.
Nachdem der lange Demonstrationszug über zahlreiche Straßen und Kilometer durch die Stadt getuckert war und überall den Verkehr behindert hatte, fand im Poststadion die Abschlusskundgebung statt. Auf den umliegenden Parkplätzen standen unzählige Trecker in allen Farben. Über dem Gelände kreisten ständig Hubschrauber der Polizei und der Medien.
Hauptrednerin war die Präsidentin des Bauernverbandes, die mit Drohgebärden und markigen Worten die Bundesregierung aufforderte, ihre Pläne zum Verbot von Gen-Saatgut unverzüglich aufzugeben. Jeder ihrer kurzen Sätze wurde von der Menge mit erhobenen Fäusten, Johlen, Trillerpfeifen und Kuhglocken unterstützt. Sie sprach davon, dass die moderne Agrarwirtschaft nur mit genverbesserten Pflanzen überleben könne, andernfalls müssten viele Höfe aufgeben, die Felder würden durch Unkraut verkommen, mit den dürftigen Ernten könne man die Bevölkerung nicht mehr ernähren; und so würde es unweigerlich zu Versorgungsengpässen, leeren Supermarktregalen, Hungersnöten und Massenelend kommen.
Das alles riskiere diese Regierung, wenn sie völlig unnötig die effiziente Gentechnik verbieten würde, nur weil einige ewig grüne Ökos diese neue Baumkrankheit damit in Verbindung gebracht hätten. Dabei sei ein Zusammenhang von unabhängigen Instituten überhaupt nicht bestätigt worden. Schließlich habe man schon seit Jahrzehnten auf der ganzen Welt hervorragende Ergebnisse durch die Gen-Pflanzen erzielt, dieses merkwürdige Abfallen der Baumblüten sei aber erst in diesem Frühjahr aufgetretet, könne also gar nichts damit zu tun haben. Vielleicht sei diese Krankheit auch nur einmalig und komme im nächsten Jahr schon nicht mehr vor.
Auch in anderen Städten fanden zeitgleich Bauernproteste statt: In Oldenburg, Rosenheim, Itzehoe und Kitzingen blockierten Kuhherden die wichtigsten Kreuzungen, die anschließend von der Straßenreinigung gesäubert werden mussten. In Memmingen, Siegen und Lüneburg wurden die Ortseingänge durch brennende Strohballen abgeriegelt. Noch während der Löscharbeiten wurden die

Brandstifter verhaftet, wobei sie sich medienwirksam mit Handschellen in Positur stellten. In Burg, Füssen und Wetzlar wurden Mistfuhren auf wichtigen Kreuzungen abgekippt.

Samstag, 29. Juni 2024
Sie saßen in einem Straßencafé und hatten gerade ihren Kuchen aufgegessen.
„Übrigens, Sina übernachtet heute bei ihrer Freundin", sagte Utinka und leckte sich verheißungsvoll die Lippen. „Da können wir uns frei entfalten."
„Klingt verlockend", erwiderte Holger mit lüsternem Blick.
Die Leute eilten an ihnen vorüber, die meisten schleppten Einkaufstüten. Jetzt trugen nur noch wenige einen Mundschutz, weil die Blütenabwürfe im Moment kein aktuelles Thema mehr waren.
„Irgendwann wird es immer so sein", sagte Utinka nachdenklich.
„Was denn?"
„Na, dass Sina nicht da ist, dass sie ausgezogen ist und irgendwo ihre eigene Wohnung hat."
„So ist das Leben."
„Wird ganz schön komisch sein, wenn ich dann so alleine bin. Da werde ich bestimmt einsam sein." Utinka sah ihn schelmisch an und streckte ihre Zungenspitze seitlich raus. „Wo man dann doch jede Nacht laut sein könnte."
„He, soll das ein Antrag sein?" Holger sehnte sich nach ihren Brüsten und Oberschenkeln und der Stelle, wo alles zusammenlief und mündete.
„Eher ein Dauerangebot." Utinka lächelte. „Was würdest du davon halten?"
„Ich soll bei dir einziehen?"
„Keine Angst. Du siehst ja richtig entsetzt aus." Sie kicherte, aber es klang unecht. „Das dauert ja auch noch einige Jahre, bis Sina mich verlässt. Und vorher wäre es wohl nicht so empfehlenswert."
„Könnte vielleicht manchmal stressig werden mit uns dreien." Holger fühlte sich unwohl, weil er falsch reagiert hatte. Aber was war schon richtig?
„War ja auch nur so 'ne Idee." Utinka leerte ihre Kaffeetasse und beobachtete dann die Passanten.
Holger starrte auch auf diese hastigen Gestalten, die alle ein anderes und manchmal doch verdammt ähnliches Leben hatten.

Montag, 1. Juli 2024
„Guten Morgen", Anja Blass griente und salutierte mit links. „Melde mich zum Dienst zurück."

„Morgen", Holger sprang auf, war mit schnellen Schritten bei ihr und umarmte sie. „Schön, dass du wieder da bist." Er merkte, dass sie sich versteifte und etwas auf Distanz zurückwich, deshalb ließ er sie los. „Bist du wieder fit?"
„Naja, so einigermaßen." Anja streckte sich und sah sich um. „Außerdem kann ich dich doch nicht länger unbeaufsichtigt lassen." Sie zwinkerte ihm zu, doch ihr Lächeln löste sich bereits im Entstehen auf.
„Na, toll! Das ist also der Dank dafür, dass ich zwei Wochen die ganze Arbeit für dich mitgemacht habe", erwiderte Holger mit gespielter Empörung und setzte sich wieder auf seinen Platz.
Anja folgte ihm und zog sich einen Stuhl heran. „War denn viel los?"
„Nein. Es gab nur einen Vorfall auf einem Campingplatz am Trebelsee."
„Mit Toten?"
„Nur Verletzte." Er registrierte, dass sie wieder zugenommen hatte. „Obwohl es giftiger Liguster war."
„Aha."
„Das waren aber jetzt sicherlich die letzten Blüten für dieses Jahr. Da wird nichts mehr passieren."
„Bis zum nächsten Frühjahr", sagte sie bedrückt.
„Um 10 ist übrigens Besprechung mit Ziegler, Ohlenberg und Frau Eisach."
„Ist die jetzt wieder mit dabei?"
„Ja. Alles fast wie vorher. Bei Bristin war ich auch schon wieder."
„Gibt's einen aktuellen Anlass für die Sitzung nachher?", fragte Anja.
„Bestimmt wegen der landesweiten Bauernproteste am Donnerstag. Aber das Gen-Verbotsgesetz soll auf jeden Fall in der letzten Sitzung vor der Sommerpause verabschiedet werden."
„Hoffentlich."
„Warst du die ganze Zeit in Magdeburg?"
„Ja. Tat mal wieder richtig gut."
„Hast du denn wieder was von Hanno gehört?", fragte Holger und bereute es gleich.
„Nein." Sie bekam sofort feuchte Augen. „Nichts."
Er wechselte rasch das Thema: „Ach, an deinem ersten Krankheitstag gab es auch eine große Besprechung, mit der Tebler vom Innenministerium und der Schwarz vom Kanzleramt. Die hat wohl jetzt das Oberkommando."
„Ist doch gut, wenn es endlich Chefsache ist." Anja schnäuzte sich und wischte dabei die beiden Tränen weg.
„Jedenfalls hat sie angeordnet, dass jetzt überall im Parkrasen Sträucher eingesetzt werden sollen, und an Begrenzungen Knöterich. Auf großen Teichen sollen Schilfflächen angepflanzt werden."

„Warum denn das?", fragte sie.

„Weil sich durch die Beseitigung der vielen Bäume die Luftqualität in den Innenstädten schon drastisch verschlechtert hat. Deshalb werden die Baumstämme auch nicht mehr verbrannt, sondern an die Holzwirtschaft verkauft. Das verringert den Kohlendioxidausstoß der Verbrennungsanlagen, senkt die Holzpreise und bringt zusätzlich Geld."

„Gute Idee", Anja nickte anerkennend.

„Und Mitte August wird in mehreren Großstädten kontrolliert, ob sich durch diese Maßnahmen die Luft verbessert hat. Wenn nicht, soll ein City-Fahrverbot kommen. – Das war übrigens mein Vorschlag."

„Klar. Von wem auch sonst", sie verdrehte die Augen und verzog spöttisch den Mund.

„Ach, deine Nettigkeiten hab ich echt vermisst", Holger strahlte sie an. „Man gewöhnt sich doch wirklich an alles."

„Auch an 'ne wunderliche Ossi-Tante?"

„Das hast du aber jetzt gesagt", entgegnete er abwehrend, beide lachten und zogen Grimassen.

Anja wurde schnell wieder ernst und sagte: „Apropos. Als ich krank war, hatte ich ja viel Zeit zum Lesen und fand unter anderem einen Fachartikel über transgene DNA von Pflanzen, die schließlich beim Menschen landet und dort Krebs auslösen kann."

„Erschreckend."

„Da wurde von Experimenten berichtet, bei denen veränderte Pflanzengene die Verdauung überlebten und durch den Darm von freiwilligen Versuchspersonen aufgenommen wurden. Das bedeutet auch, dass über das Füttern der Tiere mit Gen-Mais diese transgene DNA schließlich beim Menschen ankommt, der die Tierprodukte verzehrt hat."

„Und das kann dann dort in den Zellen Krebs auslösen."

„Genau. Außerdem können sich sogenannte Markierungsgene für eine Antibiotikaresistenz von transgenen Lebensmitteln auf pathogene Bakterien übertragen. Dadurch kann man manche Infektionskrankheiten nur sehr schwierig behandeln. Aber das Problem haben wir ja schon länger."

„Du lässt ja wieder ganz schön deinen Doktor raushängen. Hast dich ja richtig zur Gen-Expertin entwickelt", er schmunzelte und verneigte sich belobigend.

„Das war ich doch schon immer, oder?", Anja streckte ihm drohend die geballte Faust entgegen.

„Natürlich. Entschuldigung."

„Und im Wartezimmer meines Arztes las ich in einer Illustrierten, dass die in Paris allen Ernstes vorgehabt hatten, die gefällten Bäume durch welche aus Plaste zu ersetzen."

„Plastik", korrigierte er vorsichtig.

„Ja, ja", sie schüttelte unwillig den Kopf. „Nachdem die schließlich endlich die befallenen Bäume auf der Champs-Élysées bodengleich abgesägt hatten, sollten dort künstliche aufgestellt werden. Aber nach wochenlangen Debatten entschied man sich doch für Buchsbaum in großen Kübeln."
„Die spinnen, die Pariser", sagte Holger, strich sich über die Stirn und erzählte ihr dann von dem Mist-Anschlag auf den Dienstwagen.

Mittwoch, 3. Juli 2024
In mehreren wichtigen Zeitungen und Zeitschriften erschienen ganzseitige Anzeigen der Gen-Befürworter, die als Verantwortlichen offiziell den Bauernverband angaben; es war aber ein offenes Geheimnis, dass die beiden größten Biotech-Konzerne der USA die Auftraggeber und Rechnungszahler waren. In den Annoncen wurde natürlich vor einem Verbot von Gen-Saatgut gewarnt, weil es sonst unweigerlich zu unbezahlbaren Lebensmitteln, Versorgungsengpässen oder gar Hungersnöten kommen würde.
In drei überregionalen Zeitungen veröffentlichten die Mitarbeiter der deutschen Standorte dieser US-Unternehmen einen Aufruf, in dem sie ihre Ängste vor dem Verlust ihrer Arbeitsplätze und ihre Sorgen um ihre Familien äußerten. Auch diese Anzeigen wurden inoffiziell von ihren Arbeitgebern bezahlt.
Nur bei einem Werbespot, der im Internet und bei zwei Privatsendern gezeigt wurde, trat die mächtigste Firma mit ihrem weltbekannten Logo offen in Erscheinung, das wie ein Sonnenaufgang am blauen Horizont nach oben stieg. In dem Film sah man wogende Kornfelder, üppige Tomatenplantagen und Hügel von fußballgroßen Zuckerrüben. Bei einer Erntedankfeier präsentierten glückliche Bauern mit wohlgenährten Kindern ihr Bilderbuch-Gemüse sowie riesige Kohlköpfe und Kürbisse. Im Kontrast dazu folgten dann Bilder, wie die Welt ohne das vorteilhafte Gen-Saatgut aussehen würde: Kartoffeläcker, die eigentlich nur aus wucherndem Unkraut bestanden; kümmerliche, umgeknickte Maisflächen durch massiven Schädlingsbefall; kleine, schwärzlich angefaulte Ähren unter hüfthohen Brennesseln; lange Schlangen vor Bäckereien und Gemüseläden; alte Aufnahmen von abgezehrten Gestalten mit Lebensmittelkarten und hungernden Kindern, die um Essen bettelten.

Freitag, 5. Juli 2024
„Ja? Hier Grimm."
„Guten Abend. Mein Name ist Okos. Es geht um Ihre Mutter."
„Was?", erwiderte Holger geschockt. Dieses fremde Wort fiel bei ihm in ein großes, schwarzes Loch.

„Ihrer Mutter geht es sehr schlecht."
„Aber ...", er bekam irgendwie nicht genug Luft zum Sprechen.
„Ich bin Peter Okos, ihr langjähriger Lebensgefährte. Ich weiß, dass Sie keinen Kontakt zu ihrer Mutter hatten. Aber jetzt ist sie schwer krank."
„Krank?", konnte er nur wiederholen. Fast 20 Jahre hatte er nichts von seiner Mutter gehört. Ob das immer noch der Typ war, wegen dem sie seinen Vater und ihn verlassen hatte? Zum Glück sah er seinen Vater zu gesunden Zeiten vor sich.
„Sie hat Lungenkrebs. Mit Metastasen überall."
„Oh." Holger konnte nur einzelne Wörter sprechen. Die Luft war knapp und seine Kehle so trocken und hart.
„Sie ... sie liegt im Sterben."
„Wollte sie ...?", sein Hals würgte die Frage ab.
„Sie hat mich nicht dazu aufgefordert Sie anzurufen, aber innerlich und mit ihren Blicken schon. Sie sprach früher oft von Ihnen und war sehr stolz auf Sie."
„Früher?"
„Nun", Okos räusperte sich, „sie bekommt schon länger Morphium und ist deshalb meistens nicht mehr ganz klar."
„Verstehe."
„Ich wollte Sie jetzt über die ernste Lage informieren."
„Ja." Er hatte schon lange nicht mehr an seine Mutter gedacht. Zuletzt vor einem Vierteljahr bei dieser Salzgitter-Frau. Und davor waren es nur ganz selten Gedankenblitze gewesen, die plötzlich auftauchten und lästig waren, als hätte man etwas ins Auge gekriegt. „Hat sie denn immer noch geraucht?"
„Klar. Bis vor circa drei Wochen. Da konnte sie im Krankenhaus noch aufstehen und zum Rauchen rausgehen."
„Aha." Er konnte förmlich das verqualmte Wohnzimmer riechen.
„Falls Sie Ihre Mutter noch mal sehen möchten, dann sollten Sie sie sehr bald besuchen."
Wie komme ich denn dazu? Nach all den Jahren?, überlegte Holger, aber er sagte: „Ja."
„Sie kommen?"
„Ja. Gleich morgen Vormittag."
„Ich hatte es gehofft", sagte Okos erleichtert.
„Wo liegt sie?"
„Hier in Hamburg. Im neuen Elbe-Klinikum, auf der Hospiz-Station."
„Gut." Also immer noch Hamburg, dachte er, da ist sie damals hin. Zu diesem Kerl, der sich aber ganz sympathisch anhört. Anfang Dezember 2004 war das gewesen. Und dann kam das erste furchtbare Weihnachtsfest ohne seine Mutter, nur mit seinem angetrunkenen Vater.
„Ich werde da sein. Aber Sie dann natürlich alleine lassen."

„Und Sie sind sicher, dass meine Mutter meine Anwesenheit auch wünscht?"
„Hundertprozentig, Herr Grimm."
„Nicht, dass die Überraschung für sie gefährlich wird oder sie verärgert ist." Dass sie sich zu Tode erschreckt, wollte er zuerst sagen.
„Sie wird glücklich sein. Auch wenn sie Ihnen das wahrscheinlich nicht direkt sagen kann." Okos schnäuzte sich. „Und gefährlich kann ihr sowieso nichts mehr werden."
„Stimmt." Sie würde bald sterben. Vielleicht in seinem Beisein. Konnte er das ertragen? Hielt er das aus?
„Soll ich Ihnen noch die Anfahrt erklären?"
„Nicht nötig. Ich hab ein gutes Navi."
„Gut. Dann bis morgen, Herr Grimm. Auf Wiederhören."
„Ja. Tschüss."

Samstag, 6. Juli 2024
Hamburg, Deutschland, EU.
Utinka war sauer gewesen, weil er nach der ersten Meldung nach fast 20 Jahren sofort zu seiner Mutter fahren wollte und sie deshalb die Einladung bei einem befreundeten Pärchen absagen mussten.
Auf der Autobahnfahrt kamen ihm ständig andere Kindheitserinnerungen in den Sinn. Schließlich drehte er die Musik so laut auf, dass er an nichts anderes mehr denken konnte. Bei dem Dezibelwert wären sogar alle Blätter abgefallen.
Als Holger das Zimmer auf der Hospiz-Station betrat, sah er eine dickliche Frau mit verweinten Augen, die bei einem röchelnden Mann saß. Er dachte schon, er sei hier falsch, bis er erkannte, dass es ein Dreierzimmer mit Stellwänden zwischen den Betten war. In der Mitte lag eine Frau in seinem Alter, sie stöhnte ganz leise, hatte die Augen zusammengedrückt und keine Haare mehr. Beim letzten Bett am Fenster erhob sich ein Mann mit grauem Bürstenschnitt und Brille und fragte: „Herr Grimm?"
„Ja."
Er kam mit ausgestreckter Hand auf ihn zu. „Guten Tag. Okos. Sehr erfreut."
„Guten Tag." Beim Händeschütteln sah Holger zu der Frau im Bett, die unheimlich eingefallene Wangen hatte, die geschlossenen Lider erhoben sich ungewöhnlich rund aus den dunklen Augenhöhlen. Wenn da nicht der Name am Bett gewesen wäre, hätte er seine Mutter nicht erkannt.
„Hatten Sie eine gute Fahrt?"
„Ja. Doch."
„Gut. Dann werde ich Ihnen jetzt den Platz am Bett überlassen."
Holger betrachtete dieses völlig veränderte Gesicht und hätte den

Mann am liebsten gebeten, doch mit hier zu bleiben.
„Wollen wir eine Uhrzeit ausmachen, wann ich Sie ablösen soll?"
„Ich weiß nicht."
„Ist vielleicht besser. Sagen wir, ich bin um 17 Uhr wieder hier. Einverstanden, Herr Grimm?"
„Ja." Fünf Stunden mit ihr allein? Holger hörte den Mann an der Tür röcheln und sah diese gewölbten Augenlider seiner Mutter. Ihm wurde ganz heiß, sein Hals verengte sich, und er wäre gerne wieder gegangen.
„Sie müssen sich erst an diese Situation gewöhnen. Das geht hier jedem so", sagte Okos beruhigend.
„Sicher." Atmete sie überhaupt noch? „Muss ich denn etwas machen? Essen oder zu trinken geben? Etwas Wichtiges beachten oder so?" Holger prustete und zog die Schultern hoch. „Ich bin da ziemlich hilflos."
„Das waren wir zuerst alle." Okos ging wieder zum Bett und zeigte auf die Utensilien auf dem Nachttisch. „Hier ist ein Trinkbecher mit Apfelsaft. Diese Wattestäbchen können Sie in diesen Tee tauchen und damit ihre Lippen befeuchten. Essen nimmt sie nicht mehr zu sich. Und wenn sie Schmerzen oder Angst äußert – oder Sie ihre Mimik so verstehen –, klingeln Sie hiermit", sein Finger deutete auf die rote Taste am Bedienungsfeld, „nach der Schwester."
„Alles klar", antwortete Holger, obwohl nichts klar war und ihm verdammt mulmig wurde.
„Und das hier", er zeigte auf ein röhrenförmiges, teilweise durchsichtiges Gerät oberhalb des Bettes, „ist die automatische Morphiumpumpe."
Holger nickte nur und hätte gerne das Fenster weit aufgemacht, um Luft und Leben hereinzulassen und so den Tod aus diesem Zimmer zu vertreiben.
„So, dann werde ich mal gehen." Okos strich seiner Mutter liebevoll übers Haar, beugte sich herab und küsste sie auf die blassen Lippen. „Also, bis später, mein Schatz. Jetzt lasse ich dich mit deinem Sohn alleine."
„Hören kann Sie also?", fragte Holger.
„Natürlich. Man weiß nur nie, ob sie gerade anwesend ist." Er streichelte ihre Hand. „Wenn sie auftaucht, spricht sie auch manchmal."
„Aha." Holger konnte sich nicht erinnern, dass sein Vater jemals so zärtlich zu seiner Mutter gewesen war.
„Also, um 17 Uhr bin ich wieder hier. Bis dann, Herr Grimm."
„Ja. Gut."
Beim Rausgehen verabschiedete sich Okos von der dicken Frau vorne.
Holger setzte sich auf den Stuhl, sah die Hände und das alte, ausgemergelte Gesicht seiner Mutter und fühlte sich fremd und

unsicher. Sollte er sie ansprechen oder berühren? Würde sie ihn überhaupt bemerken?
Er starrte auf die hohlen Wangen, die faltige Haut und diese Augenlider, die wie Inseln aus dieser dunklen Vertiefung herausragten. Sofort sauste er 20 Jahre rückwärts, hörte die täglichen Streitereien seiner Eltern, sah seinen Vater mit der Flasche Bier und seine Mutter mit der Zigarette in der Hand. Eigentlich hatte er sich damals schon an diesen ewigen Krach gewöhnt. Und wenn es zu schlimm wurde, ging er in sein Zimmer oder weg.
Holger beugte sich vor und nahm ein Wattestäbchen in die Hand, drehte es hin und her. Die waren viel dicker als die für die Ohren. Sollte er damit über ihre Lippen streichen? Lieber nicht. Als er es wieder zurück steckte, entdeckte er unten am Bett den Urinbeutel, der zu einem Drittel mit einer rotbraunen Flüssigkeit gefüllt war. Im ersten Impuls wollte er die Bettdecke umlegen, doch schlagartig fiel ihm die gleiche Handlung bei seinem Vater ein, die er so lange bereut und sein Erinnerungsbild an ihn belastet hatte.
Plötzlich stöhnte die Frau in der Mitte laut auf. Holger sprang auf und eilte an ihr Bett. Sie hatte die Augen auf und schaute ihn voll an mit ihrem leidenden Blick.
„Kann ich helfen?", fragte er. „Soll ich Hilfe holen?"
Sie schüttelte nur müde den Kopf und verfiel in ein schwaches Wimmern. Ihre wimpernlosen Lider senkten sich wieder. Auch ihre Augenbrauen waren spurlos verschwunden.
„Das passiert öfters", sagte eine Stimme links neben ihm. „Manchmal schreien sie auch."
„Brauch ich nicht nach der Schwester klingeln?"
Die Frau lugte um die Stellwand. „Dafür noch nicht. Nur wenn's andauert."
„Gut." Holger wollte wieder zurückgehen.
„Sie bleiben doch bestimmt noch länger, nicht wahr?"
„Ja."
„Ich muss mal kurz weg. Wären Sie so nett und würden klingeln, falls sich mein Mann auffällig verhält?" Sie sah ihn hoffnungsvoll an mit ihren geröteten Augen.
„Kann ich machen."
„Vielen Dank. Bis später dann." Ihr Kopf verschwand wieder, sie redete kurz auf ihren Mann ein und verließ dann mit einem erneuten Dank das Zimmer.
Holger setzte sich zurück ans Bett seiner Mutter. Als ihm der Gedanke kam, dass er jetzt ganz allein mit drei Sterbenden in einem Raum war, schien sich ein Ventil voll zu öffnen, und ihm wurde furchtbar heiß. Er stand wieder auf, öffnete das Fenster weit und atmete tief ein. Langsam beruhigte er sich. Er musste im Notfall ja nur auf die rote Taste drücken. Er schloss das Fenster und stellte es dann auf Kippe. Bestimmt sollte man nicht zuviel Wind und Frischluft hier reinlassen.

Holger ließ sich auf den Stuhl nieder. Das gleichmäßige Röcheln des Mannes und das Wimmern der Frau wirkten fast vertraut. Bei seiner Mutter gab es bis jetzt nicht die kleinste Veränderung.
Auf einmal war er froh, hier ohne Zuhörer zu sein und sagte leise: „Hallo. Ich bin's, der Holger."
Nach einigen Minuten wiederholte er es deutlich lauter: „Hallo. Ich bin's, dein Sohn." Das Wort ‚Mutti' brachte er aber nicht heraus, da gab es eine Blockade. Er konnte keinerlei Reaktion bemerken.
Dann berührte er seine Mutter, legte seine Hand behutsam auf ihre, die erstaunlich warm war. Er sah deutlich ihre beiden Nikotinfinger, aber nicht die winzigste Bewegung.
Kindheitsbilder liefen im Schnelldurchlauf an seinem inneren Auge vorbei: das geduldige Trösten bei aufgeschlagenen Knien oder Ellbogen; die schallende Ohrfeige, weil er irgendeine bedeutungsvolle Glasschale absichtlich hingeworfen hatte; die Schularbeiten am Küchentisch und seine Mutter an der Spüle; und immer wieder Weihnachten voller Glanz und Lichter.
Als die Tür laut aufging, zuckte er zusammen und zog dabei seine Hand zurück. Er stand auf und sah nach. Es waren zwei hübsche asiatische Krankenschwestern mit einem Pflegewagen.
„Hallo. Sie müssen jetzt mal eine halbe Stunde draußen warten", sagte die etwas ältere im perfekten Deutsch mit einer niedlichen Stimme. „Wir müssen die Patienten versorgen."
„Natürlich. Klar." Als Holger die Tür hinter sich zuzog, hörte er etwas von Absaugen.

Nach 45 Minuten saß er wieder da am Bett. Er hatte die Zeit genutzt und unten in der Cafeteria eine Currywurst mit Pommes gegessen, eine Cola und einen Kaffee getrunken.
„Hallo. Da bin ich wieder." Wie selbstverständlich legte er seine Hand gleich auf die seiner Mutter und drückte sie leicht.
Nach einiger Zeit wurde die Tür erneut geöffnet, aber diesmal ganz leise. Schwerfällige Schritte näherten sich, dann tauchte der Kopf der dicken Frau an der Stellwand auf: „Ich bin wieder da. Vielen Dank, junger Mann."
„Gern geschehen."
„War etwas? War er besonders unruhig?"
„Nein, nein. Vorhin waren nur die Schwestern hier zu ihrer Pflegerunde."
„Gut. Vielen Dank noch mal."
Holger hörte, wie der Stuhl unter ihrem Gewicht knarrte und sie zu ihrem Mann sprach, der jetzt fast gar nicht mehr röchelte. Die Frau in der Mitte war auch ganz still.
„Hallo! Aufwachen!" Er sah kurz zum Fenster und drückte ihre Hand kräftiger. „Dein Sohn ist hier." Er ruckelte sanft an ihrem

Arm.
Plötzlich öffneten sich die gewölbten Lider einen Spalt und klappten dann wie ein Verdeck in Zeitlupe zurück. Ihre Pupillen kreisten suchend umher, das Weiße war trübe, als hätte sich das Nikotin in ihren Augen abgelagert. Schließlich entdeckte sie ihn, ihr Blick kippte zweimal nach hinten weg und blieb dann an ihm hängen.
Er konnte es nicht fassen. „Ich bin's. Der Holger." Er wischte ihr über den Arm und legte ihre Hand in seine.
„Wirklich?" Die Stimme war nur ein Hauch. Aber ihr Blick wurde fester und klarer.
„Ja. Ich bin's." Er spürte ihren schwachen Griff und freute sich.
„Junge?" Sie sah ihn zweifelnd an. „Bist du tatsächlich gekommen?"
„Ja", Holger nickte eifrig. „Natürlich."
„Das ist schön." Ihr Lächeln verursachte unzählige Falten. „Das wir uns noch mal sehen", flüsterte sie mit der Andeutung eines Kopfschüttelns.
„Klar, Mutti."
„Nach so vielen Jahren." Ihre Augen strahlten ihn an.
„Willst du was trinken?"
„Ein bisschen vielleicht." Ihre Stimme war so fremd und so kraftlos. „Mein Hals ist ganz trocken."
„Hier, Mutti." Er nahm den Becher und legte die Tülle an ihre spröden Lippen. „Das ist Apfelsaft." Als sie mühsam schluckte, wurde ihm bewusst, dass er das Wort einfach gesagt hatte.
„Danke, Junge."
Er stellte den Becher zurück und schaute sich um. Trotz Urinbeutel und Morphiumpumpe und allem war er glücklich und nahm schnell wieder ihre Hand.
„Holger?" Jetzt drückte sie.
„Ja, Mutti?" Wie leicht und schön sich das sagen ließ.
„Kannst du mir verzeihen?"
„Aber sicher." Er sah ihre glänzenden Augen und fühlte sich von hinten umklammert und zusammengepresst. „Es ist alles in Ordnung."
„Ja", hauchte sie erschöpft. „Jetzt, ja." Ihr Blick drehte sich und kippte wieder nach hinten weg. Langsam schlossen sich ihre Augen.
„Mutti?", sagte er voller Angst und strich ihr mit der anderen Hand über die Stirn. „Was ist?"
„Nichts, Junge", sie verzog den Mund. „Ich bin nur so müde."
„Ach, so. Klar", er nickte mehrmals. „Dann schlaf. Ich bleib bei dir." Er streichelte ihre eingefallenen Wangen und Tränen liefen über seine.
„Schön." Ihr Gesicht entspannte sich.
Holger hielt ihre Hand und beobachtete ihren Brustkorb, der sich

weiterhin unmerklich hob und senkte. Sie atmete. Nein, sie war nicht tot.

Herr Okos kam etwas früher, um ihn abzulösen. Er war ganz erstaunt, dass es Holger nicht zuviel geworden war, dass er sogar richtig begeistert davon berichtete, dass seine Mutter aufgewacht sei, ihn erkannt und sich mit ihm unterhalten habe.
„Dann lief es ja viel besser, als ich erwartet habe. – Wollen Sie eigentlich heute noch zurück nach Berlin?", fragte Okos.
„Nein. Ich suche mir hier in der Nähe ein Hotel."
„Sie können doch bei uns übernachten. Ihre Mutter", er deutete zum Bett, „hätte auch darauf bestanden. Wir haben ein kleines Gästezimmer mit einer ausklappbaren Couch. Ich gebe Ihnen meinen Schlüssel und Sie legen ihn unter die Fußmatte."
„Nein, danke." Holger war verwundert über das Vertrauen dieses fremden Mannes. „Das möchte ich lieber nicht."
„Wäre kein Problem."
„Kann ich denn später noch mal wiederkommen?"
„Natürlich. Hier kann man kommen und gehen, wie man will. Ich habe auch schon manche Nacht hier zugebracht." Okos machte ein Hohlkreuz und hielt sich mit Leidensmiene den Rücken. „Ist nur verdammt unbequem auf dem Stuhl."
„Kann ich mir vorstellen." Er reckte sich automatisch. „Dann suche ich mir also jetzt ein Hotel, werde duschen, irgendwo etwas essen und bin um zehn wieder hier."
„Einverstanden. Dann habe ich ja heute eine kurze Schicht." Okos lächelte freundlich.
„Tut Ihnen bestimmt auch mal gut. Also, bis dann."
„Bis später, Herr Grimm."
Holger ging an der haarlosen schlafenden Frau vorbei und verabschiedete sich von der Dicken, die gerade eine Banane aß.

Er hielt die Hand seiner Mutter, sah ihr abgezehrtes Gesicht, die gewölbten Lider und ihr flaches Atmen. Holger betrachtete sie, aber gleichzeitig dachte er nur an seinen Vater. Wie er damals neugierig die Bettdecke zurückgeschlagen und diesen furchtbar aufgeblähten Bauch gesehen hatte. Er hatte ihn dann schnell wieder zugedeckt, aber dieser schreckliche Anblick lauerte ständig in seinem Hinterkopf und drängte sich urplötzlich vor alle anderen Bilder.
Immer schon hatte sein Vater abends seine Bierchen getrunken, aber er hätte ihn niemals als Säufer bezeichnet. Er torkelte und lallte nicht, ging jeden Tag zur Arbeit und sorgte für seine Familie. Doch als seine Frau ihn verlassen hatte, suchte er natürlich noch

mehr Trost im Alkohol und versank schließlich darin. Zuerst verlor er seine Ehefrau, dann die Arbeit und Freunde, seinen Sohn, die Wohnung und dann sein Leben. Er starb im Leberkoma, mit diesen fein verzweigten Äderchen, die wie violette Blitze seine Nase und Wangen überzogen; und mit diesem riesigen Bauch, als hätte man seinen Leib mit Luft aufgepumpt.
Von allen drei Kranken – Sterbenden, korrigierte sich Holger wehmütig – hörte man absolut nichts. Das Fenster war nur eine tiefschwarze Fläche, im Sitzen sah man keinerlei Lichter der Stadt.
Er drückte ihre Hand fester und sagte: „Hallo, Mutti. – Hallo." Ihre Augen vibrierten etwas unter den halbrunden Abdeckungen. Er strich ihr über den Unterarm. „Ich bin's, der Holger." Ganz langsam zogen sich ihre Lider zurück und gaben einen Schlitz frei.
„Hallo, Mutti!", sagte er lauter. Dann spürte er ihren schwachen Händedruck. Ihre Lider klappten ganz zurück, ihre Pupillen kreisten. „Ich bin's, dein Sohn."
Ihre trüben Augen entdeckten ihn. „Junge", hauchte sie. Ihre Mundwinkel zuckten, schafften aber kein Lächeln.
„Ja, Mutti?"
„Mein Junge", flüsterte sie.
„Möchtest du etwas? Vielleicht Saft? Oder Schokolade oder Eis? Hast du auf irgendetwas Appetit?", fragte er und dachte dabei: hoffentlich will sie keine Zigarette.
„Danke." Ihr Blick kippte nach hinten weg, ihre Augen klappten zu.
„Hallo!" Er zog an ihrer Hand, wollte sie damit zurückholen. Doch sie war wieder weg. Er schüttelte enttäuscht den Kopf und schreckte auf, als die Frau in der Mitte laut aufstöhnte. Er schaute zur Uhr, es war kurz vor Mitternacht. Holger stand auf, reckte sich gähnend und sah nach der haarlosen Frau, die aber schon wieder ganz ruhig schlief.

Sonntag, 7. Juli 2024

Jemand drückte seine Hand. Sofort war er wach. Dann wurde dieser Griff seltsam schlaff. Er sah seine Mutter an und merkte gleich, dass etwas anders war. Ihr Gesicht wirkte entspannter, ihre Nase schien spitzer geworden zu sein.
„Mutti?" Er umfasste ihre Hand, doch die war weich und ohne inneren Halt, und auch nicht mehr so warm.
Ihre Haut war jetzt noch bleicher. Ihr Brustkorb bewegte sich nicht mehr – nichts bewegte sich mehr. Er suchte keinen Puls. Er wusste auch so, dass sie gestorben war. Das Leben hatte sie verlassen, war einfach aus ihr rausgerutscht und hatte alles Feste und alle Schmerzen mit herausgeschwemmt.
Sie war tot. Und diese Gewissheit empfand er überhaupt nicht schlimm oder schmerzlich. Sie hatte es geschafft. Seine Mutter lebte nicht mehr, war ihm sanft entglitten. Er hatte dabei ihre Hand

gehalten. Und alles war gut so.
Holger blickte auf seine Uhr. Es war 5.10 Uhr. Er legte ihre leblosen Hände übereinander, strich ihr über die ungewohnt kühle Stirn. Dann drückte er auf den roten Knopf. Nach wenigen Minuten kam die Nachtschwester, untersuchte sie kurz und bestätigte ihren Tod. Nachdem sie ihm ihr Beileid ausgesprochen hatte, fragte sie, ob sie Herrn Okos benachrichtigen solle.
„Das ist nicht nötig", sagte Holger. „Er wollte sowieso um sieben Uhr wieder hier sein. Ich werde unten auf ihn warten und ihn dort informieren."
„Wie Sie meinen."
„Kann er sie dann noch mal sehen?"
„Selbstverständlich. Wir haben extra ein Abschiedszimmer", antwortete die afrikanischstämmige Schwester. „Direkt neben dem Aufzug."
„Gut. Danke. Ich gehe jetzt und komme später mit Herrn Okos wieder."
„Ja. Ist gut."
Holger ging an der haarlosen Frau und dem Mann vorbei, beide schliefen geräuschlos. Oder lebten sie auch nicht mehr?
Unten trank er einen Automatenkaffee, hielt mit beiden Händen den warmen Becher und starrte in die schwarze Brühe. Als er dann ins Freie trat, inhalierte er tief die frische Luft und dachte dabei an die Lungenzüge seiner Mutter. Die Nacht zog sich schon zurück. Rechts dämmerte der neue Tag herauf und drückte mit einem gebogenen, türkis-orangenen Streifen den dunklen Himmel nach Westen. Er schlenderte die Hauptstraße entlang, wollte in der Nähe der Klinik bleiben, um Okos auf keinen Fall zu verpassen.
Auch hier waren alle Straßenbäume gefällt worden. Er hockte sich hin, um eine Schnittfläche zu befühlen, sie war nur im Außenbereich noch fest, sonst bereits angelöst und krümelig; er sah auch die weiße Registrierungsmarke. Holger atmete die herrliche Luft ein und meinte die nahe Elbe zu schmecken und zu riechen. Immer mehr Autos befuhren die Straße, der Berufsverkehr hatte begonnen.
Wenn ihm vor einer Woche jemand vorausgesagt hätte, dass er seine Mutter beim Sterben begleiten würde, hätte er den für bescheuert gehalten und ausgelacht. Er hätte sich das auch niemals zugetraut. Jetzt hatte er es gemacht und war froh darüber. Er konnte zwar nicht lachen, aber sehr traurig war er auch nicht, eher zufrieden und beruhigt. Wahrscheinlich war das so, wenn der Tod eine Erlösung war und man den Sterbenden beim Übergang nicht alleine ließ.
Holger ging mehrmals die Straße rauf und runter und achtete dabei auf die Uhrzeit. Die Gedanken kreisten durch seinen Kopf: Kindheitserinnerungen, diese kraftlose Stimme seiner Mutter, die Strei-

tereien seiner Eltern zwischen Bier und Zigaretten, der unmenschliche Bauch seines Vaters, das Zukunftsangebot von Utinka und ihr zeitweise widersprüchliches Verhalten. Er grübelte darüber nach, ob womöglich sein Sohn Bastian in vielleicht 40 Jahren ihn – seinen fremden Vater – auch am Sterbebett besuchen würde. Irgendwie hatte sich alles verändert und war in Bewegung gekommen. Der neue Tag schob die Nacht immer weiter zum anderen Ende der Welt.
Um zwanzig nach sechs stellte er sich an den Eingang der Klinik. Der Straßenverkehr hatte sich mindestens verdoppelt: halb Hamburg schien auf dem Weg zur Arbeit zu sein. Manchmal dachte er, ein Leben mit Utinka wäre gar nicht so schlecht, doch beim nächsten Treffen dachte er wieder ganz anders darüber. Dieses dröhnende Stakkato der vielen Autos zerhackte nach und nach seine Überlegungen.
Herr Okos kam natürlich wieder früher. Holger erkannte ihn schon von weitem an seiner aufrechten Haltung und dem Bürstenschnitt. Als Okos ihn bemerkte, blieb er abrupt stehen. Nach zwei Sekunden ging er mit schnellen Schritten weiter. Schon aus einigen Metern Entfernung suchte er den Augenkontakt, und Holger spürte gleich, dass er es ahnte.
Als Okos vor ihm stand, fragte er mit festem Blick: „Hat sie's geschafft?"
„Ja. – Um kurz nach fünf."
„Das ist gut." Okos drückte ihm kräftig die Hand und umarmte ihn dann überraschend. „Sie hat auf dich gewartet."
Holger war ganz verwirrt, hing an der Schulter dieses Mannes, wegen dem seine Mutter ihre Familie verlassen hatte, den er überhaupt nicht kannte, und der ihn jetzt sogar duzte. Er hätte eigentlich auf Distanz gehen müssen, aber ihm gefiel diese Nähe, es war einfach angenehm und gut.
Als Okos sich trennte, sagte er: „Ich möchte dir gerne das Du anbieten. Bist du einverstanden?"
„Klar."
„Ich heiße Peter." Er gab ihm erneut die Hand.
„Und ich Holger."
„Kommst du noch mal mit hoch?"
„Natürlich. Die haben da ein extra Abschiedszimmer."
„Ich weiß." Okos hatte jetzt nasse Augen. „Direkt neben dem Fahrstuhl."

Montag, 8. Juli 2024
Berlin, Deutschland, EU.
Nachdem er Holger mit betroffener Miene zugehört und ihm sein Beileid ausgesprochen hatte, lehnte sich Ziegler zurück, räusperte sich und sagte: „Diese Sterbebegleitung scheint ja sehr wichtig zu

sein. Meine Frau erzählt mir auch oft davon. Die ist ja jetzt sehr häufig in diesem Altersheim." Er starrte nachdenklich auf seinen Schreibtisch, dann setzte er sich wieder gerade hin. „Ich persönlich bin wie die meisten Menschen, ich verdränge möglichst die Bereiche Tod, Alter, Krankheit und Leiden."

„Das macht fast jeder. – Für mich war das auch völlig neu."

„Aber Sie haben es getan. Alle Achtung, Herr Grimm."

„Naja", Holger zog die Stirn in Falten und zuckte mit der Schulter. Er fühlte sich immer noch müde und kaputt.

„Haben Sie schon einen Termin für die Beerdigung?"

„Wahrscheinlich am Freitag. Der Lebensgefährte meiner Mutter organisiert das alles."

„Gut. Ich glaube, beim Tod eines Elternteils bekommen Sie zwei Tage Sonderurlaub."

„Richtig."

„Wollen Sie nicht heute auch frei nehmen?", fragte Ziegler. „Sie sehen ganz schön geschafft aus."

„Vielleicht baue ich heute einige Überstunden ab und gehe schon mittags. Andererseits lenkt die Arbeit auch ab."

„Stimmt. Entscheiden Sie das einfach selber. Ich verlasse mich da ganz auf Sie. Wie immer, Herr Grimm."

Als Anja etwas später munter in sein Büro trat und sein betrübtes Gesicht bemerkte, erlosch sofort ihr Lächeln, und sie erkundigte sich besorgt, was denn passiert sei. Holger erzählte ihr die Kurzfassung, Anja hörte teilnahmsvoll zu. Dann reichte sie ihm die Hand, zog ihn damit vom Stuhl hoch und umschlang ihn dicht und fest. Holger war kurz vor dem Heulen. Solch eine tröstende Umarmung hätte er sich gestern Abend von Utinka gewünscht.

Mittwoch, 10. Juli 2024
Auf seiner letzten Sitzung vor der Sommerpause verabschiedete der Deutsche Bundestag mit der Mehrheit der Regierungskoalition von Bundeskanzler Adomir das Gesetz zum Verbot von gentechnisch verändertem Saatgut.

Natürlich gab es vor der Abstimmung noch zahlreiche Redebeiträge von Vertretern der beiden Lager, das reichte von sachlich und beruhigend bis warnend und wütend. Während der Ansprachen gab es entsprechende negative oder positive Reaktionen sowie viele Buh- und andere Rufe. Auf der Besuchertribüne kam es zu tumultartigen Szenen, als ein Transparent für Gen-Landwirtschaft und eins mit Verratsparolen gegen den Agrarminister entrollt und einige Zeit trotz des Ansturms der Saaldiener gehalten wurden.

Das Gesetz verbot bei Strafe die Herstellung, den Handel, den Transport, die Lagerung und jegliches Ausbringen von genverändertem Saatgut in ganz Deutschland, und zwar nicht erst ab

Inkrafttreten des Gesetzes, sondern durch eine Eilverordnung bereits ab dem 1. August 2024. Es wurden keine Übergangsfristen oder Ausnahmegenehmigungen eingeräumt. Allerdings gab es eine Entschädigung für die Landwirte, die bis zum gestrigen Datum schon Gen-Saat eingelagert hatten: sie erhielten 80 Prozent des Einkaufspreises erstattet, nachdem sie ihren Vorrat bei der nächsten Müllverbrennungsanlage angeliefert hatten und mit den verlangten Kontrollbescheinigungen. Nach der gleichen Vernichtungsprozedur sollten die Hersteller 40 Prozent und der Handel 60 Prozent erhalten. Für den zu erwartenden höheren Bedarf an Herbiziden und Insektiziden sollte es für die Landwirtschaft außerdem Zuschüsse und für geringere Ernteerträge einen Ausgleich geben.
Die betroffenen Gentech-Unternehmen, ihre Großhändler, einige industrielle Agrarbetriebe und der Bauernverband wollten natürlich gegen das Gesetz Klage einreichen: besonders bei der EU, aber auch beim Bundesverfassungsgericht.

Donnerstag, 11. Juli 2024
Sie waren durch die Tiergarten-Grünanlagen spaziert und näherten sich nun dem Neuen See.
„Ich finde die Rasenflächen mit den vielen Büschen jetzt viel schöner", sagte Anja. „Vorher sah alles so glatt und öde aus."
„Auf jeden Fall sieht es so mehr nach Natur aus." Holger grinste. „Und die Hunde können jetzt viel gezielter pinkeln."
„Spinner!", Anja schubste ihn.
„Ich mochte sowieso noch nie diesen perfekt abrasierten Rasen, sondern bin ein Verfechter der Wildblumenwiese."
„Typisch Biologe", lästerte sie.
„Außerdem hat man dadurch viel weniger Arbeit, man muss nicht mindestens einmal pro Woche den Rasen mähen, nicht düngen, nicht vertikutieren, sondern nur im Spätherbst die Wiese mit der Sense schneiden."
„Also ist es etwas für faule Ökologen." Anja verzog spöttisch den Mund. „Obwohl diese Verbindung wohl vorherrschend ist."
„Aber, Frau Doktor!", empörte sich Holger. „Ich muss doch sehr bitten!"
Sie kicherten und scherzten und erreichten das Seeufer.
„Das hier wollte ich dir zeigen", Holger vollführte mit seinem rechten Arm einen Halbkreis. „Ist das nicht toll geworden?"
Anja nickte wortlos und staunte über die Schilfzonen, die sich wie grüne Haarflächen vom Rand her ins Wasser ausdehnten. Es sah so aus, als seien sie schon immer da gewesen.
„Würde mich gar nicht wundern, wenn es hier bald Rohrdommeln und Reiher gibt."
„Das ist wirklich herrlich", sagte Anja. „Dass die das so schnell

hingekriegt haben."
„Ja, echt gute Arbeit."
Sie gingen dann den Uferweg entlang. Auf dem leicht welligen Wasser schaukelten mehrere Enten und einige Blässhühner.
„Wann fährst du morgen?", fragte sie.
„Ganz früh."
„Wann ist die Trauerfeier?"
„Um 11 Uhr."
„Fährt deine Freundin mit?"
„Nein", er schüttelte den Kopf, „die kannte meine Mutter ja überhaupt nicht." Utinka hatte auf seine vorsichtige Anfrage gleich verärgert reagiert und mit einer wütenden Breitseite gekontert.
„Bleibst du dann noch in Hamburg?"
„Ja. Wieder in dem gleichen Hotel", antwortete Holger.
„Am Montag hast du auch noch frei, nicht wahr?"
„Ja. Am Dienstag bin ich wieder da."
Weiter draußen auf dem See schwamm ein Haubentaucher, der seinen Kopf ruckartig hin und her bewegte und in gewissen Abständen untertauchte, um nach einer erstaunlichen Zeit an einer ganz anderen Stelle wieder zu erscheinen.

Samstag, 13. Juli 2024
Hamburg, Deutschland, EU.
Falls man es überhaupt so nennen sollte, dann war die gestrige Trauerfeier schön gewesen. Nur zehn Personen hatten sich in der schlicht geschmückten Kapelle eingefunden und anfänglich leider so verteilt, dass es sehr verloren aussah. Holger war der einzige Vertreter von der Seite seiner Mutter, denn ihre ältere Schwester war schon vor vier Jahren gestorben, und zu deren Sohn hatte er keinerlei Kontakt.
Die Ansprache hielt eine weltliche Rednerin, die als erstes die kleine Trauergemeinde aufforderte, doch nach vorne zu kommen und sich dort nebeneinander hinzusetzen. Diese nette Aufforderung wurde von allen befolgt und die erste Bankreihe gefüllt. Holger saß zwischen Peter Okos und seiner bezaubernden Tochter Dunja, die ihm auch sofort das Du angeboten hatte, obwohl sie erheblich jünger als er war.
Als die Rednerin auf die Trennung seiner Eltern zu sprechen kam, hatte ihm Dunja plötzlich auf seine gefalteten Hände geklopft. Holger hatte sie verblüfft angesehen und war von ihren blauen, ins grünlich schimmernde Augen überwältigt gewesen. Sie hatte ihm nur mit tröstender Miene zugenickt und ihre Hand leider wieder weggenommen. Zum Schluss wurde ein Lieblingslied seiner Mutter von Xavier Naidoo abgespielt.
Wie in den Großstädten aus Platzgründen mittlerweile üblich, kam

ihre bronzene Urne in eine dieser Urnenwände, die 1,80 Meter hoch waren und richtige Haupt- und Nebenwege bildeten. Auf einem einheitlichen Metallschild standen vorne die Namen und Daten der Verstorbenen, viele hatten oben mittig noch ein ovales lackiertes Porträt.
Jetzt saß Holger mit Dunja am Wohnzimmertisch ihres Vaters und seiner Mutter. Peter Okos war mit dem Hund unterwegs. Auf dem Tisch lagen unzählige Fotos und zwei alte Alben. Sie hatten sich gerade auf einem digitalen Wechselrahmen Urlaubsbilder ihrer Elternteile angesehen, die ungefähr 15 Jahre alt waren und ein gebräuntes, fröhliches Paar unter südlicher Sonne zeigten.
„Ich glaube, die beiden waren wirklich glücklich", sagte Dunja. „Sah zumindest so aus."
„Aber für dich war das doch damals sicherlich ein Schock." Ihre Mimik war erstaunlich schnell, sensibel und vielseitig. Für jede Aussage schien sie den genau passenden Gesichtsausdruck zu haben.
„Klar."
„Wie alt warst du da?"
„Gerade zwanzig geworden", antwortete Holger, und wieder erschien ihm die erschreckende 40, die unaufhaltsam näher rückte.
„Naja, da warst du ja schon erwachsen." Sie lächelte wunderbar. „Als sich meine Eltern scheiden ließen, war ich erst sieben Jahre alt. Das war schon sehr schmerzhaft."
„Warum bist du denn bei deinem Vater geblieben? Meistens behält die Mutter doch das Kind."
„Ich war ihr da wohl im Wege", seufzte Dunja mit gekrauster Stirn. „Und zu meinem Vater hatte ich schon immer ein enges Verhältnis."
„Hast du denn noch Kontakt zu deiner Mutter?"
„Ja. Seit acht Jahren wieder. Aber nur telefonisch und per Internet. Sie lebt nämlich in der Türkei."
Holger betrachtete ein altes Foto: es zeigte Peter Okos, seine Mutter und in der Mitte eine storchenbeinige Dunja, im Hintergrund waren die Landungsbrücken zu sehen. „Dann kannst du da doch mal günstig Urlaub machen."
„Lieber nicht", sie schüttelte heftig den Kopf, sodass ihr dunkelblondes Haar hin und her schwang. „Von ihrem jetzigen Mann hat sie nämlich noch zwei Kinder gekriegt – und eins hatte der bereits."
„Ist sie mit einem Türken verheiratet?"
Dunja nickte und fragte dann: „Hatte dich deine Mutter denn damals gefragt, ob du mit ihr kommen wolltest?"
Eigentlich wollte er das spontan verneinen, aber es stimmte nicht. „Doch, hat sie. Aber ich war ja schließlich schon zwanzig, hatte gerade mit dem Studium begonnen, hatte eine Freundin und so weiter." Seine Mutter hatte ihn eines abends mal danach gefragt,

aber er hatte das auch nicht so ernst genommen, weil er sich an den täglichen Streit seiner Eltern schon gewöhnt hatte und sowieso seine eigenen Wege ging.
„Wenn du mit ihr gegangen wärst, dann wärst du wie ein großer Bruder für mich gewesen." Dunja strahlte ihn an.
„Ja. – Sicher." Holger sah ihre Lippen und ihre Augen, die wie verlockende Lagunen waren, und seine Gedanken waren ganz und gar nicht geschwisterlich.

Sonntag, 14. Juli 2024
Am Vormittag unternahmen die beiden eine Hafenrundfahrt. Peter Okos war wegen des Hundes nicht mitgekommen. Das Wetter zeigte sich von seiner besten Seite. Der Wind roch nach Fisch und Meer und spielte mit Dunjas Haar.
Noch nie hatte er sich mit einer Frau so angeregt, so gut und lebendig und lange unterhalten wie mit ihr. Holger erzählte ihr fast alles von sich: von seiner frühen Scheidung und seinem entfremdeten Sohn, von seiner Arbeit, den Blütenabwürfen, den vielen Todesopfern, den allergischen Reaktionen und dem notwendigen Gen-Verbot, von den Rivalitäten zwischen den Bundesministerien, von Utinka und ihrer Tochter, von Berlin, seinen Büchern, seiner Musik, von Spaziergängen in der Natur und seinem alltäglichen Leben, das er manchmal recht einsam fand. Dunja hörte aufmerksam zu, schien jede seiner Antworten in sich einzusaugen und stellte immer tiefer gehende Fragen. Holger hatte den Eindruck, dass nichts auf der Welt ihren festen herrlichen Blickkontakt unterbrechen könnte.
Aber auch sie war genauso offen und erzählte viel von sich: Dunja war 29 Jahre alt und hieß auch Okos, weil sie noch ledig war. Sie arbeitete als Lehrerin in Hannover und lebte dort allein, hatte aber ein lockeres Verhältnis mit einem verheirateten Kollegen. Sie war sportlich ziemlich aktiv, unternahm viele Reisen, wanderte gerne im Harz oder in den Alpen. Sie war überzeugte Radfahrerin und besaß deshalb auch kein Auto. Dunja mochte klassische Musik und ging auch öfter in Konzerte. Sie las lieber spannende Romane, als sich dämliche Fernsehsendungen anzuschauen.
Nach einer längeren Redepause, in der sich beide das Treiben im Hafen und die riesigen Schiffe ansahen, drehte sich Holger wieder zu ihr und fragte schmunzelnd: „Willst du denn mal irgendwann heiraten?"
Dunja lachte auf. „Muss nicht sein", sie schüttelte ihr Haar hin und her. „Ich hab auch so ein schönes Leben und kann alles selber bestimmen."
„Hört sich gut an."
„Würdest du denn noch mal heiraten?"

Holger überlegte kurz. „Doch – schon. Aber es muss natürlich die absolut Richtige sein."
„Aber das weiß man doch vorher nie. Das merkt man erst nach einer gewissen Zeit, wenn sich die leidenschaftlichen rosaroten Träume im Alltag aufgelöst haben."
Er staunte über ihre Antwort und nickte nachdenklich. Eine große Möwe schwebte über ihnen und stieß klagende Rufe aus.
Dunja Okos sah nach oben und sagte: „Schöne Vögel. Aber sie sind immer so gierig."
„Wie kamst du eigentlich mit meiner Mutter aus?"
Sie blickte ihn an und pustete die Luft aus. „In den letzten Jahren eindeutig am besten. Vielleicht deshalb, weil wir uns nicht so oft sahen."
„Aha." Holger versank in ihren Augen wie im Wasser eines Palmenstrandes.
„Nein, das hört sich jetzt schlechter an, als es war. Wir haben uns später gegenseitig respektiert, aber die haltende Klammer war natürlich mein Vater. Am Anfang war es für uns alle drei schlimm gewesen. Ich war ein siebenjähriges Mädchen und vermisste meine Mutter, gab dieser fremden Frau die Schuld an ihrem Verschwinden. Ich war eifersüchtig auf sie, weil ich dachte, sie wollte mir auch noch meinen Vater wegnehmen."
„So würde wohl jedes Kind denken."
Dunja machte eine bedauernde Miene. „Sie gab sich auch wirklich Mühe. Aber für mich fehlte da immer die mütterliche Wärme."
„Wie hat sie denn auf den neuerlichen Kontakt mit deiner Mutter reagiert?"
„Das war ja ihre Idee gewesen. Sie hat mich ständig ermuntert und mich dazu überredet, dass ich ihr schließlich einen Brief in die Türkei geschickt habe."
„Wirklich? Meine Mutter wollte das?"
Dunja nickte mit hochgezogenen Augenbrauen. „Sie war die treibende Kraft, dass ich den ersten Schritt tat."
„Hat sie mit dir irgendwann über mich gesprochen?" Holger musste daran denken, dass seine Mutter zwar andere zur Versöhnung aufforderte, sie selber aber nicht dazu bereit war. Warum hatte sie sich denn niemals bei ihm gemeldet?
„Selten. Sie hat dich erwähnt, von deiner Karriere in Berlin und so berichtet, aber viel erzählt hat sie von dir nicht." Sie presste kurz die Lippen zusammen. „Jedenfalls mir gegenüber nicht."
„Ob sie tatsächlich meinen Besuch gewünscht hat?" Seine Mutter hatte also seinen Werdegang verfolgt. Sie war sicherlich häufiger Gast auf seiner Homepage gewesen. Nur angerufen hatte sie nie.
„Das glaube ich auf jeden Fall."
„Ich weiß nicht", Holger zuckte mit der Schulter.
„Für mich sieht es so aus, als ob sie mit dem Sterben extra auf dich gewartet hätte."

Kannst du mir verzeihen?, hatte seine Mutter ihn gefragt, als sie für einen Moment aus dem Morphiumschlaf auftauchte. Das war mehr als genug. Und er hatte ihr verziehen.
Ein ganzer Schwarm kreischender Möwen verfolgte mittlerweile das Schiff.

Dienstag, 16. Juli 2024
Berlin, Deutschland, EU.
Nachdem Holger heute Morgen seinem Chef den Drohbrief gezeigt hatte, der gestern in seinem Briefkasten steckte, hatte Ziegler gleich für 14 Uhr eine Krisensitzung einberufen. Jetzt saßen sie wieder im kleinen Besprechungszimmer. Auf dem Tisch lag das Blatt Papier, auf dem mit fetten schwarzen Buchstaben stand: ‚Wenn wir unsere Jobs verlieren, kriegst du Ärger'. Der Brief war schon mehrmals durch die Runde gewandert und kritisch betrachtet worden. Auf eine kriminaltechnische Untersuchung wurde von vornherein verzichtet.
„Dem Text nach können es ja nur Mitarbeiter von Gen-Saatzucht-Herstellern sein", sagte Frau Tebler vom Innenministerium. „Oder von deren Händlern."
„Kam er mit der Post?", fragte Dr. Ohlenberg.
„Nein", antwortete Holger, „er wurde so in meinen Briefkasten gewor-fen. Deshalb vermute ich, dass die Absender zu den Typen gehören, die den Kuhmist auf den Dienstwagen gekippt haben und meine Adresse kennen – oder zumindest Kontakt zu dieser Gruppe haben."
„Wobei das ja sicherlich Bauern waren, nicht wahr?", sagte Ziegler.
„Davon gehe ich aus." Holger sah die elegant gekleidete Frau Eisach herausfordernd an.
„Was allerdings nur ein Verdacht ist", erwiderte sie.
Holger grinste zynisch. „Wer hat denn sonst noch Kuhfladen und Stroh?"
„Der Bauernverband hat jedenfalls nichts damit zu tun. Dafür garantiere ich."
„Gab es auf Ihre Anzeige hin denn irgendwelche Ergebnisse oder Hinweise, Herr Grimm?", fragte Frau Tebler.
„Absolut nichts."
„Das wird ja langsam richtig gefährlich", Anja wirkte besorgt.
„Du brauchst keine Angst zu haben. Das sind nur Idioten, die ihre Ängste an andere weitergeben wollen, die sich anonym irgendwie abreagieren müssen."
„Die aber auch zu geplanten Aktionen fähig sind", Ziegler räusperte sich, „wie der Anschlag mit dem Mist zeigt."
„Ich meine auch, dass wir die Sache sehr ernst nehmen sollten",

Frau Tebler warf einen Blick auf ihre Uhr.
„Kommt man von außen an Ihren Briefkasten?", wollte Ohlenberg wissen.
„Ja."
„Frau Dr. Eisach, besteht denn die Möglichkeit, dass Sie mäßigend auf ihre Bauern einwirken?" Ziegler hatte einen ungewohnt harten Ton.
„Die Landwirte sind selbstverständlich wütend. Sie fühlen sich im Stich gelassen. Ihre Existenzen sind bedroht."
„Das rechtfertigt aber noch lange keine Gewalttaten wie bei den Demonstrationen am 27. Juni", sagte Frau Tebler.
„Das waren Protestaktionen", entgegnete Frau Eisach. „Und die sind nun mal emotional."
Ohlenberg beugte sich mit verzerrter Miene vor. „Brennende Strohballen als Barrikaden, Verunreinigungen von öffentlichem Eigentum, stundenlange Blockaden von Straßenkreuzungen, Schlägereien. Das sind doch schon eher Straftaten."
„Haben Sie denn Einfluss auf diese Kräfte?", fragte Ziegler.
Frau Eisach schüttelte den Kopf, doch ihr Haar bewegte sich nicht. „Die sind außerhalb des Bauernverbandes."
„Kennen Sie denn solche Personen?", Frau Tebler fixierte sie prüfend.
„Nein. Das sind eher Autonome."
„Das sind Radikale und Chaoten", berichtigte Ohlenberg.
„Die sich bei diesen Protesten, die ja vom Bauernverband organisiert waren", fügte Ziegler genüsslich hinzu, „so richtig frei entfalten konnten."
„Auf jeden Fall ist es eine kleine Minderheit innerhalb unserer Landwirtschaft", erwiderte Frau Eisach.
„Das müssen wir alles im Auge behalten", Frau Tebler sah wieder zur Uhr. „Abschließend müssen wir noch absprechen, wie wir Herrn Grimm schützen können."
„Ach", Holger winkte ab, „ich nehme die Sache nicht so wichtig."
„Polizeischutz kann ich Ihnen leider nicht zusagen. Aber ich kann veranlassen, dass ein Polizeiwagen mehrmals am Tag vor Ihrer Haustür Präsenz zeigt."
„Das ist nicht nötig."
„Dieses Angebot solltest du unbedingt annehmen", Anja hatte einen bittenden Gesichtsausdruck. „Zumindest für die nächste Zeit. Sei nicht so leichtsinnig."
„Richtig, Frau Dr. Blass", stimmte Ohlenberg zu.
„Gut, gut", Holger hob abwehrend die Hände, „einverstanden. – Und wie oft taucht die Polizei dann bei mir auf?"
„Das regelt natürlich das Revier", antwortete Frau Tebler. „Aber ich gehe mal von drei bis fünf mal aus. Vorrangig von nachmittags bis in die Nacht rein."
„Das ist ja peinlich", Holger griente und verdrehte die Augen.

Freitag, 19. Juli 2024
In dieser Woche war der Weltmarktpreis für Gen-Saatgut um ein Drittel gefallen, weil deren Hersteller und Händler in Deutschland hektisch ihre Lager räumten und ihre Produkte in alle Richtungen verkauften. Der Hauptanteil wurde mit LKW's in andere EU-Staaten und nach Russland transportiert. Per Bahn kam das Saatgut in die Überseehäfen, von wo ganze Schiffsladungen nach China, Indien oder Südamerika ausliefen.
Aber auch deutsche Bauern luden ihre Gen-Vorräte auf einen Anhänger und zogen ihn mit ihrem Traktor nach Frankreich oder Polen, wo sie allerdings wegen des Preisverfalls von ihren ausländischen Kollegen noch weniger als 80 Prozent bekamen. Aber ein erheblicher Teil des Geschäfts ging natürlich per Handschlag an den Büchern vorbei.
Alle Betriebe, die irgendwie mit genveränderter Saat bisher ihr Geld verdient hatten, wollten das Zeug jetzt unbedingt bis zum 1. August loswerden; möglichst gewinnbringend, zumindest aber kostenneutral.
Umgekehrt waren vorausschauende Großhändler bemüht, innerhalb Europas herkömmliches Saatgut aufzukaufen und nach Deutschland zu schaffen, um bei den zu erwartenden Engpässen und Verteuerungen kräftig zu verdienen.
Im Gegensatz zu den gesenkten Genpreisen kosteten einige Lebensmittel schon mehr, vor allem Mais, Kartoffeln, Reis, Zucker und besonders Mehl, wodurch die Brotpreise bereits um 5 Prozent gestiegen waren. Und das alles, obwohl das betreffende Gesetz gerade in der letzten Woche verabschiedet wurde und erst ab dem 1. 8. gelten sollte. Eigentlich gab es noch keinen Grund für Preiserhöhungen, weil überhaupt noch nichts anders produziert wurde, nur die zukünftigen Veränderungen von Angebot und Nachfrage ließen den Markt schon reagieren.

Montag, 22. Juli 2024
„Ich soll dich grüßen", sagte Anja.
„So? Von wem denn?"
„Von Hanno."
„Was?" Holger sah sie entgeistert an und lehnte sich in seinem Stuhl zurück. „Hat er dich angerufen?"
„Das auch", antwortete sie und lächelte vielsagend.
„Wie jetzt?"
Anja setzte sich ihm gegenüber. „Er hat mich am Freitagabend angerufen. Und wir haben über zwei Stunden miteinander telefoniert. Und am Samstagmittag stand er mit roten Rosen vor meiner

Tür."
„In Magdeburg?"
„Nein. Ich bin hier geblieben."
„Weiter." Erst jetzt bemerkte Holger die positive Verwandlung bei ihr: die Augen glänzten, ihr Gesicht strahlte, sie wirkte ungemein lebendig, selbst ihre Brille sah besser aus.
„Wir haben uns also am Wochenende ausgesprochen und versöhnt. Und alles ist wieder gut."
„Ist Hanno noch hier?"
„Nein, er ist gestern Abend wieder nach Genf geflogen."
„Und wie hat er sein unmögliches Verhalten erklärt?"
„Er hat sich vielmals dafür entschuldigt." Anja korrigierte ihre Sitzhaltung. „Nach dem Sturz seiner Mutter, und erst recht nach ihrem Tod, sei er überfordert gewesen, hätte unbewusst einen Schuldigen gesucht, der für das ganze Unglück verantwortlich sei. Und durch die ständige Kritik seiner Mutter an mir, durch ihr kontinuierliches Schlechtmachen, das wie ein schleichendes Gift wirkte, habe er automatisch alles Negative auf mich übertragen. In seinem Schmerz gab es für ihn wohl nur diese simple, komplette Schuldzuweisung an mich."
„Ist das nicht ein bisschen zu einfach gedacht für einen erwachsenen Mann?" Holger bewegte den Kopf abwägend.
„Sicher ist es das. Hanno ist nun mal ein Muttersöhnchen, obwohl er absolut nicht so wirkt. Aber die vielen Jahre allein mit seiner Mutter haben ihn natürlich so geprägt."
„Und um seinen Fehler er erkennen, hat er jetzt über einen Monat gebraucht?"
„Ja. – Leider."
„Da hast du ja noch 'ne Menge Arbeit vor dir."
„Stimmt. Aber es lohnt sich." Anjas Wangen glühten kurz auf. Dann schüttelte sie sich und wurde wieder dienstlich. „Apropos Arbeit. Gibt's da Neuigkeiten?"
„Nun, heute werden überall die ersten Holzreste entfernt, nachdem das Ligniopin die Baumstümpfe jetzt zwei Monate aufgelöst hat. Und in die Löcher werden nun unbelastete Pflanzen eingesetzt. Hier in Berlin zum Beispiel die Unter den Linden."
„Sind die denn jetzt von Baumschulen, wo die Setzlinge unter Planen aufwachsen, damit sie nicht verseucht werden?"
„Das war für dieses Jahr noch nicht machbar. Aber in Zukunft werden die alle abgedeckt. Allerdings ist jede Jungpflanze auch jetzt schon zertifiziert, das heißt, ihre DNA ist nicht verändert."
„Gut. Dann haben wir ja demnächst zumindest wieder Minibäume an den Straßen."
„Und keine Frühjahrsblüher dabei." Holger verneigte sich grienend.
„Genau, wie du es gefordert hast."
Anja würdigte das mit einer aristokratischen Geste, die beide zum Lachen brachte.

„Und wie war dein Wochenende so?", fragte sie dann.
„Nicht so überraschend wie deins." Er hatte ständig an gewisse lagunenfarbene Augen denken müssen. „Aber ganz okay." Er hatte Utinka auch verschwiegen, dass Okos' Tochter 10 Jahre jünger war und toll aussah.

Mittwoch, 24. Juli 2024
Sie trafen sich unten im Hausflur.
„Guten Abend, Frau Pohl!" Holger war froh, dass ihm der Name sofort einfiel.
„Guten Abend, junger Mann!" Seine Nachbarin blieb gleich stehen.
„Sagen Sie, wurde bei Ihnen denn noch mal so'n Schabernack getrieben wie mit dem Mist?"
„Wieso?"
„Na, weil seit einer Woche ziemlich oft ein Polizeiauto hier vor unserer Tür steht." Sie lehnte sich gegen das Geländer. „Abends und sogar in der Nacht."
„Stimmt", Holger nickte. „Die wollen jetzt hier verstärkt kontrollieren, damit so etwas nicht noch mal passiert."
„Dann haben wir ja richtigen Polizeischutz", sie machte eine übertrieben ehrfurchtsvolle Miene. „Hauptsache, das schreckt solche Kerle auch ab."
„Das will ich doch hoffen."
„Hat die Polizei denn was rausgekriegt über die Täter?"
„Bis jetzt nichts", antwortete Holger. „Und da wird wohl auch nichts mehr kommen."
„Tja, nachts sind alle Katzen grau. Und wenn da nicht zufällig jemand was gesehen hat", sie wedelte mit der Hand und zog eine Schulter hoch.
„Immerhin müssen die ja hier mit einem Anhänger in der zweiten Spur gestanden haben. Und das eine gewisse Zeit."
„Schade um den guten Mist."
„Aber keinem ist etwas aufgefallen." Holger bewegte sich langsam in Richtung Haustür.
„Oh, ich will Sie nicht länger aufhalten. Sie wollen doch bestimmt zu Ihrer Freundin, nicht wahr?" Sie lächelte verständnisvoll.
„Ja", log er einfach.
„Dann wünsche ich Ihnen noch einen schönen Abend."
„Danke, Frau Pohl. Ihnen auch."

Freitag, 26. Juli 2024
Holger wollte gerade den Kühlschrank öffnen, als der bestimmte Klingelton erklang. Er ging zur Medienwand, rief: „Telefon an!" und

setzte sich in den Kamerabereich.
Auf dem aufs größte Format gestellten Bildschirm erschien eine strahlende Dunja Okos, winkte ihm zu und sagte: „Hallo, Holger! Ich hoffe, ich störe dich nicht."
„Absolut nicht. Hallo." Er war sofort wieder hypnotisiert von ihren herrlichen Augen.
„Ich wollte dich fragen, ob wir uns vielleicht am Sonntag treffen können? Ich fahre nämlich morgen nach Berlin, weil meine Schulfreundin ihren 30. Geburtstag feiert. Ich muss mir das ja angucken, weil ich nächstes Jahr ja auch nulle." Für zwei Sekunden verzog sie schwermütig ihr Gesicht.
Und ich bereits in vier Monaten, dachte Holger und antwortete: „Das wäre prima. Aber bist du dann am Sonntag schon wieder fit und ansprechbar?" Utinka hatte ihn ja nur für Samstag gebucht.
„Na, klar. Ich glaub, die meisten sind da schon im reiferen Alter. Das wird bestimmt keine wilde, alkoholreiche Fete."
„Gut." Also erwähnte er seinen baldigen 40. Geburtstag lieber nicht.
„Wie wär's dann so um die Mittagszeit?" Dunja befühlte orakelhaft ihr rechtes Ohrläppchen. „Sagen wir ruhig um 12 Uhr?"
„Wenn dir das nicht zu früh ist?"
Sie ließ ihr dunkelblondes Haar pendeln und machte einen süßen Schmollmund.
„Und wo wollen wir uns treffen?", fragte Holger.
„Am besten am Bahnhof. Dann kann ich meine Reisetasche da deponieren."
„Einverstanden."
„Klasse!" Sie freute sich wie ein kleines Mädchen.
„Und wie geht's deinem Vater so?"
Sofort wurde sie wieder ernst. „Den Umständen nach ganz gut. Er ist erleichtert, dass sie es geschafft hat. Andererseits vermisst er sie natürlich."
„Verstehe."
„Oh!", Dunja zeigte in seine Richtung. „Da ist noch ein Anruf." Sie lächelte entschuldigend. „Ich muss jetzt Schluss machen. Also, am Sonntag um 12 Uhr vor dem Bahnhof."
„Hauptbahnhof?", fragte er schnell.
„Ja, ja. Tschüss, dann." Dunja Okos hob die Hand zum Gruß und verschwand. Der Bildschirm war wieder schwarz.
Obwohl er glücklich über das baldige Treffen war, hatte er auch düstere Überlegungen: Ob das ihr Typ in der anderen Leitung war? Dieser Kollege, der seine Frau mit ihr betrog? Der Kerl, der alles bei ihr berühren durfte? Sie hatte es ja verdammt eilig gehabt. Der Anruf war ihr eindeutig wichtiger.

Als sein Handy kurze Zeit später klingelte, dachte Holger, Dunja

hätte noch etwas vergessen oder sich mit dem Bahnhof vertan.
„Ja?"
„Hallo. Hier ist Jan Woduzek."
„Was? Sie sollen mich doch nicht mehr anrufen."
„Nur ein paar Fragen."
„Nein. Kapieren Sie das doch endlich!"
„Werden Sie bedroht, Herr Grimm?"
„Wieso denn das?"
„Nach meinen Informationen stehen Sie unter Polizeischutz."
„Blödsinn!"
„Und warum stehen so oft Polizeiwagen vor Ihrer Tür?"
„Und warum stellen Sie mir immer wieder Fragen, obwohl Sie genau wissen, dass ich sie nicht beantworten darf?"
„Das ist mein Job."
„Zum letzten Mal, Herr Woduzek, ich wünsche keine weiteren Anrufe mehr und beende diesen jetzt auch!" Holger hatte extra laut gesprochen und grinste nun. Immerhin hatte seine letzte Warnung über einen Monat gewirkt.
„Wer hat diese Mistfuhre auf Ihren Dienstwagen gekippt? War das ein Anschlag der Gen-Befürworter?"
„Kein Kommentar."
„Nichts zu machen?"
„Nein."
„Gut, dann schönen Abend noch, Herr Grimm. Tschüss."
„Ja, tschüss." In Gedanken fügte er noch ‚du Sensationshai' hinzu.

Sonntag, 28. Juli 2024
Dunja stand in der prallen Sonne und hatte schon auf ihn gewartet. Als sie ihn entdeckte, kam sie auf ihn zugerannt. Beim Laufen wippten ihre kleinen festen Brüste, denn sie trug keinen BH unter ihrem roten Top. Holger wurde ganz anders und noch heißer, als er sie so wunderbar und verlockend auf sich zukommen sah. Er zwang sich, ihr nur ins Gesicht zu blicken. Sie sprang ihn fast an und umarmte ihn herzlich. Er hielt sie umschlungen, fühlte ihre Taille, roch ihre Haut und ihr Haar und war selig.
Beim nächsten Eiscafé setzten sie sich draußen hin. Dunja leerte ihre Cola gleich bis zur Hälfte und berichtete von der Geburtstagsfeier, die bis zum Morgengrauen gedauert habe und ganz lustig gewesen sei. Trotz des wenigen Schlafes sah sie absolut frisch aus. Sie plauderte übersprudelnd und lachte öfter. Durch das intensive Sonnenlicht glänzten ihre Augen türkisfarben. Dann hörte sogar Holger ihr Magenknurren und schlug Mittagessen vor, womit sie sofort einverstanden war.
Sie fuhren mit dem Auto zu einem italienischen Restaurant, aus Sicherheitsgründen aber nicht zu seinem Lieblings-Italiener. Nach

einigen Schlucken Rotwein bekam Dunja schon rötliche Wangen und sah noch niedlicher aus. Sie aß mit großem Appetit und allen Sinnen. Während des Essens erzählten sie sich gegenseitig Anekdoten aus ihrer Jugend. Für Dunja gab es eindeutig eine gute Kindheit vor dem Weggang ihrer Mutter und eine schlechtere danach. An auffällige Streitigkeiten ihrer Eltern habe sie sich nicht erinnern können, deshalb sei die Trennung für sie damals völlig unerwartet und wie ein Fallbeil gekommen. Sie gab allerdings zu, dass sich Holgers Mutter am Anfang wirklich große Mühe mit ihr gegeben habe, obwohl Dunja eigentlich ständig zickig und gehässig zu ihr gewesen sei und ihr oft den Spruch ‚Du bist nicht meine Mutter und hast mir gar nichts zu sagen!' entgegengeschrien habe. Dabei dachte Holger sofort an gewisse Ausbrüche von Sina. Fast täglich habe ihr Vater sie ins Gebet genommen und ein besseres Verhalten von ihr gefordert. Sie habe natürlich seine zwiespältigen Gefühle erkannt und stets mit allen kindlichen Mitteln versucht, ihn auf ihre Seite zu ziehen und zu halten.
Nach dem Dessert prustete Dunja, hielt sich ihren immer noch schlanken Bauch und meinte, jetzt brauche sie einen Schnaps, einen Espresso und einen Verdauungsspaziergang.
Sie gingen dann die Friedrichstraße entlang, blieben eine Zeit lang auf der Spreebrücke stehen und genossen schweigend die aufsteigende Kühle des Wassers. Sie bummelten an den vielen Schaufenstern vorbei und lästerten über bestimmte Produkte und ihre horrenden Preise. Schließlich bogen sie nach rechts in die Prachtstraße Unter den Linden. Dunja machte sich lustig über das Laufband auf dem breiten Gehsteig und lehnte die Benutzung kategorisch ab.
Nachdem sie auf dem Mittelstreifen die neu eingepflanzten Winterlinden besichtigt hatten, erklärte ihr Holger das bundesweit einheitliche Rekultivierungsverfahren. Dabei saßen sie auf der Bank, auf der Anja damals bei ihrem ersten Treffen auf ihn gewartet hatte, während er mit dem Akku-Kernbohrer die Proben aus den Unglückspappeln schnitt. Das war erst vor ziemlich genau vier Monaten gewesen, doch Holger kam es viel länger vor.
„Wie viele Menschen sind hier gestorben?", fragte Dunja voller Mitgefühl.
„Nur einer. Ein Rentner aus Celle, der allergisch auf diese Pollen war und beim Blütenabwurf sein Asthmaspray verloren hatte."
„Und was waren das für Bäume?"
„Hybridpappeln."
„Kenn ich nicht", sagte sie wie ein Schulmädchen, das die Hausaufgaben nicht gemacht hatte. „Da sind die Winterlinden schon besser. Die passen wenigstens zum Straßennamen."
„Da hast du vollkommen recht."
„Am Schrecklichsten fand ich diesen Vorfall mit den toten Kindern auf diesem Rummelplatz", sagte Dunja mit schmerzverzogenem

Gesicht.

„Das war in Astlingen." Holger sah wieder dieses Kinderkarussell vor sich.

„Aber jetzt besteht ja wohl keine akute Gefahr mehr."

„Nur weil nichts mehr blüht. Vor zwei Monaten liefen hier alle Leute noch mit Mundschutz herum."

„In Hannover auch." Sie zog die Augenbrauen hoch und rollte mit den Augen. „Ich hab auch so'n Ding getragen."

„Das ist momentan eine trügerische Ruhe, weil nichts mehr passiert. Deshalb ist dieses Gen-Verbot ja auch so wichtig. Das ist ein Anfang, ein Kurswechsel, damit wir im nächsten Frühjahr nicht noch mehr Tote haben und im übernächsten Jahr noch mehr und so weiter."

Der Weg zurück zum Auto ging dann doppelt so schnell wie der Hinweg, weil sie keine Lust mehr auf Schaufenster hatten. Am Bahnhof tranken sie noch Kaffee und unterhielten sich hauptsächlich über Dunjas Arbeit als Lehrerin an einem Gymnasium, wo man jeden Tag sehr starke Nerven brauche. Eine halbe Stunde vor der Zugabfahrt holten sie ihre Reisetasche aus dem Gepäckschließfach, die Holger bis auf den Bahnsteig schleppte.

„Eigentlich mag ich diese Abschiedsszenen mit wegfahrendem Zug und Winken überhaupt nicht."

„Soll ich lieber jetzt schon gehen?", fragte er etwas verlegen.

„Bist du dann auch nicht böse?" Dunja schob ihre Stirn in schuldbewusste Falten.

„Absolut nicht." Wie könnte er diesen Lagunenaugen böse sein?

„Gut. Dann verabschieden wir uns jetzt." Sie nickte zufrieden und hatte wieder eine glatte Stirn. „Das war ein sehr schöner Tag gewesen."

„Fand ich auch."

„Das können wir ja bei Gelegenheit mal wieder machen." Sie lächelte und sah zu der Zuganzeige, die sich gerade veränderte.

„Jederzeit."

„Also, Holger", sie umarmte ihn und küsste ihn auf die Wange, löste sich danach aber sofort wieder von ihm. „Dann mach's gut."

„Ja, tschüss. Und gute Fahrt." Als er die Treppe hinunterstieg, war er verunsichert, ob er sich umdrehen sollte oder nicht. Auf dem letzten Viertel der Stufen schaute er zurück, doch Dunja war nicht mehr zu sehen.

Der Abschied war eindeutig schlechter gewesen als die Begrüßung. Ob er ihre Erwartungen nicht erfüllt hatte?

Dienstag, 30. Juli 2024

„Du hast gestern bei mir unentschuldigt gefehlt", beschwerte sich Holger gespielt vorwurfsvoll.

Anja sah ihn erschrocken an. „Mein Gott! Ich hab ganz vergessen, dir am Freitag zu sagen, dass ich Montag einen Tag Urlaub nehme."
„Soso", er drehte den Kopf hin und her und versuchte ernst zu bleiben.
„Es tut mir leid. Wirklich", sie bettelte mit gefalteten Händen.
„Gut. Akzeptiert. – Warst du in Genf?"
„Ja", hauchte Anja glücklich und bedeutungsvoll.
„Wie es war, brauch ich ja wohl nicht zu fragen. Du bist ja jetzt noch happy."
„Es war herrlich", schwärmte sie.
„Will Hanno das Haus eigentlich behalten?"
„Natürlich. So einen Besitz gibt man nicht weg", antwortete sie etwas überheblich.
„Das Anwesen hat doch bestimmt einen enormen Wert?"
„Davon kannst du ausgehen."
„Dann ist Hanno ja eine richtig gute Partie", sagte Holger mit spöttischem Mundwinkel. „Da solltest du dich ranhalten."
„Eins nach dem anderen. Mal abwarten, wie es sich entwickelt. Nur nichts übereilen."
„Stimmt." Vielleicht war es Hanno ja mit ihr auch nur zu schnell gegangen und gleich zu eng gewesen. Vielleicht hatte er sich gedrängt gefühlt. Das könnte er verstehen.
Anja rückte ihre Brille zurecht und wechselte das Thema. „Hast du in den Nachrichten auch von den vielen Preiserhöhungen gehört?"
„Ja."
„Das ist doch alles manipuliert und echt 'ne Sauerei!", empörte sie sich. „Die Preistreiber sind genau die Kreise, die sich für die Gen-Anwendung stark gemacht haben."
„Naja, das sind in der Marktwirtschaft die freien Kräfte von Angebot und Nachfrage. So entstehen Preise."
„Aber das ist doch unsozial", konterte sie. „Das ist purer Kapitalismus. So etwas hätte es in der DDR niemals gegeben."
„Das glaube ich." Holger verkniff sich ein hämisches Grinsen, um Anjas Wut nicht noch weiter zu schüren.

Freitag, 2. August 2024
Auf Betriebsversammlungen der drei deutschen Fabriken der beiden größten Biotech-Konzerne der USA wurde den Belegschaften mitgeteilt, dass sich die Unternehmen – wie als Konsequenz schon mehrfach angekündigt – aus Deutschland zurückziehen und ihre hiesigen Standorte schließen würden. Ihre Geschäftsgrundlagen seien durch das gesetzliche Verbot von Gen-Saatgut vollkommen zerstört worden; es gebe auch keine anderen realistischen Möglichkeiten, um die ausfallenden Umsätze zu ersetzen. Für die US-Firmen gebe es in diesem Land keine positiven Erwar-

tungen mehr. Den Mitarbeitern wurde angeboten, wer wolle, könne in die neuen Produktionsstätten nach Tschechien oder Polen wechseln und so den festen Arbeitsplatz behalten. Wer diesen Vorschlag nicht annehme, erhalte selbstverständlich die üblichen Leistungen eines Sozialplans.
Der einzige deutsche Hersteller von Gen-Erzeugnissen hatte seine Beschäftigten bereits in der letzten Woche darüber informiert, dass man das Werk ab sofort radikal auf konventionelle Saatzucht umstellen werde. Dadurch gebe es hohen Investitionsbedarf und für längere Zeit keine Gewinne. Für die zu erwartende Durststrecke müsse man deshalb die Personalkosten senken. Der Betriebsrat hatte allerdings eine Regelung ausgehandelt, die jedem für drei Jahre seinen Arbeitsplatz garantiere, wenn er im Gegenzug für dieselbe Dauer mit einer 20-prozentigen Lohnkürzung einverstanden sei. Die meisten Mitarbeiter von Heide-Saat waren dazu bereit.

Sonntag, 4. August 2024

Irgendein Sonnenstrahl hatte Holger geweckt. Er hatte von seiner toten Mutter geträumt: seltsamerweise waren dabei ihre Arme und Hände nur noch Konturen auf dem weißen Bettbezug, als hätte sie jemand zusammen mit dem Stoff platt gebügelt. Er blinzelte zum Wecker, es war 8.18 Uhr. Vor sich sah er die nackte Schulter von Utinka, hörte ihr gleichmäßiges Atmen. Er drehte sich vorsichtig auf den Rücken und verschränkte die Arme hinter dem Kopf. Draußen war richtiges Sonntagswetter. Auf jeden Fall musste er heute einen ausgedehnten Waldspaziergang machen, sich bewegen und grüne Luft inhalieren. Nach dem Frühstück würde er sich verdrücken. Utinka war mit Töchterchen sowieso zum Mittagessen bei ihren Eltern eingeladen. Er natürlich nicht. Und das war auch gut so.
Im Moment konnte er Sina und ihre launischen Eskapaden nur schwer ertragen. Als er gestern beim Abendbrot mal behutsam nach ihren Noten gefragt hatte, explodierte sie sofort und meinte, das ginge ihn überhaupt nichts an, er solle sich gefälligst nicht ständig in ihr Leben einmischen. Holger hatte seinen Ärger mit dem Essen heruntergeschluckt und auf entsprechende Erwiderungen verzichtet, damit die Sache nicht weiter eskalierte. Utinka war wie immer auf Sinas Seite, beruhigte sie und forderte von Holger mehr Verständnis und Zurückhaltung. Das wiederum brachte ihn zum Kochen, er wäre am liebsten vom Tisch aufgestanden, hätte der frechen Göre einige unbequeme Wahrheiten zugebrüllt und wäre gegangen. Aber er blieb sitzen und ließ seine Wut nicht raus. Er suchte nach einem Grund, warum er sich das eigentlich antat. Er war hier ein rechtloser Fremdkörper und wurde nur für gewisse

Stunden geduldet, in denen er aber keinerlei Kritik an Mutter und Kind äußern durfte.

Utinka drehte sich im Schlaf jetzt zu ihm, schmatzte zweimal, atmete dann etwas schnaufend, aber regelmäßig. Holger sah ihren verführerischen Brustansatz und dachte dabei trotzdem an die wippenden Brüste von Dunja.

Die gewissen Stunden mit Utinka waren natürlich auch allerhand wert. Sina war gestern noch ausgegangen, hatte sich mit Küsschen und Umarmung von der Mama verabschiedet und ihn keines Blickes gewürdigt. Holger hatte dann nur einsilbig und mit großer Beherrschung auf Utinkas Gesprächsversuche reagiert. Danach hatten sie sich vorwiegend schweigend einen Krimi im Fernsehen angeschaut. Aber später im Bett hatten sie sich wieder versöhnt und gut unterhalten, auch ohne Worte.

Donnerstag, 8. August 2024

Heute wollte er Anja auf seiner Medienwand endlich mal die Urlaubsbilder von seiner Mexiko-Rundreise im vorigen Jahr vorführen. Hanno schwärmte ihr nämlich andauernd davon vor und würde gerne mit ihr im nächsten Urlaub dorthin fliegen. Nach Dienstschluss nahm Holger also Anja mit, hielt unterwegs noch bei einer Bäckerei und kaufte Kuchen für die beiden.

Als er in einiger Entfernung von seiner Haustür mühsam eingeparkt hatte, stiegen sie aus. Holger balancierte das Kuchenpaket wie ein tollpatschiger Kellner und brachte sie damit zum Lachen. Bei seinen lustigen Verrenkungen wusste er selbst nicht, was ihn zuerst alarmierte: der grüne Geländewagen oder die zwei bulligen Kerle, die lässig daran lehnten.

„Scheiße", sagte er leise und gedehnt.

„Was ist denn?", Anja lächelte und erwartete eine Fortsetzung seiner Vorführung.

„Das gibt Probleme."

„Was?" Sie folgte der Richtung seiner Kopfbewegung.

Die beiden Männer hatten sie jetzt auch bemerkt, stießen sich vom Jeep ab und kamen mit schnellen Schritten auf sie zu. Sie trugen schwarze Baseballkappen, die sie tief ins Gesicht gezogen hatten.

„Das sind die Typen, die mich verfolgt haben." Holger hielt immer noch das Kuchenpaket auf seiner flachen Hand. „Und die mit Sicherheit den Kuhmist aufs Auto gekippt haben."

„Dann lass uns lieber abhauen."

Die Männer hatten bereits Holgers Haustür erreicht und begannen zu laufen.

„Also zurück zum Wagen." Bei seiner raschen Kehrtwendung fiel ihm der Kuchen runter und klatschte auf den Fußweg.

„Nichts wie weg." Anja rannte einen Schritt hinter ihm und kramte dabei in ihrer Handtasche.

„Bleib hier, du Feigling!", brüllte einer von den Kerlen, die nur noch wenige Meter von ihnen entfernt waren.

„Das schaffen wir nicht", Holger blickte beim Laufen besorgt zurück. „Was suchst du denn? Willst du die Polizei anrufen?"

„Jetzt kriegst du den versprochenen Ärger!", rief der andere, der einen Dreitagebart trug.

Ein Mann war jetzt auf gleicher Höhe mit Anja, packte Holger von hinten am Hemdkragen und stoppte ihn so. „Jetzt bist'e dran. Wegen dir bin ich nun arbeitslos, du Arsch!"

„Ich warne Sie", röchelte Holger halb abgewürgt.

Jetzt standen alle vier zusammen. Der Bärtige sagte zu Anja: „Halten Sie sich hier raus. Gehen Sie einfach weiter. Wir schlagen keine Frauen."

„Aber ich schlage Männer", entgegnete sie wütend und knallte ihm ihre Handtasche an den Kopf, seine Baseballmütze flog weg.

„He, du olle Zicke!" Er schützte seinen Kopf. Die Tasche traf ihn am Hals und an den Schultern.

„Jetzt reicht's aber!" Der andere Typ breitete seine Arme aus, um Anja einzufangen und zu bändigen.

„Lasst sie in Ruhe, ihr Schweine!" Holger trat ihm voll gegen das Schienbein, sodass er aufstöhnte.

Plötzlich hatte Anja eine längliche Dose in der Hand, sagte: „Nimm das, du Mistkerl!" und sprühte ihm eine Ladung Pfefferspray ins Gesicht.

„Ah!" Der Mann schrie, rieb sich die Augen, wendete sich zusammengekrümmt ab. „Verfluchte Scheiße! Wie das brennt!"

„Willst du auch mal probieren?", Anja hielt dem Bärtigen die Sprühdose vor die Nase.

„Nein, nein!" Er hob abschirmend die Hände und duckte sich weg.

Holger staunte über Anjas unerwartete, mutige Verteidigung. Dann hatte er einen Geistesblitz, zog sein Handy aus der Hosentasche und fotografierte die beiden Männer.

Der das Pfefferspray abbekommen hatte, wimmerte vor sich hin, rieb sich die Augen und taumelte mit ausgestreckten Armen wie ein Blinder.

Anja zeterte wie eine Furie, in der einen Hand die Sprühdose, in der anderen die schaukelnde Handtasche. Dazwischen sprang Holger mit dem Handy hin und her, um möglichst gute Porträtfotos zu bekommen.

„Habt ihr genug?", fragte Anja und drohte mit ihrem Abwehrspray.

„Ja, ja. Verdammt." Der Bärtige nahm die Hand seines hilflosen Kumpans und sagte zu ihm: „Los, wir hauen ab."

„Das brennt furchtbar!", jammerte der. „Die Schlampe hat mich blind gemacht."

„Sei bloß vorsichtig!", ermahnte Anja ihn und grinste Holger an.

„Wir müssen nach Hause und deine Augen mit Wasser aus-

waschen." Der Bärtige stützte seinen Kumpel. „Wir müssen zum Auto." Er führte, schleppte und zog ihn in Richtung zum Geländewagen.
Holger überholte die beiden und knipste sie nochmals. Dann fotografierte er den grünen Jeep. Beide Kennzeichen waren dick mit Schlamm beschmiert. Holger wischte das hintere mit seiner Hand und seinem Taschentuch sauber und machte Nahaufnahmen davon.
Währenddessen hatte der Bärtige dem anderen beim Einsteigen geholfen, ihn angeschnallt und dann die Beifahrertür zugeworfen. Er fasste sich an den Kopf, fluchte und rannte zurück, um seine schwarze Kappe aufzuheben.
„Ohne das Ding fühlst du dich wohl nicht sicher, wie?", Anja verzog zynisch den Mund und schlenkerte mit der Handtasche.
Der Mann antwortete nicht, eilte zurück zum Auto und öffnete die Fahrertür.
„Diesmal sind Sie dran", sagte Holger und wackelte mit seinem Handy. „Das sind eindeutige Beweisfotos. Das gibt eine Anzeige mit Erfolgsgarantie."
„Beeil dich!", jaulte der Kerl von innen. „Das brennt so."
Anja beobachtete völlig mitleidlos ihr Opfer.
„Aber wir haben euch doch gar nichts getan", sagte der Bärtige.
„Was?", fauchte Anja von der gegenüberliegenden Seite rüber. „Ihr habt uns verfolgt und bedroht und meinen Kollegen gewürgt. Wir haben nur in Notwehr gehandelt."
„Stimmt genau", Holger nickte grimmig.
„Wer hat denn hier wen verletzt, he?" Der Bärtige zeigte ins Wageninnere. „Euch ist doch überhaupt nichts passiert."
„Aber nur, weil wir uns gewehrt haben", erwiderte Anja und schwenkte das Pfefferspray.
„Komm endlich!", flehte der auf dem Beifahrersitz.
„Wir haben euch jedenfalls nichts getan." Der Bärtige stieg ein und knallte die Tür zu. Der Motor sprang laut tuckernd an. Dann fuhr der Geländewagen aus der Parklücke und beschleunigte mit quietschenden Reifen.
Anja stand in Siegerpose da und sagte: „Die haben erst mal die Schnauze voll."
Holger wunderte sich über ihre Wortwahl. Er ging zu ihr hin und klopfte ihr anerkennend auf die Schulter. „Du erstaunst mich immer wieder. Du bist ja eine richtige Kämpferin."
„Tja, so sind die Frauen im Osten eben", antwortete sie trotzig.
„Da muss man sich ja richtig vorsehen vor dir. Hast du das Pfefferspray schon mal benutzt?"
„Nee, das war die Premiere. Aber dafür ganz gut, nicht wahr?"
„Hervorragend. Spitzenklasse."
„Danke", Anja reckte die rechte Faust empor.
Holger sah auf seine Uhr und sagte: „Am besten fahren wir jetzt

gleich zu dem zuständigen Polizeirevier und melden die Sache. Die wissen ja schon Bescheid wegen ihrer Kontrollen hier. Diesmal hab ich ja genug Beweise: das Autokennzeichen und gute Porträts der Täter."

„Dann los."

Auf dem Weg zum Wagen bückte sich Anja zum hingefallenen Kuchenpaket, drehte es vorsichtig wieder um und erhob sich damit. „Das nehmen wir mit. Da ist nichts rausgerutscht. Wird nur etwas matschig sein. Aber schmecken tut er bestimmt trotzdem."

„Einverstanden. Dann kommen wir nach der Polizei wieder hierher und stärken uns."

„Schließlich haben wir ja tapfer gekämpft." Sie hatte ihre Handtasche über die Schulter hängen und trug das lädierte Kuchenpaket auf zwei Händen.

„Hauptsächlich du. Ohne deine professionelle Verteidigung hätte ich jetzt garantiert ein blaues Auge und mehr."

„Tja", Anja warf stolz den Kopf in den Nacken, „dein Glück, dass du eine starke Frau dabei hattest."

Montag, 12. August 2024

Aufgrund von genauen Hinweisen einer Umweltschutzgruppe wurde ein illegaler Transport von Gen-Saatgut kurz vor der französischen Grenze vom deutschen Zoll gestoppt und beschlagnahmt. Der insolvente Spediteur hatte den Truck selber gesteuert und gleich alles zugegeben. Er sollte Restbestände eines Großhändlers zu einem südfranzösischen Agrarbetrieb bringen.

Die Verbraucherpreise für die Hauptnahrungsmittel und Gemüse waren weiter gestiegen. Brot kostete mittlerweile 20 Prozent mehr als vor einem Monat, als das Gen-Verbot beschlossen wurde.

Weil einige Bioprodukte inzwischen günstiger waren als die herkömmlichen Lebensmittel – besonders Kartoffeln, Mehl und Tomaten – waren diese Erzeugnisse bald überall ausverkauft. Die ökologischen Landwirte und Anbieter mussten ihre Preise nun künstlich drastisch erhöhen, um ihre kleine, aber zahlungskräftige Stammkundschaft zu behalten.

Mittwoch, 14. August 2024

Holger saß leicht aufgeregt vor seiner Medienwand und erwartete Dunjas Auftauchen. Stattdessen erschien ein verstörter Peter Okos auf dem Bildschirm.

„Hallo, ich bin's." Holger hob die Hand und überprüfte mit einem Seitenblick die richtige Eingabe. „Ich dachte schon, ich hätte mich verwählt."

„Hast du nicht. Ich bin gerade bei meiner Tochter zu Besuch."

"Kann ich Dunja mal sprechen?" So unruhig hatte er Okos noch nie erlebt, selbst am Todestag oder bei der Trauerfeier nicht.
"Das geht im Moment nicht."
"Ist sie nicht zu Hause?"
"Doch. Schon." Er kaute an seiner Oberlippe.
"Ist sie krank?"
"Ja", Okos nickte mehrmals hintereinander.
"Was hat sie denn?"
"Tja", er druckste herum und sah hilflos nach oben. "Es geht ihr nicht gut."
"Eine Grippe?"
Er schüttelte nur den Kopf mit zusammengepressten Lippen.
"Migräne?"
"Ja." Peter blickte nervös auf seine Uhr. "So etwas in der Art."
"Hat sie das öfter?" Er führte ja ein regelrechtes Verhör.
"Manchmal." Okos prustete und fuhr sich mit der gespreizten Hand durch sein Bürstenhaar. "Weißt du, ich ... Ich möchte nichts Falsches oder zuviel sagen und dadurch Ärger mit meiner Tochter kriegen. Ihr ist das bestimmt nicht recht. Sie ist da sehr eigen. Das soll sie dir lieber alles selber beantworten."
"Verstehe." Deshalb Ärger mit Dunja?
"Ich sage ihr nachher, dass du angerufen hast." Er wischte sich über die Stirn. "Und wenn es ihr wieder besser geht, wird sie sich bei dir melden."
"Gut. Und wann ..."
Er unterbrach ihn schroff: "Weiß ich nicht!" Nach einem Räuspern sagte er deutlich milder: "Diese Zustände dauern immer ein paar Tage."
"Bleibst du so lange bei ihr?" Das Wort ‚Zustände' sprang Holger im Kopf herum und verursachte fragende Echos.
"Natürlich." Peter Okos schaute wieder zur Uhr. "Ich muss jetzt auch Schluss machen und mich wieder um sie kümmern."
"Klar. Dann grüß sie von mir und gute Besserung."
"Mach ich." Sein Nicken war eher ein Kopfwackeln. "Auf Wiederhören." Sofort war er aus dem Kamerabereich verschwunden.
"Ja, tschüss", sagte Holger zu dem leeren Stuhl. Dann trennte er die Verbindung, hielt sich an der Fernbedienung fest und starrte noch eine Weile ratlos auf den schwarzen Bildschirm.

Freitag, 16. August 2024
Ziegler und Ohlenberg hatten ihnen am Morgen den aktuellen Ermittlungsstand der Polizei mitgeteilt. Die Identität der beiden Männer war in kürzester Zeit festgestellt worden. Der das Pfefferspray abbekommen hatte, war ein gerade entlassener Mitarbeiter eines geschlossenen US-Werkes für Gen-Saatgut in Fürstenwalde. Der Bärtige war sein Schwager und hatte in Kienbaum – nicht weit

von Berlin – einen Bauernhof und bis zum 1. August ausschließlich Gen-Produkte angebaut.
Gleich in der ersten Vernehmung hatten sie alles gestanden, auch die Verfolgung, den Mist-Anschlag und den Drohbrief. Ihre Existenzen seien eben bedroht gewesen, dagegen hätten sie sich irgendwie wehren müssen. Da Holger Grimm vom Umweltministerium ein oft genannter Verfechter des Gen-Ausstiegs sei, habe sich ihre Wut auf ihn konzentriert. Allerdings versuchten sie, ihren Überfall als ein zufälliges Streitgespräch zu verharmlosen und sich selbst als unschuldige Opfer darzustellen. Für die Polizei waren sie aber eindeutig die Angreifer bei einer geplanten Tat. Die Abwehrmaßnahme von Anja betrachteten sie ganz klar als Notwehrhandlung und absolut verhältnismäßig. Die beiden Männer würden sich auf jeden Fall vor Gericht verantworten müssen. Da sie ja nun bekannte Personen eines Strafverfahrens waren und deshalb wohl keine Gefahr mehr von ihnen drohte, wurden die Polizeikontrollen vor Holgers Wohnhaus eingestellt.
Jetzt saßen Anja und Holger nach dem Mittagessen immer noch in der Kantine und tranken Kaffee.
„Unsere Chefs haben gar nichts davon gesagt, dass Hanno bei der Konferenz am 20. auch mit dabei ist."
„Echt?", Holger sah sie erstaunt an.
„Ja. Er will sich für die WHO über die Erfolge der Kohlendioxidreduzierung in den Großstädten und über die Auswirkungen des deutschen Gen-Verbots informieren."
„Aha." Hanno hatte ihm zwar persönlich nichts getan, aber seit seinem miesen Verhalten gegen Anja war er bei Holger unten durch.
„Meinst du denn, dein Fahrverbot kommt?"
„Nein. Die zusätzlichen Begrünungen haben wirklich was gebracht. Sie sind zwar noch lange kein Ersatz für die fehlenden Blättermassen, aber der Sauerstoffanteil in den Innenstädten ist seit dem Tiefststand langsam, aber kontinuierlich gestiegen."
„Das ist doch prima", freute sich Anja.
„Mit einem Fahrverbot würde es natürlich schneller gehen. Da würde es richtige Verbesserungssprünge geben."
„Aber die Durchsetzung ist ungeheuer unpopulär. Welcher Politiker will sich schon selber seine Karriere versauen?"
Holger nickte zustimmend und fragte: „Wann kommt denn Hanno?"
„Heute Abend." Sie lächelte glücklich.
„Da habt ihr ja ein verlängertes Wochenende für euch."
„Ja." Anja hob einen Zeigefinger. „Am Montag habe ich auch frei." Sie verzog schuldbewusst das Gesicht. „Nicht, dass ich es wieder vergesse."
„Gut. Genehmigt."
„Und am Sonntag sind Hanno und ich zum Mittagessen in Magde-

burg eingeladen."
„Hört sich nach offizieller Familieneinführung an."
„Ja", sie strahlte ihn an.
Holger wollte erst noch etwas über zukünftigen Schwiegersohn, Verlobung, Kniefall und so scherzen, unterließ es aber lieber. Wenn Hanno Anja noch einmal so enttäuschen würde, müsste er sich den schweizer Lockenkopf mal ernsthaft vornehmen.

Sonntag, 18. August 2024

Sein Handy meldete einen Anruf von Unbekannt. Wenn es wieder Woduzek war, würde er ihn sofort wegdrücken. „Ja?"
„Hallo, Holger. Hier ist Dunja Okos."
„Oh, hallo. Geht's dir wieder besser?"
„Na klar."
„Dein Vater war ja ziemlich besorgt um dich." Wieso hatte sie nicht das Bildtelefon benutzt? Ob sie noch krank aussah?
„Der übertreibt immer ein bisschen."
„Ist doch verständlich. Dauerte es denn wieder einige Tage?"
Es gab eine kurze Pause. Dann fragte Dunja lauernd: „Was hat dir mein Vater denn erzählt?"
„Dass es migräneähnliche Zustände seien. Aber er war sehr vorsichtig mit seinen Äußerungen, weil er nichts Falsches sagen wollte. Ich sollte dich lieber selber fragen."
„Das ist auch besser so."
„Und? Was hattest du nun?" War er nicht zu neugierig, zu lästig?
„Die übliche Unpässlichkeit, die alle Frauen regelmäßig bekommen. Du verstehst?"
„Ja, sicher." Sie hatte nur ihre Tage gehabt? Das sollten ihre Zustände seien? Hatte Peter da nicht wirklich übertrieben?
„Bei mir sind die ersten Tage der Periode nur meistens so schlimm, dass es mich komplett umhaut."
„Aha." Holger stand auf und ging im Zimmer umher. „Ich hatte schon befürchtet, dass du ernstlich krank bist."
„Quatsch!", zischte sie ihm ins Ohr.
„Dann bin ich ja beruhigt."
„Ich melde mich auch nicht nur wegen deines Anrufs, sondern weil ich dich fragen wollte, ob du am nächsten Wochenende schon etwas vor hast?"
„Nichts Besonderes." Dunja hatte eindeutig Priorität vor Utinka.
„Gut. Du hast doch gesagt, dass du auch gerne wanderst, nicht wahr?"
„Klar."
„Also, ich will am Wochenende mal wieder in den Harz und habe in Altenau ein Zimmer in einem kleinen Hotel gebucht. Wenn du willst, treffen wir uns dort und wandern gemeinsam."
„Das wäre toll."

„Es ist aber nur ein bescheidenes Hotel."
„Dann gib mir gleich mal die Telefonnummer, damit ich mir auch ein Zimmer reserviere."
„Brauchst du nicht. Ich habe ein Doppelzimmer. Das reicht für uns beide."
„So?" War das eine Einladung in ihr Bett?
„Oder macht dir das Angst?", sie kicherte.
„Nein, nein." Holger dachte sofort wieder an ihre wippenden Brüste. „Hört sich vielversprechend an."
„Na, mal sehen, wie sich alles so entwickelt."
„Hoffentlich nur positiv." Tage und Nächte mit Dunja. Konnte es etwas Verlockenderes geben?
„Gut. Dann ist ja alles klar. Wir treffen uns also am Freitagabend in dem Hotel. Die genaue Adresse und die Anfahrt maile ich dir."
„Ja." War das nicht zu schön, um wahr zu sein? „Und Sonntag geht's wieder zurück?"
„Genau. Wir müssen zwar schon vormittags auschecken, können aber bis nachmittags noch etwas unternehmen."
„In Ordnung."
„Also. Tschüss, bis Freitag. Ich freue mich."
„Und ich ...", Holger verstummte, weil Dunja das Gespräch schon beendet hatte.

Dienstag, 20. August 2024

Sie waren 13 Personen und saßen deshalb im großen Besprechungszimmer am ovalen Tisch. Frau Schwarz vom Kanzleramt übernahm wie selbstverständlich den Vorsitz, stellte die Runde vor und sprach einige einleitende Worte. Eigentlich kannten sich ja alle schon von der großen Konferenz Ende April, als sogar drei Bundesminister dabei waren und die Filme über den gezielten Blütenabwurf der Hainbuche gezeigt wurden. Holger musste daran denken, wie er nach der Vorführung seinen Vortrag hielt, der mit der Forderung nach einem Gen-Verbot und gewaltigem Widerspruch endete. Damals führte der unsympathische Özdak-Primmel noch das großmäulige Wort. Unglaublich, dass das noch nicht einmal vier Monate her war.
„Also, erste Frage an das Umweltministerium", begann Frau Schwarz. „Haben die Begrünungen die Luft verbessert? Können wir das verhasste Fahrverbot streichen?"
Ziegler hielt sich zurück und überließ seiner Vorgesetzten Frau Dr. Fink-Ukas die Antwort. „Darauf können wir wohl verzichten."
„Ist das definitiv?", hakte Frau Schwarz nach.
„Ja. In den Innenstädten ist der angestiegene Kohlendioxidwert wieder eindeutig zurückgegangen. Da sind wir auf einem erfolgreichen Weg."

„Und wie haben Sie das erreicht?", erkundigte sich Hanno Gülstmann.

Diesmal folgte Ziegler der auffordernden Geste seiner Staatssekretärin. „Wir haben in die Rasenflächen der Parks viele Sträucher eingesetzt. Überall, wo es möglich ist – an Mauern, Zäunen oder Schallschutzwänden – lassen wir Knöterich wuchern. Und auf großen Teichen entstanden Schilfflächen."

„Gute Ideen", der Schweizer nickte voller Anerkennung.

„Außerdem wird das verwertbare Holz der entfernten Bäume nicht mehr verbrannt", fügte Frau Tebler vom Innenministerium hinzu. „Dadurch wurde die Kohlendioxidentstehung auch noch reduziert. Die Stämme werden jetzt ganz normal in der Holzindustrie verarbeitet."

„Das war ja auch die reinste Verschwendung", warf Staatssekretär Hicksdorf vom Landwirtschaftsministerium ein.

Frau Schwarz ging darauf nicht ein. „Sind denn mittlerweile alle Bäume in den Citygebieten überprüft worden?"

Frau Dr. Fink-Ukas antwortete: „In den Innenstädten sind wir jetzt fertig. Dort wurden alle Bäume getestet und entsprechend gekennzeichnet. Bei DNA-Befall wurden sie gefällt und der Wurzelstumpf durch Ligniopin zersetzt. In den Hauptbereichen wurden nach der Wartezeit inzwischen schon wieder viele Bäumchen eingepflanzt."

„Aber bitte keine Frühjahrsblüher", meldete sich Anja.

„Nein, Frau Dr. Blass. Ihre Empfehlung wird natürlich berücksichtigt."

„Und die neuen Pflanzen", sagte Staatssekretär Mückler vom Gesundheitsministerium, „werden die vorher grundsätzlich alle überprüft?"

„Selbstverständlich", antwortete Frau Fink-Ukas. „Nur absolut unbelastete Bäumchen werden eingesetzt."

Frau Schwarz beugte sich vor. „Und wie weit sind wir in den übrigen Stadtgebieten?"

Ziegler übernahm auf ein Zeichen seiner Chefin. „Mittlerweile wurden durchschnittlich 60 Prozent aller städtischen Flächen kontrolliert. In München bereits 71 und hier in Berlin sogar 85. Bei den Dörfern sind jetzt zuerst die Urlaubsorte dran."

„Das ist vernünftig", sagte Dr. Ohlenberg.

Frau Schwarz blickte den THW-Mann erwartungsvoll an. „Gibt es bei Ihnen irgendwelche Probleme? Bekommen Sie ausreichend Nachschub an Ligniopin?"

„Wir schaffen unseren Auftrag. Sind meistens nach drei Tagen bei den frisch abgeschnittenen Baumstümpfen und behandeln sie. Bis jetzt gab es keine Lieferschwierigkeiten beim Ligniopin."

„Sehr gut."

„Der Hersteller hat garantiert ausgesorgt", sagte Mückler abschätzig.

„Sie haben hier wirklich eine sehr effektive Methode entwickelt", lobte Hanno. „Die Weltgesundheitsorganisation würde gerne Ihr wirkungsvolles Rekultivierungsverfahren allen betroffenen Staaten empfehlen."

„Nichts dagegen. Deutschland hilft überall gerne", versicherte Frau Schwarz. „Allerdings ist man da in Brüssel noch lange nicht soweit, oder?"

Frau Dr. Grunzbach vom EU-Ministerium antwortete: „Richtig. Es gibt eine breite Ablehnungsfront gegen unser Gen-Verbot. So wie es im Moment aussieht, werden die Klagen der Saatgut-Produzenten und des Bauernverbandes Erfolg haben."

„Das war ja wohl zu erwarten", meinte Staatssekretär Hicksdorf mit rechthaberischer Miene.

„Darauf lassen wir es ankommen", erwiderte Frau Schwarz. „Kanzler Adomir will jedenfalls konsequent am Verbot festhalten."

„Auch wenn das europäische Gerichtsurteil anders lautet?", fragte Hicksdorf irritiert.

„Auch dann. Es gibt keine Alternative zu einem Gen-Verzicht. Das werden die anderen Länder auch noch einsehen."

„Genau", Holger nickte zufrieden und hätte jubeln können.

„Aber dadurch würden wir uns in Europa total isolieren", warnte Frau Dr. Eisach, die wieder mal perfekt gestylt war.

„Dann sollen die anderen unserem Beispiel gefälligst folgen", forderte Frau Schwarz.

Während Hicksdorf mit Unterstützung von Frau Eisach mal wieder den Untergang der deutschen Landwirtschaft prophezeite, beobachtete Holger Anja und Hanno, das heimliche Paar. Anja hatte wieder abgenommen, was sicherlich am häufigeren Sex lag. Keiner am Tisch ahnte etwas von ihrem Liebesverhältnis. Nur er wusste davon. Anja hatte ihn schon mehrfach gebeten, niemandem etwas darüber zu erzählen. Und daran würde er sich auch halten. So richtig traute er Hanno sowieso noch nicht.

„Bioprodukte sind jedenfalls keine Lösung für die Massenversorgung", sagte Hicksdorf. „Damit könnte man höchstens 20 Prozent der Bevölkerung ernähren. Außerdem haben die ja ihre Preise auch gerade erst erhöht, um ihre finanziell besser gestellten Kunden zu halten."

Holger wettete insgeheim, dass alle Teilnehmer der Runde genau zu dieser Kundschaft gehörten.

„Aber Sie werden doch alle mit Lebensmittel versorgen können?", Frau Dr. Grunzbach wirkte besorgt. „Auch wenn alles viel teurer wird."

Hicksdorf lehnte sich selbstgefällig zurück. „Wir haben von Anfang an davor gewarnt und können nachkriegsähnliche Zustände nicht ausschließen. Momentan haben wir ja noch die hochwertigen, widerstandsfähigen Pflanzen auf unseren Anbauflächen, die werden mit Schädlingen und Herbiziden fertig. Aber ab der nächsten

Aussaat wird es dramatisch schlimmer. Wenn unsere Erwartungen für das nächste Jahr zutreffen, rechnen wir mit Ernteausfällen von weit über 50 Prozent. Das wird auf jeden Fall nicht reichen."
„Nun, die Vorhersagen des Landwirtschaftsministeriums sind für ihren düsteren Pessimismus bekannt", lästerte Frau Fink-Ukas.
„Gab es denn schon mal irgendwo auffällige Aktionen oder Proteste wegen der Preissteigerungen bei Nahrungsmitteln?", fragte Frau Schwarz.
„Bis jetzt wurden uns keinerlei Vorfälle gemeldet", antwortete Frau Tebler. „Leider wird die Situation natürlich von den einschlägigen Medien angeheizt."
„Es wird noch dazu kommen", meinte Hicksdorf.
„Gegen Straftaten und Plünderungen werden wir mit der gebotenen Härte vorgehen", sagte Frau Tebler.
„Aber bitte immer mit Augenmaß", Frau Schwarz machte beschwichtigende Gesten. „Jede Eskalation muss vermieden werden."
„Ist da nicht unsere Regierung gefordert", Frau Grunzbachs Blick wanderte von einem zum anderen, „die Versorgungslage in Deutschland zu sichern?"
Hicksdorf schnellte vor. „Na klar. Die hat den Zustand ja schließlich verschuldet."
„Vorsichtig", Frau Schwarz drohte mit ihrem Zeigefinger, „die Verantwortlichen sind eindeutig die Hersteller von genmanipuliertem Saatgut. Und an erster Stelle die bekannten US-Konzerne."
Sofort entwickelte sich ein heftiges Wortgefecht, Anschuldigungen wurden wie Bälle hin- und her geworfen. Obwohl sich das Stimmengewirr immer mehr steigerte, entfernte es sich für Holger irgendwie, wurde zum undeutlichen Hintergrundgeräusch. Er dachte wieder an seine Vision einer baumlosen Welt mit Unkrautfeldern und an den Ausspruch von Özdak-Primmel: ‚Wollen Sie die Armen wählen lassen zwischen verhungern und ersticken?' War das notwendige Gen-Verbot nicht doch zu rigoros, zu riskant? Wer hätte schon noch Verständnis dafür, wenn es dadurch zu echten Versorgungsausfällen, zu leeren Supermarktregalen oder gar Hungersnöten käme? Würden dann nicht viel mehr Kinder durch Unterernährung sterben als durch Pollenabwürfe?
Nein, dazu würde es nicht kommen. Er war auf der richtigen Seite. Holger verdrängte diese zweifelnden Gedanken, drückte seine Fingernägel fest in seine Handflächen und holte sich so in die Realität zurück. Er verstand wieder die Worte der Diskussionsteilnehmer, verfolgte Angriff und Verteidigung und wartete auf die Gelegenheit für einen Einspruch.

Donnerstag, 22. August 2024
Holger öffnete seine Wohnungstür und sagte überrascht: „Hallo, Frau Pohl."
„Guten Abend, Herr Grimm." Sie wirkte aufgeregt. „An Ihrem Auto war wieder jemand."
„Echt? Wann denn?"
„Gerade eben. Ich stand am Fenster und habe es zufällig gesehen. Da war ein Mann, der etwas an Ihrer Scheibe befestigte und dann weiter ging."
„Aber er hat nichts beschmiert oder so?"
„Nein", Frau Pohl schüttelte den Kopf, „so was nicht."
„Da geh ich sofort runter." Holger nahm Wohnungs- und Autoschlüssel, zog die Tür hinter sich zu und raste die Treppe runter. „Ich bin gleich wieder da", rief er noch zu ihr hoch.
„Ja, ja. Ich komme langsam nach."
Draußen rannte er zum Dienstwagen und hielt dabei Ausschau nach einem verdächtigen Mann. Als er etwas schnaufend vor der Frontscheibe stand, sah er eine Art Visitenkarte, die hinter dem Scheibenwischer klemmte. Holger zog sie heraus, betrachtete sie von beiden Seiten und lachte dann laut auf. Mit der Karte in der Hand ging er grinsend zur Haustür zurück, wo Frau Pohl schon auf ihn wartete.
„Na, was steht drauf?", fragte sie gespannt.
„Hier", er reichte ihr die bunte Plastikkarte. „Der war nur an dem Auto interessiert. Falls ich es verkaufen möchte, soll ich mich bei ihm melden."
„Ach, du", Frau Pohl hielt sich erschrocken die Hand vor den Mund. „Und dafür scheuche ich Sie an Ihrem Feierabend hoch."
„Das macht doch nichts."
Sie gab ihm die Karte zurück. „Das ist mir aber peinlich."
„Es ist schon gut, dass Sie aufpassen. Es hätte ja auch wieder etwas Ernstes sein können."
„Eben", Frau Pohl nickte zustimmend. „Übrigens, wurden die Kerle mit dem Kuhmist denn in der Zwischenzeit geschnappt?"
„Wieso?"
„Na, weil jetzt schon länger kein Streifenwagen mehr vor unserer Tür stand."
„Gut beobachtet", erwiderte Holger amüsiert. „Ja, die Typen sind nun der Polizei bekannt und müssen sich demnächst vor Gericht verantworten." Er wunderte sich, dass seine wachsame Nachbarin nichts von dem Angriff von denen und dem Handgemenge mitbekommen hatte. Aber um die Sache nicht in die Länge zu ziehen, sagte er ihr auch nichts davon.

Samstag, 24. August 2024
Im Harz bei Oderbrück, Deutschland, EU.
Gleich nach dem guten Frühstück waren sie losgefahren, hatten den Wagen am Oderteich geparkt und wanderten nun zum Achtermann. Das Wetter sah vielversprechend aus, obwohl sich die Sonne noch meistens hinter Wolken versteckte. Aus den Tälern stieg der Morgennebel gemächlich nach oben. Die beiden marschierten schweigend nebeneinander her. Man hörte nur das Knirschen ihrer Schuhe und das leise Klappern in ihren Rucksäcken. Sonst herrschte absolute Stille im Wald.
Von der vergangenen Nacht hatte sich Holger natürlich mehr versprochen, als hellwach direkt neben einer schlafenden Dunja zu liegen und an die vielen erregenden Möglichkeiten zu denken. Jetzt dachte er an Utinka, der er vorgelogen hatte, er fahre nach Hamburg zu Peter Okos. Und er fühlte sich mies.
Dunja war gestern schon vor ihm im Hotel gewesen, hatte draußen bei einem Kaffee auf ihn gewartet und wieder stürmisch begrüßt. Nach dem Abendessen spazierten sie noch auf dem Rundweg um Altenau und kamen in der Dämmerung zum Hotel zurück. In der fast leeren Gaststube setzten sie sich an einen kleinen Tisch und bestellten Rotwein für sie und Bier für ihn. Dann tranken, redeten und lachten sie, bis sie die Leidensmiene der Bedienung nach einem Blick zur Uhr richtig deuteten und belustigt bezahlten. Im Zimmer wollte Dunja noch unbedingt duschen, und das beflügelte Holgers Fantasie noch mehr. Sie kam dann im schenkelfreien Nachthemd zurück und fragte ihn, ob er auch noch rasch unter die Dusche wolle. Um ihren baldigen Körperkontakt nicht durch seinen üblen Geruch zu stören, willigte er sofort ein und stand nach einer Viertelstunde wieder vor dem Bett, nur mit der kurzen Schlafanzughose bekleidet. Zu seiner großen Enttäuschung fand er Dunja nicht in aufreizender Pose vor, sondern im Bettzeug eingekuschelt und tief schlummernd.
Am nächsten Morgen war sie vor ihm schon wieder im Bad und entschuldigte sich anschließend für ihr vorzeitiges Einschlafen, aber der viele Rotwein habe plötzlich gewirkt, ihr seien einfach die Augen zugeklappt. Mit einem Lachen zog sie ihm dann die Bettdecke weg und drängte ihn zum Aufstehen und Frühstücken.
Mittlerweile ging es schon eine ganze Zeit stetig bergauf, aber nur Holger hörte man schnaufen.
„Sind Nadelbäume eigentlich auch von der Seuche befallen?", fragte Dunja.
„Wir hatten noch keinen derartigen Fall. Nur immer Laubbäume mit ihren Blütenabwürfen."
„Wurden die denn schon mal untersucht?" Dunja machte die Steigung überhaupt nichts aus. „Womöglich ist der ganze Wald hier auch krank."
„Solche Wälder können wir natürlich nicht testen. Das übersteigt

bei weitem unsere Kapazitäten."

„Also wisst ihr nicht, ob die Nadelbäume noch gesund sind?"

„Nein", er warf ihr einen gedankenvollen Seitenblick zu. „Aber es könnte ja nicht schaden, mal einige Stichproben mitzunehmen und ihre DNA untersuchen zu lassen."

„Eben."

„Und das werde ich gleich mal erledigen." Holger ging ein paar Schritte zu mehreren hohen Fichten. Es war eine willkommene Verschnaufpause für ihn, aus drei krustigen Stämmen mit dem Taschenmesser größere Rindenstücke herauszubrechen. Aus seinem Rucksack nahm er das Paket Papiertaschentücher und wickelte jedes einzeln ein. Er trank einige Schlucke Wasser, packte die Proben in die Außentaschen, legte den Rucksack wieder an und kehrte zu Dunja zurück, die ebenfalls getrunken hatte.

„Und was ist, wenn die Fichten auch befallen sind?", fragte sie.

„Dann haben wir furchtbare Gewissheit. Aber unternehmen können wir nichts. Wir können keine Wälder austauschen."

„Stimmt." Dunja zog den Rucksack auf ihrem Rücken zurecht. „So, dann wollen wir mal weiter. Jetzt wird's noch ein bisschen steiler."

„Echt?", Holger sah besorgt bergauf.

„Ach, das ist doch 'ne Kleinigkeit für uns Wanderprofis." Sie lächelte spöttisch und marschierte los.

Als sie dann schließlich auf der felsigen Achtermannshöhe standen, atmete auch Dunja deutlich schneller, Holger keuchte mit verschwitztem Gesicht. Nachdem sie ihre Rucksäcke abgelegt und etwas getrunken hatten, genossen sie die grandiose Aussicht. Ringsum waren bewaldete Berge und Hügel und dazwischen schattendunkle Täler. Am blauen Himmel trieben nur noch wenige Wolkengruppen, die Sonne strahlte voll und blendend. Links erhob sich der kahle Brocken mit dem blanken Solarturm, rechts war der Wurmberg. Sie befanden sich auf dem dritthöchsten und blickten auf die beiden höchsten Berge des Harzes.

Dunja zeigte mit ausgestrecktem Arm zum Wurmberg. „Ohne Skisprungschanze fehlt da richtig was. Daran hat man den doch immer gleich erkannt." Von hinten kam eine plötzliche Windböe und wehte ihr Haar nach vorne. „Den Sprungturm hätten die mal stehen lassen sollen. Dafür hätten sie auf das Ding da", ihr Arm schwenkte jetzt nach links zum Brocken, „liebend gerne verzichten können. Das passt hier absolut nicht hin."

„Aber der Solarturm liefert doch den gesamten Strom für die Brockenbahn. Das ist ein Vorzeigestück für umweltfreundliche Energie. Der dreht sich immer optimal zur Sonne."

„Ich fand die alte, qualmende Dampflok besser."

„Was?", Holger sah sie strafend an. „Diese dicken Rußwolken haben doch das ganze Naturschutzgebiet hier verpestet und belastet."

„Aber sie war so gemütlich und altmodisch", sagte Dunja, reckte sich und schaute sich auf der felsigen Gipfelfläche um, auf der sich noch fünf andere Wanderer aufhielten. „Wollen wir jetzt etwas essen?" Sie grinste ihn erwartungsvoll an und zwinkerte ihm zu.
„Gute Idee." Sofort versank er wieder in den Lagunen ihrer Augen. Sie nahmen ihre Rucksäcke und suchten sich einen guten Rastplatz, fanden sogar einen mit Rückenlehne und ausreichend Freiraum. Das Gestein war angenehm aufgewärmt. Sie saßen ganz dicht nebeneinander. Oben war blauer Himmel, unten welliger Wald.
„Na, du kleiner Umweltschützer?", Dunja strich ihm über die Nase. Der schwache Wind pustete in ihr Haar.
„Wenn schon, dann großer." Holger sah ihre Lippen und ihre glänzenden Augen mit dieser unglaublichen Farbe.
„Angeber." Sie lächelte, ihr Kopf kam näher, ihr Mund öffnete sich etwas.
Er streichelte ihre Wange und küsste sie, roch ihren Duft. Sie presste sich an ihn, er umarmte sie, ihre Zungen spielten miteinander, ihre Hand strich über seinen Oberschenkel, und beide bekamen auf etwas anderes Hunger.

Sonntag, 25. August 2024

Beim Auschecken im Hotel wollte er die Rechnung übernehmen, doch Dunja ließ es nicht zu. Weil sie auch im Auto seinen Anteil nicht annehmen wollte, bestand Holger darauf, das Mittagessen zu bezahlen, das sie in Bad Harzburg geplant hatten, ehe sich ihre Wege wieder trennen mussten. Nachdem sie Altenau verlassen hatten, parkten sie wieder an der gleichen Stelle wie gestern, weil sie um den Oderteich spazieren wollten. Der kleine See war nur zur Hälfte gefüllt. Die sonst vom Wasser bedeckte Uferböschung sah ungesund braun und alt aus. Die wenigen Spaziergänger waren meistens mit ihren Hunden unterwegs, die ausgelassen hin und her liefen.
Die beiden gingen mit flottem Schritt nebeneinander her. Am Anfang hatte Holger Dunjas Hand genommen, aber nach fünf Minuten löste sie sich wieder von ihm, weil sie so freier gehen könne. Ihre Wanderschuhe waren schon dunkel vom nassen Gras, überall hing noch der Morgentau in dicken Tropfen.
„Heute wird's bestimmt nicht so schön wie gestern", Dunja deutete zum Himmel, der nur aus einer grauen Wolkendecke bestand.
„Sieht so aus." Holger dachte an die noch schönere Nacht. Denn das am Freitag Versäumte hatten sie da reichlich nachgeholt. Dunja war sehr aktiv und unersättlich gewesen. Auch heute Morgen hatte sie ihn gleich wieder mit einer Unterleibsmassage geweckt, und ihre Körper hatten sich überall voneinander verabschiedet. Eigentlich hatte Holger allen Grund glücklich zu sein: er hatte mit

einer wunderbaren Frau fantastischen Sex gehabt, es war der verheißungsvolle Beginn einer Liebesbeziehung. Aber etwas trübte seine Freude ein wie dieser dunkle Himmel, und zwar der Gedanke an den Anderen, an ihren Lover. Wie oft schon hatte er die Frage nach ihm wieder runtergeschluckt. Er ahnte instinktiv, dass sie nur Nachteile für ihn bringen konnte. Aber es nagte an ihm wie eine hässliche Ratte.

„Guck mal, der Hund nimmt ein Bad", Dunja zeigte zu einem Boxer, der ins Wasser gesprungen war, um einen Stock zu holen.

„Muss ganz schön kühl sein."

„Scheint ihm aber zu gefallen."

Holger fielen einige prächtige Kiefern auf. „Du, ich geh mal schnell zu den Bäumen da, um weitere Proben zu nehmen."

„Aber du hast doch deinen Rucksack gar nicht dabei."

„Das Taschenmesser hab ich in der Hosentasche", er klopfte dagegen.

„Wie ein richtiger Mann!", betonte Dunja mit rauchiger Stimme und rollte vielsagend mit den Augen.

„Bin gleich wieder da." Er eilte zu den Kiefern, sie beobachtete den schwimmenden Hund. Selbst beim Rausbrechen der dicken Borkenstücke dachte er an diesen Kerl. Holger wickelte die beiden Proben versetzt in ein Papiertaschentuch ein und schob es in die Brusttasche seines Hemdes. Als er wieder bei Dunja ankam, jagte der Boxer mit dem Stock im Maul zu seinem Herrchen.

„Oh, ein weißes Einstecktuch", sie tippte mit ironischer Miene an seine linke Brust, „wie vornehm."

„Das trägt man in Berlin so."

„Ach", Dunja stöhnte gekünstelt, „diese eingebildeten Hauptstädter."

Sie lachten und gingen weiter, lästerten über Modetrends und Angebertypen. Nach einer halben Stunde waren sie auf der anderen Seite, wo die Bäume dichter am Ufer standen. Holger hielt es einfach nicht mehr aus, er musste die lange unterdrückte Frage stellen, musste den Druck rauslassen, um nicht zu platzen.

„Bist du denn noch mit deinem Kollegen zusammen?"

„Was?" Ihr Kopf zuckte zu ihm, sie fixierte ihn mit verengten Augen. „Das geht dich nichts an."

„Aber ..."

Dunja unterbrach ihn gereizt. „Das hat nichts mit dir zu tun."

„Aber mit zwei Männern?"

„Na und? Ich bin mit keinem von euch verheiratet. Ich bin niemandem Rechenschaft schuldig. Ich mache, was mir gefällt, lasse mir nichts vorschreiben."

„Das ist verdammt schwierig für mich."

„So?" Sie blieb stehen und stemmte verärgert ihre Hände in die Hüften. „Wieso denn das? Wenn ich dir nicht davon erzählt hätte,

wüsstest du es ja überhaupt nicht. Und was ist mit deiner Freundin? Treibst du es nicht auch mit zwei Frauen? Das ist wohl kein Problem für dich, wie?", fragte sie mit drohenden Schlitzaugen.
Holger war einen Moment sprachlos. Da hatte sie ja vollkommen recht. „Mit der anderen mache ich dann Schluss, wenn es mit uns was wird."
„Das brauchst du nicht." Dunja ging weiter, beschleunigte ihren Schritt.
„Sei doch nicht gleich so sauer." Er hatte Mühe, ihr Tempo mitzuhalten.
„Bin ich aber", fauchte sie zurück. „Du hast die ganze Stimmung kaputt gemacht, hast alles vergiftet. Nur weil du meinst, du hättest irgendwelche Ansprüche an mich."
„Das hab ich nicht gesagt."
„Aber gedacht", zischte sie wütend. „Entweder bist du mit dem Stück von meinem Leben zufrieden, das ich dir zuteile, oder wir lassen es gleich ganz."
„Dunja, lass uns doch ruhig darüber reden."
„Will ich aber nicht. Ich habe alles gesagt."
Schweigend und im Laufschritt ging es bis zum Parkplatz. Holger war erschrocken über ihre aggressive Reaktion.
Als sie zu ihren Autos kamen, sagte sie: „Ich fahre jetzt gleich nach Hannover."
„Aber wir wollten doch noch in Harzburg essen gehen."
„Mir ist der Appetit vergangen", entgegnete sie, stieg in ihren Wagen und knallte die Tür zu. Sie suchte etwas im Handschuhfach, steckte es in den Mund und spülte es mit einem Schluck aus einer blauen Plastikflasche hinunter. Dann startete sie und fuhr mit zuviel Gas und aufgewirbeltem Sand davon.

Freitag, 30. August 2024
Berlin, Deutschland, EU.
Er hatte in der Woche mehrmals versucht, Dunja auf Telefon oder Handy zu erreichen. Sie ging nicht ran. Also sprach er auf ihren Anrufbeantworter und schickte ihr eine Textnachricht aufs Handy: ‚Hallo. Melde dich bitte. Ich bin dir doch noch die Hälfte des Hotels schuldig. Liebe Grüße von Holger.'
Auf dem Weg zur Toilette rief er: „Fernsehen an!" Als er wiederkam, zappte er im Stehen die Sender durch und blieb bei DF 1 hängen.
Während er sich einen Salat zubereitete, begann dort dieses Freitagsmagazin. Er toastete sich zwei Scheiben Brot und hatte gerade mit dem Essen angefangen, als er bei einem Aufblicken ein bekanntes Gesicht auf der Medienwand sah. Er legte die Gabel hin, stand auf und sagte: „Lauter!", setzte sich in seinen Fernseh-

sessel und betrachtete argwöhnisch den Mann mit Stoppelschnitt und Schnurrbart.
Woduzek stand vor einem Supermarkt, zeigte auf die umgestürzten Einkaufswagen, die verstreut herumliegenden Dosen und Verpackungen sowie das zertrampelte Gemüse und Obst. Dann wendete er sich wieder an die Kamera, die ihn gleich heranzoomte. „In diesem Frankfurter Discounter kam es heute zu der ersten Plünderung aufgrund der dramatischen Preiserhöhungen. Wir haben hier die Verkäuferin, an deren Kasse der Streit mit einer Kundin begann, der dann zu einem Massendiebstahl eskalierte."
Holger zog die Stirn in Falten und beugte sich interessiert vor.
„Würden Sie unseren Zuschauern Ihr schlimmes Erlebnis schildern?" Woduzek hielt einer erschöpft wirkenden Frau das Mikrofon vor den Mund, der beim Öffnen sehr schlechte Zähne entblößte. „Ich arbeite schon über sechs Jahre hier, aber so etwas hab ich noch nie erlebt. Da war eine Frau, die beim Scannen der Waren jeden Preis auf dem Kassendisplay kontrollierte. Plötzlich kreischte die los: ‚Was? Die Kartoffeln sind schon wieder teurer? Und das Brot auch? So 'ne Sauerei! So viel Geld hab ich nicht.' Ich habe sie gefragt, ob ich die restliche Ware lieber nicht durchziehen soll, ob sie nur das bis jetzt bezahlen will." Der Kopf der Kassiererin schwenkte ständig zwischen Woduzek und der Kamera hin und her. „Doch die wurde sofort wütend und erwiderte: ‚Nein, ich brauche alles. Ich hab 'ne große Familie. Das brauch ich fürs Wochenende.' Die Frau wurde immer lauter. Es hatte sich schon eine lange Schlange gebildet. Auf einmal bekam sie Zustimmungsrufe von den wartenden Kunden. Alle schimpften und schrien durcheinander. Hinter der Frau stand ein junger Mann, der ihr die restlichen Waren einfach an mir vorbei in ihren Wagen packte und meinte: ‚Dann nehmen Sie das eben so mit.' Ich rief die Filialleiterin an, berichtete ihr und bat darum, eine andere Kasse zu öffnen. Der Tumult wurde immer heftiger. Die Menge rief: ‚Richtig. Einfach mitnehmen. Wir zahlen diese Wucherpreise nicht mehr.' Plötzlich schob die Frau ihren vollen, unbezahlten Einkaufswagen einfach raus. Und alle hinter ihr, folgten ihrem Beispiel. Ich konnte keinen aufhalten. Ich war völlig hilflos und saß heulend an meiner Kasse. Die Leute rasten mit ihren Einkäufen an mir vorbei nach draußen. Das war erst vorbei, als die Filialleiterin den Laden abschloss und die Polizei anrief." Die Verkäuferin war fix und fertig und erneut den Tränen nahe.
Woduzek zog das Mikrofon und das Bild wieder zu sich. „Vielen Dank für Ihren erschütternden Bericht." Er nickte voller Anteilnahme in Richtung der Frau, um sich im nächsten Moment mit völlig verändertem Gesichtsausdruck an die Zuschauer zu wenden.
„Hat hier in Frankfurt der aktive Widerstand der Verbraucher begonnen? Ist das heute der Anfang vom Ende unserer gewohnten,

lieb gewordenen Marktwirtschaft? Müssen wir uns in Deutschland auf soziale Unruhen einstellen? Rutschen durch die enormen Preissteigerungen ganze Bevölkerungsgruppen in die Armut und – wie hier – irgendwann in die Kriminalität ab? Müssen wir landesweite Aufstände und Plünderungen befürchten?"
„Scheißkerl", murmelte Holger. Der Typ stachelte die Leute ja regelrecht zum Aufruhr an, goss mit erwartungsvoller Schadenfreude noch Öl ins Feuer, um gleich darauf von Flächenbränden zu berichten.
„Wir von DF 1 werden Sie jedenfalls wie gewohnt aktuell informieren. Ich bin Jan Woduzek und gebe zurück ins Studio."
Sensationsgeiler Brandstifter, dachte Holger, erhob sich und ging zu seinem Salat zurück.

Dienstag, 3. September 2024
Auf der Fahrt nach Kleinmachnow erzählte Anja von ihrem verlängerten Wochenende in Genf, von Hanno, einem Theaterabend, einem Bootsausflug und einer herrlichen Bergwanderung. Doch Holger hörte nur halb zu, auch die Baufortschritte bei der Magnet-Hochbahn interessierten ihn heute nicht. Er war betroffen über Dunjas Nachricht, die er heute Morgen auf seinem Handy hatte, nachdem er die letzten drei Tage alle paar Stunden enttäuscht aufs Display geschaut hatte. ‚Du bist mir überhaupt nichts schuldig. Aber ich dir auch nicht. Dunja.' Das war so kalt und unpersönlich, klang so nach Ende und keinem weiteren Versuch oder Kontakt, dass es Holger traurig machte.
Im Forschungsinstitut begrüßte Bristin Renalde Anja mit einem falschen Lächeln und den Worten: „He, du hast aber abgenommen. Siehst richtig gut aus. Hast wohl eine neue Liebe?"
Anja ging sofort in Abwehrstellung und konterte: „Willst du mich verarschen?"
Holger war wieder mal über ihre Ausdrucksweise erstaunt und beobachtete besorgt ihre heftig schaukelnde, kampferprobte Handtasche.
Bristin war verdutzt und errötete etwas. „Nein, nein." Sie rang mit unruhigem Blick nach Worten. „Ich meinte es ehrlich."
„Wirkte aber nicht so."
„Ich finde ... Wir haben uns doch schon länger nicht gesehen. Und seit unserem letzten Treffen hast du doch echt abgenommen, nicht wahr?"
„Kann schon sein." Anjas Augen funkelten angriffslustig.
„Aber das nächste Mal bin ich vorsichtiger mit meinen Äußerungen."
„Ich bitte darum."
Bristin hatte sich jetzt wieder im Griff und zeigte auf die beiden Stühle vor ihrem Schreibtisch. „Setzt euch doch bitte."

Holger verkniff sich jegliche spöttische Gesichtsregung. Das anschließende belastende Schweigen beendete er dann mit einer dienstlichen Frage: „Was ergab denn die Untersuchung meiner Rindenproben?"

Bristin antwortete erleichtert: „Sie sind nicht betroffen. Die DNA der Fichten und Kiefern ist nicht verändert."

„Prima!", Holger klatschte in die Hände. „Das ist eine gute Nachricht." Wenigstens eine am Tag, dachte er.

„Also muss der Harz nicht gerodet werden." Anjas Mundwinkel deutete ein Schmunzeln an.

„Das wär ja wohl auch eine Katastrophe", Bristin nickte ihr zu, wieder etwas verunsichert.

„Und nicht durchführbar", Holger schüttelte den Kopf. „Aber wenn Ziegler aus dem Urlaub zurück ist, werde ich ihm vorschlagen, in den Grünanlagen vermehrt Nadelbäume einzupflanzen. Die scheinen widerstandsfähiger zu sein."

„Da kannst du bei deinem Chef ja mächtig Eindruck machen", sagte Anja, „wenn du berichtest, dass du in deiner Freizeit im Harz Baumproben gesammelt hast."

Holger sah sie an und dachte: Das sind die Gedankengänge von Frau Dr. Blass. So hat sie ihre Karriere aufgebaut. Dann wandte er sich an Bristin: „Hast du eigentlich schon ein Vorratslager angelegt? Vielleicht auch Kartoffeln eingekellert oder so?"

„Wir haben keinen Keller", sie zog eine Schulter hoch. „Aber ich hab schon jede Menge Dosen eingekauft."

„Richtig", Holger verneigte sich. „Wir müssen uns alle auf dramatische Versorgungsengpässe einstellen."

„Diese Plünderung da in Frankfurt macht einem richtig Angst", sagte Bristin.

„Ich bin ja der Meinung", Anja rückte ihre Brille zurecht, „der Staat sollte die Grundnahrungsmittel verwalten und die Preise subventionieren."

„So was wie mit Lebensmittelkarten?", Holger rümpfte die Nase.

„Warum denn nicht? Nur so kann man der Preistreiberei Einhalt gebieten, den Familien helfen und hungrige Kinder vermeiden."

„So weit sind wir ja wohl noch nicht", Holger verdrehte die Augen.

„Aber es wird so weit kommen", Anja tippte energisch auf den Schreibtisch. „Früher oder später."

„Wir haben uns auch bereits auf weitere Maßnahmen eingestellt", sagte Bristin. „Mein Mann will jetzt im Herbst das Rasenstück umgraben und dort im Frühjahr Gemüse anbauen. Er hat schon allerhand Saattüten gekauft und liest ständig im Gartenbuch oder Internet darüber."

„Eine sehr gute Idee", lobte Anja. „Ein Schritt zum Selbstversorger. Wie es früher einmal war." Sie sah sich als kleines Mädchen im großen Garten ihrer Eltern, wie sie die Kaninchen mit

Möhrengrün fütterte. Die verkümmerten, winzigen Möhrchen gab sie immer den niedlichen Jungtieren.
„Frisches Gemüse kann man sich ja schon gar nicht mehr leisten", sagte Bristin.
Und ihr gehört eindeutig zu den Besserverdienenden, dachte Holger.
„So kommen wir dann wenigstens in der warmen Jahreshälfte günstig daran. Mein Mann will Salat, Radieschen, Kohlrabi, Mohrrüben und Tomaten anbauen. Und vielleicht im darauffolgenden Jahr noch weitere Sorten", Bristin bewegte abwägend den Kopf.
„Das ist auf jeden Fall eine richtige Entscheidung", sagte Holger.

Samstag, 7. September 2024
In Berlin, Hamburg, Düsseldorf und München gab es Demonstrationen gegen die gestiegenen Lebensmittelpreise, die von den drei Gewerkschaften, den beiden Sozialverbänden und der Verbraucherpartei organisiert wurden. Auf den mäßig besuchten Abschlusskundgebungen forderten die Funktionäre der Gewerkschaften eine zweite Lohnerhöhung in diesem Jahr, die der Sozialverbände eine deutliche Anhebung der Grundsicherung und einen Ausbau der kostenlosen Suppenküchen oder Tafeln.
Die Hauptnahrungsmittel kosteten mittlerweile rund ein Drittel mehr als vor dem Gen-Verbot. Gemüse hatte sich bis zu 50 Prozent und Brot sogar um 80 Prozent verteuert. Für Kartoffeln musste man mehr bezahlen als für Bananen.
Da der Preisabstand zwischen biologischen und herkömmlichen Produkten künstlich ausgeglichen und gehalten wurde, stellten zahlreiche Landwirte ihre Höfe auf ökologischen Anbau um.
In ganz Deutschland hatte es in der letzten Woche zwei neue Fälle von Massendiebstählen gegeben. Seltsamerweise handelte es sich beide Male um Filialen des Prima-Konzerns, zu dem auch der Frankfurter Discounter gehörte. Im gleichen Zeitraum gab es landesweit allerdings 18 Einbrüche in Supermärkte, von primitiv spontan bis zu profihaft geplant.
Der Betriebsrat von Heide-Saat einigte sich mit der Geschäftsführung auf eine weitere Rettungsmaßnahme aufgrund des miserablen Monatsergebnisses. Die Mitarbeiter mussten zusätzlich zu ihren vereinbarten Lohnkürzungen für sechs Monate jeweils 500 Euro von ihrem Gehalt in einen Fond einzahlen, der sie für diesen Anteil dann auch zu Miteigentümern machte. Die gesamte Belegschaft hoffte auf eine deutliche Steigerung des sehr schleppend angelaufenen Verkaufs von Saatgut für Winterroggen und Winterweizen.

Mittwoch, 11. September 2024

Auch Peter Okos ging nicht ans Telefon. Deshalb versuchte es Holger auf dem Handy, wo er sich nach mehrmaligem Klingeln tatsächlich mit einem vorsichtigen „Ja?" meldete.

„Hallo, Peter. Hier ist Holger Grimm."

„Guten Abend."

„Ich versuche schon ewig, deine Tochter zu erreichen. Aber außer ..."

„Sie ist auch nicht zu Hause."

„Ach." Das war natürlich eine Erklärung. „Wo ist sie denn? Im Urlaub?"

„Nein." Es gab eine Pause. „Sie wurde wieder stationär aufgenommen."

„Also ist sie im Krankenhaus?"

„Nein. Eher eine Art Reha oder Kur."

„Ach, so." Holger malte ornamentartige Kringel auf den Notizblock. „Wie gesagt, ich hab's schon zigmal bei ihr probiert. Aber Dunja hat mir nur eine knappe Textnachricht geschickt."

„Sie hat dir also geantwortet?" Okos wirkte überrascht.

„Ja." Holger hatte ‚Kur' geschrieben und eine Idee. „Bist du jetzt bei ihr?"

„Ja. Ich bin heute Morgen gekommen und bleibe bis Sonntag. Ich hab mir hier im Gasthof ein Zimmer genommen."

„Kann ich Dunja sprechen?"

„Nein. Sie ist auch gerade beim Abendbrot. Aber auch sonst sind Telefonate von außerhalb hier nicht erwünscht."

„Ich wollte ihr auch sowieso einen Brief schreiben und rufe dich eigentlich an, weil ich ihre Adresse nicht habe."

„Aber sie wird sicherlich noch drei Wochen hier bleiben."

„So lange?"

„Ja." Okos räusperte sich. „Das dauert immer."

„Kann ich ihr denn dorthin schreiben? Oder sind Briefe auch nicht erlaubt?" Das wäre ja schlimmer als im Knast.

„Da haben die hier wohl nichts dagegen."

„Gibst du mir also die Anschrift?", fragte Holger. „Ich hab was zum Schreiben hier."

„Ja. – Klinik Dr. Spies."

„Mit ‚ß'?"

„Nein, nur mit einem ‚s'. Haus 3. In Kleinburgwedel. Die Postleitzahl hab ich aber nicht."

„Die kann ich mir raussuchen. Keine Straße?"

„Das ist nur ein kleiner Ort. Das kommt so an."

„Wo liegt denn das?"

„Zwischen Hannover und Celle."

„War sie schon öfter da?"

„Ach", Peter Okos stöhnte und schwieg.

„Was hat sie denn?"
„Das ist ... Ich muss jetzt Schluss machen, weil sie gleich wieder kommt."
„Aber ..." Holger umrahmte ihre Adresse.
„Ich rufe dich in der nächsten Woche an und erkläre dir alles."
„Wirklich?"
„Versprochen, Holger. Aber jetzt mach ich Schluss. Also, auf Wiederhören."
„Ja, tschüss." Er legte das Handy weg, stand auf und ging zur Küche. Was war bloß mit Dunja los? Warum immer diese Geheimnistuerei? Nachdem er ein Glas Wasser getrunken hatte, holte er den Schreibblock und setzte sich wieder. Er befahl Musik und starrte auf die befremdende Anschrift. Dann begann er mit dem Brief an Dunja, in dem er alle eventuelle Schuld auf sich nehmen und um ein Treffen bitten wollte.

Sonntag, 15. September 2024
Holger wachte auf und wunderte sich darüber, dass er anscheinend nur bei Utinka von seiner Mutter träumte. Er drehte den Kopf zum Wecker, es war erst 6.18 Uhr. Er musste pinkeln. Utinka atmete gleichmäßig neben ihm.
Der Traum war verrückt gewesen: Da stand Dunja mit verschränkten Armen und bösartigem Blick, umringt von sechs gesichtslosen Männern. In ihren Augen fehlte jegliches Grün; sie waren nicht mehr lagunenfarbig, sondern hatten das kalte Blau des Eismeers. Dann saß sie als schlaksiges Mädchen mit seiner rauchenden Mutter am Küchentisch. Vor ihnen stand ein gerahmtes Porträtfoto von ihm, mit Trauerschleife über der rechten Ecke. Dunja zog immer an dem schwarzen, elastischen Streifen und ließ ihn aufs Glas zurückknallen, wie beim Spielen mit einem Gummiband. Und beide lachten ausgelassen und machten sich über ihn lustig. Später benutzte seine Mutter den Bilderrahmen als Aschenbecher und drückte ihre Kippen auf seinem lächelnden Foto aus.
Utinka bewegte sich im Schlaf und schmatzte mehrmals. Holger dachte an den irren Traum und an Dunja: Was hatte sie bloß? Eine schwere Krankheit? Hatte sie Krebs und musste regelmäßig zur Chemotherapie? Hörte sich ja an, als ob sie öfter in dieser Klinik war.
Plötzlich kam ihm zu Bewusstsein, dass er hier im Bett neben seiner Freundin lag und an eine andere Frau dachte. Holger fühlte sich wie ein mieses Schwein. Das hatte Utinka nicht verdient. Vor allem, weil die letzten Treffen mit ihr richtig gut waren; denn die störende Sina war meistens unterwegs oder blieb in ihrem Zimmer. Er schaute zum Lichtspalt am Fenster und presste die Lippen zusammen. Dann schob er sich vorsichtig aus dem Bett, verließ die

Wärme und schlich zum Klo.

Bevor er seine Medienwand zur Tagesschau starten wollte, überprüfte er noch einmal das Handy. Er hatte eine Nachricht drauf: ‚Lass meinen Vater in Ruhe. Belästige uns nicht weiter. Und Ende. Dunja.'
Holger war geschockt und stierte mit offenem Mund auf den Text, als sei es eine unbekannte Fremdsprache. Dann warf er das Handy zornig auf die Couch und lief unruhig im Zimmer umher. Jede Runde brachte einen anderen Gedanken hervor: Was bildet die sich eigentlich ein? Dann ist eben Ende, na und? Ich laufe der doch nicht hinterher. Also keinen weiteren Kontakt mehr? Was soll's. Schluss und vorbei, ehe es richtig angefangen hat. Kein Wort von seinem Brief, den sie ja erhalten haben musste, in dem er sich vor lauter Einschmeichelei garantiert zum Volltrottel gemacht hatte.
Holger öffnete das Fenster, atmete tief ein und lehnte sich auf die Fensterbank. Er sah den schönen Abendhimmel und betrachtete den Straßenverkehr, ohne etwas Bestimmtes wahrzunehmen. Die frische Luft beruhigte ihn bald.
Nach einer Viertelstunde schloss er das Fenster, holte das Handy von der Couch und setzte sich an den Tisch. Trotz seiner Selbstvorwürfe am frühen Morgen und seiner Wut vorhin und entgegen all seiner Vorsätze schrieb er Dunja zurück: ‚Ich wollte euch nicht belästigen. Ich mag dich doch und will dich wiedersehen. Holger.'

Dienstag, 17. September 2024
„Das war eine gute Idee, die Waldbäume auch mal zu testen." Ziegler reichte ihm Bristins Untersuchungsergebnis zurück. „Und von wo stammen diese Rindenproben?"
„Die Fichten standen in der Nähe vom Achtermann, die Kiefern am Oderteich."
„Den kenn ich auch. Gehen Sie öfter im Harz wandern?"
„Nein", Holger schüttelte den Kopf.
„Naja, für einen Tag ist es auch zu weit."
„Dass die DNA überhaupt nicht verändert wurde, bedeutet vielleicht, dass Nadelbäume resistenter gegen genetische Verunreinigungen sind. Womöglich sogar immun."
„Sehr interessant", Ziegler nickte mehrmals und überlegte dabei. „Es kann natürlich auch daran liegen, dass die Bäume da mitten im Harz sehr geschützt stehen, fast isoliert. Sie sind praktisch abgeschirmt vor dem transgenen Pollenflug der Landwirtschaft."
„Stimmt auch wieder. Schade ..."
„Ja?"

„Ich wollte eigentlich vorschlagen, dass wir in den Grünanlagen jetzt vermehrt Nadelbäume einpflanzen."
„Das können wir doch auch, Herr Grimm. Die wachsen zwar am Anfang etwas langsamer als Laubbäume, dafür sind sie aber das ganze Jahr grün. – Nur, bevor ich die entsprechenden Anweisungen rausgebe, möchte ich gerne noch mehr Proben überprüfen lassen, ob sie tatsächlich nicht oder weniger betroffen sind."
„Verstehe", Holgers Blick wanderte hoch zum Ölgemälde vom Rhein.
„Deshalb sollten Sie im Laufe der nächsten Woche mal in unserer Umgebung mehrere Proben von Nadelbäumen nehmen. In dieser Woche haben Sie ja schon genug andere Aufgaben."
„Tja", Holger zuckte mit der Schulter. Das kam in letzter Zeit immer häufiger vor, dass Anja oder er andere Arbeiten erledigen mussten, weil sie momentan mit ihrem Pollen-Fall einfach nicht ausgelastet waren.
„Und zusätzlich sollten Sie im Stadtgebiet noch Thujas, Koniferen und Scheinzypressen testen. Denn mit denen hätten wir auch keine Blütenprobleme. Und immergrün sind die auch."
„Guter Vorschlag."
„Sonst alles klar, Herr Grimm?" Ziegler sah auf seine Armbanduhr.
„Den Dienstwagen kann ich doch noch behalten, oder? In Ihrem Urlaub kam da nämlich so 'ne Anfrage, ob wir den überhaupt noch benötigen und so."
„Den behalten Sie nach wie vor." Er verzog sarkastisch den Mund. „Sie müssen doch schließlich jederzeit mobil sein. Auch wenn jetzt nicht so viel los ist wie im Frühjahr. Zum Glück, natürlich."
„Sehe ich genauso, Chef."
„Übrigens, das mit Ihrem Fernsehinterview geht in Ordnung. Das scheint ja eine seriöse Dokumentation zu werden. So etwas müssen wir doch unterstützen."
„Richtig. Reißerisch zusammengeschnittene Sendungen gab's schon genug."

Donnerstag, 19. September 2024
Peter Okos erschien auf der Medienwand und sagte: „So, da bin ich. Wie versprochen."
„Hallo", Holger setzte sich in den Kamerabereich.
Man sah sofort, wie unangenehm es Okos war, und dass er es deshalb so lange wie möglich hinausgezögert hatte. Jetzt hing er da zusammengesunken auf dem Stuhl wie ein Gefangener, der sein soundsovieltes Verhör erwartete.
„Wie geht es Dunja?"
„Etwas besser."
„Ich … Ich habe bei ihr alles verkehrt gemacht", sagte Holger. „Ich weiß nicht, was ich von der ganzen Sache und ihr halten soll. Ich

bin richtig verzweifelt, weil ich sie mag und nicht weiß, woran ich bei ihr bin."

„Da bist du nicht der einzige. Sie ist eben ... sehr sprunghaft."

„Das kann man wohl sagen. Wir haben im Harz ein wunderschönes Wochenende miteinander verbracht. Und dann hab ich nur eine falsche Frage gestellt – und schon war's aus."

„Was war das für eine Frage?", sagte Okos müde. Am Sterbebett seiner Mutter war er so gefasst und offen gewesen, so stark, hatte selbst in dieser aussichtslosen Lage noch Optimismus verbreitet. Jetzt wirkte er durch den Zustand seiner Tochter regelrecht gebrochen und in sich gekehrt.

„Sie hatte mir erzählt, dass sie ein lockeres Verhältnis mit einem verheirateten Kollegen hat. Und nach diesem Mann hab ich sie gefragt, weil ich doch mehr von ihr wollte, weil ich mit ihr doch eine feste Beziehung eingehen wollte."

„Das mit dem Lehrer ist doch schon lange vorbei. Mit dem war schon Schluss, als sie noch an der Schule war."

„Was?", Holger schnellte vor. „Wie bitte? Sie ist also überhaupt nicht mehr mit dem zusammen?"

Okos schüttelte nur den Kopf. Er sah richtig alt und erschöpft aus.

„Und sie ist gar nicht mehr an der Schule?"

„Dunja ist schon über sieben Monate krankgeschrieben."

„Was?", Holger sprang auf. „Das darf ja wohl nicht wahr sein! Warum erzählt sie mir denn so einen Blödsinn? Wieso hat sie mich so angelogen?"

„Das ist die Krankheit."

„So? Eine Krankheit, bei der man lügen muss?", Holger stampfte wütend auf und drehte den Oberkörper nach links und rechts. Dann seufzte er und setzte sich wieder hin. „Was hat sie denn nun?"

„Stimmungsschwankungen. Angststörungen. Depressionen."

„Dunja und Depressionen?" Aus ihren herrlichen Augen strahlte ja förmlich das Leben. „Sie war doch immer so voller Elan, so lebendig."

„Du kennst sie in diesem Zustand ja nicht. Dann ist sie stumm und starr – wie eingefroren."

„Das hätte ich nie gedacht."

„Das glaubt auch keiner", Okos schwenkte den Kopf hin und her, „wenn man sie nicht selbst so gesehen hat. Ihre Stimmungslagen wechseln eben von einem Extrem ins andere. Himmelhochjauchzend und zu Tode betrübt. Kennst du das?"

„Ja." Dunja war psychisch krank?

„Genauso ist es bei ihr. Nach einem Hoch kommt ein Tief. Nach einigen guten Wochen voller Pläne und Taten und Freude, rutscht sie wieder ab ins düstere Tal, versinkt darin und muss gerettet werden."

„Und wie?", fragte Holger und dachte an Selbstmord.

„Mit Medikamenten. Und mit stationärer Therapie, wie in dieser Klinik. Deshalb war ich ja auch einige Tage dort, zur sogenannten Familientherapie. Da hatten wir beide mehrere Sitzungen mit einer Psychiaterin, wo Kindheitstrauma oder ähnliches aufgearbeitet werden, die für die Störung verantwortlich sein können."
„Wenn es ihr also sehr schlecht geht, kommt sie immer da nach Kleinburgwedel?"
„Ja. Aber über die Einweisung entscheidet Dr. Spies."
„Und? Helfen dann diese Wochen da?"
„Auf jeden Fall." Okos wechselte das übergeschlagene Bein. „Die holen sie da wieder nach oben. Zurück ans Tageslicht. Ohne diese Aufenthalte hätte sie sich ... Jedenfalls helfen die ihr und schicken sie aufgehellt zurück nach Hause."
„Und dann geht's ihr für mehrere Wochen wieder gut?"
„Ja. Aber selten länger als ein Vierteljahr."
„Aber in der Zwischenzeit muss sie doch bestimmt auch Tabletten nehmen?"
„Selbstverständlich. Ohne ihre Antidepressiva käme sie keine paar Tage zurecht."
Holger fiel etwas ein. „Und wenn es ihr nur etwas schlecht geht, fährst du doch sicherlich zu ihr und kümmerst dich um sie. So wie vor einem Monat, als ich bei ihr angerufen habe und du dort warst."
„Ganz richtig."
Die Wut kochte wieder in ihm hoch. „Dachte ich mir." Verflucht! Sie hatte ihn nur belogen. Von wegen Menstruationsbeschwerden und üblicher Unpässlichkeit. Wieso erfindet sie ausgerechnet so etwas? Alles verdammte Lügen!
Okos bemerkte seinen Ärger und fragte: „Was hatte sie dir denn gesagt?"
„Etwas ganz anderes."
„Ja, das ist bitter", er zog mit Leidensmiene die Schultern hoch.
„Also kann man ihr gar nichts glauben?" Warum spinnte sie sich so was zusammen? Warum erzählte sie ihm von ihrem verheirateten Lover und ihrer Arbeit in der Schule?
„Doch, schon. Nur für einen Außenstehenden ist es äußerst schwierig."
„Und wie soll ich mich da verhalten?" Alle sind irgendwie außen, dachte Holger. Niemand kann in einen anderen Menschen reingucken.
„Weiß ich nicht. Wenn du mehr als nur ihre Freundschaft willst, wenn du auch ihre dunkle Seite kennenlernen willst, dann wird es sehr schwer für dich – und schmerzlich. Willst du das?"
„Sie will ja offensichtlich gar nicht, dass ich etwas von ihrer anderen Seite weiß. Und sie würde es absolut nicht wollen, dass ich sie so erlebe."
„Stimmt." Okos strich sich über die Stirn. „Für dich wäre es jeden-

falls besser und gesünder, wenn du nur die guten Tage mit ihr teilen würdest. Das würde dir viel ersparen."

„Aber ...", Holger hob die Arme und ließ sie dann kraftlos fallen. Wollte er nur gelegentliche Treffs? Vielleicht einmal pro Monat ein nettes Wochenende? Je nach Gemütslage? Sollte er sich das wirklich antun? Dunja war krank und musste mehrmals im Jahr in die Psychiatrie. Konnte er das aushalten? Plötzlich dachte er an seine Mutter auf der Hospiz-Station, wo er sich eine Sterbebegleitung vorher auch überhaupt nicht vorstellen konnte. Da hatte ihm Peter noch die Kraft dazu gegeben, ihn wie selbstverständlich mit eingebunden. Aber jetzt? „Ach, ich weiß auch nicht." Vielleicht könnte er es ja. Aber wollte er es auch? War ihm Dunja wirklich so wichtig? Ein in Schwarz und Weiß aufgeteiltes Leben mit ihr vor sich zu haben und ständig belogen zu werden? „Keine Ahnung. Ich muss mir das erstmal alles durch den Kopf gehen lassen. Wirst du ihr von unserem Gespräch berichten? Dass ich jetzt alles weiß?"

„Nein. Lieber nicht. Sie würde mich dafür noch mehr hassen." In seinem Gesicht war unendlich mehr Trauer als beim Tod seiner Mutter.

„Danke für deine Offenheit."

„Zumindest von mir hast du die verdient."

„Hat Dunja etwas von meinem Brief gesagt?"

„Nein."

„Aber bekommen hat sie ihn doch?"

„Ja. Am Freitag."

„Gut." Und am Sonntag hatte sie ihm die Nachricht von nicht belästigen und Ende geschickt. Das war doch deutlich. Auch sein schriftlicher Kniefall hatte nichts bewirkt. „Also, tschüss dann, Peter."

„Auf Wiedersehen, Holger."

Sobald die Wand leer und dunkel war, stand er auf. Er musste raus hier. Er griff sich Jacke und Schlüssel, zog die Tür hinter sich zu und raste die Treppen runter. Draußen inhalierte er die feuchte Abendluft und ging los. Die Gedanken jagten durch seinen Kopf: Keinen Lover, keine Arbeit als Lehrerin, keine besonderen Probleme mit der Periode. Alles nur erfunden. Und ihr Vater durfte nichts verraten. Dunja war psychisch gestört. Unvorstellbar, aber wahr. Waren kranke Lügen eigentlich weniger schlimm? Es begann zu regnen, aber das störte ihn nicht.

Dienstag, 24. September 2024

Holger war auf dem Weg nach Kleinmachnow, um Bristin seinen Koffer voll Proben zu bringen. In mehreren Waldgebieten rund um Berlin hatte er mit dem Akku-Kernbohrer korkenförmige Stücke aus Fichten, Tannen und Kiefern geholt. Anschließend suchte er in drei

großen Parks nach Scheinzypressen, Koniferen und Lebensbäumen, um auch von denen Proben zu nehmen und einzutüten. Die Tätigkeit an der frischen Luft hatte ihm richtig Spaß gemacht. Endlich mal wieder ein Außeneinsatz.
Anja hatte wieder andere Aufgaben im Gesundheitsministerium. Sie war für zwei Wochen für ein Allergie-Projekt abkommandiert, auf das sie sich gefreut hatte, weil es ja ihr Fachgebiet war. Die Wochenendbeziehung mit Hanno hielt bis jetzt, ihrem Aussehen nach sogar sehr gut. Mit dem Fliegen wechselten sie sich immer ab, wobei Anja in Genf meistens noch einen Tag dran hängte.
Holger hatte die letzten Tage ständig über Dunjas Wesen herumgegrübelt. Niemals hätte er das von ihr erwartet; wo sie doch so offen und lebendig, verständnisvoll und anregend gewesen war. Heute im Wald, in dieser friedlichen Stille und grünen Geborgenheit, hatte er wieder über sie nachgedacht, bei jedem Befühlen der rauen Baumstämme. Er hatte sich dazu entschlossen, die Sache mit Dunja abzuhaken und zu vergessen. Auf keinen Fall würde er einen weiteren Versuch machen, und sie hatte es ja mit eindeutigen Befehlen beendet. Er wollte keine Lügen, keine ständige Erkrankung und keine vorprogrammierten Belastungen in seinem Leben. Er würde sich noch mehr auf Utinka besinnen und sich um eine Vertiefung und Verfestigung ihrer Partnerschaft bemühen. Mit ihr – allerdings ohne Sina – konnte er sich eine angenehme Zukunft vorstellen.
Als Holger mal wieder vor einer Ampel bei Rot warten musste, latschte vor ihm ein Jugendlicher von rechts nach links, der Bastians Alter und auch eine gewisse Ähnlichkeit mit ihm hatte. Für den Rest der Strecke dachte er nun an seinen Sohn. Kurz vor dem Forschungsinstitut musste er noch eine Umleitung fahren, weil die Straße wegen Baumfällarbeiten gesperrt war.

Samstag, 28. September 2024
Im ganzen Land hatte die Aussaat des Wintergetreides begonnen. Die angehäuften Vorräte der Großhändler und das von den Bauern selbst vor dem 1. August umgetauschte Saatgut würden rasch aufgebraucht sein. Von der dann zu erwartenden Nachfrage und den gleichzeitig gestiegenen Preisen müsste eigentlich auch Heide-Saat bald profitieren.
Seitdem in jedem Prima-Einkaufsmarkt ein rot uniformierter und mit Elektrostopper bewaffneter Wachmann aufpasste, war es dort zu keinerlei Vorfällen mehr gekommen. In vier Discountern der Konkurrenz hatte es in dieser Woche aber wieder Massendiebstähle gegeben. Nachts wurden Supermärkte auch verstärkt bewacht, sodass die Einbrüche dort nachgelassen hatten. Dafür wurden jetzt vermehrt die beladenen LKW's aufgebrochen und ausgeräumt.

Die im Grenzgebiet lebenden Leute kauften schon seit den Preiserhöhungen in den Nachbarstaaten ein. Wegen der weiteren drastischen Verteuerungen in diesem Monat fuhren nun viele Einkaufspendler auch weitere Entfernungen nach Holland, Polen, Frankreich oder Österreich, um dort ihre Autos vollzuladen und dabei enorm zu sparen. Auch zahlreiche Busfahrten zu diesem Zweck wurden bereits angeboten.

In Deutschland gab es nun Diebstähle, die es – bis auf wenige Ausnahmen – seit der Nachkriegszeit nicht mehr gegeben hatte: Von den Feldern wurde Blumenkohl, Kartoffeln, Mohrrüben und Kohlrabi geklaut, aus Obstplantagen Äpfel und Birnen. Auch zu regelrechten Hamsterfahrten aufs Land kam es wieder, um bei den Landwirten – besonders den Biohöfen – das Gemüse etwas günstiger zu bekommen.

Mittwoch, 2. Oktober 2024

„Übrigens, ich hab von den Typen, die den Mist aufs Auto gekippt und uns angegriffen haben, noch mal Post bekommen. Aber diesmal keinen Droh-, sondern einen Bittbrief."
„So?", Ziegler sah ihn erstaunt an.
„Ich solle doch meine Anzeige zurückziehen, man könne sich doch außergerichtlich einigen und so weiter."
„Kommt gar nicht in Frage."
„Die hatten gleich mehrere Telefonnummern angegeben."
Ziegler fragte streng: „Sie haben sich doch wohl da nicht gemeldet?"
„Natürlich nicht. Ich hab den Brief zerrissen."
„Richtig. Strafe muss sein."
„Genau."
Ziegler tippte auf den Untersuchungsbericht, über den sie eigentlich sprechen wollten. „Schade, dass sich Ihre Hoffnung auf eine Immunität der Nadelbäume nicht bestätigt hat."
„Scheint wohl wirklich an der isolierten Lage im Harz zu liegen. An diesem Waldpuffer zu landwirtschaftlichen Flächen."
„Obwohl die Tannen ja die Testsieger waren. Sie sind ja offenbar tatsächlich widerstandsfähiger gegen transgene Veränderungen."
„Sieht so aus", Holger nickte. „Und die Fichten sind die Verlierer."
„Auch die Thujas und die Scheinzypressen haben durchschnittlich bessere Reinheitswerte als alle Laubbäume. Da von ihnen ja keine Blütengefahr droht und sie immergrün sind, sollten wir die vorrangig in unsere Rasenflächen einpflanzen – Tannen natürlich auch. Wie Sie es ja schon ganz richtig vorgeschlagen haben, Herr Grimm."
„Wobei die Zweige des Lebensbaums giftig sind. Da gab's schon Todesfälle bei Tieren."

„Ja?", Ziegler hob die Augenbrauen. „Gut, dann nehmen wir eben andere Thujaarten."
„Wäre zumindest sicherer." Ob seine Frau immer noch regelmäßig ins Altersheim ging?
„Ich werde nachher noch die entsprechenden Anweisungen rausschicken, damit gleich am Montag mit dem Einsetzen begonnen wird. Am Freitag arbeitet ja überall nur eine Notbesetzung."
„Wenn überhaupt." Holger dachte an Anja, die bestimmt heute Abend nach Genf flog, um vier Tage bei ihrem geliebten Hanno zu sein.

Samstag, 5. Oktober 2024
Sie saßen bei ihrem Lieblings-Italiener und hatten die Vorspeise schon hinter sich. Bei der überschwänglichen Begrüßung durch Nino erinnerte sich Holger sofort daran, dass er mit Dunja extra in einem anderen Lokal war, um hier nicht mit einer anderen Frau aufzutauchen und Komplikationen auszulösen. Das war schon über zwei Monate her. Jetzt servierte ihnen Tina ihre Hauptgerichte und wünschte guten Appetit.
„Vielen Dank", Utinka lächelte ihr zu und strahlte dann ihr Essen an. „Dann wollen wir es uns mal schmecken lassen."
„Genau." Holger trank einen Schluck Bier. „Sieht alles wieder sehr lecker aus."
Während des Essens kam ihm plötzlich der Gedanke, dass er Utinka auch hintergangen, belogen und betrogen hatte – auch ohne psychische Erkrankung. Er war also auch nicht besser. Diese Erkenntnis wirkte sogar körperlich, sie verursachte im Rippenbereich eine zunehmende Beklemmung.
„Na, woran denkst du gerade?" Sie sah ihn forschend an.
„Wie?", Holger schreckte auf und setzte sich gerader hin. „Ach, an nichts Besonderes."
„Dafür warst du aber ziemlich weit weg."
„Nichts Bewusstes." Von beiden Seiten presste es jetzt seine Mitte zusammen. Er bekam einen Schweißausbruch und nicht genug Luft.
„Geht's dir nicht gut?"
„Weiß nicht." Er legte das Besteck ab. „Wahrscheinlich bin ich nur satt."
„Sonst lässt du doch auch nichts übrig." Utinka kaute mit besorgter Miene. „Du schwitzt ja auch richtig."
„Ja." Er atmete mehrmals kräftig durch und wischte sich mit dem Taschentuch über die Stirn.
„Was hast du denn?"
„Nichts. Es wird schon besser."
„Du bist immer so verschlossen."

„Findest du?" Der innere Druck ließ nach, seine Haltung entspannte sich wieder.
„Du sagst mir nie, was dich beschäftigt. Du lässt mich immer außen vor."
„Nicht mit Absicht."
„Aber es ist nicht gut. Ich fühle mich oft ausgeschlossen von deinem Leben." Utinka legte das Besteck auf den Teller, nippte an ihrem Rotwein und tupfte sich den Mund mit der Serviette ab. „Du musst dich mehr mitteilen, mich teilhaben lassen. Ich quatsche dich doch auch mit allem möglichen Kram voll."
„Das ist aber nicht meine Art." Holger zuckte mit der Schulter und verspürte das Bedürfnis, sie zu berühren. Mit beiden Händen umfasste er ihre schmale Hand, hielt und streichelte sie.
„Oh, Händchen halten?", sie lächelte irritiert.
„Mir war so danach."
„Schön. Es ist nur so ungewohnt."
„Ich freue mich eben, dass du da bist, dass wir beide hier so sitzen." Und das stimmte auch. Und das wollte er auch nicht gefährden.
„Aber trotzdem solltest du mehr mit mir reden."
„Ich werde mich bemühen. Aber ich bin halt nicht der Labertyp." Holger griente, ließ ihre Hand los und hielt ihr sein Glas zum Anstoßen hin. „Prost!"
„Prost, du Quasselstrippe!" Ihr Weinglas klang hoch und hell.
Als Tina abräumte, bestellten sie zwei Grappa, ein Bier für ihn und einen Espresso für sie.
„Willst du auch wirklich keinen Nachtisch?", fragte Holger.
„Nein, es reicht." Beim Kopfschütteln schwangen ihre Haare hin und her. „Fühlst du dich wieder gut?"
„Ja. Alles in Ordnung."
„Komische Sache."
Die Getränke kamen, sie prosteten sich erneut zu und leerten die edlen Grappagläser.
„Hast du dir denn mittlerweile mal Gedanken wegen deines 40. Geburtstags gemacht?", fragte Utinka. „Wird ja langsam Zeit."
„Den verdränge ich."
„Den Eindruck hab ich auch. Aber es sind nur noch sieben Wochen."
„Echt?"
„Tu nicht so", sie verdrehte die Augen. „Wenn du Leute einladen willst, die dann auch kommen sollen, müsstest du sie jetzt bald mal anrufen."
„Das man alt wird, ist doch kein Grund zum Feiern."
„So alt wirst du ja schließlich auch noch nicht."
„Aber trotzdem eine bedrohliche Zahl. Und schau mal hier", Holger zog beidhändig seine Geheimratsecken nach, „das ist doch

erschreckend."

Sie prustete los und hätte beinahe den restlichen Espresso verkippt. „Mann, andere in deinem Alter haben schon 'ne Halbglatze."

„Wird ja bei mir auch nicht mehr lange dauern." Er schob die Unterlippe schmollend vor.

„Also, was ist jetzt? Willst du 'ne große Fete? Du hast ja am Sonntag Geburtstag, da würde sich doch reinfeiern anbieten, nicht wahr?"

„Hm, hm." Er machte mit Dackelaugen abwägende Kopfbewegungen.

„Und was wünscht du dir von mir überhaupt als Geschenk?"

„Keine Ahnung", antwortete er mit einem Achselzucken. „Am Liebsten würde ich gar nicht feiern, sondern irgendwohin fahren und dort den Tag gemütlich vergehen lassen."

„Alleine?" Sie drohte ihm mit der Faust und kniff ein Auge zusammen.

„Nur mit dir."

„Dein Glück." Utinka nippte nachdenklich an ihrem Rotwein. „Gut. Dann würde ich vorschlagen, ich schenke dir zum runden Geburtstag ein Wochenende an ein Ziel meiner Wahl. Dann hast du keine stressige Feier, bist weg und kannst dich mit mir erholen oder vergnügen. Aber du solltest dann den Montag noch Urlaub nehmen. Deshalb sage ich es dir ja jetzt schon, ist zwar dann keine Überraschung mehr, aber du musst dich ja drauf einstellen und nichts selber planen."

„Das ist Überraschung genug." Er verneigte sich und lächelte sie dankbar an. „Wäre toll."

„Gut. Abgemacht."

„Aber nur ..."

„Ohne Sina." Sie hatte das über sein Gesicht huschende Bedenken gleich richtig gedeutet. „Nur wir zwei. Ganz allein."

„Vom Wetter können wir Ende November natürlich nicht mehr viel erwarten."

„Aber von uns", sie rollte vielversprechend mit den Augen. „Wir müssen uns selber wärmen, denn ich kann keinen teuren Flug in den Süden spendieren."

Mittwoch, 9. Oktober 2024

Als Holger kurz vor seiner Haustür war, bemerkte er den grünen Geländewagen und war sofort in Alarmbereitschaft. Die Fahrertür öffnete sich, ein Mann mit schwarzer Baseballmütze stieg aus. Es war der Bauer.

Diesmal nur einer?, überlegte Holger, beobachtete ihn und schloss dabei vorsichtshalber die Tür auf. Der Kerl kam mit großen Schritten auf ihn zu. Bei vier Metern Entfernung wurde er lang-

samer, hob beide Arme und fächerte die Hände auf; wie in Krimis, als Zeichen des Unbewaffnetseins und der friedlichen Absicht.
„Was wollen Sie?", rief Holger und hielt den Türgriff fest.
„Nur reden, Herr Grimm."
„Wir haben nichts zu besprechen."
„Wir hatten Ihnen doch einen Brief geschickt." Der Typ kam zögernd näher und ließ dabei die Arme sinken. „Leider haben Sie sich nicht gemeldet."
„Warum sollte ich auch?"
„Können wir uns nicht so einigen? Ohne Gericht?"
„Nein."
„Unser Anwalt hat uns empfohlen, dass wir probieren sollten, uns mit Ihnen gütlich zu einigen."
„Will ich aber nicht."
„Bitte, Herr Grimm." Der Bauer stand jetzt vor ihm, hatte wieder einen Dreitagebart. „Mein Schwager ist arbeitslos. Wenn er dann als vorbestraft gilt, kriegt er nirgends mehr einen Job."
„Das ist nicht mein Problem."
„Das war alles Scheiße, was wir da bei Ihnen gemacht haben."
„Kann man wohl sagen."
„Wir wollen uns entschuldigen." Man sah, wie schwer ihm das fiel.
„Und auch Schadenersatz leisten. Irgendeine Wiedergutmachung. Aber dieses Strafverfahren kann meinem Schwager und seiner Familie die Zukunft kosten. Auch bei 'ner Bewährungsstrafe ist man vorbestraft."
„Andere finden doch auch Arbeit."
„Aber es ist sehr schwer. Meine Schwester bekommt bald ihr zweites Kind. Die brauchen jeden Euro."
Der Kerl tat Holger schon richtig leid, wie er so über seinen stolzen Schatten sprang und sich innerlich verbiegend bei ihm einschleimte. Aber er durfte nicht nachgeben und würde sich deshalb auf seinen Vorgesetzten berufen. „Selbst wenn ich wollte, ich darf nicht. Mein Chef hat mir ganz klare Anordnungen gegeben. Schließlich handelte es sich ja um einen Dienstwagen des Bundesumweltministeriums. Dadurch ist es keine Privatsache, sondern eine Behördenangelegenheit. Verstehen Sie?"
Der Mann nickte nur. Sein Gesichtsausdruck veränderte sich von bittend über zornig zu verbittert. „Also ist nichts zu machen?"
„Nein."
„Stellen Sie sich doch nicht so an."
„Schluss jetzt."
„Dann nicht." Er machte eine Kehrtwendung und ging. Nach drei Schritten blieb er stehen, drehte sich um und rief: „Mein Schwager konnte ein paar Tage nicht richtig gucken."
„Selbst Schuld."
„Was?", bellte er zurück. Die Wut presste seine Lippen zusammen

und ballte seine Fäuste.
„Machen Sie keinen Mist!" Nach diesem Wort hätte Holger fast gelacht, aber die Angst in ihm war stärker. Die Reaktion des Bauern war äußerst bedrohlich, er scharrte überdeutlich in den Startlöchern für eine Schlägerei. Holger drückte die Tür halb auf und stellte sein linkes Bein auf den Hausstein.
„Verfluchter ... Ach, Scheiße!" Der Typ spuckte aus, wendete sich um und marschierte fluchend zu seinem Wagen. Bevor er einstieg, warf er ihm noch einen dunkel beschirmten Blick zu und spuckte abermals aus.
„Puh!" Holger hielt sich weiter am Türgriff fest und erwog die Anschaffung von Pfefferspray. Er wartete noch, bis der Jeep weggefahren war.

Donnerstag, 17. Oktober 2024
„So, wir haben hier die Dokumentation für den Europäischen Gerichtshof."
„Gut." Ziegler nahm den Hefter von Holger entgegen und besah ihn sich von der Seite. „Gar nicht so dick." Er setzte sich wieder hinter seinen Schreibtisch und deutete auf die beiden Stühle vor ihm. „Nehmen Sie doch Platz."
Holger und Anja folgten seiner Aufforderung, sie betrachtete dann das Rheingemälde.
„Und hier sind alle Pollenvorfälle chronologisch aufgelistet?" Er schlug den Hefter auf und gleich wieder zu.
„Genau", antwortete Holger. „Datum, Uhrzeit, Ort, Baumart, auslösendes Geräusch, Anzahl der Toten und Verletzten."
„Wieviele Todesopfer hatten wir insgesamt dadurch?"
„54. Mit dem Mann in Salzgitter, bei dem die Ehefrau die Geräte abgeschaltet hatte. Und davon 10 Kinder. 20 Tote gab es allein in Bad Unterfels, durch den giftigen Kirschlorbeer", sagte Holger und dachte: Wenn man die Warnung vor dem Hubschrauberlärm befolgt hätte, wären es 5 weniger gewesen.
„Die toten Gänse sind auch aufgeführt?"
„Natürlich." Holger erwartete, dass Anja sich auch mal beteiligen würde. „Alle Vorfälle und alle Opfer." Doch die war heute ungewohnt schweigsam und in sich gekehrt. Hoffentlich hatte sie keinen Liebeskummer mit Hanno.
„Die meisten toten Kinder gab es bei diesem Jahrmarkt, nicht wahr?"
„Ja. 4 im Kinderkarussell. In Astlingen." Holger sah wieder das kleine Feuerwehrauto vor sich.
„Furchtbar." Zieglers Hand strich über den Hefter. „Aber ohne unsere ganzen Gegenmaßnahmen hätten wir viel mehr Tote in Deutschland gehabt."
„Auf jeden Fall. Für's kommende Frühjahr sind wir ja eigentlich

auch bestens vorbereitet."
„Das sehe ich auch so." Ziegler warf einen Seitenblick auf Anja.
„Wann können wir denn mit der Entscheidung des Gerichtshofs rechnen?", fragte Holger.
„Ich tippe aufs 2. Quartal im nächsten Jahr."
„Da kann ja noch viel passieren. – In den anderen Ländern, mein ich."
„Hauptsache, bei uns eskaliert die Preis-, Versorgungs- und Sicherheitslage nicht ins Extreme. Dann wird unser Gen-Verbot garantiert gekippt. Dann ist das eine ganz normale juristische Abwägung."
„Aber der Kanzler würde ja trotzdem daran festhalten."
„Sicher", Ziegler erhob sich und sah die beiden auffordernd an, die auch sofort seinem Beispiel folgten. „Dann werde ich Ihre Dokumentation weiterleiten." Er begleitete sie zur Tür und verabschiedete sich von ihnen.
Nach einigen Metern auf dem Flur flüsterte Holger: „Was ist denn heute mit dir los? Du hast ja keinen Ton gesagt."
Anja wirkte verunsichert. „Was sollte ich denn auch sagen?"
„Na, etwas über allergische Reaktionen oder so. Dich eben miteinbringen."
„Dazu hatte ich keine Lust." Anja sah ihn etwas gequält an und beendete dann den Blickkontakt. Sie gingen nebeneinander her.
„Macht Ohlenberg Stress?"
„Nein."
„Hast du Ärger mit Hanno?"
„Nein. Alles bestens."
„Fliegst du dieses Wochenende hin oder kommt er?"
„Hanno kommt morgen Abend."
„Bleib doch mal stehen."
„Warum?" Sie stoppte widerwillig.
„Was hast du denn?"
„Nichts Besonderes." Sie standen sich gegenüber. In Anjas Augen wechselten Furcht und Freude hin und her, eine Unruhe zwischen entgegengesetzten Gefühlen.
„Ist wirklich alles in Ordnung?" Holger versuchte ihre Mimik zu ergründen. Irgendetwas bedrückte sie doch.
„Ja." Anja lächelte unecht, unter der Oberfläche schimmerte da etwas anderes durch. Dann ging sie weiter und beschleunigte. Holger wollte nicht weiter bohren und hielt schweigend mit ihr Schritt.

Freitag, 25. Oktober 2024
Die Spracherkennung hatte mit vollem Mund nicht funktioniert. Deshalb kaute und schluckte Holger und wiederholte dann: „Schlagzeilenschau an!"
Auf der Medienwand sah man eine überfüllte Mittagstafel für Sozialleistungsbezieher. Die Sprecherin sagte: „So wie hier in Duisburg kommen immer mehr bedürftige Menschen zu den kostenlosen Mahlzeiten." Es waren vorwiegend ältere Leute, aber auch einige jüngere und ein paar Kinder. „Die beiden Sozialverbände rechnen damit, dass nach dem 1. November der Andrang nur kurzzeitig nachlassen werde. Denn der ab da ausgezahlte Ernährungszuschlag zur Grundsicherung von 75 Euro sei keinesfalls ausreichend."
Stimmt, dachte Holger und biss wieder in sein Brot mit Salami und Käse.
„In Japan wurde heute das letzte Atomkraftwerk stillgelegt. Die Regierung hat damit ihre Konsequenzen aus den Reaktorunfällen in Fukushima nach dem verheerenden Tsunami von 2011 vollzogen." Man sah Luftaufnahmen von vier gleich großen Betonblöcken, weiter rechts folgten noch einmal zwei. Der Wellengang des Meeres war das einzig Lebendige da unten. „In der gesperrten, radioaktiv verseuchten Region sind die Strahlenwerte nach wie vor lebensgefährlich. Und das wird noch für Jahrzehnte so bleiben."
Jetzt wurde eine Reporterin vor einem Supermarkt gezeigt, um dessen Eingangsbereich Absperrband gezogen war, das von zwei Polizisten gesichert wurde. „In diesem Prima-Einkaufsmarkt ereignete sich heute Nachmittag ein tragischer Todesfall." Die Kamera schwenkte für einen Moment nach links, wo sich eine aufgebrachte Menschenmenge vor dem weiß-roten Band zusammendrängte. „Ein Mitarbeiter des Prima-Wachdienstes wollte einen Kunden daran hindern, das Geschäft mit unbezahlter Ware zu verlassen. Dabei kam es zu Handgreiflichkeiten, in dessen Verlauf der Wachmann seinen Elektrostopper benutzte." Ein Archivbild mit einem rot uniformierten Mann wurde kurz eingeblendet, bei dem das Gesicht unkenntlich gemacht war. „Der Kunde hatte aber einen Herzschrittmacher, der durch den massiven elektrischen Impuls ausfiel. Der Mann verlor das Bewusstsein und starb nach wenigen Minuten. Er konnte vom Rettungsdienst auch nicht reanimiert werden."
Diese negativen Nachrichten hatten jedenfalls keine Auswirkungen auf Holgers Appetit.
„Bundeskanzler Adomir hat während seiner Nordafrika-Reise den deutschen Stützpunkt bei Tripolis besucht." Der Kanzler schüttelte eine lange Reihe von Soldatenhänden. „Während der Besichtigungsfahrt wurde er von der libyschen Bevölkerung freundlich begrüßt, die sich so für unsere Aufbauhilfe bedankte." Ganze Schulklassen standen an den Straßen Spalier, schwenkten deutsche Fähnchen und winkten. Die nächste Aufnahme zeigte

zerstörte Gebäude, wo Bundeswehrsoldaten mit Räumfahrzeugen den Schutt wegschoben. „Besonders vorteilhaft ist es für unsere Helfer, dass Deutschland 2011 nicht an der Bombardierung von Tripolis beteiligt war und deshalb hier als unvorbelastet gilt."
„Das waren die Schlagzeilen des Tages."
„Schlagzeilenschau aus!", rief Holger. Dann trank er Wasser und biss krachend ein Stück Apfel ab. Er dachte über diese neue Ernährungssituation nach: Er kannte Deutschland eigentlich nur als Überfluss- und Wegwerfgesellschaft, in der es fast jedem Bürger – zumindest im Bereich Essen und Trinken – ausgesprochen gut ging. Das sah man natürlich auch an der enormen Zahl der Übergewichtigen; wobei zweidrittel der Kinder bereits zu dick waren, einerseits durch kalorienreiches Fastfood und das Überangebot an Naschereien, andererseits durch Bewegungsmangel, der Nachwuchs hockte nur vor Mediengeräten und futterte dabei.
Jetzt konnten sich allerdings die Sozialleistungsbezieher – zu denen mittlerweile die meisten Rentner zählten – nicht mal mehr die Grundnahrungsmittel leisten und warteten auf die spärliche Erhöhung der Unterstützung.
Vielleicht hatte Anja mit ihrer DDR-Nostalgie in manchen Punkten doch recht und eine Planwirtschaft käme mit dieser Versorgungslage besser zurecht. Der Staat müsste alle landwirtschaftlichen Produkte zu Festpreisen aufkaufen, lagern, verwalten und dann zu einheitlichen Preisen an die Bevölkerung verkaufen. Möglichst ohne Lebensmittelkarten, Berechtigungsausweise oder ähnliches.
Oder würden dann geldgierige Händler die Waren hamstern und auf dem Schwarzmarkt verkaufen? Nein, wieso sollte jemand mehr dafür bezahlen? Durch die staatlichen Garantiepreise könnte man sofort die Preistreiberei beenden und den Krisen-Gewinnlern ihren ungeheuren Profit kappen.
Aber wie sollte man solch eine gigantische Ernährungsverwaltung landesweit aufbauen? Wo man doch jetzt schon in vielen Branchen keine Arbeitskräfte bekam.

Mittwoch, 30. Oktober 2024
Er las gerade in der Zeitung, als der Klingelton des Bildtelefons erklang. Holger setzte sich vor die Medienwand und rief: „Telefon an!"
Auf dem Bildschirm erschien Dunja Okos: strahlend wie immer, mit diesen unglaublichen Augen. Sie winkte ihm lächelnd zu und sagte: „Hallo, Holger! Da bin ich mal wieder."
„Hallo", hauchte er völlig überrumpelt und hielt sich am Stuhl fest.
„Ich wollte dich fragen, ob wir am Wochenende mal wieder im Harz wandern wollen?"

„Was?" Sie wollte ihn treffen? Nach sechs Wochen Funkstille und ihrer schlussmachenden Nachricht? Nach all diesen Lügen?
„Diesmal kannst du ja auch das Hotel bezahlen. Das war dir doch so wichtig. Dann sind wir quitt."
„Aber ... Bist du denn wieder gesund?"
„Klar. So eine Kur wirkt doch immer wunder."
„Kur?" Wie ein hypnotisiertes Kaninchen hing er an ihren türkisfarbenen Augen und sehnte sich nach dem Schlangenbiss.
„Ja. Ich hab mich da prächtig erholt."
„Schön", erwiderte Holger tonlos, obwohl er eigentlich etwas ganz anderes sagen wollte. Er spürte, wie er schwach wurde und ihr alles verzieh.
„Die haben meine Blutwerte und meinen Kreislauf wieder stabilisiert."
„Blutwerte?", wiederholte er wie ein willenloser Trottel, der diesen Lagunenaugen überallhin folgen würde.
„Ja. Wieso?" Dunja sah ihn misstrauisch an. „Hast du etwa wieder mit meinem Vater gesprochen? Hat er dir wieder etwas anderes erzählt?" Der Glanz in ihren Augen war wie ausgeschaltet. Jetzt war ihr Blick eisblau.
Das brachte Holger wieder zur Besinnung, löste ihn etwas aus ihrem Bann. „Natürlich habe ich mit ihm geredet. Du warst ja nicht zu erreichen und ..."
Sie unterbrach ihn gereizt: „Und? Was hat er dir erzählt?"
„Dass du in einer Nervenklinik bist."
„Was?"
„Na, ich hab dir doch auch einen Brief dorthin geschickt, aber ..."
„Was für einen Brief?"
„Na, da nach ..."
„Das ist ja mal wieder typisch für meinen Vater", empörte sich Dunja. „Er ist doch ... Er will immer unbedingt verhindern, dass ich eine Beziehung eingehe. Er ist so furchtbar eifersüchtig auf jeden neuen Mann, den ich kennenlerne."
„Wie bitte?" Holger sah sie irritiert an und überlegte, wem man in dieser Familie überhaupt trauen durfte. Sollte etwa Peter der Lügner und Kranke sein? Und seine Tochter völlig unschuldig und gesund und ein Opfer seiner Wahnvorstellungen? „Er hat mir auch gesagt, dass du schon über sieben Monate nicht mehr unterrichtet hast, und dass das Verhältnis mit deinem Kollegen noch länger vorbei sei. So gesehen war deine Reaktion am Oderteich völlig unnötig."
„Was?", Dunja sprang wütend auf, ihre Augen verschossen Eisblitze. „Und du glaubst das alles?"
„Er hat mir deine Krankheit ausführlich erklärt."
„Meine Krankheit?" Sie ließ sich wieder auf den Stuhl fallen. An ihrer Schläfe zeigte sich eine Zornesader, ihr Mund war ein blasser Strich. „Also glaubst du ihm mehr als mir?"

„Was soll ich denn davon halten, wenn du ..."
„Gut. Dann hat das ja sowieso keinen Zweck." Dunja stand wieder auf. „Dann war dieser Anruf ein großer Fehler."
„Aber ich ..."
„Dann tschüss für immer", sagte sie und verschwand, nach zwei Sekunden war der Bildschirm schwarz.
Holger saß noch lange wie betäubt da und starrte vor sich hin. Aber seine Gedanken liefen auf Hochtouren, sprangen hin und her und kreisten: Das war doch vollkommen krank, dass sie alles abstritt und ihren Vater jetzt als Lügner darstellte. In was für einer Scheinwelt lebte sie da eigentlich? Ob sie das in dem Moment wirklich selber glaubte? Den eigenen Vater zu beschuldigen, dass er bei ihr eine psychische Erkrankung erfunden hatte, nur um sie nicht an einen anderen Mann zu verlieren. Völlig absurd.
Aber am meisten ärgerte sich Holger über sich selbst, weil er ihr schon fast wieder verfallen wäre. Trotz all ihrer Spielchen und Lügen, entgegen seiner Absichten und Vorsätze, hätte er sich mit ihr im Hotel getroffen und Utinka erneut betrogen. Er war wie Wachs, wenn er in ihre himmlischen Augen schaute. Ein jämmerlicher Schwächling ohne Charakter, der bedenkenlos alles für sie opfern würde. Das musste unbedingt und unumkehrbar ein Ende haben. Er verbot sich für immer jeglichen Kontakt mit Dunja und dachte sich gleich blödsinnige Strafen dafür aus.

Freitag, 15. November 2024

Ab 1. November gab es den Ernährungszuschlag für Sozialleistungsbezieher und eine zusätzliche Lohnerhöhung für die meisten Arbeitnehmer. Dadurch kam es zu unerwarteten Preissenkungen bei Lebensmitteln. Viele Verbraucher nutzten das aus und legten Vorräte an. In einigen Geschäften kam es zu regelrechten Hamsterkäufen.
Trotz der etwas zurückgegangenen Preise wurden überall im Land die Kohlfelder geplündert. Bei Diepholz kam es zu einem Unfall, als der Bauer die Diebe mit Luftschüssen aus seiner Schrotflinte vertrieb. Die vier Männer gerieten so in Panik, dass ein Auto auf das andere auffuhr.
Nach dem Todesfall eines Kunden mit Herzschrittmacher wurde dem Prima-Wachdienst bei Strafandrohung verboten, die Elektrostopper zu tragen oder gar zu benutzen. Stattdessen hatten die roten Männer jetzt nur ein mildes Tränenspray dabei. Seit dem Vorfall hatte es zwar keinen Massendiebstahl mehr gegeben, dafür gab es aber einen Umsatzrückgang von 40 Prozent.

Montag, 18. November 2024
„Guten Morgen", begrüßte Anja ihn und setzte sich ihm gegenüber.
„Morgen. – Na, wie war's in Genf?"
„Schön", zog sie seltsam in die Länge und sah ihn dabei merkwürdig an.
„Is' was?", fragte Holger.
„Sitzt du gut?"
„Ja", erwiderte er mit skeptischem Blick. „Was ist denn?"
„Ich hab Neuigkeiten."
„So? Was denn?"
„Ich bin schwanger."
„Was? Echt?"
„Ja", Anja nickte strahlend.
„Aber wie ..." Holger war verblüfft, damit hätte er nie gerechnet.
„Wie das geht, weißt du doch bestimmt."
„Klar. Aber ... War das geplant?"
Sie schüttelte den Kopf. „Natürlich nicht. Nun, ich ..." Sie errötete etwas. „Die Pille hab ich noch nie gut vertragen und nur einmal für eine gewisse Zeit genommen. Da war ich so um die 24."
„Aha." Holger kam sich vor, als würde ihm ein Teenager seine ersten Intimkontakte schildern und nicht eine selbstbewusste Frau Doktor mit 40 Jahren.
„Und irgendwann meinte Hanno, das mit der blöden Verhütung könnten wir doch sein lassen. Wenn es wider Erwarten doch passiere, sei es halt Schicksal und so weiter. Aber wir haben beide absolut nicht an eine Schwangerschaft geglaubt. Die spontane Fruchtbarkeit ist ja heutzutage allgemein zurückgegangen, doch mit zunehmendem Lebensalter sinkt sie noch weiter ab. Ab 40 fällt die Schwangerschaftsrate auf 2 Prozent, über 45 liegt sie nur noch bei 0,2 Prozent."
„Aber bei euch ist es dann doch passiert." Diese Leichtsinnigkeit passte überhaupt nicht zu ihr.
„Ja." Anja lächelte glücklich. „Ich gehöre zu den 2 Prozent."
„Weiß es schon jemand im Ministerium?" Hoffentlich stand Hanno auch voll zu den Folgen seines russischen Rouletts.
„Nur Ohlenberg und der Personalchef. Man muss das ja dem Arbeitgeber melden, sobald es sicher ist und man einen Mutterpass hat."
„Und wie hat Ohlenberg reagiert?"
„Der war sichtlich geschockt. Auch der hätte bei mir nie mit so etwas gerechnet. Aber er hat sich beherrscht und zurückgehalten und mir alles Gute gewünscht."
„Und wie weit bist du jetzt?"
„Im dritten Monat. – Der Geburtstermin ist der 14. Juni 2025."
Holger griente und nickte anerkennend. „Das ist echt 'ne Sensation."
„Naja", für einen Moment erschien eine Sorgenfalte auf Anjas

Stirn, „als Ärztin bin ich mir natürlich der besonderen Risiken einer so späten Schwangerschaft bewusst. Es kommt viel häufiger zu allen möglichen Komplikationen. Auch die Gefahr einer Fehlbildung ist um ein vielfaches höher. Bei jüngeren Frauen kommt das Down-Syndrom allgemein nur ein Mal bei über 1000 Geburten vor. Bei Frauen über 40 ist aber ein Kind von 100 betroffen, ab 45 sogar jedes zwanzigste. Das sind schon beunruhigende Zahlen."
„Stimmt. Das hört sich ziemlich gefährlich an."
Sie zuckte mit der Schulter. „Es ist halt eine Risikoschwangerschaft."
„Aber da werden doch bestimmt auch mehr und umfangreichere und spezielle Untersuchungen durchgeführt."
„Ja, sicher. Das wird alles ständig kontrolliert. Wahrscheinlich bin ich dann fast jeden Tag beim Gynäkologen."
„Tja", Holger lächelte zaghaft und wünschte den beiden ein gesundes Kind. Wie würden sie wohl auf eine angekündigte Behinderung reagieren? Würde Hanno mit einem mongoloiden Kind zurechtkommen? „Wird schon alles gut gehen."
„Genau." Sie nahm wieder ihre kerzengerade Sitzposition ein. „Immer positiv denken, aber vorsichtig sein."
„Und wie lange bleibst du mir als Kollegin noch erhalten?"
„Im Normalfall müsste ich bis zum 14. April 2025 arbeiten. Aber –", betonte sie mit listigem Blick und legte eine bedeutungsvolle Pause ein.
„Ja?"
„Wir werden vorher heiraten", verkündete Anja mit glänzenden Augen, „damit das Kind in geordneten Verhältnissen aufwächst." Dann zwinkerte sie ihm zu. „Und natürlich auch zu meiner Absicherung."
„Prima! Und wann?"
„Anfang des Jahres. Bevor ich rund bin wie 'ne Tonne."
„Bleibst du dann etwa gleich in Genf?"
„Richtig. Ich will mich da vor der Geburt schon einleben und alles vorbereiten, mich schonen und nichts riskieren. Und deshalb stehe ich dir nur noch zwei Monate zur Verfügung. Dann nehme ich meinen Resturlaub und lasse mich unbezahlt freistellen bis zum 14. April."
„Dann muss ich ja im nächsten Frühjahr ohne deine Unterstützung auskommen – gerade in der heißen Pollenphase. Das wird aber hart für mich."
Ihr Gesichtsausdruck wandelte sich so, als würde sie ihr Kind beruhigen. „Ach, das schaffst du schon. Außerdem rechnen wir doch alle damit, dass bei uns nicht mehr viel passieren wird. Wahrscheinlich hätten wir dann bei unserem Fall genauso wenig zu tun wie im Moment und würden woanders eingesetzt."
„Stimmt. Eigentlich dürfte es im ganzen Land keine gefährlichen

Blütenabwürfe mehr geben. Sämtliche Bäume in bewohnten Gebieten – ob Stadt oder kleines Dorf – wurden getestet und bei Genveränderung entfernt und durch unbelastete Pflanzen ersetzt."
„Wir haben hier gehandelt und das Bestmögliche gemacht", Anja rückte ihre Brille zurecht. „Ganz im Gegenteil zum Ausland. Hanno hat erzählt, dass die WHO im nächsten Frühling mit Hunderten von Toten in Europa rechnet. Deutschland ist da die einzige Ausnahme. Und die Schweiz bis jetzt noch."
„Die müssen alle unserem Beispiel folgen."
„Auf der ganzen Welt muss man das. Die WHO hat erschreckende Prognosen für das gesamte Amerika, für Russland und Asien aufgestellt."
„Das kann ich mir vorstellen", Holger nickte nachdenklich.
„Hanno wird auch nicht müde, bei jeder Gelegenheit unsere Gegenmaßnahmen zu loben und weltweit zu empfehlen. Aber du weißt ja, wie Politiker sind."
„Vielleicht muss es in unseren Nachbarländern erst viele weitere Tote geben, bis dort ein Umdenken erfolgt und es schließlich in Europa ein einheitliches Gen-Verbot und Rekultivierungsverfahren gibt."
„Leider ist es so, dass es immer erst genug Opfer geben muss, damit sich etwas ändert."

Samstag, 23. November 2024
Miedzyzdroje, Polen, EU.
Sie gingen auf dem festen, feuchten Sand und mussten ab und zu einigen Wellen ausweichen, die nach ihnen leckten. Der Wind blies ihnen kräftig ins Gesicht, er war frisch, aber nicht kalt. Zwischen den schnell dahin ziehenden Wolken kam immer mal wieder die Sonne durch. Sie waren fast allein auf dem weiten Strand, nur ein paar hundert Meter vor ihnen stapften zwei Menschen durch den beschwerlicheren trockenen Sand. Vor einer Stunde waren sie hier erst angekommen, aber sie wollten sofort raus und das Meer sehen.
„Und, was meinst du zu dem Hotel?", fragte Utinka und musterte ihn argwöhnisch.
„Macht alles einen guten Eindruck", antwortete Holger und sah weiter geradeaus. „Da hast du was Anständiges ausgesucht."
„Naja, es ist das gleiche Meer und bestimmt auch der gleiche Sand wie auf Usedom. Nur hier ist es immer noch erheblich günstiger als drüben", sie deutete mit dem Kopf nach vorne, „in Heringsdorf oder Ahlbeck."
„Richtig. Ist doch herrlich hier. Und mit dem Wetter haben wir scheinbar auch Glück. Nur aussprechen kann man den Ort nicht."
„Ja, stimmt." Sie lächelte und hoffte, dass er ihr die Sparsamkeit nicht übel nahm.

Durch das ständig vor- und zurückfließende Wasser erinnerte sich Holger an ein glückliches Stranderlebnis seiner Kindheit. Er hatte mit seinem Vater stundenlang eine große, aufwändige Sandburg gebaut. Die schwierigen Bauten hatte natürlich sein Vater übernommen, geduldig geformt und befeuchtet, und ihm dabei alles über Ritter und Burgen erzählt. Als nachher die Flut kam und das erste Wasser in die Gräben strömte, wurde er ganz aufgeregt, hüpfte herum und winkte seine Mutter kreischend heran. Dann standen die drei um ihr Bauwerk und beobachteten, wie das Meer seinen Sand zurückeroberte; zuerst sämtliche Vertiefungen füllte, Mauern unterspülte und schließlich alles einstürzen ließ und wegschwemmte. Der kleine Holger klatschte vor Begeisterung in die Hände, freute sich und war gleichzeitig traurig über die Zerstörung. Da ihm das Wasser mittlerweile bis zum Po reichte, wateten sie alle drei – die ganze Familie Hand in Hand – wieder aufs Trockene zurück.

„Du", Utinkas Stimme holte ihn wieder in die Gegenwart zurück, „warum hat dir deine Kollegin die Einladung eigentlich nicht gleich persönlich übergeben?"

„Weiß ich auch nicht." Holger dachte kurz an seine Mutter, nachdem der Tod alles Warme und Feste in ihr ausgelöscht hatte. „Vielleicht wollten sie keine Unterschiede machen, keinen eher benachrichtigen oder bevorzugen oder so."

„Naja, ..."

„Oder Anja hatte beim letzten Mal die Einladung einfach nicht dabei."

„Und die übernehmen tatsächlich da in Genf die Hotelkosten?"

„Ja." Er atmete tief ein und meinte Salz zu schmecken. Er wollte jetzt nicht an Tod denken.

„Die müssen ja Geld haben."

„Haben sie. Besonders Hanno – der Bräutigam – verdient sehr gut und hat dort vor kurzem eine Villa geerbt. Und sicherlich noch viel mehr."

Utinka verzog ihr Gesicht wie ein betrübtes Mädchen. „Da komm ich mir ja arm und klein und mickrig vor."

„Quatsch!", Holger lachte sie an und nahm ihre Hand. „Du hast absolut keinen Grund für Minderwertigkeitsgefühle. Das sind auch alles nur einfache Menschen, auch wenn sie gerne als mehr erscheinen wollen."

„Da kann ich mich bestimmt nicht richtig benehmen. Und was Passendes zum Anziehen habe ich auch nicht", sie schielte raffiniert zu ihm hoch.

„Das haben Frauen doch nie." Er schmunzelte und schaukelte ihren Arm. „Aber wenn du ganz lieb zu mir bist, könnte ich dir ja beim nächsten Shoppen etwas Schickes spendieren."

Utinka lehnte sich an ihn und blickte ihn verheißungsvoll an. „Und

an welche Liebesdienste dachtest du da so?"
„Ach, da fällt mir schon was ein." Sie blieben stehen, umarmten und küssten sich.

Sonntag, 24. November 2024
Am nächsten Morgen war Holger ein Jahr älter; allerdings hatte er das störende Empfinden, als schleppe er jetzt ein ganzes Jahrzehnt mehr mit sich herum. Diese vierte Null machte ihm schwer zu schaffen. Die Hälfte seines Lebens hatte er nun rum, und nach allgemeiner Überzeugung sollte es die schönere gewesen sein. Aber was hatte er schon gehabt oder erreicht oder geschaffen? Nur eine gescheiterte, sehr kurze Ehe und einen völlig fremden Sohn, der ihn verachtete. Und sonst so? Finanziell ging's ihm gut, er hatte die Eigentumswohnung, und er arbeitete in einem Bundesministerium. Das war's aber auch schon. Was kam denn jetzt noch?
Was ihm fehlte, konnte ihm sicherlich Utinka geben, die hier neben ihm ging und ihn jetzt erstaunt ansah, weil er schon wieder ihre Hand genommen hatte.
„Schön, dass wir hier zusammen sind", sagte er. „Das war wirklich eine tolle Idee von dir."
„Danke." Sie lächelte ihn an und freute sich darüber, dass er sie nun öfter anfasste, seine Distanz etwas verringert hatte.
Diesmal spazierten sie in die andere Richtung auf dem Strand entlang und hatten den Wind im Rücken. Weit vor ihnen beschäftigte ein Mann seinen ausgelassenen Hund mit dem Stöckchenspiel, trieb ihn so mal ins flache Wasser und mal in den trockenen Sand.
Die Weite des Meeres und des Strandes gaben Holger ein Gefühl von Freiheit. Der drängende Wind von hinten, die eilenden Wolken und das unaufhörliche Auf und Ab der Wellen ließen einen klein und unwichtig werden; nur ein winziges Teilchen einer ewigen Bewegung, die schon lange vor ihm da war und bis in die Unendlichkeit weitergehen würde. Alle Sorgen des Alltags wirkten hier albern und lösten sich irgendwann auf.
„Na, woran denkst du gerade?", fragte Utinka.
„Dass die Natur hier völlig unbeeindruckt von uns ist, wir sind absolut überflüssig. Das Meer und der Strand sind für die Ewigkeit, aber wir sind nur wie wehende Sandkörner."
„Oh, so tiefschürfende und poetische Gedanken?" Sie sah ihn an und drückte seine Hand.
„Das kommt wahrscheinlich davon, dass ich jetzt die Hälfte meines Lebens hinter mir habe und immer noch einen Sinn suche." Wir sind wie Sandkörner, dachte er, einzeln kaum zu erkennen und bedeutungslos, aber in der Masse ergibt es so einen herrlichen Strand. „So ein runder Geburtstag bringt einen zum Nachdenken.

Besonders wenn es der vierzigste ist und man den Scheitelpunkt erreicht hat, von dem alles nur noch abwärts geht."
„Na, so schlimm ist es ja wohl noch nicht", Utinka schüttelte den Kopf. „Nimm dir mal ein Beispiel an deiner Kollegin. Die ist auch vierzig und bekommt bald ihr erstes Kind. Das ist echt mutig und ein absoluter Neuanfang. Nach der Geburt wird sich ihr gesamtes Leben komplett verändern und einen neuen Mittelpunkt haben. Und da redest du von überschrittenem Höhepunkt und Niedergang und jammerst über dein Alter."
Holger blieb stehen und sah sie überrascht an. „Stimmt. Du hast vollkommen Recht. An Anja sollte man sich ein Beispiel nehmen. Ich grübele nur über mein Leben, aber sie beginnt ein neues."
„Genau. Es geht immer weiter. Auch wir sind wie die Tages- oder Jahreszeiten. Alles strömt dahin, in einer endlosen Bewegung und Veränderung und auch Wiederkehr. Der Sinn des Lebens ist das Leben. Ganz einfach."
Er umarmte sie. „Du bist so weise. Auch wenn du noch keine vierzig bist." Er küsste sie auf die Stirn und drückte sie fest an sich.

Am Abend überprüfte er sein Handy auf eventuelle Nachrichten. Nach zwei Glückwünschen von Freunden stand da: „Wo steckst du denn? Ich wollte dir gratulieren. Alles Gute zum 40. Bastian."
Damit hatte Holger überhaupt nicht gerechnet. Er freute sich und las den Text noch einmal. Sein Sohn hatte seinen Geburtstag also nicht vergessen, sondern vergeblich bei ihm zu Hause angerufen.
Als Utinka aus dem Badezimmer zurückkam, hielt er sein Handy hoch und sagte begeistert: „Eine Nachricht von meinem Sohn. Er hatte es schon auf dem Festnetz probiert."
„Dann solltest du jetzt zurückrufen."
„Meinst du?" Was sollte er sagen? Wie würde Bastian reagieren?
„Auf jeden Fall." Sie nickte ihm entschlossen zu. „Du bist jetzt am Zug."
„Ich könnte ihm auch einfach zurückschreiben."
„Nichts da. Gekniffen wird nicht."
„Also gut." Holger tippte die Nummer ein.
Utinka legte sich schräg aufs Bett. „Und gib dir Mühe." Mit abgestütztem Kopf blätterte sie in einer Zeitschrift.
Der Ruf ging dreimal raus, dann meldete sich eine Stimme mit einem abgehetzten „Ja?"
„Bastian? Hier ist ... dein Vater."
„Oh, hallo."
„Vielen Dank für deine Nachricht."
„Ja, ich hatte schon mehrmals bei dir angerufen." Bastian räusperte sich. „Also, herzlichen Glückwunsch zum Geburtstag!"

„Ich danke dir."
„Und, wie fühlt man sich so mit 40?"
„Schon ganz schön alt."
„Wo bist du denn überhaupt?"
„An der Ostsee. Gegenüber von Usedom. Auf der polnischen Seite."
„Ach, du beutest wohl unsere ärmeren Nachbarn aus, wie?", erwiderte Bastian belustigt.
„Nein, nein. Wir schaffen hier Arbeitsplätze und Wohlstand." Utinka blickte verständnislos auf.
„Und, wie ist das Wetter so?"
„Besser als befürchtet. Es regnet nicht und ist auch nicht kalt."
„Ist es schön da?"
„Ja, ein herrlicher, weiter Strand." Noch nie hatte ihm sein Sohn so viele Fragen gestellt. „Wie geht's dir denn so? Klappt's in der Schule einigermaßen?"
„Im Moment ausgesprochen gut. Wir haben eine neue, jüngere Lehrerin, und die ist spitze."
„Das ist gut."
„Wie lange bleibst du denn da am Meer?"
„Morgen fahren wir wieder zurück. Meine Freundin hat mir diesen Kurzurlaub zum Geburtstag geschenkt." Holger winkte Utinka zu, die mit einem Kopfschütteln die Augen verdrehte.
„Nicht schlecht."
„Tja." Ihm fiel nichts mehr ein. Sollte er nach Vanessa fragen?
„Und 'ne große Fete zu deinem runden Geburtstag wolltest du nicht machen?"
„Nee. Zuviel Aufwand und Stress."
„Verstehe." Im Hintergrund hörte man jetzt eine andere Stimme.
„Ach, ja. Wir haben dich vor einiger Zeit im Fernsehen gesehen, bei dieser Sendung über die Baumseuche. Du kamst gut rüber."
„Wirklich? Danke. Allerdings hatten die das Interview auf ein Viertel gekürzt und zusammengeschnitten."
„War aber interessant."
„Sind bei euch auch viele Bäume entfernt worden?"
„Jede Menge. Arbeitest du immer noch an diesem Fall?"
„Ja. Nach Möglichkeit solltet ihr euch Vorräte anlegen. Die Lebensmittel werden bestimmt noch teurer werden."
„Wir haben schon ein paar Mal Großeinkäufe in Holland gemacht."
„Gut."
„Die neu eingepflanzten Bäume können einem dann aber nicht mehr gefährlich werden, nicht wahr?"
„Nein, sie wurden nicht durch das Gen-Saatgut kontaminiert."
„Was wurden sie?"
Er sollte keine Fachausdrücke bei einem Dreizehnjährigen verwenden. „Na, vergiftet oder verseucht."
„Ach, so."

„Habt ihr im Biologieunterricht denn auch schon was über diese Blütenabwürfe gehört?"
„Nee." Er klang etwas gelangweilt.
Und er sollte ihn nicht überstrapazieren. „So, Bastian. Ich werde jetzt mal Schluss machen. Ich habe mich sehr über das Gespräch mit dir gefreut. Und natürlich auch über deine Glückwünsche. Also, mach's gut. Tschüss."
„Ja, tschüss. Und noch einen schönen Restgeburtstag."
„Vielen Dank." Holger legte das Handy auf den kleinen Tisch. „Das war ein voller Erfolg. So lange habe ich noch nie mit meinem Sohn gesprochen."
„Na, siehst du." Utinka setzte sich wieder aufrecht hin. „War doch gar nicht so schlimm."
„Sonst musste man ihm immer jedes Wort aus der Nase ziehen." Er lächelte zufrieden. „Aber heute hat er von ganz alleine erzählt."
„Die Fernsehsendung mit dir hat er also auch gesehen?"
„Wohl zusammen mit seiner Mutter." Vanessa hatte ihn vorhin bestimmt daran erinnert.
„Das hat ihm bestimmt mächtig imponiert."
„Meinst'e?"
„Klar. Wessen Vater kommt schon ins Fernsehen?"
„Tja."
„Aber deine Ex hat dir nicht gratuliert?", fragte Utinka.
„Nee." Er schüttelte den Kopf und reckte sich. „Wollen wir nicht unten an der Bar noch was trinken?"
„Überredet." Mit Schwung erhob sie sich aus dem Bett. „Gib mir nur fünf Minuten."

Dienstag, 7. Januar 2025
Berlin, Deutschland, EU.
Holger war auf dem Weg zur Kantine, als er hinter sich das hallende Klacken von Stöckelschuhen hörte. Neugierig drehte er sich um und sah Frau Dr. Eisach, die ihm gleich freundlich zuwinkte. Er blieb stehen und wartete auf sie, bewunderte dabei ihren eleganten Gang.
„Guten Morgen, Herr Grimm." Sie reichte ihm die Hand. „Und ein frohes neues Jahr wünsche ich Ihnen noch."
„Das wünsche ich Ihnen auch, Frau Eisach." Er drückte kurz ihre zartgliedrige Hand, ihre Fingernägel waren im passenden Farbton ihres Outfits lackiert.
„Nun geht es wieder von vorne los, nicht wahr?"
„Genau." Für ihr Alter sah sie wirklich umwerfend aus. Und er klagte über seine 40 Jahre.
„Ich soll Sie übrigens grüßen."
„So? Von wem denn?"

„Von Herrn Backwang."
„Echt? Von Keno Backwang?" Das war ja eine Überraschung. „Wo steckt der denn?"
„Jetzt wieder in Nordafrika."
„Wie? Was macht er denn da?"
„Er ist der landwirtschaftliche Leiter bei einem neuen Bewässerungs- und Anpflanzungsprojekt in Algerien."
„Alle Achtung." Keno mit den reklameweißen Zähnen, der damals anderer Meinung war und ihm dann nach dem gelungenen Lautstärkeexperiment aber als erster gratuliert hatte.
„Das ist eine wichtige Reaktion auf die sich bei uns verschärfenden Probleme mit der genfreien Gemüseversorgung."
„Interessant." Nur an ihrem Hals verrieten einige tiefe Falten, dass sie viel älter war als sie aussah.
„Die Anlage wurde in Sidi-Bel-Abbès errichtet. Die nächstgrößere Stadt ist Oran."
„Kenn ich beides nicht."
„Nun, wenn Sie sich das dort mal anschauen möchten, könnte ich Sie bei dem nächsten Besuchertrupp mit reinschieben." Frau Eisach blickte kurz auf ihre goldene Armbanduhr. „Das gilt natürlich als Dienstreise und dauert drei Tage."
„Das wäre fantastisch."
„Ihr Chef ist bestimmt damit einverstanden. Schließlich sind Sie ja am längsten mit diesem Fall beschäftigt. Ich werde Herrn Ziegler gleich fragen. Ich bin nämlich mit ihm verabredet."
„Das wäre prima. Und wann ist der nächste Besuchstermin da unten?"
„Ende Februar. Ich maile Ihnen das genaue Datum und alle Einzelheiten. Aber jetzt muss ich los." Sie tippte mit ihrem lackierten Fingernagel auf ihre Uhr.
„Klar."
„Also, auf Wiedersehen, Herr Grimm."
„Wiedersehen, Frau Eisach."
Und schon klackten ihre Absätze wieder los.

Samstag, 25. Januar 2025
Die Befürchtungen des Bauern mit der Baseballkappe erwiesen sich als unnötig, denn in dieser Woche wurde der Fall vor dem Bagatell-Gericht verhandelt. Durch ihr reumütiges Verhalten erhielten die beiden Angeklagten keine richtige Strafe, sondern wurden zur Arbeit an der Gemeinschaft verurteilt: ironischerweise zur Mithilfe beim Einsetzen von Sträuchern in öffentlichen Grünanlagen und Kletterpflanzen an Lärmschutzwänden. Immerhin mussten sie 1.000 Euro Schadenersatz ans Bundesumweltministerium leisten.
Die Lebensmittelpreise lagen mittlerweile höher als vor dem

November. Dadurch war der Ernährungszuschlag für Sozialleistungsbezieher genauso aufgezehrt wie die zusätzliche Lohnerhöhung der Arbeitnehmer.
Die aufsehenerregenden Massendiebstähle in Supermärkten hatten nachgelassen. Allerdings kam es im ganzen Land immer wieder zu Einzelaktionen von Verbrauchern, die mit ihren vollen Einkaufswagen ohne zu bezahlen aus dem Geschäft stürmten.

Samstag, 1. Februar 2025
Genf, Kanton Genf, Schweiz.
Anja und Hanno hatten gestern Vormittag standesamtlich geheiratet, und zwar ohne Trauzeugen oder Gäste, nur unter sich. Danach genossen sie das ausgiebige Essen in einem Gourmetrestaurant. Eine kirchliche Trauung kam für die DDR-getreue Anja natürlich nicht in Frage.
Die Hochzeitsfeier hatte um 14 Uhr mit der Gratulationsschlange vor dem Brautpaar begonnen, im prunkvollen Ballsaal eines herrschaftlichen Lokals. Das Hotel, in dem Holger und Utinka und die meisten auswärtigen Gäste untergebracht waren, lag nur zwei Straßen entfernt. Anja hatte an Umfang ganz schön zugelegt und trug ein gut gefülltes, champagnerfarbenes, schlichtes Kleid. Hanno hatte wohl aus Solidarität auch an den gleichen Stellen zugenommen. Die beiden gaben jedenfalls ein spätes, imposantes, aber offensichtlich glückliches Brautpaar ab. Bis auf wenige Ausnahmen musste Hanno die Gäste mit seiner frischen Ehefrau bekannt machen. Anja gab sich dabei redlich Mühe und lächelte und bedankte sich, aber Holger – der sie aus der Mitte der Reihe beobachtete – musste öfter schmunzeln, weil er ihr Augenverdrehen, ihre Stirnfalten und ihr bedachtsames Prusten kannte und richtig deutete.
Als sie endlich vor dem Brautpaar standen, erhellte sich Anjas Gesicht wie ein Sonnenaufgang, nur flüchtig eingetrübt durch einen abschätzenden Blick auf die blendend aussehende Utinka. Sie gratulierten, überreichten ihr Geschenk und umarmten sich. Anja ließ bei Utinka keinerlei Distanz erkennen, und Hanno genoss die Aussicht in ihr prächtiges Dekolleté.
Als dann schließlich alle ihren Platz gefunden hatten, wurde Kaffee und Kuchen serviert, besonders die Torten schmeckten exquisit. Soweit Holger erkennen konnte, war er hier der einzige Arbeitskollege von Anja, dafür schien aber die halbe Weltgesundheitsorganisation anwesend zu sein. An ihrem Tisch kamen sie schnell miteinander ins Gespräch, die Frauen über Kinder, die Männer über die genverursachte Baumseuche. Sie hatten viele Fragen an Holger, die er ausführlich beantwortete. Dabei wanderte sein Blick immer wieder zu Anjas Eltern, die deutlich kleiner neben

ihr saßen; der Vater konzentrierte sich auf seinen Teller, die Mutter strahlte in die Runde. Man sah ihnen sofort an, dass sie elegante Kleidung und gehobene Gastronomie nicht gewohnt waren; sie wirkten unsicher und irgendwie fehl am Platz, so fern von Magdeburg, und doch waren sie genau richtig hier an der Seite ihrer Tochter.

Nach dem Kaffeetrinken wurden zwei ernsthafte Reden und einige lustige Vorträge gehalten, die hauptsächlich von Hannos Appetit und seinen sichtbaren Folgen handelten. Die Bedienungen schwärmten aus, fragten nach den Getränkewünschen der Gäste und brachten vorwiegend Sekt, Wein und Cognac. Holger war einer der wenigen Biertrinker und dachte darüber nach, ob diese Hochzeit auch stattgefunden hätte, wenn Hannos Mutter noch an seiner Seite sitzen würde.

Anschließend begann die Band mit ihrer Musik. Beim Hochzeitswalzer staunte Holger, wie leichtfüßig und gekonnt das schwergewichtige Brautpaar über die Tanzfläche schwebte, die sich rasch mit älteren Tänzern füllte. Als dann flottere Titel gespielt wurden, ließ Utinka sich nicht lange von Holgers Abwehrausreden abhalten, sondern zog ihn dann einfach vom Stuhl und ins Getümmel, wo schon eine ausgelassene Stimmung herrschte.

Später – am exzellenten Büfett – stand Holger auf einmal neben Anja, tippte ihr auf die Schulter und sagte: „Na, Frau Gülstmann, wie geht's?"

„Gut. Wunderbar", antwortete sie mit erhitztem, glückseligem Gesicht.

„Ich hätte nie gedacht, dass ihr beide so toll tanzen könnt."

„Tja, nicht nur Schlanke können sich gut bewegen."

„Ich kann's jedenfalls nicht. Bin einfach zu steif."

„Üben, üben." Anja wurde von irgendwoher gerufen und sah sich suchend um. „Übrigens, die Band spielt später noch einige Songs der Puhdys." Weil Holger nicht gleich reagierte, fügte sie hinzu: „Das war die populärste DDR-Band. Einige Titel kennst du sicherlich auch. ‚Alt wie ein Baum' oder ‚Wenn ein Mensch kurze Zeit lebt'."

„Hab ich bestimmt schon mal gehört."

„Dann musst du aber auf jeden Fall auf die Tanzfläche kommen." Anja winkte jemandem hinter ihm zu. „Ich muss weiter. Also, zum ersten Puhdylied tanzen wir mal miteinander."

„Zu Befehl, Frau Doktor!", er salutierte grinsend.

„Spinner!" Anja lachte und drängelte sich mit ihrem fast leeren Teller an ihm vorbei.

Holger widmete sich den vielen Köstlichkeiten. Als er mit gut gefülltem Teller wieder zu seinem Platz wollte, stand da ein jüngerer Schönling vornübergebeugt auf dem Tisch abgestützt, belaberte Utinka und glotzte ihr dabei in den Ausschnitt. Holger rempelte ihn etwas an und fixierte ihn feindselig. Der Typ richtete sich auf, war aber erheblich kleiner als Holger; vielleicht kapierte er dadurch schneller, jedenfalls verschwand er mit einem heiseren „Tschüss, dann."

Holger setzte sich hin, leerte sein Bierglas und fragte: „Wollte der Kerl dich anbaggern?"

„Der wollte unbedingt mit mir tanzen."

„Soso."

„He", Utinka beugte sich vor und griente ihn an, „du bist doch nicht etwa eifersüchtig?"

„Ich? Quatsch!", entgegnete er und füllte seinen Mund schnell mit Lachs.

Sonntag, 2. Februar 2025

Anja hatte mit ihnen ausgemacht, dass sie so gegen 11 Uhr vorbeikommen sollten, um die Villa zu besichtigen. Die Hochzeitsfeier ging zwar bis nach drei, aber da alle – sogar Holger – viel getanzt und so den Alkohol schnell wieder ausgeschwitzt hatten, fühlten sich die vier relativ fit. Jetzt standen sie auf dem Seitenbalkon, von dem man ein Stück des Genfer Sees sehen konnte. Während Hanno Utinka die höchsten Gipfel der schneebedeckten Berge nannte, berichtete Holger von den Neuigkeiten über Keno Backwang und seinem baldigen Besuchstermin dort. Anja fror und hielt sich selber umarmt, hörte interessiert zu und bedauerte, dass sie da nicht mitkommen könne, weil ihr so eine Reise zu risikoreich sei.

Dann kam ihre Mutter auf den Balkon gestürmt und schimpfte mit ihr: „In deinem Zustand darfst du doch nicht so leicht bekleidet hier draußen in der Kälte stehen! Da kannst'e dir doch gleich was wegholen!"

„Ja, Mama", Anja verneigte sich grinsend.

„Das ist wirklich sehr unvernünftig von dir!" Mit einer energischen Drehung wandte sie sich empört an Hanno: „Und du solltest besser auf deine schwangere Frau achtgeben!"

„Du hast vollkommen recht, Schwiegermutter." Hanno zwang sich, ernst zu bleiben.

Eine Stunde später, auf der Taxifahrt zum Flughafen, kuschelte sich Utinka an Holger und sagte: „Ach, so eine Hochzeit ist doch immer wieder schön."

„Bist wohl auf den Geschmack gekommen, wie?"

„Weiß nicht."

„Das haben wir doch schon beide hinter uns. Der Anfang ist immer schön."

„Miesmacher!", sie stieß ihn mit dem Ellenbogen an und setzte sich wieder gerade hin. „Das ist ja wirklich ein tolles Haus, was die da haben. Und diese herrliche Aussicht."

„Ja. Das Anwesen muss ein Vermögen wert sein."
„Die beiden sind aber nett. Gar nicht überheblich."
„Hm", Holger nickte und dachte daran, dass sein Verhältnis zu Hanno gestört war, seit er Anja in Brüssel sitzengelassen hatte. Da gab es einen Riss, der sich noch nicht wieder ganz geschlossen hatte.
„Und Anja finde ich überhaupt nicht altjüngferlich, wie du mir mal erzählt hast."
„Tja, das war einmal und ist lange her." Sie kannten sich jetzt fast ein Jahr, und in dieser Zeit hatte sich Anja ziemlich verändert und positiv entwickelt. Und er?
„Ich bewundere die echt für ihren Mut", sagte Utinka und schaute aufmerksam aus dem Autofenster.
„Ja." Und er hatte sich am Anfang über sie lustig gemacht.

Mittwoch, 26. Februar 2025
Bei Sidi-Bel-Abbès, Algerien.
Als sie in Oran aus dem Flughafengebäude kamen, zogen alle ganz schnell ihre Mäntel und Jacken aus. Hier herrschten sommerliche Temperaturen, ganz im Gegensatz zu Deutschland, wo sie bei einer festgefrorenen Schneedecke weggeflogen waren. Der Bus hatte zum Glück eine funktionierende Klimaanlage und mindestens doppelt so viele Plätze, sodass jeder seine Tasche und die Winterkleidung auf den freien Sitz neben sich packen konnte. Die Reisegruppe bestand aus 17 Personen: Journalisten, Politiker, Gemüsegroßhändler, Spediteure und Beamte des Landwirtschaftsministeriums, es waren nur drei Frauen dabei.
Während der Fahrt betrachtete Holger die vorbeihuschende Landschaft und dann die Stadt und die Menschen. Nicht nur der Wetterunterschied war extrem, das hier war eine völlig andere Welt. In Oran standen Palmen, Hibiskus und Oleander blühten, vor Läden und Lokalen saßen die Leute, auf bunten Märkten sah man geschäftiges Treiben, kunstvolle Minarette überragten die meisten Gebäude, im chaotischen Verkehr war alles vertreten: vom glänzenden Luxusauto über knatternde Motorräder bis zu überladenen Eseln. Danach kamen weite Steppen mit mehr Steinen als kärglicher Vegetation und richtige Wüstenabschnitte mit verwehten Dünen. Am Straßenrand befanden sich ab und zu einige baufällige Hütten oder kleine zerfallene Dörfer. Manchmal sah man keinen einzigen grünen Fleck, nur verdörrtes Land, das von der alles unterjochenden Sonne gelb gebrannt war. Diese Gegend schien nur aus Hitze, Licht, Trockenheit und Armut zu bestehen.
Dann tauchten die ersten Gewächshüllen auf, die wie halbierte, längliche Ballons die Erde überspannten. Durch die Plastikfolie konnte man endlich grüne Pflanzen erkennen, und dunkle Gestalten, die sich dort bewegten. Zwischen zwei Gruppen solcher riesi-

gen Zelthallen stand eine Solaranlage, die die vielen Photovoltaikmodule alle zur Sonne geschwenkt hatte. In ungefähr einem Meter Höhe verliefen überall Rohrleitungen, unter denen teilweise auch Stromkabel befestigt waren. Nach zahlreichen, erheblich kleineren Gewächshäusern erreichten sie einen großzügigen Hof mit mehreren Flachbauten ringsum. Als der Bus hielt, erschien ein Schwarzer aus einer Tür, nickte und winkte ihnen zu und verschwand wieder. Die Gruppe stieg aus, stöhnte sofort über die Hitze und schaute sich um. Aus der gleichen Tür kamen jetzt fünf jüngere einheimische Männer in beigen Overalls. Hinter ihnen folgte einer in kurzen Hosen, der mit schnellen Schritten die fünf überholte und mit blitzendem Lächeln auf die Ankömmlinge zukam. Es war Keno Backwang, dessen Zähne noch weißer zu leuchten schienen, weil seine Haut dunkler geworden war. Er begrüßte natürlich zuerst die drei Damen, die ihn gleich anhimmelten. Beim weiteren Händeschütteln zwinkerte er Holger schon aus einiger Entfernung zu.

Als sie sich dann gegenüberstanden und sich ihre Hände gelöst hatten, sagte Keno: „Ich freue mich wirklich über unser Wiedersehen" und umarmte ihn ausgiebig.

„Ich auch. Du hast ja richtig Karriere gemacht."

„Tja, was so alles aus einer Strafversetzung werden kann", er rollte vielsagend mit den dunklen Augen.

Holgers Mitreisende bekamen sofort mit, dass sich die zwei schon länger und besser kannten und bildeten neugierig einen lockeren Ring um die beiden.

Keno wurde sich wieder seiner Aufgabe bewusst und wandte sich an die gesamte Gruppe: „Herzlich willkommen in unserer Anlage! Ich hoffe, Sie hatten einen angenehmen Flug und sind über die Temperaturen hier erfreut. Diese warmen Sachen", er zeigte schmunzelnd auf die Jacken oder Mäntel, die einige über ihrem Arm hängen hatten, „benötigen Sie erst wieder beim Rückflug. Hier empfiehlt sich leichte, atmungsaktive Sommerkleidung. Obwohl es den Einheimischen", er deutete auf die fünf Männer in den Overalls, „im Moment noch recht kühl ist."

Die Gruppe lachte und schnaubte und redete durcheinander.

„Die Jungs hier", Keno wiederholte seine Armbewegung, „werden sich jetzt um Ihr Gepäck kümmern und Ihnen Ihre Zimmer zeigen. In einer Stunde treffen wir uns dann in der Kantine wieder, zu einem kleinen Imbiss und kalten Getränken, aber auch Kaffee. Dabei werde ich Sie über den weiteren Ablauf Ihres Besuchs informieren. Anschließend absolvieren wir heute noch die erste, aber kleine Besichtigung. Denn schließlich haben Sie hier einen vollgepackten Zeitplan."

Allgemeines Murren und übertriebenes Jammern erklang. Die meisten drehten sich um und schlenderten zum Bus zurück. Die

jungen Algerier drängelten sich bei den Frauen gegenseitig weg, um ihre Dienste anzubieten.
Keno kam wieder zu Holger, legte ihm eine Hand auf die Schulter und fragte: „Wie lange ist das jetzt her?"
Holger rechnete kurz mit Blick nach oben. „Na, so 10 Monate haben wir uns nicht gesehen. Das war gleich Anfang Mai, als dein Ministerium die Mitarbeit beendete."
„Tja, da hatte Özdak-Primmel noch das große Sagen."
„Was macht der denn jetzt so?"
„Keine Ahnung." Keno beobachtete seine Mitarbeiter, ob sie auch alles richtig und zügig erledigten. „Ich glaube, der hatte dann als Frühpensionär einen leichten Schlaganfall."
„Echt?" Holger unterdrückte eine spontane Schadenfreude.
„Naja, Übergewicht, Bluthochdruck und das viele Rauchen." Keno sah zwischen Bus und Gebäude hin und her. „So, wir gehen jetzt auch rein. Dein Zimmer zeige ich dir höchstpersönlich."
„Welch eine Ehre!", betonte Holger und verzog sarkastisch den Mund. „Trägst du auch meinen Koffer?"
„So weit kommt's noch!", Keno lachte und schubste ihn vorwärts.

In der Kantine hatte Keno Backwang erzählt – während sich die Gäste vorrangig auf die kalten Platten konzentrierten und aßen und tranken –, dass sein Chef zur Zeit auf Heimaturlaub sei und er deshalb sämtliche Vorträge und Führungen übernommen habe, obwohl er ja nur der landwirtschaftliche Leiter des Projekts sei. Damit Pflanzen gut wachsen könnten, benötige man Sonne, Wasser und fruchtbaren Boden. Auf der Fahrt hierher hätten ja bereits alle bemerkt, dass es in diesem Land nicht an Sonne, aber überall an Wasser fehle. Bei ausreichender Bewässerung und Düngung könne man hier mehrmals im Jahr ernten. In 60 Kilometer Entfernung habe man in Strandnähe eine moderne Meerwasser-Entsalzungsanlage gebaut, die auch ausschließlich mit Solarenergie arbeite. Durch eine Pipeline werde das Wasser dann direkt bis hierher geleitet. Keno sah in die Runde und erkundigte sich, ob jemand Fragen habe. Doch alle kauten, tranken und lauerten dabei schon auf die nächsten Leckerbissen; wenn überhaupt, reagierten sie nur mit Kopfschütteln. Holger war es peinlich, zu dieser gierigen, mampfenden Meute zu gehören und fragte nach der Kapazität der Entsalzungsanlage und der täglich verfügbaren Wassermenge.
Nachdem sich alle den Bauch gefüllt hatten, besichtigten sie einige kleine Gewächshäuser, in denen die Pflanzen in den verschiedenen Stadien aufgezogen wurden. Hier waren nur einheimische Frauen mittleren Alters beschäftigt, die sich über feuchte Saatkästen beugten und überzählige Triebe herauszupften oder voller Hingabe unterschiedlich große Pflänzchen pikierten. Holger war beeindruckt, wie behutsam die Frauenhände das zarte

Grün hielten, die schwarzbraune Erde befühlten und vorsichtig festdrückten.
Diesmal war die Gruppe interessierter und fragte immer wieder nach der jeweiligen Gemüseart. Zum Schluss hielt Keno eine Tomate in einem Plastiktopf hoch und erklärte, dass die Pflanzen ab dieser Größe in die riesigen Gewächshüllen umgesetzt würden. Aber das werde er ihnen morgen zeigen, für heute sei Feierabend. Für diese Ankündigung bekam er Beifall und Zustimmungsrufe. Die algerischen Frauen sahen die Deutschen überrascht an, kicherten und tuschelten miteinander.
Nach dem schmackhaften Abendessen saßen Holger und Keno auf dem Hof vor der Kantine und stießen mit herrlich kalten Bierdosen an.
„Ah, das zischt!", schwärmte Holger nach dem ersten langen Schluck und hielt sich die tropfige Dose an die Wange.
„Es dauert nicht mehr lange, dann wird's hier draußen ziemlich kühl." Keno schaute zu der attraktiven Besucherin, die in einiger Entfernung alleine stand und rauchte.
„Mir ist noch verdammt warm."
„Gab's im Flugzeug eigentlich nichts zu essen?", fragte Keno spöttisch. „Die Leute schienen ja richtig ausgehungert zu sein."
„Nur die übliche Wohlstandsgier."
„Tja, die Europäer könnten von den Menschen hier 'ne Menge lernen."
„Wir Europäer", verbesserte Holger ihn. „Oder zählst du dich schon gar nicht mehr dazu?"
„Manchmal nicht. Ich hab ja auch andere Wurzeln, wie du weißt."
„Trotzdem bist du doch ein Deutscher. Auch wenn du nicht so aussiehst."
Es sollte ein Scherz sein, kam aber bei Keno nicht so an.
„Ja. Schon."
Es gab eine Pause, in der beide schwiegen und ab und zu aus der Dose tranken. Die Raucherin ging mit tiefem Blick und angedeutetem Lächeln an ihnen vorbei in die Kantine. Die Sonne war schon vor einer halben Stunde hinter den kahlen Hügeln verschwunden und hatte nur gelbliches Leuchten hinterlassen, das von einem hellen Türkis flankiert wurde. Von der gegenüberliegenden Seite schob sich der Nachthimmel langsam vorwärts.
„Und?", Holger kniff ein Auge zusammen. „Wie sieht's hier so mit Frauen aus? Wenn nicht gerade hübsche Besucherinnen da sind?"
„Nicht so wie in Deutschland. Nicht so leicht und freizügig. Eben ganz anders."
„Hast du denn hier jemanden?"
„Ja." Keno ließ endlich wieder seine Zähne aufblinken. „Ich bin sogar so etwas wie verlobt. Auf jeden Fall fest versprochen. Hier ist alles erheblich strenger."

„Dann wirst du wohl bald heiraten?"
Keno nickte strahlend. „Aber erst im November. So lange muss ich mich noch gedulden", er verdrehte entsagungsvoll die Augen. „Das fällt mir natürlich sehr schwer, denn sie ist einfach wunderbar."
„Ist ja toll." Ein frischer Wind kam von der dunklen Seite. „Willst du dann etwa hierbleiben?"
„Auf jeden Fall. Hier entwickelt sich eindeutig mehr als im alten Europa."
„Aber nur durch unser Geld und unsere Initiative", warf Holger ein.
„Im Moment noch, ja. Aber langfristig wird von hier eine Veränderung und etwas Neues ausgehen. – Und außerdem habe ich hier eine wirklich wichtige Aufgabe, die mich ausfüllt."
„Aha." Holger nahm einen Schluck Bier, das jetzt fast etwas zu kalt war. Nicht mal mit der algerischen Schönheitskönigin würde er hier leben wollen.
„Und was ist mit dir?", fragte Keno. „Hast du eine Freundin? Bist du etwa schon verheiratet? Oder ist es geplant?"
„Nee. Beim Kapitel Ehe bin ich bereits ein Mal gescheitert." Er dachte an den verklärten Gesichtsausdruck von Utinka im Genfer Taxi. „Aber ich bin in einer festen Beziehung. Allerdings wohnen wir noch nicht zusammen."
„Nein? Warum das denn nicht?"
„Übrigens", Holger wollte ablenken, „jetzt muss ich dir erst einmal die vielen Neuigkeiten von Anja erzählen."
Keno hörte staunend zu und fragte öfter ungläubig nach.

Donnerstag, 27. Februar 2025

Die deutschen Gäste staunten nicht schlecht, als sie dann am Vormittag in solch einer gewaltigen Zelthalle standen. Die Anbaufläche war so groß wie ein halber Fußballplatz. Unterhalb der Folienkuppel waren am Gestänge des Haltegerüsts viele Reihen von Wasserrohren befestigt, an denen in gewissen Abständen lange Beregnungsstangen montiert waren. Hier arbeiteten nur einheimische Männer, die meisten hackten in den Gemüsefeldern das Unkraut weg oder lockerten die Erde auf, einige fuhren mit Mini-Treckern zwischen die Pflanzenreihen und besprühten sie. Diese kleinen Fahrzeuge wurden durch Elektromotoren angetrieben und kamen abends an die Steckdose, wo sie mit Solarstrom wieder aufgeladen wurden. Auf der Erde lagen überall schwarze Schläuche, die alle 10 Zentimeter Löcher hatten, aus denen Wasser tröpfelte. In dieser künstlichen, fast subtropischen Welt gab es endlich wieder satte Farben, vorherrschend waren natürlich die Grüntöne. Die üppigen Pflanzen trugen ungewohnt viele Früchte. Hier wuchsen prächtige Tomaten, Auberginen, Gurken, grüne und gelbe Zucchini, Paprika und verschiedene Salatsorten.
Keno versammelte die Gruppe um sich und hielt einen kleinen

Vortrag: Ohne die komplette Überdachung der Felder würde das Wasser bei den Temperaturen sofort wieder verdunsten. So profitiere man noch zusätzlich von dem Effekt, dass der aufsteigende Wasserdampf an der Folie kondensiere und als natürlicher Regen wieder auf die Erde tropfe, das sei wertvolles Wasserrecycling. Für bestimmte Pflanzen, wie zum Beispiel Tomaten, gebe es eine Dauerbewässerung durch die gelochten Schläuche. Größere Flächen würden durch die oben angebrachten Beregnungsstangen zweimal täglich besprüht, das funktioniere wie die Rasensprenger zu Hause. Neben Wasser hätte hier auch der fruchtbare Boden gefehlt, der sei aus deutschen Kompostierungsanlagen mit mehreren Schiffsladungen und unzähligen LKW-Fahrten hierher transportiert worden. Nun hätte man Sonne, Wasser und Pflanzerde gehabt, aber nicht ausreichend Insekten, um die Millionen Blüten zu bestäuben. Dafür habe man extra südeuropäische Bienenvölker hier in vielen Bienenstöcken angesiedelt. Nachdem man schließlich so für alles gesorgt habe, sei gleich die erste Ernte geradezu verschwenderisch ausgefallen. Übrigens kompostiere man jetzt natürlich sämtliche Pflanzenabfälle selber.
Nach der zweistündigen Mittagspause besichtigten sie noch zwei weitere Gewächshüllen, in der einen wurden Kartoffeln, Erbsen und Bohnen, in der anderen Mohrrüben, Blumenkohl, Brokkoli und Weißkohl angebaut. Auch hier arbeiteten nur algerische Männer, aber nicht mit Hacken, sondern ausschließlich mit diesen elektrischen Mini-Treckern. Sie warfen ab und zu verstohlene Blicke auf die leicht bekleideten deutschen Frauen. Hier hatten die Gemüsegroßhändler und Spediteure jede Menge Fragen an Keno Backwang, die er alle geduldig beantwortete. Die Landwirtschaftsbeamten begutachteten und bestaunten die gewaltigen Feldfrüchte.

Am Abend saßen Holger und Keno wieder mit Bierdosen draußen vor der Kantine. Irgendwie kamen sie auf das damalige Experiment im Grunewald zu sprechen.
„Das war schon mächtig beeindruckend, wie du dich da mit Maske in diesem dichten Blütenschauer bewegt hast", sagte Keno. „Immerhin hattest du ja mit deiner Vermutung von Anfang an recht. Und ich nicht."
„Aber du lagst keinesfalls völlig falsch. Ich hatte mal die Überlegung, ob es womöglich nicht so sehr auf die eigentliche Lautstärke ankommt, sondern auf die dadurch verursachten Schwingungen. Also keine Erschütterungen auf dem Erdboden, wie du meintest, sondern in der Luft."
Keno sah Holger nachdenklich an. „Interessante Idee."
„Ich kam darauf, weil die Bäume ja mit einer angezüchteten, genprogrammierten Schädlingsabwehr kontaminiert wurden. Das

heißt, die üblichen Agrarpflanzen sollten auf einen Angriff von Schädlingen auf eine bestimmte Art reagieren und ein Gegenmittel absondern. Und da zum Beispiel Heuschreckenschwärme mit einer richtigen Vibrationswelle über die Felder herfallen, können diese Schwingungen den Abwurf – bei den Bäumen wurden es dann die Blüten – als Abwehrmechanismus auslösen. Und nicht der eigentliche Lärm ab 95 Dezibel."
„Die hielten also die Schallwellen des menschlichen Krachs für einen anrückenden Insektenschwarm?", fragte Keno nach.
„Ja. So meine ich das. Eine Reaktion durch die übertragene genetische Information."
„Hört sich plausibel an. Da müsste man mal einen Versuch machen."
„Der aber noch schwieriger durchzuführen wäre. Und das Resultat – also das Genverbot – wäre das gleiche wie beim Lärm."
„Stimmt auch wieder."
„Außerdem", Holger grinste hinterhältig, „behalte ich so wenigstens recht und gelte auf ewig als der Entdecker. Prost!" Er hob seine Dose und trank.
Keno schüttelte den Kopf, verzog den Mund und betonte langsam Silbe für Silbe: „Du arrogantes, mieses Schwein."
Die beiden lachten ausgelassen und stießen sich gegenseitig an.
Mit der zunehmenden Dunkelheit kam auch wieder die kühlere Luft.
Als sie sich beruhigt hatten, fragte Holger: „Wann bist du denn eigentlich so mit deiner Freundin zusammen?"
„Nur am Wochenende. Das ist hier eben völlig anders."
„Schade. Ich hab gedacht, ich würde sie mal kennenlernen."
„Das fehlt ja noch." Keno blinzelte spottlustig. „Ich bin bemüht, sie vom dekadenten europäischen Einfluss fernzuhalten."
„He, du!", Holger schubste ihn an, und die beiden brachen wieder in schallendes Gelächter aus.

Freitag, 28. Februar 2025
Nach dem Frühstück besichtigten sie die Kühlhallen, wo das Gemüse gelagert wurde und auf umwickelten Paletten für den Abtransport bereit stand. Holger fand es irgendwie absurd, dass man mit der Kraft der Sonne kühlen konnte. Hier entwickelte sich eine kurze Diskussion zwischen den Journalisten, Keno und den Politikern. Die Kritiker meinten, dass diese komplett subventionierte Anlage im krassen Gegensatz zur sonst üblichen Marktwirtschaft stehe. Der Staat produziere hier mit Steuergeldern Lebensmittel, die er dann nach Deutschland schaffe und dort zu günstigeren Preisen verkaufe. Das seien ureigenste Unternehmeraufgaben, der Staat solle sich aus dem freien Handel heraushalten. Es sei denn, die Regierung habe sich für eine Planwirtschaft entschieden. Holger dachte unwillkürlich an Anja und

ihre Glorifizierung des DDR-Systems. Die Befürworter entgegneten, dass Deutschland dringend genfreies Gemüse benötige, damit es nicht zu dramatischen Versorgungsengpässen oder gar zur Mangelernährung bei Kindern komme. Außerdem seien diese staatlichen Lieferungen das beste Mittel gegen die ständige Preistreiberei, gegen Spekulanten und Krisengewinnler. Die Bundesregierung greife nur positiv lenkend ein und nehme das Soziale an unserer Marktwirtschaft eben ernst.
Nach dem Rundgang ließ man der Gruppe eine Stunde Zeit zum Packen. Danach traf man sich in der Kantine zur Verabschiedung, jeder bekam eine Info-Broschüre und ein Glas Honig aus eigener Herstellung. Keno bedankte sich für ihren Besuch und ihre Aufmerksamkeit und wünschte einen guten Heimflug. Zum Schluss fügte er noch hinzu, dass dieses gesamte Projekt ja gleichzeitig auch ein wichtiges Stück Entwicklungshilfe sei. Was man hier aufgebaut habe, werde in naher Zukunft an algerische Genossenschaften übergeben, die Bevölkerung werde hier vor Ort Arbeit und Nahrung finden und dränge nicht mehr über unwürdige Asylantenlager nach Europa. Es werde mehr solcher Anlagen in Nordafrika geben und damit fruchtbare Landstriche statt Wüste, gesunde und zufriedene Menschen statt Elendsflüchtlinge. Die Gruppe nickte wohlwollend, schielte zur Uhrzeit, saß im Geiste schon im Flugzeug und sorgte sich um die heimischen Temperaturen.

Montag, 3. März 2025
Berlin, Deutschland, EU.
Ziegler hatte ihn darüber informiert, dass das Bundesverfassungsgericht die Klagen der Gen-Befürworter abgewiesen hatte. Danach hörte er sehr interessiert zu, als Holger von Keno Backwang und seiner großartigen Anlage berichtete. Besonders, dass alles – von der Wasseraufbereitung bis zu diesen Mini-Treckern – mit Solarstrom betrieben wurde, fand er bemerkenswert.
Nachdem sie das von Algerien erledigt hatten, erkundigte sich Holger nach Neuigkeiten.
„Es gab einen Pollenabwurf in Bayern."
„Tatsächlich?"
„Ja. Eine ganze Reihe von Haselsträuchern."
„Ach." Holger dachte sofort an diese Wiesenbegrenzung mit dichten Haselbüschen und an den Bauern in blauer Latzhose, der schließlich doch noch eine angemessene Entschädigung für seine 86 toten Gänse bekommen hatte.
„Die wuchsen an einem Kanal, wo im Moment die Uferbefestigung erneuert wird."
„Gab es Opfer?"
Ziegler schüttelte den Kopf. „Es waren auch nur drei Arbeiter vor

Ort, und die saßen im Kran, im LKW und in diesem lauten Reinrammer, der den Abwurf ausgelöst hat. Aber so hat keiner was abbekommen."
„Glück gehabt."
„Bei unseren südeuropäischen Nachbarn hatten viele weniger Glück. In Italien, Spanien, Griechenland und Südfrankreich gab es insgesamt 18 Tote durch massive Pollenschauer von Oleander, der dort fast wie Hecken Straßen und Wege säumt."
„18 Tote? Das ist ja furchtbar."
„Ja. Und das innerhalb einer Woche. – Oleander ist übrigens auch leicht giftig."
„So? Wusste ich gar nicht."
Sein Chef erwiderte konspirativ: „Ich auch nicht."
„Und was haben die dort für Gegenmaßnahmen ergriffen?"
„Die sind gerade in den Großstädten und Urlaubszentren dabei, zumindest an den stark passierten öffentlichen Stellen diese Oleanderbüsche zu entfernen und warnen allgemein vor Baulärm und Musikveranstaltungen in der Nähe von blühenden Bäumen."
„Haben die denn die Vorfälle öffentlich gemacht?"
Ziegler nickte. „Die dortigen Medien sind so scharf dahinterher, dass keine Vertuschungen möglich sind."
„Das ist gut."
„Der öffentliche Druck in diesen Ländern wird den erforderlichen Umdenkungsprozess beschleunigen."
„Leider ist es ja so", Holger zuckte mit der Schulter, „dass es immer schneller geht, je mehr Opfer es gibt."
„Brutal, aber politische Realität."
„Nur so ändert sich was."
„Übrigens, Dr. Ohlenberg hat mich letztens gefragt, ob Sie denn einen Ersatz für Frau Blass wollen?"
Holger unterließ es, ihn bei Anjas Nachnamen zu korrigieren.
„Eigentlich nicht."
„Also benötigen Sie keinen Mitarbeiter vom Gesundheitsministerium?"
„Nein. Hier werden ja wohl hoffentlich nur noch selten Blütenabwürfe vorkommen. Dadurch fällt viel weniger Arbeit an, die ja kaum noch für mich ausreicht."
„Wie Sie meinen."
„Verbleiben wir bis auf weiteres so", er nickte Ziegler zu. Holger würde es ihr gegenüber ja nie zugeben, aber er vermisste Anja.

Samstag, 15. März 2025
Die Umsätze von Heide-Saat hatten sich überraschend positiv entwickelt. Nicht nur das erfreute die Mitarbeiter, sondern auch die Tatsache, dass sie ab April wieder jeden Monat 500 Euro mehr auf ihrem Konto hatten, die nun nicht mehr automatisch vom Lohn in

einen Fond wanderten. Sie hatten diesen sechsmonatigen Beitrag zur Kostenreduzierung geschafft, und jetzt besaß jeder für 3.000 Euro Anteile an der Firma.
Bei den meisten deutschen Hausbesitzern hatte sich die Rasenfläche mindestens halbiert, und zwar zu Gunsten des eigenen Gemüseanbaus. Auf vielen Grundstücken wartete der umgegrabene Boden auf die Sonnenwärme und den Beginn der Gartensaison. Natürlich konnten sich manche nicht gedulden, bei ihnen wuchs in abgedeckten Frühbeeten oder Gewächshäuschen bereits das erste Grün.
Mittlerweile kam es in ganz Europa – außer hoch im Norden, in Deutschland und der Schweiz – zu vielen Todesfällen durch Pollenschauer der Frühjahrsblüher mit ihrem hohen Allergenpotenzial, aber auch noch durch Oleanderabwürfe. Bei der Berichterstattung wurde immer wieder auf den deutschen Alleingang zur Bekämpfung dieser Baumseuche hingewiesen. Die Angst der dortigen Bevölkerung schlug deshalb rasch in Ablehnung von Genprodukten und Zorn auf die eigene, nicht entsprechend gehandelte Regierung um.

Donnerstag, 20. März 2025
Holger hatte zwei Briefe im Postfach gehabt, beide ohne Absender. Aber der eine hatte eine zarte schwarze Umrandung. Im Treppenhaus überlegte er, wer denn der Trauerfall sein könnte. Vom Alter her fiel ihm eigentlich nur die Nachbarin vom Erdgeschoss ein, diese Frau Pohl. Er wollte schon wieder runtereilen und bei ihr klingeln, ließ es aber lieber.
Nachdem er Wasser getrunken hatte, setzte er sich an den Küchentisch und betrachtete die beiden Umschläge. Wer wohl gestorben war? Trotz seiner Neugier entschied er sich für den anderen Brief. Es war eine Einladung. Bastian lud ihn und seine Freundin zu seiner Konfirmation am 4. Mai um 10 Uhr ein. Das ist ja gleich zwei Tage nach seinem 14. Geburtstag, wunderte sich Holger. Aber noch mehr staunte er, dass Bastian und seine Ex ihn überhaupt dabei haben wollten, und dann noch zusammen mit Utinka.
Noch voller Freude über seinen Sohn öffnete er den Trauerbrief und bekam einen Schock. Er hielt die Karte und starrte auf den Namen. Unfassbar. Peter Okos war tot! Das durfte nicht sein. Er hangelte sich von einem Buchstaben zum nächsten, es blieb dabei. Peter war gestorben. Er las den ganzen Text und blieb länger unten kleben: Traueranschrift Dunja Okos. Es stimmte alles. Ihr Vater war tot. Wie würde Dunja das verkraften?
Holger legte die Karte vor sich hin und richtete sie genau aus. Die Trauerfeier mit Urnenbeisetzung sollte am Samstag, den 29. März

um 14 Uhr stattfinden. Aber er war schon am 9. März gestorben. Warum dauerte es so lange? Warum kam die Nachricht erst jetzt? Holger stand auf und lief unruhig in der Wohnung umher. Er musste auf jeden Fall nach Hamburg, das war er Peter Okos schuldig. Woran er bloß gestorben war? Krebs? Und er musste Dunja anrufen. Egal, was mal passiert war. Auch wenn endgültig Schluss war und seit über einem Vierteljahr Funkstille herrschte. Er würde sie anrufen, sich für den Brief bedanken, ihr das Beileid aussprechen und nach Einzelheiten fragen. Aber wie würde sie reagieren?
Er musste zuerst raus an die frische Luft.

Über den Festnetzanschluss hatte er sie nicht erreicht, beim Handy meldete sich nach dem dritten Ruf ein zaghaftes „Ja?"
„Hallo, Dunja. Hier ist Holger Grimm."
„Hallo."
„Ich habe heute die traurige Nachricht erhalten." Bestimmt wollte sie nicht übers Bildtelefon gesehen werden. „Es tut mir so leid. Mein aufrichtiges Beileid, Dunja."
Es dauerte etwas, bis ein tonloses „Danke" kam.
„Ich kann es immer noch nicht fassen." Man sollte ihre Tränen nicht sehen. „Aber ich danke dir, dass du mich informiert hast."
„Er hätte es so gewollt."
„Ich komme auf jeden Fall zur Trauerfeier."
„Ja. Gut."
Er musste sie fragen. „Woran ist er denn gestorben? War er krank?"
„Aber ..."
Holger wartete auf ihre Stimme, aber sie kam nicht. „Er ist ja schon am 9. März gestorben."
„Ja."
„Und warum dauerte das so lange mit dem Termin?" In Gedanken fügte er hinzu: Und warum habe ich nicht früher Bescheid bekommen?
„Sein ..." Sie schnäuzte sich. „Der Körper wurde jetzt erst freigegeben."
„Wie freigegeben?"
„Das ist so, wenn ..."
„Ja?"
„Wenn man sich selber umgebracht hat."
„Was?" Er warf einen entsetzten Blick aufs Telefon. „Er hat Selbstmord gemacht?" Unmöglich. Peter doch nicht. Er war doch so stark bei seiner Mutter gewesen. Dunja war doch gefährdet.
„Ja."
„Aber warum?"

Nach bedrückendem Schweigen sagte sie: „Ich hatte dir doch von seinem Problem erzählt." Sie sprach auffallend langsam und beherrscht. „Du hast mir ja leider nicht geglaubt, sondern ihm. Aber er war psychisch krank, nicht ich."

„Ehrlich?" Seine Eifersucht auf jeden neuen Mann in Dunjas Leben? Aber zu ihm war er doch stets so verständnisvoll gewesen. „Ich weiß gar nicht mehr, was ich überhaupt noch glauben kann."

„Jetzt ist es sowieso zu spät."

„Er hat deine psychische Erkrankung und deine Aufenthalte in dieser Nervenklinik einfach erfunden?"

„Einfach nicht. Aber er war krank und oft dort gewesen. Er wollte mich immer fester an sich binden. Besonders, seitdem deine Mutter gestorben war. Er klammerte und wollte mir sein Leiden anhängen, nur um mich immer enger zu beschützen."

„Mein Gott!", Holger rieb sich die Stirn.

„Du warst sicherlich der einzige, der ihm diese ganzen Geschichten noch geglaubt hat."

„Es tut mir leid, aber ich ..." Seine Rede war plötzlich wie abgehackt und weg. Peter hatte ihn nur belogen?

„Es ist vorbei."

„Darf ich dich fragen, wie er sich umgebracht hat?"

Nach einer quälenden Pause kam zuerst ein Seufzen. „Er hatte wohl schon längere Zeit sein Digitalis und die Schlaftabletten weggelassen und gesammelt. Die und die Packungsreste hat er dann alle auf einmal mit Alkohol genommen und ... Und zusätzlich hat er sich noch in der Badewanne die Pulsadern aufgeschnitten."

„Furchtbar!"

„Er wollte eben sichergehen, dass es klappt."

„Gab es denn jetzt etwas Aktuelles, was ihn zu diesem tragischen Entschluss veranlasst hat?"

Dunja stöhnte und schwieg.

„Gab es etwas?", wiederholte er seine Frage und wusste sofort, dass dieses Drängen falsch war.

„Ich ... Ich kann jetzt nicht mehr. Ich mach jetzt Schluss. Das ist alles zuviel."

„Ja, ja. Verstehe. Dann bis übernächsten Samstag. Tsch..." Aber sie war schon weg.

Holger schob das Telefon weg und starrte es eine Weile beleidigt an. Dann sprang er auf, nahm seine Jacke vom Haken, verließ die Wohnung und stürmte zum zweiten Mal an die frische Luft. Er marschierte ziellos durch die abendlichen Straßen, betrat schließlich eine unbekannte Kneipe und ließ sich an der spärlich besetzten Theke auf einem Hocker nieder. Auch der dritte Tequila, den er wiederum mit Bier nachspülte, konnte seine wirren Gedanken nicht dämpfen. Sie sprangen wie Ungeziefer hin und her: Er hatte alles falsch gemacht. Wieso war er so naiv und blöd gewesen? Natürlich musste Dunja maßlos enttäuscht von ihm gewesen sein. Wer weiß, was Peter ihr alles über ihn erzählt hatte? So ein kranker Lügner. Er hatte das mit Dunja vollkommen verpatzt. So gesehen war ihr Vater bei ihm erfolgreich gewesen. Was hatte der ihm nicht alles erzählt. Alles erfunden, um ihn von seinem eifersüchtig überwachten Töchterlein wegzudrängen. Wer hätte das gedacht? Dass man so getäuscht werden konnte. Verdammt. Das mit Dunja hätte was werden können, wenn er nicht alles vermasselt hätte. Aber er konnte doch nicht anders, als ihrem Vater zu glauben. Ach, Scheiße. Holger gab dem gelangweilten Wirt Zeichen für einen vierten Tequila.

Montag, 24. März 2025
Er hatte sich gerade nach der Mittagspause wieder an seinen Arbeitsplatz gesetzt, als sein Telefon klingelte.
„Grimm."
„Hallo, Holger. Hier ist Hanno."
„Hallo. Ist was mit Anja?", fragte er besorgt.
„Nein, nein. Der geht es den Umständen entsprechend gut." Hanno lachte donnernd und fügte hinzu: „Den anderen Umständen nach, genauer gesagt."
„Ist alles in Ordnung mit ihr und dem Kind?"
„Ja, alles bestens. Nur, sie hat jetzt eine Allergie entwickelt, auf Erle, Birke und Haselnuss."
„Echt?" Ihre viel genannten Frühjahrsblüher.
„Ja. Und hier in Genf gibt es ja sehr viele Parks. 40.000 Bäume stehen hier in öffentlichen Anlagen. Da sind die Pollen natürlich überall."
„Hat sie denn schlimme allergische Reaktionen?"
„Naja, juckende, gerötete, tränende Augen, die Nase läuft und manchmal bekommt sie schlecht Luft."
„Übel."
„Aber sonst kommt Anja mit der Schwangerschaft prima zurecht, erträgt alles mit erstaunlicher Gelassenheit. Ich hab ja schon zuviel Bauch", er verursachte ein schnaufendes Kichern, „aber wenn ich ihren bewundere und befühle, dann bin ich froh, ein Mann zu sein."
„Wenn wir die Kinder kriegen würden, wären wir bereits ausgestorben."
„Ganz sicher." Der Schweizer räusperte sich. „Also, ich rufe eigentlich aus dienstlichen Gründen an."
„So? Was ist denn los?"
„Erfreulicherweise werden die zahlreichen Blütenvorfälle zumindest in Europa jetzt nicht mehr totgeschwiegen."
Ein passendes Wortspiel, dachte Holger, Tote kann man so leicht nicht verschweigen. „Es gab schon 'ne Menge Opfer."

„Ja. Uns erreichen jeden Tag Hilferufe aus vielen Ländern. Die WHO soll ihnen helfen, diese lebensgefährliche Baumkrankheit zu bekämpfen. Das sind auch eindeutig erste Schritte hin zu einem europaweiten Gen-Verbot."

„Hoffentlich. Nur schade, dass dafür so viele Menschen sterben müssen."

„Sicher." Hannos Schlucken war deutlich zu hören. „Jedenfalls fragen uns die Regierungen, ob wir ihnen nicht mit Informationen und Ratschlägen weiterhelfen können."

„Das ist doch gut."

„Sehe ich auch so. Und genau deshalb rufe ich dich an, um dich zu fragen, ob du bereit wärst, mit mir zusammen eine kleine Vortragsreise durch europäische Hauptstädte zu machen. Als Einführung würden wir deinen beeindruckenden Film zeigen. Ich würde auch das meiste Reden übernehmen, aber du müsstest eure erfolgreichen Bekämpfungs- und Rekultivierungsmaßnahmen vorstellen."

Es gab eine erwartungsvolle Pause, die Holger zu einem „Aha" nötigte.

„Du bist schließlich der Experte der ersten Stunde."

„Kannst du das nicht mit übernehmen?"

Hanno lachte heiser auf und musste dann mehrfach husten. „Das solltest du schon als deutscher Vertreter erledigen."

„Schade, dass diese Staaten bis jetzt nichts davon wissen wollten."

„Du weißt doch, wie das läuft: Die Politiker müssen erst mit spektakulären Unglücken zu den richtigen Entscheidungen gedrängt werden."

„Leider."

„Und? Was sagst du dazu? Kann ich mit dir rechnen? Machst du mit?"

„Muss ich ja wohl", maulte Holger.

„Prima! Ich danke dir!"

„Und wie lange soll diese Tour dauern?"

„Zuerst mal eine Woche. Von Montag bis Freitag, jeden Tag eine andere Hauptstadt. Wenn das gut ankommt und uns weitere Anfragen und Bitten erreichen, dann noch mal eine Woche."

„Und wann soll die erste Reise stattfinden?" Die Vorstellung, fünf Tage hintereinander nur mit dem Schweizer zu verbringen, gefiel Holger absolut nicht.

„Mir wäre am liebsten, jetzt im April irgendwann. Denn ab Anfang Mai möchte ich hier nicht mehr weg. Ich will Anja in den letzten sechs Wochen nicht mehr alleine lassen."

„Das ist auch vernünftig." Sie hatte ja sonst niemanden da in Genf.

„Eben. Den genauen Termin muss ich natürlich mit deinem Chef abklären. Aber ich wollte Ziegler erst anrufen, wenn du einverstanden bist."
„Okay."
„Hast du im April noch Urlaub oder etwas Wichtiges vor?"
„Nein, mir ist es gleich."
„Gut, Holger. Dann melde ich mich wieder wegen des Termins. Tschüss, dann. Und viele Grüße an deine Utinka."
„Tschüss, Hanno. Liebe Grüße an Anja." Holger legte auf und wunderte sich, dass er diesen Ausdruck gewählt hatte.

Samstag, 29. März 2025
Hamburg, Deutschland, EU.
Holger kam frühzeitig an. Vor dem Eingang zur Kapelle stand Dunja zwischen einem Mann in seinem Alter und einer gebräunten älteren Frau, die hastig rauchte. Holger drückte Dunjas kühle Hand und sprach ihr sein Beileid aus. Ihre Augen waren ohne die gewohnte Leuchtkraft, wie stumpf gewordener Türkisschmuck. Sie antwortete nur knapp und wirkte abwesend, stellte niemanden vor. Holger kondolierte auch der rauchenden Frau und dem sportlich wirkenden Mann. Dann ging er hinein und wurde sofort von der beklemmenden Atmosphäre erdrückt. Er legte seine Trauerkarte in den flachen Korb, was von dem daneben stehenden Mitarbeiter des Beerdigungsinstituts mit einem ernsten Nicken quittiert wurde. Auf den Bänken saßen verstreut nur fünf Personen. Holger dachte an die Aufforderung zum Zusammenrücken bei der Trauerfeier seiner Mutter. Trotzdem setzte er sich mit meterweitem Abstand in die zweite Reihe.
Nach wenigen Minuten ließ sich direkt neben ihm eine korpulente Frau nieder und stellte sich gleich als Dunjas Cousine Meta vor.
„Ich bin Holger Grimm. Der Sohn von Peters verstorbener Lebensgefährtin."
„Ich weiß. Ich hab deine Fotos öfter bei meinem Onkel gesehen." Sie war etwas zu grell geschminkt. „Wir können uns doch duzen, oder? Wir sind doch fast verwandt."
„Klar."
„Bei der Trauerfeier deiner Mutter konnte ich nicht dabei sein, weil ich im Krankenhaus lag. Gallenstein-OP", betonte sie bedeutsam und drehte den Kopf zum Eingang, dabei bewegte sich ihr Doppelkinn. „Sie kommen."
„Aha." Holger wollte nicht nachfragen und an diesem Ort auch keine Unterhaltung führen.
Dunja setzte sich nach vorne, flankiert von dem Mann und der Raucherin. Daneben nahmen mehrere ältere Leute Platz, unter anderem einer mit wirrer weißer Haarpracht wie ein Professor.

Cousine Meta beugte sich noch dichter zu Holger, sodass er ihr penetrantes Parfüm roch. „Die Frau neben Dunja ist ihre Mutter", flüsterte sie. „Die ist so braun, weil sie in der Türkei lebt. Die haben sich aber schon scheiden lassen, als Dunja in der 1. Klasse war."
„Hm." Holger war dieses Getuschel unangenehm.
„Und der Mann an ihrer Seite ist ihre langjährige Affäre. Ein Kollege von ihrer Schule. Sportlehrer." Orgelmusik ertönte aus den Lautsprechern. Meta legte ihren Zeigefinger an die knallroten Lippen und raunte: „Später mehr."
Holger empfand das fast als Drohung, andererseits war er neugierig auf weitere Informationen. Er ärgerte sich, dass er diesem Typen gleich die Hand gegeben hatte.
Die schwermütigen Klänge lösten bei den meisten die ersten Tränen aus. Cousine Meta begann mit zuckenden Schultern zu schluchzen und holte ein Päckchen Taschentücher aus ihrer Handtasche.
Holger hatte eigentlich die gleiche weltliche Rednerin erwartet wie bei seiner Mutter. Doch diesmal schritt ein bärtiger Pastor andächtig ans Pult und hielt eine übliche Ansprache mit wenig persönlichem Bezug, ohne die geringste Andeutung seines Freitods. Durch die Orgelmusik und die religiöse Rede kam sich Holger wie in der Kirche vor und überlegte, wann er das letzte Mal dort war.
Nach der Trauerfeier folgten alle der Urne, die der Mann vom Bestattungsunternehmen würdevoll vorweg trug. Hinter ihm gingen Dunja und der Geistliche, dahinter ihr Lover und ihre Mutter, dann der Rest immer in Zweiergruppen. Es war ein ziemlich langer Zug, der sich da gemächlich durch die Gänge mit den Urnenwänden vorwärts bewegte. Als sie angekommen waren und die Urne nach einigen Worten des Pastors in das offene Fach gestellt wurde, stutzte Holger, weil links daneben der Name seiner Mutter stand. Es berührte ihn schmerzlich, ihren Namen zu lesen, und sofort sah er wieder ihre gewölbten Augenlider vor sich. Er atmete tief durch und drehte sich ratlos um. Doch alle blickten nur auf die Urne. Die Erkenntnis, dass Peter Okos da vor acht Monaten gleich das Nachbarfach reserviert hatte, erstaunte Holger und gab ihm einen Stich. Außerdem schämte er sich, weil der Blumensims seiner Mutter völlig leer war.
Anschließend begaben sich alle Trauergäste in ein nahes Lokal, wo Zucker- und Streuselkuchen, belegte Brötchen, Kaffee und andere Getränke serviert wurden. Die dickliche Cousine hatte Holger gleich neben sich dirigiert. Dunja saß einige Meter entfernt, wieder zwischen diesem Kerl und ihrer Mutter, ihrem Blick nach unendlich weit weg. Holger hatte überhaupt keinen Appetit, dafür ließ es sich Cousine Meta reichlich schmecken. Sie war sehr

mitteilungsbedürftig und deutete jedes Kopfschwenken von Holger als Erklärungsaufforderung.

Von ihren vielen geflüsterten Auskünften über die Anwesenden fand Holger aber nur drei interessant, und die waren ziemlich befremdlich: Mit dem Mann neben ihr habe sich Dunja gerade eine gemeinsame Wohnung eingerichtet. Nachdem sie viele Jahre ein lockeres Verhältnis miteinander gehabt hätten, habe sich der Sportlehrer nun entschlossen, seine Familie zu verlassen, weil die beiden Kinder jetzt angeblich alt genug dafür seien. Diese Tatsache, dass er sich getrennt habe, sich scheiden lassen und mit Dunja in einer festen Beziehung zusammenleben wolle, habe ihren Onkel Peter schwer getroffen, ihn in ein noch tieferes depressives Loch gestoßen und ihn offenbar in den Selbstmord getrieben. Er habe wohl krankhafte Ängste gehabt, seine Tochter an einen anderen zu verlieren und dadurch von ihrem Leben ausgeschlossen zu sein.

Der Herr mit Halbglatze, der immer über seine Brille hinweg schaue, sei der Rektor von dem Gymnasium, an dem Dunja unterrichte und sehr beliebt sei. Daneben der junge Mann sei der Klassensprecher und als Vertreter ihrer Schüler dabei.

Der mit der Einsteinfrisur sei Dr. Spies, der Besitzer und Leiter der Nervenklinik in Kleinburgwedel, in der ihr Onkel alle paar Monate meist für mehrere Wochen behandelt worden sei. Danach habe er sich stets besser gefühlt, bis irgendein Ereignis ihn wieder verunsichert, verängstigt und runtergezogen habe.

Als sich der erste Gast schließlich verabschiedete, entschloss sich Holger, auch zu verschwinden. Cousine Meta protestierte zwar mit einem Redeschwall, ließ sich aber mit dem Hinweis auf seine weite Heimfahrt besänftigen.

Holger gab nur Dunja die Hand und erschrak über ihren leeren Blick. Aber er spürte, dass es wirklich aus war, kalt und fremd und vorbei, da war nichts mehr. Und das lag nicht nur daran, weil ein anderer Mann an ihrer Seite saß.

Er ging zurück zur Friedhofsgärtnerei, ließ sich beraten und drei rote Rosen mit etwas Grün zusammenbinden. Dann eilte er zur Urnenwand und legte die Blumen auf den Vorsprung vor der Namensplatte seiner Mutter.

Auf der Autobahn spielte Holger die Geschichte seines Briefes durch, den ja dann Peter Okos in der Nervenklinik erhalten und sich darüber lustig oder Sorgen gemacht hatte. Jedenfalls hatte er ihm gesagt, dass Dunja seinen Brief bekommen habe. Das war alles verdammt krank, aber gleichzeitig auch ungeheuer clever und abgebrüht gewesen.

Beim Dreieck Schwerin kam ihm der lästige Gedanke, ob Dunja vielleicht zwischen ihm und ihrem Lover geschwankt habe, ob ihre Anfrage im Herbst wegen eines Harz-Wochenendes womöglich der letzte Test gewesen wäre?

War er andererseits so dämlich, dass er darüber enttäuscht war, dass er Peter Okos völlig geglaubt hatte und Dunja nicht psychisch krank war und nicht Selbstmord gemacht hatte?
Holger lachte gequält auf, schüttelte alles aus seinem Kopf und ärgerte sich über sich selber. Er fluchte, stellte die Musik lauter und gab Gas.

Samstag, 12. April 2025
Berlin, Deutschland, EU.
Sie schauten sich einen ziemlich langweiligen deutschen Krimi an.
„Aber nächsten Samstag bist du doch auf jeden Fall wieder hier, nicht wahr?", fragte Utinka mit drohendem Unterton.
„Garantiert." Durch seine horizontale Lage war Holger kurz vor dem Einnicken gewesen.
„Da hat nämlich mein Vater Geburtstag, und wir sind schon zum Kaffee eingeladen."
„Geht klar. Ich bin am Freitagabend zurück." Holger schob seinen Oberkörper etwas höher, um wacher zu werden. „Hanno will doch auch wieder zu seiner Anja."
„So sollte es auch sein."
„Ist dann großes Familientreffen bei deinen Eltern?"
„Nein", erwiderte Utinka verbittert, „mein lieber Bruder kann mal wieder nicht. Und Tante Edith ist zur Kur." Nach einer kurzen Pause fügte sie hinzu: „Aber Sina hat mir versprochen, auch mitzukommen."
„Gut." Heute war sie ungewohnt nett zu ihm gewesen.
Als sich der Kommissar vom Tatort der zweiten Leiche entfernte, drehte sich Utinka zu ihm und sagte: „Weißt du eigentlich, dass Anja ihrem Kind höchstwahrscheinlich ihre neue Allergie vererben wird?"
„Ist das so?"
„Ja, meistens. Die Mutter kann ihrem Kind Krankheiten und Unverträglichkeiten übertragen, auch Abhängigkeiten. Es kommt vor, dass so ein Säugling Suchtsymptome wie Entzugserscheinungen zeigt."
„Ist ja schlimm", sagte Holger. „Hoffentlich hat Anjas Kind Glück und ist rundum gesund."
„Stimmt. Bei ihrer Risikoschwangerschaft ist so eine relativ harmlose Allergie noch das kleinste Übel." Utinka wandte sich wieder zum Fernseher, wo ein wortkarger Verdächtiger verhört wurde.

Dienstag, 15. April 2025
Durch die Gemüselieferungen aus Nordafrika und die nun beginnende Selbstversorgung vieler Verbraucher wurde der stetige

Preisanstieg in Deutschland gestoppt, bei Salat und Radieschen gab es sogar Preissenkungen.

Die grüne Umweltministerin der neuen französischen Regierung gebrauchte heute bei einem Interview zum ersten Mal den Begriff „Gen-Ausstieg". Sie warf ihrem Amtsvorgänger schwere Versäumnisse, Desinformation und Vertuschung vor. Durch eine konsequente, ehrliche Untersuchung habe man nun festgestellt, dass es in Frankreich bis jetzt 84 Todesfälle durch Pollenabwürfe gegeben habe. Nun sei höchste Zeit zum Handeln.

Auf deutschen Getreidefeldern – die früher um diese Zeit ein sattes, dichtes Grün wie ein zu mähender Rasen hatten – dominierten und wucherten nun alle Arten von Unkraut. Da die jetzt wieder verwendete Aussaat nicht über die Widerstandsfähigkeit gegen Herbizide wie das Gen-Saatgut verfügte, konnten die Felder nicht entsprechend besprüht werden, ohne das Korn zu gefährden.

Donnerstag, 17. April 2025
Rom, Italien, EU.
Holger lag auf seinem Hotelbett und konnte es immer noch nicht fassen, dass Hanno ihn beim Mittagessen gefragt hatte, ob er die Patenschaft bei ihrem Kind übernehmen würde. Holger war so überrascht gewesen, dass er das Besteck ablegen und etwas trinken musste. Bei Hanno hatte es natürlich keine Auswirkungen auf sein Esstempo, er meinte kauend, Anja hätte ihn halt gern als Paten, und er sei mit ihrer Wahl vollauf einverstanden. Aber er könne es sich ja noch in Ruhe überlegen und ihnen dann Bescheid geben.

Holger kreisten viele Bedenken durch den Kopf, dann sagte er: „Ich habe mich bis jetzt aber noch nicht als würdiges Vorbild oder gar als Erzieher bewährt."

„Ich auch nicht", erwiderte Hanno mit einem Spaghettirest im Mundwinkel. „Wir müssen nun alle neue Rollen annehmen."

„Tja." Holger fühlte sich durch das Angebot wirklich geehrt und war sich darüber klar, dass er es nicht ablehnen durfte.

„Wir wären jedenfalls froh, wenn du es machen würdest."

„Das werde ich." Von Hanno hätte er das nie erwartet. „Danke."

„Ich habe zu danken", der Schweizer neigte sein Lockenhaupt. „Nach dem Essen werden wir mit Grappa auf deine Patenschaft anstoßen."

Später hatten sie sich noch Rom angesehen. Holger war erstaunt gewesen, wie gut man die Innenstadt zu Fuß erkunden konnte, die Straßen, Gassen und Treppen wirkten absolut nicht hauptstädtisch. Besonders bequem und imposant war die Fahrt mit der durchsichtigen Kabine über das Forum Romanum, dem Palatino, am Colosseum vorbei bis zum Circo Massimo. Diese hochmodernen Gondeln boten Platz für vier Personen, waren klimatisiert und ließen einen unsichtbaren Reiseführer in der gewählten Sprache erzählen.

Holger schaute zur Uhr und schwang sich vom Bett. In drei Stunden startete ihr Flugzeug nach Wien, der letzten Station ihrer Tour. Er ging noch mal ins Bad, packte den Rest in seine Reisetasche, kontrollierte mit einem Rundumblick das Zimmer und fuhr nach unten. Die meisten Leute in der Lobby saßen einzeln mit Ohrempfänger und verfolgten auf ihren Handys irgendwelche Fernsehsendungen, manche hatten Getränke vor sich stehen.

Nach fünf Minuten tauchte der unübersehbare Hanno auf. Er zog seinen eigentlich zu großen Koffer hinter sich her, auf dem mittig ein überdimensioniertes weißes Kreuz auf rotem Grund prangte, als wäre das Gepäckstück Schweizer Nationaleigentum.

Montag, 21. April 2025
Berlin, Deutschland, EU.
„Na, wie war Ihre Vortragsreise durch halb Europa?", fragte Ziegler.

„Ich glaube, hauptsächlich positiv." Sein Reden vor den vielen Leuten hatte besser geklappt als befürchtet.

„Dann berichten Sie mal."

„Am Montag begannen wir in Brüssel", Holger schlug ein Bein übers andere, „aber diesmal wandten wir uns nicht an die EU, sondern ausschließlich an die belgische Administration. Die waren zwar auch interessiert und beeindruckt, standen aber einem Gen-Verbot äußerst skeptisch gegenüber. Am nächsten Tag waren wir in Paris, unserer wohl erfolgreichsten Station. Wir hatten das Gefühl, offene Türen einzurennen und mit Gleichgesinnten zu sprechen. Deutschland wurde gelobt und überschwänglich als Beispiel empfohlen. Sogar die Umweltministerin war die ganze Zeit dabei, eine sehr dynamische, offene Frau. Sie verfolgte alles ganz genau und stellte viele Fragen."

„Ich habe sie im Fernsehen gesehen, sie war sehr direkt und bewundernswert."

„Sie machte den Eindruck, als würde sie gleich losstürzen, um ausreichend Ligniopin zu bestellen."

„Ja", Ziegler lächelte anerkennend, „eine tolle Frau. Hoffentlich hat der Rest der neuen Regierung auch ihren Schwung und ihre Einstellung."

„Die alte hat ja lange genug alles unter den Teppich gekehrt."

„Die Franzosen müssen endlich etwas unternehmen, schließlich hatten sie ja fast doppelt soviel Tote wie wir."

Holger nickte. „Da bewegt sich auf jeden Fall 'ne Menge. Frankreich wird uns folgen und garantiert als erstes Land das Gen-Verbot und unsere Rekultivierung übernehmen."

„Das wäre ein Riesenschritt hin zu einer europäischen Lösung."
„Am Mittwoch waren wir in Madrid, da empfand ich das Echo so fifty-fifty. Große Teile der Agrarindustrie wollen unbedingt wieder auf den lukrativen deutschen Markt, und das funktioniert nur mit genfreien Produkten, die im Moment nur die Bio-Genossenschaften liefern."
„Und wie fanden Sie Madrid so?"
„Da haben wir nicht viel von gesehen, weil die Filmvorführung um 11 Uhr begann, die Diskussion nach dem Vortrag recht lange dauerte und unser Flug nach Italien schon am späten Nachmittag ging."
„Also keine Siesta?", spottete sein Chef.
„Nein", antwortete er verwundert. „In Rom trafen wir auf circa 75 Prozent Ablehnung. Die waren besonders geschockt von den Bildern der abrasierten Alleen und der baumlosen Plätze."
„Die brauchen ja schließlich auch jeden Schatten."
Ziegler schien das irgendwie zu belustigen. Seine ungewohnten Anmerkungen irritierten Holger. „Am Freitag waren wir zum Abschluss in Wien. Dort war man wieder auf unserer Seite. Wir glauben, dass Österreich gleich nach Frankreich der nächste Kandidat für ein Gen-Verbot ist."
„Das wäre sehr erfreulich", Ziegler warf einen Blick auf seine Uhr und tippte ungeduldig auf die Schreibtischunterlage, als erwarte er bald etwas Wichtiges.

Freitag, 25. April 2025
Holger sah in den Nachrichten einen Bericht darüber, dass in diesem Monat noch kein einziges Boot mit Flüchtlingen aus Afrika auf Lampedusa und Malta gelandet sei; außerdem seien zum ersten Mal seit Einrichtung der Auffanglager in Marokko die Aufnahmezahlen rückläufig.
Holger dachte daran, dass Keno schon Recht gehabt hatte mit seiner Einschätzung einer positiven Wirkung auf die Menschen da vor Ort. Natürlich würden nicht gleich alle Arbeit in diesen überdachten Gemüseplantagen bekommen, aber allein die Hoffnung auf Verbesserung, die Erwartung anständiger Lebensbedingungen verhinderte das Weggehen der Leute. Sie konnten wieder an eine dortige Zukunft glauben und mussten ihre Heimat nicht mehr verlassen.
Als die ersten Bilder von der Einweihung einer Seilbahn zwischen zwei Wolkenkratzern in Shanghai kamen, erklang der bestimmte Klingelton des Bildtelefons. Holger schaltete um, auf dem Monitor erschien Anja, sie stand vor einem Stuhl, winkte ihm strahlend zu und sagte: „Hallo, Holger! Stör ich?"
„Auf keinen Fall, Anja. Ich freue mich, dich mal wieder zu sehen. Du siehst ja aus wie das blühende Leben."

„Danke." Sie pustete ihr Stirnhaar hoch. „Mir geht's auch gut, trotz dieser Trommel hier." Sie hob ihr Shirt bis zum weißen BH hoch und strich mit der anderen Hand über ihren nackten, ungeheuer prallen Bauch. „Ganz schön dick, wie?"
„Beeindruckend." Holger staunte über ihre Ungeniertheit, so etwas wäre vor einem Jahr bei Frau Doktor Blass undenkbar gewesen.
„He, du bist ja richtig verlegen." Sie lachte und bedeckte wieder ihre glatte Kugel.
„Naja." Mittlerweile war er wohl der Verklemmte? „Schon lange nicht mehr gesehen. Ich bewundere alle schwangeren Frauen."
„Das müsst ihr auch."
„Unser Anteil am Kinderkriegen ist ja sehr kurz und dazu noch äußerst angenehm." Er griente und verdrehte die Augen.
„Stimmt. Das ist wirklich ungerecht aufgeteilt. So", Anja stemmte beide Hände in ihre Seiten, „jetzt muss ich mich aber erstmal wieder hinsetzen." Sie suchte eine entspannte Position und lehnte erleichtert ihren Rücken an. „Ich wollte mich nämlich unbedingt bei dir bedanken, dass du die Patenschaft bei unserem Sohn übernimmst."
„Dann wisst ihr also schon, was es wird?"
„Ja. Die Aufnahmen sind heute so hervorragend, da konnte man das gewisse Detail nicht übersehen", sie schmunzelte.
„Eigentlich hab ich mich darüber gewundert, dass du als DDR-Veteranin dein Kind taufen lassen willst. Ich dachte, du hälst nichts von der Kirche und bist eher für Jugendweihe und so."
„Stimmt. Bin ich auch. Aber Hanno besteht auf einer Taufe. Das ist nicht verhandelbar."
„Soso. – Hatten denn bis jetzt alle Untersuchungen ein gutes Ergebnis, sind alle Werte in Ordnung?"
„Ja, alles bestens. Nur das mit meiner neuen Allergie macht mir Sorgen." Ein Schatten huschte über ihr Gesicht.
Holger wollte sie aufheitern. „Du verträgst eben die vielen Genfer Bäume nicht. Bei uns gibt's diese dämlichen Frühjahrblüher im Moment gar nicht über Strauchhöhe."
Anja blieb ernst. „Immerhin liegt das Allergie-Risiko bei Neugeborenen bei 20 – 40 Prozent, wenn ein Elternteil allergisch ist. Am meisten Angst habe ich, weil Jungs mehr zu allergischem Asthma neigen."
„Du hattest doch vor deiner Schwangerschaft keine Allergie, kann die dann nach der Geburt nicht wieder weg sein?"
„Sehr unwahrscheinlich. Das bleibt. Manche angehenden Mütter entwickeln einen insulinpflichtigen Diabetes mellitus, und der bleibt dann auch ein Leben lang."
Jetzt kommt wieder die Ärztin durch, dachte Holger und fragte: „Kannst du denn zur Vermeidung einer Allergie irgendwie vorsorgen oder überhaupt etwas machen?"

„Man sollte die Umgebung des Babys natürlich möglichst allergenarm gestalten und absolut nicht rauchen. Bewährt hat sich auch ein langes Stillen von mindestens 4 – 6 Monaten, ohne zusätzliche Beikost. Die Mutter sollte in dieser Zeit auch auf Lebensmittel mit aggressiven Allergenen verzichten. Danach sollte man nur hypoallergene Säuglingsnahrung geben. Das Kind sollte erst nach einem Jahr etwas zu sich nehmen, was besonders leicht Allergien auslösen kann, wie Kuhmilch, Eier, Nüsse oder Schokolade. Das alles werde ich selbstverständlich gewissenhaft befolgen. Ich hoffe jedenfalls, dass ich ausreichend lange stillen kann."
Holger verkniff sich eine entsprechende Bemerkung über ihre Oberweite. „Ja, ich auch."
Anja setzte sich aufrechter hin und verzog den Mund zu einem trotzigen Lächeln. „Immerhin bin ich ja Allergologin und kann uns selber behandeln."
„Eben. Du bist doch voll der europaweite Profi."
„Nun übertreib mal nicht gleich wieder."
„Habt ihr denn schon einen Namen für euren Sohn?"
„Wir konnten uns noch nicht einigen. Ich meine, ein einsilbiger Vorname würde am besten zu Gülstmann passen, so wie Jan, Sven oder Ulf. Aber Hanno sieht das noch nicht so. Also arbeite ich daran." Sie zwinkerte listig.
„Frauen können Männer doch immer von ihrer eigenen Überzeugung überzeugen."
„Genau. Alles eine Frage der Taktik und Ausdauer." Sie sah auf ihre Armbanduhr. „So, jetzt mache ich aber Schluss. Also, vielen Dank noch mal für deine Zusage."
„Gern geschehen."
„Tschüss, Holger." Sie winkte ihm zu.
„Tschüss, Anja. Und alles Gute für euch beide."

Sonntag, 4. Mai 2025
Dortmund, Deutschland, EU.
Die zwei waren gestern Nachmittag in ihrem Hotel angekommen. Anschließend betätigte sich Holger als Fremdenführer und zeigte Utinka seine Heimatstadt, ließ sie Currywurst und Altbier probieren, doch beides schmeckte ihr nicht. Er zeigte ihr sein damaliges Viertel, was ihm heute viel heller erschien. Sie standen einige Zeit vor dem Mietshaus – frisch renoviert und mit Solardach –, in dem er damals gewohnt hatte, und Holger sprach nur von den schönen Erinnerungen.
Die beiden stellten sich schon frühzeitig vor die Kirche und konnten so alle auf sich zukommen lassen. Sie gratulierten Bastian noch nachträglich zum Geburtstag, der führte sie dann gleich bestens gelaunt durch die lockere Ansammlung seiner Familie und Verwandtschaft; er stellte Holger bei allen als seinen richtigen

Vater vor, der beim Bundesumweltministerium arbeite und schon im Fernsehen gewesen sei. Die Begrüßung mit Vanessa und ihrem Mann verlief locker und freundlich, die mit Holgers ehemaligen Schwiegereltern allerdings eisig.

Die Feier begann um 10 Uhr. Aus Mangel an evangelischem Nachwuchs fand die Konfirmation nur noch alle zwei Jahre statt, trotzdem wollten hier nur acht Jugendliche teilnehmen. Während des Gottesdienstes beobachtete Holger seinen Sohn, seine gut aussehende Ex und deren Mann, an dem er leider auch keinen Makel entdecken konnte. Holger musste an seine eigene Konfirmation denken, wo er sein geschenktes Geld darauf gewettet hätte, dass es dieses altmodische, überflüssige Ritual bestimmt bald nicht mehr geben würde. Damals waren sie noch eine vollständige Familie gewesen, und der peinliche Durst seines Vaters wurde als normales Gesellschaftstrinken abgetan.

Im Restaurant bekam Holger den Platz rechts neben seinem Sohn, der auch gleich viel erzählte und fragte und öfter links von seiner Mutter irgendwelche Anweisungen zugeflüstert bekam. Holger hatte ihm für beide Anlässe zusammen 1.000 Euro geschenkt, was Utinka ziemlich übertrieben, Bastian aber toll fand, der das Geld für den Führerschein aufs Sparkonto bringen wollte. Nach dem Mittagessen spazierte die Gesellschaft in einem Park herum, der direkt gegenüber vom Lokal begann. Auch hier gab es keine großen Bäume mehr, aber die neu eingesetzten waren schon über zwei Meter hoch. Auf den ehemals freien Rasenflächen wuchsen überall Büsche der verschiedensten Arten, dazwischen auch einige Koniferen. An einem Teich war ein kleiner Bambushain entstanden. Holger wurde als der Experte von vielen angesprochen, die Genaueres über diese Baumseuche, die Schuld der Gentechnik, die Gegenmaßnahmen und die Rekultivierung wissen wollten.

Nach dem Kaffeetrinken stand Holger einige Zeit mit seinem Sohn zusammen und freute sich über seine vielen Pläne. Als er wieder zu seinem Platz kam, war Utinka nicht da. Er suchte sie und erspähte sie in einer angeregten Unterhaltung mit Vanessa. Das war ihm unangenehm, deshalb schlenderte er hin, um die beiden zu stören und am besten zu trennen.

„Na, ihr redet doch wohl nicht über mich?", fragte er betont lässig und umfasste Utinkas Taille. „Und wenn, dann hoffentlich nur gut."

„Wir haben leider nichts Positives gefunden", entgegnete seine Ex zynisch. „Aber bei deinen schlechten Seiten hatten wir gleich genügend Gesprächsstoff."

Utinka lachte auf. „Sei doch nicht so hart zu ihm", sie tätschelte ihm tröstend die Wange.

Holger kam sich vor wie ein Trottel, aber er musste humorvoll aus dieser Situation raus. „Ihr scheint euch ja prächtig zu verstehen – auf meine Kosten", schmollte er.

„Das ist hier ein Gespräch unter Frauen", sagte Vanessa, „da will ich mal so richtig über dich ablästern."
„Dann will ich nicht länger stören", erwiderte er mit Leidensmiene.
„Nun sei nicht gleich eingeschnappt", Utinka kicherte und drückte ihm einen Schmatzer auf. „Ich brauche noch Insidertipps von deiner Ex. Geh schon mal vor, ich komme bald nach."
„Aber keine Verschwörung bitte."
Die beiden Frauen schüttelten grinsend die Köpfe und schoben ihn winkend ab. Holger spielte den Gekränkten und trottete mit hängenden Schultern davon. Nach einigen Metern warf er einen Blick zurück, sie tuschelten miteinander und hatten offensichtlich Spaß dabei. Er ärgerte sich über die zwei, weil sie sich über ihn lustig machten, aber er durfte sich nichts anmerken lassen, musste einfach locker mitspielen.
Als er sich seinem Tisch näherte, saß da nur Vanessas Mann und fingerte an seinem Handy herum. Auf ein Gespräch mit dem hatte er nun absolut keine Lust, deshalb ging er nach draußen, ignorierte dabei den vernichtenden Blick seiner ehemaligen Schwiegermutter. Holger überquerte die Straße, setzte sich im Park auf eine Bank und atmete erleichtert durch. Der Wind bewegte die Büsche und besonders das Bambuswäldchen.
Das leckere Abendbüfett und Utinkas beruhigende Lobreden und Beteuerungen stimmten Holger wieder versöhnlicher. Nach einiger Zeit und zahlreichen alkoholischen Getränken entwickelte sich mit dem jetzt gegenübersitzenden Schwager von Vanessa ein Wortgefecht über das Nachwuchsproblem.
„Ich bevorzuge in allem Qualität vor Quantität", sagte der Typ, der Unternehmer war und ziemlich arrogant wirkte. „Die Deutschen, die wirklich noch mehrere Kinder haben, sind doch durchweg SL-Empfänger. Deren Nachkommen bringen unserem Staat keinen Gewinn, weil die schon im Kindergarten zu blöd sind, keinen Schulabschluss schaffen und für eine Ausbildung nicht zu gebrauchen sind. Die zahlen ihr Leben lang keine Steuern und Rentenbeiträge, genau wie ihre Eltern. Die kassieren nur alle."
„Dann müssen die Kinder von Sozialleistungsempfängern eben noch mehr gefördert werden", erwiderte Utinka. „Dann brauchen wir dafür noch mehr Geld."
„Das ist ein Fass ohne Boden. Aus denen wird nie was."
„Aber Sie können die doch nicht einfach so abschreiben", sagte Holger, der diesen Mann von Vanessas jüngerer Schwester von damals nicht kannte. „Immerhin brauchen wir in Deutschland dringend Arbeitskräfte, die ja auch schon aus der ganzen Welt zu uns kommen."
„Naja, mit denen aus Afrika kann man auch nichts anfangen. Ich hatte in meinem Betrieb ..."
Utinka unterbrach ihn mit Angriffsmimik. „Sind Sie etwa fremdenfeindlich? Haben Sie etwas gegen Ausländer?"

Er verzog nur verächtlich den Mund.
„Oder sind Sie gar ein Rassist?"
„Was?" Der Kerl schnaubte und wurde rot vor Wut. Er schluckte die Antwort widerwillig runter, weil seine Frau ihn anstieß und strafend ansah.
Vanessa beugte sich vor und rief in ihre Richtung: „Bitte keine Streiterei hier!"
Ihr Schwager hatte sich schnell wieder in der Gewalt und sagte in beherrschtem, ruhigem Ton: „Das ist wieder die übliche falsche Sozialromantik, die unserer Volkswirtschaft so immens schadet. Am Beispiel der Altenpflege haben wir doch gesehen, wohin das führte. Da hat man früher um jeden Preis eine sinnlose, oftmals quälende Lebensverlängerung durchgeführt. Aber heute bekommt man ab einem bestimmten Alter und Allgemeinzustand keine Medikamente mehr, und erst recht keine künstliche Ernährung. Das war eine vernünftige, richtige Entscheidung. So müsste man das auch ..."
„Hör jetzt auf damit!", zischte seine Frau.
Utinkas Augen verengten sich gefährlich. „Also wollen Sie die Eltern am besten einschläfern lassen und die Kinder in Arbeitslager stecken?"
„Oder lieber gleich alle vergasen?", hakte Holger nach.
Der Typ sagte nichts, doch sein Gesichtsausdruck ließ erkennen, dass er das gar nicht so abwegig fand.
„Nazi!", fauchte Utinka.
„Hallo!", ermahnte Vanessa die Kontrahenten.
„Also bitte!" Ihr Mann blickte strafend zu ihnen herüber.
Bastian schüttelte genervt den Kopf.
Holger stand auf und sah angewidert auf den Schwager herab. „Wir gehen erst mal raus", er hob Utinkas Arm an, „und suchen uns dann einen anderen Platz."
„Noch besser wäre, wenn der verschwinden würde", sagte sie und zog jetzt Holger hinter sich her. Sie hörten noch, wie die beiden Schwestern schimpften und auf den Kerl einredeten.

Mittwoch, 14. Mai 2025
Berlin, Deutschland, EU.
„Dann berichten Sie mal von gestern." Ziegler wirkte verärgert.
„Wie konnte das bloß passieren? Wir waren uns doch alle ziemlich sicher, dass es bei uns keine Todesfälle mehr geben würde, oder nicht?" Er fixierte Holger kritisch.
„Der Mann starb ja auch nicht direkt durch den Pollenschauer, sondern durch seine Kettensäge. Es war ein Unfall." Er dachte an das viele angetrocknete Blut beim angeschnittenen Baum. „Im Moment wird da ein Waldrand gerodet, weil die Straße verbreitert

wird. Ausschlaggebend waren die lauten Motorsägen, die einen Geräuschpegel von deutlich über 95 Dezibel verursachen. Beim Sägen an einem Baum warf der nun alle Blüten ab, der Holzfäller konnte nicht mehr richtig sehen, bekam Angst und keine Luft mehr, zog die Säge aus dem Schlitz, stolperte und fiel hin, ließ den Einschaltgriff leider nicht los, und die Kette durchtrennte seinen Oberschenkel. Er verblutete an der Unglücksstelle."
„Scheiße", murmelte Ziegler betroffen.
„Es ging zu schnell. Bis die Kollegen durch den Blütenregen bei ihm waren und den Stumpf abbinden konnten, war er bereits tot."
„Furchtbar."
„Ja."
„Was war es für ein Baum?"
„Ahorn."
„Und der Wald wurde natürlich auch nie getestet."
Holger nickte. „Wie alle unbewohnten Gebiete nicht." Er sah wieder den mit Blut getränkten Waldboden vor sich.
„Das können wir auch unmöglich leisten."
„Hauptsache, die neu eingepflanzten Bäume werden nicht irgendwann von den Waldbäumen erneut kontaminiert."
„Äußerst unwahrscheinlich. Die Untersuchungen hatten doch einwandfrei ergeben, dass die DNA direkt von den genveränderten Pflanzen übernommen worden sein muss. Wenn es über Zwischenwirte geschehen wäre, hätten wir auch Anteile von deren Erbgut finden müssen."
„Stimmt. Entschuldigung."
„Macht nichts", sagte Ziegler mit verständnisvoller Miene. „Übrigens", er deutete auf seine Ablage, „kam heute das Fax, dass der Europäische Gerichtshof die Klagen des Bauernverbandes, der Gentech-Unternehmen und zweier Agrarriesen abgewiesen hat. Die Saat-Großhändler haben ja schon vor einiger Zeit einen Rückzieher gemacht."
„Das ist ja prima. Dann können wir ja noch auf eine europäische Lösung hoffen."
„Unbedingt. Durch die vielen Opfer überall und das Umdenken einiger Regierungen hatten die EU-Richter eigentlich auch gar keine andere Wahl, als unser Gen-Verbot und unsere Gegenmaßnahmen nicht nur als angemessen und keinesfalls überzogen zu bestätigen, sondern sogar ausdrücklich zu befürworten."

Freitag, 23. Mai 2025
In deutschen Gärten wurde eifrig gearbeitet und geerntet. Den Leuten machte es sichtlich Spaß, ihr Gemüse und Obst selber anzubauen und von Unkraut freizuhalten. Sie tauschten Pflanzen, Saatgut und Erfahrungen untereinander aus. Mittlerweile umsorgten viele sogar einige Reihen Kartoffeln, die sie regelmäßig

nach Schädlingen absuchten. Rasenmäher hörte man nur noch selten.
Nachdem die französische Umweltministerin Anfang der Woche einen baldigen Verzicht auf Gen-Produkte angekündigt hatte, kam es heute im ganzen Land zu heftigen Bauernprotesten mit unzähligen Straßensperren durch landwirtschaftliche Fahrzeuge, Misthaufen und Strohrollen, die teilweise auch angezündet wurden.
Auf deutschen Feldern wurden die Kulturpflanzen durch Unkraut und Schädlinge am gesunden Wachstum gehindert. Bei Kartoffeln hatte man beim Kampf gegen die üppigen Wildkräuter das alte Verfahren des Abflammens wiederentdeckt. Dabei wurde eine Vorrichtung mit Gasbrennern am Traktor befestigt, mit der die wuchernden Furchen zwischen den angehäufelten Pflanzen sauber abgebrannt wurden.
Durch den anhaltenden Druck der Medien trat heute der österreichische Umweltminister zurück, nachdem in der letzten Woche bei drei Blütenabwürfen fünf Kleinkinder durch allergischen Schock ums Leben kamen.

Samstag, 31. Mai 2025

Als Holger vor einer halben Stunde kam, hatten sie sich gleich etwas gestritten, weil er nach Utinkas Meinung wieder die falschen Sachen eingekauft hatte. Doch jetzt saßen sie in der Küche und hatten sich beruhigt, tranken Kaffee und aßen ihren selbst gebackenen Kuchen.
„Der schmeckt vorzüglich", lobte Holger. „Du solltest öfter backen."
Sina steckte ihren hübschen Kopf herein. „Hallo!", grüßte sie freundlich. „Du, ich hau dann ab und bin erst morgen Abend wieder da."
„Willst du nicht noch ein Stück Kuchen essen?", fragte ihre Mutter.
„Den solltest du wirklich probieren", Holger kaute genüsslich, „sehr lecker."
„Nee, ich muss los. Tschüss dann." Sie winkte kurz und war verschwunden.
„Tja, so ist das mit den Kindern. Wenn sie groß sind, wollen sie so schnell wie möglich weg von zu Hause." Utinka wirkte etwas betrübt. „Es dauert bestimmt nicht mehr lange, dann zieht sie ganz zu ihrem Freund."
„Übrigens, gestern hat mich Hanno auf der Arbeit angerufen. Anja hat ihr Kind gekriegt."
„Was? Echt?", rief sie überrascht mit völlig anderer Miene. „Und das sagst du erst jetzt? Und so nebenbei?"
„Naja" Er wollte sich rechtfertigen, spielte aber doch lieber den naiven Vergesslichen.
„Ist denn alles gut gegangen?"

Holger nickte, bevor er in den Kuchen biss.
„Aber der Termin war doch erst Mitte Juni."
„Stimmt. Es ist zwei Wochen zu früh gekommen."
„Und warum?"
„Äh – die Fruchtblase ist geplatzt."
„Ach so." Utinka war richtig aufgeregt. „Aber mit dem Jungen ist alles in Ordnung?"
„Ja."
„Und ihr geht's auch gut?"
Holger bestätigte es kauend.
„Und wie schwer war er? Und wie groß?"
„Hab ich mir leider nicht gemerkt", er zog entschuldigend die Schultern hoch. „Hanno war vor Stolz und Glück total überdreht und hat alle Daten nur so runtergerattert."
„Männer!" Utinka rollte mit den Augen. „In dem Punkt seid ihr doch alle gleich."
„Danke!", betonte er übertrieben gekränkt.
„Da musst du als Patenonkel aber noch mächtig dran arbeiten."
„Auch in dem Punkt werde ich mich bessern."
„Naja, wir schauen uns nachher mal die Homepage der Gülstmanns an. Ich bin sicher, dass da Gewicht und Maß angegeben sind. Und bestimmt ist da auch schon ein Babyfoto zu sehen. Dann können wir auch gleich mit 'ner Clip-Mail gratulieren."
„Ich glaube nicht, dass Hanno schon dazu gekommen ist."
„Von alleine natürlich nicht. Aber dafür wird Anja schon gesorgt haben." Utinka lächelte verschwörerisch. „Haben sie sich denn jetzt auf einen Namen geeinigt?"
„Ja. Er heißt Jan."
Sie stöhnte auf. „Mann, dir muss man aber auch alles aus der Nase ziehen."
„Da hat sich Anja durchgesetzt. – Aber das tun die Frauen ja immer." Holger verzog sarkastisch den Mund.
„Müssen wir ja auch. Sonst würde doch nichts passieren und alles zusammenbrechen."

Freitag, 6. Juni 2025
Mittels Eilantrag verabschiedete heute das französische Parlament mit der Regierungsmehrheit das Gesetz zum Gen-Verbot. Die Abstimmung wurde durch eine fulminante Rede der Umweltministerin eingeleitet und von Tumulten gestört. Die Vorlage hatte sich stark an dem deutschen Gesetz orientiert und sollte auch am 1. August in Kraft treten, allerdings gab es erheblich großzügigere Zugeständnisse für die Landwirtschaft.
In den USA gab es in diesem Frühjahr 124 registrierte Todesfälle durch Blütenabwürfe. Diese erschreckende Zahl wurde aber nur durch Privatpersonen gemeldet und dokumentiert, fast ausschließ-

lich durch Umweltschutzgruppen, aber auch durch dortige Mitarbeiter der Weltgesundheitsorganisation. Offiziell wurden die Opfer nur als Einzelfälle behandelt und als schwer kranke Allergiker abgetan. Anders als in Europa waren die Medien an diesen häufigen Unglücken nicht besonders interessiert. Nach Ansicht der Umweltschützer kam diese mangelnde Aufmerksamkeit aber hauptsächlich durch den entsprechenden Druck der Gentech-Lobby.
Die Salatpreise in Deutschland waren innerhalb eines Monats um 20 Prozent gefallen, vorrangig durch die immer mehr zunehmende Selbstversorgung und Weitergabe an Nachbarn und Bekannte. Auf den Zuckerrübenfeldern sah man nun wieder Unkraut hackende Leute; eine Tätigkeit, die es mindestens 30 Jahre nicht mehr gegeben hatte. Im Umland von Großstädten kam es zum Einsatz von ganzen Schulklassen, für die das Rübenhacken zum Biologieunterricht gehörte.

Mittwoch, 11. Juni 2025
Holger hatte in einem Reisekatalog geblättert und wollte gerade in einen Apfel beißen, als sich das Bildtelefon meldete. Er setzte sich vor die Medienwand und rief: „Telefon an!"
Auf dem großen Monitor sah er ein lebendiges Familienfoto der Gülstmanns: Hanno als lockiger Smiley und Anja als zufriedene Mutter mit Kind, allerdings hatte sie ziemliche Schatten unter den Augen.
„Hallo, Holger", Hanno hob die mächtige Hand. „Wir wollten mal unseren Stammhalter vorstellen."
„Sehr schön. Hallo."
„Vielen Dank noch für eure nette Mail." Anja drehte das Baby zur Kamera.
„Gern geschehen."
„Das hier ist Jan Gülstmann." Der Kleine hatte niedliche Pausbäckchen und ließ sich beim Schlafen nicht stören.
„Hört sich gut an." Eine klare Zustimmung für Anja. „Und sieht natürlich auch gut aus."
„Tja", Hanno strich sich mit einer überheblichen Geste übers Haar, „ganz der Papa."
„Angeber!" Er bekam den Ellenbogen seiner Frau zu spüren.
„Ist der immer so friedlich?"
„Leider nicht. Nur wenn er satt ist."
„Aber meistens hat er Hunger", bemerkte Hanno stolz.
„Von wem er das wohl hat?", erwiderte Anja spöttisch.
„Also hast du auch unruhige Nächte?"
„Das kann man wohl sagen. Spätestens alle vier Stunden meldet er sich lautstark."

„Und will an die Milchbar", fügte Hanno hinzu.
„Genau. Und da er ja nur gestillt wird, bin ich immer dran." Sie seufzte mit bitterem Lächeln und strich ihrem Sohn über das Stupsnäschen.
„Das kann ich ja wohl schlecht übernehmen", rechtfertigte sich Hanno eine Spur zu ernsthaft.
„Aber bei dem, was hinten rauskommt, könntest du durchaus öfter mal von alleine Einsatz zeigen. Besonders nachts."
„Ja, ja", grummelte er unwirsch.
Zwischen den beiden herrscht auch dicke Luft, dachte Holger, genau wie bei ihnen damals.
„Naja", Anja tat es mit einem Achselzucken ab und zentrierte sich wieder auf die Kamera. „Wir wollten euch jedenfalls zur Taufe einladen. Und zwar am Samstag, den 30. August. Dann ist der Knirps hier", sie hob ihn kurz an, „genau drei Monate alt."
„Ja, gut. Wir kommen selbstverständlich gerne. Samstags ist auf alle Fälle besser als sonntags."
„Das dachten wir uns auch."
„Und", Hanno warf einen Büßerblick zu Anja, „ihr solltet dann freilich schon am Freitag kommen. Dann haben wir ein richtig schönes Wochenende zusammen."
„Ja. Geht klar."
Das Baby begann zu strampeln, öffnete die Augen und dann den Mund, reckte sich, gähnte und schmatzte mehrmals.
„Oh, Junior hat ausgeschlafen", Hanno griente und hielt ihm seinen riesigen Finger hin, der vom Söhnchen sofort umklammert wurde.
„Solche winzigen Fingerchen", staunte Holger.
„Und schon soviel Kraft", sagte der entzückte Vater.
„Angeber!", meinte Anja und wippte den Kleinen hin und her. „Dann verabschieden wir uns auch jetzt. Der Termin ist also abgemacht, ja?"
Holger verneigte sich. „Fest gespeichert. Der 30. August. Wir kommen am Freitagabend und reisen sonntags wieder ab."
„Prima! Dann grüß Utinka und mach's gut."
„Tschüss, Anja. Und vielen Dank für die Einladung."
Sie winkte und ging seitlich weg.
„Servus, Holger."
„Tschüss, Hanno." Im Gegensatz zu Anja hatte er seinen Bauch behalten. „Telefon aus!" Der Bildschirm wurde schwarz.
Holger blieb noch sitzen und dachte mal wieder an ihre Braunschweiger Zeit, als Vanessa dann als Mutter natürlich schnell überfordert gewesen war, weil sie alles selber erledigen wollte und er ihr nichts recht machen konnte.

Freitag, 27. Juni 2025
In Österreich kam die öffentliche Debatte um die Pollenabwürfe

nicht zur Ruhe, nachdem in den letzten Tagen erneut zwei Kinder durch allergische Reaktionen starben. Nur einen Monat nach dem Rücktritt seines Vorgängers legte auch der neue Umweltminister sein Amt nieder und löste dadurch eine Regierungskrise aus, weil seine Partei aus der Koalition austrat. Der Kanzler stellte daraufhin die Vertrauensfrage und fand erwartungsgemäß keine Mehrheit mehr. Er kündigte für die nächste Woche Koalitionsverhandlungen mit den Grünen an.

Außer den biologisch bewirtschafteten glichen die deutschen Getreidefelder eher Almwiesen oder Brachflächen. Die mickrigen Halme hatten keine Chance gegen das wuchernde Unkraut, und die Ähren enthielten nur verkümmerte oder minder entwickelte Körner, für die sich die Ernte nicht lohnen würde, weil man sie auf keinen Fall vermarkten könnte. Manche Landwirte versuchten es mit mehr Herbiziden und spritzten damit zuerst das kärgliche Getreide tot. Vor lauter Verzweiflung pflügten jedenfalls die meisten Bauern ihre Kornfelder schon zwei Monate vor der regulären Ernte um.

In Spanien hatte sich der Druck auf die Regierung auch deutlich verstärkt. Einerseits gab es noch etliche Todesfälle durch Spätblüher, über die in den Medien ausführlich berichtet wurde und die Bevölkerung sehr beunruhigten und zu Großdemonstrationen führten. Andererseits waren die Obst- und Gemüseanbauer einem Gen-Verbot nicht mehr abgeneigt, weil sie die dauerhaften Ausfälle auf dem deutschen Markt nicht mehr hinnehmen wollten und mit dem Verlust von Arbeitsplätzen drohten.

Donnerstag, 10. Juli 2025

„Sie wollten mich sprechen?"

„Ja, Herr Grimm. Nehmen Sie doch Platz", Ziegler deutete auf den Stuhl vor seinem Schreibtisch.

Holger setzte sich misstrauisch, hatte irgendwie kein gutes Gefühl.

„Nun", sein Chef lehnte sich zurück, „wir alle im Ministerium würdigen natürlich Ihre Verdienste um die Aufklärung und Bekämpfung der sogenannten Baumseuche. Auch an obersten Stellen wurde Ihr Name und Ihre Leistung bekannt. Da wir nun hier Dank Ihrer Ideen und Ihres Einsatzes diese ungewöhnliche, gefährliche Gen-Kontamination in den Griff bekommen haben, von unseren Nachbarländern beneidet werden und weltweit auf dem besten, sichersten Weg sind, ist es an der Zeit, Ihren Erfolg auch dienstlich zu belohnen."

„Aber das war ich doch nicht alleine." Holger dachte an Utinkas häufiges Drängen, er solle doch endlich mal nach einer Beförderung und Gehaltserhöhung nachfragen. „Wir waren ja am Anfang ein richtig gutes Team: Frau Gülstmann, Herr ..."

„Wer?", unterbrach Ziegler ihn und griff sich gleich an die Stirn.

„Ach so, Frau Blass. Ich hab sie immer noch so abgespeichert."
„Dann Herr Backwang und Frau Renalde." Und eigentlich noch Jan Woduzek, dachte Holger, der mich auf die entscheidene Verbindung zum Gen-Mais gebracht hat.
„Nur keine falsche Bescheidenheit, Herr Grimm. Sicher waren sie ein Ermittlungsteam, aber alle ausschlaggebenden Einfälle kamen doch von Ihnen, wenn ich mich nicht irre."
„Naja." Holger hörte Utinka: Du musst an deinem Verdienst auch mal verdienen, deine berechtigten Ansprüche einfordern.
„Genau", sein Chef nickte wohlwollend. „Deshalb werden Sie in Anerkennung Ihrer außerordentlichen Leistungen befördert. Und zwar unkonventionell, durch Übergehen der üblichen Rangfolge und Hierarchie."
„Und wohin?" Also nur noch im Büro hocken?
„Hierhin."
„Was?"
„Sie bekommen meinen Posten." Ziegler schmunzelte und genoss die Wirkung seiner Worte.
„Wie bitte?"
„Sie übernehmen meine Dienststelle, Herr Grimm."
„Wirklich?" Das konnte doch wohl nicht wahr sein.
„Ganz recht. Allerdings müssen Sie sich verpflichten, dann noch einige Lehrgänge für den Aufstieg zu absolvieren."
„Und ... Und was ist mit Ihnen?" Das wären ja gleich ein paar Gehaltsstufen mehr. „Werden Sie auch befördert?"
„Wäre ich wohl, wenn ich hier bleiben würde, aber ..." Für eine Sekunde starrte er ins Leere. „Aber ich habe mich versetzen lassen."
„Wirklich? – Wohin denn?"
„Nach Düsseldorf. Fast in meine alte Heimat."
„Ach so." Holger sah automatisch hoch zu dem Gemälde vom Rhein.
„Ins Umweltministerium von Nordrhein-Westfalen. Eine fast gleichwertige Stelle."
„Und warum? Wegen Ihrer Familie?"
Ziegler antwortete nicht gleich, sondern schien abzuwägen. „Nein. Aber auch aus privaten Gründen. Ich ... Wir haben ..." Er druckste herum und versteifte sich. „Ich habe mich von meiner Frau getrennt." Der Satz war ihm sichtlich schwer gefallen. Für einen Moment vermied er den Blickkontakt.
„Aha. – Tja." Er musste raus aus dieser peinlichen Situation. „Und ab wann sitze ich dann auf dieser Seite des Schreibtischs?" Holger zielte mit dem Zeigefinger auf ihn und lächelte zaghaft.
Ziegler wirkte dankbar für den Themenwechsel. „Für Sie ist das ziemlich kurzfristig. Aber wie üblich, hatte sich der Personalrat mal wieder quergelegt." Er entspannte sich deutlich. „Das kostete einige Wochen Verhandlungszeit. Sie sitzen dann offiziell ab dem

1. September hier. Faktisch aber schon ab dem 18. August."
„So bald schon?"
„Ja. Dann sind Sie hier der Chef und machen hoffentlich alles besser als ich."
„Sie haben doch die Abteilung stets hervorragend geführt."
„Aber Herr Grimm, Sie wollen doch wohl jetzt nicht noch mit Einschleimen anfangen?"
„Keineswegs. Das war ehrlich gemeint. Sie kennen mich doch."
„Eben. Und auch deshalb habe ich Sie als meinen Nachfolger vorgeschlagen. Arschkriecher gibt's in der Behörde schon genug."
Ziegler zwinkerte mit schiefem Mund.
„Stimmt." Er würde da sitzen und Chef sein? „Fangen Sie dann auch am 1. 9. in Düsseldorf an?"
„Richtig. Und vorher habe ich noch zwei Wochen Urlaub. Am 15. 8. habe ich hier meinen letzten Arbeitstag. Das heißt, wir haben noch genau einen Monat Zeit, um Sie einzuweisen und einzuarbeiten."
„Gut." Ziegler wusste das natürlich alles schon viel länger.
„Bis dahin organisiere ich auch noch Ihre Lehrgänge, damit Sie wissen, wann und wo Sie die Schulbank drücken müssen."
„Puh!", stöhnte Holger, und viele Gedanken schwirrten durch seinen Kopf.

Freitag, 25. Juli 2025
Um in Deutschland die befürchteten Ernteausfälle besonders beim Winterweizen zu einem Teil auszugleichen, kaufte das Amt für Vegetabilien – das vor allem die Vermarktung des Gemüses aus Nordafrika regelte – weltweit ganze Schiffsladungen von garantiert genfreiem Weizen auf.
Die zukünftigen drei österreichischen Regierungsparteien präsentierten heute ihren Koalitionsvertrag. Wie zu erwarten war, übernahmen die Grünen das Umweltressort und erzwangen ein Gen-Verbot zum 1. 1. 2026.
Für diejenigen Bauern, die das Unkraut nicht abgeflammt hatten, war die Ernte der Frühkartoffeln katastrophal. Nur höchstens 20 Prozent der Erdfrüchte hatten eine verkäufliche Größe, der Rest bestand aus verschrumpelten oder winzigen Knöllchen, die man nur bei der Schweinemast verfüttern konnte.
Einige deutsche Unternehmen profitierten von dem französischen Gen-Verbot. Da man dort in genau einer Woche keinerlei Gentech-Produkte mehr verwenden durfte, entstand plötzlich ein enormer Bedarf an normalem Saatgut. Um diese Nachfrage abzudecken, einigte man sich bei Heide-Saat auf Sonderschichten an Wochenenden und befristeten Neueinstellungen. Mit den gleichen Maßnahmen reagierte die Firma Holz-Chemie – einziger Hersteller von Ligniopin – auf den Boom nach ihrem Produkt. Außerdem lieferten

hiesige Baumschulen zertifizierte Setzlinge nach Frankreich.

Dienstag, 19. August 2025
Holger saß auf dem Stuhl vor seinem Schreibtisch und stierte nachdenklich auf den schwarzen Bürosessel, den Ziegler so lange verdeckt hatte, und auf dem er nun eigentlich sitzen müsste. Sein Blick wanderte hoch zu dem deutlich erkennbaren Rechteck auf der kahlen Wand: dem Lichtabdruck der Umrisse des Rheingemäldes. Jeder sah sofort, dass dort etwas fehlte. Er musste da schnell wieder ein Bild hinhängen, vielleicht eine schöne Waldlandschaft.
Sein Starren sackte langsam wieder herab auf den leeren Platz. Ziegler war weg. Er hatte ihn noch gut eingearbeitet und viele Tipps gegeben. Manchmal hatte Holger gedacht, sein Kopf würde gleich platzen vor lauter Paragrafen, Verwaltungsregeln und Dienstvorschriften. Und noch öfter überlegte er, warum er sich das eigentlich antat, ob er das auch alles tatsächlich wollte?
Durch Zieglers Trennung von Familie und Amt brodelte die Gerüchteküche auf höchster Stufe. In den ersten Tagen dichtete man ihm eine Liaison mit Frau Dr. Eisach an. Dann kam nach und nach heraus, dass er schon seit geraumer Zeit eine Affäre mit einer Kölner Fernsehjournalistin hatte. Die beiden seien nach einer Pressekonferenz ins Gespräch gekommen, hätten dabei sofort ihre Herkunft von Vater Rhein herausgehört und später dann offensichtlich noch mehr Gemeinsamkeiten entdeckt. Da die Frau nun einen höheren Posten im Kölner Sender übernehmen wollte, hatte sich Ziegler für sie und gegen seine Frau entschieden. Holger bewunderte einerseits seinen Mut, hier alles aufzugeben und dort ein neues Leben anzufangen.
Männliche Stimmen meinten, seine Gattin habe ihn ja regelrecht in die Arme einer anderen Frau getrieben, weil sie sich mehr im Altenheim als zu Hause aufgehalten habe. Für die weibliche Seite war er der typische Midlife-Macho, der seine Frau gegen eine jüngere eintauschte, sie eiskalt abservierte und seine Familie im Stich ließ.
Es klopfte an der Tür. Der Schreck riss Holger vom Stuhl hoch. Er eilte um den Schreibtisch, ließ sich in den Chefsessel fallen, räusperte sich und sagte: „Ja, bitte?"

Samstag, 30. August 2025
Genf, Kanton Genf, Schweiz.
Als er gestern beim späten Abendessen von seiner Beförderung und Zieglers Weggang erzählte, hatte ihm Hanno gleich freudig gratuliert, doch Anja wirkte für eine Sekunde fast bestürzt und musste die Neuigkeit erstmal mit viel Wasser schlucken, ehe sie sich anschloss und dabei unecht lächelte. Utinka hatte die Situa-

tion gerettet, indem sie Anjas Eltern über Magdeburg ausfragte. Wahrscheinlich war es für die ehrgeizige Frau Doktor ein neidischer Schock gewesen, dass Holger nun die Früchte ihrer gemeinsamen Arbeit alleine erntete, während sie zugunsten der Mutterrolle auf ihre Karriere verzichtete. Andererseits hätte sich bestimmt keine Frau bereit erklärt, ein Verhältnis mit Ohlenberg einzugehen, ihn wegzulocken und somit seine Stelle freizumachen.
Heute Morgen war aber alles wieder bestens gewesen und Anja der ruhende, liebevolle Mittelpunkt in der allgemeinen Hektik. In der Kirche standen sie im Halbkreis ums Taufbecken: Anjas Mutter schluchzte vor Ergriffenheit, ihr Vater war andächtig konzentriert, Utinka und Anja hatten feuchte Augen, Hanno strahlte, und Holger hielt den strampelnden kleinen Jan ungeschickt übers Becken, der dann aus Leibeskräften zu schreien begann, als der Pastor seinen Kopf mit Wasser beträufelte. Holger schaute hilflos in die Runde und wollte das Baby durch behutsames Wippen beruhigen, doch das steigerte noch die Lautstärke. Utinka beobachtete ihn und amüsierte sich bestens. Holger sah Anja so flehentlich an, dass sie ihn dann von dem Schreihals befreite.
Beim Nachtisch des ausgezeichneten Mittagessens begann der Junior schon wieder zu quaken, weil er wohl auch seinen Anteil wollte. Anja zog sich mit ihm in eine Ecke des Lokals zurück. Hanno löffelte mit schlechtem Gewissen und vielen Seitenblicken weiter. Als er fertig war, folgte er seiner Frau. Die kam nach kurzer Zeit alleine zurück und setzte sich pustend.
„Oh, kann Hanno auch schon stillen?", feixte Utinka und löste damit allgemeines Gelächter aus.
Anja schüttelte den Kopf, genoss das Dessert und ließ sich Zeit mit der Antwort. „Aber er übernimmt jetzt die untere Abteilung."
„Siehst'e", ihre Mutter stieß ihren Ehemann an, „so was hast du nie gemacht."
„Das war damals halt reine Frauensache", erwiderte er.
„Ach, das glauben heute auch noch viele Männer", Utinka verzog trotzig das Gesicht.
„Ja, leider", stimmte Anja zu.
„Na klar, immer auf die armen Männer", sagte Holger.

Später spazierten sie durch einen der zahlreichen Parks. Es war sonnig und angenehm warm. Holger fand es herrlich, wieder mal so viele große Laubbäume mit ihrem gewaltigen Blätterwerk zu sehen. Die Oma, Utinka und Holger wechselten sich beim Schieben des Kinderwagens ab. Der kleine Jan schlummerte friedlich, bewegte sich wenig bei seinem Verdauungsschläfchen. Der Opa hielt die Hände auf dem Rücken verschränkt und bildete die Nachhut.
Utinka wandte sich an Anja. „Weißt du denn jetzt schon, ob der

Kleine auch allergisch ist?"
„Nein. Mit dem Test warte ich lieber noch ein bisschen. Aber ich gehe davon aus, dass ich ihm die Allergie auf Frühjahrsblüher vererbt habe."
Die mit ihren ewigen Frühjahrsblühern, dachte Holger und bestaunte eine mächtige Linde.
„Dann könnt ihr also im Frühling nicht so gemütlich durch einen Park schlendern?", fragte Utinka.
„Nein. Das ist dann absolut tabu."
„Das ist ja schade", sagte Anjas Mutter. „G'rade, wenn alles blüht, ist es doch so schön."
„Aber für uns dann eben gefährlich. Besonders für meinen Sohn." Hanno legte seinen Arm um Anjas Schulter. „Da sollten wir auch keinerlei Risiko eingehen."
„Ja, ja. Natürlich", beschwichtigte die Oma.
„Selbst beim Einkaufen werden wir von Februar bis Ende Mai vorsichtshalber einen Atemschutz tragen", sagte Anja. „Schließlich sind die Pollen ja hier überall in der Luft."
„Gibt's so was auch schon für Babys?", meldete sich ihr Vater von hinten.
„Bestimmt. Und wenn nicht, bastele ich mir einen zurecht."
„Bei uns liefen im letzten Jahr sehr viele mit so 'nem Mundschutz rum."
„Das war ja wohl auch angebracht, Mutti."
„Und ihr habt hier in der Schweiz wirklich keinen einzigen Blütenabwurf gehabt?", fragte Holger.
„Nein. Bis jetzt nicht", antwortete Hanno.
„Beneidenswert." Holger deutete zu den Baumkronen hoch. „Bei uns wird es noch Jahrzehnte dauern, bis wir wieder so etwas Prächtiges haben."
„Unsere schöne Elbinsel ist jetzt auch richtig kahl", sagte Herr Blass. „Und da standen mal so gigantische, uralte Bäume."
Hanno verdrehte genervt die Augen und ignorierte die Bemerkung seines Schwiegervaters. Er legte einen Schritt zu, um neben Utinka zu kommen, die gerade den Kinderwagen schob.
Holger blieb kurz stehen, ging dann neben Anjas Vater her und erkundigte sich nach dem Baumbestand auf dieser Insel.

Sonntag, 31. August 2025

„Dann bist du also ab morgen offiziell der Chef." Anja nippte an ihrem Orangensaft.
„Ja. Aber eigentlich schon seit zwei Wochen." Holger war es immer noch peinlich, dass er vorhin ins Zimmer gestürmt kam und sie beim Stillen überraschte. Beim Anblick ihrer großen Brust wurde er rot wie ein Schuljunge, was Anja ungemein belustigte. Er hatte eine Entschuldigung gestammelt, kehrtgemacht und sich darüber

geärgert, dass er sich wie ein Verklemmter verhalten hatte.
„Es wird ja auch Zeit, dass man seine Leistung mal honoriert", sagte Utinka. „Und wenn du noch in deinem Ministerium wärst, hätte es sich für dich bestimmt auch ausgezahlt."
„Ja. Schon möglich."
„Garantiert", bestärkte Holger sie.
Hanno war im Kinderzimmer und wechselte die Windel seines Söhnchens. Er wollte ihnen sicherlich den Musterpapa vorspielen und bemühte sich ständig, Anja zu entlasten. Allerdings achtete er auch stets darauf, dass es alle mitbekamen.
Frau Blass wandte sich an ihre Tochter: „Man kann halt nicht alles haben, ein Kind und gleichzeitig beruflichen Erfolg."
„Warum eigentlich nicht?", warf Utinka ein.
„Genau", bestätigte Anja. „Bei Männern klappt das doch auch."
„Aber wir kriegen ja auch keine Kinder", sagte ihr Vater. „Und müssen am Anfang nicht ständig um sie sein. Ein Baby braucht an erster Stelle seine Mutter."
„Richtig", stimmte seine Frau zu. „Du hast dich eben für die Mutterrolle entschieden und musst dich erstmal auf dein Kind konzentrieren."
„Das brauchst du mir nicht zu sagen!", fauchte sie ihre Mutter an. Das Gesicht von Frau Blass entsprach plötzlich ihrem Namen. Anja drehte sich zu Holger, rollte mit den Augen, atmete tief durch und fragte ihn: „Wo finden denn deine Lehrgänge statt?"
„Die meisten zum Glück in Berlin. Aber einmal muss ich nach Frankfurt und zweimal nach Hamburg." Und er verfluchte sich dafür, dass er dabei sofort an Dunja Okos dachte.
„So, da sind wir wieder." Hanno schwenkte den niedlichen Jan hin und her, der sie mit großen Augen bestaunte. Das Lächeln des Schweizers erlosch gleich, als er die gespannte Atmosphäre im Raum bemerkte.

Mittwoch, 10. September 2025
Berlin, Deutschland, EU.
Holger saß grimmig in seinem Büro und ärgerte sich immer noch über den kleinen Meier, aber am meisten über sich selbst. Bei seiner ersten Abteilungsleitersitzung, die alle zwei Wochen stattfand, hatten seine Kollegen am Anfang zu seiner lobenden Begrüßung durch Staatssekretärin Fink-Ukas zwar brav genickt, aber ihn danach deutlich spüren lassen, dass sie ihn keinesfalls für ebenbürtig hielten. Sie reagierten verächtlich auf seine Umgehung und Abkürzung der Karriereleiter, auf sein direktes Kommen aus der Praxis und seine fehlende übliche Qualifikation. Aber vielleicht waren sie auch nur neidisch auf sein Quereinsteigen und seine öffentlich bekannten Verdienste.

Jedenfalls spürte er bei der Besprechung eine feindselige Front gegen sich. Besonders der kleine Meier – den er früher ohne Folgen ignorieren konnte – entpuppte sich als sein Hauptgegner. Als Holger beim Punkt „Luftqualität" mal wieder für ein Fahrverbot in den Innenstädten – zumindest an Wochenenden – plädierte, weil man noch lange nicht die Sauerstoffwerte aus der Zeit der großen Bäume erreicht hatte, bekam er eine verbale Breitseite von Meier. Dieser Vorschlag von Herrn Grimm sei genauso überflüssig, töricht und schädlich wie seine damalige Idee von mehr Wasserpflanzen, die zu Fischsterben und Verlandung geführt habe. Mittlerweile müssten die Teiche wieder aufwändig und kostspielig vom Schilf befreit werden. Die meisten Teilnehmer der Runde stimmten dem Kleinen zu und unterstützten seine Ablehnung jeglicher Fahrverbote.

Es klopfte an der Tür. Holger zuckte zusammen und sagte: „Ja, bitte?"

Frau Eisach klackte mit ihren hochhackigen Schuhen herein. „Guten Tag, Herr Grimm. Ich gratuliere noch zur neuen Stelle." Sie reichte ihm erst eine durchsichtig verpackte Flasche Sekt und dann ihre feingliedrige Hand mit den auffälligen Fingernägeln.

„Vielen Dank." Holger setzte sich, stellte die Flasche vor sich hin und würdigte sie mimisch. „Nehmen Sie doch bitte Platz."

„Nein, nein. Ich hab noch einen Termin und muss gleich weiter. Ich wollte nur schnell meinen Antrittsbesuch machen." Mit rechts hielt sie den Riemen ihrer Umhängetasche, mit links zeigte sie auf das Bild über ihm. „Auch daran erkennt man den Wechsel."

„Tja, seinen geliebten Rhein musste er natürlich mitnehmen." Wenn sie 15 Jahre jünger wäre, hätte Ziegler durchaus eine Affäre mit ihr haben können.

„Schön, diese herbstlichen Farben. Was ist das für ein Wald?"

„Der Elm." Holger hatte immer noch das Gefühl, an der falschen Seite des Schreibtisches zu sitzen. „Höhenzug bei Braunschweig mit drei Buchstaben, wie es früher in Kreuzworträtseln hieß."

Frau Eisach zuckte bedauernd mit der Schulter. „Kenn ich nicht."

„Ich meine sogar, der Elm ist der größte zusammenhängende Laubwald in Norddeutschland."

„Aha." Ihr Blick senkte sich auf ihre Armbanduhr. „Oh, ich muss weiter. Also, alles Gute und viel Erfolg."

„Danke", Holger erhob sich und stand nach vier Schritten vor ihr. Sie gaben sich die Hand.

„Mann, sind Sie groß."

„Nur äußerlich."

Sie lächelte zu ihm hoch und kniff ein Auge zusammen. „Denken Sie stets daran, das Wichtigste in unseren Positionen ist der Kompromiss. Der Mittelweg zwischen den Extremen, zwischen zwei Maximalforderungen. Das ist unser Job. Ruhe bewahren und einen Kompromiss finden."

Als sie weg war, ließ sich Holger auf der Schreibtischkante nieder und grübelte darüber nach, ob ihr Ratschlag zufällig war oder ob sie vorher mit Frau Dr. Fink-Ukas gesprochen und von seinen Schwierigkeiten mit den anderen Führungskräften erfahren hatte und ihm Mut machen wollte.

Montag, 29. September 2025
Bei der gestrigen Bundestagswahl schaffte es die D-Mark-Partei ganz knapp, die CDU als drittstärkste Fraktion abzulösen. Ein dadurch denkbar gewordener deutscher Ausstieg aus der Eurozone sorgte für Verunsicherung der Finanzmärkte und Kursstürzen an den Börsen. Die Regierungskoalition von Bundeskanzler Adomir behielt aber ihre stabile Mehrheit, auch wenn sie Verluste hinnehmen musste.
Obwohl der Getreidepreis in Deutschland stark subventioniert wurde, kam es durch die Missernte und Lieferprobleme zu Versorgungsengpässen und weiteren Preissteigerungen. Beim Bäcker kostete ein Körnerbrötchen mittlerweile über 2 Euro, ein großes Brot 18 Euro.
Die Europaabgeordneten von Frankreich, Österreich und Deutschland beantragten heute ein europaweites Gen-Verbot. Da es aber nun schon seit einem Vierteljahr keine Blütenabwürfe und Todesfälle mehr gegeben hatte, war dieses Thema völlig aus den Schlagzeilen und Kurzzeitgedächtnissen der Politiker verschwunden. Bei ihnen standen die bekannten Nachteile eines Genverzichts im Vordergrund, deshalb bekam der Antrag nicht die erforderlichen Stimmen und wurde abgewiesen.

Dienstag, 21. Oktober 2025
Hamburg, Deutschland, EU.
Holger schlenderte über den Friedhof. Die Schulung am Vormittag war sehr interessant gewesen. Jetzt nutzte er die einstündige Mittagspause zu einem Besuch bei seiner Mutter, weil es abends schon so früh dunkel wurde. Die Herbstsonne verstärkte das Gelb der Blätter. Hier standen noch einige richtig hohe Laubbäume, bei denen er sich jedes Mal bückte und die Prüfplakette kontrollierte. Ihm fiel der Vorfall auf dem Frankfurter Friedhof wieder ein, wo ein Posaunenchor den Blütenschauer einer Hainbuche ausgelöst hatte. Holger inhalierte die milde Luft und fühlte sich wohl. Er hatte in der Friedhofsgärtnerei einen kleinen Strauß gekauft und endlich den Dauerauftrag erteilt, alle zwei Wochen frische Blumen bei seiner Mutter hinzulegen. Die Floristin hatte nachgefragt, ob es am Todes- und Geburtstag und am Totensonntag noch etwas zusätzlich sein soll. Er hatte es hauptsächlich abgelehnt, weil ihm nicht

sofort der Todestag einfiel.
Jetzt betrat er den ersten Gang mit den Urnenwänden. Diese vielen Namen und Daten, die alle ein Schicksal bedeuteten. Als er bei seiner Mutter ankam, stutzte er und starrte auf die beiden identischen Blumengebinde, die da bei ihr und rechts daneben auf dem Sims von Peter Okos lagen und verwelkt waren. Die konnten doch nur von Dunja stammen. Sie war hier gewesen und hatte ihrem Vater und seiner Mutter die gleichen Blumen gebracht.
Plötzlich stieg eine heiße Beklemmung in ihm hoch, weil er befürchtete, sie könnte jeden Moment durch diesen Gang kommen, um die verwelkten Blumen durch frische zu ersetzen. Er schob Dunjas Blumen bei seiner Mutter nach hinten und legte seine vorne hin. Er fixierte das Todesdatum auf der gravierten Platte, um es sich einzuprägen: 7. 7. 2024. Das konnte man sich doch gut merken. Sie war nun schon über 15 Monate tot. Höchste Zeit, dass sie regelmäßig Blumen bekam.
Als Holger dann zum Ausgang eilte und zum Glück keine jüngere Frau erblickte, musste er sich eingestehen, dass er auch der Asche von Peter Okos diese kranke Lügerei noch nicht vergeben konnte.

Montag, 24. November 2025
Berlin, Deutschland, EU.
„Keno?", erwiderte er auf die fremde Sprache.
„Ja."
„Na, endlich. Hier ist Holger Grimm."
„Oh! Hallo!", kam es freudig überrascht zurück.
„Du bist ja schwer zu erreichen."
„Ich bin schließlich in Nordafrika."
„Aber auch da gibt's doch mittlerweile E-Mails, Webcams, Homepages, Apps und Bildtelefon."
„Nicht bei mir. So etwas brauche ich nicht."
Ach ja, der kritische, bedürfnislose Asket in der algerischen Wüste, dachte Holger und sagte: „Auch dienstlich nicht? Das hatte ich eigentlich erwartet."
„Ich muss meinen jeweiligen Gesprächspartner nicht unbedingt sehen. Bei den Vorgesetzten ist es sogar auf jeden Fall besser. Da kann man seinen Unmut wenigstens mimisch ablassen und Fratzen schneiden."
„Da hast du allerdings recht."
„Ich gratuliere dir übrigens noch zu deiner Beförderung."
„Hat sich das schon bis Afrika rumgesprochen?"
„Na klar." Keno Backwang lachte. „Ich weiß es von Frau Eisach."
„Aha." Sollte er ihm von der Tratscherei wegen Ziegler erzählen? – Eindeutig nein. „Aber eigentlich wollte ich dir gratulieren. Jedenfalls, wenn du inzwischen geheiratet hast. Im Internet war ja nichts

zu finden. Oder hast du doch noch kalte Füße bekommen?"
„Nein. – Die bekommt man hier auch nur, wenn man nachts draußen schläft."
„Also, bist du jetzt richtig verheiratet?"
„Ja. Ganz offiziell. Und das gilt nicht nur hier in der Wüste, sondern auch in der kultivierten westlichen Welt."
Holger überhörte seinen Zynismus. „Dann gratuliere ich dir auch ganz offiziell und wünsche dir und deiner Frau alles Gute und viel Glück."
Keno räusperte sich und antwortete sanft: „Danke, Holger."
„Und wie war die Hochzeitsfeier so?"
„Sehr schön und anstrengend. Teilweise ziemlich laut und mit vielen Leuten. Eben landestypisch."
„Gibt's auch ein Hochzeitsfoto?"
„Natürlich. Aber nicht im Internet."
„Schade. Ich bin doch neugierig auf deine Ehefrau."
„Tja." Mehr kam nicht von ihm.
„Du verbirgst sie ja regelrecht vor anderen."
„Einen Edelstein bewahrt man eben sicher auf, wenn man ihn nicht trägt."
„Ist das eine orientalische Weisheit?"
„Weiß ich nicht", antwortete Keno. „Fiel mir gerade ein, weil es so gut zu ihr passt. Sie ist so schön und wertvoll und strahlend."
„Hör auf zu schwärmen! Ich werde ja richtig neidisch."
„Ich bin jedenfalls sehr glücklich."
„Das freut mich." Ob Keno bis zur Hochzeitsnacht wirklich enthaltsam war? „Habt ihr schon ein eigenes Haus?" Oder ob er bei den attraktiven, freizügigen Besucherinnen mal schwach wurde?
„Ja. Das und vieles mehr muss hier vor der Heirat alles parat sein."
„Auch nicht schlecht."
„Es dient der wirtschaftlichen Absicherung der Braut."
„Aha." Die Anspielung auf eine morgenländische Aussteuer mit Kamelen und Ziegen verkniff er sich. Da verstand Keno bestimmt keinen Spaß.
„Und Anja und Hanno sind jetzt stolze Eltern?"
„Ja. Der kleine Jan hat den Appetit des Vaters und die Allergie der Mutter geerbt."
„Hat er es schlimm?"
„Das wird sich erst im Frühling zeigen." Fast hätte er auch schon den Begriff ‚Frühjahrsblüher' verwendet.
„Ich hab die Bilder auf ihrer Homepage gesehen. Und dich als Taufpaten. Aber so richtig locker hast du den Kleinen nicht gehalten."
„Nee. Das war purer Stress für mich." So ganz immun gegen die

modernen Kommunikationsmöglichkeiten war Keno wohl doch nicht.
„Also surfst du durchaus mal im Internet herum?"
„Klar. Ab und zu. Wenn ich mal hier im Büro gelangweilt herumsitze."
„Wie läuft's denn so in der Anlage?"
„Hervorragend. Wir sind gerade dabei, zwei weitere – noch größere – Anbauhallen zu errichten. Eine für Weizen und eine für Roggen."
„Gut."
„Die Franzosen bauen jetzt hier in 50 Kilometer Entfernung auch so eine Anlage. Die arbeiten da Tag und Nacht. Die Wasseraufbereitung ist wohl schon fast fertig."
„Tja, die machen uns alles nach."
„Ist doch gut."
Es klopfte an Holgers Tür. „Oh, ich bekomme dienstlichen Besuch. Einen Moment bitte!", sagte er laut und dann viel leiser: „Ich muss Schluss machen, Keno. Also, tschüss dann. Und alles Gute für euch."
„Danke. Tschüss, Holger."

Freitag, 12. Dezember 2025
Die Belegschaft der erst seit 14 Monaten produzierenden Gentech-Fabrik in Tschechien, in die man damals die demontierten Maschinen und Anlagen des geschlossenen deutschen Werkes gebracht hatte, bekam von der Konzernmutter aus den USA die Hiobsbotschaft, dass der Betrieb zum Jahresende geschlossen werde, weil man mit Frankreich und bald auch Österreich zwei Großabnehmer von genverändertem Saatgut verloren habe.
Die industrielle Agrarerzeugung in Deutschland verzeichnete nur bei Zuckerrüben keine nennenswerten Verluste; das altmodische Unkrauthacken hatte sich da ausgezahlt. Die sonstigen Ernteerträge waren schlecht bis katastrophal. Deshalb und wegen der besseren Vermarktung hatte sich die Anzahl der Höfe, die auf biologischen Anbau umgestellt hatten, in diesem Jahr überdurchschnittlich erhöht.
Als Alternative zum teuren Getreide hatten sich zunehmend Produkte aus Buchweizen entwickelt. Das Mehl aus den dreikantigen Nüsschen der rosa blühenden Pflanze konnte man früher nur in Naturkostläden kaufen. Bei dem aktuell angebotenen Weihnachtssortiment war bereits bei einem Viertel des Gebäcks das Weizenmehl vollständig oder teilweise durch Buchweizen ersetzt worden.

Mittwoch, 18. Februar 2026
Holger hing im Sessel, hatte den Tablet-PC auf dem Schoß, stöberte im Internet herum und genoss die absolute Stille. Es war

schön, mal wieder ganz allein so für sich zu sein, ohne störende Aktivitäten um sich herum. Mittwoch war der fest eingeplante Sporttag von Utinka, im Winter notgedrungen im Fitnesscenter, ansonsten war joggen angesagt, alles gemeinsam mit ihrer Freundin. Am Mittwochabend hatte er seine Ruhe und konnte machen, wozu er gerade Lust hatte. So wie früher an jedem Tag.
Seit zwei Monaten lebte er nun mit Utinka zusammen. Und ehrlicherweise hatte er es nie bereut. Drei Wochen vorher war Sina nach einem Streit mit ihrer Mutter zu ihrem Freund gezogen, der am Tag darauf ihre sämtlichen Sachen abgeholt hatte. Erst als Sina die Unterschrift ihrer Mutter bei mehreren Anträgen benötigte, war sie hier aufgetaucht, hatte ihn völlig ignoriert, aber sich wenigstens gegenüber ihrer Mutter anständig verhalten. Sie brauchte ja auch schließlich etwas von ihr.
Holger fand das dauernde Zusammensein mit Utinka wirklich gut. Es war schön, morgens neben ihr aufzuwachen und nachts mit ihr einzuschlafen, ihr Atmen zu hören, ihre Wärme zu spüren. Mit ihr war das gesprächige und tatkräftige Leben in seine einsame, stille Wohnung eingekehrt. Das erwies sich zumindest am Anfang als ziemlich gewöhnungsbedürftig. Er musste andauernd reden, sollte Stellung beziehen und Entscheidungen begründen. Das war für ihn alles ungewohnt und anstrengend. Aber lohnend.
Utinka hatte auch seine Wohnung verändert und bereichert. Seine ehemals funktionale – aber etwas spartanische – Einrichtung war nun mit unzähligen Dekoartikeln verschönert worden, natürlich farblich abgestimmt und passend. Noch niemals zuvor hatte es in seiner Wohnung irgendeine Advents- und Weihnachtsdekoration gegeben. Utinka hatte nun alles sehr geschmackvoll arrangiert gehabt. Mit den weiterhin abendlich brennenden Kerzen hatte er sich mittlerweile abgefunden.
Holger gähnte und sah zur Uhr. Sein Zeigefingr kreiste unentschlossen über der Touchscreenfläche. Plötzlich fand er es nur noch eintönig und tippte sich aus dem Netz heraus. Er stand auf und reckte sich, ging zum Kühlschrank und trank ein Glas Wasser.
Beim Rückweg störte ihn auf einmal diese Lautlosigkeit hier. Er rief: „Schlagzeilenschau an!" und setzte sich wieder in den Sessel. Auf der Medienwand erschien ein zu volles Hafenbecken. Das Wasser stand so hoch, dass die Schiffe unnatürlich über die Kaimauer emporragten. Eine tiefe Männerstimme sagte: „Die Hamburger haben sich ja inzwischen an die Überflutungen gewöhnt. Heute stehen die Landungsbrücken sogar komplett unter Wasser. Einige Wohnhäuser beim Fischmarkt mussten evakuiert werden. Noch schlimmer hat es aber in diesen Tagen Amsterdam erwischt." Man sah Bilder von dort, wo keinerlei Kanalbegrenzungen mehr sichtbar waren. Das Wasser reichte von einer Häuserzeile bis zur gegen-

überliegenden.
Solange sich Holger erinnern konnte, wurde schon über Treibhauseffekt, Klimaerwärmung, Abschmelzen der Polkappen, Anstieg des Meeresspiegels und eine notwendige CO^2 - Reduzierung palavert.
Jetzt wurde eine junge Frau mit Kopftuch und Mikrofon gezeigt, sie stand vor einem weit geöffneten Gittertor. „Heute wurde hier in Marokko das letzte dieser Auffanglager geschlossen, in denen über lange Zeit hinweg alle Flüchtlinge aus Afrika gesammelt wurden und aushalten mussten, bis sie ihre Arbeitserlaubnis und Einreisegenehmigung für Europa erhalten hatten." Es gab einen Schwenk über einen hohen Stacheldrahtzaun hin zu gefängnisartigen Gebäuden, leeren Plätzen und Straßen. Es wirkte wie eine unwohnliche, feindselige, zu Recht völlig verlassene Stadt.
Holger schob seine Unterlippe vor, nickte mehrmals und dachte an Keno Backwang.
Nun sah man eine Massenkarambolage auf einer winterlichen Autobahn. Mehrere Polizei- und Rettungswagen standen mit rotierendem Blaulicht da, überall im Schneegestöber waren Ärzte und Helfer im Einsatz. Jetzt kam ein Reporter ins Bild, der schon viele Schneeflocken im Haar hatte. „Nach Auskunft der zuständigen Autobahnpolizei entstand dieser Massenunfall auf der A 7 nicht durch das übliche witterungsbedingte Fehlverhalten der Autofahrer, sondern durch unerklärliche Fehlfunktionen bei elektronischen Abstandshaltern und einigen Autopiloten."
Holger fiel gleich ein, wie er damals mit verschränkten Armen hinter dem Lenkrad Anja verschreckt hatte.
Auf dem Bildschirm erschien eine hochmoderne, im Sonnenlicht blinkende Industrieanlage auf einem erhöhten Strandabschnitt. Die nächste Aufnahme zeigte eine steinige Wüstenlandschaft, in der es keinerlei Bäume gab, nur trockene Dornenbüsche. Eine Frauenstimme sagte: „Das ist nicht Afrika, sondern Südeuropa. Um bei der dortigen Dürre und Wasserknappheit zu helfen, finanziert die EU jeweils eine Meerwasserentsalzungsanlage im Süden von Spanien, Sizilien und Griechenland. Der Strom für den Betrieb wird ausschließlich durch dazugehörige Solarkraftwerke gewonnen."
Diese kargen Landstriche sind garantiert nicht durch veränderte Gene verseucht, dachte Holger.
„Das waren die Schlagzeilen des Tages."
Er seufzte, rief: „Schlagzeilenschau aus!" und starrte noch einen Moment auf die schwarze Medienwand.
Die schlagartige Stille empfand er wiederum als bedrückend und befahl: „Radio an!"
Er holte sich einen Apfel aus der Küche, aß ihn stehend am Fenster und beobachtete die Straße. Dann setzte er sich wieder und blätterte eine Zeit lang in einem Magazin, sein Fuß wippte zu der guten Musik.

Als die Nachrichten angekündigt wurden, rief er: „Radio aus! – Fernsehen an! – Kanal 1!"
Nach der Tagesschau zappte er gelangweilt durch die Sender, fand aber nichts Interessantes. Nach einer halben Stunde blickte Holger erneut zur Uhr und wusste mit einem Mal, dass ihm zur wahren Ruhe etwas fehlte. Und das war seine unruhige Utinka.

Samstag, 28. Februar 2026
In dieser Woche starben durch allergische Schocks auf Haselpollen drei Menschen in Spanien, zwei in Italien und jeweils einer in Österreich, Portugal und Belgien. Das waren aber nur die Fälle, die von staatlichen Stellen offiziell an die WHO gemeldet wurden.
Aus Verbitterung über den Rückzug des amerikanischen Biotech-Konzerns hatte sich in Tschechien die Stimmungslage zum Gen-Thema vollkommen verändert. Bei mehreren Blütenschauern von Haselsträuchern gab es zwar nur Verletzte, aber die Vorfälle wurden von den Medien so aufgebauscht, dass eine Welle der Empörung übers Land zog.
Das bayerische THW leistete im nördlichen Österreich eine gern gesehene Nachbarschaftshilfe, fällte markierte Bäume, transportierte sie zu den Sammelstellen und behandelte anschließend die Baumstümpfe mit Ligniopin.

Donnerstag, 5. März 2026
Holger wollte sich gerade der Unterschriftenmappe widmen, als sich auf seinem Monitor mit einem Bing und dem entsprechenden Fenster ein Anrufer meldete. Er klickte auf Annahme und sah Hanno, der eine Hand wie zum eidgenössischen Schwur hob. „Grüzi, Holger!"
„Hallo, Hanno."
„Ich muss dir unbedingt von dienstlichen Neuigkeiten berichten. Hast du einen Moment Zeit?"
„Für die WHO immer."
„Sehr löblich", Hanno zwinkerte ihm zu. „Von unseren Mitarbeitern und den Umweltschützern in Argentinien erhielten wir die Information, dass man dort wegen der vielen Opfer aus dem Gen-Anbau aussteigen wollte. Als die beiden US-Multis davon erfuhren und ihre üblichen Drohungen nichts bewirkten, gaben sie der argentinischen Landwirtschaft einen Rabatt von 30 Prozent auf alle Gen-Saaten und der Regierung einen zinsgünstigen Kredit."
„Echt?"
„Ja", Hanno nickte begeistert. „Die müssen es schon echt nötig haben. Da tut sich im Moment eine Menge. Nicht nur in Europa, sondern weltweit."

„Also haben die Amis die Argentinier gekauft?"
„Sicherlich. Aber dafür muss man Verständnis haben. Es ist immerhin ein Drittel weniger."
„Ja – schon."
„Spannend ist doch, was die denen beim nächsten Mal anbieten wollen." Hanno grinste hinterlistig. „Außerdem sprechen sich diese Sonderkonditionen natürlich rum. Aber die beiden Konzerne müssen unbedingt den Rest der Welt und insbesondere ganz Amerika bei der Gen-Stange halten, wenn schon Europa nach und nach wegbröckelt."
„Das kann noch dauern." Holger sah kurz zur Uhr.
Hanno hatte wohl seinen Seitenblick registriert, denn er sagte: „Ich mach dann auch Schluss. Aber das musste ich dir gleich berichten."
„Wie geht's denn Anja und dem kleinen Jan?"
Seine Miene verdüsterte sich. „Sie dürfen momentan überhaupt nicht raus. Wir können kein Fenster öffnen, wegen dieser verdammten Pollen. Ich hab schon überlegt, ein geschlossenes Lüftungssystem mit Superfiltern hier einbauen zu lassen. Aber die Villa ist fast 100 Jahre alt und nicht gerade für so etwas geeignet."
„Verstehe."
Jetzt wurde er noch grüblerischer. „Ich mache mir große Sorgen um die Entwicklung meines Sohnes. Ein Kind – und besonders ein Junge – muss doch draußen spielen und rumtoben, sich an der frischen Luft bewegen."
„Nicht, wenn es ihm schadet. Oder nur mit Atemschutzmaske."
„Ach", Hanno winkte ab, „das kann man doch nicht machen."
„Aber Anja weiß doch ..."
Mit einer schnellen Handbewegung kappte er seinen Satz. „Ich muss jetzt Schluss machen. Adieu, Holger."
„Tschüss, Hanno. Danke für deine Nachricht. Und viele Grüße an Anja."
„Alles klar." Und er war verschwunden.

Samstag, 14. März 2026
Heute fanden in Madrid, Barcelona, Valencia und Saragossa Großdemonstrationen für ein Verbot von genverändertem Saatgut statt. Die spanische Bevölkerung war wütend auf ihre Regierung und sehr beunruhigt wegen der zahlreichen Todesopfer durch Hasel- und zunehmend auch Erlenpollen. Unterstützung bekamen sie von den Obst- und Gemüseanbauern, die mit Treckern und plakatierten Anhängern an den Protestzügen teilnahmen.
In Deutschland hatten sich noch mehr private Rasenflächen in umgegrabene dunkle Gartenabschnitte verwandelt. In einigen Frühbeeten zeigte sich schon das erste Grün von Radieschen und Salat.

In Kanada erregte eine kritische Fernsehreportage großes Aufsehen, in der über Pollenopfer im eigenen Land berichtet wurde, die höchstwahrscheinlich durch transgene Auswilderung verursacht wurden. Man zeigte auch Bilder von den Demonstrationen in Europa, Aussagen von Augenzeugen und Rettungsmaßnahmen an blütenüberhäuften Unglücksstellen. Die europäischen Reaktionen und Gegenmaßnahmen wurden gelobt, besonders die deutschen als vorbildlich empfohlen.

Samstag, 28. März 2026
In dieser Woche wurden der Weltgesundheitsorganisation aus vielen Teilen Europas insgesamt 14 Todesfälle durch Blütenabwürfe von Erlen gemeldet. Polen, Tschechien, Holland und Dänemark hatten sich zum ersten Mal an die WHO gewandt.
In deutschen Backwaren wurde als Ersatz für das teuere Weizenmehl nicht nur Dinkel und Buchweizen eingesetzt. Mittlerweile gab es eine Fülle von Produkten mit unterschiedlich hohen Anteilen von Kartoffeln, Reis, Hirse und Mais.
Heute gab es in Rom, Mailand und Florenz Massenkundgebungen, bei denen man die vielen Pollenopfer dieses Frühjahrs anprangerte und ein sofortiges Verbot von genmanipulierten Sämereien und Pflanzen forderte.
Aufgrund der phänomenalen Geschäftsentwicklung bei Heide-Saat wurde die Lohnkürzung ab dem 1. 4. 26 vorzeitig zurückgenommen, eigentlich sollte sie ja für drei Jahre bis August nächsten Jahres gelten. Die Mitarbeiter hatten durch ihre nun gewinnbringenden Firmenanteile, die Sonderschichten und Überstundenzuschläge ihre Einbußen bereits verringern können. Auch die Neueinstellungen vom letzten Jahr bekamen jetzt einen unbefristeten Arbeitsvertrag. Außerdem gab es Überlegungen zur Übernahme des geschlossenen Saatgut-Werkes in Tschechien.
Durch den Gen-Ausstieg von Deutschland, Frankreich und Österreich, die Proteste in anderen europäischen Staaten und dem Preisverfall in Südamerika mussten die beiden US-Konzerne – die sich inzwischen den Gentech-Weltmarkt teilten – innerhalb von drei Wochen einen Kursverlust von 18 Prozent hinnehmen.

Sonntag, 5. April 2026
„Kannst du das noch mal wiederholen?", flüsterte Utinka in sein Ohr.
„Ich bin froh, dass du da bist."
„Lauter!"
„Ich bin froh, dass du jetzt immer bei mir bist."
„Na also", sie kuschelte sich an ihn, „geht doch."

Holgers Hand schlich unter ihr Nachthemd und strich über ihren nackten Rücken. Er dehnte ein „Obwohl ..." ins Vieldeutige.
„Was?"
„Ach, nichts."
„Raus damit."
„Lieber nicht."
„Sag schon." Sie zwickte ihn in die Hüfte. „Los."
Holger kniff ein Auge zusammen und ging in Abwehrstellung. „Obwohl der ständige Sex mit dir natürlich ziemlich anstrengend ist."
„Was?" Vor Empörung vergrößerten sich ihre Augen. „Also ..."
„Ich bin ja schließlich nicht mehr der Jüngste."
„Das ist ja wohl die Höhe!" Utinka kniff ihn jetzt am ganzen Oberkörper.
„Hilfe!" Er kicherte und versuchte, ihre flinken Hände festzuhalten.
„Du fühlst dich also von mir sexuell überfordert?" Sie kitzelte ihn und lachte ihn aus, wie er sich so unter ihrem Angriff wand. „Sag die Wahrheit, alter Mann."
„Erbarmen! Ich nehme alles zurück und behaupte das Gegenteil." Beim Rumzappeln berührte er ihre Brust und blieb sofort daran kleben. „Ich könnte es pausenlos mit dir treiben. Zum Beispiel jetzt gleich." Er streichelte ihre wunderbare Brust.
„Ph!" Utinka wollte sich abwenden. „Finger weg!"
„Och, sei doch nicht so", bettelte er.
„Ich will nicht immer nur dein Lustobjekt sein", schmollte sie.
„Doch", er fühlte ihre weiche Wärme, „sei es bitte."
„Okay." Sie drehte sich wieder zu ihm. „Überredet."
„Au ja." Holger küsste sie. Als er ihre Zunge hervorgelockt hatte und dabei mit der Fingerkuppe an ihrer Brustwarze spielte, regte sich etwas bei ihm.
„Lüstling", stöhnte Utinka und tastete sich abwärts.

Samstag, 11. April 2026
Bei der WHO gingen in dieser Woche 18 Todesmeldungen aus ungefähr halb Europa ein. In den südlichen Ländern fielen die Pollen jetzt von Birken, in den übrigen noch vorwiegend von Erlen.
Durch die enormen Preissteigerungen bei vielen Lebensmitteln kam es in Frankreich immer wieder zu Plünderungen von Supermärkten. In den Problemvierteln der Großstädte blieb es nicht nur bei Massendiebstählen, sondern die leergeräumten Geschäfte wurden unter dem Jubel der aufgebrachten Menge in Brand gesteckt.
Ein kleiner amerikanischer Fernsehsender zeigte Filmausschnitte von europäischen Pollenschauern, wo im blauen Kreisellicht der Rettungsfahrzeuge die Opfer aus der stiefelhohen Blütenschicht gehoben wurden. Anschließend berichtete man erstmals von iden-

tischen Vorfällen in den USA, bei denen im letzten Frühjahr 124 Menschen starben.

Dienstag, 21. April 2026
Auf Antrag von Österreich, Deutschland, Frankreich, Spanien und Tschechien beschloss das Europaparlament heute mit deutlicher Mehrheit ein Verbot von gentechnisch verändertem Saatgut. Die Abgeordneten beauftragten in ihrem Gesetzentwurf die EU-Kommission mit der zügigen Umsetzung eines europaweiten Gen-Ausstiegs.
Die Birkenpollen hatten Europa fest im allergischen Würgegriff. Die Weltgesundheitsorganisation bekam jeden Tag Mitteilungen über Todesfälle. Die Auslöser der Blütenabwürfe waren hauptsächlich Baulärm, Musik, Motorsägen und Kindergeschrei.

Donnerstag, 30. April 2026
Holger hatte die Überweisung für Bastians Geburtstag erledigt und wollte jetzt in die Kantine zum Mittagessen gehen, als auf seinem Monitor ein Anrufer angezeigt wurde. Er zögerte einen Moment, klickte dann aber auf Annahme.
Hanno tauchte auf und sagte: „Servus, Holger!"
„Hallo. Grüß dich, Hanno."
„Wie geht's?"
„Prima. Ich wollte mich am Wochenende auch bei euch melden und mich für die Einladung zum 1. Geburtstag eures Sohnes bedanken. Wir kommen natürlich gerne. Passt ja hervorragend, dass es ein Samstag ist."
„Als Patenonkel solltest du dabei sein", sagte Hanno seltsam reserviert.
„Klar. Wie geht es denn ..."
Hanno unterbrach ihn einfach: „Ich habe ein dienstliches Anliegen."
„Aha. Um was handelt es sich denn?"
„Ich muss nächsten Mittwoch nach Brüssel zur Anhörung vor dem Fachausschuss."
„So rasch hat die EU-Kommission reagiert?", wunderte sich Holger.
„Ja. Die haben's verdammt eilig. Schließlich wollen die nicht die Schuldigen für die vielen Toten sein, wenn das Verfahren so lange dauert, wie es sonst üblich ist."
„Trotzdem erstaunlich schnell."
„Wir haben für die letzte Woche 24 Todesopfer nach Brüssel gemeldet. Das wirkt."
„So viele?" Holger schüttelte den Kopf. „Welche EU-Kommission ist denn zuständig? Umwelt oder Landwirtschaft? Der ewige Kon-

kurrenzkampf."
„Es sind sogar drei Kommissionen beteiligt: die für Umwelt, die für Landwirtschaft sowie die für Gesundheit und Verbraucherpolitik."
„Alle Achtung."
„Der Fall hat höchste Priorität und soll fachübergreifend gelöst werden." Hanno strich sich über seine Locken. „Wer da das Sagen hat, wird sich schon zeigen."
„Hauptsache, es erstickt nicht alles im Kompetenzgerangel."
„Jedenfalls wollte ich dich fragen, ob ich dort deinen beeindruckenden Film zeigen darf und ob du mir eure Dokumentation senden kannst, die ihr im Herbst '24 beim Europäischen Gerichtshof eingereicht habt?"
„Aber sicher doch. Das ist kein Problem."
„Gut", Hanno nickte ernst. „Wieviel Tote hattet ihr damals?"
„Bis dahin 54."
„Die haben wir jetzt in Europa bald innerhalb von zwei Wochen."
„Furchtbar."
„Brüssel wird garantiert dem deutschen Beispiel folgen."
„Hoffentlich."
„Gut. Das war's schon. Also schickst du mir die Unterlagen per E-Mail, ja?"
„Klar. Heute noch."
„Danke. Also dann ..."
Diesmal redete Holger dazwischen: „Wie geht's denn Anja und dem Jungen?"
Die Antwort ließ auf sich warten und kam schroff: „Die sind nicht da."
„Wie bitte?"
„Die sind weg."
„Wie weg?", fragte Holger verstört und dachte an Ehekrise, Trennung und Scheidung. „In Magdeburg?"
Mit zusammengepressten Lippen schwenkte Hanno den Kopf vieldeutig hin und her.
„Wo sind sie denn?"
„In Davos."
„Was machen sie denn dort?"
„Eine Kur." Hanno seufzte und legte die Stirn in Falten. „Anja wollte mit dem Kleinen partout in diese Hochgebirgsklinik. Die liegt in 1600 Meter Höhe, ganz in der Nähe des Davoser Sees. In dieser Höhenlage gibt es praktisch keine Pollen dieser verfluchten Frühjahrsblüher."
„Ach so, deshalb." Er benutzte Anjas Lieblingsausdruck, war aber wohl nicht mit ihrem Kuraufenthalt einverstanden.
„Es gibt da extra eine Mutter-Kind-Station."
„Das hört sich doch gut an, oder?"
„Weiß nicht", Hanno zog eine Schulter hoch.
„Wie lange sind die beiden denn schon dort?"

„Ich hab sie am 20. April hingebracht."
„Und wie lange bleiben sie da?"
„Vier Wochen."
„Aha." Dem musste man ja jede Auskunft aus der Schweizer Nase ziehen.
„Am 16. Mai hole ich sie wieder ab."
„Also genau zwei Wochen vor Jans Geburtstag?"
„Korrekt." Hanno drehte den Kopf zur Seite und sprach mit jemandem. Dann wandte er sich wieder an Holger und sagte: „Ich muss jetzt aufhören. Ich erwarte deine Mail. Dann sehen wir uns spätestens zum Geburtstag. Ihr kommt doch sicherlich schon am Freitagabend?"
„Ja. Wir ..."
„Gut. Adieu."
„Tschüss, Hanno", sagte Holger zu dem schwarzen Bildschirm und verzog das Gesicht. Musste er sich Sorgen machen um die Ehe der Gülstmanns?

Montag, 4. Mai 2026
Heute verkündete die Firma Heide-Saat, dass sie die stillgelegte Gentech-Fabrik in Tschechien von dem US-Konzern erworben habe. Sie wolle die Produktionsanlagen nun dekontaminieren und schnellstens auf konventionelles Saatgut umrüsten und dann auch gerne einen Großteil der ehemaligen Mitarbeiter wieder einstellen.
Eine Delegation französischsprachiger Kanadier traf zu einem Informationsbesuch in Frankreich ein und ließ sich von der resoluten grünen Umweltministerin die erforderlichen Maßnahmen nach einem Gen-Ausstieg, die Identifikation und Entfernung verseuchter Bäume sowie die Rekultivierung erklären.
Montags gab es in den meisten deutschen Städten einen privaten Obst- und Gemüsemarkt, weil er an einem anderen Tag als der gewerbliche Markt stattfinden musste. Die Kommunen wurden angehalten, dieses zusätzliche Angebot an frischen Lebensmitteln zu fördern und keine Standgebühren oder Steuern zu erheben. Auf diesen Märkten konnten alle Hobbygärtner ihre Überschüsse anbieten und verkaufen.

Samstag, 16. Mai 2026
Die Weltgesundheitsorganisation bekam in dieser Woche wieder viele Todesmeldungen aus zahlreichen Ländern Europas: 12 Menschen starben durch allergische Reaktionen auf die Pollen von Birken, 5 auf die von Walnussbäumen und jeweils 2 durch Hainbuchen, Goldregen und Traubenkirschen.
Bei einer Internetumfrage in Deutschland gaben 82 Prozent der

Antwortenden an, dass sie mit der Krisenbewältigung der Baumseuche und dem Gen-Verbot durch die Regierung von Bundeskanzler Adomir sehr zufrieden seien. Die Befragten lobten ausdrücklich die mutige Entscheidung vom Sommer '24 und erfreuten sich an den überall deutlich gewachsenen Bäumen.

Um die Proteste und besonders die Plünderungen in Frankreich zu beenden, wurden in den unsicheren Großstadtvierteln staatliche Geschäfte eingerichtet, in denen Geringverdiener und Sozialrentner deutlich verbilligte Lebensmittel einkaufen konnten.

In dem norditalienischen Ort Crema ereignete sich gestern Morgen ein tragisches und zugleich makaberes Unglück. Als die Kirchenglocke langandauernd zum Totengeläut bimmelte und gleichzeitig die Kleinen des angrenzenden Kindergartens beim Fangenspiel kreischten, löste dieser Lärm den Blütenabwurf von giftigen Stechpalmen aus, die entlang der Kirchenmauer standen. 3 Kinder starben dort, 8 mussten ins Krankenhaus gebracht werden, von denen heute aber keines mehr in Lebensgefahr schwebte.

Samstag, 23.Mai 2026

Die deutschen Supermärkte im Grenzbereich zu Österreich und Frankreich profitierten mittlerweile von einem regen Einkaufsverkehr unserer Nachbarn, weil viele Lebensmittel in Deutschland momentan günstiger waren als in diesen Ländern, manches Frischgemüse gab es dort gar nicht zu kaufen.

In den USA geriet der zweitgrößte Produzent von gentechnisch verändertem Saatgut in eine schwere Krise. Durch die zunehmend negativen Medienberichte, den zu erwartenden Wegfall von Europa und den Preisverfall auf den Weltmärkten kam es zu einem dramatischen Kursverlust und einer drohenden Insolvenz.

Bei der österreichischen Stadt Bruck wollte heute Vormittag ein Bauer und Jäger ein jüngeres Paar mit Schüssen in die Luft von seinem Salatfeld vertreiben. Der wütende Mann stolperte aber, beim Fallen löste sich ein Schuss aus seiner Schrotflinte und zerfetzte einen Fuß von ihm. Nur durch die schnelle Hilfe der beiden Diebe verblutete der Verletzte nicht. Als der alarmierte Rettungswagen an dem einsamen Feld eintraf, war das Paar verschwunden, der Fuß des Bauern aber fachgerecht abgebunden und provisorisch mit einem Stoffbeutel verbunden. Daneben lag ein Haufen Salatköpfe.

Im französischen Bourges nahm die deutsche Firma Holz-Chemie ihr erstes Zweitwerk in Betrieb. Die starke Nachfrage nach Ligniopin konnte man mit Überstunden, Sonderschichten und Neueinstellungen nicht mehr abdecken.

Laut WHO gab es in dieser Woche in Europa 4 Tote durch Birken, 11 durch Walnussbäume, 3 durch Pyramidenpappeln, 8 durch Stechpalmen, 3 durch Hainbuchen und 2 durch Goldregen.

Freitag, 29. Mai 2026
Genf, Kanton Genf, Schweiz.
Während des späten Abendbrots schwärmte Anja von dieser Hochgebirgsklinik in Davos, in der die beiden beschwerdefrei leben konnten, obwohl sie sich mehrmals täglich an der frischen Luft aufgehalten hätten. Dort oben in 1600 Meter Höhe gebe es nahezu keine Allergene, Keime und Schadstoffe. Wenn der Kleine vormittags im Kindergarten gewesen sei, habe sie mit anderen Müttern leichte Bergwanderungen unternommen oder an Gruppenstunden für Entspannung, Bewegung, Ernährung und positive Alltagsgestaltung teilgenommen.
„Du siehst auch echt erholt aus", sagte Utinka. „Und so gebräunt."
„Kein Wunder", meinte Hanno, „nach vier Wochen Urlaub."
„Nur kein Neid." Anja drehte sich mit falschem Lächeln von einem zum anderen.
Holger brach das anschließende Schweigen: „Kommen deine Eltern gar nicht zum Geburtstag?"
„Nein. Die sind krank. Die haben beide eine schwere Bronchitis. Und wenn ich ehrlich bin", Anja verzog heimtückisch den Mund, „können wir hier auch absolut keine Bakterien gebrauchen."
Hanno schüttelte beruhigend seinen Lockenkopf. „Keine Bange, sie ist nicht so hart, wie es gerade klang."
„Doch. In dem Punkt schon. Wenn für meinen Sohn eine Belastung mit Allergenen und Krankheitserregern zu vermeiden ist, dann wird sie auch vermieden", erwiderte Anja energisch.
„Mann", Utinka bemühte sich um Auflockerung, „bin ich froh, dass ich keinen Schnupfen habe." Es gelang ihr auch mit einigen lustigen Sätzen und entsprechender Mimik.
Hanno wollte dann Getränke holen und kam nach geraumer Zeit mit einem Tablett mit vier gefüllten Sektgläsern zurück. Er schritt feierlich in ihre Mitte und reichte jedem ein Glas.
„Aber der Geburtstag ist doch erst morgen", sagte Holger.
„Ich weiß. Wir wollen auch jetzt auf etwas anderes anstoßen. Bitte erhebt euch dazu."
„Du machst es ja spannend", lästerte seine Frau.
„Bist du etwa wieder schwanger?", Utinka zwinkerte ihr zu.
„Nein", Anja schielte vergnügt nach oben.
„Es geht um dich, Holger", Hanno nahm Blickkontakt mit ihm auf und verneigte sich innerhalb dieses stehenden Kreises. „Ich habe die Ehre und die Brüsseler Erlaubnis, heute schon etwas zu verkünden, was die übrige Welt erst am Montag erfährt. Allerdings muss ich vorher diese Runde hier zur Verschwiegenheit vergattern." Er nickte jedem würdevoll zu. „Was hiermit geschehen ist."

„Meine Güte!", Anja verdrehte die Augen.
Holger musterte ihn argwöhnisch und überlegte, ob Hanno ihn verarschen wollte. Aber er wirkte vollkommen ernst und ehrbar.
Der Schweizer holte tief Luft, bevor er weiter sprach: „Am 1. Juni 2026 wird der EU-Kommissar für Umwelt – flankiert von den Kommissaren für Gesundheit und Landwirtschaft – vor der großen Pressekonferenz verkünden, dass in der EU ab dem 1. August '26 keinerlei gentechnisch verändertes Saatgut mehr hergestellt, vertrieben, eingesetzt und transportiert werden darf. Anschließend wird jeder Kommissar das betreffende Gesetz – das fast identisch mit dem deutschen ist – für sein Ressort ausführlich erläutern."
„Juhu!", entfuhr es Holger und verschüttete beinahe etwas Sekt. „Hurra!"
„Das ist ja toll", Utinka strahlte Holger an, der voller Begeisterung hin- und herschaukelte.
„Wir haben's geschafft. Zumindest in Europa. Das ist ein Riesenschritt vorwärts."
„Du", betonte Hanno, „hast es geschafft, Holger. Durch deinen unermüdlichen Einsatz, deine Ausdauer und deine Ideen. Und du, mein Schatz", er beugte sich zu Anja vor, „hast natürlich auch einen nicht unerheblichen Anteil an diesem europaweiten Erfolg."
„Das will ich wohl meinen", entgegnete sie in übertrieben stolzer Pose. „Ohne mich hätte dieser lange Wessi das nie geschafft. Oder?", sie drohte Holger mit der geballten Faust und löste Gelächter aus.
„Einigen wir uns auf gemeinsam, ja?"
„Einverstanden."
„Ohne Übertreibung kann man sagen, dass du – oder ihr", korrigierte er sich gleich, „erst Deutschland und dann Europa gerettet habt. Und der Rest der Welt – letztendlich auch die USA – wird allein durch die Kräfte des Marktes auch dazu gebracht werden."
„Es sieht tatsächlich danach aus", freute sich Holger.
„Darauf wollen wir anstoßen." Hanno hob sein Glas auf Mundhöhe. „Auf eure erfolgreiche Arbeit, auf ein genfreies Europa und ein baldiges weltweites Gen-Verbot."
„Du warst ja schließlich auch nicht ganz unbeteiligt daran", sagte Utinka zu Hanno. „Nur keine falsche Bescheidenheit."
„Der und bescheiden?", wunderte sich Anja und zog eine Grimasse.
„Auch in diesem Punkt ergänzen wir uns vortrefflich, mein Liebling. Also, dann. Prost!"
Die Gläser stießen mit hellem Klang zusammen.

Samstag, 30. Mai 2026
Utinka schmiegte sich an Holger und flüsterte ihm ins Ohr: „Bist du

wach?"

Als Antwort kamen nur unartikulierte Laute, eine Mischung zwischen Ächzen und Grunzen.

„Hallo." Ihre Finger krabbelten über seinen Arm und kraulten dann seine Brusthaare. „Es ist Zeit zum Aufwachen."

„Hm", brummte er mit geschlossenen Augen. „Was ist denn?"

„Wir sollten langsam aufstehen."

„Warum?"

„Weil's schon 8 Uhr ist."

„Na und?" Er öffnete zögerlich die Augen.

„Der Kleine muss doch pünktlich sein Frühstück kriegen."

„Kann er ja." Holger reckte sich und gähnte. „Wir können doch später frühstücken."

„Los", drängelte sie. „Oder soll ich dir die Bettdecke wegziehen?"

„Wehe." Er seufzte, hob seinen Kopf und sah zum Fenster.

„Bist du jetzt richtig wach?"

„Nee. Nur einigermaßen."

„Ich wollte dir noch sagen, dass ich unheimlich stolz auf dich bin", Utinka streichelte seine Schulter, „weil dir nun ganz Europa gefolgt ist."

Holger drehte sich zu ihr und küsste sie. „Danke. Lieb von dir." Er schnitt eine Fratze und fügte hinzu: „Aber vergiss nicht Anjas Anteil daran."

„Ph! Die alte Angeberin. Die fand ich gestern Abend manchmal ziemlich doof."

„Die ist nun mal so. Die will immer und überall der Primus sein."

„Weißt du was? Die hat mir gestern in der Küche erzählt, dass sie sich durchaus vorstellen könnte, als Fachärztin in dieser Hochgebirgsklinik zu arbeiten. Und der Jan könnte dann da oben in den Kindergarten und sogar zur Schule gehen. Immer im ersten Halbjahr, wenn hier alles pollenverseucht ist."

„Echt?", staunte Holger. „Und was ist mit Hanno?"

„Keine Ahnung", sie blähte die Lippen auf und zog die Augenbrauen hoch. „Zwischen den beiden herrscht doch oft dicke Luft."

„Das ist aber normal, glaub ich. Das kommt durch den typischen Alltagsstress, wenn man ein Kind hat. Da meint jeder, er leiste viel mehr als der andere."

„Tja", Utinka machte einen Schmollmund und schwieg einige Minuten nachdenklich. „Ist doch auch komisch, dass heute zum Geburtstag überhaupt keine anderen Gäste kommen, oder?"

„Auch keine Kinder?"

Sie schüttelte den Kopf. „Vielleicht hat Anja bei allen Leuten Angst, sie könnten Bazillen einschleppen und ihr Söhnchen anstecken. So wie bei ihren Eltern."

„Sie macht sich eben Sorgen und ist vorsichtig."

„Übervorsichtig", verbesserte Utinka. „Sie ist wunderlich und übertrieben ängstlich. Wenn sie ihre ständigen Bedenken nicht ablegt, wird sie ihr Kind vor lauter Fürsorge abkapseln, erdrücken, unter ihrer Schutzglocke ersticken."
„Sei nicht zu streng mit ihr. – Frauen können so unbarmherzig sein." Holger lächelte sie an, strich mit dem Zeigefinger über ihre Nase bis zur Oberlippe und zog ihn schnell zurück, als Utinka danach schnappen wollte.

Zweieinhalb Stunden später saßen sie immer noch am Esstisch, hörten Hannos Vortrag über ein geschlossenes Lüftungssystem und beobachteten dabei den Junior, der bereits sein zweites Frühstück verdrückte, und alle waren in bester Laune. Der kleine Jan saß in seinem Hochstuhl, zerquetschte und genoss hingebungsvoll eine Banane. Außerhalb seiner Reichweite stand eine weiße 1 in einem Kreis bunter Minikerzen.
„Den gesegneten Appetit hat er eindeutig vom Vater", amüsierte sich Holger.
„Hauptsache, er bekommt nicht nur sein Übergewicht", bemerkte Anja trocken, „sondern auch seine Locken."
Hanno überhörte diese Bemerkungen und beendete seine Rede mit den Worten: „Natürlich kostet dieser Umbau eine Riesensumme und wird mich in den finanziellen Ruin treiben." Er seufzte mit Leidensmiene.
„Das sind wir dir doch wohl wert?", fragte Anja fröhlich und kniff ein Auge zu. „Oder willst du lieber einen halbjährlichen Aufenthalt in Davos bezahlen? Das ist auch ziemlich teuer."
Utinka und Holger warfen sich Blicke zu.
„Und wie", stöhnte Hanno. „Und das womöglich jedes Jahr."
„Klar", grinste seine Frau.
Ihr Söhnchen sah abwechselnd zu Mama und Papa, seine Hauptaufmerksamkeit widmete er aber der Banane.
„Na, dann", Hanno ergab sich seinem Schicksal, „ist der Einbau eines Lüftungssystems wohl langfristig günstiger."
„Sag ich doch", triumphierte Anja und stand auf, sie brachte die Aufschnitt- und die Käseplatte in die Küche.
„Frauen müssen ja stets das letzte Wort haben. Nicht wahr, mein Junge?" Er strich dem Knaben über das Hamsterbäckchen.
„Das kenn ich auch", stimmte Holger zu.
„Vorsichtig." Utinka verdrehte ihm ein Ohr.
„Und außerdem werden sie gleich gewalttätig."
„Tja, wir haben's nicht einfach." Hanno säuberte seinem Sohn den Mund und die Hände, dann wischte er das Tischchen ab. Die Hälfte der Banane war anscheinend nicht im Mund gelandet.
Anja kam beschwingt zurück, stellte sich vor den Tisch und sagte: „Das ist ja ein herrliches Wetter heute."

„Passend zum Geburtstag", warf Utinka ein.
„Mein lieber Mann, was hälst du davon, wenn wir statt des geplanten Mittagessens draußen grillen?"
„Draußen?", wiederholte Hanno ungläubig.
Anja nickte freudig. „Ich fahre dann mit Utinka los und kaufe Grillsachen ein. Und ihr beide könnt die Gartenmöbel rausstellen und alles vorbereiten."
Holger schüttelte missbilligend den Kopf. „Diese Frau muss ständig kommandieren."
„Delegieren", berichtigte Anja und stemmte die Hände in die Hüften. „Wenn wir euch nicht sagen, was ihr machen sollt, würde doch nichts passieren."
„Genau", bestätigte Utinka.
Hanno wirkte immer noch fassungslos. „Draußen im Garten? Du und Jan? An der frischen Luft?"
„Ja", sie zog das A heiter in die Länge. „Oder hast du keine Lust zum Grillen?"
„Aber sicher doch. Das wäre wunderbar, mein Schatz." Hanno sprang vor Begeisterung auf und schnappte sich seine Frau.
„So leicht kann man Männern eine Freude machen", stichelte Utinka.
„Wir sind eben einfach gestrickt", Holger zuckte mit der Schulter. „Nicht so kompliziert wie weibliche Wesen."
Nachdem sich Anja aus der Umklammerung ihres Mannes befreit hatte, sagte sie: „Schließlich ist jetzt offiziell die Zeit der Frühjahrsblüher vorbei. Da können wir Allergiker es wohl mal wagen, ohne Mundschutz nach draußen zu gehen." Sie streichelte ihrem Sohn das spärliche Haar.
„Der Kleine war noch nie im Garten", Hanno klang gerührt.
Holger konnte es nicht mehr zurückhalten, es musste endlich einmal raus. „Du mit deinen ewigen dämlichen Frühjahrsblühern", betonte er grinsend.
Anja sah ihn brüskiert an. „Wie bitte?" Sie wusste nicht, was sie davon halten sollte.
Holger stand auf, betrachtete sie belustigt und prustete dann los. Nach zwei Atemzügen folgte ihm Hanno mit donnerndem Lachen und japste dazwischen: „Diese – blöden – Früh – jahrs – blüher." Sein dicker Bauch hob und senkte sich beeindruckend.
Anja stutzte und blickte ihn strafend an.
Utinka erhob sich auch und schloss sich dem Gelächter an, obwohl sie keine Ahnung hatte, worum es genau ging.
Anja schaute verunsichert in diese lachende Runde. Dann glättete sich ihre Stirn, zögernd dehnte sich ihr Mund und wölbte ihre Wangen zu einem Schmunzeln.
Hanno hatte einen roten Kopf und schnappte nach Luft. Er wollte Anja tröstend umarmen, doch die drehte sich mit gespielter Ent-

rüstung weg. Sie stellte sich seitlich vor ihren strahlenden Sohn, nahm seine Händchen, schwenkte sie hin und her und fing gleichzeitig mit ihm zu kichern an.
Schließlich erschallte ihr lautes, vielstimmiges Gelächter in allen Tonhöhen: vom hellen Kinderlachen bis zu Hannos alpinem Grollen.
Holger nahm Utinkas Hand und zog sie näher zu sich heran.
„Ach, ihr seid doof." Anja schüttelte den Kopf und wischte sich die Lachtränen weg.
„Oof, oof", wiederholte der kleine Jan voller Freude und erntete dafür staunendes Lob und Beifall. Vor Entzücken sabbernd klatschte er mit den Händen auf sein Tischchen. Mit dem gleichen glückseligen Gesichtsausdruck sahen seine Eltern auf ihn herab und fassten sich an.

Liebe Leserin, lieber Leser.

Wenn Ihnen mein Roman gefallen hat, wäre ich Ihnen sehr dankbar, wenn sie ihn bei den Internetanbietern beurteilen oder eine kleine Rezension schreiben würden.

Vielen Dank im voraus
Hermann Lühr